Peter Dyckhoff

Albani

Das unerhörte Abenteuer

Historischer Roman

J. F. Steinkopf Verlag

Rekonstruktion der Klosteranlage St. Albans bei London

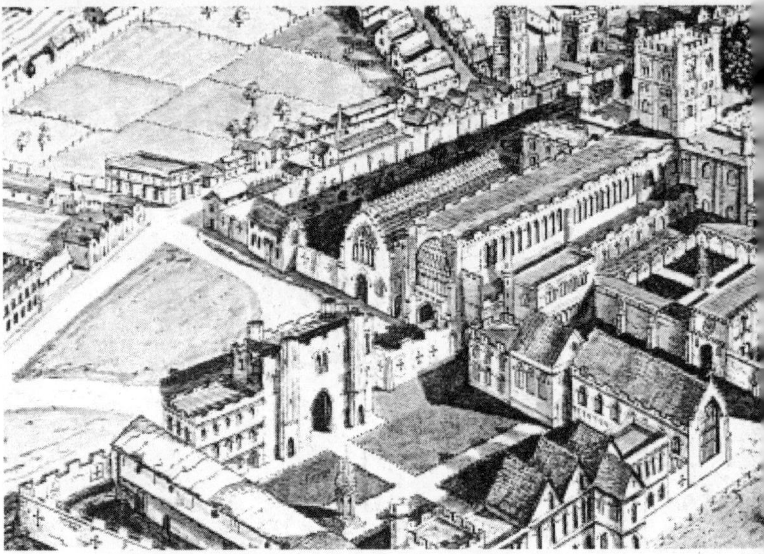

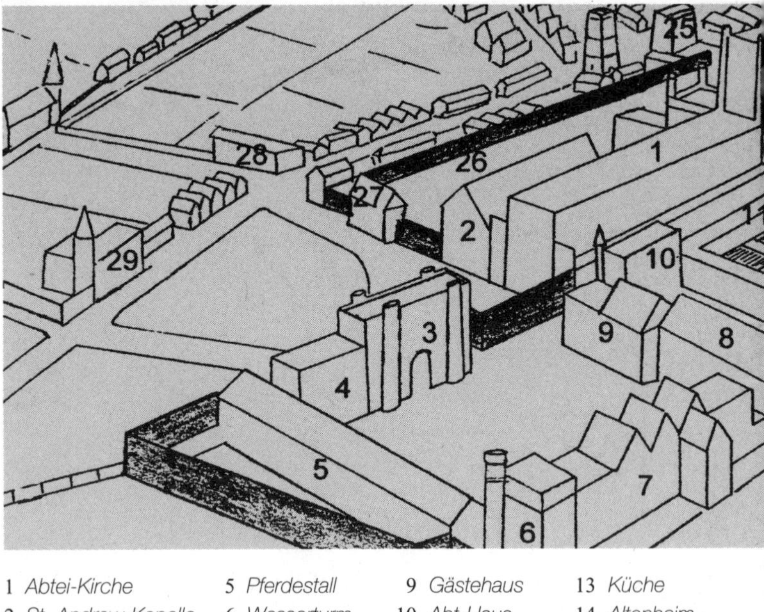

1 *Abtei-Kirche*
2 *St. Andrew-Kapelle*
3 *Großes Torhaus*
4 *Schule*
5 *Pferdestall*
6 *Wasserturm*
7 *Gesindehaus*
8 *Haupthalle*
9 *Gästehaus*
10 *Abt-Haus*
11 *Kreuzgang*
12 *Refektorium*
13 *Küche*
14 *Altenheim*
15 *Kapitelsaal*
16 *Dormitorium*

... nach Charles Ashdown

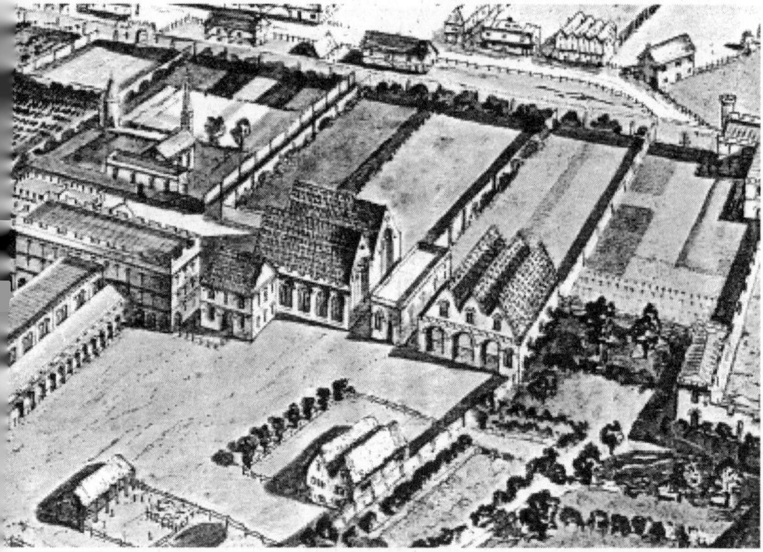

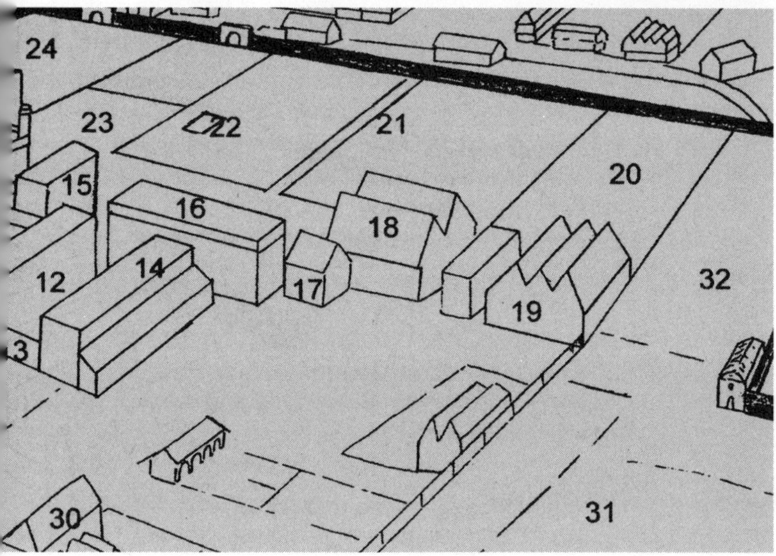

17 *Kämmerei*
18 *Krankenhaus*
19 *Scriptorium*
20 *Obstgarten*
21 *Wandelhalle*
22 *Taubenschlag*
23 *Mönchsfriedhof*
24 *Weingarten*
25 *Wachshaus-Tor*
26 *Friedhof*
27 *Leichenhalle*
28 *Gästehaus*
29 *Lateinschule*
30 *Scheune*
31 *Obstgarten*
32 *Wäschegarten*

Johannes Keussen, Verlagsleiter und Lektor
machte Das unerhörte Abenteuer *zu seinem eigenen.*
Daher wurde so manches Unmögliche möglich.
Ihm gilt besonderer Dank.

Die Deutsche Bibliothek – CIP-Einheitsaufnahme
Dyckhoff, Peter: Albani: das unerhörte Abenteuer
Peter Dyckhoff. – Stuttgart; Kiel: Steinkopf, 1998

ISBN 3-7984-0744-4

1. Auflage 1998

4. Auflage 1999

Druck: Clausen & Bosse, Leck

Umschlaggestaltung: Elisabeth Petersen, München
Abbildungen von Sandro Botticelli (1444–1510):
Madonna col Bambino (Ausschnitt) © Museo Poldi Pezzoli, Milano
La Primavera (Ausschnitt) © Galleria degli Uffizi, Firenze

© Abbildungen innen:
2f., 29, 102, 395, 458: Archiv St. Albans / Dr. David Kelsall
14: British Library Board
59: aus *The Live of Christina of Markyate*, ed. & transl. by C.H. Talbot
198: Teylers Museum, Haarlem / The Netherlands
233, 357, 387, 415, 571: Dombibliothek Hildesheim / Frisch
491: Picture Library, National Portrait Gallery, London
525: Ernst Bachies, Lampspringe
539: Downside Review 5 / Bath 1986
543: Courtauld Institute of Art, London

INHALT

Wie es zu diesem Buch kam 9

PROLOG

Der Ritt nach Markyate 11

I. TEIL: **Christina von Markyate**

Christina in der Schule ihres Vaters 15
Die Taube von Huntingdon 20
Sueno - ihr erster Freund 22
Leonard bereitet den Weg 24
Erste Ein-Sicht in St. Albans 27
Leidenschaftliches Verlangen 32
Folgenschwere Vergeltung 34
Der offene Ring 36
Abstieg ins Licht 43
Eine bessere Partie 47
Schlüssel-Erlebnisse 50
Eadwin - Beihilfe zur Flucht 54
Der langersehnte Tag 57
Der Traum von den Bullen 61
Christina von Markyate 63
„Mein Name ist Alban" 68
„Myn sunendaege dohter" 72
Licht in Markyate 74
Roger und St. Albans 77
Der Ritt nach Caddington 79
Ein-Sicht in Redbourn und Rogers Tod 82
Christina verliebt sich 85
Der tiefste Wunsch 91
Heilkräfte der Natur 93
Der Grund-legende Weg ist bereitet 98

II. TEIL: **Geoffrey - Der Mann aus der Normandie**

Geoffrey de Gorham 103
Die Natur wollte es anders 111

Der wertvolle Umweg 115
„Vogel auf einem Dornstrauch" 122
Entscheidende Nacht in Dunstable 125
Der Kampf um die Seele 133
Überschüssige Säfte 140
Herstellung von Pergament 145
Still-Schweigen 148
„Die Ordnung für Handarbeit und Lesung" 152
Ein langer Tag im Kloster St. Albans 156
Der unsichtbare Löwe 171
Krankheit der Könige 174
Das Holz des Todes 179
Vom Trost der Philosophie 183
Der Kreis schließt sich 189
St. Albans, das Kultur-Kloster 194

III. TEIL: **Das Buch**

Erste Begegnung 199
Feuer, wenn der Abend kalt ist 204
Goldschmiede - Eisenschmiede - Teufelsschmiede 207
Steine werden zu Brot 212
Sardonyx - oder: „Die Eule war des Bäckers Tochter" 215
Aufbruch in ein neues Geheimnis 220
Das Geheimnis offenbart sich 225
Gute Ernte 229
Der Ritt nach Markyate - oder: „Licht vom Licht" 231
Ein grenzenloses Gefühl 236
Der Auftakt zum Albani-Psalter 241
Ein langer Tag in London 245
Brief an Christina und die neue Zeit 258
Vom ehelichen Verkehr und Straftarifen 261
Zur Ader lassen 265
Schreibkunst 273
Puella von Redbourn 278
Die Geißel 282
Requiem für „Tote auf Abruf" 284
St. Julian-Hospital 289
Das Wachshaus-Tor 297
Patric und Jane 301
Christinas 30. Geburtstag 307
Die Innenseite der Weltgeschichte 312
Solche Kinder sind Glückskinder 316

Flambard - über die Hintertreppe zum König 320
Das Gemach der Königin 328
Nach allen Seiten offen 330
Öffnung des Märtyrergrabes 335
Ein verlockendes Angebot 338
Feuerprobe 343
Christinas Bekenntnis 348
Eine gräßliche Geschichte 349
Spiegel der Nächstenliebe 354
Gegenüberstellung 356
Vor Sonnenaufgang 362
Unaussprechliches 367
Gregorianischer Gesang 369
David und die Musikanten 374
Der Alexis-Meister und sein Geheimnis 377
Das Buch: der Albani-Psalter 380
Vom geistlichen Kampf 385
Zur Abfahrt steht der Wagen 389
Dreimal ein Mandat für Rom 396
Diabolische Machenschaften 403
Geheimnisvolle Kreise 406
Ein trennendes Ehehindernis 409
Die Frau 413
Lebendige Quelle geistigen Lebens 416
Die Schlacht bei Lincoln 418
Brandmarkung 420
Licht und Schatten 422
Erste Anzeichen des Abschieds 425
Weihnachten 1142 - oder: Der unbekannte Pilger 427
Bereitung zur großen Reise 432
Der Ritt nach Markyate - oder: Die große Reise 436
Nach-Ruf 439
Andrews Anliegen 441
Unter neuer Herrschaft 444
Nicholas Breakspear - Papst Hadrian IV. 447
Der kraftvolle Engländer und die Unabhängigkeit 450
Zwei Bücher überleben und tragen 455

IV. TEIL: **Abenteuerliche Reise**

Hinter dem Visier: der König 459
Ein Akt des Parlamentes 463
„Ein beklagenswerter Anblick" 468

Der Fall: St. Albans 471
Der letzte Abt 474
John Leland, Bibliothekar des Königs 476
Stein für Stein 481
Die königliche Bibliothek in der Erbfolge der Tudors 483
Der vielsagende Blick 486
Der Günstling der Königin: Walter Raleigh 489
Eine heimliche Ehe 493
Der Traum von El Dorado 497
Prozeß wegen Hochverrats 500
„Geschichte der Welt" 503
Ein Traum wird zum Alptraum 508
Endgültiger Abschied 511
Robert Meering vor dem Geheimen Staatsrat 515
Das Urteil und seine Vollstreckung 517
Vierzig verborgene Jahre 520
Ankunft im Herbst 523
Armut, Keuschheit und Gehorsam 528
Frater Benedict 532
Flucht auf den Kontinent 538
Sir Thomas Gascoigne 542
Das letzte Werk 544
Begräbnis für einen Scheintoten 547
Gärende Unruhe 553
Zeugen der Anklage 557
Folter für Leib und Seele 561
Ein Verstecken beginnt 566
„C" wie „Christina" 570
Der Psalter gibt und läßt keine Ruhe 574

ANHANG

Die Geschichte Englands & *St. Albans und des Psalters* 579
Die Geschichte Deutschlands & *des Albani-Psalters* 588
Kleines Albani-Lexikon 592
Literaturverzeichnis und Dank 598

Wie es zu diesem Buch kam ...

Bereits bei der ersten Berührung mit einer Abbildung aus dem Albani-Kodex war ich so fasziniert, daß ich unbedingt mehr von der Geschichte dieses wunderbaren mittelalterlichen Psalters erfahren wollte. Ich hatte ein Geheimnis angetastet, das von einigen Menschen sorgsam gehütet wird. Weshalb und wie gelangte dieses kostbare Buch von England nach Deutschland? Warum liegt es streng unter Verschluß? Wieso ist es so schwer oder teilweise gar unmöglich, zu geschichtlichen Quellen vorzudringen?

Weder von den Besitzern noch durch irgendwelche Literatur erhielt ich befriedigende Antworten auf meine Fragen. Je mehr ich recherchierte und je tiefer ich vorstieß, desto mysteriöser wurden die Geschichte dieses Buches und die Wege der Menschen, deren Schicksal vom Mittelalter bis heute hiermit verknüpft war und ist. Meine Faszination war derart groß, daß ich mich mit allen zur Verfügung stehenden Kräften und Mitteln auf das „unerhörte Abenteuer", dieses Geheimnis zu lüften, einließ.

„Albani" ist das Ergebnis meiner eigenen, ebenfalls „abenteuerlichen Reise", die mich zunächst nach St. Albans bei London führte. Dort traf ich einen Archivar, der ein offenes Ohr für meine vielen Fragen hatte und sehr bemüht war, auch meine schwierigsten Anliegen zu erfüllen. Dr. David Kelsall und seine Frau Jane, eine angesehene Kunsthistorikerin, bereiteten mir nicht nur im Archiv der Kathedrale den Zugang zu frühmittelalterlichen Handschriften, sondern ermöglichten mir auch die Einsicht in Prozeßakten des Geheimen Staatsrates im Tower. Mancher Weg, den ich in England gehen durfte, wäre in Deutschland unmöglich gewesen.

Es war mir ein großes Anliegen, das Leben der Christina von Markyate genau zu rekonstruieren - einer Frau, die bereits im 12. Jahrhundert einen nicht zu unterschätzenden Einfluß auf Politik und Kirche besaß. Ihre Liebe zu Abt Geoffrey de Gorham konnte nicht verborgen bleiben. Die Beziehung der beiden Liebenden gab vielen Menschen der damaligen Zeit Anlaß zu intrigantem Verhalten.

„Albani - Das unerhörte Abenteuer" erzählt von der Frucht der liebenden Begegnung, dem Albani-Kodex und seiner abenteuerlichen Reise. Diese führt aus dem mittelalterlichen England dann im 17. Jahrhundert nach Deutschland - doch scheint sie auch heute noch kein Ende gefunden zu haben.

Alle Menschen, die „Albani" zur Hand nahmen, veränderten ihr Leben.

Mögen auch die Leser durch den Einblick in diese geheimnisvolle Welt die unerhörte Botschaft wahrnehmen, um sie im Alltagsleben gewinnbringend einzusetzen.

PROLOG

Der Ritt nach Markyate

Seit Wochen lag eine klirrende Kälte über dem Land. Schnee und Schneeverwehungen ließen nicht einmal mehr den Verlauf der Straßen erkennen. Der eisige Nordwind, der auch nachts nicht aufhörte zu heulen, brachte jegliches Leben zum Erstarren. So wagte es kaum jemand, sich für längere Zeit im Freien aufzuhalten. Doch an diesem 25. Februar 1146 machte sich Andrew vom Kloster St. Albans auf den Weg nach Markyate.

Er wußte, daß der Ritt etwa drei Stunden dauern würde. Heute, mit der Botschaft des Todes von Geoffrey - über vereiste Schneefelder und ab und an auf freigewehten Straßen, die ihre Richtung schnell wieder verloren - gab es jedoch nur ein unendlich mühsames Fortkommen.

Andrew sah, wie durch das Fell am Hals des Pferdes Schweiß ausbrach. Er verlangsamte den Schritt. Der süße und warme Geruch gegen den kalten Wind erfüllte ihn mit einem sicheren Gefühl von Vertrautheit und gleichzeitig Geborgenheit. Wie oft hatte er bei den Pferden die Nächte verbracht - wohlig in ihrer Nähe und Wärme. Immer wenn die Enge seiner Klosterzelle ihn bedrückte und er vom weiten Land und der Ferne zu träumen begann, schlich er sich heimlich aus der Klausur und ging zu den Pferden. Geoffrey wußte davon, hatte sich aber niemals etwas anmerken lassen, denn nur allzu gut konnte er diese Unruhe und Sehnsucht nachempfinden.

Abt Geoffrey hatte ihn in all den Jahren immer wieder ausgewählt, wenn es darum ging, eine besondere Botschaft sofort und gewissenhaft zu überbringen. Einige Tage vor seinem Tod hatte er Andrew zu sich kommen lassen. Er bat ihn, Christina von Markyate so schnell wie möglich die Nachricht von seinem Tod zu übermitteln, sobald das Unabänderliche eingetreten sei.

In den frühen Morgenstunden dieses kalten Februartages war es geschehen, ganz sanft und in großem Vertrauen, daß Geoffrey de

Gorham nach 76 Jahren die Gabe seines Lebens an den Ursprung zurückgegeben hatte. Als die anwesenden Mönche mit dem Totenoffizium begannen, hatte Andrew bereits das Pferd gesattelt, um nach Markyate zu reiten. Dankbar dem Verstorbenen gegenüber, war er sich dieser ganz besonderen vertrauensvollen Aufgabe bewußt.

Trotz der gebotenen Eile stieg er vom Pferd, um es vorübergehend auf dieser unwegsamen Strecke seiner zu entlasten. Geoffrey war tot, und nun stand er hier, mitten im hohen Schnee in der klirrenden Kälte, und atmete die Wärme seines Pferdes. Ihm war wohl dabei; konnte er doch die Todesbotschaft noch ein wenig hinauszögern. Und als er auf den Hals des Tieres klopfte und es liebevoll streichelte, spürte er, daß er in dieser kalten, erstarrten Welt nicht allein war.

Am frühen Nachmittag schließlich, der scharfe Ostwind hatte sich ein wenig gelegt, kam er in Markyate an. Als Andrew der Priorin gegenüberstand, wußte Christina, was sie gefühlt und in der letzten Nacht wahrgenommen hatte: Geoffrey, der Abt von St. Albans, hatte die große Reise angetreten. Geoffrey würde nun nicht mehr nach Markyate kommen - zu ihr, in das von ihm gegründete Priorat.

„Es war noch finstere Nacht, als es geschah, und wir waren bei ihm", sagte Andrew leise. Die Gewißheit traf sie zutiefst. Mit dem Anflug eines Lächelns fragte sie: „Ist für das Pferd gesorgt? Und Sie bleiben ohne Widerrede in dieser Nacht hier, selbst wenn Sie es nur des Tieres zuliebe tun; eine Höllenqual bei diesem Wetter. Kommt, wir werden alles Notwendige richten. Später frage ich nach Einzelheiten; erholt Euch erst einmal."

Christina gab Eile vor, um endlich mit sich und dem unsagbaren Schmerz allein zu sein. Als sie den Riegel der Zellentür hinter sich geschlossen hatte, flüsterte sie leise: „Ihr werdet es gut haben, Ihr werdet es jetzt sehr gut haben." Dann nahm sie „das Buch" fest und liebevoll in ihre Hände, streichelte es, preßte es an sich, als wolle sie es bis in alle Ewigkeiten nicht mehr loslassen: das Buch, ein „Ring ohne einen Anfang und ohne ein Ende", das sie mit dem Himmel, mit Geoffrey verband; das Kostbarste, das es je für sie gegeben hatte: der Albani-Psalter.

Abt Geoffrey hatte dieses Buch - unterstützt von der ganzen Klostergemeinschaft St. Albans - in fast zwölfjähriger Arbeit für Christina von Markyate schreiben und illuminieren lassen. Das im Scriptorium vom Alexis-Meister und seinen beiden Schülern geschaffene Kunstwerk wurde für sie eine niemals in ihrer Kraft endende heilbringende Gabe.
Die geheimnisvolle und abenteuerliche Geschichte des Albani-Psalters nahm ihren Anfang bei eben dieser herausragenden Frau: Christina von Markyate.
Wer war diese willensstarke und liebenswerte Frau, der vom Abt eines der größten und einflußreichsten Benediktinerklöster Englands ein Buch gewidmet und dediziert wurde, das menschliche Grenzen überschreiten läßt?
Wer war diese Frau, die sich bereits im 12. Jahrhundert inmitten einer eher rauhen und ablehnenden Männergesellschaft behauptete und noch weit über ihren Tod hinaus eine derartige geistige und geistliche Stärke bewies, daß ihr Leben zum Leitbild und zur Orientierung vieler wurde?

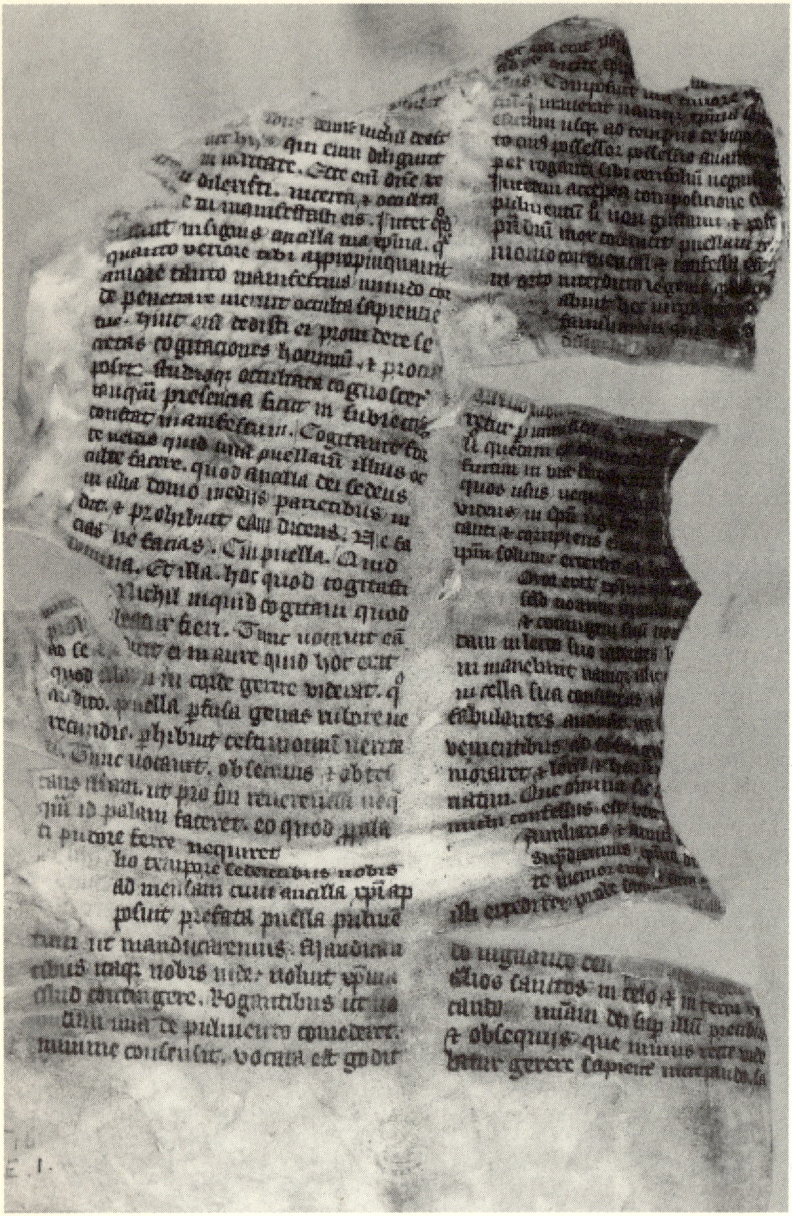

Seite aus dem *Leben der Christina von Markyate*
Manuskript von einem Mönch aus St. Albans

I. TEIL

Christina von Markyate

Christina in der Schule ihres Vaters

Man sagt oft, daß eine Lieblingstochter ihrem Vater ähnlich ist. Doch Christina mochte die politischen und kaufmännischen Reden nicht sehr, die sie seit ihrem Dasein täglich umgaben. In der Zeit eines großen politischen und wirtschaftlichen Umbruchs hatten ihre Eltern geheiratet - Autti, ein angelsächsischer Adeliger, und Beatrice. Obwohl beiden eine sensible und künstlerische Ader eigen war, blieb ihnen keine Zeit, sie auszukosten und zu kultivieren. Es war ihnen nicht vergönnt, mit Schriften und Büchern, eben mit einer geistigen Kultur umzugehen, denn die Besitztümer in Huntingdonshire mußten gehalten, unterhalten und verwaltet werden. Die Wirren im 11. Jahrhundert, insbesondere in den 60er Jahren, hatten jede sichere Zukunft in Frage gestellt. Wie würden die täglich wachsenden Spannungen zwischen England, der Normandie und Norwegen ausgehen?

Christina war mit dieser englischen Geschichte schon als Kind so vertraut, daß sie jede Einzelheit fast auswendig aufsagen konnte - immer wieder hatte ihr Vater, zutiefst vom politischen Geschehen beeindruckt und geprägt, seinen Kindern die Zusammenhänge zu erklären versucht. Dies war ein unveränderlicher Teil ihres Vaters.

Im Januar 1066 starb der englische König Edward der Bekenner und wurde in der neu errichteten und konsekrierten Westminster-Abtei beigesetzt. Er war kinderlos geblieben, hatte aber sowohl Harold, dem Sohn Godwins aus dem englischen Hochadel, als auch Herzog Wilhelm aus der Normandie Zusagen für die englische Thronfolge gemacht. Der angelsächsische Adel hatte die größten existentiellen Befürchtungen, da der König sich in der Hauptsache kirchlichen Fragen widmete und der Tagespolitik wenig Interesse entgegenbrachte.

Gravierender aber war, daß er den mächtigen englischen Adel teilweise ignorierte, indem er ein Gegengewicht schaffte und sich bevorzugt mit normannischen Ratgebern umgab und Normannen sogar in wichtige Staatsämter berief. Nordfranzösische Barone erhielten Landschenkungen und siedelten nach England über.
Als Christina später in der Schule in Huntingdon Französisch lernen mußte und viel später die hervorragendsten Bücher in französischer Sprache lesen und verstehen konnte, erinnerte sie sich dankbar an diese frühe englisch-normannische Geschichte, von der ihnen der Vater sooft berichtet hatte.
So kam unter König Edward England bereits in enge Berührung mit dem wesentlich höher entwickelten Normannenstaat. Der Einfluß des kontinentalen normannisch-französischen Kulturkreises ging so weit, daß schon bald Französisch die Sprache des Hofes wurde, der Aristokratie und der Geistlichkeit. Diese Normannisierungspolitik fand bei der Bevölkerung Englands zunächst keinen Anklang. So hatte Harold Godwinson, der mit Tatkraft und Umsicht die väterliche urenglische Familienpolitik fortsetzte, jetzt - nach dem Tod Edwards - die größten Hoffnungen, König von England zu werden.
Immer wenn Christinas Vater voller Stolz daran erinnerte, daß Harold wirklich König von England geworden sei, atmete sie tief auf, denn nach Vaters Bericht stand der neue König ja auf ihrer Seite. Doch dieses Glück währte nur einige Monate. Christina war jedes Mal entsetzt, wenn ihr Vater mit erregter Stimme von Herzog Wilhelm dem Eroberer sprach, denn unweigerlich folgte sein Kommentar über die Schlacht bei Hastings, bei der das angelsächsische Heer völlig vernichtet wurde und König Harold sowie seine Brüder den Tod fanden.
Als Christina noch jünger war, hielt sie sich beide Ohren zu, denn diese Grausamkeiten wollte sie sich nicht vorstellen - besonders wenn sie an die vielen Pferde dachte, die auf dem weiten Hügelgelände von Hastings umgekommen waren.
Ihr Vater erzählte von Weihnachten 1066. Was hier geschah, war einfach schön für Christina. Herzog Wilhelm aus der Normandie wurde in der Westminster-Abtei zum neuen König gekrönt. Während der feierlichen Krönungszeremonie gab es vor der Abtei

blutige Auseinandersetzungen. Wenn ihr Vater hiervon erzählte, hörte Christina nicht hin. Sie wollte nur wissen, wie es in der Kirche aussah, von Bischöfen hören und dem König.
Um die Inthronisierung abzusichern und den neuen König zu stärken, wurde Wilhelm von einem angelsächsichen und einem normannischen Bischof in jeweils angelsächsischer und altfranzösischer Sprache den beiden Volksgruppen als König vorgestellt.
Zu den ersten Amtshandlungen des Königs gehörte, daß alle Ländereien angelsächsischer Adeliger, die für König Harold bei Hastings gefochten hatten, enteignet und an seine Ritter als Lehen ausgegeben wurden. Christina war erleichtert, denn niemand aus ihrer Familie hatte bei Hastings auf Harolds Seite gekämpft. Aber ihre Freude war nicht ungetrübt: Widerstände im Land mußten brutal gebrochen und viele weitere Gebiete unter die normannische Herrschaft gezwungen werden. Als Zeichen der Macht ließ Wilhelm I. auf runden, künstlich angelegten Hügeln Wehrbauten errichten, zu denen auch Londons berühmtes Bauwerk, der Tower gehört.
Wenn es auch vorübergehend danach aussah, daß die Normannenherrschaft sich Englands vollends bemächtigte und radikale Neuerungen eingeführt wurden, so kam es letztlich doch nicht zu einem unüberwindbaren Bruch mit der angelsächsischen Vergangenheit. Christinas Vater Autti legte besonderen Wert darauf, dies zu erwähnen. Keiner der Familie durfte vom Tisch aufstehen, bis er diesen versöhnenden Gedanken zu Ende geführt hatte, denn es ging gleichzeitig um die Geschichte ihres adeligen Besitzes in Huntingdonshire, auf dem und von dem sie alle lebten. Autti verstand es glänzend, seine Liebe mit der Geschichte und dem jetzt Notwendigen zu verbinden.
Wilhelm I. handelte klug in seiner Herrschaftspolitik. Er verstand es einerseits, normannische Neuerungen und tiefgreifende Veränderungen einzuführen, andererseits aber auch am angelsächsischen Erbe festzuhalten und bewußt alte Einrichtungen und Traditionen zu bewahren und zu pflegen.
Autti und seine Frau Beatrice waren streng im christlichen Glauben aufgewachsen und erzogen. Sie versuchten, dieses Glaubens- und Kulturgut, welches von König Wilhelm I. im Sinne römischer

Reformvorstellungen neu organisiert und unterstützt wurde, ihren Kindern wie auch allen auf ihren Anwesen Beschäftigten weiterzugeben. Die höher entwickelte normannisch-französische Glaubenskultur fand in der zweiten Hälfte des 11. Jahrhunderts allmählich in ganz England Einlaß.

Fünfzig Jahre später entstand auf dieser Basis und durch Christina ein Buch, dem sich jeder Betrachter in höchster geistiger Ergriffenheit, Bewunderung und heiterer Freude kaum mehr entziehen konnte und kann.

Den Boden dazu bereitete Wilhelm I., nicht indem er Geistliche angelsächsischer Herkunft aus ihren Ämtern entließ, sondern indem er bei Neubesetzungen ausschließlich auf normannische und nordfranzösische Geistliche zurückgriff. So berief er 1070 einen hochangesehenen Gelehrten zum Erzbischof von Canterbury, den Abt von St. Stephan in Caen, Lanfranc von Bec. Alles aber, was Autti von kirchlichen Angelegenheiten zu berichten wußte oder berichten wollte, war äußerst kurz gefaßt und eher sachlich als erbaulich - wie Christina es gern gehört hätte.

Mit dem Tod Wilhelm I. im Jahr 1087 während eines Feldzugs in Nordfrankreich wurde die Geschichte für Christina weitaus spannender - bewegte sich dieses Ereignis doch lediglich zehn Jahre vor ihrer Geburt. Die Sicherheit der Familie und der Besitzungen wurde noch einmal erschüttert durch die bange Frage, wer nun König von England werden würde. Es zeigte sich jedoch sehr bald, daß die wirtschaftlichen und sozialen Strukturen derart gefestigt waren, daß die Wirrnisse der Folgezeit ihnen nichts anhaben konnten. Der nahezu selbstmörderische Kampf der Söhne Wilhelm und Heinrich um das Erbe des Vaters war zwar anfangs für alle bedrohlich, wurde aber dann zusehends auf der persönlichen Ebene unter den Geschwistern ausgetragen.

Wenn Autti zu seinen Kindern davon sprach, daß trotzdem für die Familie dreizehn harte und arbeitsreiche Jahre bis zur Jahrhundertwende folgten, so tat er es, um ihnen versteckt zu sagen, daß ihm und seiner Frau keine Zeit blieb, in der sie schönen Dingen, geistiger und religiöser Bildung, der Kunst und der Musik hätten nachgehen können.

Wilhelm, auch Rufus der Rote genannt, übernahm die Herrschaft.

Sein jüngerer Bruder Heinrich wurde mit Geld abgefunden und mit Ehrenämtern betraut. Autti erzählte seinen Kindern, mit welch brutaler Macht- und Steuerpolitik der neue König Wilhelm II. auch gegen die Kirche vorging. Er zögerte Abtwahlen und Neubesetzungen von Bistümern hinaus, um sie in der Zwischenzeit ungestört ausplündern zu können. Nach dem Tod des Erzbischofs stellte er Canterbury vier Jahre lang unter königliche Verwaltung, bis er sich 1093 in Folge einer sehr schweren Krankheit dazu entschloß, Anselm, einen der berühmtesten Theologen und Philosophen, zum Erzbischof von Canterbury zu berufen. Nach der Gesundung des Königs begannen jedoch heftige Auseinandersetzungen und Dispute, so daß Anselm im Jahr 1097 - dem Geburtsjahr von Christina - beschloß, das Land zu verlassen.
Christina war betroffen, unter einem so streitsüchtigen und rücksichtslosen König geboren zu sein. Daß Wilhelm Rufus einen Hang zur Homosexualität hatte und damit barbarisch und zügellos umging, verschwieg Autti, denn er wußte nicht, wie er seinen Kindern dies näher erklären sollte.
Autti, der Christinas Betroffenheit bemerkte, versuchte, ihr die weiteren Zusammenhänge nahezubringen. „Als du drei Jahre alt warst und Heinrich seine Königspläne durchsetzen konnte, wurde auch für uns alles erträglicher und wesentlich besser. Der ungeliebte König Wilhelm II. fand unter seltsamen Umständen am 2. August 1100 den Tod. Während einer Jagd im New Forest in Südengland wurde er von einem Pfeil tödlich getroffen. Aller Wahrscheinlichkeit nach handelte es sich dabei nicht um einen Unfall. Sein jüngerer Bruder Heinrich nahm auch an der Jagd teil ...
Ohne sich um seinen toten Bruder zu kümmern, ritt Heinrich nach Winchester, um am nächsten Tag seine Wahl und bereits drei Tage nach dem Tod des Königs seine eigene Krönung einzuleiten. Nie versuchte er, den Tod seines Bruders gerichtlich aufzuklären oder zumindest den gedungenen Todesschützen, der überstürzt nach Frankreich geflohen war, zur Verantwortung zu ziehen.
Aber dieses alles darf ich euch gar nicht erzählen; wir könnten belangt werden, da nichts wirklich bewiesen ist. Heinrich I. bewirkt viel Gutes für unser Land. Daher sollten wir über ihn nicht schlecht reden."

Sich selbst gestand er ein, daß er einen englischen König mit normannischer Abstammung immer noch nicht vollends akzeptieren konnte.

Die Taube von Huntingdon

Was geschah zur Zeit ihrer Geburt? Christina wollte es wissen. Ihrem Vater zu Liebe fügte sie hinzu, daß sie natürlich auch etwas von dem wissen wolle, was im Jahr 1097 über das Ereignis ihrer Geburt hinaus in England geschah. Jetzt war Beatrice an der Reihe - zunächst einmal. Denn wie konnte Autti schweigen, da er nach politischen Ereignissen der jüngsten Vergangenheit gefragt wurde?

„Als du unterwegs warst, stand ich eines Tages am Fenster und schaute lange auf die Stadt, auf den Wehrturm, die Kirche und das Kloster. Plötzlich sah ich eine Taube, weißer als der Schnee. Sie kam geradewegs in einem sanften Flug und in getragener Ruhe auf mich zu. Sie schien zahm zu sein, denn sie setzte sich, als ob sie Schutz suchen wolle, auf den breiten Umschlag meiner weiten Bluse, die ich damals trug. Als ob sie, wie deine Schwestern und deine Brüder, zur Familie gehörte, blieb die Taube eine ganze Woche lang. Sie war ganz ruhig und erlaubte mir, sie mit der Hand zu streicheln. Auch jetzt zeigte sie in keiner Weise eine Unruhe. Sie kuschelte sich an mich und setzte sich vertrauensvoll auf meinen Schoß. Eine solche Freude durchströmte mich, daß ich deinen Geburtstag kaum erwarten konnte. Dann wurdest du am 6. November zwischen 6 und 9 Uhr abends geboren. Als erstes wünschte ich dir, daß du ein Mensch von großer Seelenstärke werden mögest."

Alle schwiegen und schauten auf Christina, denn die Erfüllung dieses Wunsches mußte sich ja noch verwirklichen.

Bei passender Gelegenheit, doch wohl eher unbedacht, hatte Christina, als sie schon in Markyate lebte, dem Abt von St. Albans bei seinem Besuch diese Begebenheit mit der Taube erzählt. Wie überrascht und innerlich bewegt war sie, als sie später in ihrem „Buch" diese Taube in einigen Zierrahmen der Miniaturen wiederentdeckte. Gleich vier Tauben sah sie auf dem Bild der Dar-

stellung im Tempel, obwohl der Evangelist Lukas nur von zwei Tauben spricht. „Die Flucht nach Ägypten" hatte der Alexis-Meister mit groß schwingenden Arkaden umrahmt, die wie Brücken ihre Bögen von einem Ufer zum anderen spannen. Unter ihnen sitzt jeweils - sicher und geschützt - eine Taube.
Christina spürte deutlich und dankbar die ganz persönliche und liebevolle Zuwendung, die sich in dem beschützenden Detail verbarg. Niemals mehr in ihrem Leben sprach sie über dieses vorgeburtliche Geheimnis der Taube.
Autti, der sich zurückgehalten hatte, drängte es nun, Christinas Frage nach den Ereignissen des Jahres 1097 zu beantworten.
„Wenn auch die Taube seit Noah ein Zeichen der Versöhnung mit der Schöpfung und ein Symbol des Friedens ist - denn sie hat keine Galle und ist daher von Natur aus besonders friedfertig - und wenn auch die Taube über dem heiligen Dunstan von Canterbury schwebt: Bei deiner Geburt hatten wir noch keinen Frieden im Land.
In Rom bemühten sich gleich zwei Päpste, die Christenheit zu regieren. Der Gegenpapst Clemens III. mußte aus Rom nach Ravenna fliehen, um Papst Urban II. Platz zu machen, der mit allen Kräften versuchte, die Kirchenspaltung zu überwinden. Unter Urban II. entstand die römische Kurie. Leider wurde er zum Initiator der Kreuzzüge, die in deinem Geburtsjahr begannen. Fünfzigtausend Mann zu Fuß und zu Pferd meldeten sich gleich bei seinem ersten Aufruf. Damit begann eine grauenvolle Folge des Leids.
Bei uns hatten wir noch unter der brutalen Regierung König Wilhelms II. zu leiden. Sein zweiter Bruder, Robert, der Herzog der Normandie, war der ständigen und unerfreulichen Auseinandersetzungen mit Wilhelm müde und beschloß, dem Aufruf Papst Urbans II. zu folgen. Der König gab seinem Bruder die hierzu notwendige hohe Geldsumme und erhielt dafür alle Herrschaftsrechte der Normandie. Wie du dir vorstellen kannst, mußten wir - und nicht die Normannen - den gesamten Wert in Silber hier in England aufbringen.
Aber noch etwas Besonderes, was dein Herz erfreuen wird, möchte ich dir aus dem Jahr 1097 berichten. In der großen Mönchsabtei der Benediktiner in Stavelot in den Niederlanden gibt es einen

Malermönch, der Goderannus heißt. Nach einer langen, über Jahre andauernden begnadeten Zeit hat er im Herbst 1097 eine ganz wunderbare, große zweibändige Bibel fertiggestellt, nach London gebracht und dort signiert. In unserer Kaufmannsgilde hat man davon erzählt, weil einige von uns, die dort bei den Benediktinern zu Feierlichkeiten und in der heiligen Messe waren, diese so kostbar bebilderten und geschriebenen Bücher gesehen haben. Wenn sie nicht gerade im Gottesdienst benutzt werden, kann man sie in Ruhe anschauen und darin lesen. Die prachtvollen Bücher von Goderannus liegen immer aufgeschlagen auf einem kleinen Seitenaltar. Weil das Jahr 1097 für dich und uns alle so wichtig ist, habe ich mir diese kleine Geschichte der Goderannus-Bibel gemerkt. Bestimmt werden die Bücher auch heute noch zu sehen sein. Wir sollten sie uns, wenn wir das nächste Mal in London sind, anschauen."

Sueno - ihr erster Freund

Christina, die niemals müde wurde zu fragen und immer wieder zu fragen, entwickelte bereits in ihrer frühen Jugend ein gutes Unterscheidungsvermögen und vor allem Eindeutigkeit. Alles, was ihr gefiel, und das war eine Menge, konnte sie gut behalten, doch alles, was sie nicht berührte, vergaß sie schnell wieder.
Es fiel ihr dagegen schwer, über den Verstand den Unterschied zwischen richtig und falsch zu begreifen. Sie konnte daher auch nicht verstehen, warum sie das sogenannte Rechtschaffene lieben und auf der anderen Seite das Schlechte, die Gottlosigkeit, ablehnen oder sogar hassen sollte. Sie konnte nicht verstehen, warum sie ihre Gefühle dem Verstand und dem Denken unterordnen sollte, anstatt ihnen spontan zu folgen. Das war doch viel einfacher und heiterer, wenn sie sich selbst nicht immer beachten und beobachten mußte, nicht abwägen mußte, ob etwas angemessen war oder nicht, wenn sie die Freude nicht filtern und sie der Umwelt anpassen mußte. Man versuchte, ihr ein ethisches und religiöses Bewußtsein anzuerziehen, bemerkte aber nicht, wie in diesem Kind schon sehr früh ganz von selbst diese Werte ihr gemäß auf-

brachen und ins Wachsen kamen. Da aber die Spannkraft und die Ruhe ihrer Seele stark waren, litt sie keinen Schaden. Auch keine Norm, selbst wenn sie von Beatrice oder Autti kam, konnte sie zu etwas zwingen.
Sie hatte zwar von Gott gehört und von Christus, daß er überall gegenwärtig sei und gut, doch erst als die Zeit gekommen war, in der sie mit sich selbst Zwiesprache hielt, begann ihr religiöses Bewußtsein zu wachsen.
Christina entdeckte eines Abends beim Einschlafen eine Kraft und einen wohligen Frieden in sich. Ihr wurde klar: Dieses Empfinden konnte sie selbst niemals willentlich herbeiführen. Sie sehnte sich immer wieder hiernach, besonders wenn der Tag zuviel Abwechslung gebracht und sie müde gemacht hatte. Ganz von selbst, ohne Anleitung und Weisung von außen, begann Christina in dieses Schweigen der Nacht hinein zu beten. Manchmal sprach sie laut dabei, so daß Matilda und Margaret, ihre beiden Schwestern, die in der Nähe schliefen, sich fragten, mit wem Christina rede. Fest davon überzeugt, im Gebet von niemandem außer von Gott gehört zu werden, war Christina erstaunt, als ihre Schwestern sich am nächsten Tag über sie lustig machten. Von nun an vermied sie es, in ihrem Beten laute Worte zu machen.
In Huntingdon gab es einen Kanoniker, der Sueno hieß - bekannt durch seine Herzlichkeit und Zuwendung, die er jedem zuteil werden ließ, der ihm begegnete. Das, was er lehrte und auch schrieb, fand Anerkennung und eine große Verbreitung. Als Christina mit ihrer Mutter in der Stadt war, begegneten sie Sueno, der stark von der Ausstrahlung und dem Wesen dieses kleinen Mädchens beeindruckt war. Von da an suchte er die Gelegenheit, und oft ergab sie sich, Christina zu sehen und mit ihr zu sprechen.
Mit zunehmendem Alter konnte Christina alles verstehen, was er ihr sagte, und es kam langsam zu Gesprächen zwischen beiden, aus denen auch Sueno neue Erkenntnisse für sich gewann. Sie sprachen über ein geistliches Leben, die Hinwendung im Gebet zu einem Kraftquell und über die Aufgaben, die das Leben für jeden Menschen bereithält. Sueno war erfüllt, wie Christina all das in so frühen Jahren einsichtig verstand. Er bejahte und unterstützte sie. Manchmal hatte er jedoch etwas Angst, Christina würde den Bo-

den der Wirklichkeit unter ihren Füßen verlieren und vielleicht einem Traum oder einer Illusion nachgehen. Deshalb erzählte er ihr von den Schwierigkeiten, die das Leben - und ganz besonders das geistliche Leben - mit sich bringen kann. Immer aber, wenn er auf die Wirklichkeit seines eigenen Lebens zurückkam, leuchtete große Dankbarkeit in ihm auf. Er konnte nicht anders, als Christina Mut dem Leben gegenüber zu machen, das auf sie warten würde, damit sie es mit sich selbst fülle.

Leonard bereitet den Weg

*E*ine ganz andere Art der Begegnung und Freude, die ihrem Alter - wie alle glaubten - wohl eher angemessen sei, entstand durch ihre Tante Alveva, bei der Christina häufig mit ihren Eltern, manchmal aber auch allein zu Gast war. Obwohl Beatrice und Autti größten Wert darauf legten, ihre Geburts- und Namenstage, wie auch die der Kinder, zu Hause und angemessen zu begehen, konnten sie in diesem Jahr am 6. November einer Einladung der Gilde nach London nicht absagen. Autti hatte den Vorsitz der Kaufmannsgilde und war mit allen Kräften bemüht, die ursprünglich religiösen Ziele der Gilde den weltlichen wieder vorzuordnen.
Christina durfte den Geburtstag und die Nacht bei ihrer Tante, der Schwester ihrer Mutter, verbringen. War das ein Fest! Alveva versuchte, den Tag für ihre Nichte so schön wie möglich zu gestalten. Da sie wußte, wie sehr Christina Bücher liebte, aber selbst noch nicht richtig damit umgehen konnte, schlug sie am Abend vor, etwas aus einem sehr alten Buch vorzulesen. Sie holte es aus einem Schrank unterhalb der Treppe, die zu den Schlafräumen führte.
„Weißt du, dies ist ein Buch, das von Menschen handelt, die es im Leben sehr schwer hatten und dann mit ganz besonderer Hilfe etwas Großes oder Einmaliges vollbrachten. Es ist eine Hagiographie, aus der ich dir jetzt gern von dem Mann vorlesen möchte, der von der Kirche heute, am 6. November, gefeiert wird. Hast du schon einmal etwas von Leonard von Limoges gehört? Er ist an deinem Geburtstag gestorben und wird seither als Patron der Gefangenen, der Fuhrleute und der Pferde verehrt."

Nachdem sie es sich beide vor dem wärmenden Feuer bequem gemacht hatten, es war schon dunkel und regnerisch kalt, schaute Christina ihre Tante mit großer Freude, begeistert und gespannt an. Manchmal hatte Christina den Eindruck, daß wohl nicht alles in dem schönen Buch geschrieben stand, was Alveva berichtete, wenn sie recht lange zu ihr hinüberschaute, ohne in das Buch zu blicken. Dann hatte Christina auch den Mut, sie zwischendurch zu fragen, was sie so gern tat, wenn sie etwas nicht verstanden hatte oder gar genauer wissen wollte.

„Leonard lebte im 6. Jahrhundert und stammte aus einem fränkischen Adelsgeschlecht. Seine Eltern gehörten zu den Vornehmsten am Hofe König Chlodwigs I., der von 481 bis 511 die Königskrone besaß. Der Knabe kam schon sehr früh zu ritterlicher Ausbildung an den Hof und machte sich sehr beliebt. Da auch der König Leonard sehr schätzte und förderte, stand dem jungen Ritter eine glänzende Zukunft bevor. Am Hof lernte er die christliche Religion durch den Bischof Remigius von Reims kennen und war von dieser Lehre so ergriffen, daß er sich taufen ließ. Der König selbst war der Taufpate Leonards. Durch Remigius von Reims weiter unterrichtet, gab er sich immer mehr einem ernsten philosophischen und theologischen Studium hin. Leonard verzichtete auf alle Vorteile seiner adeligen Geburt und wurde am Ende seiner überaus erfolgreichen Studien zum Priester geweiht.

Der junge Geistliche predigte das Christentum mit so großer Begeisterung und geistlicher Redekraft, daß sich sein Ruf sehr schnell ausbreitete. Wie sein Lehrer Remigius hatte sich auch Leonard besonders der Gefangenen angenommen. In der liebevollen Fürsorge für alle Unfreien spürte er seine Hauptaufgabe. Er war bei allen beliebt, da seine Taten die Wirkung seiner Worte verstärkten. Durch eindringliche Bitten hatte es Leonard schließlich beim König erreicht, daß dieser ihm weitgehende Vollmachten zur Befreiung von Gefangenen übertrug. Chlodwig allerdings hatte mit dem demütigen und bescheidenen Kleriker Größeres vor: Er wollte ihn mit einem Bistum belehnen, um ihn noch stärker an sich zu binden. Doch Leonard, der vor allem die Einsamkeit und ein einfaches Leben liebte, lehnte dieses königliche Angebot ab und kehrte Reims den Rücken. In einem bei Orleans gelegenen Kloster lernte er, noch tiefer zu meditieren, und gab sich ganz der Askese und Betrachtung hin."

Als Christina, die gespannt zugehört hatte, mit der Frage: „Was ist Askese? Ich habe das Wort noch nie gehört", ihre Tante unterbrach, freute sich Alveva zuerst über diese Unterbrechung, mußte aber dann lange und angestrengt überlegen, ehe sie Christina eine verständliche Antwort geben konnte.

„Du hast Vater und Mutter gern - auch deine Geschwister - und liebst sie. Weil du sie liebst, bist du ganz von selbst bereit, hier und da für den anderen auf etwas zu verzichten oder gar Entbehrungen auf dich zu nehmen. Das ist Askese, eine Lebensweise, die aus dem liebenden Miteinander entsteht. In einem größeren Zusammenhang gesehen, ist es schon sehr wichtig, verzichten zu können, damit andere Menschen, die Tiere und die Pflanzen überleben können. Leonard wollte dazu beitragen und verzichtete auf Macht, Gewalt und Reichtum. In der Zurückgezogenheit des Klosters ging er in seiner selbst gewählten Askese noch einen Schritt weiter und schränkte seine leiblichen Bedürfnisse wie zum Beispiel das Essen ein, um eine größere geistige Kraft zu gewinnen.

Jetzt lese ich weiter:

Leonards Wunsch, in einer noch größeren Einsamkeit zu leben, ließ ihn in die Wälder nahe bei Limoges gehen. Obwohl er sich hier als Einsiedler ganz zurückgezogen hatte, kamen viele Menschen zu ihm, die ihn um Rat fragten und ihn um seine Hilfe baten. Die Bauern der Umgebung brachten ihre kranken Pferde zu Leonard, der durch seine einfühlende Art und durch seine Naturkenntnis auch bei Krankheiten und Seuchen anderer Tiere zu einem gütigen Helfer wurde. Nach und nach entstand aus der Einsiedelei eine kleine Gemeinschaft.

Vom König selbst erhielten sie ein Stück Land, um ein Kloster zu errichten. Leonard nannte es 'Nobiliacum', weil die Stätte ihnen von einem edlen König geschenkt worden war. Jetzt konnte Leonard außer dem Gebet auch wieder praktisch etwas für die Gefangenen tun, die ihm sehr am Herzen lagen. Er besuchte die Gefängnisse sooft er nur konnte, sprach den Insassen Mut zu und setzte sich für ihre Befreiung ein. Um diesen Gefangenen, die mit der neu gewonnenen Freiheit nicht viel anfangen konnten, zu hel-

fen, sie vor lasterhaftem Leben, Müßiggang und Rückfall zu schützen, betraute der kluge Abt sie mit Rodung und Bebauung. Auf diese Weise schuf er bäuerliche Siedlungen, die der einheimischen Landwirtschaft Nutzen brachten.
Es kamen auch zahlreiche Vornehme in die Einsamkeit des Klosters, um sich vom Abt Leonard Rat und Lebensmut zu holen. Er zeigte den Hilfesuchenden neue Wege auf und befreite sie von ihren sorgenvollen Ängsten. Im Volksmund wurde er der 'Löser von feindlichen Ketten' genannt.
Auch erzählte man sich von ihm, daß er den Lärm der Räder und den Brand des Feuers nicht sehr liebte und beidem gern aus dem Wege ging. Seine Klugheit soll so groß gewesen sein, daß er mit offenen Augen geschlafen und seine Fußspuren beseitigt hat. Doch dies war nicht wörtlich gemeint: Leonard wachte durch die Arbeit seines Tuns und schlief im Wachen durch die Ruhe innerer Betrachtung. Er lebte derart in einer von Gott erfüllten Gegenwart, daß alles, was er dachte, sprach und tat, weder bei ihm selbst noch bei anderen dunkle Spuren hinterließ.
Hochbetagt und geehrt starb Leonard nach einem erfüllten Leben am 6. November 559. Um ihn noch einmal zu sehen und zu würdigen, kamen viele Menschen zum Kloster. Drei Tage fasteten und beteten sie. In dieser Zeit war über alles Land Schnee gefallen. Doch allein die Stätte, an der der heilige Leonard ruhen wollte, war frei von Schnee. Dahin überführten sie ihn jetzt, freudig und dankbar im Glauben, daß ein anderer den Ort der letzten Ruhe für ihn bestimmt hatte."
Christina war sehr berührt von den Worten, die Alveva gelesen und gesprochen hatte, und mußte darüber nachdenken. Nach einem langen Schweigen stellte Christina viele Fragen, und das Gespräch wollte nicht enden.

Erste Ein-Sicht in St. Albans

Über Jahre, obwohl sie sich nicht allzu oft sahen, war es der Kanoniker Sueno, der das geistig-geistliche Wachstum Christinas begleitete, der ihre eigentlichen Fragen beantwortete und dem auch sie viel bedeutete. Eines Tages ergab es sich, daß ein Dritter an ihrem Gespräch teilnahm. Das gemeinsame Thema war die sexuelle Enthaltsamkeit vor der Ehe, die Ehelosigkeit und das Unberührtsein eines Mädchens. Sueno legte die damit verbundenen großen Schwierigkeiten dar, aber auch das tiefe Glück, das alle Menschen empfinden, die diesen Weg ohne einen Zwang von außen ein Stück weit oder ihr ganzes Leben lang gehen.

Es war für Christina eine große Provokation und Herausforderung, als der dritte Gesprächspartner - Sueno war zwischenzeitlich zu einer dringenden Aufgabe gerufen worden - zu ihr sagte: „Hast du denn nicht bemerkt, daß der Kanoniker Sueno selbst sexuell derart stimuliert war, als er redete, und besonders, als er dich anschaute? Wollust und Gier sprachen ihm aus den Augen. Wenn es nach ihm ginge und er den Klerikerberuf nicht hätte, würde er ohne weiteres und ohne sich im geringsten dafür zu schämen selbst noch mit einer häßlichen und mißgestalteten leprakranken Frau lustvoll schlafen."

Christina war entsetzt. Voll Abscheu, ärgerlich und ungehalten unterbrach sie böse: „Wenn du mit mir vernünftig reden willst, dann tue es, und ich höre dir zu. Wenn du aber fortfährst, werde ich auf der Stelle gehen." Auch die weiteren Worte Christinas waren von einer derart klaren Entschiedenheit, daß diese Person sofort verstummte und sich entschuldigte. Später soll sie einmal gesagt haben, durch Christina sei in ihr der Glaube an das Gute grundgelegt und gefestigt worden - so wie aus Zement feste Steine werden und aus ihnen wiederum eine Mauer.

1112, in ihrem fünfzehnten Lebensjahr, sollte Christina einen Ort und die Menschen dort kennenlernen, die ihren weiteren Lebensweg bestimmen würden. Vielleicht war es eine gute Fügung oder gar eine Vorsehung, daß Autti und Beatrice beschlossen, zum Kloster St. Albans zu fahren und ihre über alles geliebte Tochter mitzunehmen. Viele Menschen wallfahrteten von überall und weit her, um den Märtyrer Alban zu verehren, dessen Reliquien in einem Schrein der Klosterkirche aufbewahrt werden. So wollten auch Beatrice und Autti in diesem Jahr Segen, Schutz und Geleit des heiligen Alban für sich, ihre Familie und besonders für Christina erbitten.

Südwest-Ansicht der Abtei-Kirche St. Albans
Stich von 1870

Sie machten sich mit dem großen Planwagen auf den langen Weg von Huntingdon nach St. Albans; eine mühsame Zweitagesreise über 42 Meilen. Christina war nicht nur von der großen und mächtigen Klosteranlage begeistert, sondern mehr noch von der Begegnung mit den Mönchen. Sie erlebte diese während der Feierlichkeiten in der Kirche: bei der heiligen Messe, den Gottesdiensten, zu den Tagzeiten. Sie hatte auch Gelegenheit, mit einigen von ihnen persönlich zu sprechen und - wie immer - viele Fragen zu stellen. Alles, was ihr in St. Albans begegnete, nahm sie sorgfältig und intensiv in sich auf. Die gelebte Spiritualität der Menschen, die hier ihr Leben miteinander teilten, beeindruckte sie stark, und aus innerer Betroffenheit und Freude spürte sie in sich den brennenden Wunsch, selbst auch ein Leben dieser Art zu führen.
Die Begegnung mit St. Albans löste ein tief empfundenes Glück in ihrer Seele aus. Ein unaussprechliches Gefühl durchflutete sie - so, als ob man von einer langen Reise nach Hause kommen darf. Sie wollte und konnte nicht darüber sprechen. Erst als ihre Eltern das Kloster wieder verlassen wollten, wurde Christina förmlich gezwungen, ihr Schweigen zu brechen, indem sie ein äußeres Zeichen setzte. Sie lief, ohne daß es jemand bemerkte, zurück zur Kirche und ritzte mit ihrem Fingernagel ein Kreuz in die Tür - mit dem inneren Versprechen, ihr Leben wie diese Mönche zu gestalten.
In der Eile und im Umschauen war sie unendlich glücklich. Es war ihr gelungen, das Kreuz als Ausdruck und Dokument ihrer Liebe zu St. Albans und zur monastischen Lebensweise an der Tür des Gotteshauses zu hinterlassen.
Noch am selben Tag begannen sie die Heimreise und kamen bis nach Shillington, einem kleinen Ort, 18 Meilen nördlich von St. Albans. Hier übernachteten sie. Doch die innere Ruhe, die sie aus St. Albans mitgebracht hatten, war schnell dahin, als sie sich am Abend in Gesellschaft anderer je nach Laune dieser oder jener Unterhaltung hingaben.
Christina wurde es zuviel; sie zog sich zurück, um zu beten. Sie sah sich in der Meditation auf dem Totenbett liegen, so, als ob die Zukunft bereits Gegenwart geworden wäre. Dieses Bild war mit der gedanklichen Vorstellung verbunden: Wohl keiner kann den Aufenthaltsort der Seele voraussagen, wenn sich das Leben aus

dem menschlichen Körper zurückgezogen hat. Doch eines wurde ihr jetzt durch und durch bewußt, und sie war sich ganz sicher: Wenn ich mein Leben positiv einrichte, wird irgendwann eine tiefe Freude, Heiterkeit der Seele und Glückseligkeit entstehen. Wenn ich auf der anderen Seite negativ und böse bin, wird das Leben hier und danach zu einer unerträglichen Qual werden.
Christina war ganz erfüllt von dieser aus dem Herzen kommenden Erkenntnis. Am Ende der Meditation und aus tief empfundener Dankbarkeit mündeten die Ströme ihrer Gedanken wie von selbst in ein Gebet:

Herr, du kennst mein Verlangen,
und meine Sehnsucht ist dir nicht verborgen.
Du bist gegenwärtig und für immer da.
Wenn ich auch schwach bin,
so bist du, Gott, die Stärke meines Herzens.
Alles, was dir fern ist, hat keinen Bestand.
Laß mich dir nahe sein, um mich auf dich zu verlassen
und um aus dir mein Leben zu gestalten.
Gewähre mir, ich bitte dich, Einsicht in das, was recht ist,
und erfülle mich mit der Gegenwart deines Heiligen Geistes.

Am nächsten Tag kehrte Christina mit ihren Eltern wohlbehalten nach Huntingdon zurück. Es waren von Shillington aus noch 24 Meilen, die sie - manchmal auf recht unwegsamen Straßen - zurücklegen mußten. Wie konnte es anders sein, daß Christina gleich Sueno aufsuchte, um ihm alles zu berichten, was sie in St. Albans erlebt hatte und was in ihr vorgegangen war? Das Wichtigste, sie vertraute es ihm sehr leise an, war ihre innere feste Zusage, ein einfaches eheloses Leben wie die Mönche von St. Albans zu führen. Sueno war still und überlegte lange, ehe er etwas sagte. Da er Christinas Elternhaus gut kannte, zog er einige Gegenargumente in Betracht, sprach sie aber nicht aus.
Zutiefst innerlich davon überzeugt, daß dieses Mädchen Einsicht in ihr eigenes Wesen und in den für sie zu gehenden Weg erhalten habe, wiederholte und bestätigte er Christinas Versprechen in einem gemeinsamen Gebet.

In ihrem Elternhaus ereignete sich nichts Auffallendes. Niemand bemerkte den großen Prozeß ihrer inneren Reifung und Entscheidungsfindung. Christina lebte in Frieden mit ihrer Umgebung und sich selbst. Sie war sehr glücklich darüber, daß sich ihr Tag für Tag neue Einsichten schenkten, tiefere Erkenntnisse, die sich ihr in den verschiedensten Alltagssituationen offenbarten. Doch die Dunkelheit konnte dieses Einbrechen des Lichtes in ihre Seele nicht länger ertragen und versuchte zu zerstören. Aufrührerische Gegenkräfte konkretisierten sich schon recht bald und stellten sich Christina in den Weg.

Leidenschaftliches Verlangen

Die im Jahr 1093 erbaute große normannische Kathedrale von Durham im Nordosten Englands war der Sitz des Bischofs Rannulph Flambard. Gleichzeitig hatte er die Stelle des Justitiars für ganz England inne und war demzufolge direkt dem König unterstellt. Zur Klärung von Rechtsfragen und Rechtsangelegenheiten mußte er häufig die lange und beschwerliche Reise nach London auf sich nehmen. Rannulph Flambard war ein guter Bekannter von Alveva, der Tante von Christina. Lange bevor er 1099 zum Bischof geweiht wurde, hatte er sich für Alveva interessiert und sie zu seiner Geliebten gemacht. In der Hoffnung auf eine Ehe hatte sie eingewilligt und ein Kind von ihm bekommen. Nachdem sich ihre gemeinsame Situation jedoch erheblich verändert hatte, heiratete sie einen Bürger aus Huntingdon, mit dem sie und ihre Familie sehr glücklich waren. Ihr zu Liebe, wie auch des Kindes wegen, zeigte sich Rannulph Flambard großzügig. Er hielt die Beziehung zur Familie aufrecht und schätzte auch die übrige Verwandtschaft. So besuchte er sie jedes Mal, wenn er auf dem Weg von Northumbria nach London war, und machte auch auf seinem Rückweg bei ihnen in Huntingdon Station.
Bei einer solchen Gelegenheit kam oft Autti mit seinen Kindern in das Haus von Alveva, um Rannulph Flambard zu treffen, mit dem er sich freundschaftlich verbunden fühlte. Der Bischof hatte Christina, jetzt 17 Jahre alt, lange nicht gesehen und war entzückt -

nicht nur von ihrer Anmut, sondern auch von ihrer Schönheit. Er konnte seinen Blick von ihr nicht abwenden, so sehr fühlte er sich zu ihr hingezogen. Ihre Ausstrahlung berührte ihn auch körperlich so stark, daß er ganz fasziniert von ihr war und das Verlangen in ihm aufstieg, sie für sich zu haben. Weiteres stellte er sich bildlich vor ...

Bischof Flambard zeigte sich von nun an äußerst geschäftig, da er einen Vorwand suchte, mit dem Mädchen allein zu sein. Raffiniert lockte er Christina, die bis dahin nichts ahnte, in das Gästezimmer, in dem er auch schlief. In diesem mit wundervollen Wandteppichen behängten Raum waren außer ihnen beiden - Flambard und diesem unschuldigen Kind - noch einige Bedienstete des Bischofs. Ihr Vater, ihre Mutter und andere, mit denen sie gekommen war, vergnügten sich abseits dieses Geschehens mit anregenden Getränken unten in der Halle des Hauses. Als es langsam dunkel wurde, waren einige von ihnen schon ein wenig angetrunken. Beides kam dem Bischof sehr entgegen. Auf ein geheimes Zeichen hin verließen seine Diener den Raum, und der Bischof war endlich mit Christina allein: der Wolf und das Lamm zusammen im selben Raum.

Der stark erregte Flambard ergriff sie am Ärmel ihrer Bluse und faßte sie an. Mit eindeutigen Bewegungen versuchte er, sie willig und gefügig zu machen. Mit schmeichelnden Worten unterstützte er die bei ihm bereits begonnene sexuelle Handlung, um auch sie anzuregen.

Christina überlegte, was sie in dieser Zwangslage tun könne. Sollte sie schreien und nach ihren Eltern rufen? Daß sie dem Liebesspiel nicht zustimmte, stand bei ihr außer Frage. Es gab nur eines: ihm zu widerstehen und ihm Widerstand zu leisten. Zu rufen oder zu schreien getraute sie sich nicht, denn man würde ihr nicht glauben, daß ein Bischof sie vergewaltigen wollte. Sie handelte überlegt und im wahrsten Sinne umsichtig: ein Blick zur Tür, und sie sah, daß diese zwar geschlossen, aber nicht verriegelt war. „Erlaubt Ihr mir, die Tür zu verriegeln? Selbst wenn wir beide uns vor Gott nicht fürchten, sollten wir zumindest acht geben, daß kein Mensch uns bei diesem Tun überrascht."

Er verlangte von ihr, zu versprechen, daß dies kein Vorwand sei.

Sie tat es, bat aber noch einmal darum, die Tür verriegeln zu dürfen. Als er die Umklammerung löste und sie aus seinen Armen befreit war, stürzte sie zur Tür, öffnete sie blitzschnell und rannte aus dem Zimmer. Im Handumdrehen hatte sie die Tür von außen verriegelt und lief so schnell sie konnte aus dem Haus.

Folgenschwere Vergeltung

Dies war der Anfang der furchtbaren Ereignisse, die diesem peinlichen Vorfall folgten. Bischof Flambard, durch dieses junge Mädchen bloßgestellt und irregeführt, war empört und nahezu außer sich vor Wut. Er war wie gelähmt, blockiert in seiner Arbeit und dachte ständig darüber nach, wie er sich rächen könne, denn er litt furchtbar unter der Beleidigung, die gerade ihm als Bischof zugefügt worden war. Der einzig denkbare Weg, an diesem Geschöpf Rache zu nehmen, bestand für ihn darin, alles zu tun, damit Christina ihre Unschuld verliere. In seinen dunklen Plänen und Vorstellungen hoffte er, daß es durch ihn selbst geschehe; sonst auf jeden Fall durch einen anderen Mann. Zunächst aber hielt er sich zurück, verbarg sein Vorhaben und brach auf nach London.
Als der Bischof während seiner Rückreise wieder über Huntingdon kam, brachte er kostbare Kleidung aus Seide und wertvollen Schmuck mit. Erneut machte er Christina mit diesen Geschenken sein Angebot. Sie würdigte ihn weder eines Blickes noch interessierte sie sich für die Kostbarkeiten, die er vor ihr ausgebreitet hatte. Damit wies sie nicht nur die materiellen Zuwendungen zurück, sondern lehnte auch Flambard selbst erneut zutiefst ab. Der Bischof - zuerst in den Fängen seiner eigenen sexuellen Begierden verstrickt und jetzt in die Macht des Bösen - mußte resigniert einsehen, daß er mit seinen bisherigen Mitteln nichts erreichen konnte.
In vorsichtigen, vorbereitenden Gesprächen vermittelte er einem jungen, gutaussehenden Adeligen, der Burthred hieß, die Attraktivität Christinas wie auch die ihres Elternhauses. Einige Zeit später spornte er ihn an, um die Hand dieses Mädchens anzuhalten, indem er Burthred versprach, alles in seiner Macht stehende für

sein berufliches Fortkommen zu tun. Als der junge Mann auf die Bitten des Bischofs hin aktiv wurde, aber auch aus eigenem Antrieb, denn er war von Christina sehr angetan, beeinflußte Ranulph Flambard mit fast aufdringlicher und bösartiger Beharrlichkeit die Eltern. Geschickt, unauffällig und diplomatisch erfüllte er auf der einen Seite die beruflichen Wünsche des jungen Burthred, auf der anderen Seite gelang es ihm, auf Beatrice und Autti so einzuwirken, daß sie nicht nur einer Verlobung zustimmten, sondern diese sogar wünschten.

Alles geschah gegen Christinas ausdrücklichen Willen. Sie wurde nicht gefragt. Mit allen inneren und äußeren Kräften lehnte sie sich gegen diese Pläne auf, obwohl sie wußte, daß das Verheiratetwerden in adeligen Kreisen durchaus üblich war. Diesen Schritt aus Zwang tun zu müssen, nur weil andere es wollten, konnte sie nicht fassen. Als Bischof Flambard das erreicht hatte, was er wollte, zog er sich - befriedigt und stolz auf seinen Erfolg - nach Durham zurück.

Christina mußte sich eingestehen, daß sie trotz all ihrer Auflehnung nichts gegen die bevorstehende Verlobung und die geplante Heirat unternehmen konnte. Sie spürte ihre Ohnmacht, und ihr Herz verkrampfte sich. Sie mußte mitansehen und -anhören, wie Burthred ihre Eltern bat, die Verlobung auszurichten, denn sie hatten bereits dem jungen Adeligen die Hand ihrer Tochter versprochen. Mit Wohlwollen und Güte versuchten alle, Christina umzustimmen. Sie verließ stets das Zimmer, wenn in ihrer Gegenwart über die Hochzeitsvorbereitungen gesprochen wurde. Immer wenn Burthred oder ihre Eltern sie nach dem Grund ihrer totalen Ablehnung fragten, antwortete sie: „Ich möchte gern allein bleiben, denn ich habe ein Versprechen gegeben, nicht zu heiraten."

Die Reaktion auf diese Begründung war immer die gleiche: Man nahm sie nicht ernst, sondern machte sich lustig über ihre angebliche Naivität und Unbesonnenheit. Dies wurde um so stärker, da sie unausweichlich bei ihrer Meinung und Einstellung blieb. Dann wiederum versuchte ihre Familie in aller Ruhe und mit sanften Worten sie davon zu überzeugen, daß ihre Vorstellung kindlich, ihr Verhalten albern und die Zurückweisung Burthreds unverantwortlich sei.

Auch wurde sie unter vier Augen bedrängt, in die Ehe einzuwilligen und endlich mit ihren eigenen Vorbereitungen zur Hochzeit zu beginnen. Sie lehnte alles ab. Burthred machte ihr gutgemeinte Geschenke und große Versprechungen. Nichts, rein gar nichts konnte sie in die Richtung bewegen, die von ihr erwünscht und erwartet wurde. Man überredete sie, man bedrohte sie sogar, aber sie gab nicht nach. Selbst Helisen, eine der besten Freundinnen Christinas, war unermüdlich in ihren Bemühungen und ließ keine Gelegenheit aus, den Widerstand der Freundin aufzuweichen. Aber auch sie war nicht in der Lage, Christina so weit zu beeinflussen, daß sie wenigstens ein Wort ihrer Zustimmung gegeben hätte.
Der ständige Druck, dem Christina von allen Seiten ausgesetzt war, dauerte ein ganzes Jahr. Nichts und niemand vermochte ihre Einstellung zu ändern, doch war sie allmählich müde und erschöpft, da sie sich ständig behaupten und gegen alles ankämpfen mußte.

Der offene Ring

*I*m Jahre 1115 fand dann ein besonders merkwürdiges Ereignis statt, kurz, jedoch einschneidend. Wie gewöhnlich waren alle Mitglieder der Familie - und unter ihnen auch Christina - zum sonntäglichen Gottesdienst in der Kirche. Ein von allen Seiten lange vorher und gemeinsam geplanter Überfall wartete auf sie, der für Christina so unerwartet kam, daß sie unter Schock stand und sprachlos war. Was und wie es geschah, ist kaum zu beschreiben. Unter dem Druck, der jetzt in der Öffentlichkeit und sogar noch in der Kirche auf sie ausgeübt wurde, gab sie nach - zumindest in Worten. Und an diesem denkwürdigen Tag des Jahres 1115 wurde Christina mit Burthred vermählt.
Um ihr eine weitere Bedrückung zu ersparen und sie ganz allmählich an den neuen Zustand zu gewöhnen, nahmen ihre Eltern Christina nach der Eheschließung zunächst wieder mit zu sich, während ihr Ehemann - obwohl er ein eigenes Haus besaß - damit beschäftigt war, für Christina und sich eine neue Wohnung ganz in der Nähe seiner Schwiegereltern einzurichten. Trotz ihrer Verhei-

ratung änderte Christina ihre frühere Absicht nicht - im Gegenteil, sie brachte sogar ganz offen ihre Entschlossenheit zum Ausdruck, sich nicht den körperlichen Annäherungen eines Mannes hinzugeben, weder sich umarmen zu lassen noch mit ihm intim zu werden. Je mehr ihren Eltern diese andauernde starre Haltung und die ihnen völlig unverständliche Geisteshaltung ihrer Tochter bewußt wurde, um so mehr versuchten sie, auf jegliche Weise den hartnäckigen Widerstand zu brechen.

Sie bemühten sich, besonders freundlich zu ihr zu sein, ihr jeden Wunsch zu erfüllen, ihr Gutes zu sagen, wann immer es möglich war. Weder Geschenke noch Versprechungen änderten etwas an der Lage. Außer sich und verzweifelt blieb ihnen nichts anderes übrig, als ihrer geliebten Tochter Vorwürfe zu machen, ihr Angst einzujagen oder ihr gar Strafe anzudrohen. Alle Freunde und Verwandten redeten zusätzlich auf sie ein, um sie mit aller Gewalt vom Sinn und Zweck der Ehe als dem Höchsten zu überzeugen und sie umzustimmen.

Ihr Vater Autti übertraf alle mit seinen außerordentlichen Bemühungen, selbst seine Frau. Darauf wird gleich noch einzugehen sein.

Alle Methoden, ihr beizukommen, blieben ohne Erfolg. Schließlich griff man sogar in ihr privates und religiöses Leben ein. Christina wurde unter strenge Aufsicht gestellt und alles, was sie tat, unterlag genauer Beobachtung. Menschen aus religiösen Kreisen hielt man strikt von ihr fern und verhinderte jegliches Gespräch mit ihnen. Auf der anderen Seite luden ihre Eltern wie selbstverständlich Gäste nach Hause ein, die locker scherzten und lachten, als ob alles in Ordnung und leicht sei. Für Christina war es schier unerträglich, mit diesen Leuten zusammenzutreffen, mit Leuten, die viel Geschrei und wenig Worte machten, die nur über Weltliches redeten und die sich nur aus Zeitvertreib über dieses und jenes unterhielten. Es war ihr äußerst unangenehm, es tat ihr fast körperlich weh, mitzubekommen, wie diese Menschen Schlechtes über andere redeten, böse Dinge, und damit die guten Umgangsformen ihres Elternhauses verdarben.

Noch weitaus mehr litt sie unter dem Verbot, in das nahegelegene Kloster von Huntingdon gehen zu dürfen. Schon sehr bald war ihren Eltern offenbar geworden, daß sie nach jedem Besuch mit noch größerer Entschlossenheit, in ihrem Vorhaben bestätigt und bestärkt, nach Hause zurückkam. Von allem, was man ihr auferlegte, war für Christina dieser erzwungene Verzicht am schwersten zu ertragen. Als ihr ausdrückliches Bitten, dieses Verbot aufzuheben, erneut abgeschlagen wurde, sagte sie klar akzentuiert ihre Meinung: „Selbst wenn ihr mir den Zugang zum Kloster verwehrt, so könnt ihr mir nicht die Erinnerung an das, was ich dort erleben durfte und gelernt habe, aus dem Herzen reißen."

Gegen ihren Willen wurde sie von ihrer Familie zu öffentlichen Festessen mitgenommen, wo zu vorzüglich bereiteten Fleischspeisen Getränke aller Art gereicht und betörende Lieder von Sängern vorgetragen wurden - begleitet von den Klängen der Zither und Harfe - in bezaubernden Melodien. Wenn bei anderen diese betörende Musik eine große Wirkung hatte, warum sollte sie dann nicht bei Christina verschlossene Gefühle aufbrechen und sie in eine andere Stimmung versetzen? Könnte nicht endlich durch diese Atmosphäre die Härte ihrer Gesinnung aufgeweicht werden und sie Gefallen und Geschmack an weltlichen Freuden finden?

Was ihre Eltern sich auch einfallen ließen: Christina wurden infolge ihrer außergewöhnlichen Wahrnehmungsfähigkeit und Klugheit die Hintergründe und Absichten sofort bewußt.

Wie geschickt und intelligent sie sich verhielt, zeigte das große Fest der Kaufmannsgilde, das in diesem Jahr Autti und Beatrice ehrenhalber ausrichten durften. Unter den Gästen war eine große Zahl von Adeligen, zu denen auch Christinas Eltern gehörten. Sie standen an diesem Abend im Mittelpunkt. Christina, ihre älteste und meistgeliebte Tochter, machte ihnen die Freude, in dieser so ehrenwerten Gesellschaft die Getränke zu reichen. Um diesen Dienst angemessen und attraktiv auszuführen, wurde sie mit Nachdruck gebeten, ja, ihr wurde sogar befohlen, ihren langen Umhang abzulegen. So wirkte sie durch ihre Kleidung - die gestickte Borte an den Seiten und die gefälligen Ärmel - weitaus verbindlicher und liebenswürdiger auf die noblen Gäste.

Autti hoffte stark darauf, daß durch die Komplimente, die dieses attraktive und schöne Mädchen von überall hörte, ihre Entschlossenheit ins Wanken geriet. Aber mehr noch: Er hoffte, daß durch

die vielen kleinen Schlückchen Wein beim Zutrinken sich bei ihr über kurz oder lang eine entsprechende Wirkung einstellte. Sein Hintergedanke bei allem war, daß sie dann endlich bereit sei, sich körperlich hinzugeben, um damit die Ehe zu vollziehen. Doch Christina durchschaute das eine wie das andere und hatte entsprechende Gegenmaßnahmen getroffen. Um Auswirkungen der Komplimente, die man ihr wiederholt machte, gleich im Keim zu ersticken, richtete sie sich in Gedanken und innerlich auf das, was für sie wesentlich war. Sie bat im Gebet um Schutz und Hilfe. Dann schaute sie sich in der großen Halle um, in der die Gäste saßen, um von den vielen Ausgängen die Tür zu fixieren, die in die Himmelsrichtung wies, in der das von ihr so geliebte Kloster in Huntingdon lag.
Christina zog Kraft aus diesem Augenblick der Ausrichtung und des Innehaltens. Um in keiner Weise Gefahr zu laufen, durch Alkohol die Übersicht zu verlieren, vermied sie es, Wein mitzutrinken. Es war niemandem aufgefallen, wie geschickt sie sich verhalten hatte, obgleich sie seit Stunden den Gästen eingeschenkt und ihnen jeweils zugetrunken hatte. Erst spät am Abend, als sie ziemlich erschöpft von der Arbeit und durstig von der Anstrengung und Hitze war, trank sie unbemerkt klares Wasser, das sie körperlich und geistig wieder erfrischte.
In der Nacht - alle hatten sich voneinander verabschiedet - sollte sich der lang vorbereitete Plan verwirklichen. Ihre Eltern ließen heimlich Burthred in das Schlafzimmer von Christina. Er hatte vor, sie im Schlaf zu überraschen, um dann endlich das zu vollziehen, was er sich vorgestellt hatte und wovon er schon lange träumte: die Liebesvereinigung mit Christina.
Ihre gute Intuition und die Vorsehung, der sie sich anempfohlen hatte, ließen Christina - trotz des anstrengenden Tages - zu dieser Nachtzeit hellwach und angezogen in ihrem Zimmer sein. So begegnete sie ihrem jungen Ehemann und verhielt sich ihm gegenüber, als ob er ihr Bruder sei. Ohne sich über die Motive seines Kommens zu erheben, konnte sie alles und dieses gut verstehen, weil sein Verhalten normal und natürlich war - aber nicht, daß niemand sie verstand.
Sie bat ihn, Platz zu nehmen, und es ergab sich ein gutes Gespräch

zwischen ihnen. Christina versuchte, ihm jetzt in dieser besonderen Situation noch einmal klarzumachen, wie gern sie ein eheloses Leben führen, ihm aber nicht wehtun wolle, und daß es bestimmt andere Wege für ihn gäbe, sein Leben nach seinen Wünschen zu gestalten.
Um Burthreds Situation und sein nächtliches Vorhaben nicht vor ihm peinlich erscheinen zu lassen, erzählte sie ihm in aller Ruhe die Lebensgeschichte der Caecilia und ihres Ehemannes Valerian. Unterschwellig verband sie damit ihre eigenen Vorstellungen und Wünsche, die auf diese Weise Burthred noch einmal geschickt zu Gehör gebracht wurden.
Christina schilderte Caecilia als junges Mädchen, bei dem sich Adel der Herkunft mit der Schönheit des Körpers und des Geistes zu einem ungewöhnlichen Liebreiz verbanden. Von den Eltern zur Ehe mit dem jungen Römer Valerian bestimmt, konnte sie nach Sitte und Erziehung dem Plan nicht offen widersprechen, obwohl sie fest entschlossen war, nicht zu heiraten. Caecilia hoffte, der ihr zugedachte Gatte würde beizeiten ihre innere Einstellung respektieren. Doch es kam zur Hochzeit. Als während der Feierlichkeiten die Musikinstrumente erklangen, bat sie noch einmal im Gebet inständig darum, ein Leben ohne Ehe führen zu dürfen. Durch diese Bitte und ihre glaubwürdige Einstellung drang eine absolute Musik, ohne daß sie sie sinnlich wahrnahm, tief in ihr Bewußtsein. Dieses Erlebnis gab ihr Sicherheit und Bestätigung, der inneren Stimme zu folgen. Auf der anderen Seite erlebte sie die Begrenzung des äußeren Geschehens, in das sie durch den Willen anderer verwickelt wurde. Sie erfreute sich zwar an der Schönheit der Musik, nahm aber auch gleichzeitig die Ohnmacht aller sinnlich wahrnehmbaren Klänge in sich wahr.
Unweigerlich kam die Nacht, in der sie mit ihrem Gemahl in der Kammer an ihre Heimlichkeit kam. Caecilia verstand es, unterstützt von himmlischer Kraft, mit Klugheit und Charme von sich abzulenken, so daß die Begierden des stolzen Römers nicht zum Ausbruch kamen. Dieses Mal und immer setzte sie sich durch und bewahrte die Blume ihrer Jugend. Caecilia vermochte es, ihre gemeinsame Umgebung zum christlichen Glauben zu führen.
Es gefiel Christina, Burthred jetzt, nachdem sie die schwierigste

Stelle der Lebensgeschichte von Caecilia und Valerian überwunden hatte, von den politischen und religiösen Kämpfen unter der Regierungszeit Marc Aurels zu berichten. Sie erzählte davon, wie beide unerschrocken und mutig ihren Weg gingen, legte aber - in ihrem eigenen Interesse - den größeren Wert auf die Ereignisse im Leben Valerians, der die Entscheidung seiner Frau respektierte und, ohne seelisch Schaden zu leiden, für sich und andere erfolgreich wirken konnte.

Als Christina bemerkte, wie betroffen Burthred war, sprach sie ihn direkt und persönlich an: „Bitte nimm es mir nicht übel, daß ich mich deinen Umarmungen entzogen habe. Ich möchte dir aber einen annehmbaren Vorschlag machen. Damit unsere Familien, vor allem aber deine Freunde dich nicht ablehnen und lächerlich machen, weil ich dich auch jetzt noch nach unserer Hochzeit ablehne, du weißt, wie ich das meine, möchte ich gern mit dir gemeinsam in die neue Wohnung ziehen. Laß uns dort eine Zeitlang zusammen leben wie Mann und Frau, wie Eheleute, wenigstens nach außen. Aber in Wirklichkeit bitte ich dich ganz inständig darum, meine Haltung und das, was du mit mir erlebt hast, zu respektieren im Hinblick auf eine für mich größere Liebe, die ich im Glauben finde und der ich in mir noch weitaus mehr Raum schaffen möchte."

Beide schwiegen, bis Christina freudig aufsprang und ihm beide Hände reichte. Sie bedankte sich bei ihm, daß er sie weder berührt noch den Vollzug der Ehe erzwungen habe. Sie bedankte sich bei ihm, daß er sich die ganze Zeit über verständnisvoll zurückgenommen und sie nicht vor anderen bloßgestellt habe. „Ich möchte gern meinem Versprechen treu bleiben", sagte Christina leise am Ende des Gespräches, „und spätestens in drei oder vier Jahren in einer klösterlichen Gemeinschaft leben."

Der größte Teil der Nacht war vorüber, und in den frühen Morgenstunden verließ Burthred ihr Zimmer. Es blieb Christinas Eltern nicht verborgen, was wirklich geschehen war. Mit großer Bestürzung mußten sie hinnehmen, daß das, was sie sich von dieser Nacht erhofft hatten, ausgeblieben war. In seiner Enttäuschung und Wut nannte Autti seinen Schwiegersohn einen rückgratlosen und schlappschwänzigen Kerl. Durch eine Reihe weiterer Vorwürfe gelang es, Burthred zu bewegen, Christina in ihrem Schlafzimmer auf geschicktere Weise erneut zu überfallen. Auch Beatrice legte ihm dringend nahe, sich dieses Mal weder durch Tricks und naive Worte irreführen zu lassen noch das Wollen und die Kraft seiner Männlichkeit vorzeitig zu verlieren. Alles, was er zu tun habe, sei, den Mann herauszustellen.

Christina sprang hastig aus dem Bett und versteckte sich hinter dem breiten, schweren Fenstervorhang. Inzwischen hatte Burthred sich in der Dunkelheit ihrem Bett genähert, jedoch nicht gefunden, was er darin suchte. Im Glauben, sie sei nicht in ihrem Zimmer, gab er enttäuscht auf und zog sich zurück. Trotzdem betrat Burthred ein drittes Mal in ähnlich überraschender Weise ihr Schlafzimmer. Wieder konnte Christina ihm geschickt entkommen - in einen Nebenraum, dessen Tür sie von innen mit vorher bereitgestellten Möbelstücken verbarrikadierte. Zitternd und erschreckt wurde ihr in diesem Augenblick noch einmal die Ernsthaftigkeit dieser Situation bewußt, und daß sie etwas Entscheidendes tun müsse, damit nicht wieder so Entwürdigendes und weitaus Schlimmeres geschehe.

Christina kam sich wie eine Gefangene vor, die ständig versuchte auszubrechen. Gelang es ihr, sich in Situationen wie dieser zu bewahren, atmete sie für Momente eine kosmische Freiheit, die ihr Durchsetzungsvermögen erneut stärkte. Gleichzeitig wurde es um sie herum licht. Unfähig, mit diesen veränderten Dimensionen der Wahrnehmung umzugehen, fragte sie sich ängstlich, vor wem sie auf der Flucht sei. Für einen kurzen Augenblick definierte ihr vordergründiges und anerzogenes Denken diese Macht, vor der sie eine solche Angst hatte, als den göttlichen Widersacher, also den Dämon. Doch die wahre Antwort kam aus tieferen Schichten ihres Seins. Ihr wurde klar, daß sie einer Lebenswirklichkeit, die für ihre Eltern und Burthred notwendig war, ständig aus dem Wege ging. Mit ihren 18 Jahren, als Frau und in dieser Welt war sie noch nicht stark genug, ihre inneren Intentionen gegen die anderen durchzusetzen, die - wie sie spürte - nicht schlecht waren. Es war ihr deutlich: Sie war auf der Flucht vor einer Lebenswirklichkeit, die man ihr aufzwingen wollte - einer Lebenswirklichkeit, die nicht die ihre war.

Allmählich gab Burthred Christina gegenüber seine Liebesforderung auf, denn mit einer derart andauernd ablehnenden, starren Haltung hatte er nicht gerechnet. Die beiden adeligen Familien, die durch die Heirat enger miteinander verbunden waren, hatten sehr darauf geachtet und Wert gelegt, daß von dem seltsamen Geschehen und Geheimnis um Christina möglichst nichts nach außen drang.

Abstieg ins Licht

So war auch der ehrenwerte Sueno, der Kanoniker aus Huntingdon, von einer guten Ehe zwischen Christina und Burthred überzeugt. Der Kontakt mit ihm war völlig abgebrochen, denn man verhinderte geschickt seinen Besuch im Elternhaus. Auch erhielt er keine Nachricht von dem von ihm so hoch geschätzten Mädchen. Er ahnte nicht, unter welch eingehender Beobachtung und strenger Bewachung die junge Ehefrau stand. Sueno glaubte fest, daß Christina inzwischen in die Ehe eingewilligt und ihr Versprechen, nicht zu heiraten, aufgegeben habe.

In einem wohl eher intimen Gespräch unter Kanonikern beschuldigte er sie der weiblichen Unbeständigkeit, indem er sagte: „Daß ich mich so in ihr täuschen würde, hätte ich nicht geglaubt." Diese eher unbedachte Äußerung Suenos wurde Christina - wohl nicht ohne Absicht - schnell überbracht. Sie mußte diese intrigante Nachricht natürlich so auslegen, daß sich jetzt ihr wirklich einziger Freund gegen sie gestellt habe und er sich voll Bedauern selbst Vorwürfe mache, ihr Freund und geistlicher Berater gewesen zu sein.

Nachdem sie wieder allein und ein wenig zur Ruhe gekommen war, erfüllte sie ein noch größerer Schmerz, und tiefer Kummer legte sich auf ihre Seele. Sie war wie erstarrt. Regungslos saß sie wie versteinert eine lange Zeit und blickte unbeweglich immer auf dieselbe Stelle. Waren denn Sueno und die wunderbaren geistlichen Erfahrungen, die sie mit ihm und durch ihn haben durfte, keine beständige Wirklichkeit? Christina weinte bitterlich. Sie weinte über die ausweglose Situation, in der sie unentrinnbar gefangen

war, aus Enttäuschung über Sueno und über ihr eigenes Schicksal, das sich nicht wenden wollte. So unglücklich und von allen verlassen hatte sie sich niemals zuvor gefühlt.
In diesem seelischen Schmerz, der sie überwältigt hatte, wurde ihr bewußt, was Sueno ihr bedeutete und welchen Halt er ihr über so viele Jahre gegeben hatte. Er war es, der schon früh ihr wahres Wesen und Sehnen erkannt und gefördert hatte. Er war es, der sie liebend angeschaut und rechte Worte als Nahrung ihrer Seele gefunden hatte. Sollte auch er sich jetzt von ihr abgewandt haben, wo bereits alle in ihrer Umgebung sie verachteten und ihre Art zu leben und zu hoffen ablehnten?
Die freundschaftliche Verbundenheit und die Vertrautheit waren für sie zu einem festen Fundament und einer Lebensquelle geworden, aus der sie - selbst bei den ärgsten Anfeindungen anderer - Mut und Kraft schöpfen konnte. Aber jetzt schien diese Quelle ausgetrocknet, und gerade der Mensch, den sie am meisten achtete und auf den sie baute, hatte sie alleingelassen und ihr sogar den Rücken gekehrt. Ihren Widersachern gegenüber fühlte sie sich von nun an allein.
Christina wurde krank. Sie wurde sehr krank, denn jetzt konnte ihre Seele dieses Leid nicht mehr tragen, und auch für ihren Körper wurde eine solche Last untragbar. In fast rhythmischen Abständen überfielen Christina Fieberwellen, die mit einer großen inneren Unruhe einhergingen. Da der eilig gerufene Spitalmeister nicht in der Lage war, durch spezifische Kräuter und kalte Bäder den Genesungsprozeß einzuleiten, bat man einen Arzt an das Krankenbett von Christina. Doch zeigten weder die von ihm verordneten feuchten Umschläge noch das Tausendgüldenkraut fiebersenkende Wirkung. Als er erkannte, daß durch den Verschluß der Hautporen das Entweichen eines inneren Giftes nicht möglich war, verabreichte er der Patientin den vielgerühmten Theriak, ein opiumhaltiges Allheilmittel. Einerseits blieb der Erfolg nicht aus, das Fieber wich, andererseits bildeten sich auf der Haut am ganzen Körper Pusteln und Finnen. Dieser erfahrene Arzt, der täglich zu ihr kam, hatte die wunderbare Gabe, der Krankheitsursache tiefer auf den Grund zu schauen. Er sah, daß es Christina in ihrer Haut nicht wohl war und sich in diesem Hautleiden innere Zustände

ausdrückten. Als er ihr erklärte, die Natur sei bestrebt, sowohl die schlechten Säfte als auch die schlechten Eindrücke an die Oberfläche zu treiben, damit das Innere gereinigt werde, verstand Christina den größeren Zusammenhang. Von nun an half sie, den Heilungsprozeß zu beschleunigen.

Auf der einen Seite bewirkte der Saft der Mandragorapflanze ein Eintrocknen der schmerzhaften Blasen auf ihrer Haut und stellte ein inneres Gleichgewicht her, auf der anderen Seite waren es die vertrauenswürdigen Gespräche mit dem Arzt, die Christina von ihrer so schweren Krankheit genesen ließen.

Durch die Zuwendung zur Quelle ewigen Heils fand sie nach dieser überstandenen Krise neue Lebenskraft und einen weitaus stärkeren und tieferen Zugang zu dieser Quelle als je zuvor:

Herr, laß mich erkennen,
warum die Anfeindungen kein Ende nehmen!
Viele sind es, die sich gegen mich erheben.
Ich habe nach Menschen gesucht,
die Mitleid in ihrem Herzen hegen.
Ich habe gesucht und sie nicht gefunden.
Zu dir erhebe ich voll Vertrauen meine Seele,
zu dir, der es gut meint mit allen.
Ich glaube an dich als die Quelle rechten Lebens.
In den Tagen der Prüfung, von allen verlassen,
breite ich mein Inneres vor dir aus.
Du erfüllst mich mit deiner liebenden Gegenwart.
Ich kann die Verfolgung der Menschen ertragen,
denn in dich setze ich all mein Vertrauen.

Durch diese Hinwendung an den Ursprung allen Seins, der unendliche Liebe ist, wuchsen Christina neue Lebensimpulse zu, die sie als Geschenk Gottes dankbar annahm. Sie erinnerte sich an den Namen, auf den sie getauft war: Theodora, der übersetzt „Gottesgeschenk” bedeutet. Doch ihre Familie und alle, die sie lieb hatten, riefen sie beim Namen „Christina”. Ihr wurde die tiefere Sinngebung beider Namen bewußt und die Verantwortung, die sie damit trug. Mit der bejahenden Antwort bereits in ihrem Herzen,

fragte sie sich, ob sie nicht doch - auf der Grundlage des Geschenkes ihres Lebens und in der Nachfolge Christi - die Kränkungen ihrer Eltern ertragen und das Verhalten Suenos verzeihen könne. Sie war überzeugt, es würde ihr gelingen.
Es verging einige Zeit. Während Christinas Eltern sie heftiger als je zuvor zu unterdrücken suchten, sich fast feindlich ihrer geistigen Haltung in den Weg stellten und dabei immer wütender wurden, kam Sueno die wahre Situation zu Ohren, in der sich das Mädchen befand. Er war sprachlos und wurde sich seiner großen Schuld ihr gegenüber bewußt. Sueno schämte sich, daß er an ihrer Beständigkeit hatte zweifeln können und es ihm an Treue fehlte. Enttäuscht und traurig dachte er über sich selbst nach, klagte sich an und ging streng und erbarmungslos mit sich zu Gericht, um den begangenen Fehler wieder gutzumachen. Aus Verantwortung und Sorge suchte Sueno eine Gelegenheit, mit Christina, der er sehr wehgetan hatte, Kontakt aufzunehmen. Doch es blieb ihm vorerst versagt, da ihre Familie sie nicht aus den Augen ließ und geschickt alles das zu verhindern suchte, was sie von den Plänen ihrer Eltern hätte abbringen können.
Durch den Tod eines adeligen Verwandten und die damit verbundene Ausrichtung der Beerdigung konnte man sich vorübergehend nicht so intensiv um Christina kümmern. Mit ihren Eltern nahm sie an der Trauerfeier in der Kirche von Huntingdon teil. Sueno, der zu den Kanonikern dieser Kirche gehörte, hatte den rituellen Ablauf der Totenfeier so gesteuert, daß sich die Gelegenheit bot, Christina anzusprechen. Er bat sie inständig um Verzeihung und darum, einem traurigen alten Mann um der Liebe Christi willen doch zu vergeben. Mit leiser Stimme fügte er hinzu, daß sie durchaus im Recht sei, wenn sie sich in Folge seiner mangelnden Treue von ihm abwende. Tief bewegt hielt Sueno die Hand vor sein Gesicht, da er sich der Tränen schämte. Ohne viele Worte zu machen, verzieh Christina ihm aus ganzem Herzen. Sie gaben sich die Hand und erneuerten damit schweigend ihre frühere Freundschaft. Trotz des traurigen Anlasses in der Kirche waren beide jetzt sehr, sehr glücklich über diese Wende in ihrer Beziehung. Sueno blieb im Kloster, Christina aber mußte mit ihren Eltern nach Hause zurück.

Eine bessere Partie

Die Kirche St. Mary in Huntingdon war dem Kloster zugeordnet, in dem Kanoniker, die auch Chorherren genannt wurden, die kanonikale und monastische Lebensweise miteinander verbanden. Seit der Lateransynode von 1059 war den Regular-Kanonikern ein strenges mönchisches Gemeinschaftsleben und der Verzicht auf Privatbesitz auferlegt. Zu dieser zwischen 1086 und 1092 in Huntingdon gegründeten Gemeinschaft, die nach der Augustiner-Regel lebte, gehörte Sueno. Dem Prior dieses Klosters war neben seinen klösterlichen und gemeindekirchlichen Pflichten auch die Rechtsprechung eigen.

Eines Tages brachte Autti seine Tochter Christina vor den ehrwürdigen Prior Fredebert. Außer ihm hatten sich auch andere Kanoniker zur Rechtsanhörung im Saal versammelt. Autti begann seine Ansprache mit den folgenden traurigen Worten: „Ich weiß, verehrter Herr Prior und geehrte Chorherren, ich weiß, daß meine Frau und ich Christina gegen ihren Willen zur Heirat gezwungen haben und daß sie mit innerem Widerstand das Sakrament der Ehe empfangen hat. Das gestehe ich vor Euch und meiner Tochter. Ich denke, daß es jetzt jedoch keine Rolle spielt, zu erklären, wie es zu dieser Ehe kam. Auf jeden Fall stellt sich seither unsere Tochter durch ihre ablehnende Haltung gegen die Autorität ihrer Eltern und macht uns bei unseren Nachbarn lächerlich. Sie geht sogar so weit, daß wir zum Gespött und Hohn werden bei allen, die uns kennen. Deshalb, verehrter Herr Prior, flehe ich Euch an: Wirkt auf sie ein, daß sie Mitleid mit ihren Eltern hat und die Gültigkeit ihrer Ehe vor Gott und den Menschen einsieht. Dann werden wir ihr keine weiteren Vorwürfe mehr machen. Warum muß sie derart aus der Art schlagen und von der Tradition abweichen? Warum bringt sie eine solche Schande über ihren Vater? Ihr Leben in Armut zu leben, wie sie es sich vorstellt, wird noch den ganzen Adel der Lächerlichkeit preisgeben. Verehrter Herr Prior, bringt sie zur Einsicht, damit sie endlich unseren Wunsch erfüllt. Uns ist so viel daran gelegen, daß wir bereit sind, ihr unseren ganzen Besitz zu überschreiben."

Nachdem Autti sich so ereifert hatte, bat der Prior ihn, das Plenum vorübergehend zu verlassen, um sich ohne seine Anwesenheit zu beraten. Die um ihn versammelten Kanoniker hörten gespannt zu, als der Prior jetzt das Mädchen ansprach: „Wir sind ganz überrascht, Theodora, von deiner Unbeugsamkeit oder, wir sollten eher sagen, von deinem unverstehbaren Verhalten. Wir wissen, daß du nach kirchlichem Brauch und Recht vermählt worden bist. Und wir wissen, daß das Sakrament der Ehe, das durch das göttliche Gesetz bestätigt wird, nicht wieder rückgängig gemacht und die Ehe nicht aufgelöst werden kann, denn was Gott zusammengefügt hat, kann der Mensch nicht wieder trennen."
In einer langen Rede erklärte der Prior nicht nur den Sinn und die christliche Grundlage der Ehe sowie die gegenseitigen Pflichten der Gatten, sondern ging besonders auf den Respekt ein, den man den Eltern gegenüber zu erweisen habe. Viele Zitate und Begebenheiten aus der Schrift unterstützten die Eindringlichkeit seiner Worte, die auf Christina den Eindruck einer endlosen, mahnenden Predigt machten. Sie hatte recht aufmerksam zugehört, sich jedoch in keiner Weise bereden oder gar umstimmen lassen. Sie fand schnell eigene Worte, die sie vor der versammelten Geistlichkeit entschieden zum Ausdruck brachte:
„Ich kenne zwar nicht alle Schriften, aus denen Ihr zitiert habt, Vater Prior, aber ich glaube, verstanden zu haben, was Ihr mir damit sagen wolltet. Gern möchte ich Euch darauf antworten. Mein Vater und meine Mutter, wie Ihr gehört habt, waren meine Zeugen, daß dieses Sakrament - wie Ihr es genannt habt - mir gegen meinen Willen aufgezwungen wurde. Ich war niemals Ehefrau und denke auch nicht daran, eine solche zu werden. Ihr sollt wissen: Seit meiner frühen Kindheit wünsche ich mir ein einfaches Leben, und ich habe versprochen, nicht die Ehe einzugehen. Das Gelübde legte ich vor Zeugen ab, die allerdings körperlich nicht anwesend waren. Gott aber wird letztlich Zeuge meines Versprechens sein - für immer. Vor ihm und vor mir selbst habe ich versucht, verantwortungsvoll und aufmerksam zu leben - nach außen hin war es nur so weit möglich, wie es mir erlaubt wurde. Da nun meine Eltern mir die Ehe aufgezwungen haben und von mir verlangten, mein Versprechen zu brechen, stelle ich es Euch anheim, Va-

ter Prior, über diese Sachlage zu urteilen. Wenn Ihr schon so ausgezeichnet anderen Menschen die Wahrheit der heiligen Schriften vermitteln könnt, werdet Ihr ohne weiteres in meinem Fall Recht sprechen."

Fredebert war erstaunt über ihre starken Worte und lobte insgeheim ihren gesunden Menschenverstand, den er jetzt auf die Probe stellen wollte. „Wie kannst du mir beweisen, daß dein Motiv stärker ist als die Pflicht der Ehe und der Gehorsam den Eltern gegenüber? Vielleicht lehnst du die Ehe mit Burthred nur ab, um eine bessere Partie zu machen?"

„Ja, gewiß", sagte Christina, „um eine bessere Partie zu machen."

„Ich rede ernsthaft mit dir und mache keine Witze. Wenn du möchtest, daß wir dir glauben, so schwöre in unserer Gegenwart, daß du nicht nur die Ehe mit Burthred ablehnst, sondern nicht einmal den Sohn des Königs heiraten würdest."

In wahrer Begeisterung, die sich in ihrem Gesicht widerspiegelte, schaute Christina den Prior mit strahlenden Augen an: „Ich bin nicht nur bereit zu schwören, ich würde auch, um den Beweis anzutreten, heißes Eisen in meine bloßen Hände nehmen. Entschuldigt meinen Hochmut, aber ich bin im Vertrauen auf Gott fest davon überzeugt, daß die Zeit nicht mehr weit ist, in der sich alles klärt und ich meinen Weg auch nach außen hin unbeirrt gehen kann."

Der Prior ließ Autti hereinrufen und sagte zu ihm: „Wir haben unser Bestes versucht, damit sich Eure Tochter Eurem Willen beugt. Doch haben wir in dieser Sache keinen Fortschritt erzielt. Daher möchte ich Euch einen Vorschlag machen. In Kürze wird Robert Bloet, unser Bischof von Lincoln, zu einem Besuch nach Buckden kommen. Die leider noch ungeklärte Situation verlangt es, diese so wichtige Frage vor ihm auszubreiten. Gern würde ich diesen Fall zur Entscheidung in seine Hände legen, denn kein anderer als der Bischof ist in der Lage, hier ein Urteil zu fällen. Dem zwecklosen Leiden auf beiden Seiten sollte ein Ende gesetzt werden. Ich respektiere - ich denke, wir alle - die Entschlossenheit und die unerschütterliche Haltung dieses Mädchens."

Autti zögerte kurz, dann stimmte er dem Vorschlag in der stillen Hoffnung zu, Bischof Robert werde auf seiner Seite stehen.

Durch diese Sitzung wurde das Problem um Christina in Huntingdon öffentlich bekannt. Viele Bürger der Stadt wünschten sich, daß der Bischof Christina bewegen - ja, ihr sogar durch seine Autorität befehlen - würde, sich der Ehe zu unterwerfen. Doch fiel das Urteil, das Bischof Bloet nach langen Gesprächen und Erörterungen der Sachlage fällte, überraschenderweise und für alle unerwartet völlig anders aus. Er sagte: „Es gibt keinen Bischof auf der Welt, der dieses Mädchen zur Ehe zwingen könnte. Sie hat sich aus freier Willensentscheidung dazu entschlossen, einen anderen Weg zu gehen." Diese Antwort löste allgemeines Unverständnis und Verwirrung aus. Autti fühlte sich besonders betroffen und gekränkt. Sich selbst bemitleidend, gestand er Christina resignierend ein: „Gut, nun haben wir für heute Frieden, und du hast über mich gesiegt. Der Bischof hat dich sogar in den Himmel gehoben und erklärt, daß du freier bist denn je. Geh' und lebe dein eigenes Leben, wie du es willst. Erwarte aber keine Unterstützung oder Hilfe von mir."

Schlüssel-Erlebnisse

Autti konnte jedoch diesen Worten nicht standhalten und wurde von Tag zu Tag trauriger. Viele hatten aufrichtiges Mitleid mit diesem unglücklichen Mann und berieten sich, wie sie seinen Kummer lindern könnten. Autti wurde hellhörig, als man ihm ins Ohr flüsterte, wie er doch seine Tochter zur Ehe zwingen könne. „Weißt du denn nicht, warum der Bischof seine Entscheidung erst am darauffolgenden Tag fällte und sie gegen alle Erwartung ausfiel? Er hat auf eine materielle Unterstützung von dir gewartet. Hättest du ihm Geld gegeben, wäre das Urteil zu deinen Gunsten ausgefallen. Weißt du nicht, wie habgierig und korrupt er ist, wie er sich auf die Seite desjenigen stellt, der ihm aus 'Freundschaft' Geld anbietet?"
Von diesem Augenblick an war Autti voll neuer Hoffnung. Trotz seiner vorherigen Niederlage und seines gekränkten Stolzes hielt er es für machbar, selbst einen Bischof ein Urteil revidieren zu lassen. Autti rechtfertigte vor sich sein eventuelles Tun, indem er sich

sagte, daß einmal Begonnenes - koste es, was es wolle - zu Ende geführt werden müsse. Charaktereigenschaften seines adeligen Blutes bestärkten ihn in dieser Haltung. „Wäre es nicht erstrebenswert, wenn die hervorragenden guten Eigenschaften Christinas" - Autti hatte letztlich Hochachtung vor ihr - „nicht brach liegen blieben, sondern im Sinne der Familientradition weiter vererbt würden? Sie ist eine so intelligente Frau, umsichtig in jeglicher Hinsicht, liebenswerter als alle anderen Frauen. Wie klug handelt sie in der Verwirklichung ihrer Pläne! Alle lieben sie, die Familie, die Verwandten, und bei Fremden kommt sie mit ihrem Charme und ihrer Liebenswürdigkeit sofort an. Es ist einfach notwendig, daß diese Frau eigene Kinder hat mit Charakterzügen ihrer Art."
Weil Autti von den Vorzügen seiner Tochter so angetan war, merkte er nicht, daß er ihr ein eheloses und kinderloses Leben einfach nicht gestatten wollte. Er hatte unbändige Angst davor, sie zu verlieren und seine Hoffnungen nicht erfüllt zu sehen. Christina wußte um all diese Zusammenhänge, doch setzte sie sich trotz ihres großen Mitgefühls und ihres sensiblen Einfühlungsvermögens über alles hinweg, was sie fremdbestimmte - sogar über die gebotene Liebe zu den Eltern. Stärker denn je fühlte sie den brennenden Wunsch, ein anderes Leben zu führen als das, was man von ihr erwartete. Sie war begeistert von einer diese Welt übersteigenden spirituellen Dimension und bis zum Äußersten entschlossen, alles daranzusetzen, um auf diesem für sie noch geheimnisvollen Weg weitere Erfahrungen und Fortschritte zu machen.
Die Erlebnisse im Benediktinerkloster von St. Albans hatten ihre Seele berührt und in ein neues Schwingen versetzt, das sie seither nicht mehr unterdrücken konnte. Mit dieser Sehnsucht im Herzen, die sie ausleben mußte, machte Christina jegliche Erwartung und alle Hoffnung ihrer Eltern zunichte.
Autti beriet sich heimlich mit seinen Freunden, um geschickt eine neue Verbindung zu Bischof Bloet aufzubauen. Diese Treffen hinter verschlossenen Türen machten Christina äußerst mißtrauisch. Sie überlegte, wie sie einem eventuellen Komplott zuvorkommen könne. Sie spürte, daß es höchste Zeit war, Burthred zu bewegen, sie endlich freizugeben. Durch den so gewichtigen bischöflichen

Urteilsspruch fand ihr gemeinsames Gespräch auf einer sachlicheren Grundlage statt. Burthred mußte sich von Christinas Argumenten überzeugen lassen. Diese Kunst der Überzeugung wurde auch durch das Wohlwollen und die Aktivität Suenos gefördert, der zusätzlich mit Burthred sprach.

Als jedoch Beatrice und Autti zu Ohren kam, daß Burthred sich aus der Ehe mit Christina zurückziehen wolle, um sie ungehindert ihren religiösen Weg gehen zu lassen, reagierten sie wutentbrannt mit der Äußerung: „Eine solch unglaubliche Entscheidung kann ohne unsere Zustimmung nicht gültig sein." Christinas Eltern versuchten noch einmal ideenreich und mit aller Kraft, Burthred umzustimmen, was ihnen zumindest dahingehend gelang, daß ihr Schwiegersohn Bestechungsgelder nach Lincoln zu Bischof Robert Bloet brachte. Wie erwartet, ließ kurze Zeit darauf der Bischof das Ehepaar zu sich kommen und gab auf äußerst geschickte und elegante Weise dieses Mal sein Urteil gegen Christina ab.

Christina, die erst langsam ahnte, was wirklich geschehen war, zeigte sich nicht sehr betroffen von diesem wankelmütigen, bestochenen Urteilsspruch. Sie lebte damit, als ob sich nichts verändert hätte.

Um sein Mißtrauen kundzutun, nahm Autti ihr zunächst gewaltsam die Schlüssel für das Haus und die Schränke ab, in denen sich Wertsachen befanden. Um Christina seine Liebe zu zeigen, hatte er ihr vertrauensvoll Zugang zu seinem gesamten Besitz verschafft. Jetzt kannte er sich in seiner Wut nicht mehr und ging noch einen Schritt weiter. Wie ein Wahnsinniger riß er ihr - bis auf das Unterkleid - alle Kleider vom Leib, drohte ihr mit den Schlüsseln in seiner Hand und schrie: „Raus hier aus meinem Haus! Geh' weg, so weit du kannst! Lauf' ihm doch nach, so nackt wie du bist!"

Ein Gast, der zufällig anwesend war, verhinderte das Ärgste, denn sonst hätte Autti tatsächlich seine Tochter in diesem Zustand und bei Nacht vor die Tür gesetzt. Wegen der ihr in Aussicht gestellten Freiheit empfand Christina dieses Auftreten ihres Vaters in keiner Weise als tragisch. Schnell zog sie sich in ihr Zimmer zurück, tat das Notwendige und verließ am frühen Morgen, als niemand es hörte, das Haus. Doch Stunden später - Autti hatte von ih-

rer Abwesenheit erfahren - ließ er sie suchen, jagte ihr nach und brachte Christina gegen ihren Willen zurück nach Hause.
Durch den Einfluß böser Kräfte ließ auch Beatrice von diesem Tag an ihren Zorn an ihrer Tochter aus. Sie suchte jede Gelegenheit, um dem Ansehen Christinas zu schaden und gar ihre Integrität zu zerstören. Manchmal öffentlich, manchmal heimlich, fügte sie ihrer Tochter unaussprechliche Grausamkeiten zu. Sie sprang nicht nur plötzlich auf und brachte Christinas fein aufgestecktes Haar durcheinander, sondern schlug auch bis zur Erschöpfung auf sie ein. Striemen einiger Schläge trug Christina ein Leben lang auf ihrer Haut. Später schwor Beatrice sogar, daß Christina längst defloriert worden sei und sie nicht einmal wüßte, wer über ihr gelegen habe.
Je größer der Druck und die Bedrängnis von außen wurde, um so mehr fühlte Christina sich vom inneren Leben her begnadet. Ihr wurden Zusammenhänge von Schicksalsabläufen einsehbar, neue Energiereserven zugänglich, und es bildete sich auf der Grundlage leidvoller Erfahrung allmählich ein Wissen um den Ursprung und die Zukunft des Menschen.
Christina empfing nicht nur inneren Zuspruch, sondern sie bekam Ahnungen von zukünftigen Geschehnissen; es schenkten sich ihr sogar Visionen. Oft durfte sie inmitten aller dunklen Bedrängnis in ihrem Inneren die lichte Helligkeit eines strahlenden Tages wahrnehmen. Es war, als ob die Wurzeln ihrer Lebensblume sich anschickten zu wachsen, um später einen Baum tragen zu können. Alle, die Christina näher kannten, stellten bei ihr wesentliche Veränderungen fest. Sie war davon überzeugt, schon recht bald in Freiheit die Freiheit leben zu können, die ihren sehnlichsten Wünschen entsprach. Immer wenn sie daran dachte, hellten sich ihre Gesichtszüge auf und eine strahlende Heiterkeit erfüllte sie.
Trotz aller Widrigkeiten um sie herum gelang es ihr, eine Möglichkeit zu finden, mit Sueno zu sprechen, ihn teilhaben zu lassen an ihrem neu aufbrechenden Glück. Als Sueno diese Entwicklung sah, die Christina durchgemacht hatte, war er durch und durch davon überzeugt, daß die Tragik ihres Schicksals bald beendet sein würde. Doch neue Attacken gegen sie wurden ihr auch in naher Zukunft nicht erspart, und nichts deutete auf ihr baldiges Freisein.

Eadwin - Beihilfe zur Flucht

Christina, die bis dahin ein gewisses Maß an Leiden schweigend hingenommen hatte, blieb nicht länger untätig. Sie hatte von einem Einsiedler namens Eadwin gehört, der in der Nähe von Huntingdon ein streng religiöses Leben führte. Ihn zu erreichen, mit ihm Kontakt aufzunehmen und seinen Rat zu hören - das war ihr ganzes Bestreben. Da Christina erneut unter strengem Hausarrest stand und nie alleingelassen wurde, sah sie die einzige Möglichkeit, ihren geheimen Plan weiter durchführen zu können, darin, ihre Beobachter mit Geld zu bestechen. So waren sie bereit, Eadwin eine Nachricht zu überbringen. Seine Antwort erfüllte Christina mit Erleichterung: Der Eremit war bereit zu kommen. Sie trafen sich heimlich, um alles Notwendige auszutauschen - kurz, wie es Zeit und Ort erlaubten. Dem Fluchtplan, den Christina ihm unterbreitete, stimmte er voll zu und versprach zu helfen. Klug und geschickt gelang es ihr, diese Begegnung und die Vorbereitungen zur Flucht zu vertuschen.

Als Eadwin in Gedanken immer wieder die verschiedensten Möglichkeiten durchging, Christina zu befreien und gleichzeitig zu verstecken, fiel ihm Roger ein, ein Verwandter.

Roger war zu dieser Zeit schon ein alter Mann; weise und zurückgezogen stand er ganz im Dienst der Wahrheit. Nachdem er viele Jahre Mönch in der benediktinischen Gemeinschaft von St. Albans gewesen war, hatte ihm der Abt erlaubt, in einer Einsiedelei in der Nähe des Klosters sein Leben zu verbringen. Einer inneren Eingebung folgend, hatte er die für ihn geeignete Klause in Markyate gefunden. Rechts von der Straße, die vom Kloster St. Albans nach Dunstable führt, erstreckte sich ein großer dichter Wald, umgeben von unfruchtbaren Hügeln. In dieser unwegsamen Gegend gründete er seine Einsiedelei. Auf dem steinigen Weg aus der Mönchsgemeinschaft dorthin mußte er viele Schwierigkeiten und Anfeindungen ertragen. Durch Gebet und Hingabe hatte er zu einem kontemplativen Leben gefunden; darüber hinaus besaß er die Gabe der Prophezeiung.

Zu ihm, dem Einsiedler Roger, machte sich Eadwin auf den Weg.

Er fragte, ob er ein junges Mädchen, das ein hohes geistliches Ziel vor Augen habe, in seine Obhut nehmen könne. „Wegen der Nähe zu ihrem Elternhaus", sagte Eadwin, „ist es nicht möglich, daß sie bei mir wohnen kann. Sie stammt aus der Familie eines alten, einflußreichen englischen Adels, und noch weit um Huntingdon herum wohnen ihre vielen Verwandten." Aufmerksam erkundigte sich Roger nach Christinas Charakter und ihrer Art zu leben. Der weise alte Mönch hörte Eadwins Worten konzentriert zu. Als Roger jedoch vernahm, daß Christina verheiratet sei, blickte er seinen Vetter scharf an und sagte ungehalten: „Meine Aufgabe ist es nicht, Ehen zu lösen. Wenn du deshalb gekommen bist, hast du Schläge verdient!"

Nachdem Roger den Gedanken zurückgewiesen hatte, Ehepartner zu separieren, und kein weiteres Sprechen mit ihm möglich war, verlor Eadwin jede Hoffnung und bedauerte, überhaupt diesen Versuch unternommen zu haben. Als er unverrichteter Dinge zurückgekehrt war, kam ihm der Gedanke, den logisch nächsten Schritt zur Klärung der Rechtsfrage zu tun: den Erzbischof von Canterbury in dieser heiklen Angelegenheit aufzusuchen und ihn um Rat zu fragen. Eadwin hatte über Ralph d'Escures, der seit 1114 Erzbischof war, gehört, daß dieser nicht nur im Kirchen-, sondern auch im Zivilrecht hervorragend bewandert sei und es vor allem auch gerecht anwende; daß er ein Mann sei, der diese hohe Position durch eine starke Persönlichkeit ausfülle und gleichzeitig ein offenes Herz für die Benachteiligten habe.

Es war eine lange Reise nach Canterbury, die Eadwin auf sich genommen hatte. Obwohl er gern darüber geschwiegen hätte, öffnete er sich gegenüber dem Erzbischof und berichtete ausführlich von Christinas Ehe. Als Eadwin im Gespräch großes Wohlwollen und Verständnis spürte, enthüllte er vertrauend Christinas Absicht zu fliehen und fragte hoffnungsvoll, ob der Erzbischof zustimmen könne.

„Glaub' mir, Bruder", sagte Ralph d'Escures, „wenn jemand dieses Mädchen in die Ehe gezwungen hat, dann hat er die gleiche Strafe verdient wie jemand, der einen Totschlag auf dem Gewissen hat. Ich würde sie daher sofort und ohne Bedenken den Pflichten der Ehe entheben." In einem Gebet, das der Erzbischof für

Christina sprach, segnete er sie und ihren Weg, den sie sich trotz aller Widerstände zu gehen vorgenommen hatte. Dann wandte er sich zu Eadwin und forderte ihn auf, nicht mehr in Canterbury zu verweilen, sondern eiligst aufzubrechen, um Christina so schnell wie möglich die notwendige Hilfe zukommen zu lassen.
Voll Freude und Dankbarkeit ritt Eadwin zurück. An verschiedenen abgelegenen Orten sprach er mit Einsiedlern, um den Fluchtplan vorzubereiten. In Huntingdon ergab sich die Gelegenheit, daß Loric, der Begleiter Eadwins, der in alles eingeweiht war, Christina unbemerkt treffen konnte. Sie erfuhr von mehreren Zufluchtsorten und den dort lebenden Einsiedlern und Einsiedlerinnen, die ihr Unterkunft und ein sicheres Versteck bieten würden. Blitzschnell entschied sich Christina für Flamstead, weit entfernt von Huntingdon und vor allem in der Nähe von Markyate, wo der Einsiedlermönch Roger lebte. Die Klausnerin Alfwen aus Flamstead, zu der Christina sich hingezogen fühlte, stand in gutem Kontakt zu Roger und wurde von ihm hoch geschätzt.
Gutwillig und in seiner schlichten Einfachheit sagte der Begleiter Eadwins zu Christina: „Ich wollte, ich könnte Euch jetzt sofort mitnehmen aus der Stadt!" So einfach schien ihr die Flucht nicht zu sein. Zwei junge Menschen bei Tage in offener Landschaft würden der Wachsamkeit ihrer Beobachter bestimmt nicht entgehen. Daher unterbrach sie ihn, verlegen und etwas errötend, und sagte in einem eher bestimmenden Tonfall: „Beeile dich und geh' zu deinem Meister. Er soll zu einer genau vereinbarten Zeit zwei Pferde bereitstellen - eines für mich und eines für dich." Dann bestimmte sie nach einer kurzen Überlegung den Wochentag und fuhr fort: „Ganz früh, bei Einbruch der Morgendämmerung, warte mit den zwei Pferden, bis ich komme." Sie beschrieb genau die Stelle, nicht allzu weit von ihrem Elternhaus entfernt, und sagte: „Mache keinen Fehler und sprich niemanden an. Wenn ich sehe, daß die Pferde bereitstehen, versuche ich sofort zu kommen. Gebe ich dir aber ein Zeichen, indem ich den Zeigefinger der rechten Hand hebe, zügle auf der Stelle die Pferde und halte dich und sie ganz ruhig. Dann wird es noch dauern, bis der rechte Augenblick gekommen ist. Voraussichtlich werden meine Eltern an diesem Tag nicht zu Hause sein, denn wie gewöhnlich besuchen sie Gui-

do, der auf einem abgelegenen Hof ungefähr sechs Meilen von der Stadt entfernt wohnt."

Der langersehnte Tag

Endlich brach der langersehnte Tag an. Nachdem am frühen Morgen die Eltern aufs Land gefahren waren, ging Christina eiligen Schrittes herunter zum Fluß, schaute weit über die Felder und Wiesen - ihr Komplize aber war nicht zu sehen. Die verabredete Zeit war längst überschritten; aus Gründen der Sicherheit mußte sie nach Hause zurückkehren. Innerlich klagte sie und fragte sich, ob es für sie denn überhaupt noch eine Hoffnung gäbe. „Warum wird es mir so schwer gemacht, und kein Wunsch geht in Erfüllung? Was ist geschehen? Wurde der Plan vereitelt? Ist dies ein Zeichen des Himmels, zu Hause bleiben zu müssen, sich um weltliche Dinge zu kümmern und gar Burthred gefallen zu müssen? Gelingt es mir, doch noch zu entkommen, werde ich niemals hierher zurückkehren. Niemals mehr zurück - wie ein Hund, der sein Erbrochenes nicht mehr anrührt!"
Die Bediensteten, die pflichtbewußt nach Christina Ausschau hielten, fanden sie schließlich maßlos traurig und durch die Enttäuschung völlig erschöpft in ihrem Zimmer.
Als sie bereits alle Hoffnung aufgegeben hatte, nahm sie ein zartes Klopfen wahr, wie von einem Vogel, der mit seinen Flügeln einen Widerstand berührt. Christina spürte in sich hinein, wie sie es in ihren Meditationen gewohnt war, und hörte, daß sie jemand beim Namen rief. Schlagartig wurde sie sich der Wichtigkeit des Augenblicks bewußt. Sie richtete sich auf und sah, wie alle um sie herum mit ihren häuslichen Aufgaben voll beschäftigt waren. „Warum bist du so träge, beeil' dich!" sagte die Stimme. Sie konnte nicht von außen kommen, denn niemand war Christina zugetan - „Loric ist da und wartet auf dich."
Von einer starken inneren Kraft geführt, überlegte sie nicht lange, nahm diese Intuition auf und ging in ein bestimmtes Zimmer, das abseits gelegen war. Hier hatte Christina schon vor längerer Zeit passende Männerkleidung versteckt, um gegebenenfalls als Mann

handeln zu können. Schnell zog sie sich um und eilte - in einen weiten Mantel gehüllt, der ihr bis zu den Füßen reichte - unbemerkt aus dem Haus. Ihr war nicht ganz wohl dabei, denn sie meinte, daß ihre jüngere Schwester Matilda sie doch gesehen und einen sonderbar verdächtigen Blick auf sie geworfen hätte. Um so schneller rannte sie jetzt auf die Wiese zu, wo sie sich mit Loric bereits vor Stunden verabredet hatte. Es war heller Tag. Und da stand er mit den beiden Pferden.

Schnell ergriff sie die Zügel des für sie bestimmten Pferdes, hielt für einen Moment inne, denn Angst und Verwirrung überfielen sie. Doch gab sie sich innerlich einen Stoß, faßte Mut und spornte sich an: „Keine Verzögerung jetzt, du Flüchtling. Nimm keine Rücksicht auf deine Weiblichkeit. Du bist jetzt ein Mann und sitze wie ein solcher auf." Damit hatte sie blitzschnell alle Furcht besiegt, schwang sich auf das Pferd, spornte es an, indem sie wie ein Mann kräftig in seine beiden Flanken stieß, und galoppierte davon. Mutig drehte sie sich um und rief Loric, der ihr gefolgt war, zu: „Halte Abstand - wir können nicht zusammen reiten. Wenn wir gefaßt werden, töten sie dich!"

Es war ungefähr neun Uhr am Morgen. Gegen drei Uhr am Nachmittag erreichten sie Flamstead, nachdem sie weit über dreißig Meilen zurückgelegt hatten. Christina war neunzehn Jahre alt, als sie ihr erstes größeres Ziel erreichte. Dort empfing sie herzlich die von allen hoch verehrte Einsiedlerin Alfwen. Noch am selben Tag legte Christina das Habit an, ein einfaches, praktisches Gewand aus grob gewebtem Stoff. Für einen Augenblick fühlte sie den großen Gegensatz zu der Kleidung, die sie im Elternhaus getragen hatte: seidene Kleider und kostbare Pelze.

Ein kleiner verborgener, dunkler Raum wurde ihr zugewiesen, in dem sie sich eine lange Zeit - von der Außenwelt abgeschieden - versteckt hielt. Sie nutzte die Stille, um ihre Gedanken zu ordnen, zu beten und zu meditieren. Besonders dankbar war sie für ein Buch mit den Psalmen, das Alfwen ihr zum persönlichen Gebrauch lieh. Obwohl sie damals in St. Albans insgeheim versprochen hatte, wie die Mönche ohne eigenen Besitz zu leben, ergriff sie jetzt, als sie den Psalter in Händen hielt, der sehnliche Wunsch, ein solches Buch einmal ihr eigen nennen zu dürfen.

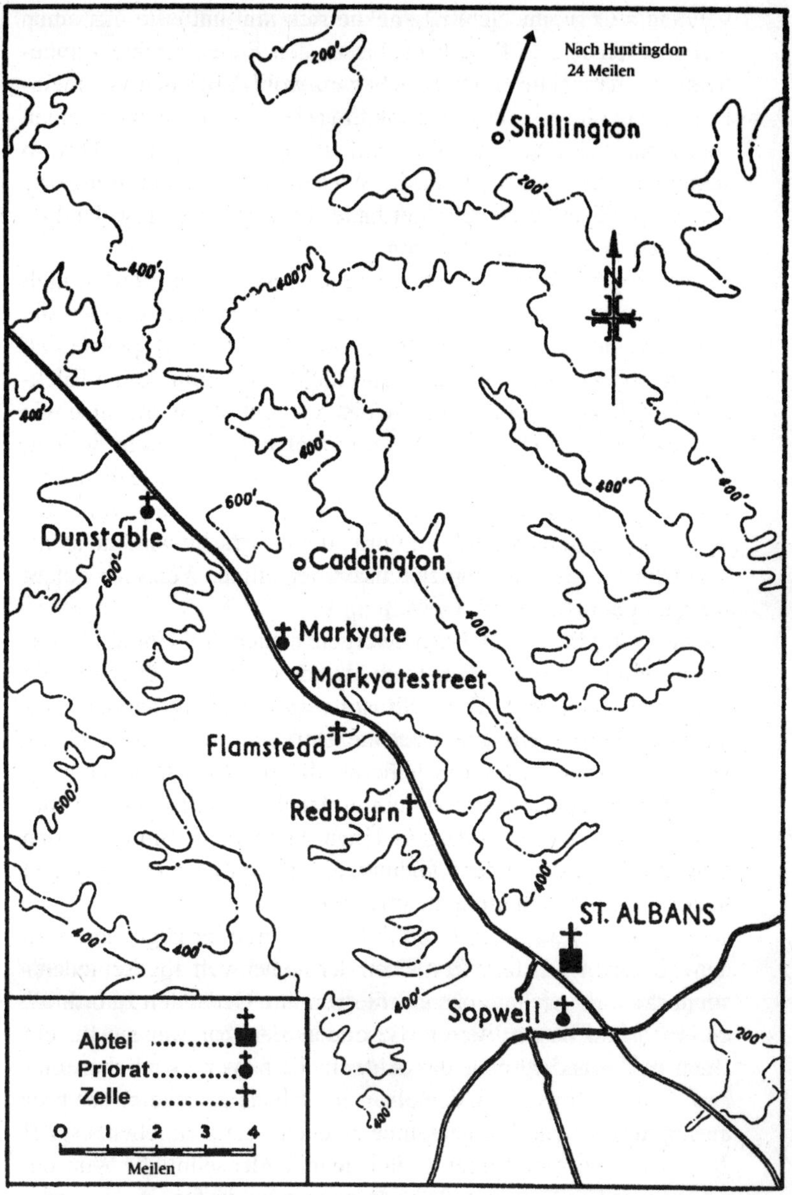

Wirkungskreis der Christina von Markyate

Nachdem Christina zur Ruhe gekommen war und sich ein wenig erholt hatte, schlug sie noch am ersten Abend das Buch auf, willkürlich, und las die ersten fünf Verse des 37. Psalms:

Errege dich nicht über die Bösen,
wegen der Übeltäter ereifere dich nicht!
Denn sie welken schnell wie das Gras,
wie grünes Kraut verdorren sie.
Vertrau auf den Herrn und tu das Gute,
bleib wohnen im Land und bewahre Treue!
Freu dich innig am Herrn!
Dann gibt er dir, was dein Herz begehrt.
Befiehl dem Herrn deinen Weg
und vertrau ihm;
er wird es fügen.

Sie lernte diese Verse auswendig und wiederholte sie auch später oft, wenn sie schwerlich mit ihrem jeweiligen Schicksal fertig wurde oder sich an die Gewalttätigkeit und Arglist ihrer Eltern, Freunde und Verwandten erinnerte, die danach trachteten, das von ihr gewählte Leben zu zerstören. Doch zunächst einmal war sie von unendlichem Dank erfüllt, all dem Schrecklichen, was sie durchgemacht hatte, entkommen zu sein.
In der Zwischenzeit waren ihre Eltern von der Tagesreise nach Huntingdon zurückgekehrt. Als sie Christina weder zu Hause noch in der Kirche St. Mary oder im Kloster fanden, wurde ihnen klar, daß ihre Tochter ausgebrochen war. Wie konnte sie entkommen sein trotz der vielen Sicherheitsvorkehrungen, die sie verstärkt vor ihrer Abreise getroffen hatten? Wohin könnte sie gegangen sein? Unverzüglich stellten sie mehrere Gruppen von Leuten zusammen, die alle Straßen, besonders die aus Huntingdon hinausführenden, absuchen sollten. Sie hatten den Auftrag, ihre nun noch mehr in Ungnade gefallene Tochter zu verfolgen, sie zu ergreifen, um sie nach Hause zurückzubringen, und demjenigen, der in ihrer Begleitung sein sollte, Fesseln anzulegen.
Während einige in diese, andere in jene Richtung losstürmten, war es Burthred völlig klar, daß Christina nur bei einem Einsiedler

oder einer Einsiedlerin Zuflucht hatte nehmen können. Sofort ritt er zu allen Einsiedlern, die er in der ganzen Gegend kannte, suchte, fragte und bot Geld an, wenn man ihm weiterhelfen würde, Christina zu finden. Doch mußte er eine Absage nach der anderen und manche treffende Bemerkung einstecken.
Nachdem Roger davon gehört hatte, daß das Mädchen aus Huntingdon, von dem ihm Eadwin erzählt hatte, ganz in seine Nähe zur Einsiedlerin Alfwen gekommen war und von ihr versteckt wurde, spürte er ganz deutlich seine kommende Aufgabe, die mit dem Schicksal dieses Mädchens zu tun haben würde. In seiner Zurückgezogenheit und durch sein fürbittendes Gebet für Christina wurde ihm bewußt, daß der Schöpfer für eine gewisse Zeit ihre Seele in seine Hände legen würde. Roger war betroffen darüber, daß er bei dem Besuch Eadwins und der damit verbundenen Anfrage des Mädchens, ihr zu helfen, nicht empfindsam genug gewesen war, tiefere Zusammenhänge wahrzunehmen. Jetzt zog er sich beschämt zurück, um Abbitte zu tun, zu fasten - und vor allem, um Einsicht zu erhalten.
Daß Christina ihren Plan durchgesetzt und tatsächlich verwirklicht hatte, ihre klare Entschiedenheit, ihr Durchhaltevermögen und die geglückte Flucht - das alles hatte auch bei Sueno, dem Kanoniker aus Huntingdon, eine Menge in Bewegung gesetzt. Innerlich häuften sich seine Vorwürfe der Mutter gegenüber, daß sie Christina, den Segen ihres Hauses, fortgejagt hatte. Er sah voraus, daß diesem Haus von nun an großes Mißgeschick widerfahren würde.

Der Traum von den Bullen

*A*ls Christina über Alfwen hörte, daß Loric, der junge Mann, der ihr zur Flucht verholfen hatte, von ihren Eltern gesucht und ihm eine erhebliche Strafe angedroht wurde, wenn er nicht sprechen würde, geriet sie in große Unruhe. In der darauffolgenden Nacht erschien er ihr im Traum und sprach ihr aus einem lichterfüllten Antlitz großen Mut zu. Sie brauche keine Angst mehr vor ihren Verfolgern zu haben und dürfe Vertrauen aus der unendlichen Liebe Gottes schöpfen.

Christina handelte danach, bewahrte dies jedoch schweigend in ihrem Herzen. Sie schwieg weiterhin, obwohl sie erschüttert war, als sie nach einiger Zeit hörte, daß Loric in Folge eines Unfalls verstorben sei. „Er soll einen schmerzlosen, ruhigen Tod gehabt haben", so wurde ihr berichtet.
Christina trug schwer an dem plötzlichen Tod des jungen Loric. Sie mußte außerordentlich viel an ihn denken. Ihr Gebet begleitete ihn. Wohl mit diesem Ereignis im Zusammenhang stehend, hatte sie in einer der nächsten Nächte einen Traum, der sie tröstete und ihr Sicherheit gab.
Sie sah sich auf einem festen und tragfähigen Erdboden stehen, während sich vor ihr eine große und sumpfige Wiese ausbreitete, auf der eine Vielzahl wilder Bullen auf sie losstürzte. Besonders erschreckend waren für Christina die übergroßen bedrohenden Hörner und die schreienden Augen der Tiere. Als die Bullen versuchten, ihre Hufe aus dem sumpfigen Boden zu ziehen, um Christina anzugreifen und sie zu zertrampeln, hielt der Boden ihre Hufe derart fest, daß sie sich nicht mehr bewegen konnten. Während Christina voll Entsetzen die bewegungslosen Tiere anstarrte, die gerade noch im Begriff waren, sie anzufallen, wurde ihr bereits während des Traumes der tiefere Zusammenhang dieses Bildes bewußt. Ruhe und Sicherheit überkam sie. „Wenn du den Platz, auf den du gestellt bist oder den du dir aus freier Entscheidung gewählt hast, bejahst und versuchst, ihn zu bestehen, brauchst du keine Angst zu haben vor den Grausamkeiten dieser Bestien. Bist du jedoch unfähig, zu dir zu stehen, um dich zu behaupten, und ziehst dich aus Unsicherheit auch nur einen Schritt zurück, fällst du unweigerlich ihrer zerstörerischen Macht anheim."
Durch die Klarheit dieser Gedanken wurde Christina hellwach. Sie führte sich noch einmal das geschaute Bild mit all seinem Schrecken wie aber auch die glücklich bestandene Situation vor Augen. In der bedrohlichen Vielzahl dieser gehörnten Tiere kam ihr die überstarke, aggressive maskuline Macht entgegen mit ihrer unkultivierten, animalischen Sexualität. Daß sie sich ihr gegenüber sooft behauptet hatte und standfest geblieben war, um ihr eigenes Leben durchzusetzen, erfüllte sie jetzt - im Bewußtsein dieses Traumes - mit neuem Mut. Sie wußte zwar nicht, wie sich ihr

Leben konkret weiter gestalten würde, aber in dieser Phase völliger Zurückgezogenheit empfand sie tiefen Frieden. Es war, als ob der Boden bereitet würde für Kommendes und Größeres. Das Buch der Psalmen bedeutete ihr dabei sehr viel. Im Abschreiben lernte sie die Texte auswendig, und im Singen und Rezitieren erfreute sie sich an ihnen.

Wenn Christina auch in ihrem Versteck in Flamstead, behütet und beschützt durch die Klausnerin Alfwen, sicher vor den Menschen war, so bedeutete das aber noch keinesfalls Sicherheit vor dunklen inneren Kräften und Anfeindungen. Vor ihnen konnte sie nicht fliehen, sondern mußte sich ihnen immer wieder erneut stellen.

Einmal wurde sie maßlos erschreckt durch eine Menge kleiner Besucher, die ihre Zelle förmlich überfielen. Den ausgesprochen häßlichen Kröten mit ihren großen und entsetzlich starren Augen konnte Christina keine Sympathie entgegenbringen; sie fürchtete sich gar vor ihnen, als sie sich nicht nur überall auf dem Boden verteilten, sondern versuchten, die Wände hinaufzuklettern, und sich anmaßten, über den Psalter zu laufen, der aufgeschlagen auf ihrem Schoß lag. Christina brach weder in Panik aus noch wurde sie aggressiv. Durch ihren hellen, klaren Gesang sowie durch ihre Freundlichkeit verließen die Kröten die Zelle wieder.

Christina von Markyate

Zwei volle Jahre weilte Christina im Flamstead. Sie lebte so zurückhaltend und verborgen, daß trotz intensiver Suche - ihre Eltern und Burthred hatten alles darangesetzt, sie zu finden - niemand auch nur die leiseste Spur von ihr aufnehmen konnte. In diesem Jahr 1118 aber - nachdem Alfwen hochbetagt und in tiefem Frieden gestorben war - fühlte sich Christina in Flamstead nicht mehr sicher.

Roger, der Einsiedlermönch aus St. Albans, der jetzt in Markyate lebte - ungefähr 2,5 Meilen von Flamstead - und als geistlicher Vater Kontakt mit den umliegenden Einsiedeleien hatte, erfuhr von der erneut gefährdeten Situation, in der sich Christina befand. Jetzt wollte er ihr seine Hilfe, um die Christina ihn bereits vor über zwei

Jahren gebeten hatte, unverzüglich anbieten. Er rief seine beiden Begleiter, Acio und Leofric, zu sich: „Bereitet euch darauf vor und macht euch bewußt, daß ein besonders begnadeter Mensch zu uns kommen wird und ihr ihn wahrscheinlich abholen dürft. Mehr kann ich im Moment noch nicht sagen, als daß dieser Besuch dem Urgrund der Schöpfung wohl weitaus näher steht als wir alle zusammen."

So begegneten sich Roger und Christina noch am selben Tag in der Einsiedelei von Markyate. Als sie sich gegenüberstanden, staunten sie: Christina über die aufrechte Haltung des alten Mannes und seine herzliche Offenheit; Roger über die klare und entschiedene Ausdruckskraft einer noch so jungen Frau. Beide spürten, daß ihre Begegnung weder Zufall war noch auf ein menschliches Denken und Planen zurückgeführt werden konnte.

Christina hatte nicht mehr an ihren ursprünglichen Wunsch gedacht, in der Nähe Rogers oder gar in seiner Einsiedelei zu leben. Ebenso war Roger überrascht, jetzt Christina, deren Lebensweg er verständnislos abgelehnt hatte, in Verantwortung gegenüberzustehen. Bei ihrem gegenseitigen Anblick sprang ein Funke über - nicht der einer menschlichen Leidenschaft, sondern der eines inneren Feuers, das der Geist Gottes in jedem von ihnen auf individuelle Weise entfacht hatte.

Aus diesem unendlichen Gefühl des Getragenseins und Geführtwerdens, aus Hochachtung und Nächstenliebe bot Roger Christina an, in seiner Einsiedelei von Markyate zu leben. Christina, erfüllt von der Strahlkraft und Gottesnähe dieses alten Mannes, stimmte dankbar zu. Da der Eremit Roger ein Mönch der nahegelegenen Benediktiner-Abtei St. Albans war und mit Erlaubnis des Abtes getrennt vom Konvent unter der benediktinischen Regel in der Einsiedelei von Markyate sein Leben führte, fühlte sich Christina bei seinem Angebot nicht nur räumlich mit ihrer großen Liebe St. Albans näher verbunden, sondern sah auch die geistige und geistliche Verbindung. Roger lehrte sie durch Anweisungen in der Meditation und Kontemplation, ihre Lebensinhalte und Ziele neu zu überdenken, sie zu ordnen und höhere in den Blick zu nehmen. Auch sein geistliches Leben erhielt durch die Gespräche und den Erfahrungsaustausch mit Christina neue Impulse. In ihrer glühenden Liebe zur Schöpfung hatten sie beide das Verlangen, auf ihrem meditativen und kontemplativen Weg dem Schöpfer über die Schönheit alles Geschaffenen näher zu kommen. Roger und Christina waren sich gegenseitig Ansporn, durch eine entsprechende Lebensweise dem Geheimnis der Schöpfung tiefer auf die Spur zu kommen. Ihr hohes geistiges Ziel erlaubte es, machte es sogar notwendig, daß sie gemeinsam in der Einsiedelei von Markyate lebten. Beiden war die Notwendigkeit voll bewußt, mit der Kostbarkeit ihrer Begegnung umsichtig vorzugehen.

Der neue Aufenthaltsort Christinas durfte nicht bekannt werden, da auf der einen Seite Christina die Rache derjenigen fürchtete, die sie immer noch verfolgten, auf der anderen Seite beide sich vor einem eventuellen Skandal in acht nehmen mußten, denn viele Menschen - auch einige der Mitbrüder Rogers - hätten diese ihre Lebensweise nicht oder gar falsch verstanden. In allem war daher äußerste Wachsamkeit und Vorsicht geboten.

Im Anschluß an das Oratorium des alten Einsiedlers Roger befand sich ein ganz kleiner verwinkelter Raum, den er Christina als Zelle und Versteck zuwies. Sie war glücklich darüber. Um ganz sicher zu gehen, daß niemand einen weiteren Raum hinter dem Oratorium vermutete und somit je in Versuchung geraten würde, ihn zu betreten, stellte Roger ein schweres, großes Brett aus Eichenholz vor die Zelle, die wegen ihrer Enge eher als Nische bezeichnet werden konnte und wegen dieser Verbretterung als Gefängnis. Doch Christina empfand nicht so, obwohl sie von innen das Brett und den davorgeschobenen schweren Holzklotz aus eigener Kraft nicht bewegen konnte. Sie ließ sich auf dieses körperliche und psychische Abenteuer ein und hielt es tatsächlich vier lange Jahre bis zum Tod Rogers in diesem Versteck aus. Der beschränkte Lebensraum und die damit verbundene beschränkte und ärmliche Lebensweise führte sie jedoch manches Mal bis an die Grenzen ihrer Belastbarkeit. Auf der anderen Seite gelang es Roger gerade durch dieses fast menschenunwürdige Versteck, Christina vor Fremden, selbst vor seinen Freunden und Begleitern zu verbergen.

Infolge ihrer geistigen Kraft und ihres starken Willens vermochte es Christina, Unannehmlichkeiten und größte Entbehrungen zu ertragen: den fensterlosen Raum, den steinigen Boden, die entsetz-

liche Kälte im Winter, die Hitze im Sommer, Hunger und Durst. Die Enge ihrer Zelle ließ es nicht zu, über das Notwendigste hinaus noch etwas unterzubringen. Der Mangel an frischer Luft machte heiße Tage unerträglich bedrückend. Manchmal litt sie unter heftigen Magenschmerzen, die nicht enden wollten. Hinzu kam ein häufig auftretendes Nasenbluten - äußerst unangenehm und angstmachend, wenn es länger anhielt. Doch von all dem war eines am unerträglichsten: Erst am Abend, wenn es dunkel war, konnte sie ihre so peinlich gehütete Verborgenheit aufgeben, um endlich das zu erledigen, was der Körper zu seiner Entlastung verlangte. Auf die Dunkelheit warten zu müssen - selbst wenn die natürlichen Bedürfnisse sich eher meldeten - war für Christina das Schlimmste und täglich eine Qual. Oft aß oder trank sie allein wegen dieses Umstandes wenig oder nichts. Wenn es aber trotz allem zu einem nicht aufzuhaltenden quälenden Bedürfnis kam, mußte sie auf ein besonders vereinbartes Zeichen Roger rufen, weil sie wegen des schweren Eichenbrettes die Tür ihres selbst gewählten Gefängnisses nicht öffnen konnte. Da sie möglichst wenig Aufhebens von sich machen wollte und Roger gewöhnlich erst bei Einbruch der Dunkelheit zu ihr kam, war ihre Not oft groß und schmerzhaft.
Obwohl sie jederzeit nach Roger rufen oder klopfen durfte, machte sie kaum Gebrauch von dieser Möglichkeit. Obwohl sie manches Mal entsetzliche Qualen litt, bemühte sie sich zu warten und ruhig zu bleiben - aus Angst, entdeckt zu werden, falls Roger gerade nicht allein sein sollte. Wenn sie spürte oder durch Geräusche und Worte wahrnahm, daß Besucher bei Roger weilten, wagte sie kaum zu atmen. Lieber wäre Christina in dieser äußersten Zeit der notwendigen Zurückhaltung in ihrer Zelle gestorben, als daß sie ihre Gegenwart irgend jemandem kundgetan hätte.
Diese täglich neu zu übende Zurückhaltung und die daraus entstehenden großen Entbehrungen machten Christina über den langen Zeitraum von vier Jahren schwer zu schaffen. Das Annehmen und Ertragen körperlicher Leiden forderte viel Kraft von ihr; zuviel Kraft, so daß sich allmählich chronische Krankheiten einstellten, mit denen Christina sehr und lange Zeit zu kämpfen hatte.
Doch ihr ständig wachsendes Bewußtsein und die geistige Kraft,

die ihr zuströmte, machten es ihr möglich, tägliche Sorgen, große Mühen, Strapazen und Krankheiten als unabänderlich anzunehmen und durchzustehen. Der Sinn zeigte sich ihr zwar noch nicht konkret, aber auf der Grundlage von Gebet und Meditation empfing Christina eine große Sicherheit, die sich in der Klarheit ihrer Gedanken und in der Entschiedenheit ihrer Taten ausdrückte.
Zu der kontemplativen Meditation, die Sueno sie gelehrt hatte, durfte sie jetzt durch den weisen Roger eine völlig andere und einfachere Gebetsweise lernen: das Ruhegebet. Niemals hatte sie einen glaubwürdigeren Menschen erlebt als Roger, der sie nicht nur durch Worte, sondern vor allem durch sein Beispiel lehrte. Christina folgte ihm. Wenn auch die äußeren Entbehrungen oft unerträglich hart waren und bis zur Grenze der körperlichen Belastbarkeit führten, wurden gerade durch das hesychastische oder Ruhe-Gebet geistige Kräfte und heilende Lebensenergien frei, die ganz von selbst und sofort in die seelischen und körperlichen Bereiche strömten, die geschwächt waren. Christina war unendlich dankbar dafür, daß Roger ihr durch die einfache Gebetsweise der Hingabe einen gangbaren Weg aufgezeigt hatte, der ihr eine noch größere Unabhängigkeit und Freiheit schenkte.
Da Christina schon sehr schnell große Fortschritte in der geistigen Entwicklung machte, konnte Roger ihr auf der Grundlage ihrer religiösen Erfahrung ein Wissen vermitteln, das an Wunderbares grenzte. Würde man versuchen, diese Weisheit des Herzens in Worte zu fassen: sie wäre kaum glaubhaft. Durch verschiedene Einweihungsriten erhielt Christina allmählich einen Zugang zu umfassenderen Dimensionen des Glaubens und des menschlichen Schicksals, die ihr bisher noch verborgen waren. Obwohl Roger körperlich noch ganz in dieser Welt weilte, hatte sich sein Geist bereits auf Himmlisches ausgerichtet. Auf dem Fundament der Erfahrung der Wirklichkeit der Welt lehrte er Christina, verborgene und transzendente Geheimnisse zu entschlüsseln.
Worte reichen nicht, ihre Meditations- und Gedankenerfahrungen zu beschreiben. Doch ihr Leben selbst im Ablauf der Zeit gab genügend und reichlich Kunde davon.
Wenn gegen Abend die Dunkelheit sich verbreitete und der Besuch eines Fremden fast ausgeschlossen war, brach für Christina

die erfüllendste Zeit des Tages an. Oftmals fühlte sie über die vielen einsamen Stunden während des Tages in ihrer Klausur - verbunden mit einer Sehnsucht - das Wort, das die Bibel dem Schöpfer als erstes in den Mund legt: „Es ist nicht gut, daß der Mensch allein sei.” Welch große Freude und Dankbarkeit empfand sie in ihrem Herzen, wenn Roger sie abends aus ihrer Zelle befreite und sie mit ihm zusammen im Oratorium beten, meditieren und sprechen durfte. Besonders wenn sie in der Meditation gemeinsam schwiegen, nahm Christina wiederholt - von Roger ausgehend - eine Helle und Wärme wahr, die nicht nur den ganzen Raum in gleißendes Licht zu tauchen schien, sondern sie auch für einige Momente glauben machte, Roger würde brennen.

„Mein Name ist Alban”

Es verging kein Tag, kein Abend ohne gemeinsame Meditation und ohne Gespräch. Christina war unendlich dankbar, in Roger einen Freund und gleichzeitig ihren geistlichen Lehrer gefunden zu haben. Er sprach darüber nicht; doch der Name, den er für Christina gewählt hatte und mit dem er sie gern ansprach, drückte seine Gefühle zu ihr aus: „Myn sunendaege dohter”.

„Ihr seid Mönch von St. Albans. Vor einigen Jahren war ich zusammen mit meinen Eltern zum ersten Mal dort. Ihnen war es damals ein großes Anliegen, den Schrein des heiligen Alban zu besuchen und ihn zu berühren. Ich weiß, daß sie für mich als ihr erstes Kind besonders gebetet haben. Sie wünschten sich einen Lebensweg für mich nach ihrer Vorstellung. St. Albans ist zu dem stärksten Erlebnis meines Lebens geworden. Nur kam alles anders, als meine Eltern es erhofft hatten. Da ich nur sehr wenig von Alban und den Umständen seines frühen Todes weiß, möchte ich Euch herzlich bitten, mir aus seinem Leben zu erzählen.”

Roger nahm die Worte und den Wunsch Christinas tief in sich auf. Nach einem langen Schweigen - es war, als ob ein Bild der Erinnerung sich auf seine Seele legte - begann er leise zu sprechen.

„Vor langer Zeit - während der ersten zwei Jahrhunderte nach Christus - wurde unser Land von den Römern erobert und gehör-

te zum Römischen Reich. So stand auch England unter der Regierung eines Kaisers, der ein grausamer Tyrann war. Mit tödlichem Haß verfolgte er die Christen, denn er fürchtete ihren wachsenden Einfluß derart, daß er befahl, alle zu töten und ihre Kirchen niederzubrennen. Nach kurzer Zeit erreichte diese schreckliche Verfolgung auch England. Unter den Christen, die fliehen mußten, um ihr Leben zu retten, war auch der walisische Priester Amphibalus. Auf der Suche nach einem sicheren Versteck kam er nach Verulamium, einem bekannten Ort, der an der großen Römerstraße lag, die von London nach Chester führte. In die wohlhabende Stadt, die von hohen, schützenden Mauern umgeben war, gelangte man durch prächtige und herrlich geschmückte Toreingänge. Es gab dort ein bewundernswertes römisches Theater, mächtige Befestigungsanlagen, Bürgersteige, die mit den schönsten Mosaiken geschmückt waren, und eine Vielzahl anderer Kostbarkeiten.
Hier in Verulamium fand Amphibalus Zuflucht im Haus eines jungen römischen Bürgers, der Alban hieß. Alban war selbst kein Christ, er hatte aber viel von der christlichen Lehre gehört. Da er ein gütiges und gleichzeitig auch mutiges Herz hatte, empfand er Mitleid mit dem Priester, der auf der Flucht war, um sein Leben zu retten. Alban gab ihm eine sichere Unterkunft und sorgte für ihn. Trotz der großen Gefahr, von den römischen Verfolgern entdeckt zu werden, lebte Amphibalus sein religiöses Leben konsequent: Er betete viel - sogar nachts - und pries in Hymnen und Gesängen die Herrlichkeit Gottes. Dieses Verhalten war für Alban rätselhaft und gleichzeitig dermaßen beeindruckend, daß er den Wunsch hatte, mehr von der Geschichte und den Hintergründen des Christentums zu hören - besonders aber von Christus, für den Amphibalus sogar bereit war, sein Leben zu opfern.
Der Kleriker übernahm diese Aufgabe sehr gern und begann, Alban Unterricht zu erteilen. Schon sehr bald war Alban derart fasziniert von dieser Lehre, daß er sich aus tiefer Überzeugung entschloß, Christ zu werden. Diese Offenheit und Glaubensbereitschaft beeindruckte Amphibalus, und er freute sich sehr über die Konversion seines Freundes. Eine Zeitlang war Ruhe. Als aber ein Gerücht durch Verulamium ging, ein Christ sei in Albans Haus versteckt, wurden einige Soldaten beauftragt, der Sache auf den

Grund zu gehen. Alban war fest entschlossen, Amphibalus bis zuletzt Schutz zu gewähren. Deshalb ließ er ihn das Priestergewand ausziehen und gab ihm seine eigenen Gewänder, um ihm die Flucht zu ermöglichen.
Als Alban die Soldaten, die sein Haus durchsuchen sollten, von weitem kommen sah, ging er ihnen entgegen: Er hatte die Priesterkleidung des Amphibalus angelegt. Die Soldaten, die annehmen mußten, daß der Gesuchte sich ihnen auf diese Weise selbst gestellt hatte, nahmen Alban fest und führten ihn vor den römischen Richter.
Doch schon bald erkannte der Richter durch seine klugen Fragen, daß er hintergangen worden war und man einen falschen Gefangenen zu ihm gebracht hatte. Dieser Mann, der jetzt vor ihm stand, konnte unmöglich der gesuchte Kleriker sein. Der Richter wurde nicht nur ungehalten, sondern auch außerordentlich böse und befahl Alban, auf der Stelle heidnische Götter zu verehren oder sich der grausamen Strafe zu unterziehen, die für Amphibalus vorgesehen war.
Alban weigerte sich standhaft nachzugeben und antwortete: „Ich bin ein Christ und möchte auch ein Christ bleiben. Daher werde ich nur und immer Christus verehren." Darauf fragte der Richter: „Wie ist dein Name?"
„Mein Name ist Alban, und ich bete nur den einen wahren und lebendigen Gott an, der alles geschaffen hat." Noch einmal drohte der Richter Alban mit allem Nachdruck eine furchtbare Strafe an, falls er dem Christentum nicht abschwören würde, um heidnische Götter zu verehren und ihnen zu opfern. Doch Alban weigerte sich beharrlich. Der Richter war so rasend vor Wut, daß er befahl, Alban zu prügeln. Sollte dieser aber die Strafe geduldig ertragen und immer noch nicht nachgeben, bestand das Kommando für die Soldaten darin, Alban abzuführen und ihn zu enthaupten.
Der Platz, auf dem zum Tode Verurteilte hingerichtet wurden, lag auf einer Anhöhe jenseits des Flusses Ver. Um Alban dorthin zu bringen, mußten die Soldaten eine Brücke überqueren. Hier war bereits eine große Volksmenge versammelt. Man hatte von diesem grausamen Urteil, das sofort vollstreckt werden sollte, gehört und wollte dabei sein. Die Menge folgte den Soldaten und ihrem Ge-

fangenen. Da nun die vielen schaulustigen Menschen die Soldaten, die zur Exekution abkommandiert waren, behinderten, benötigten sie einige Stunden, um mit Alban zur Hinrichtungsstätte zu gelangen. Der unerbittliche Richter, der dieses Urteil gesprochen hatte, soll - so sagt man - an diesem Tag allein in der Stadt zurückgeblieben sein und gegen seinen Willen gefastet haben, da niemand mehr da war, der ihm hätte ein Essen bereiten können.

Auf dem langen Weg zum Richtplatz sollen sich sonderbare und unerklärliche Dinge ereignet haben, so daß der Scharfrichter nicht fähig war, seine Aufgabe auszuführen. Erstmals hatte ihn eine große Furcht überfallen, die ihn vor den Augen aller das Schwert fortwerfen ließ. Er entschuldigte sich bei Alban und sagte ihm, daß er eher mit ihm sterben wolle als ihn zu enthaupten. Lange Augenblicke lag sein glänzend poliertes Schwert vor den anderen Soldaten auf dem Boden, bis sich einer herausgefordert fühlte, es aufzuheben.

Als nun endlich alle, die Soldaten, Alban und viele Menschen, auf der Anhöhe angekommen waren, trat große Stille ein. Alban wurde enthauptet. Er war der erste Christ, der in England für seinen Glauben sein Leben lassen mußte. Daher wird Alban auch Protomärtyrer von England genannt. Man erzählt sich, der Soldat, der den Exekutionsauftrag hatte und ihn infolge einer inneren Wandlung und Einsicht nicht ausführte, sei kurz darauf ebenso enthauptet worden.

All dieses geschah am 22. Juni im Jahr 208. Doch kurz nach der Hinrichtung Albans hörte die Christenverfolgung auf. Ihm zur Ehre und zu seinem Gedächtnis wurde über seinem Grab - auf der Anhöhe der Richtstätte - eine Kirche erbaut. Die Kunde von einer heilenden Kraft am Ort des Martyriums zog immer mehr Pilger an. Die herrliche, dem Martyrium Albans würdige Kirche wurde später im Jahr 793 vom Mercierkönig Offa noch einmal umgestaltet und erweitert. Er ließ neben der Kirche das Kloster St. Albans errichten und führte dort die benediktinische Regel ein."

Roger schwieg, als wolle er das Echo seiner eigenen Worte wahrnehmen. „Und nun sind es genau 325 Jahre seit der Gründung des Klosters St. Albans, zu dem auch wir beide gehören."

„Myn sunendaege dohter"

Über der kostbaren Zeit, die Christina in Markyate beim Einsiedlermönch Roger verbringen durfte, lag für beide auch ein gewaltiger Schatten. Immer wieder erneut verfolgte sie eine gewisse Furcht, die sogar in der Lage war, ihnen die Freude am Dasein zu verderben - eine durchaus berechtigte, ernste Sorge, Christina könne entdeckt werden. Was würde geschehen, fände man sie in Begleitung des alten Einsiedlers Roger? Es würde nicht nur ein Skandal daraus entstehen, sondern - das war für Christina das weitaus Schlimmere - es bestünde auch die Möglichkeit, daß Bischof Robert Bloet von Lincoln infolge seines großen Einflusses und seiner Macht Christina von hier fortbringen und sie ihrem Ehemann aushändigen lassen würde.

Roger und Christina spürten, obwohl sie nicht darüber sprachen, daß sich der Feind, wer auch immer es sein mochte, ihnen gewaltig aufdrängte. Hatte er nicht auch die Macht, anderen einzugeben, wo sich Christina befand? Um so eifriger war sie bemüht, ihr Versteck zu hüten und Entsagungen geduldig zu ertragen. Wie oft Roger als Schutz für Christina Gnade vom Himmel herabflehte, bleibt ein Geheimnis.

Es war der 25. März. Wenn auch nicht das Licht, so drang doch die Kraft der Sonne, ihre Wärme, durch das Dach und die Mauern ihrer Zelle. Angstvolle Gedanken durchzuckten Christina. Trotz der äußeren Stille ihrer Abgeschiedenheit lärmte es kräftig in ihr. Für einen kurzen Augenblick glaubte sie ein Klopfen zu hören. Sie horchte auf, blieb unbeweglich sitzen und hielt ihren Atem zurück. Als nichts geschah, führte sie sich das sinnlose Verhalten ihrer Verfolger vor Augen. Sie dachte an ihre Eltern, Burthred und den Bischof von Lincoln. Christina muß an diesem lichten Tag viele Stunden bewegungslos in ihrer Zelle gesessen haben, denn nach diesen schrecklichen Gedanken legte sich ein wunderbares Bild und eine tiefe Ruhe in ihre Seele.

Sie sah ein Kind auf sich zukommen, das einen großen Frieden und unendliches Vertrauen ausstrahlte. War es ein Sonnenstrahl, der durch die Mauern ihrer Abgeschiedenheit drang, eine Wahrnehmung ihrer eigenen Seele, eine Erscheinung oder Verkündigung? Für diesen Augenblick fielen Angst und Furcht von ihr ab wie äußere Schalen, die etwas Kostbares verbergen. Ein Vertrauen, das allmählich in ein Selbstvertrauen überging, schenkte sich ihr. Sie spürte die Aufrechte ihrer Wirbelsäule und darin eine Energie fließen, die in ihrer Verlängerung die Erde mit dem Himmel verband. Gleichzeitig nahm sie die Horizontale ihres Schultergürtels wahr und damit das Kreuz, das auf ihr lastete. Da es sich aber durch sie hindurch auf eine andere, große und lichtvolle Dimension ausweitete und sie aus dieser Quelle überreiche Kraft empfing, wurde ihr durch und durch bewußt, daß es leicht war, ihr Kreuz zu tragen. Ein anderer trug es zusammen mit ihr und entlastete sie.

Als am Abend - nach diesem neuen, lichterfüllten Anfang - Roger in das Oratorium trat, standen Christina vor Freude Tränen in den Augen. Sie sog förmlich die ihr vertrauten und liebgewordenen Geräusche in sich auf und konnte es kaum erwarten, Roger von ihrem Erlebnis zu berichten. Seine langsamen und bedächtigen Schritte erfüllten den Raum; dann schob er den schweren Holzklotz, der das Eichenbrett hielt, beiseite, entfernte das Brett und öffnete die Tür. Christina stand vor ihm. Nachdem sie sich erfrischt und gegessen hatte, trafen sie sich zur gewohnten Zeit im Oratorium. Ohne Fragen zu stellen, verstand Roger sofort den Sinn und die Bedeutung des geschauten Bildes, von dem Christina ihm erzählt hatte. Nun gingen auch ihm voll Dankbarkeit die Augen über, und er sagte nach einem langen Schweigen „myn sunendaege dohter" zu ihr. „Freue dich mit mir, denn ich bin sicher, dic härteste Zeit liegt hinter dir und die Prüfungen werden bald ein Ende haben. Das Kreuz, das du gesehen und gefühlt hast, ist ein Zeichen für das Leiden und die Tragik in dieser Welt. Dein persönliches Schicksal, das sich zu einem schweren Kreuz für dich entwickelt hat und das du schon so lange und geduldig auf dich genommen hast, wird sich in absehbarer Zeit wandeln."

Roger hatte ihr die Zeichen, die sich ihr geoffenbart hatten, noch einmal vor Augen geführt, bewußt gemacht und entschlüsselt. Christina glaubte seinen Worten, denn durch ihre eigene Erfahrung an diesem Tag war sie ganz sicher, daß eine große Veränderung eintreten würde.

Licht in Markyate

Schon nach zwei Tagen trat ein bewegendes Ereignis ein, das die Voraussage des weisen und weitsichtigen Einsiedlers in Erfüllung gehen ließ. Burthred hatte ausfindig gemacht, daß Roger Christina versteckt hielt, und war zusammen mit seinen beiden Brüdern in die Einsiedelei nach Markyate gekommen. Einer der beiden Brüder Burthreds war Kanoniker, und besonders von ihm waren gute Initiativen ausgegangen. Nun standen sie vor Roger und entschuldigten sich für ihr Stören. Es war Burthred bewußt und er gestand es auch, daß er sich schwer versündigt habe gegen ihn, vor allem aber und besonders gegen Christina. Er sei nun, so sagte er, mit seinen Brüdern als Zeugen gekommen, um jeglichen Anspruch auf eine Ehe mit Christina zurückzunehmen und sie - soweit er es als ihr rechtlich angetrauter Ehemann vermöge - von dem Eheversprechen zu entbinden. Auch sei er gern bereit, und er bat förmlich darum, einen Rat oder eine Empfehlung Rogers anzunehmen. Burthred berichtete darüber, daß es ihm gerade in den letzten Tagen und Nächten erschreckend bewußt geworden sei, was alles er Christina angetan habe und wie verantwortungslos es sei, sie weiter zu verfolgen.

Roger überlegte und kam zu der Überzeugung, daß für einen so wichtigen und lebensentscheidenden Akt die beiden leiblichen Brüder Burthreds als Zeugen nicht ausreichen würden. So handelte er klug, indem er sich einige Tage Bedenkzeit erbat und es Burthred nahelegte, mit Zeugen, die in der Öffentlichkeit stünden, wiederzukommen. Nach der verabredeten Zeit kam Burthred mit einer schriftlichen Erklärung zurück. Auch hatte er namhafte Zeugen mitgebracht. Vor Roger und in Gegenwart acht weiterer Personen versprach und bestätigte Burthred feierlich, er hatte seine rechte Hand in die Rechte Rogers gelegt, daß er auf eine Ehe mit Christina verzichte. Neben dem alten Einsiedlermönch Roger waren als Zeugen anwesend: der Priester, der Christina und Burthred getraut hatte, der Dekan Robert aus Huntingdon, Ralph, der Pfarrer aus Flamstead, und fünf Einsiedler, die unter der geistlichen Führung Rogers ganz in der Nähe von Markyate lebten.

Noch in dieser Stunde fühlte Roger eine große Entlastung, und Sicherheit legte sich in sein Herz. Der Weg, den Christina gegangen war und er in den letzten Jahren gemeinsam mit ihr, hatte sich als richtig erwiesen. Seine Freude und Dankbarkeit waren groß. Größer aber noch war Freude und Dankbarkeit in Christina, die bei dieser Verzichterklärung zwar beteiligt, aber nicht anwesend war. Roger konnte ihr gegenüber nun endlich etwas ansprechen, das er lange schon in seinem Herzen hegte. So fragte er Christina noch am selben Abend, ob sie bereit sei, seine Nachfolge anzutreten und die Einsiedelei von Markyate als geistliches Zentrum auszubauen. Obgleich sie fürchtete, diese Aufgabe und das damit verbundene große geistige Erbe Rogers würde über ihre Kräfte hinausgehen, widersprach sie nicht. Andererseits gab sie jedoch auch nicht ihre Zustimmung. Sie handelte in der Weise, wie sie es in der Meditation gewohnt war: Sie legte beides, ihre vermeintliche Unfähigkeit und die faszinierende Möglichkeit, Erbin von Markyate zu werden, in die Hände Gottes.
In der kommenden Zeit fügten sich viele wunderbare Dinge wie zu einem Ganzen. Besonders ihre Persönlichkeit als Frau, die sie über so lange Zeit unwürdig untergraben mußte, fand jetzt neuen Raum und Nährboden, um zu wachsen. „Fragt Christina, was sie sich wünscht, denn ich möchte ihr all das geben, worum sie bittet" - hörte sie eine innere Stimme sagen. Da sie allein war, ließ sich Christina auf den Boden fallen. Ihr Bewußtsein weitete sich in die Vorstellung und das Gefühl hinein, über der Welt zu schweben. Ein Lichtstrahl fiel auf die Einsiedelei Rogers, und Christinas Augen folgten diesem Hinweis bis in das Oratorium, das jetzt in glänzendes Licht getaucht war. „Diesen Platz auf der Erde wünsche ich mir, um dort zu leben." Vom Zeitpunkt dieser Erkenntnis an wußte Christina mit Sicherheit, sie würde die Nachfolgerin Rogers in Markyate sein, doch sprach sie vorerst nicht darüber. Sie wünschte sich, noch recht lange in der Gegenwart Rogers zu leben, seinen Schutz zu erfahren und seine geistlichen Lehren annehmen zu dürfen.
Die Zeit aber, die ihnen geschenkt wurde, war kurz. Roger wußte darum, sonst hätte er nicht Vorkehrungen für seine Nachfolge getroffen. Auch Christina wußte darum, daß das Leben Rogers in

dieser Welt bald erfüllt sein würde. Aus ihren vielen Fragen, besonders zur Geschichte des Klosters St. Albans, zum Kirchenrecht und zur Weitergabe spiritueller Wahrheiten, wurde es Roger offensichtlich, daß sie sich innerlich bereits dazu entschlossen hatte, nach seinem Tod in Markyate zu bleiben. Daher konnte er viele Fragen Christinas mit noch größerer Begeisterung ausführlich und umfassend beantworten. Wenn sie allerdings - und das geschah zwischendurch immer wieder - etwas aus seiner persönlichen Lebensgeschichte hören wollte, waren seine Worte spärlich und zurückhaltend.

In der ihr verbleibenden kostbaren Zeit mit Roger nahm sie jetzt um so intensiver vieles an seiner Lebensweise wahr, das sie vorher aus der Perspektive ihrer Enge nicht bemerkt hatte. Als Mönch von St. Albans, als der er sich trotz seines Einsiedlerdaseins weiter empfand, rezitierte er dieselben Psalmen zur selben Zeit, wie sie auch von der Mönchsgemeinschaft im Kloster gebetet und gesungen wurden. In allem, was eben möglich war, hielt er die Treue zur benediktinischen Regel. Kam es vor, daß Christina mit Gästen sprach, die sich von Roger Rat und Hilfe erbaten, fiel ihr besonders die Hochachtung und Dankbarkeit auf, die sie dem Einsiedler entgegenbrachten. Sie erfuhr immer wieder, daß alle Voraussagen, die Roger zum Heil der Hilfesuchenden getroffen hatte, in Erfüllung gegangen waren. Doch darüber ließ Roger nicht mit sich sprechen. Um so mehr freute sich Christina, sie hatten die Gewohnheit beibehalten, nach der Abendmeditation im Oratorium gemeinsam miteinander zu sprechen, als er ihr von seiner Pilgerfahrt nach Jerusalem erzählte. Mit allem, was er sagte, verband er konkrete Anweisungen, damit Christina auch ohne ihn in dieser Welt das Leben bestehe. „Alle, die nach Jerusalem gehen wollen, müssen auch in der Lage sein, das Kreuz zu tragen." Christina erfuhr von Roger, wie schwer er es hatte, sich nach Jerusalem von der Mönchsgemeinschaft zu lösen, um hier in Markyate die Eremitage zu gründen, welchen Anfeindungen, Verleumdungen und inneren Kämpfen er ausgesetzt war. Fasziniert und ergriffen war sie, von ihm zu hören, daß ihm durch Lichtboten der Weg nach Markyate gewiesen worden war. Von ihrem ähnlichen Erlebnis aber sagte sie nichts.

Roger und St. Albans

Ganz aufmerksam - wie als Kind bei ihrem Vater - lauschte Christina seinen Worten, als Roger über seine Begegnung mit König Heinrich I. Beauclerc im Kloster St. Albans sprach. Mit der Perspektive ihrer kommenden Verantwortung hatte jetzt jede Äußerung des hochbetagten Einsiedlers besonderes Gewicht. Christina hatte sich vorgenommen, alles zu tun, um auch später - selbst als Frau - den geistigen Einfluß aufrechtzuerhalten, der von St. Albans auf Markyate überging.

„Der erste normannische Abt war Paul de Caen, der im Jahr 1077 die Abtei übernahm. Es war für ihn eine höchst schwierige Aufgabe, das geistige Niveau der Mönche wieder anzuheben und für die gebotene Disziplin und Ordnung zu sorgen. Seine Reformbemühungen waren umwälzend. Er gründete in St. Albans eine hervorragende Bibliothek und das Scriptorium, in dem ständig Mönche, Schreiber und Illuminatoren beschäftigt waren, Bücher abzuschreiben und neu zu gestalten. Lanfranc von Bec, Erzbischof von Canterbury, ein Verwandter des Abtes, schenkte dem Kloster über einhundert kostbare Bücher zum Einstellen in die Bibliothek. Da Lanfranc ferner dem Bau neuer und großer Kirchen zugetan war, unterstützte er Paul de Caen bei seinem Vorhaben, nicht nur die Klostergebäude zu erneuern, sondern auch eine monumentale normannische Kirche zu bauen."

Roger unterbrach einen Augenblick und überlegte. Dann fuhr er fort: „Im Jahr 1093 starb der große Reform-Abt Paul de Caen. Er hat die Einweihung der größten Kirche Englands Weihnachten 1115 nicht mehr erlebt, weil die Bauarbeiten in St. Albans 38 Jahre in Anspruch nahmen. Obwohl ich Markyate nie gern verlassen habe, bin ich doch auf die inständigen Bitten des Konventes einen Tag zu den Einweihungsfeierlichkeiten nach St. Albans gegangen. Die Eindrücke waren erhebend und gewaltig. Da wir zusammen an einem Tisch aßen und ich nach der mönchischen Lebensweise außerhalb des Klosters gefragt wurde, stellte man mich der königlichen Familie vor. Fortan nahm ich besonderen Anteil an ihrem Schicksal. Obwohl sieben Jahre vergangen sind und ich ein alter

Mann bin, ist mir dieser Tag und diese Begegnung in ausgezeichneter und bleibender Erinnerung.
Neben König Heinrich I. saßen seine Frau Matilda und ihr Sohn Prinz William. Von den anderen noblen Gästen lernte ich Stephan von Montain, einen Neffen des Königs, kennen und William de Warenne sowie den Erzbischof von Rouen. Anwesend waren auch die Bischöfe von Durham, Lincoln, Sarum und London sowie viele bekannte Grafen, Barone und Adelige aus England und der Normandie. Die Feierlichkeiten dauerten vom 27. Dezember bis zum 6. Januar. Alle Gäste konnten in dieser Zeit kostenlos im Kloster oder in der Stadt wohnen."
Roger erzählte Christina auf ihr drängendes Fragen viele Einzelheiten dieses Tages, der ihn stark beeindruckt, aber auch kritisch gestimmt hatte. „In der Abwesenheit des Königs hatte man sich erzählt, daß er gegen treulose Amtsträger, vor allem, wenn finanzielle Interessen der Krone berührt wurden, mit barbarischer Strenge vorging. So wurden, als von königlichen Münzstätten Münzen mit zu geringem Silbergehalt in Umlauf gesetzt wurden, die Münzer auf Befehl des Königs mit der Entmannung und dem Verlust der rechten Hand bestraft."
Roger vermied es, schlechte Eigenschaften anderer Menschen über seine Lippen zu bringen. Deshalb sagte er - von Christina erneut nach der königlichen Familie gefragt: „Vielleicht wird König Heinrich gerade wegen seiner unbarmherzigen Härte als ein 'Löwe der Gerechtigkeit' gepriesen. Man kann ihm nicht absprechen, daß er unserem Land Sicherheit und Frieden garantiert. Seine friedvolle Regierung gibt uns besonders hinsichtlich der Ausübung des Christentums, aber auch hinsichtlich Recht und Finanzen ein gesichertes Fundament. Vor allem beeindruckt mich seine hohe geistliche Bildung und sein guter Wille bei allem, was er in Angriff nimmt.
Wenn du über ihn nachdenkst, vielleicht wirst du sogar eines Tages mit ihm zu tun bekommen, solltest du wissen, daß ihn zwei aufeinanderfolgende Schicksalsschläge äußerst hart getroffen haben. Als du vor vier Jahren zu mir kamst, hattest du genügend eigene Sorgen. Daher habe ich dir nicht erzählt, daß 1118 die Königin Matilda plötzlich starb. Der Tod seiner Frau bedeutete für

Heinrich, der im selben Jahr seinen 50. Geburtstag gefeiert hatte, einen schweren Verlust; war sie es doch, die ihm - der kaum als ein liebenswerter Charakter galt - viele Herzen und Sympathien zugeführt hatte.
Als weiteres Problem stellte sich für den alternden König die Frage der Nachfolge. Neben einigen unehelichen Kindern, die für die Thronfolge nicht in Frage kamen, hatte Heinrich lediglich einen Sohn und eine Tochter. Prinz William - ich erzählte dir, daß er, jung und frisch, mit seinen königlichen Eltern bei der Einweihung zu Gast in St. Albans weilte - war von seinem Vater zum Thronfolger ausersehen und wurde hierfür sorgfältig erzogen. Doch am 25. November 1119 verlor König Heinrich seinen Sohn durch ein tragisches Unglück. Nach dem gerade abgeschlossenen Frieden mit Frankreich verließ das 'Weiße Schiff', die 'Blanche nef', das Mitglieder des Hofes und auch Prinz William an Bord hatte, die Normandie, um zurück nach England zu fahren. Durch grobe nautische Bedienungsfehler, die offensichtlich auf die total betrunkene Schiffsbesatzung zurückzuführen waren, kam die 'Blanche nef' niemals in England an. Sie sank, und nur ein Besatzungsmitglied überlebte die Katastrophe.
Als man gerade ein Jahr nach dem Verlust seiner Frau König Heinrich diese furchtbare Nachricht vom Tod seines Sohnes William überbrachte, wurde er ohnmächtig und fiel sprachlos zu Boden."

Der Ritt nach Caddington

Der Hochsommer des Jahres 1122 war ins Land gezogen. Unter der gleißenden Sonne waren die um Markyate sich ausbreitenden Wiesen verbrannt - soweit man schauen konnte ein trostloser Anblick, der eine Mißernte ankündigte. Christina hatte große Mühe, das Gemüse, die Kräuter und die Blumen ihres kleinen Gartens am Leben zu erhalten. Sie bewässerte und pflegte in dieser trockenen Jahreszeit den Garten mehrere Male am Tag. Ihre heitere und tief geistige Natur war von einer kraftvollen und lebensunterstützenden Ausstrahlung, die sich auch auf die Pflanzen übertrug. Doch Roger, dem diese heißen Sonnentage sehr zu schaffen machten,

hegte arge Bedenken hinsichtlich der Zukunft Christinas. Er hatte gehört, daß der Bischof von Lincoln, Robert Bloet, zu dessen Territorium auch Markyate und St. Albans gehörten, immer noch keine Ruhe gab und darauf sann, Christina mit einem Vergeltungsschlag zu treffen. So lange er, Roger, noch lebte, bestand keine Gefahr. Christina wußte von diesem Schutz, den ihr Roger durch seine Anwesenheit juristisch und kirchenrechtlich gewährte. Aber von einer möglichen großen Veränderung ahnte sie nichts.
Roger war als Mönch von St. Albans direkt seinem Abt unterstellt, der in der kirchlichen Hierarchie einem Bischof gleichgestellt war. Der Abt Paul de Caen und seine beiden Nachfolger, Richard d'Albani und Geoffrey de Gorham, hatten ihm erlaubt, in der Eremitage von Markyate, abseits des großen Klosters, in Abgeschiedenheit zu leben. So war rechtlich wie auch kirchenrechtlich geklärt, daß sowohl er als auch seine Schüler und Schülerinnen nicht der Jurisdiktion des Bischofs von Lincoln unterstanden. Diese Befreiung und Freiheit fühlte auch Christina, die zu einem großen Teil daraus Kraft schöpfte. Der Ortsbischof konnte und durfte sich nicht in klösterliche Angelegenheiten mischen, da die Benediktiner-Abtei St. Albans direkt dem Papst in Rom unterstellt war. Robert Bloet hatte jedoch einen Versuch unternommen, sie gewaltsam aus der Einsiedelei in Markyate zu holen, als durch Burthred und seine Suche nach Zeugen bekannt geworden war, wo Christina sich aufhielt. Ohne daß Christina hiervon Kenntnis erhielt, hatte Roger ihn barsch und unmißverständlich verstehen lassen, daß weder eine Einmischung seinerseits erwünscht noch rechtlich zulässig sei.
Was würde geschehen, wenn Roger Markyate verlassen würde? Der neue Abt, Geoffrey de Gorham, der seit 1119 im Amt war, würde nach Rogers Tod für eine neue Situation in Markyate kein Verständnis haben. Daher war Roger sehr besorgt und überlegte, was er tun könne, damit Christina nicht erneut der Willkür des Bischofs von Lincoln ausgesetzt würde. Es stand fest und war unter ihnen besprochen, daß Christina die Nachfolge in Markyate antreten würde. Aber wie sollten die rechtlichen Bedingungen sein, da ihre Ehe zwar privat unter Zeugen, aber noch nicht offiziell von kirchlicher Seite annulliert war?

Schließlich erinnerte sich Roger an Erzbischof Thurstan von York, der ihm familiär und freundschaftlich verbundenen war. Vielleicht könnte er zum Beschützer und hilfreichen Befürworter für Christina, seine Nachfolgerin, werden? Hellauf begeistert von dieser Idee, schickte Roger eine Nachricht an den Erzbischof von York - der im Rang höher als ein Bischof steht - mit der brennenden und eiligen Frage, wie es mit Christina als Erbin von Markyate weitergehen solle. Thurstan würde sicher Verständnis für das Anliegen haben und Christina auf ihrem Weg weiterhelfen, denn sein beruflicher Weg war ebenfalls von Unebenheiten begleitet - er wurde 1114 zum Erzbischof gewählt, jedoch erst 1119 geweiht und eingeführt. Thurstan antwortete erwartungsgemäß sofort und bat, da er in absehbarer Zeit in Redbourn sei, dort um ein Gespräch mit Christina unter vier Augen.
Obwohl es ihm nicht gutging oder gerade deshalb, handelte auch Roger schnell. Er litt unter der Hitze dieses Sommers, und sein Alter machte ihm zu schaffen.
Daher freute er sich sehr, als gleich auf seine Bitte Godescal und seine Frau, ein ihm sehr liebes älteres Ehepaar aus Caddington, zu ihm nach Markyate kamen. Über Jahrzehnte hatten sie Roger in der Einsiedelei besucht, mit ihm geistliche Gespräche geführt und auf seinen Rat hin ihr Leben neu geordnet. Sie waren in einer guten Ehe gemeinsam alt geworden. Die Anfrage Rogers hatte sie sehr glücklich gemacht, denn jetzt konnten auch sie ihm endlich einmal einen Wunsch erfüllen. So machten sie sich noch am selben Tag mit ihrem Pferd auf den Weg nach Markyate, das zwei Meilen südlich von Caddington lag.
Roger hatte vor und wollte darüber in Ruhe sprechen, ihnen das Liebste, was er auf Erden hatte - Christina anzuvertrauen, um sie am nächsten Tag nach Redbourn zu Erzbischof Thurstan zu bringen und wieder zurück nach Markyate. Wohl keinem anderen hätte er dieses grenzenlose Vertrauen entgegengebracht als Godescal von Caddington, der sofort zustimmte, anderntags diesen Auftrag auszuführen. Roger schickte das Ehepaar auf den Weg mit den Worten: „Kommt wohlbehalten zu Hause an und seid unbesorgt, meine guten Wünsche werden euch begleiten. Ich danke euch herzlich für die Mühe, die ihr für Christina auf euch nehmt."

Godescal und seine Frau verabschiedeten sich und bestiegen beide das eine Pferd, auf dem sie hergeritten waren. Um schnellstens dem Ruf Rogers zu folgen und ihn auf dem kürzesten Weg zu erreichen, hatten sie auf einen Wagen verzichtet. Auf ihrem Rückweg - es war bereits dunkel geworden - passierte folgendes:
Als sie auf dem schmalen Waldweg nach Caddington ein Stück weit bergan reiten mußten, riß ein Sattelgurt, der Sattel löste sich vom Rücken des Pferdes und fiel zusammen mit den Reitern zu Boden. Zum Glück hatten Godescal und seine Frau sich nicht verletzt. Was sollten sie tun? Vor Schreck war das Pferd durchgegangen. Da es dunkel war und auch infolge ihres Alters konnten sie das Tier nicht wieder einfangen. Selbst am Tage wären sie mit dieser Situation schwerlich fertig geworden. Nachdem die beiden sich ein wenig beruhigt hatten, machten sie sich zu Fuß auf den Heimweg. Den Sattel ließen sie zurück, denn sie konnten ihn, da er ihnen zu schwer war, nicht tragen. Die Dunkelheit nahm zu, und Godescal und seine Frau hatten große Mühe, den Weg zu finden. Traurig über dieses Mißgeschick, erinnerten sie sich an Rogers Worte und waren enttäuscht, daß sich seine guten Wünsche nicht erfüllten. Doch kaum hatten sie dies ausgesprochen, als plötzlich in der Dunkelheit das Pferd vor ihnen stand, bereit und willig, die beiden Alten nach Hause zu tragen. Da direkt neben dem Tier ein umgeschlagener Baum lag, fiel es Godescal und seiner Frau nicht schwer, das Pferd zu besteigen. Dankbar und mit guten Gedanken an Roger kamen sie wohlbehalten in Caddington an.

Ein-Sicht in Redbourn und Rogers Tod

Am nächsten Morgen kehrte Godescal - diesmal mit Pferd und Wagen - nach Markyate zurück, um Christina rechtzeitig nach Redbourn zu bringen, wo der Erzbischof sie erwartete. Godescal fuhr und geleitete sie so unauffällig, daß niemand ihren heimlichen Besuch bei Erzbischof Thurstan bemerkte. Stunden über Stunden mußte er warten, denn Christina führte ein sehr langes Gespräch. Thurstan spürte sofort, unter welcher Bedrängnis sie stand, und wußte, was zu tun notwendig sei. Schon nach einigen Worten gewann er Christina lieb und beschloß, sie auf alle Fälle unter seine Obhut zu nehmen. Je mehr Christina ihm aus ihrem Leben erzählte, um so eindeutiger war es für Thurstan, daß ihre Ehe annulliert werden könne und müsse. Er versprach, alles zu tun, um diesen Prozeß in Gang zu setzen.

„Das Recht sagt eindeutig, daß es zwischen einem Mann und einer Frau, die im Hinblick auf eine Eheschließung entführt oder hintergangen worden ist, eine gültige Ehe nicht geben kann. Zur Wesenseigenschaft der Ehe gehört, daß durch geschlechtliches Zusammensein Nachkommenschaft nicht generell abgelehnt wird. Wenn aber ein Partner durch positiven Willensakt die Ehe selbst oder ein solches Wesenselement der Ehe ausschließt, ist die Eheschließung ungültig."

Als Christina hörte, wie sich der Erzbischof mit dieser Sicherheit für sie einsetzte, wußte sie, daß endlich - jetzt auch rechtlich und kirchlicherseits - alles für sie gut werden würde.

„Ungültig ist eine Ehe, die geschlossen wurde auf Grund von Zwang", fuhr Thurstan fort, denn er spürte, wie wohl Christina diese kanonischen Worte taten. „Die nicht vollzogene Ehe kann aus einem gerechten Grund, über den wir noch sprechen müssen, auf Bitten beider Partner oder eines Partners, selbst wenn der andere dem widerstrebt, aufgelöst werden. Wichtig erscheint mir, und das sollten wir auf keinen Fall außer acht lassen, daß du, Christina, die du auf den Namen Theodora getauft bist, vor deiner erzwungenen Eheschließung ein Versprechen abgelegt hast. Wie du es mir in unserem Gespräch anvertraut hast, legtest du in St. Albans vor Gott ein Gelübde ab, nicht zu heiraten, sondern wie die Mönche dort in Ehelosigkeit zu leben. Da keine Zeugen dabei waren, hast du zu einem späteren Zeitpunkt dein Versprechen vor dem Kanoniker Sueno in Huntingdon wiederholt. Ich bin sicher, daß er es mir jederzeit bestätigen wird."

Am Ende des Gespräches gab der Erzbischof Thurstan Christina die Zusage, er werde einen apostolischen Indult bewirken, durch den ihre Ehe aufgelöst und auch Burthred von der gesetzlichen Eheverpflichtung befreit würde, um wieder heiraten zu können.

Godescal hatte einen Platz für sein treues Pferd gefunden, an dem er es vor der Mittagshitze schützen und tränken konnte. Den mit-

gebrachten Hafer wies es zurück, da sich die Unruhe seines Herrn - Godescal war durch Roger in alles eingeweiht - auf das Tier übertragen hatte. Treu auf Christina wartend, hielt Godescal viele Stunden die Tür im Auge, durch die Christina gegangen war, um den Erzbischof von York zu treffen. Erst am späten Nachmittag verließ sie das Haus, eilte auf Godescal zu und fragte als erstes, ob mit dem Pferd alles in Ordnung sei und es sich wohlfühle. Für ihre Rückreise - sie fuhren der untergehenden Abendsonne entgegen - nahmen sie sich viel Zeit.
Redbourn war zu einem bedeutenden Markstein in Christinas Leben geworden. Sie dachte darüber nach und spielte vor Freude mit den Worten „Markstein" und „Markyate". Der Name „Markyate" stammt von „Mark-Gate" und bedeutet „Grenztor" zwischen den Grafschaften Hertfordshire und Bedfordshire.
Dankbar in seinem Herzen für alles, was in Redbourn geschehen war, nahm Roger Christina in seine Arme und ließ sie wieder und wieder von der Begegnung mit Thurstan erzählen. In ihrer großen Begeisterung für den Erzbischof und die guten Aussichten, die er ihr gegeben hatte, bemerkte Christina vorerst noch nicht, daß in einigen Wochen niemand auf der Welt mehr „myn sunendaege dohter" sagen würde.
Der Abschied wurde für Roger leicht, denn fast alles, worum er gebeten hatte, war mit diesem Sommer des Jahres 1122 in Erfüllung gegangen. Christina war bei ihm, als er am 12. September starb. Er wurde zum Kloster St. Albans überführt und einige Tage später nach einem feierlichen Requiem in der Abteikirche beigesetzt. Sein Grab befindet sich nahe dem Mönchschor an einer bogenförmig gewölbten Mauer nach Süden. Neben Roger wurde der kurz nach ihm verstorbene Einsiedler Sigar von Northaw beerdigt. Die Grabinschrift lautet:

Vir domini verus iacet hic Heremita Rogerus.
Et sub eo clarus meritis Heremita Sigarus.
(Hier ruht der wahre Mann Gottes, des Herrn,
der Einsiedler Roger, und unter ihm,
durch Verdienste berühmt, der Einsiedler Sigar.)

Über Jahrhunderte verehrten sehr viele Menschen diese Grabstätte und erhofften sich von den heiligmäßigen Einsiedlern Hilfe in ihren Anliegen. Man erzählte sich, daß Sigar zeitlebens jede Nacht von seiner Eremitage Northaw zur Klosterkirche St. Albans wanderte, um an der Matutin teilzunehmen. Im Anschluß an den täglichen Kirchenbesuch meditierte er in der Stille seiner Zelle und betete stellvertretend für die Menschen, die infolge harter Schicksalsschläge keinen Zugang zum Gebet fanden. In diesen verborgenen und schweigenden Dienst der Nächstenliebe stimmte jedes Mal im Frühjahr und Sommer eine Schar Nachtigallen mit lautem Gesang ein.

Genau 135 Jahre nach Rogers Tod, als Papst Alexander IV. im Jahre 1257 die Vertragsverpflichtungen König Heinrichs III. anmahnte und drohte, bei Nichterfüllung den König zu exkommunizieren, unternahm Heinrich III. eine Pilgerreise zum Grab des Einsiedlermönches Roger.

Der König, der eine große mystische Frömmigkeit besaß, sich aber gleichzeitig den Sinnfragen und der Realität des Alltags stellte, verehrte den Eremiten in besonderer Weise. Von Roger, der als Mönch von St. Albans in hohem Ansehen stand, der über die Gabe der Prophetie verfügte und geistlicher Lehrer der Mystikerin Christina von Markyate war, erhoffte sich Heinrich III. Hilfe in seiner Bedrängnis. Er hatte als Geschenk wertvolle, reich geschmückte Wandbehänge mitgebracht, sogenannte Baudekinos, die er über der Grabstätte Rogers, über dem großen Mauerbogen im südlichen Chorgang der Kirche, anbringen ließ.

Christina verliebt sich

*N*ach dem Tod Rogers versuchte Christina, weiter in Markyate aus seinem Erbe heraus und nach seinen Anweisungen zu leben. Da aber die rechtlichen und kirchenrechtlichen Entscheidungen im Hinblick auf ihre Ehe noch nicht rechtskräftig waren, hatte Bischof Robert Bloet von Lincoln erneut Zugriff auf Christina. Um jegliche Auseinandersetzung und jeglichen Ärger mit ihm zu vermeiden, machte es die augenblickliche, sich noch in der Schwebe

befindliche Situation unbedingt erforderlich, Markyate vorübergehend zu verlassen.
Der unaufhaltsame Antagonismus des Bischofs zwang Christina zu einem mehrmaligen Ortswechsel, da er sie immer wieder ausfindig gemacht hatte und sie nicht in Ruhe ließ. Schließlich empfahl ihr Erzbischof Thurstan von York, der alles daran setzte, die Ehe-Ungültigkeitserklärung so schnell wie möglich zu erreichen, sich dem Schutz und der Führung eines Klerikers anzuvertrauen - einem seiner engen Freunde. Wegen der öffentlichen Stellung, die dieser sehr bekannte Kleriker zusätzlich innehatte, verpflichtete Thurstan Christina dazu, seinen Namen nicht preiszugeben. Christina bejahte diesen Vorschlag sofort dankbar und nahm bei ihm Zuflucht. Sie konnte sich auf ihn verlassen und fühlte sich in seinem Haus doppelt sicher, da er einen kirchlichen und gleichzeitig weltlichen Status vertrat.
Anfangs fühlten sie nichts Besonderes füreinander, akzeptierten sich gegenseitig und schätzten sich in ihrer jeweiligen Individualität. Doch mit der Zeit faszinierten ihn immer mehr persönliche Eigenschaften Christinas: ihre Einfachheit, ihr Charme und ihre Schönheit. Auch bei ihr brach etwas auf, und sie begann, eine geistige Zuneigung zu ihm zu fühlen.
Bestimmte, nach Erfüllung drängende Kräfte im Menschen ließen jetzt ihre beidseitige Distanz nicht länger zu und wollten sich entfalten. Auf der Grundlage ihrer engen, aber verschwiegenen Kameradschaft hatten diese Kräfte leichtes Spiel. Christina und der Kleriker zeigten zunächst ihre Gefühle sehr zurückhaltend, verstohlen und andeutungsweise. Doch allmählich wurde ihre gegenseitige Zuneigung immer offensichtlicher. Der Kleriker war ein gutaussehender junger Mann von feinem Charakter. Er hatte in seinem geistlichen wie auch politischen Beruf bereits Hervorragendes geleistet und stand in hohem Ansehen. Sein Vorhaben und seine Absichten, Christina neutral und distanziert zu begegnen, wurden jetzt von einer unaufhaltsamen und unkontrollierbaren Woge von Liebeszuwendung hinweggeschwemmt. Auch Christina wurde von dieser Woge so stark erfaßt, daß sie ihre Sympathie nicht mehr leugnen konnte. Obgleich sie von den kühnsten Vorstellungen, wie Liebe sich auch körperlich ausdrücken könnte, ge-

packt und geschüttelt wurde - obgleich sie unter einem faszinativen und begehrenswerten Anreiz zu sexueller Lust stand und es sie über alle Maßen drängte, die geschlechtliche Lust auch auszuleben, gab Christina letztlich seinen und ihren Wünschen nicht nach. Doch die Versuchung, sich liebend mit dem Geliebten zu vereinen, war groß und nahm vorerst kein Ende. Besonders in seiner Gegenwart nahmen ihre Gedanken und Gefühle eindeutige Wünsche und Vorstellungen auf, die sich in quälenden Bildern ausdrückten, da Christina sich selbst und ihm die sexuelle Erfüllung versagte. Aber auch in den Stunden ihres Alleinseins wurde Christina von dem brennenden Feuer ihrer Liebessehnsucht zu ihm gepackt und geschüttelt.

Der geliebte Mensch, bei dem sie trotz dieser äußersten Herausforderung immer noch wohnte, hatte mit sich zu kämpfen und unter ihrer Beziehung nicht minder zu leiden, weil sich keine Erfüllung ihrer Liebe schenkte. Oft überkam ihn eine derartige Traurigkeit und gleichzeitig eine Leidenschaft, daß er ganz von Sinnen war. Er stellte sich Christina nackt und mit eindeutigem Verhalten vor - wohl nicht ohne Grund, denn auch sie hatte oft genug die faszinierende Vorstellung von ihm, daß er unbekleidet und in männlicher Kraft ihr Zimmer betrete.

Damit es nicht passierte, beide wußten es, ohne jemals darüber zu sprechen, durften sie durch ihre Gedanken, ihre kühnen Träume und körperlichen Annäherungen die Atmosphäre nicht belasten oder gar in diese Richtung drängen. Trotzdem geschah es immer wieder, daß er vor Christina zu Boden fiel und sie inständig darum bat, sie möge doch Mitlied mit ihm haben und sich seiner Sehnsucht nach Liebeserfüllung hingeben.

Da er sich so flehentlich in diesen Situationen unterordnete und Christina dieses Verhalten ihrer Natur entsprechend nicht genehm war, konnte sie einen kühlen Kopf bewahren und tadelte ihn wegen seines geringen Respektes vor seinem Ruf wie auch vor seinem Beruf. Durch strenge Ermahnungen und gewisse Vorwürfe gelang es ihr, seine Bitten zum Schweigen zu bringen und ihn zu beruhigen. Am liebsten hätte sie ihn jetzt umarmt, denn auch sie hatte mit und in dieser Situation zu kämpfen, in der er sich so liebevoll und zärtlich ihr genähert hatte. Doch zwang sie sich und tat vor ihm so, als ob sie nicht berührt sei. Oft sagte sie dann in diesen Augenblicken, um etwas zu sagen, daß sie lieber ein Mann als eine Frau wäre. Sie sprach bewußt von ihren sogenannten männlichen Eigenschaften, um ihn dadurch eventuell ein Stück weit abzustoßen.

Das Feuer der Liebe brannte jedoch so stark in ihr, daß ihre Bemühungen dagegen anzugehen kaum oder gar nicht erfolgreich waren. Nachdem Christina wochenlang gefastet hatte, nahm sie äußerst wenig Nahrung zu sich, die nur aus Kräutern und rohem Gemüse bestand. Sie gönnte sich wenig Schlaf und übernahm im Haus alle nur denkbaren Arbeiten wie Scheuern, Spülen und Wolle entschweißen. Aber die inneren Wallungen und Wünsche waren in jedem Fall stärker als das, was sie dagegensetzte. Durch seine Gegenwart wurde Christina in einen derartigen Bann versetzt, daß sie sich kaum noch beherrschen konnte. Nicht nur ihre Vorstellungen, sondern auch ihr Körper war überhitzt und mit sexueller Energie aufgeladen. Diese Kräfte drohten sie förmlich zu zerreißen.

Christina zweifelte an ihrem Versprechen und fragte sich, ob sie es weiterhin halten könne. Ihre Gebete waren - so schien es ihr - oberflächlich und ihre Meditationen trocken. Wen sollte sie um Rat fragen? Die Verbindung zu ihren Eltern war unterbrochen, Roger weilte nicht mehr in dieser Welt und in ihrer Nähe, Thurstan lebte in York, weit weg und sehr beschäftigt. In ihren immer heftiger werdenden Auseinandersetzungen empfand Christina ihre drängenden Gefühle und Wünsche, in einer Zweisamkeit zu leben und letztlich in einer eigenen Familie, als lebensnotwendig und von Gott gewollt.

Doch wie und wozu sollte sie sich jetzt entscheiden? Fast ohne Unterlaß bat sie den Schöpfer alles Geschaffenen, ihr den für sie gangbaren Weg zu offenbaren - er war es doch, dem sie ihr Versprechen, ein Leben wie die Mönche von St. Albans zu führen, gegeben hatte. Er war es, der ihr Leben eingefädelt und ihr in vielen Widerwärtigkeiten seine Hilfe nicht versagt hatte.

Eigentümlicherweise bemerkte Christina an sich selbst im Gegensatz zu früher, daß ihre brennende Liebessehnsucht in Abwesenheit des Geliebten weitaus stärker war. Ihr Alleinsein konnte sie kaum ertragen. Manchmal hatte sie dann das Gefühl, daß nicht nur ihr Inneres sich brennend für ihn verzehrte, sondern daß sogar ihre Kleider Feuer gefangen hätten. Wiederholt lief sie dann in ihr Zimmer, verriegelte die Tür und zog sich aus. Freude an ihrem Körper überkam sie, als sie langsam von den Schultern abwärts mit den Handinnenflächen über ihre glatte, gestraffte Haut strich. Sie tastete noch einmal behutsam ihre Figur ab und kostete das wohlige Gefühl aus, eine Frau zu sein. Kraftvoll, mit Fleisch und Blut, fühlte sie sich jetzt durch und durch als Frau - von ihrem Wesen her mit dem schöpferischen Urprinzip und allem Geschaffenen in der Welt zutiefst verbunden.

Unverständlicherweise kam in seiner Gegenwart ihre Leidenschaft eher zur Ruhe. Wäre es umgekehrt gewesen, wären zwei Feuer zu einem einzigen alles verzehrenden großen Feuer geworden.

Eines Tages, als Christina unterwegs zu einem nahegelegenen Kloster war, stellte sich ihr der über alles geliebte Kleriker in den Weg. Fast wie ein wildes Tier verbot er Christina und hinderte sie daran, die Kirche zu betreten. Daß eine Szene wie diese öffentlich wurde, war ihr äußerst unangenehm. Sie setzte sich durch und ihren Weg fort in die Kirche. Vielleicht haben ihre Gebete und ihre Tränen ihn besänftigt, denn noch nach einer Stunde und länger saß er schweigend neben ihr.

Die inneren und nun auch die äußeren Spannungen und Auseinandersetzungen waren zuviel für Christina. Sie wurde krank, schwer krank, und durfte über vierzehn Tage das Bett nicht verlassen. Der Hausherr, der zwar alles für sie tat, damit sie wieder gesund werden sollte, hielt sich mit seinen Annäherungsbekundungen und Annäherungsversuchen auch während der Krankheit Christinas nicht zurück. Für sie war es nur schwer zu ertragen, daß er sich ihr gegenüber genauso verhielt wie in gesunden Tagen. Durch ein gutes Gespräch aber konnte sie ihm einiges bewußt machen, und er bat sie danach um Entschuldigung für sein ichhaftes Verhalten.

Als jedoch ihre Krankheit vorüber war, brach erneut und stärker als zuvor ihre Liebe zu ihm wieder auf. Weder sein vornehmes und zurückhaltendes Verhalten noch Christinas Vorsätze, die sie

während ihrer Krankheit getroffen hatte, waren in der Lage, ihre Leidenschaft für ihn abzukühlen. Mit diesen, sich unermüdlich in den Vordergrund drängenden Kräften - so wurde ihr bewußt - konnte sie in seiner Gegenwart und in seinem Haus weder vernünftig noch angemessen umgehen. Nach einiger Zeit des inneren Ringens, das wie immer ohne Erfolg blieb, bat Christina den Kleriker in einem ernsten, ruhigen und sachlichen Gespräch, ihr einen großen Gefallen zu tun. Er versprach es ihr, weil er sie liebte, ohne vorher zu wissen, was er versprechen würde.
Sie zog aus, um für einige Monate an einem versteckten, neutralen Ort zu wohnen. Schweren Herzens verließ sie sein Haus, um im Abstand zu ihm Ordnung in ihre Gefühle zu bringen. Auch er - so sagte sie - habe durch ihre Abwesenheit die Möglichkeit, sein Leben zu überdenken und neu zu gewichten. Viele Wochen, nachdem sie ihn verlassen hatte, quälte sie noch immer heftiges Verlangen, ihn nicht nur wiederzusehen, sondern ihn auch wieder zu erleben. Christina wünschte es sich und stellte sich vor, ein Kind von ihm zu haben. Selbst wenn ihre bewußt gesteuerten Gedanken nicht in diese Richtung gingen, wurde sie von den Vorstellungen, eine eigene Familie zu haben, förmlich überfallen.
Eines Nachts träumte sie von einem Kind, das zu ihr in die Einsamkeit gekommen war. Es blieb einen ganzen Tag bei ihr und schenkte ihr mütterliche Erfahrungen, wie sie von keinem Mann beschrieben werden könnten. Christina nahm das Kind auf ihren Arm und drückte es liebevoll an ihre Brust, immer und immer wieder, den ganzen Tag lang. Dabei überkam sie eine unbeschreibliche Wonne, wie sie sie nie zuvor in ihrem Leben empfunden hatte. Je mehr sie das Kind an sich drückte, um so stärker fühlte sie seine Gegenwart in ihrem Inneren, in ihrem Leib und in ihrer Seele. Im Traum war es Abend geworden, und das Kind hatte sie wieder verlassen. Christina erwachte, erfüllt von Glück, obgleich die Wirklichkeit unverändert war.
Tagelang dachte Christina über diesen Traum nach und vergegenwärtigte sich immer wieder die Gefühle, die sie dem Kind gegenüber gehabt hatte. Sie wunderte sich darüber, wie schnell sie diese mütterlichen Gefühle loslassen und abgeben konnte. Je intensiver sie darüber nachdachte, desto mehr erschien ihr die Be-

gegnung als Zuwendung aus einer anderen Welt. Es war ihr, als ob etwas ganz Wesentliches mit ihr und in ihr vorgegangen sei. Sie wurde von Tag zu Tag ruhiger und gewann einen größeren Überblick über ihr Leben. Notwendige Zusammenhänge wurden ihr klar, und sie verstand es besser, sich in eine natürliche Schöpfungsordnung einzufügen und nicht mehr ihr eigener Mittelpunkt zu sein.
Allmählich schloß sich der Kreis, der ein bewegtes Jahr für sie gebracht hatte: ein Jahr ohne Roger, ein Jahr, das für ihre erneute und endgültige Entscheidungsfindung notwendig und von höchster Bedeutung war, wie Christina später rückblickend sagte.

Der tiefste Wunsch

Der Sommer des Jahres 1123 neigte sich seinem Ende zu. Ohne abgelenkt oder bedrängt zu werden, dachte Christina viel an Roger, an das, was er ihr bedeutete, und vor allem an die wunderbaren allabendlichen Gespräche.
Warum waren ihr seine Worte über die beiden großen Wege im Leben nicht eher eingefallen? War sie sich ihres einen Weges so sicher und hatte die Möglichkeit des anderen völlig verdrängt? Licht fiel in ihre Seele, und auf einmal konnte sie sich ganz klar an einen Abend erinnern, an dem Roger sie nach ihrem tiefsten und geheimsten Wünschen gefragt hatte. Er war von dem Satz ausgegangen: „Die tiefsten Wünsche des Menschen neigen dazu, die Erfüllung an sich zu ziehen."
Christina erinnerte sich, wie unverständlich ihr seine Worte damals erschienen waren. Erst jetzt - in der Ruhe nach dem Sturm ihrer entfesselten Leidenschaften - leuchteten sie ihr ein.
„Die Erfüllung geschieht oft durch große schmerzliche Umwandlungen, aber doch so, daß diese Verwandlungen schließlich - wenn man zurückschaut - als Erfüllung erkannt werden." Christina hatte Roger nach der Übermacht fremder Gegenkräfte gefragt, die jegliche erfahrbare Erfüllung verhindern.
„Hast nicht gerade du die Erfahrung gemacht, daß dir das entgegenkommt, wofür du offen bist? Denn sobald der Geist auf ein Ziel

gerichtet ist, kommt ihm vieles entgegen und unsere Wünsche werden erfüllt. Aber denke immer daran: Nur das Wünschen, das aus deinem ureigensten Wesen kommt, aus dem, was du zutiefst bist und sein kannst, hat diese Kraft. Wenn du wachsam und konsequent den Impulsen folgst, die aus deiner Sehnsucht kommen, dann wachsen dir auch Kräfte der Verwirklichung zu.
Nicht gemeint sind natürlich die Wünsche und Sehnsüchte, die aus der Oberfläche und nicht aus dem Wesen des Menschen kommen. Als König Midas von den Göttern einen Wunsch freibekam, erbat er: 'Alles, was ich berühre, soll zu Gold werden!' Mit Entsetzen mußte er bald feststellen, daß die Erfüllung dieses Wunsches sein qualvolles Verderben wurde: Alles wurde zu Gold, was seine Hände berührten, das Wasser, das ihm zum Waschen gereicht wurde, das Brot, das seine Hände berührten, der Wein, den er trinken wollte - er wurde flüssiges Gold.
Wenn wir uns ganz tief, in Übereinstimmung mit unserem Wesen für etwas entschieden haben, dann kommen uns verwandte Kräfte entgegen, die uns den Weg öffnen und zu gehen ermöglichen. Bestimmte Wege - wenn ich sie vom Wurzelgrund meines Seins gewählt habe - können nur bis zu Ende gegangen werden. Als ich aus Jerusalem kam und nicht mehr zurück in die Klostergemeinschaft wollte, befand ich mich in einer lebensgefährlichen Krise. Erst als ich mich radikal und mit allen Konsequenzen entschieden hatte, in der Einsamkeit zu leben, wuchsen mir auch die Kräfte zu, die es ermöglichten."
Jetzt erinnerte sich Christina nur allzu gut, daß sie Roger nach einem ehelichen Leben und im Gegensatz dazu nach einem zölibateren Leben gefragt hatte.
„Es liegt an der Wahl, die ich getroffen habe", antwortete er. „Habe ich den einen oder den anderen Weg für mich bejaht und mich vom Grund her für ihn entschieden, wachsen mir auch die Kräfte zu, die mich führen, besonders in Krisen und Versuchungen. Das Wählen - und das ist für dich, Christina, sehr wichtig - muß reif werden, bis es seine tragende und nährende Wurzel gefunden hat. Nicht selten geschieht diese letzte Reifung des Wählens im Bestehen einer großen Anfrage, im Durchhalten oder gar im Bestehen einer Widrigkeit."

Mit größter Entschiedenheit auf diesen Grund zu kommen, um eine Entscheidung treffen zu können, war Christinas sehnlichstes Anliegen. Wie klar hatte Roger das ausgedrückt, ohne sie zu beeinflussen oder sie von außen zu einer Entscheidung zu drängen! „Ich werde also den Weg geführt", wiederholte Christina leise für sich, „den ich aus dem tiefen Wurzelgrund meines Seins gewählt habe."

Ohne etwas erzwingen zu wollen, sich anzustrengen oder sich selbst zu quälen, versuchte sie, die nächsten Wochen aus der Stille ihrer natürlichen Umgebung Kraft zu schöpfen. Wie sie es bei Roger gelernt hatte, lebte sie jetzt wieder stärker und bewußter im Einklang mit der Natur. Sie spürte, wie die Harmonie der Naturgesetze ihre aufgebrachte Seele beruhigte. In den Meditationen gewann sie eine gute Distanz zu sich selbst und gewährte damit einer anderen Dimension Raum zum Wachsen. „Wenn die Sehnsucht Gottes der Mensch ist", rief sie sich in Erinnerung, „und die Unruhe des Menschen auf Gott ausgerichtet ist, müßte es doch möglich sein, das Leben besser nach Seinem Willen zu gestalten."

In ihren Meditationen konnte Christina sich jetzt wieder leichter und vertrauend der anziehenden Kraft Gottes überlassen und wurde somit auch sensibler für die Zeichen, die ihr auf dem Weg begegneten.

Heilkräfte der Natur

Noch bevor Christina die Nachricht von der offiziellen Ungültigkeitserklärung ihrer Ehe mit Burthred erhielt, trat ein Ereignis ein, das ihr erhöhtes Selbstbewußtsein und eine größere Entscheidungsfreiheit schenkte. Der Mensch, der ihr das Leben am meisten erschwerte und vor dem sie immer noch auf der Flucht war, ihr unerbittlicher und hartnäckiger Verfolger, Bischof Robert Bloet von Lincoln, war gestorben. Schon seit langem hatte er eine Krankheit, unter der er ständig litt. Sein Tod trat jedoch plötzlich und unerwartet am 10. Januar 1123 ein, als er zusammen mit König Heinrich I. im Wildpark bei Woodstock auf der Rotwildjagd war. Nun gab es niemanden mehr, der Christina verfolgte, denn durch den

Tod Robert Bloets waren auch seine Helfer und Beauftragten ihr gegenüber machtlos.
Noch im selben Jahr kehrte Christina in die Einsamkeit nach Markyate zurück - befreit von jeglicher Bedrängnis. Sie hatte, ihrer inneren Stimme folgend, Erzbischof Thurstan in York einen Dankesbesuch abgestattet und ein langes, gehaltvolles Gespräch mit dem ungenannten Kleriker, ihrem früheren Geliebten, geführt. Sie trennten sich in beiderseitigem Einvernehmen, in Wohlwollen und Güte. Jetzt endlich konnte Christina - sichtlich erleichtert - das Erbe Rogers in Markyate unbelastet antreten. Der innere Friede, nach dem sie sich so lange gesehnt hatte, schenkte sich ihr und bildete die Grundlage ihrer erfüllenden Meditationen und Gebete. Sie war unendlich dankbar und betete zu Christus, der sie in all ihren Gefahren und Krisen nicht verlassen hatte.
Nachdem Christina das Notwendigste hergerichtet und sich in ihrer Einsiedelei von Markyate eingelebt hatte, begann sie, konsequent nach der benediktinischen Regel zu leben, nach der die Arbeit ein sehr wichtiger, dem Gebet und der Meditation nachgeordneter Bestandteil des geistlichen Weges ist. Langsam und mit einem wachsenden Gefühl von Freiheit gestaltete sie ihr Leben. Sie führte feste Gebets- und Meditationszeiten ein - nicht, weil es die Klosterregel verlangte, sondern aus ihrem eigenen tiefen Bedürfnis heraus. Ein Dankgottesdienst bildete die Mitte ihres Tages. Mit großer Begeisterung las Christina die Psalmen, rezitierte sie und lernte die Texte dabei langsam auswendig. Zwischen diesen Zeiten hatte sie größte Freude daran, ihren Garten zu bestellen. Sie hatte ihn bereits angelegt, als Roger noch lebte; doch jetzt war der Garten total verwildert und mußte neu bearbeitet werden.
Bei Alfwen, ihrer ersten geistlichen Meisterin, hatte Christina ihre Liebe zu Heilkräutern entdeckt und viele Kenntnisse in der Zubereitung verschiedener Arzneimittel erworben. Im Frühjahr und Sommer des folgenden Jahres wuchs in ihrem Garten bereits eine kleine Kräuter-Apotheke. Neben den Einsiedlern der Umgebung kamen auch Fremde zu Christina, die sie um Heilmittel gegen ihre Krankheiten baten.
Auf Grund ihrer hohen Schulbildung hatte Christina damit begonnen, die Psalmen wie auch andere Bücher, die ihr geliehen wur-

den, abzuschreiben. Das Weben von Matten - eine Arbeit für den Winter - hatte sie zu Gunsten des Nähens von Gewändern und Kleidungsstücken aufgegeben.
Von den vielen Menschen, die infolge ihrer Schicksalsschläge zu Christina in die Einsiedelei nach Markyate kamen, sind nur wenige namentlich bekannt. In keinem Fall sprach Christina selbst darüber. Hinzu kam, daß die meisten Besucher sich an ihre Anweisung hielten, über die Begegnung mit ihr zu schweigen.
Für eine junge Frau aus Canterbury allerdings war der Kontakt zu Christina so heilsam, daß sie ihre Erlebnisse und Erfahrungen überall erzählte. Diese Frau, die noch bei ihren Eltern lebte, bereitete ihnen durch eine eigentümliche Krankheit zunehmend Sorgen. Sie litt unter Krampfanfällen, von denen man glaubte, sie seien auf eine allgemeine Schwäche zurückzuführen. Dieses rätselhafte Leiden überfiel sie regelmäßig - ungefähr einmal in der Woche, und zwar jedesmal am Morgen nach dem Aufwachen. Ihr wurde zunächst schwindelig, es folgten heftige Kopfschmerzen, ihre Arme begannen salvenförmig zu zucken und Gegenstände, die sie gerade in der Hand hielt, ließ sie fallen oder schleuderte sie gar fort. Langsam übertrugen sich die Zuckungen auf die Beine, sie knickte ein und stürzte zu Boden. Bewußtlosigkeit überfiel sie, und als nach einigen Anfällen dann Schaum vor ihren Mund trat, riefen die Eltern in ihrer Not den Arzt. Er stellte bei der jungen Frau die „Hinfallende Krankheit" fest, auch Epilepsie genannt. Ein Dämmerzustand hielt sie gefangen, und es dauerte lange, bis sie gänzlich aus ihrer Ohnmacht erwachte. Der Arzt, der ihr Rosensirup mit viel frischem Wasser verordnet hatte, wußte kein weiteres rechtes Mittel gegen diese „Schwere Not", und alle Versuche, sie zu lindern, waren erfolglos. Er sagte nur, womit weder die Eltern noch ihre kranke Tochter richtig umgehen konnten, daß eine böse Kraft den Körper anfalle, um ihn zum Sturz, zu Zuckungen und zum Schäumen zu bringen. Während des Krampfes würde die geistige Kraft vernichtet, und die gesamte Seelentätigkeit käme zum Erliegen.
Über zwei Jahre schon hatte die Frau die Fallsucht über sich ergehen lassen müssen, ohne daß ihr geholfen werden konnte. Für ihre Eltern war sie durch die Krankheit zu einer schier unerträglichen

Last geworden. Im dritten Jahr ihrer „Hinfallenden Krankheit" hörten sie von einer Einsiedlerin, die ganz in der Nähe des Klosters St. Albans lebte und über wunderbare heilende Kräfte verfügen sollte: Christina von Markyate. Die kranke Frau glaubte daran und war sich sicher, daß Christina ihr helfen würde. In einem Traum sah sie sich bereits in Markyate angekommen. Sie trank von dem Wasser, das die Einsiedlerin ihr reichte, und fühlte, wie sie gänzlich gesund wurde.
Dieser Traum machte der fallsüchtigen Frau Hoffnung und gab ihr einen so starken Auftrieb, daß sie sich unverzüglich auf den Weg machte und schon bald in Markyate ankam. Sie berichtete Christina von ihrer schrecklichen Krankheit, dem damit verbundenen Elend und der unendlichen Traurigkeit, die auch ihre Eltern überfallen hatte. Als sie schließlich von der Offenbarung in ihrem Traum sprach, die sie hierher geführt habe, und Christina um Heilung bat, wich diese erschrocken zurück. Sie gab der kranken Frau unmißverständlich zu verstehen, daß sie für ein solches Anliegen nicht zuständig sei und die Kranke höchstwahrscheinlich durch den Traum einer Täuschung erlegen wäre.
Doch die Frau aus Canterbury ließ sich durch Christinas Worte nicht abschrecken. Durch den Priester Alfwyn, der mit einigen anderen Besuchern gerade in Markyate war, ermutigt und bestärkt, brachte sie erneut ihr Anliegen vor. Schließlich baten alle, die zur Feier eines Gottesdienstes gekommen waren, Christina ganz inständig darum, diese Frau nicht abzuweisen, sondern ihr die Kraft des fürbittenden Gebetes zu gewähren. Als Christina der Kranken eindeutig erklärt hatte, daß nicht sie im Mittelpunkt stünden, sondern die Mitte des Christseins und des erlösten Daseins Christus selber sei, erlaubte sie schließlich der fallsüchtigen Frau, bei ihr zu bleiben. Alle nahmen jetzt das traurige Schicksal als besonderes Anliegen mit in den Gottesdienst und beteten inständig für sie. Christina fühlte sich von einem Druck befreit, denn sollte es der Kranken besser gehen und sie Erleichterung empfinden, hatte die gesamte Gemeinschaft Anteil an der Gnadenzuwendung.
Der Gottesdienst wurde zu einem Fest. Inmitten der Feier wurde Christina die besondere Gabe verliehen, die Wandlung wahrzunehmen und gleichzeitig die, die sich in der kranken Frau vollzog.

In Gedanken sah sich Christina vor ihr stehen und ihr das aufgeschlagene Buch der Psalmen reichen. Die Frau schaute voll Vertrauen auf das kostbare Buch und wagte nicht, es zu berühren. Doch Christina bat sie, die nächste Seite aufzuschlagen. Ein neuer Text mit einem strahlenden Bild wurde sichtbar.
Niemand außer Christina selbst hatte dieses Bild wahrgenommen. Sie schwieg. Da sie aber ahnte, daß etwas Großes mit dieser unter ihrer Krankheit entsetzlich leidenden Frau geschehen war oder geschehen würde, bat sie darum, sie möge doch eine ganze Woche bei ihr in der Einsiedelei von Markyate bleiben. Obwohl die Frau aus Canterbury zunächst dankbar einwilligte, wurden ihr die Tage lang - mehr noch die Nächte, denn mit großer Angst vor den Anfällen stand sie am Morgen auf. Zitternd ging sie dann in das Oratorium und wartete, doch nichts geschah und die Tage gingen dahin ohne einen Rückfall.
Christina versuchte, ihren immer noch sehr verstörten Vorstellungen und Ängsten durch sanftes Zuhören und durch vernünftiges Zureden zu begegnen. Sie spürte, daß dieser Frau auch körperlich geholfen werden mußte, damit sie den Prozeß der inneren Heilung besser annehmen konnte. Sie empfahl ihr, viel zu trinken, klares Wasser, und für zu Hause milden Wein - täglich, aber in kleinen Mengen. „Wein macht das verhärtete Gemüt wieder weich wie Eisen, das man ins Feuer gelegt hat." Zur weiteren Vorbeugung gegen die Fallsucht und die vorher auftretenden Kopfschmerzen gab Christina ihr noch folgenden Rat mit auf den Weg:
„Bei den leisesten Anzeichen von Kopfschmerzen oder Schwindel halte einen Smaragd an deinen Mund und erwärme ihn durch den Atem, so daß er feucht wird. Mit dem feuchten Stein bestreiche dann Schläfen und Stirn und nehme ihn in den Mund. Behalte ihn eine ganze Weile im Mund - so lange, bis du dich besser fühlst."
Bevor Christina jedoch die Frau aus Canterbury, die von keinem Anfall mehr heimgesucht wurde, verabschiedete, empfahl sie ihr eine besondere Art zu beten. Christina lehrte sie das einfache Gebet der Hingabe und ließ sie erfahren, daß nur jenes Beten wirklich hilft, das dem Menschen immer wieder von neuem den Kontakt zur Quelle aller Freude vermittelt, zum quellenden Urgrund allen Seins. Die Bitte, die Christina stellvertretend für die kranke

Frau während der ganzen Woche wiederholt gebetet hatte, gab sie ihr nun mit auf den Weg, damit sie dieses Gebet auch in Zukunft häufig spreche:

Wie der Geist des Herrn den Erdkreis erfüllt,
so erfülle er das Haus meines Leibes mit Seiner Gnade,
auf daß es niemals mehr erschüttert werden kann.

Der Grund-legende Weg ist bereitet

Christina versuchte, anderen das Leben leichter zu machen. Viele Menschen kamen nach Markyate, um mit ihr zu sprechen und sich Rat zu holen. Durch gute Mittel der Erde und die Gnade des Himmels war es ihr vergönnt, oftmals auch da noch Hoffnung und Heil zu bewirken, wo keine Hoffnung auf Besserung mehr bestand. Über ihre eigenen Schmerzen und Krankheiten, die sie ertragen mußte, sprach sie niemals mit anderen. Durch ihre eingeschränkte Lebensweise in früheren Jahren hatten sich seit längerer Zeit Behinderungen und Schmerzen eingestellt.

Am meisten zu schaffen machte ihr eine Paralyse - Lähmungserscheinungen, die sich halbseitig von ihren Armen bis zu ihrem Kopf ausgebreitet hatten. Obwohl Christina noch keine dreißig Jahre alt war, taten sich bereits erschreckende Anzeichen kund: Ihre Wangen waren geschwollen und immer leicht entzündet. Die sich zusammenziehenden Augenlider ließen nur jeweils einen kleinen Sehspalt offen, der eine Augapfel war blutunterlaufen und die Haut darunter zuckte und flackerte unaufhörlich - es sah aus, als ob ein Vogel ständig mit seinen Flügeln schlagen würde.

Von Ärzten, die man zu ihr geschickt hatte, mußte sie manche Behandlung über sich ergehen lassen: sich Aderlässen unterziehen, Arzneien schlucken und immer wieder ihren flimmernden Blick der Betrachtung durch andere aussetzen. Aber alles das, von dem die Ärzte glaubten, es würde ihr Erleichterung bringen, hatte eher eine gegenteilige Wirkung. Tatsächlich wurde die Krankheit, die sie eigentlich heilen sollten, immer schlimmer, die Entzündungen breiteten sich weiter aus und die Schmerzen steigerten sich ins Un-

erträgliche. Durch diesen nicht mehr auszuhaltenden Krankheitsverlauf, der sich schließlich ununterbrochen schmerzhaft über fünf Tage und Nächte erstreckte, wurde Christina - der Verzweiflung nahe - an die Grenzen ihrer körperlichen und seelischen Existenz gebracht. Nichts, aber auch rein gar nichts, wurde ihr an Leiden erspart, nichts an Schmerzen ausgelassen, so daß sich die Leidenszeit fast bis zur Vollkommenheit erfüllen konnte.
Ein alter Mann brachte ihr eine zu einer Tablette gepreßte Arznei und erklärte, daß diese - in Wein aufgelöst und getrunken - sofort in der Lage sei, speziell ihre Krankheit zu vertreiben und auszurotten. Um Linderung zu erfahren, vertraute Christina allem blindlings. Doch auch dieses Medikament verschlimmerte nur ihren Zustand. Am sechsten Tag wurden ihre Schmerzen so stark und die Atemnot so beängstigend, daß sie glaubte, jeden Augenblick ihren letzten Atemzug zu tun. An dieser äußersten Grenze ihres Lebens sehnte sich Christina nach dem Tod, um endlich von den körperlichen Qualen erlöst zu werden. Am Abend dieses entsetzlichen Tages schlief sie jedoch sanft ein und erstaunlicherweise die ganze Nacht hindurch.
Als sie erwachte, hatte sie keine Schmerzen mehr. Wohlig und unendlich dankbar ließ sie sich in dieses Gefühl hineinfallen und nahm bis in die letzte Zelle ihres Körpers und in ihre Seele die Sabbatruhe auf, von der die Bibel am siebten Schöpfungstag spricht. Dieses überwältigende und einschneidende Erlebnis in ihrem Leben führte Christina von der Dunkelheit wieder ins Licht, von unsagbaren Schmerzen und Depressionen in eine Hoch-Zeit, in der sie zutiefst die Nähe des Schöpfers spürte. Jemand hatte die Tür des Gefängnisses, das ihr zur grausamsten Folterkammer geworden war, von außen geöffnet und Christina in eine lichtvolle Freiheit geführt.
Langsam bewegte sie sich und versuchte ihre Augen zu öffnen. Licht fiel in beide Augen, durch sie hindurch, und sie konnte ihre Umgebung deutlich sehen. Auch ihr geschädigtes Auge, das infolge der schweren Krankheit fast erblindet war, hatte seine volle Sehkraft wieder erlangt. Zuerst traute sie ihren Augen nicht, doch nachdem Christina sie mehrere Male geschlossen und geöffnet hatte, war sie von ihrer Heilung überzeugt. Sie konnte jetzt auch

nach Belieben die Lider des kranken Auges bewegen, dessen Sehvermögen sich gänzlich wieder eingestellt hatte. Ihre feurigen Augen, die von Natur aus dicht bei der Sonne lagen, waren wieder gesund und konnten die Strahlen der Sonne sehen. Christina tastete mit ihren Händen das Gesicht ab und merkte dabei, daß nicht nur die Schwellungen aus ihren Wangen gewichen waren, sondern sie auch den paralysierten Arm und die Hand wieder voll bewegen konnte. Tiefe Erleichterung durchströmte ihren Körper und ihre Seele. Christina konnte es immer noch nicht fassen, daß sie - von allem geheilt - nun aufstehen konnte.
Voll Freude rief sie die Aspirantinnen zu sich, die mit ihr in der Einsiedelei wohnten. Alle waren sprachlos und überrascht, ihre Lehrmeisterin gesund und strahlend vor Begeisterung anzutreffen. Am nächsten Tag, als sie alle zusammensaßen und das Gespräch über die Gesundung Christinas nicht enden wollte, sagte ein junges Mädchen, daß es in der vorletzten Nacht etwas Sonderbares geträumt habe.
„Als die erste von uns bei der Schwerkranken Nachtwache hielt, sah ich im Traum eine Frau von großer Autorität vor mir. Ihr Gesicht leuchtete hell. Sie trug eine weiße Kopfbedeckung, die an der Breitseite goldbestickt und mit Goldfäden umsäumt war. Sie ging an das Krankenbett der Patientin, setzte sich und holte aus ihrer Tasche eine kleine Schachtel, in die sie Latwerge hineingetan hatte - eine teigförmig zubereitete Arznei, die man im Mund zergehen läßt. Während diese wunderschöne Frau mit einer zierlichen Handbewegung die ungewöhnlich stark duftende Latwerge nahm, um sie der Kranken zu geben, warnten wir sie. Wir alle standen jetzt am Krankenbett und sagten mit Tränen in den Augen: 'Verschwenden Sie bitte nicht Ihre kostbare Medizin und machen sich keine Mühe, verehrte Dame, denn gerade gestern ist unsere gute Lehrmeisterin knapp dem Tod entronnen, nachdem sie eine ähnliche Latwerge eingenommen hatte. Sie wurde ihr von einem alten Mann gebracht, der vorgab, sie mit dieser Latwerge heilen zu können.' Die Dame schenkte unseren Worten, der Warnung und dem Verbot jedoch keine Beachtung. Sie führte schweigend den Auftrag aus, für den sie gekommen war, gab der Kranken die Arznei und heilte sie."

Nachdem das junge Mädchen ihren Traum erzählt hatte, waren alle für einen Augenblick sehr betroffen. Dann brach eine große Freude aus und Christina - die Patientin, die jetzt wieder ganz gesund war - nahm freudig an dem lebhaften Gespräch teil. Die Aspirantinnen fragten ihre Meisterin immer wieder nach dem Zusammenhang zwischen ihrer Heilung und der Vision. Christina, die um größere Zusammenhänge wußte, antwortete auf eine Weise, die die Mädchen verstehen und ertragen konnten. Christina hatte in der Nacht ihrer Heilung von der Vision nichts mitbekommen und die Aspirantin nichts von der tatsächlichen Heilung Christinas.
Nach ihrer Genesung benötigte Christina viel Zeit für sich selbst, um die wunderbaren Ereignisse weiter wirken zu lassen, ihre Konsequenz zu bedenken und sie sich bewußt zu machen. Sie empfand unendlich dankbar die gnadenvolle Zuwendung des Himmels, und die Melodie ihrer gesungenen Psalmen - ihre Lebensmelodie - wurde heiterer, so daß sie auch andere begeisternd ansteckte. In stillen Stunden dachte sie viel über ihre Krankheit nach und versuchte, Zusammenhänge zu ergründen. Warum war sie hier in Markyate, am Beginn ihrer geschenkten Freiheit, so krank geworden? Warum wurde sie von ihrer teilweisen Bewegungsunfähigkeit so schnell geheilt?
Die Männer, die Pflüger, die auf ihrem Rücken schmerzhafte, fast todbringende Furchen hinterließen, waren über viele Jahre ihre Verfolger, aber gleichzeitig waren es ungeordnete und unerlöste Kräfte ihres eigenen Wesens, die sie krank gemacht hatten.
Da sie nun in geistigem Frieden und in Freiheit leben durfte, ohne den Zwang, der ihr erhebliche nervliche Belastungen und Beschwerden eingebracht hatte, konnte sie an Leib und Seele gesunden. Wie eine Explosion, die sie an die Grenze des Todes geschleudert hatte, kam ihr im nachhinein ihre schwere Krankheit vor. Die immer stärker werdende geistige Kraft hatte sich auch im Körper und im Nervensystem einen Weg gebahnt und alle Hindernisse hinausgeschleudert. In dieser Wucht und Intensität war es ein lebensgefährlicher Prozeß, den Christina durchleiden mußte. Schlagartig wurde ihr bei diesen Gedanken bewußt, daß ihre schwere Paralyse kein organisches Leiden war, sondern eine seelische Ursache hatte.

Abtei St. Albans
Zeichnung von Thomas Hearne (1804)

II. Teil

Geoffrey - Der Mann aus der Normandie

Geoffrey de Gorham

Christina hatte zwar das Erbe Rogers, des Einsiedlermönches von St. Albans, angetreten, doch war es ihr in dem ganzen Jahr nach ihrer Rückkehr nach Markyate nicht vergönnt, näheren Kontakt mit dem Kloster St. Albans zu bekommen. Obgleich die Abtei als ihr geistliches Zentrum alles für sie bedeutete, gab es doch kaum äußere Berührungspunkte. Die Mönche, besonders der Abt, hatten zwar einiges von Christina und ihrem nun offenkundigen Weg in die Einsiedelei von Markyate gehört, schenkten ihr jedoch weder besondere Beachtung noch Wertschätzung. Der ihr liebste Mönch, Alvered, den sie von ihrem ersten Besuch in St. Albans kannte, war gestorben. Dennoch war er dazu ausersehen, er erschien Abt Geoffrey im Traum, die erste Verbindung zwischen Christina und Geoffrey herzustellen. Beide sollten in ihrer gegenseitigen Zuneigung das höchste Geschenk erfahren, das Menschen zuteil werden kann: grenzenlose Liebe aus menschlicher Freundschaft und göttlicher Gnade.

Doch Geoffrey de Gorham - seit 1119 Abt von St. Albans - sah in Christina zunächst nichts anderes als eine Frau, die eine fromme Einsiedlerin mit frommen Träumen war, eine Frau, die zwar dem Frieden, aber auch einem frommen Wahn nachjagte.

Wer war Geoffrey de Gorham, der zunächst Prior von St. Albans war und dann von den Mönchen einstimmig zum Abt des Klosters gewählt wurde? König Heinrich I. hatte dieser Abtwahl nicht nur zugestimmt, sondern Geoffrey de Gorham in einem persönlichen Gespräch ermutigt, trotz seines Zögerns diese Wahl anzunehmen. Wer war Geoffrey de Gorham, der erst durch die Liebe zu einer Frau - Christina von Markyate - zu einem wahren Menschsein fand und damit zu einem Liebenden verwandelt wurde?

Als dritter normannischer Abt von St. Albans hatte er kein leichtes Erbe angetreten. Ein so großes Kloster wirtschaftlich führen zu müssen und dabei geistliche Ziele an die erste Stelle zu setzen, sie vor allem den Mönchen wie auch den vielen Mitarbeitern immer wieder bewußt zu machen, war seine Hauptaufgabe und kostete große Mühe. Schon als Prior - in den Jahren vor seiner Abtwahl - hatte Geoffrey vieles zu beanstanden, das er jetzt ohne weiteres und ohne viel zu fragen verändern oder neu gestalten konnte. In der Liebe zur Wissenschaft, zu den Büchern, der Bibliothek und dem Scriptorium stand er ganz in der Tradition seiner beiden Vorgänger Paul de Caen und Richard d' Albani, die er darin sogar bei weitem übertraf. Geoffrey war ein großer Förderer der Wissenschaften und Künste, vor allem unterstützte er die Schreib- und Buchkunst, für die er alles Erdenkliche aufbrachte und tat.

Die hierzu notwendigen Mittel verschaffte er sich durch Einsparungen, die er klug und geschickt vornahm. So ließ er für Neu- und Umbauten der Klosteranlage alte Steine der früheren Römerstadt Verulamium verwenden, die sich in Mengen bei Ausschachtungen fanden. Im Kloster selbst führte er in allen nicht „erbaulichen" Bereichen Sparmaßnahmen von erheblichem Umfang ein. Gleichzeitig versuchte er, bei den Mönchen eine gewisse Schwerfälligkeit zu beheben. Es gab genügend Ansätze, Gewohnheiten zu durchbrechen, und indem Geoffrey behutsam vorging, hatte er auch Erfolg. Jedoch Gewohntes im täglichen und persönlichen Lebensrhythmus der Mönche zu verändern war nicht nur äußerst schwer, sondern bedurfte auch seiner überzeugenden Erklärung und Begründung - oft bezog er sich dabei auf die Wiederbelebung der benediktinischen Regel.

Geoffrey scheute sich nicht, in den von den Mönchen geschätzten Speiseplan einzugreifen. Die deftigen und gehaltvollen Fleischpasteten lagen ihm schon als Prior zu schwer im Magen, doch Abt Richard d'Albani hatte es nicht gewagt, hier einzugreifen und Erleichterung zu schaffen. Ohne sich lange mit dieser Geschichte auseinanderzusetzen, die Benedikt-Regel schrieb Fleischlosigkeit vor, gab es von heute auf morgen anstatt der guten alten Fleischpasteten ein kleineres und leichteres Gericht: Heringspasteten, die nach normannischer Art zubereitet und „Karpie" genannt wurden.

Um zusätzlich die Zahl und die Menge der Mahlzeiten zu verringern, ließ Abt Geoffrey einen würzigen, schmackhaften Mischtrunk aus aufgeweichtem alten Hartbrot und etwas Wein zusammenstellen. Dieser Trunk, der den Mönchen vor dem gemeinsamen Mittagessen im Refektorium gereicht wurde, erfüllte seinen Zweck und zeigte schon recht bald seine „guten" Auswirkungen. Infolge der pikanten Zubereitung wurde er von allen sehr geschätzt und gern getrunken. Der geringe Alkoholgehalt dieser Mixtur aus Brot und Wein - vor dem Essen zu sich genommen - hatte eine erheiternde und Gemeinschaft stiftende Wirkung. Danach schmeckten die Speisen, was es auch gab, einfach besser. Die intensive Kornkraft des Getränkes hatte eine weitere gute Eigenschaft: Der Sättigungsgrad beim Essen war eher erreicht, so daß die Mönche aus einem natürlichen Bedürfnis heraus die Speisen einschränkten und sogar auf eine Mahlzeit täglich verzichten konnten. Der Abt war sehr stolz, denn schon nach kurzer Zeit brauchte er den Kutschern, die zusätzliche Lebensmittel aus London und anderen Orten zum Kloster brachten, nicht mehr vier Schillinge in der Woche zu zahlen, sondern nur noch drei.
Daß Geoffrey de Gorham ein hervorragender Ökonom war, wird - unter vielen anderen Aufzeichnungen - lobend in der „Gesta Abbatum", der Klostergeschichte von St. Albans, belegt.
Seiner ersten Begegnung mit diesem Kloster liegt eine dramatische Geschichte zugrunde, die nicht nur das äußere Leben Geoffreys verwandelt hatte, sondern auch seine innere Haltung und Einstellung allem Geschaffenen und letztlich dem Schöpfer selbst gegenüber.
Geoffrey de Gorham stammte aus einer berühmten französischen Adelsfamilie und wurde im Jahr 1070 in La Tanière geboren, einem kleinen Ort in der Normandie, abseits der großen Straße zwischen Mayenne und Fougères. Einige Kilometer östlich von La Tanière liegt die Ortschaft Gorron, benannt nach dem Namen seiner Familie, denn das Geschlecht „de Gorham" nannte sich gleichzeitig „de Gorron".
Für den jungen Geoffrey war der erste Besuch in der Provinzhauptstadt Laval ein überwältigendes Erlebnis. Besonders das große Schloß der Herzöge von Laval hatte ihn, der aus einer länd-

lichen Gegend stammte, stark beeindruckt. Später lernte er Le Mans kennen und staunte über die monumentale Kathedrale St. Julian. In guter Erinnerung an diese Kathedrale und seine französische Heimat gab er dem Hospital für Leprakranke, das er als Abt von St. Albans gründete, den Namen St. Julian.

Schon früh war in Geoffrey die Liebe zur Literatur, die Liebe zu Büchern erwacht, ohne die er nicht leben konnte. Als Junge faszinierte ihn das „Rolandslied" derart, daß er von den 290 Strophen durch häufiges Lesen viele auswendig gelernt hatte. Die Vitalität und die Größe der Dichtung, die den heldenhaften Tod Rolands im Tal von Roncesvalles besingt, wirkten auf den jungen Geoffrey berauschend. Das Gedicht - wahrscheinlich um 1070 von dem gelehrten Kleriker Turold verfaßt - beschreibt phantastisch ausgeschmückt eine historische Begebenheit, die im Jahr 778 stattfand. Die kraftvollen, schneidend wie eine Schwertklinge schwingenden mehr als 4.000 Verse sind im zehnsilbigen Rhythmus geschrieben und teils durch Reim, teils durch Assonanz gebunden. Der klangliche und sprachliche Eindruck des Rolandsliedes hatte zur Folge, daß Geoffrey später eigene Kompositionen nach diesem einschneidenden Rhythmus gestaltete.

Doch zunächst hatte er die Möglichkeit, in seiner französischen Heimat das zu studieren, was er sich erträumte: Rhetorik - die Kunst, sich in weltlichen Wissenschaften gut auszudrücken. Grundlage für sein gesamtes weiteres Studium waren allerdings Kenntnisse in den weltlichen Wissenschaften. Am Beginn allen Lernens stand das Studium der Grammatik, weil hierauf das Verständnis richtig zu sprechen und zu schreiben beruhte. Geoffrey hatte schon sehr früh erkannt, daß Grammatik die Grundlage aller Gelehrsamkeit bildete und die Wissenschaft darstellte, Dichter und Geschichtsschreiber auszulegen. So nahm er große Mühen und langatmige Übungen in Kauf. Aufbauend kam ein weiteres Fach hinzu, das ihm sein Leben lang große Freude bereitete: die Dialektik, Logik oder Philosophie, die Geoffrey kurz als „Wissenschaft vom Denken" bezeichnete. Der Faktor Zeit wurde für ihn zur Dauer, und alle einengenden Begrenzungen lösten sich auf, wenn er damit beschäftigt war, bestimmte Begriffe zu untersuchen und gründliche Erörterungen anzustellen, vor allem aber Wahres

von Falschem zu unterscheiden. Verschlagenheit im Denken zu erkennen - ob aus Schriften oder im Dialog - und giftige Trugschlüsse zu widerlegen wurde für Geoffrey zu einer Faszination, die nicht einmal durch Müdigkeit oder vorübergehende Unlust geschwächt wurde. Gerade in diesem Studium der Philosophie taten sich ihm bedeutende Quellen für seine eigene Kreativität auf.
Die Wissenschaft der zählbaren Größen und Zahlen - die Arithmetik - verursachte ihm dagegen manche Schwierigkeiten. Auch schätzte Geoffrey während seiner Studienzeit die Geometrie nicht allzu sehr, die sein Lehrer als „Messung der Erde" bezeichnete. Obwohl er versuchte, seinen Schülern diese „Wissenschaft von der unbeweglichen räumlichen Größe und von den Gestalten" lebendig und anschaulich zu vermitteln, fand Geoffrey wenig Zugang zur Geometrie. Die weiteren beiden Fächer dagegen wurden von ihm hoch geschätzt und mit großer intellektueller und emotionaler Begeisterung ausgeübt.
Zum Fundament christlich-abendländischer Gelehrsamkeit gehörte auch die Musik. Sie bildete zusammen mit den anderen Wissenschaften den zentralen Gegenstand schulischen Unterrichts. Obwohl dieses Fach stärker von der Musiktheorie her als von der musikalischen Praxis verstanden wurde, bedeutete Geoffrey das Erkennen und Nachempfinden einer Harmonie äußerst viel. Neue Welten taten sich ihm auf - auch wenn diese Wissenschaft eher von Zahlen handelte, die sich bei Tönen finden. Besonders aber taten sich ihm neue Welten im Studium der Astronomie auf: „Die Wissenschaft, die den Lauf der himmlischen Gestirne und alle ihre Figuren betrachtet und die Verhältnisse der Sterne untereinander und zur Erde mit aufspürendem Denken durchforscht."
Nach diesem grundlegenden Studium der weltlichen Wissenschaften, das Geoffrey de Gorham mit überaus großem Erfolg abgeschlossen hatte, war er durch und durch bestrebt, eine weitere Stufenleiter zur Weisheit zu erklimmen. Vom Studium der Theologie erhoffte er sich nicht nur eine größere Vollkommenheit im Geistigen, sondern auch reichen Gewinn für sein persönliches Glaubensleben. Aufgrund seiner hervorragenden Begabung, seines Ehrgeizes wie aber auch durch seine Liebe zum Christentum erreichte Geoffrey sehr schnell sein Ziel. Er wurde Kleriker - hielt

sich aber trotz seines Priesteramtes die Möglichkeit zu heiraten und eine Familie zu gründen offen.
Sein guter Ruf als Wissenschaftlicher verbreitete sich rasch, so daß er - Gelehrter in den Fächern Philosophie und Religion - schnell eine ihm gemäße Anstellung fand.
Zu Beginn des 12. Jahrhunderts - Geoffrey de Gorham war etwas über 30 Jahre alt - hatte man selbst in England Kenntnis genommen von seinem fachlichen und pädagogischen Können.
Richard d'Albani, seit 1097 Abt von St. Albans, hatte in Folge seiner normannischen Abstammung und seines weiterhin guten Kontaktes nach Frankreich von einem bekannten französischen Gelehrten gehört, von Geoffrey de Gorham. Ihm ließ der Abt ein Schreiben übermitteln, in dem er seine Wertschätzung zum Ausdruck brachte und gleichzeitig Geoffrey einlud, nach England zu kommen, um als Scholastikus die Leitung der Kloster-Schule von St. Albans zu übernehmen. Geoffrey zögerte - doch in einem längeren Gespräch mit dem Überbringer des Briefes erfuhr er Näheres über diese hervorragende englische Schule und ließ sich von der hohen Qualität der dortigen Ausbildung überzeugen.
„Da unsere Schule gerade in den letzten Jahren durch den Einfluß des Abtes Richard einen unerwarteten Aufschwung genommen hat, müssen einige Stellen - wie auch die des Schulleiters - neu besetzt werden. Der Abt ist sich der großen Verantwortung bewußt, die dieses Amt mit sich bringt, und war lange auf der Suche nach einem bekannten Gelehrten, der die erforderlichen Kenntnisse und Fähigkeiten mitbringt."
Geoffrey, der ahnte, welche Ehre ihm jetzt entgegengebracht würde, unterbrach, indem er ein Glas Wein anbot, um diesen Augenblick in vollen Zügen zu genießen.
„Wie Ihr aus dem Brief erseht, sucht St. Albans für die Spitze der Kloster-Schule einen Scholastikus, der über ein hohes Maß an Gelehrsamkeit verfügt, überaus zuverlässig ist und große menschliche und persönliche Reife besitzt. Als Richard d'Albani von Euch hörte, wußte er, daß Ihr diese Eigenschaften in hohem Maße besitzt, und bat mich, über diesen Brief hinaus mit Euch zu sprechen, um Euch weiteres von der Schule zu berichten und Eure Fragen zu beantworten."

„Wie ich wiederum hörte", sagte Geoffrey, „verfügt die Abtei von St. Albans nicht nur über eine der größten und hervorragendsten Bibliotheken Englands, sondern dem Kloster gehören auch eine Vielzahl gelehrter Mönche an, von denen bestimmt einer die Stelle des Scholastikus weitaus besser ausfüllen würde, als ich es vermag."

„Ihr dürft die Schule von St. Albans, die sogar auf dem Kontinent bekannt ist, nicht mit der eigentlichen Kloster- oder Novizen-Schule verwechseln. Eine solche Ausbildungsstätte für junge Männer, die Mönche werden möchten, um in die Abtei einzutreten, gibt es gesondert und ist direkt dem Kloster angegliedert. Die allgemeine Schule von St. Albans ist daher im eigentlichen Sinn keine Kloster-Schule, denn Jungen mit allen Berufswünschen ist der Zugang gewährt. Aus diesem Grund und wohl auch nicht zuletzt wegen der königlichen Unterstützung dieser Schule darf der Leiter kein Mönch sein, sondern muß - wie auch in anderen Schulen dieser Art - ein weltlicher Kleriker sein. Ihr, verehrter Geoffrey de Gorham, seid der richtige Scholastikus und rechte Mann für St. Albans."

Geoffrey schwieg. Er lehnte sich zurück, hielt seine Hände vor die Augen und stellte sich die große Bibliothek von St. Albans vor, zu der er sicher als Scholastikus auch Zugang haben würde. Und dann: Englisch, Französisch und Latein, drei Sprachen im lebendigen Wechsel - welche Anforderung und Herausforderung würde das sein!

„Wenn Ihr nach den Schülern fragt, die die St. Albans-Schule besuchen, so darf ich Euch sagen, daß es Söhne vieler Adeliger sind - besonders die des mittleren und niederen Landadels - und Söhne der ortsansässigen Bürger. Einige Schüler kommen auch aus den Nachbarorten oder gar von weit her, sogar vom Kontinent. Niemand wohnt im Kloster; sogar die Fremden sind in der Stadt bei Familien untergebracht. Einige wenige junge Adelige wohnen im Haus des Abtes innerhalb der Klosteranlage und werden von ihm zusätzlich in ritterlichen Manieren geschult. Da die meisten Eltern wohlhabend sind, werden neben den Einkünften der Schule aus Zuwendungen des Königs und den Unterhaltskosten, die die Abtei trägt, von den Schülern einheitliche Gebühren erhoben. Dabei

gibt es Ausnahmen für bedürftige Schüler. Diese leben während der Schulzeit aus einem eigens für sie gespendeten Fonds.
Vielleicht möchtet Ihr noch gern etwas von der Schule selbst wissen. Sie liegt räumlich außerhalb der Klausur und nicht einmal innerhalb der Klosteranlage. Rechts neben dem großen westlichen Torhaus, das Einlaß in den Klosterhof gewährt, befindet sich als Teil der Klostermauer das Schulgebäude. Es erstreckt sich über drei Stockwerke und hat Eingänge von außen, ist aber auch vom Klosterhof zugänglich. Was den Schülern besonders gefällt: Direkt neben der Schule - in einem rechten Winkel angebaut - befinden sich die großen Stallungen für die Pferde."

Diese Auskünfte waren für Geoffrey nebensächlich. Da er nicht nach solchen Einzelheiten gefragt hatte, konnte er schnell das Thema wechseln und nach dem fragen, was für ihn von besonderer Bedeutung und Faszination war: Bibliothek und Scriptorium.

„Um allem Schaden durch einen eventuellen Brand zu entgehen, befinden sich in St. Albans die Bibliothek und das Scriptorium außerhalb der großen Klostergebäude. Die wertvollen Bücher und die einmaligen Schätze der Buchkunst findet Ihr in einem freistehenden dreigiebeligen Haus im Süden der Klosteranlage. Hinter der Bibliothek erstreckt sich ein Obstgarten mit hohen Bäumen, die dem Haus im Sommer Schatten und eine angenehme Kühle geben. Damit immer gleichbleibendes, schattenloses Licht zur Verfügung steht, sind die Fenster des Scriptoriums nach Norden ausgerichtet. In diesem wunderschönen großen Raum werden Handschriften hergestellt und vervielfältigt. Wenn Ihr die Bücher und die Künste liebt, werdet Ihr Euch hier sicher viel aufhalten und zuschauen, wie die Pergamente vorbereitet werden und die Schreiber wirken. Ihr werdet Ruhe und Atmosphäre trinken, die von den Illuminatoren ausgehen, wenn sie die Bilder zu den Büchern malen, und den Handbewegungen der Miniatoren begeistert folgen, wenn diese die Initialen gestalten.

In der Bibliothek findet Ihr nicht nur die wichtigsten Bücher der christlichen Überlieferung, sondern auch Schriften anderer Kulturen, besonders antiker Autoren. Der erste normannische Abt von St. Albans, Paul de Caen, war ein großer Liebhaber der Buchkunst. Er baute die Bibliothek aus und wurde dabei tatkräftig von Erzbischof Lanfranc von Canterbury unterstützt, der dem Kloster viele kostbare Handschriften als Schenkung zukommen ließ. Auf diese Weise kamen auch alte außerchristliche Schriften nach St. Albans, die einerseits notwendiges Rüstzeug für theologische Bemühungen liefern, andererseits Gegenstand einer kritischen und kreativen Auseinandersetzung sind."

Geoffrey war wach, hellwach, und hörte mit großer Aufmerksamkeit zu.

„Einige besonders wertvolle Bücher - um ganz sicher zu gehen, daß sie nicht mitgenommen oder entwendet werden - liegen zur Benutzung an Ketten und werden entsprechend sicher verwahrt."

Ihr gemeinsames Gespräch über die Bibliothek dauerte Stunden, und Geoffrey beendete es mit den Worten: „Ein Kloster ohne Bücher ist wie eine Festung ohne Waffen, wie ein Garten ohne Kräuter, wie ein Baum ohne Blätter."

Nach einer geheimnisvollen langen Pause - voll Spannung - fügte er, wie nebenbei erwähnt, mit leiser Stimme hinzu: „Sagt dem hochwürdigen Abt von St. Albans, nach reiflicher Überlegung möchte ich seinem Ruf folgen und die Stelle als Scholastikus in St. Albans annehmen. Zur gegebenen Zeit werde ich, wie wir noch vereinbaren müssen, in England sein."

Die Natur wollte es anders

Nachdem Geoffrey in einem ausführlichen Brief an den Abt von St. Albans, Richard d'Albani, seine Zusage noch einmal bestätigt und seinen Dank für das große Vertrauen wie auch seine Freude zum Ausdruck gebracht hatte, begann er damit, die notwendigen Vorbereitungen zu treffen.

Sich von seiner Familie zu verabschieden fiel ihm in diesem erwartungsvollen und abenteuerlichen Aufbruch nicht allzu schwer. Doch der Abschied seiner Familie von ihm geschah zögernd und unter Tränen.

Auch in England begann das neue Schuljahr erst im Herbst, da viele Schüler im Sommer auf Landgütern arbeiteten und helfen mußten, die Ernte einzubringen. Nach einer Nacht ohne Schlaf bestieg

Geoffrey de Gorham im Morgengrauen eines rauhen Herbsttages den Wagen, der ihn zur Küste bringen sollte. Sein Gepäck war schwer und sicher vor Regen zu schützen: Bücher und nochmals Bücher. Der starke Westwind, der dunkle Wolkenfetzen über das Land jagte, zerrte und rüttelte derart heftig an der Plane des Wagens, daß der Kutscher mehrere Male anhalten mußte, um die Gurte wieder festzuzurren. Er war schon seit Jahrzehnten im Hause de Gorham beschäftigt, wo er sich sehr wohlfühlte. Daher wurde es ihm besonders schwer, heute für Geoffrey diesen Dienst tun und ihn verabschieden zu müssen.

Je näher sie auf ihrer mehrtägigen Reise dem Meer kamen, um so stürmischer wurde das Wetter. Sie mußten, allein schon der Pferde wegen, manches Mal einen sicheren Unterstand aufsuchen, wenn wegen der orkanartigen Böen kein Weiterkommen möglich war. Geoffrey wurde unruhig, weil er bereits viel Zeit verloren hatte. Seinen treuen Begleiter störte das nicht - stand doch für ihn die Sicherheit Geoffreys und das Wohl der Pferde an erster Stelle. Mochte ihn Geoffrey auch noch so sehr antreiben: diesmal konnte er auf die Gangart keinen Einfluß nehmen.

Am Hafenbecken - der gewaltige Seegang und der starke Westwind hatten das Wasser bereits über die Ufer treten lassen - erfuhren sie, daß bei diesem Sturm weder ein Schiff ablegen noch ankommen könne. Nachdem sie für die Pferde gesorgt und Quartier genommen hatten, bedankte sich Geoffrey bei seinem treuen Gefährten. Erst jetzt war ihm vollends bewußt, wie machtlos und ohnmächtig sie gegenüber den Naturgewalten waren und wie umsichtig der Kutscher gehandelt hatte. In der Nacht ging Geoffrey - wie er es gewohnt war, wenn er unter Druck stand - unruhig in seinem Zimmer auf und ab und überlegte, was zu tun sei. Mit zurück nach Gorron oder La Tanière zu fahren hielt er für sinnlos - konnte sich doch die See von Stunde zu Stunde beruhigen.

Am nächsten Morgen schickte er daher das Gespann auf den Weg in seine Heimat und überließ sich - in Geduld wartend - seinem jetzt ganz der Natur ausgelieferten Schicksal.

Geoffrey de Gorham wartete. Er lernte von Tag zu Tag mehr zu warten, er saß auf den Bücherkisten, ohne sie zu öffnen, in der Hoffnung, die Überfahrt nach England könne jeden Augenblick

stattfinden. Doch er mußte endlose Tage, endlose Gedanken aushalten - verbunden mit der immer größer werdenden Sorge, nicht zur vereinbarten Zeit in St. Albans anzukommen. Die Herbststürme wurden heftiger, der Seegang höher und seine Angst, als unzuverlässig zu gelten, nahm zu.
Etliche Wochen voll Unruhe waren vergangen, als endlich der Vierspänner mit Geoffrey de Gorham, dem neuen Scholastikus, und seinem wertvollen Gepäck vor dem Eingang der mächtigen Abteikirche von St. Albans hielt. Obwohl Eile angesagt war, wollte er nicht geradewegs durch das Klostertor gefahren werden, sondern es drängte ihn, zunächst einen Blick in die Kathedrale zu tun - seine neue geistliche Heimat.
Für Geoffrey eröffnete sich eine überwältigende Dimension. Er sah und fühlte sich plötzlich in einer Welt, die mit den Strapazen, der Enge und der Unruhe der letzten Zeit nichts gemein hatte. Die alles überragende Kathedrale, ihr strenges Raumgefüge, die Reihen der Pfeiler und Rundbögen, die weit gespannten bemalten Holzdecken und steinernen Gewölbe, die Ornamentbänder an den Wänden, die Fresken mit biblischen Motiven und die Reliefs der Fratzen und Dämonen ließen ihn nicht nur die hohe Kunst menschlichen Könnens spüren, sondern auch etwas von der gewaltigen göttlichen Macht und Ordnung. Geoffrey war glücklich, eine solche Kirche unmittelbar erleben zu dürfen, und freute sich auf kommende Begegnungen.
In diesem erhebenden Gefühl bestieg er erneut den Wagen und passierte den Pförtner, der bereits das schwere Tor zum Klosterhof geöffnet hatte. Noch ehe die Pferde ausgespannt und in den nahegelegenen Stall geführt wurden, hatte der Prior von St. Albans Geoffrey bereits willkommen geheißen. Im selben Atemzug gab der Prior die Anweisung, man möge das Gepäck abladen - zögerte dann aber, als ob er überlegen müsse, wohin es gebracht werden solle. Geoffrey war dieses sonderbare Verhalten aufgefallen, und es mutete ihn sonderbar an. Hatte man ihn denn nicht erwartet und dem neuen Scholastikus eine Wohnung bereitet? Er schaute sich um und sah, wie es ihm beschrieben worden war, neben dem Torhaus das große Schulgebäude und daran rechtwinklig sich anschließend einen langgezogenen Trakt - die Stallungen für die

Pferde. Ihnen gegenüber lag das Gästehaus, wohin der Prior ihn jetzt einlud. Geoffrey hatte den Eindruck, daß der Prior geschickt seinen Fragen auswich.

„Nehmt zunächst dieses Zimmer hier und ruht Euch ein wenig von der anstrengenden Reise aus. Ich sorge dafür, daß Euch ein reichhaltiges Mahl zubereitet wird, und nachdem Ihr gespeist habt, wird es gut sein, unseren Abt persönlich kennenzulernen." Geoffrey spürte förmlich, wie der Prior eine nicht angemessene Eile vorgab und es kaum abwarten konnte, seiner eigenen Wege zu gehen.

Unmittelbar hinter dem Gästehaus lag das Gebäude, in dem der Abt wohnte. Daß man von dort einen direkten Zugang zur Kirche hatte und im Haus des Abtes neben einigen Sprechzimmern auch eine Küche untergebracht war, erfuhr Geoffrey von einem Mönch, der ihm von dort das Essen brachte. Es drängte ihn, mehr zu erfahren, doch weitere Auskünfte erhielt er nicht.

Zu später Nachtstunde - einige Kerzen waren bereits abgebrannt - verließ Geoffrey de Gorham das Zimmer des Abtes Richard d'Albani. Der Abt hatte ihm mitgeteilt und sich dabei immer wieder um einfühlsame Worte bemüht, daß die Stelle des Scholastikus bereits besetzt sei. Man habe nicht länger warten können und geglaubt, da keine Nachricht eingetroffen sei, er, Geoffrey de Gorham, habe es sich noch einmal überlegt und sei in Frankreich geblieben. An eine Reiseverzögerung durch einen über Wochen andauernden hohen Seegang, der die Überfahrt unmöglich gemacht hatte, habe niemand gedacht, insbesondere da das Wetter im Inland und in St. Albans in der letzten Zeit mild und herbstlich schön gewesen sei. Hiervon nahm Geoffrey jedoch kaum Notiz.

Beide waren tief betroffen und Geoffrey maßlos enttäuscht, als sich der Abt von ihm zur Nacht und darüber hinaus verabschiedete. Der Sturm an der französischen Küste und die damalige Unruhe, die endlosen Tage und Gedanken des Wartens waren nicht im entferntesten mit dem Zustand zu vergleichen, der sich in dieser Nacht Geoffreys bemächtigt hatte. Er stand bewegungslos in einem Zimmer, einem Gästezimmer des Benediktiner-Klosters von St. Albans, als dessen Scholastikus er sich noch vor Stunden gefühlt hatte.

Der wertvolle Umweg

Am nächsten Morgen, als Geoffrey nach durchwachter Nacht von seinem Fenster aus auf den Klosterhof voller Leben und Geschäftigkeit herabschaute, hatte er bereits einen größeren Abstand gewonnen. Die Entscheidung, nicht nach Frankreich zurückzukehren, stand für ihn fest. Jegliches Gefühl von Schuld war von ihm abgefallen; er fühlte sich lediglich als Opfer unvorhergesehener Naturgewalten. In dieser Überzeugung, Selbstverständlichkeit und wiedergewonnenen inneren Ruhe begegnete er erneut dem Abt, der ihm hoffnungsvolle Versprechungen machte. Geoffrey sah darin zwar seinen guten Willen, jedoch kaum eine Möglichkeit der Verwirklichung.

Richard d'Albani hatte ihm den Posten des Scholastikus wiederum in Aussicht gestellt, sobald dieser frei werden würde. Darüber hinaus bot er Geoffrey seine Hilfe bei der Suche nach einer vorübergehenden, ihm gemäßen Position an. In der Zwischenzeit - so kam ihm der Abt zusätzlich entgegen - habe er selbstverständlich freie Kost und Logis im Kloster. Geoffrey spürte in seinen freundlichen und ermutigenden Worten, wie entlastet und befreit sich der Abt fühlte. Er räumte Geoffrey weiterhin die Möglichkeit ein, jederzeit bei ihm vorzusprechen. Da sich jedoch schon sehr bald die Situation in eine neue und unerwartete Richtung änderte, war es Geoffrey vergönnt, keinen Gebrauch hiervon machen zu müssen.

Bei ihrer erneuten Begegnung zeigte sich der Prior von einer derart herzlichen Seite, daß Geoffrey glaubte, einen völlig anderen Menschen als bei seiner Ankunft vor sich zu haben. Schon nach kurzer Zeit schenkte sich ihnen eine Freundschaft, die eine persönliche Anrede erlaubte und die währen sollte. Bei einer dramatischen Situation, in die Geoffrey später auf unangenehme Weise verwickelt wurde, erwies sie sich als besonders tragfähig und kraftspendend.

„Ich habe heute eine gute Nachricht für dich. Nur einige Stunden von uns entfernt liegt der Ort Dunstable. Hier besteht die Möglichkeit, eine Stelle als Lehrer in den Fächern Philosophie, Latein und Religion zu übernehmen. Vor nicht allzu langer Zeit hat König Heinrich I. für eine Zahl von Regular-Kanonikern, die nach der Augustiner-Regel leben, in Dunstable ein Priorat gestiftet. Die Gemeinschaft, die im 10. Jahrhundert von Bischof Ivo von Chartres gegründet wurde, unterhält und führt eine Schule wie die unsrige. Die Katharinen-Schule wurde gleichzeitig mit dem Priorat im Jahr 1107 eingerichtet und sucht nun Lehrer, die in Dunstable ansässig werden wollen."

Ehe Geoffrey sich dazu äußern konnte, fügte der Prior scherzhaft hinzu: „Wenn auch das gerade entstandene Augustiner-Priorat nicht mit unserem alten Benediktiner-Kloster zu vergleichen ist, solltest du allein schon wegen Katharina von Alexandrien nicht ablehnen, denn - wie du weißt - sie ist die Patronin der Philosophen und Bibliotheken."

Einige Tage darauf ritt Geoffrey sechzehn Meilen über die alte Römerstraße, die an Markyate vorbei von St. Albans nach Dunstable führte, um sich im Augustiner-Priorat St. Peter als Lehrer vorzustellen. Im Gegensatz zum Kloster St. Albans, das hoch erhaben auf dem Märtyrerhügel erbaut ist, war der Weg zu den Augustinern und der Katharinen-Schule ein wenig abschüssig. Auch waren im Gegensatz zu den Benediktinern die Kanoniker von Dunstable keine Mönche, sondern Priester, die unter einer gemeinsamen Regel zusammenlebten.

Von der Straßenkreuzung bis zum Priorat betrug der Weg nur einige hundert Fuß. Geoffrey stieg vom Pferd; bescheidener und weniger selbstbewußt als bei seiner Ankunft in St. Albans, durchschritt er das Torhaus und meldete sich beim Pförtner. Er erfuhr den Namen des Priors - Bernard - und daß es einiger Zeit bedürfe, ehe dieser zu sprechen sei. Ähnlich wie in St. Albans das Haus des Abtes, lag auch hier das Haus des Priors links hinter dem Eingang zum Klosterhof in unmittelbarer Nähe der Kirche. Anstatt als erstes die Kirche zu besuchen, erkundigte sich Geoffrey in der Wartezeit nach der Katharinen-Schule, um diese zumindest von außen zu besichtigen. Er erfuhr, daß neben den allgemeinen Fächern, zu denen die Philosophie und die Vermittlung der lateinischen Sprache in besonders bevorzugter Weise gehörten, gerade die Musik in der Katharinen-Schule einen hervorragenden Stellenwert hatte. Ihr zuliebe und zur Pflege der Musik hatte man neben dem allge-

meinen Schulgebäude ein weiteres Haus für eine eigene Musikschule errichtet.
Obwohl die Schulen im Besitz des Klosters waren und viele Kanoniker als Lehrer dort unterrichteten, lagen diese Räumlichkeiten abseits der Klostergebäude und führten ein eigenständiges Dasein. Zu ihnen - im Gegensatz zum Kloster - war der Weg durch zwei Torhäuser offen. Die große Kirche, die den Namen St. Peter tragen sollte, befand sich noch im Bau.
Ehe Geoffrey es erwartet hatte, wurde er zu Prior Bernard gerufen. Ihr Gespräch war kurz, sachlich und klar - von Erfolg gekrönt. Als erstem Prior von St. Peter hatte ihm nicht nur die Errichtung der Klosteranlage und der Schule etliche Sorgen bereitet, denn die Erwartung des königlichen Stifters war groß und fordernd, sondern darüber hinaus war er mit dem Bau der neuen Kirchc beauftragt. Er erklärte Geoffrey, daß sie in Form eines Kreuzes angelegt sein und genau über dem Kreuzungspunkt des Quer- und Längsschiffes ein hoher Turm entstehen werde.
Der Prior genoß es sichtlich, in Geoffrey - einem Normannen, wie auch er es war - einen äußerst intelligenten und wachen Zuhörer gefunden zu haben. Geoffrey war gelöst und heiter, denn die Lehrerstelle in Dunstable war ihm mit großem Entgegenkommen ab sofort zugesagt worden. Er freute sich, nach der wolkenschweren dunklen Zeit wieder ein gefragter Mann zu sein. Mit sich selbst im Frieden, fiel es ihm daher leicht, dem Prior zuzuhören und ihm Fragen zu stellen, die weder mit Philosophie, Bibliotheken oder Büchern zu tun hatten. So hatte Geoffrey erfahren, daß der Prior nicht nur die Aufgabe hatte, das Priorat in Dunstable aufzubauen und zu führen, sondern auch die Augustiner-Regel in ganz England zu verbreiten.
Ein Stück weit überfordert und gleichzeitig etwas ironisch sagte er zu seinem neuen Philosophie-Lehrer: „Dazu kommen noch Hunderte von Schafen! Zur Unterhaltung des Klosters und der Schule hat uns der König große Wiesen- und Weideflächen übereignet, die unseren klostereigenen Schafen als Lebensraum dienen."
Das Wohlwollen, das der Prior ihm als Gelehrten entgegenbrachte, wurde Geoffrey an dieser Stelle sehr bewußt. Er spürte die hohe Erwartung, die an ihn und seine neue schulische Aufgabe gestellt

wurde, nicht nur zu unterrichten, sondern den allgemeinen Bildungsgrad der Schule anzuheben. Geoffrey schmunzelte und der Prior verstand. „Die Schafe sind recht genügsam, und trotzdem liefern sie uns Wolle, Milch, Käse und Fleisch."
Noch zur Stunde bestätigte Geoffrey durch seine Unterschrift, sobald wie möglich als Lehrer nach Dunstable zu kommen, um beim geistig-geistlichen Aufbau des Priorates und der Katharinen-Schule behilflich zu sein. Als er sich verabschieden wollte, stand Prior Bernard auf und bat ihn, einen Blick aus dem Fenster zu werfen.
„Schaut geradewegs über diese Wiese - sie wird später einmal unser Friedhof sein - und seht dieses gewaltige, vom Wasser umgebene Gebäude dort. Es ist einer der Paläste König Heinrichs I., der den Wunsch hatte, ihm gegenüber ein Kloster zu errichten, nachdem er bereits Jahre zuvor den Ort Dunstable gegründet hatte. Zur Vervollständigung und um das Gleichgewicht zu halten, benötigte er unbedingt für sich selbst und das Bild der Stadt ein solches Kloster. Uns Augustinern, die wir von Frankreich aus in England Fuß fassen wollten und wollen, kam dieses königliche Angebot sehr entgegen. Vielleicht werdet Ihr von hier aus einmal dem König begegnen. Zu ihm in den Palast von Kingsbury gelangt man allerdings nur über eine Zugbrücke."
Geoffrey de Gorham, der seiner Freiheit wegen in einem Bürgerhaus von Dunstable Quartier genommen hatte, führte mit großem Erfolg neue Lehr- und Lernmethoden in der Katharinen-Schule ein. Das Angebot, als Lehrer im Augustiner-Kloster zu wohnen, hatte er ausgeschlagen. Nur in der Distanz zur Schule konnte er sein persönliches Leben nach seinen Wünschen gestalten und in Ruhe lesen, denken und schriftstellerisch arbeiten. Einige Augustiner-Chorherren und einige andere seiner klerikalen Mitbrüder konnten das in keiner Weise verstehen und malten sich um Geoffrey Geschichten aus, die sie sich selbst erträumten.
Uneingeschränkt kamen ihm die Schüler wohlwollend und mit Freude, bei Geoffrey lernen zu dürfen, entgegen.

Schüler: „Wir Jungen bitten dich, Lehrer, daß du uns richtig Latein reden lehrst, denn wir sind ungelehrt und reden fehlerhaft."

Geoffrey: „Worüber wollt ihr jetzt reden?"
Schüler: „Was kümmert es uns, worüber wir reden, wenn es nur eine richtige und nützliche Rede ist, nicht dummes oder schlimmes Zeug."
Geoffrey: „Wollt ihr beim Unterricht geschlagen werden?"
Schüler: „Lieber werden wir geschlagen, um etwas zu lernen, als daß wir nichts können. Aber wir wissen, daß du sanft bist und uns keine Schläge geben willst, außer wenn wir dich dazu zwingen."
Geoffrey: „Nun frage ich euch, worüber wollt ihr mit mir reden?"
Schüler: „Wir möchten in lateinischer Sprache reden lernen."
Geoffrey: „Ja gern, ich will es euch lehren." (Und Geoffrey begann, in lateinischer Sprache weiterzusprechen.) Welchen Beruf ihr auch einmal haben werdet - ob ihr Bürger oder Krieger seid, Priester, Mönch oder Laie, Bauer, Hirte, Jäger oder Fischer, Schuster, Bäcker, Koch oder Schmied: übt euch darin und seid, was ihr seid. Denn es ist ein großer Schaden und eine Schande für den Menschen, wenn er nicht sein will, was er ist und was er sein soll. Nun, Jungen, wie gefällt euch dieses Gespräch?"
Schüler: „Es gefällt uns gut, aber du sprichst sehr tiefgründig und redest über unsere Altersstufe hinweg; sprich doch nach unserer Einsicht mit uns, daß wir verstehen können, was du sagst."
Geoffrey: „Dann frage ich euch, warum ihr so fleißig lernt."
Schüler: „Weil wir nicht dumm sein wollen."
Geoffrey: „Und was wollt ihr sein?"
Schüler: „Wir wollen weise sein."
Geoffrey: „In welcher Weisheit? Wollt ihr wetterwendisch sein, tausendfältig im Lügen, schlau im Reden, schlau, verschlagen, schönredend und übel denkend, süßen Worten ergeben und im Inneren Arglist nährend, wie ein Grab mit aufgemalter Fassade, innen voller Gestank?"
Schüler: „Solcher Weise wollen wir nicht sein, denn der ist nicht weise, der sich durch Verstellung selbst betrügt."
Geoffrey: „Und wie wollt ihr sein?"
Schüler: „Wir wollen einfach sein, ohne Heuchelei, und weise, um das Böse fernzuhalten und das Gute zu tun. Aber du redest auch jetzt noch zu tiefgründig mit uns, als daß unsere Altersstufe es fassen könnte; sprich doch auf unsere Art mit uns!"

Geoffrey: „Ich will tun, wie ihr es erbittet. Du, Junge, was hast du heute gemacht?"
Schüler: „Viel habe ich getan. Doch jetzt sind wir hier bei dir und bereit zu hören, was du uns sagen willst."
Geoffrey: „Was ißt du den Tag über?"
Schüler: „Jetzt esse ich Fleisch, weil ich ein Junge bin, der noch wachsen muß."
Geoffrey: „Was ißt du außerdem?"
Schüler: „Kohl und Eier, Fisch und Käse, Butter und Bohnen, überhaupt alles."
Geoffrey: „Da bist du sehr gierig, wenn du alles ißt, was dir vorgesetzt wird."
Schüler: „So gefräßig bin ich nicht, daß ich alle Arten von Speisen bei einer einzigen Mahlzeit essen kann."
Geoffrey: „Und was trinkst du?"
Schüler: „Bier - oder Wasser, wenn ich kein Bier habe."
Geoffrey: „Trinkst du denn keinen Wein?"
Schüler: „So reich sind wir zu Hause nicht, daß wir uns Wein kaufen könnten. Wein ist auch kein Getränk für mich, sondern für Greise und Weise."
Geoffrey: „So, ihr tüchtigen Jungen und liebenswerten Schüler, euer Erzieher ermahnt euch: Benehmt euch anständig an jedem Ort! Laßt den Unfug und geht gutwillig hin, wenn ihr von euren Eltern gerufen werdet."

Dieses lateinische Kolloquium, welches Geoffrey mit seinen Schülern geführt hatte, sollte bewußt über das Lernen der Grammatik und der lateinischen Wörter hinausgehen. Schon sehr schnell bemerkte Geoffrey, daß seine Schüler über keine philosophische Vorbildung verfügten. Er begann daher seinen Unterricht mit Gesprächen in Latein über das Alltägliche, was seinen Schülern nicht nur große Freude bereitete, sondern auch den Grundstein zu höherem Wissen legte.
Manchmal aber, wenn sich zu wenig bewegen wollte, konnte Geoffrey nicht umhin, seinen Schülern ihre Rollen vorzusagen. Sie schrieben sie dann auf und lernten sie auswendig. Auf dieser Stufe des Lernens wirkten oft die Gespräche wie ein Theaterstück.

Es dauerte lange und forderte von Geoffrey viel Einfühlungsvermögen und Geduld, bis die Schüler ihre eigenen Gedanken und Gefühle in der ihnen fremden Sprache Latein ausdrücken konnten. Der Lehrer verstand es, seinen Schülern ihrer Altersstufe entsprechend Sätze in den Mund zu legen, deren Aussprache und Aussage sie allmählich verinnerlichten und vertieften. Auf diese Weise gelang es ihm, den Sprachschatz und den Horizont seiner Schüler ohne besondere Anstrengung zu erweitern. Ganz allmählich begann Geoffrey damit, anspruchsvollere Texte zu lesen und lesen zu lassen.
Im Jahr 990 hatte der englische Benediktiner Aelfric Grammaticus für seine Schüler in Winchester Texte und Bücher zweisprachig verfaßt, um Neulingen die lateinische Sprache - vielleicht auch die mönchische Lebensform - nahezubringen. Geoffrey hatte sich für Aelfrics Buch „Auf König Alfreds Spuren" entschieden, um diese spannende Erzählung seinen Schülern in lateinischer Sprache vorzustellen. Daß es neben dem lateinischen Text eine englische Übersetzung gab, verheimlichte er nicht, um auch denen, die immer noch Schwierigkeiten im Verstehen und Sprechen hatten, entgegenzukommen.
Im ersten lateinischen Dialog, den Geoffrey mit seinen Schülern geführt hatte, bemerkte er, daß in den Antworten der Schüler und in ihren Fragen das „Wir" vorherrschte. Waren sie vor seiner Zeit so geschult, daß keiner vorlaut aus der Gruppe heraustreten durfte? An ihre Gewohnheit, ihn, ihren Lehrer, zu duzen wie ihresgleichen, mußte er sich erst gewöhnen. Von Stunde zu Stunde legte er ihnen nahe und ließ sie verstehen, daß Einsicht nur eine Frage der Übung und des Alters sei.
Geoffrey war sich seiner verantwortlichen erzieherischen Aufgabe bewußt, aus einer mehr oder weniger verrohten Umwelt Menschen herauszuziehen, die nicht im Alltag untergingen. In besonderer Weise achtete er jedoch darauf, daß keiner bequem wurde oder gar andere für sich arbeiten ließ. Geoffrey war immer neu darum bemüht, seinen Schülern zu vermitteln, daß sie auf der einen Seite nicht stehenbleiben dürften, auf der anderen Seite sich aber weder über andere erheben noch sich einen Bildungsunterschied anmerken lassen dürften.

Wie ihm bei seiner Anstellung in Dunstable Prior Bernard zu verstehen gegeben hatte, versuchte Geoffrey die Katharinen-Schule geistlich zu orientieren und zu organisieren. Es war ein nicht leichtes Vorhaben, jede Äußerlichkeit von Sprache und Studiengang auf Verinnerlichung auszurichten. So übte er vor allem das gemeinsame Reden und Schweigen und ließ seine Schüler verstehen, daß Bildung das Zusammenleben der Menschen erleichtern kann.

„Vogel auf einem Dornstrauch"

Während seiner langen Ausbildung in den sieben grundlegenden Wissenschaften hatte Geoffrey zwar im Fach Musik sehr viel Theorie gelernt, doch erst in Dunstable an der Katharinen-Schule erfuhr er, was Musik bedeutet und wie unendlich schön sie ist. Wann immer es seine Zeit erlaubte, besuchte er die Musikschule im Nebengebäude, um die Musik zu genießen, die ihm lange gefehlt hatte - aber auch die Freude der jungen Menschen am Musizieren. Hier wurde eine Gruppe im mehrstimmigen Gesang unterrichtet, da im Instrumentalspiel, hier wurde der Ostertropus „Quem quaeritis in sepulcro?" für die Meßliturgie einstudiert - und in einem anderen Raum erhielten Jungen und sogar Mädchen Anweisungen, „Minstrels" zu spielen. Geoffrey staunte und freute sich außerordentlich darüber, daß auch Mädchen die Musikschule besuchen durften und daß sogar im klösterlichen Bereich von St. Peter Unterhaltungsmusik gespielt wurde.

Hier hielt er sich oft und gern auf, denn die Tanzmusik - auf der Fithele oder Harfe dargeboten - bereitete ihm Spaß und nach seinen lateinischen und philosophischen Stunden Entspannung. Daß sich neben dem Gregorianischen Choral, der ein grundlegendes Pflichtfach war, gerade die weltliche Musik großer Beliebtheit erfreute, sah er an den heiteren Gesichtern der Schülerinnen und Schüler. Alle volkstümlichen Tanzweisen wurden in der Dur-Tonart gespielt. Geoffrey konnte diese Musik immer und immer wieder hören. Symmetrische Rhythmik und unmittelbar eingehende Melodik beeindruckten ihn sehr.

Als Geoffrey nach dem Unterricht den Lehrerkollegen seine An-

erkennung und Begeisterung ausdrückte, erfuhr er von ihnen, daß dies gar nicht so selbstverständlich, sondern ein gewagtes Spiel sei.
„Wißt Ihr nicht, daß ein Konzil den Bischöfen und Priestern untersagt hat, weibliche Musikanten einzusetzen? Doch wie käme der himmlische Klang einer Harfe zustande, wenn sie nicht von einem Mädchen gespielt würde? Wir können nur in seiner ganzen Schönheit und Fülle den Hoketus anwenden, die Verteilung der Melodie auf verschiedene Stimmen, wenn wir die Mitwirkung der Mädchen nicht ausschließen. Aber nicht nur wegen der Mädchen an unserer Schule müssen wir böse Kritik hinnehmen, sondern es protestieren einige Äbte und Bischöfe auch gegen das Überhandnehmen der instrumentalen Begleitung des Gesanges und sogar gegen die reine Instrumentalmusik.
Leider betrachtet die Oberschicht die Musik nur allzu oft mit hochmütiger Herablassung, so daß besonders in der Provinz eine musikalische Ausbildung kaum möglich ist. Damit aber nicht nur London zum Musikleben beiträgt, ist es der ausdrückliche Wunsch König Heinrichs I., daß sich auch hier in Dunstable die Musikkultur verwurzele."
„Wann immer ich es vermag und es mir vergönnt ist", sagte Geoffrey, „werde ich mich für eine umfassende Musikkultur einsetzen, wie sie hier an unserer Katharinen-Schule vermittelt wird."
Alle, die mit dem Fortschritt der musikalischen Entwicklung zu tun hatten, waren glücklich darüber, daß wenigstens der Tropus - Einfügung von Texten und ihre melodische Ausschmückung - Einlaß in die Meßliturgie und in den Gregorianischen Choral gefunden hatte. Einen Kleriker wie Geoffrey für ihre Anliegen gewonnen zu haben gab den Musiklehrern, zu denen er sich in besonderer Weise hingezogen fühlte, neuen Mut und Durchsetzungsvermögen. Ohne vorher zu fragen, hatte Geoffrey nicht nur freien Zugang zu allen musikalischen Veranstaltungen, sondern er konnte auch an den Unterrichts- und Übungsstunden teilnehmen. Bereits seine wiederholte Anwesenheit unterstützte den Aufbau der Musikschule; er setzte sich auch bei den Gegnern der Musik für die Notwendigkeit und Ernsthaftigkeit eines Musikstudiums ein.

Neben der Instrumentalmusik liebte Geoffrey vor allem die Liedkunst. Ihm gefiel es sehr, beim Terzen- und Sextensingen in die volkstümlichen Improvisationen einzustimmen. Ein zweistimmiger Gesang, der aus Nordengland kam, wurde besonders gepflegt. Es war ein wunderschönes Lied, das mit seinen fünf Strophen Geoffrey jedes Mal wieder zu Herzen ging:

Ar ne kuth ich sorghe non (Früher kannte ich keine Sorge).

Durch Oktavenverdoppelung konnte sodann ein zweistimmiger Gesang von einer beträchtlichen Anzahl Stimmen gesungen werden. Da alle jetzt mehr auf die Melodie achten mußten, war der Text eines solchen vielstimmigen Liedes wesentlich kürzer.
Nie mehr sollte Geoffrey das Lied vergessen:

Bryd oné brerè (Vogel auf einem Dornstrauch),

das später in seinem Leben eine besondere Bedeutung einnahm:

Vogel auf einem Dornstrauch,
schöner Vogel auf einem Baum,
die Natur ist erschienen,
um den Inbegriff der Liebe um Liebe zu bitten.

Als Geoffrey, der alles einmal in seiner Hand halten und ausprobiert haben mußte, sich eine Fithele - eine achtförmige Fidel - ausbat, ergaben sich beim Melodiespiel, unter dem Gelächter aller, nur Dissonanzen mit Tönen benachbarter Saiten. Doch seine Vorliebe zu diesem Instrument, das im Gegensatz zur Harfe, Laute oder zum Harpsichord gestrichen wurde, war so groß, daß er sich nähere Einzelheiten erklären ließ. Ob es seine Sehnsucht war, auf der Fithele einmal selbst Tanzmusik zu spielen oder selbst nach ihr zu tanzen - den Klerikern war es strengstens untersagt: darüber hat Geoffrey niemals gesprochen. Ihn faszinierte es, ein solches Streichinstrument in Händen zu halten, das aus einem Stück Holz gestochen und mit einer Holzdecke verleimt war. Man erklärte ihm, daß eine Fithele aus Mandel-, Walnuß- oder Ebenholz gefer-

tigt sei und auf das rohe Holz eine Lackschicht von zerstoßenem Glas und Leim aufgetragen würde.
„Ihr seht, diese fünf Saiten liegen alle in einer Ebene. Sie dürfen nur jeweils mit geringem Druck gestrichen werden, sonst gibt es Dissonanzen mit Tönen benachbarter Saiten, wie Ihr sie zum Klingen gebracht habt. Doch eines dürfte vielleicht für Euch noch von Bedeutung sein: Das Material, aus dem die Saiten gemacht sind, ist Schafsdarm. Wie Ihr wißt, gehören zu unserem Augustiner-Priorat etliche Schafherden. Da lag es nahe, daß sich hier in Dunstable ein bekannter Saitenmacher niederließ, der seine Produkte nicht nur in ganz England, sondern auch in Frankreich verkauft."
Von einer solchen Zunft hatte Geoffrey noch nie etwas gehört; und da der über alle Grenzen hinaus bekannte Saitenhersteller in Dunstable ganz in seiner Nähe wohnte, besuchte er ihn. In einem nicht besonders ästhetischen Vorgang - optisch wie auch vom Geruch her - wurden die Schafsdärme in einem langen und sorgfältigen Prozeß gereinigt. Anschließend mußten sie mehrere Tage in einer besonders zubereiteten Lauge liegen - die für sehr wertvolle Instrumente bestimmten Därme sogar einige Wochen in abgelagertem kostbaren Rotwein. Der Saitenmacher, ein freundlicher, geschäftstüchtiger Mann in mittleren Jahren, zeigte Geoffrey, wie noch im feuchten Zustand drei bis vier Därme kräftig zusammengedreht und anschließend in einem Spezialverfahren getrocknet wurden.
Da Geoffrey von Natur aus doch weit mehr dem Schreiben und der Kalligraphie als der Musik zugewandt war, mußte er unweigerlich bei der Fertigung von Saiten an die Herstellung von Pergamenten denken.

Entscheidende Nacht in Dunstable

Der Prior von St. Albans, der Geoffrey de Gorham aus der vorerst größten Enttäuschung seines Lebens heraus den Weg in die Katharinen-Schule gewiesen hatte, erhielt regelmäßig Briefe aus Dunstable, in denen Geoffrey ihm seine Befindlichkeit, aber auch seinen wiederholten Dank mitteilte, vom Aufbau der Schule und den dortigen Neuerungen schrieb und ihm persönliche Fragen stellte, die ihre Freundschaft belebten:

Dir habe ich zu verdanken, daß ich diese wunderbare Lehrerstelle - wenn sie auch nicht die eines Scholastikus ist - hier im Augustiner-Priorat annehmen konnte. Sie füllt nicht nur meinen Geist, sondern auch mein Herz aus. Nach meinen vielen Studien in Frankreich und der Dozententätigkeit hätte ich nicht geglaubt, wie erfüllend ein einfaches Lehrerdasein sein könnte! Meine Lehrmethoden, die ich einerseits in Auswahl von meinen früheren Lehrern übernommen habe, andererseits mir aber auch immer wieder neu überlege, finden nicht nur bei den Schülern, sondern sogar bei einigen Lehrern guten Anklang. Ich fordere sehr viel eigene Gedankenarbeit von den Schülern - selbst in lateinischer Sprache. Ganz langsam gelingt es mir, erste Tore zur Philosophie zu öffnen und die Jungen für dieses Fach zu begeistern.
Bitte entschuldige, wenn dieser Brief sehr kurz ist und außerdem nur von mir handelt. In meiner Freude muß ich dir einfach spontan und schnell mitteilen, daß Prior Bernard und mit ihm alle Kanoniker wie auch einige aus dem Lehrerkollegium an mich herangetreten sind mit der Bitte, ein Mysterienspiel über das Leben der Katharina von Alexandrien zu schreiben. Ich habe zugestimmt - kann dir gegenüber einen gewissen Stolz, den ich empfinde, nicht leugnen - und vorgeschlagen, das Stück in lateinischer Sprache zu verfassen. Da jedoch das Mysterienspiel, wie man es hier nennt, am Patronatsfest der Schule, also am 25. November aufgeführt werden soll und viele externe Gäste, vor allem die Eltern der Schüler, eingeladen werden, hat man mich gebeten, es weder in Latein noch in Französisch, sondern in Englisch zu schreiben. Dafür - so räumte man mir wohlwollend ein - dürfe ich auf den philosophischen Disput Katharinas mit den Gelehrten eine nachhaltige Betonung und großen Wert legen.
Ich habe mir schon meine Gedanken und erste Aufzeichnungen gemacht. Dabei entstand ein Wunsch an dich, der mir im Augenblick noch zu hoch und unerfüllbar scheint, um ihn vorbringen zu können. Vielleicht darf ich dir bei deinem Besuch hier in Dunstable mein wohl nicht ganz unbescheidenes Anliegen vortragen?

Die freien Nachmittage und Wochenenden, die Geoffrey nutzte, um Briefe an seine Familie und Freunde in Frankreich zu schreiben, die Landschaft zu erkunden, London oder gar den Saitenmacher von Dunstable zu besuchen, waren nun angefüllt mit vorbereitenden Arbeiten zum „Leben der Katharina von Alexandrien". Auf der Suche nach geeigneten und fundierten Quellen - Geoffrey wollte sich keineswegs auf die volkstümliche und sagenumwobene Überlieferung stützen - fragte er in einem späteren Brief seinen Freund, den Prior von St. Albans, ob er die dortige Bibliothek benutzen und sich eventuell Bücher ausleihen dürfe.
Zwei Wochen später ritt Geoffrey zurück von St. Albans nach Dunstable, freudig und beglückt darüber, fündig geworden zu sein. In seinem Gepäck hatte er die beiden wichtigsten Bücher über Katharina von Alexandrien: die Abschrift eines griechischen Textes aus dem 6. Jahrhundert von Simeon Metaphraster und einen darauf aufbauenden Text in lateinischer Sprache des Mönches Arechis aus dem 8. Jahrhundert. Aus diesen beiden Quellen begann Geoffrey konsequent sein Mysterienspiel zu erarbeiten, denn nach den Sommerferien sollte mit den Proben begonnen werden. Um seine Schüler jedoch mit der dramatischen Geschichte schon vorher bekannt und vertraut zu machen, stellte er sie ihnen wiederholt vor - jeweils unter anderen Aspekten und mit den Dialogen, die er bereits geschrieben hatte.
„Versetzt euch nach Alexandrien in die Zeit des 4. Jahrhunderts. Alexandrien, Weltstadt des Altertums, besaß bereits im 1. Jahrhundert als zweitgrößte Stadt des Römischen Reiches fast eine Million Einwohner. Sie wurde 331 v. Chr. von Alexander dem Großen gegründet. Von weitreichender Bedeutung war die Philosophen-Schule, die seit alters her in Alexandrien bestanden hatte. Hervorragende Lehrer aus der damals bekannten Welt unterrichteten an dieser Schule: Pantaenus, Clemens von Alexandrien, Origenes, Heraklas, Dionysios.
Um die Wende vom 3. zum 4. Jahrhundert war Pierios, der auch der jüngere Origenes genannt wurde, Leiter der berühmten Schule, die zu dieser Zeit auch Katharina besuchte. Sie kam aus königlichem Geschlecht, war von außerordentlicher Schönheit und hoch gebildet. Ihre Eltern starben früh, so daß Katharina bereits mit 18

Jahren ganz auf sich allein gestellt war. Als um das Jahr 310 Kaiser Maxentius nach Alexandrien - der großen Metropole am Nil - kam, beabsichtigte er, Christen zu verfolgen, um den Naturgöttern wieder Raum und Verehrung zu verschaffen. Als Katharina von der Furcht der Christen vor dem Kaiser hörte, erschien sie als Verteidigerin des Christentums, geleitet von ihrer Dienerschaft, unerwartet am Ort des Geschehens."

KATHARINA: „Das hohe Amt, das du, Kaiser, bekleidest, darf von mir Achtung und ehrerbietigen Gruß fordern; die Klugheit könnte mir raten, mich dir in Demut und blindem Gehorsam zu nahen. Aber Anbetung kannst du weder für dich noch für deine steinernen Bilder verlangen. Anbetung gebührt allein dem einen Gott, der Himmel und Erde erschaffen hat."

KAISER: „Meine Tochter! Die Dinge, die du behauptest, wären sehr schön, wenn sie sich auf stärkere Beweisgründe stützten. In der Tat, es ist uns nicht unbekannt, daß alle religiösen Sekten behaupten, ihren Ursprung auf vernünftige Gründe stützen zu können."

KATHARINA: „Dein Tempel ist zwar voll der Kunstwerke, die deine Steinmetze gemacht haben, seine kostbare Zierde ist von Menschenhand geformt und du bewunderst ihn. Dennoch weißt du, daß all dies leichtlich zu Staub zerfallen kann. Betrachte dagegen Himmel und Erde, das Meer und alles, was darinnen ist. Sieh' die Sonne und die Planeten, wie sie von Anbeginn der Welt ohne Unterlaß Tag und Nacht vom Aufgang zum Niedergang laufen. Dann frage dich, was gewaltiger ist, und bewundere ihren Schöpfer, der auch dich schuf."

KAISER: „Den Freimut deiner Rede und den Anstand deiner Erscheinung erkenne ich an. Nach deinen Worten zu schließen, würdest du, wenn du in den Wissenschaften unserer Philosophen unterrichtet worden wärest, an Erkenntnis alle Frauen unserer Zeit weit übertreffen."

KATHARINA: „Haben die Götter, die ihr verehrt, euch denn schon jemals geholfen? Nein, sie sind nicht bei euch, weil es nur Bilder sind, deiner Vorstellung und deinem Willen entsprungen."

KAISER: „Ist es wahr, was du sagst, so müßte sich ja die ganze Welt irren und du allein redest die Wahrheit. Doch niemand glaubt dir, wärest du auch eine himmlische Kraft. In Wirklichkeit bist du nur eine schwache Frau."

Katharina: „Kaiser, ich bitte dich, laß' dich nicht von deinem Zorn überwinden, denn das Gemüt des Weisen ist von Grimmigkeit unbewegt. Wer mit Sinnen herrscht, der ist ein König; wer aber mit dem Leibe herrscht, der ist ein Knecht."

Kaiser: „Ich sehe, daß du uns mit böser Klugheit fangen willst und mit Sprüchen unser Gespräch unnütz in die Länge ziehst. Da sie es besser vermögen als ich, sollen die besten Philosophen - gelehrt in Grammatik und Rhetorik - nach Alexandrien kommen, um dich zum Schweigen zu bringen."

Katharina: „Mit welchem Recht setzt du Philosophen und führende Gelehrte ein, damit sie mit mir streiten? Sollten sie siegen, versprichst du ihnen gar noch große Gaben. Was wäre mein Lohn, sollte ich sie zum Schweigen bringen?"

„Hier möchte ich", sagte Geoffrey, indem er den Text aus der Hand legte, „unterbrechen, um euch einen kurzen Überblick über die drei Teile des Dramas zu geben. Ihr habt es dann leichter, die euch gemäße Rolle auszuwählen.

Im ersten Teil unterbreitet Katharina dem Kaiser die Kraft und Schärfe ihrer Beweisführung. Zwischendurch stellt sie sich mit ihrer persönlichen Lebens- und Glaubensgeschichte vor, da Maxentius mehr von ihr erfahren möchte. Der zweite Teil unseres Dramas „Das Leben der Katharina von Alexandrien" besteht aus der Disputation über die Wahrheit an sich und über das Christentum. Mit ausschließlich Männerphilosphen hat sich Katharina auseinanderzusetzen. Die eitlc Sprache und Beweisführung der Staatsphilosophie scheitert aber schließlich an ihrer klugen und unwiderlegbaren Argumentation. In diesem sprachgewaltigen Teil, in dem keine äußeren Handlungsabläufe stattfinden, müßt ihr so gut sein, daß ihr nicht nur im Stück selbst einen hohen Bildungsgrad widerspiegelt, sondern auch euren Eltern und den Gästen zu verstehen gebt, welch großen Wert und Sinn es hat, daß ihr diese unsere Schule besucht. Ich erwarte und verlange von euch diesbezüglich viel.

Der dritte und letzte Teil ist voll der dramatischen Handlung, in die

wiederholt geistreiche Dialoge - aber jeweils nur sehr kurz - eingebaut sind. Katharina, die alle an Gelehrsamkeit übertrifft und die Kunst zu überzeugen meisterhaft handhabt, war und blieb im geistigen Gefecht Siegerin. Der Kaiser, der zwar ihre gnadenvolle Ausstrahlung wahrnimmt, sie aber nicht zugibt, führt noch einmal ein brillantes Gespräch mit ihr. Doch dann - um seiner Wut Herr zu werden und seine eigene Schwäche nicht zuzugeben - kann er nicht anders, als den Befehl zu geben, Katharina grausam zu foltern und hinzurichten.
Kurz vor dem Ende unseres Mysterienspieles gibt es noch einmal einen Höhepunkt. Von besonderer Ausdruckskraft und geistlicher Tiefe ist das letzte, in seinen Verheißungen so konkrete Gebet der sterbenden Katharina.
Wir haben bis zu den Ferien noch viel Zeit, tieferliegende Strukturen des Stückes zu besprechen. Ich werde euch zu verstehen geben, wie durch unterschiedliche Schlüsse der Syllogismen Katharina allegorisch und metaphorisch, dialektisch und mystisch mit dem Kaiser disputiert. Ihr werdet beim Auswendiglernen und Besprechen der Texte begreifen, wie die Philosophie dreigeteilt ist in Theorie, Praxis und Logik. Dann werden wir noch einen Schritt weiter gehen, und ich zeige euch, wie sich die Theorie aufgliedert in einen intellektuellen, einen natürlichen und einen mathematischen Teil. Aus der Praxis ergeben sich Ethik, Ökonomie und Politik. Auch die Logik ist dreifach gegliedert. Ich werde euch auf ganz einfache Weise und ohne viel Anstrengung den demonstrativen oder beweisenden Aspekt darlegen, dann den probativen oder wahrscheinlichen und den sophistischen Aspekt. Dieser letzte Schritt besteht in einem reinen Vernunftschluß, der von etwas, was wir kennen, auf etwas anderes schließt, von dem wir noch keinen Begriff haben, dem wir aber trotzdem objektive Realität zuschreiben."
Der Sommer zog ins Land. Nach dem langen Unterricht drängte es die Schüler, die Natur zu erleben und ihre aufgestauten Vitalkräfte umzusetzen. Sie machten Wanderungen, Fahrten in die benachbarten Städte; vor allem aber halfen sie in der Landwirtschaft ihrer Eltern, Verwandten oder Nachbarn tatkräftig mit. Geoffrey war mit dem abgeschlossenen Schuljahr sehr zufrieden. Er hatte

den Grundstein gelegt für das tiefere Verstehen seines Dramas „Das Leben der Katharina von Alexandrien", das am 25. November, ihrem Gedenktag, in der Kirche von St. Peter oder bei gutem Wetter im Klosterhof aufgeführt werden sollte.

Da er die Komposition des Stückes fast beendet hatte, konnte er sich jetzt bereits um die Einzelheiten der Aufführung kümmern. Geoffrey schwebte schon seit langem ein besonders effektvoller Akzent vor, den er jetzt endlich angehen mußte. Hätte er geahnt, welch dramatische Wendung sein Leben dadurch nehmen würde, hätte er ab sofort keinen einzigen Gedanken mehr in diese Richtung geschickt. Doch er handelte.

Bei dem Besuch seines Freundes, dem Prior von St. Albans, fragte Geoffrey ihn während eines Spazierganges im neu angelegten Garten des Augustiner-Priorates in Dunstable, ob die Möglichkeit bestehe, sich für das „Leben der Katharina von Alexandrien" einige Chormäntel von St. Albans als Kostüme für die Schauspieler auszuleihen. Endlich hatte er sich diesen Wunsch, den er schon so lange hegte, von der Seele geredet. Der Prior war durch den besagten Brief von Geoffrey auf einen außergewöhnlichen Wunsch an ihn vorbereitet. Er handelte klug, indem er seinem Freund nicht gleich Zusagen machte, sondern ihn an den Sakristan des Klosters verwies. Die vorübergehende Profanisierung der Gewänder gefiel dem Prior zwar nicht sehr, doch verwendete er sich bei dem Sakristan und bereitete Geoffrey den Weg. Für sich selbst hatte er ein ungutes Gefühl und dachte darüber nach, warum Geoffrey diesen grandiosen äußeren Aufwand für sein Stück betreibe. Vielleicht - aber er wollte seinem Freund kein Unrecht tun und sprach nicht darüber - träumte Geoffrey nicht nur von den kostbaren Chormänteln für „Katharina", sondern wollte sie auch zur größeren Würdigung seines eigenen Daseins benutzen.

Die Zeit eilte dahin. Geoffrey hatte sein Mysterienspiel nach Fertigstellung noch einmal korrigiert, gekürzt und durch Anleitungen für die Spieler ergänzt. Der Sommer war vorüber, die Schule hatte begonnen und damit auch die ersten Proben. Geoffrey war aufgeregt, kritisch, unnachgiebig und darauf bedacht, daß auch die kleinste Spielanweisung sorgfältig eingehalten wurde. Nach harter Probenarbeit, Umbesetzungen, einer Meuterei unter den

Schülern, Aggressionen gegen ihren so viel fordernden Lehrer wurden Stimmung und Atmosphäre zusehends besser. Freude am gekonnten Spiel breitete sich aus und Ehrgeiz spornte an, je näher der Tag der Aufführung rückte. Geoffrey war zufrieden; er war sogar sehr mit seiner Arbeit und der seiner Schüler zufrieden, als er sich Mitte November mit einem Wagen auf den Weg nach St. Albans machte, um die Chormäntel beim Sakristan auszuleihen.
Vor Wochen noch hatte es einer großen Überredungskunst bedurft, bis der Sakristan bereit war, die kostbaren, mit Silber und Gold besetzten Mäntel, die die Mönche nur bei besonderen Feierlichkeiten in der Kirche von St. Albans trugen, für einige Tage abzugeben. Infolge einer guten Vorbereitung durch den Prior und nach Rücksprache mit dem Abt Richard war man sich zwar im Konvent darüber einig, gerade Geoffrey diesen Wunsch zu erfüllen, doch der Sakristan widersetzte sich, da er eine so kostbare Ausstattung für ein Spiel für unangebracht hielt. Geoffrey hatte ihn aber durch die Kunst seiner Rede und die philosophischen Argumente so stark beeindruckt, daß auch er nicht mehr nein sagen konnte.
Durch Geoffrey de Gorhams „Leben der Katharina von Alexandrien", das am Nachmittag und Abend des 25. November in der Kirche von Dunstable zu einer glänzenden Aufführung kam, wurde der Grundstein für das Drama in der englischen Literaturgeschichte gelegt.
In der darauffolgenden Nacht - Geoffrey hatte die Chormäntel, um sie so bald wie möglich wieder nach St. Albans zu bringen, mit nach Hause genommen - geschah das Unglück: Es brach ein Feuer aus, das in diesem Holzhaus so schnell um sich griff, daß die Bewohner größte Mühe hatten, ihr bloßes Leben zu retten. So stand in dieser Nacht Geoffrey paralysiert und fassungslos vor dem wie Zunder brennenden Gebäude und mußte hilflos und unter Tränen mit ansehen, wie auch die geliehenen Chormäntel ein Raub der Flammen wurden. Man hatte ihn mehrere Male gewaltsam zurückhalten müssen, als er versuchte, in das total vom Feuer ergriffene Haus zurückzulaufen, um wenigstens die kostbare Leihgabe zu retten. Doch jetzt hatte er resigniert, wandte sich ab und weinte bitterlich. Zu Asche wurden auch seine über alles geliebten Bücher, die er - sorgfältig ausgewählt - aus La Tannière

mitgebracht hatte. Bei jedem angedachten Titel durchzuckte es ihn wie ein Blitz: „Apophthegmata Patrum", die Weisung der Väter, die „Briefe des Ignatius von Antiochien", die „Eulalia-Sequenz", das geistliche Lied für die Messe, das „Leben des Alexius" und die „Klosterregel Benedikts".
Ein Gedanke an die beiden von St. Albans geliehenen Bücher über Katharina durchzuckte ihn. Waren auch sie verbrannt? Nein, er hatte sie beim Abholen der Chormäntel dem Bibliothekar zurückgegeben. Aber die Roben, die Mäntel, die Umhänge, die kostbaren Chormäntel ... Wie könnte er ihren Verlust je wieder gutmachen? Worte reichen nicht hin, um die entsetzliche Verzweiflung auszudrücken, in der sich Geoffrey befand, und die quälenden Schuldgefühle, die sich seiner bemächtigten.

Der Kampf um die Seele

Bevor Geoffrey, der sich zu Fuß auf den Weg gemacht hatte, St. Albans erreichte, war die Kunde von den verbrannten Chormänteln ihm bereits wie ein Lauffeuer vorausgeeilt. Stolz und erhobenen Hauptes war er vor zwei Jahren als vermeintlicher Scholastikus durch dieses Klostertor gefahren, das er jetzt wieder passieren mußte, um Abt Richard den Verlust einzugestehen. Das Mysterienspiel vom Leben der Katharina von Alexandrien hatte sich für Geoffrey derart dramatisch auf seine ganze Existenz ausgewirkt, daß er nicht wußte, was er tun sollte. Sollte er nach La Tannière zurückfahren und seine Familie vorzeitig um sein Erbe bitten, damit er den Wert der verlorenen Kostbarkeiten ausgleichen konnte? Wie würde der Abt ihm begegnen? Was würde der Prior sagen? Wäre es vielleicht gut, dem Kloster eine Gegenleistung anzubieten? Sollte er eine untergeordnete Stellung annehmen, im Garten arbeiten oder Bücher abschreiben?
Gegen alle Erwartung, wurde Geoffrey im Kloster wie ein Gast aufgenommen, dem die angemessene Ehre erwiesen wird. Er, der es gewohnt war, Anweisungen zu geben, brauchte jetzt Hilfe; er, der sich in seinem Können und im Erfolg gesonnt hatte, stand jetzt im Schatten. An der Pforte von St. Albans begegnete er einem wei-

sen älteren Mönch, der Bescheid zu empfangen und zu geben wußte. Indem Geoffrey durch die unabänderlichen Ereignisse sich bescheidener und wacher als jemals zuvor fühlte, bemerkte er in ihm eine Reife, die daran hinderte, Unwesentliches zu sagen, und eine liebevolle Zuwendung, die ihm in dieser Situation sehr wohltat.
Im Gästehaus wartete er auf den Prior, um mit ihm zusammen in das Sprechzimmer des Abtes zu gehen. Durch den Prior - sie hatten ein kurzes Gespräch auf dem Weg - erfuhr Geoffrey Beruhigung für seine aufgebrachte Seele und echte Freundschaft, die sich nicht überhebt, sondern trägt.
In ihm, dem Prior, und in dem Abt Richard erlebte er jetzt zwei Menschen, die zwar im Kloster höher und über andere gestellt waren, doch es sich in ihrer Bescheidenheit und guten Zurückhaltung in keiner Weise anmerken ließen. Ihm kam wie aus einer geöffneten Hand Vertrauen und Zuneigung entgegen. Daher fiel es Geoffrey jetzt während seines Geständnisses nicht mehr schwer, Worte zu finden und sich auch innerlich vertrauend auszuhändigen.
Beschämt durch so viel Güte und Verständnis, stiegen ihm Tränen in die Augen. Wenn auch der Abt spontan auf keinen seiner Vorschläge reagierte, so spürte Geoffrey eine Woge des Wohlwollens, die ihn unweigerlich anzog. Später dachte er des öfteren über diesen Augenblick nach und erkannte, daß eine ganz neue Bewegung ihn ergriffen hatte. Ihm ging auf, was einen Abt ausmachte und wer Richard d'Albani war, der mit diesem Amt eine große Bürde auf sich genommen hatte, aber mitfühlender Mensch geblieben war. Hätte für das Haus Gottes ein würdigerer Verwalter bestellt werden können? Einer, der wußte, daß es nottat, mehr zu helfen als zu herrschen! Über einem strengen Urteil stand für ihn liebendes Entgegenkommen, ein Abwägen und Bedenken, um eine klare Entscheidung treffen zu können. Doch diese überließ er im Fall der verbrannten Chormäntel ganz allein Geoffrey.
Klugerweise hielt sich der Abt zurück, denn allzu oft schon hatte er erlebt, daß ein Gefäß zerbrach, wenn man es mit dem füllen wollte, was es nicht fassen konnte. Obwohl Geoffrey sich nicht vollends entlastet fühlte, und das war gut so, war er für dieses gemeinsame Gespräch mit dem Abt und dem Prior dankbar, denn sie

hatten es verstanden, das geknickte Rohr nicht zu zerbrechen, sondern aufzurichten.
An diesem regnerischen letzten November-Wochenende blieb Geoffrey im Kloster von St. Albans, nicht nur, um zu prüfen, welchen Bestand das ihm entgegengebrachte freundschaftliche Vertrauen hatte, sondern weil es ihm einfach von Wert war, hier sein zu dürfen. Wie konnte es anders sein, als daß er am nächsten Morgen schon sehr früh in die Bibliothek ging - Geoffrey, der Liebhaber der Bücher, der kein eigenes Buch mehr besaß. Auch hielt er sich viele Stunden im Scriptorium auf und schaute zu, wie die „Psychomachia" des Prudentius geschrieben und illuminiert wurde. Wie nach einer geleisteten und überstandenen schweren Arbeit konnte er sich förmlich in dieses Werk hineinfallen lassen und Ausgeglichenheit und eine angenehme heitere Ruhe finden. Aus seiner Studienzeit in Frankreich erinnerte sich Geoffrey an Aurelius Prudentius Clemens, der klassische Formen für neue christliche Inhalte benutzte und ein Meister darin war, in Versform zu dichten. In seinen Werken aus dem 4. Jahrhundert, die stilistisch von Vergil und Horaz beeinflußt waren, herrschte Einklang zwischen Christentum und altklassischem Erbe. Seine theologische Bildung hatte Prudentius vornehmlich von Ambrosius von Mailand übernommen.
Sich jetzt mit der „Psychomachia", die Geoffrey nicht kannte, beschäftigen zu dürfen, bedeutete ihm viel und vermittelte ihm endlich ein wenig Abstand zu den ereignisreichen Tagen und Nächten, die gerade hinter ihm lagen. Nach einem kurzen Einblick in den Text sah er, mit welch begeisterndem Schwung und großem Einfühlungsvermögen Prudentius formgewandt und in bildreicher Sprache die Tugenden mit den Lastern um die Seele des Menschen ringen ließ. Die bildkräftige Sprache dieses allegorischen Epos gab der Buchmalerei beste Anregung. Geoffrey war gespannt darauf, zu sehen, wie der Illuminator diese aussagestarken sinnbildlichen Texte umsetzte.
Der Maler war erfreut, daß jemand sich so viel Zeit für ihn und seine Arbeit nahm. Mit Begeisterung hielt er inne und erklärte Geoffrey, daß er das asketische Leben, das immer wieder von Gegenkräften angegriffen wurde, in Bildern der Kriegsführung darstelle.

„Ich zeige Euch mein erstes Bild mit dem Titel 'Das Vertrauen kämpft gegen die Vergötterung'. Alle Laster wie auch alle Tugenden habe ich als Frauengestalten personifiziert, die - wie Ihr seht - sich jeweils in einem tödlichen Kampf befinden. Ein wenig habe ich mich dabei an angelsächsische Vorbilder gehalten, doch versuche ich, meinen eigenen Stil zu verwirklichen und jede vorgegebene Monumentalität auszuschalten."

Geoffrey bewunderte und lobte die Bilder, die ihm nacheinander gezeigt wurden. Er sah die kleinen Figuren, intensiv, lebendig und passioniert, die durch farbige Linien vor einem leeren Hintergrund dargestellt waren. Kein Rahmen umgab die Zeichnungen, und nicht einmal die leiseste Andeutung eines Hintergrundes war zu erkennen. Die kämpfenden Frauen schienen schwerelos zu sein. In rasender Bewegung - der Faltenwurf ihrer Kleider und ihre Gestik drückten dies aus - stürmten sie aufeinander zu.

In dieser Nacht träumte Geoffrey von Frauen, von schönen Frauen, die er sein eigen nennen durfte. Dann kamen die schwerelosen kämpfenden Frauen aus dem Prudentius-Kodex mit mahnender Gebärde auf ihn zu. Im Traum erkannte er, was sie gleichnishaft darstellten, und fühlte sich ihnen total ausgeliefert. Sie verkörperten die Unachtsamkeit, den Stolz, die Selbstgefälligkeit, die Eitelkeit, den Machtanspruch, die Geltungssucht, ungesteuertes und wildes sexuelles Verlangen - aber keine Tugend. Daraufhin erlebte Geoffrey noch einmal den Brand und das bis zum Himmel lodernde Feuer in Dunstable und am Ende des Traumes seine unendliche Verlassenheit und Hilflosigkeit. Kein Zeichen, keine Andeutung, kein Gedanke daran, wie es weitergehen würde, zeigte sich ihm. Entblößt und in Schweiß gebadet wachte er auf.

Weder der Abt noch sein Freund, der Prior, oder der Pförtner - liebe Menschen, die am Anfang und nun auch am Ende seines schweren Weges nach St. Albans standen - konnten ihm konkrete Hilfe geben. So kehrte Geoffrey zu Fuß nach Dunstable zurück, um vorerst weiter als Lehrer tätig zu sein. Die Heiterkeit, die ihm eigen war, stellte sich nicht mehr ein; das Ansehen, das er an der Katharinen-Schule genoß und das ihm immer sehr wichtig war, spielte auf einmal für Geoffrey keine Rolle mehr. Der Eifer, mit dem er sich auf den Unterricht vorbereitete, wie auch die Freude am Un-

terrichten selbst hatten nachgelassen. Das Erleben der Brandnacht und der darauffolgende Besuch im Kloster St. Albans erforderten Auseinandersetzung, so daß er das Bedürfnis hatte, zu schweigen und allein zu sein.
Eine innere Bewegung hatte ihn ergriffen, die er jedoch als solche noch nicht in ihren Auswirkungen wahrnehmen konnte. Es war, als hätte jemand einen Stein weit hinaus in ein großes Wasser geworfen. Der Stein war in rhythmischer Horizontalbewegung - so als scheute er sich, in eine ihm unbekannte Welt einzudringen - in unsichtbare Tiefen hinabgesunken. Die sich kreisförmig ausbreitenden Wellen, die er beim Auftreffen auf das Wasser verursachte, waren noch nicht am Ufer angekommen, denn der See war groß. Geoffrey dachte über den Stein nach: woher er kam, wer ihn geworfen hatte und in welche Tiefen er gefallen war. Was hatte er bei seinem Fall los- und mit sich gerissen, was aufgewühlt? War er jetzt endlich zur Ruhe gekommen? Geoffrey sah sich am Ufer in Erwartung der ersten Woge, die ihn treffen würde. Sie kam und zog andere in einer nicht endenden Bewegung nach sich.
Immer wenn er an St. Albans dachte, war er erfüllt von einer inneren Ruhe, wie er sie kaum in seinem Leben erfahren hatte. Etwas sonderbar Geheimnisvolles zog viele Menschen an, die St. Albans begegnet waren. Wenn das Leben selbst nicht dafür sorgte, war höchste Vorsicht geboten, daß dieser Sog keine ungute Radikalität oder einen Fanatismus verursachte. Die Mönche von St. Albans kannten diese Kräfte und achteten streng darauf, daß dem, der neu kam und das klösterliche Leben beginnen wollte, der Eintritt nicht leicht gewährt wurde.
Die Zeit in Dunstable war erfüllt. Geoffrey wußte darum und hatte sich schon seit langem innerlich auf den benediktinischen Weg gemacht. Da er durch den Brand alles verloren hatte, was er in England besaß, seine wertvollen Bücher, die Möbel, seine Kleidung und vor allem die Unterkunft, war er in das Augustiner-Priorat St. Peter gezogen. Wieder stand er nach durchwachter Nacht in einem Zimmer, einem Gästezimmer; dieses Mal aber mit einer klaren Entscheidung. Er hatte sich entschlossen, als Mönch in das Benediktiner-Kloster von St. Albans einzutreten. Obwohl Geoffrey niemals in seinem Leben daran gedacht hatte, Mönch zu wer-

den, stand jetzt nach einer erneuten Begegnung mit dem Abt und dem Prior sein Entschluß fest.

Bevor er von der Katharinen-Schule in Dunstable seinen Abschied nahm, vergingen einige Monate. Er brauchte Zeit, diesen Schritt wieder und wieder zu überdenken, er brauchte viel Zeit, wenn er auch äußerlich die Entscheidung getroffen hatte, sich mit der auf ihn zukommenden Ehelosigkeit, der Armut und dem Gehorsam auseinanderzusetzen. Auch wollte Geoffrey, der mitten im Schuljahr ausstieg, seinem Nachfolger, der zur gegebenen Zeit für ihn einspringen konnte, alles so gut abgesprochen übergeben, daß kein Schüler Schaden leiden sollte.

Da sie Geoffrey sehr liebgewonnen hatten, stimmten Prior Bernard und der Scholastikus der Katharinen-Schule nur sehr schweren Herzens zu, als sie hörten, daß er sie verlassen wolle. In einem vertraulichen Gespräch hatte er ihnen alles erzählt, was ihn bewegte: daß er es sich nicht leicht mache, besonders der Enthaltsamkeit wegen, und daß der Verzicht auf eine Ehe ihm große Schwierigkeiten bereite. Genauso ehrlich sprach er auch über alles, was ihn in so wunderbarer Weise an St. Albans begeisterte: die Vornehmheit der Mönche, die ihm dort begegnet waren, die Möglichkeit, sein Christsein intensiver zu leben, wie er es vorher nicht gekannt hatte, dem die Ehre zu geben und Ihm nichts vorzuziehen, der alles geschaffen hat und der einmal jedes einzelne Leben zurückfordert.

Dann berichtete Geoffrey über seine besondere Liebe zur Bibliothek und zum Scriptorium, zur Musik, die ihm eigentlich erst hier in Dunstable richtig nahegebracht wurde, und zum Gregorianischen Gesang. Natürlich sprach er auch von der neuen Kirche, die in absehbarer Zeit ganz fertiggestellt werden würde.

Prior Bernard, dem neben der Führung des Priorats die Verbreitung der Augustiner-Regel in ganz England zur Aufgabe gemacht worden war, gab sich keine Mühe, Geoffrey in diese Richtung zu ziehen. Er hatte bemerkt, daß in Geoffrey durch und durch ein Benediktiner erwachte, der nicht mehr aufzuhalten war.

Bevor Geoffrey de Gorham - er war jetzt etwas über vierzig Jahre alt - in das Kloster nach St. Albans umzog, wo man ihn wohlwollend und freudig erwartete, packten und schüttelten ihn noch ein-

mal heftige Zweifel. Vor allem waren es die Nächte, die Fragen über Fragen in ihm aufwarfen und sein sonst so starkes Selbstbewußtsein immer wieder schwächten. Gehe ich ins Kloster, um durch meine Gegenwart dort den Wert der kostbaren, niemals mehr zu ersetzenden Chormäntel aufzuwiegen? Halte ich die strenge Gemeinschaft aus, kann ich der Ordensregel treu sein, im Brunnenhaus mich mit anderen zusammen waschen und rasieren? Wie wird es überhaupt möglich sein, in einer Welt zu leben, zu der Frauen der Zutritt verschlossen ist? Werde ich auch noch nach Jahren glücklich darüber sein, mich zusammen mit der Mönchsgemeinschaft sieben Mal am Tag in der Klosterkirche zum Gebet einzufinden?
Infolge seines Alters, seiner Bildung, seiner Erfahrung in der Schule und als Priester waren die Aufnahmebedingungen, um Mitglied der Mönchsgemeinschaft von St. Albans zu werden, für Geoffrey de Gorham ein wenig leichter als für junge Novizen. Die erste Frage, die ihm gestellt wurde, als er endgültig im Kloster ankam, lautete: „Freund, wozu bist du gekommen?" Geoffrey war darauf vorbereitet und antwortete kurz. Als alle zum gemeinsamen Mahl im Refektorium versammelt waren, wurde ihm der Platz gleich neben dem Abt angeboten. Alle Mönche - es waren über hundert - standen schweigend an ihrem Platz und warteten, bis der Lehrer aus Dunstable den Segen gesprochen hatte. Fast lautlos setzten sich alle und hörten während des Essens - genau wußte man es nicht, wessen Gedanken in eine andere Richtung gingen - dem Lektor zu. Er las einige Abschnitte aus der Ordensregel sowie aus einem geistlichen Buch, dessen Inhalt zeitweilig aufmerken ließ. Dann gab der Prior wegen des besonderen Anlasses die Erlaubnis zur Unterhaltung.
Am nächsten Morgen wurde Geoffrey innerhalb des Gottesdienstes sein Ordensgewand feierlich überreicht. Damit hatte für ihn die Probezeit, das Noviziat, begonnen. In seiner Zelle, seinem ihm zugewiesenen Gebets- und Schlafraum, las er am Nachmittag in der Regel:

Unserer Meinung nach genügen in Gegenden mit gemäßigtem Klima für jeden Mönch Kukulle und Tunika, die Kukulle im Winter wollig, im Sommer leicht oder abgetragen, für die Arbeit ein Überwurf und als Fußkleidung Socken und Schuhe. Für einen Mönch genügen zwei Tuniken und zwei Kukullen; so kann er zur Nacht und zum Waschen die Kleider wechseln. Was aber darüber hinaus geht, ist überflüssig und muß entfernt werden.

Überschüssige Säfte

Einmal am Tag mußte Geoffrey die Bibliothek und das Scriptorium besuchen - er konnte nicht anders, denn er wurde magisch angezogen. Oft nahm er sich ein Buch mit einem Titel, der zu seiner augenblicklichen Stimmung paßte. Geoffrey konnte sich nur langsam an das Habit, sein neues Ordensgewand, gewöhnen, das er jetzt täglich zu tragen hatte. So fand er besondere Freude an einem Buch aus dem Jahr 972 - „Das lockere Leben der Mönche und die Bemühungen, sie zur Einhaltung ihrer Regel zurückzuführen":

Es gibt Mönche, die ausländisches Pelzwerk der mönchischen Kopfbedeckung vorziehen, die sich statt in einen bescheidenen Habit in Luxuskleider stecken. Denn gar sehr sehnen sie sich nach teuren Tuniken. Während sie die Ärmel in weiten Falten wallen lassen, ziehen sie die Tuniken an beiden Seiten so zusammen, daß sie mit ihren eingezwängten Hüften und vorgestrecktem Steiß von hinten eher wie Freudenmädchen als Mönche aussehen.
(Geoffrey mußte bei dieser Vorstellung herzhaft lachen.)
Gefällt die Tunika nicht durch ihr Schwarz, so wollen sie eine solche nicht anziehen. Hat der Weber dem Schwarz vielleicht ein Weiß beigegeben, so ist das Kleid schon dadurch unmöglich. Ein bräunlich wirkendes Gewand wird verschmäht. Es genügt ihnen auch nicht, wenn die Wolle von Natur schwarz ist, nein, mit Rindensaft muß sie noch tiefer schwarz gemacht werden. Was soll ich aber von ihren unanständigen Hosen sagen? Sechs Fuß breit klaffte jede der beiden Röhren, und das feine Gewebe schützt nicht einmal die Schamteile vor dem Anblick. Einem genügt nicht so viel Stoff, der gut für zwei reichen würde. Sonstige Übelstände, über die ich nicht sprechen möchte, wollen wir privatim abschaffen.

In den ersten Wochen seines Mönchseins verschaffte Geoffrey sich einen Überblick über das Leben und die Einrichtungen im Kloster. Er nutzte die wunderbare Möglichkeit, überall hingehen zu dürfen, zu fragen und Einsicht zu nehmen in die Bücher und Unterlagen, die etwas von den Besitzverhältnissen und der Geschichte St. Albans aussagten. Zum Kloster gehörten neben der großen Anlage mit ihren Gebäuden, Gärten und Friedhöfen auch die Ländereien von Codicote bis Rickmansworth und von Abbots Langley bis Barnet und Northaw. In der Einsiedelei von Northaw lebte der Mönch Sigar, in der Einsiedelei von Markyate der Mönch Roger.

Geoffrey verließ vorerst das Kloster nicht, denn er wollte zunächst die Mönche bei ihrer Arbeit kennenlernen, die im Kloster angestellten Fremden, die Tiere und die vielen Einrichtungen. Im „Langen Stall" waren etwa dreihundert Pferde untergebracht. Jetzt im Frühjahr standen in der Mittagssonne die Halbtüren bereits offen, und ein süßer, warmer, wohliger Geruch legte sich über den ganzen Klosterhof. Geoffrey erfuhr, daß im Sommer viele Pferde im Wald oder auf entlegenen Fluren gehütet wurden. Die Herde blieb oft über Nacht und lange Zeit draußen. Man erzählte ihm von den rauhen und wilden Pferdehirten und davon, daß viele geistliche Herren recht gut zu Pferde seien.

Völlig abgesondert von den anderen Klostergebäuden lag nach Süden vor der Bibliothek ein eigenes Haus für die Kranken: die Infirmerie. Geoffrey, der bisher von allen Krankheiten - außer seinen Kopfschmerzen - verschont geblieben war, hatte es sich vorgenommen, zunächst dieses Klosterhospital zu besuchen. Er war schon oft an der Infirmerie vorbeigegangen, wenn ihn sein Weg in die Bibliothek oder das Scriptorium führte. Wie das Gebäude für die Lesenden und Schreibenden lag auch das Krankenhaus weit entfernt von der Kirche, dem Refektorium und den Zellen der Mönche, damit die Kranken durch keine Unruhe oder lautes Gerede gestört wurden.

Den kranken Mönchen galt die Hauptsorge des Abtes Richard d'Albani. Sie hatten unter keiner Vernachlässigung zu leiden. Die Infirmerie, die über eine eigene Küche, Bäder und eine gesonderte Abtrittsanlage verfügte, wurde von einem heilkundigen Mönch

geleitet. Als Krankenmeister nannte er sich Infirmarius und hatte für alles zu sorgen, was die Kranken brauchten. Er bereitete die Heiltränke wie auch die Bäder und betrieb die kleine Chirurgie, wozu auch Brennen und Aderlassen gehörten. Der Infirmarius wurde durch einen Arzt, der täglich ins Kloster kam, unterstützt. Sie behandelten die kranken Mönche und einige andere, die aus verschiedenen Gründen vom vollen Klosterleben befreit waren. Zudem hatten alle Mönche einmal im Monat einen Aderlaß, der in der Infirmerie vorgenommen wurde. Die zur Ader Gelassenen konnten an einem solchen Tag die weniger strenge, entspanntere Lebensform des Klosterhospitals genießen, in dem es Fleisch zu essen gab und man sich lediglich an verkürzten Gebetszeiten zu beteiligen hatte. Während erlesene Speisen und guter Wein das Menschenherz in der Infirmerie erfreuten, war für die gesunden Mönche ein Wasser- oder gesüßter Essigtrunk und karge, ungeschmalzene Speise eintönige und fade Nahrung.
Geoffrey sprach lange mit dem Infirmarius, der sich viel Zeit nahm aus Freude an einem Menschen, der so aufgeschlossen und liebenswert war.
„Da, wie du weißt, die Nächstenliebe über der Regel steht, wird für die Kranken die einfache Kost durch ein reichliches Mahl ersetzt und das Schweigen unterbrochen."
Wenn während ihres Gespräches der Infirmarius zu einem Kranken gerufen wurde, wartete Geoffrey geduldig, bis er seinen Dienst getan hatte. Es war für ihn wunderbar zu sehen, mit welcher Sorgfalt und erfinderischen Liebe er die Kranken bediente und Verständnis für ihre Bedürfnisse zeigte. Eine derart liebevolle Sorge-Haltung, die den ganzen Menschen betraf, hatte Geoffrey noch bei niemandem erlebt.
„Wir alle, der Arzt und heilkundige Mönche, die uns oft helfen, versuchen selbstverständlich, die Kranken so pfleglich wie möglich zu betreuen. Dazu gehören neben der medizinischen Behandlung gutes Essen und Trinken, warme Decken, das Bereiten von Arzneien und wohltuenden, heilsamen Bädern."
Der Infirmarius führte Geoffrey durch alle Räume und machte ihn - soweit es möglich war - mit den Kranken bekannt: Bettlägerige, Rekonvaleszenten, schon Gehfähige, die noch betreut werden

mußten, Greise, Blinde und einige Mönche, die verwirrt waren. Auf der linken Seite des großen Gartens, der nur für die Kranken bestimmt war, erstreckte sich von der Infirmerie bis zur Klostermauer eine mit Efeu bewachsene Wandelhalle. Hier konnte man sich auch bei schlechtem Wetter an frischer Luft aufhalten und dem Treiben der Tauben zusehen, die sich im gegenüberliegenden Taubenschlag heimisch fühlten.

Geoffrey hatte bei seinen ersten Erkundungen des Klosters immer wieder persönliche Fragen zu stellen. Auf den Fluren, an denen die Zellen lagen, hatte er nur Abtritte, jedoch keine Bäder gesehen. Da er ein großer Genießer des Badens war, drängte es ihn, den Infirmarius nach Bademöglichkeiten zu fragen.

„Nur um seinen Körper zu baden", antwortete dieser und sah bereits Geoffreys Enttäuschung, „darf kein Mönch ins Bad gehen, ausgenommen bei Krankheit oder nächtlicher Befleckung. Sonst kann ich von unseren Bädern nicht viel sagen. Nur zweimal im Jahr, dann freilich ohne Erlaubnis, kann baden, wer will: vor Weihnachten und vor Ostern. Sonst darf man mit Erlaubnis baden, wenn es die Gesundheit erfordert."

Der Infirmarius schaute Geoffrey verständnisvoll und wohlwollend an und - als ob er ihm bereits eine stillschweigende Sonderregelung einräumte - beschrieb die Vorteile des Badens:

„Die guten Auswirkungen des Badens wurden von erfahrenen Ärzten vielfach erprobt. Das Bad öffnet die Poren und leitet überschüssige Säfte ab. Es löst die Winde und läßt den Urin leichter fließen. Bei Verdauungsbeschwerden schnürt es den Bauch zusammen, und es schwämmt den Schweiß ab; es tilgt ferner das Jucken und die Krätze. Ein Bad hebt Ermüdung auf und durchflutet den Körper, es regt die Verdauung an und bereitet zur Nahrungsaufnahme vor. Weiter lindert es die Schmerzen in den von der Gicht ausgedörrten Gliedern, zersetzt den Katarrh und fördert beim Fieber die kritischen Tage."

Geoffrey, der so stimuliert war, daß er am liebsten in die nächste Badekufe gesprungen wäre, bedankte sich beim Infirmarius mit einem Augenzwinkern und einem festen freundschaftlichen Händedruck. Wenigstens geistig wollte er diese seine Stimmung ausbaden. So ging er noch am Abend in die Bibliothek, denn er erinnerte sich an ein Buch aus dem keltisch-irischen Sagenkreis mit einer köstlich beschriebenen Badeszene. Er fand den „Ritter Perceval", der zur Tafelrunde des König Artus gehörte, aber der Liebe wegen seinen Ritterdienst so lange vernachlässigt hatte, bis der Gral das Ziel des irrenden und sich läuternden Perceval wurde:

Da Perceval sehr müde war, schlief er so, daß er sich kaum auf die andere Seite kehrte. So lag er bis in den Tag. Als der Vormittag vorüber war, ließ ihm der Fürst ein Bad bereiten, gleich am Ende des Bettes, auf dem er lag. So gehörte es sich am Morgen: Man warf Rosen auf das Wasser. Wie wenig Geräusch man auch machte: Der schlafende Gast erwachte doch. Der junge, edle Mann setzte sich alsbald in die Badekufe.
Ich weiß nicht, wer es sie geheißen hatte, aber Jungfrauen in reicher Kleidung und schön anzuschauen kamen züchtig hereingeschritten. Sie wuschen und strichen sogleich mit sanften Händen die blutige Beule. Wirklich, er konnte sich wohl heimisch fühlen, der ein Waisenkind an Klugheit war. So ließ er die Freundlichkeit über sich ergehen. Die Mädchen hatten nichts gegen seine Einfalt. Die zagen und zugleich kecken Jungfrauen dienten ihm auf diese Weise. Wovon sie parlierten, dazu durfte er wohl ruhig schweigen. Sie hatten so schon ihre Unterhaltung mit ihm. Er konnte nicht meinen, daß es noch früh und dämmrig sei, denn von der Mädchen Schönheit strahlte ein zweiter Tag. So lag Glanz mit Glanz im Streit, aber seine Schönheit verdunkelte die beiden Helligkeiten: Daran mangelte es ihm nicht. Man reichte ihm ein Badelaken, aber er sträubte sich, es zu nehmen. Er wollte sich nicht vor den Mädchen aus dem Bad erheben und sich das Tuch umlegen, denn er schämte sich vor ihnen. Die Jungfrauen mußten hinausgehen. Sie durften nicht länger bleiben - freilich, ich glaube, sie hätten gern nachgesehen, ob ihm auch unten am Körper etwas geschehen sei, denn die Frauen sind treu besorgt: Wenn es ihrem Freunde schlimm ergangen ist, so haben sie für seinen Schmerz lebhaften Anteil.

Herstellung von Pergament

Am nächsten Tag konnte sich Geoffrey endlich einen Wunsch erfüllen, den er schon lange in seinem Herzen hegte. In der ihm zur Verfügung stehenden freien Zeit - er nahm jetzt regelmäßig an den sieben Gebetszeiten der Mönchsgemeinschaft teil - besuchte er die Lohgerberei und den Pergamenter, einen älteren, nicht gerade sehr beredten Mönch, der die Leerblätter für das Scriptorium herstellte. Obwohl der Geruch in der Gerberei vorübergehend unerträglich und ätzend war, hielt es Geoffrey, der gern allem auf den Grund ging, mehrere Stunden hier aus, um den Arbeitsvorgang in allen Einzelheiten zu verfolgen.

„Schönschreiben wollen sie alle, aber wer denkt schon daran, welcher Aufwand damit verbunden ist, wenn ich von den Häuten die Haar- und Fleischreste entferne?"

Geoffrey sah, wie die Beize aus aufgelöstem Kalk und Asche in Trögen bereitet wurde. Als er nach der genaueren Zusammensetzung fragte, bekam er zur Antwort, dies sei ein altes, seit Generationen überliefertes Geheimrezept, über das nicht gesprochen würde. Dem Mönch schien seine Anwesenheit nicht sehr erwünscht, doch ließ er sich nicht davon abhalten, dem Pergamenter weiter aufmerksam zuzuschauen, und wagte es, ihm weitere Fragen zu stellen. Je mehr Geoffrey diese vorbereitenden, schmutzigen und stinkenden Arbeiten anerkannte und lobte, um so gesprächiger wurde der Mönch.

„Wenn wir Leder herstellen für Gürtel und Schuhe unserer Mitbrüder, werden die Häute nicht wie zur Herstellung von Pergament in eine Ätzkalklösung gelegt, sondern in Eichenrindlohe."

Als der Mönch jetzt einige Tierhäute in den Trog stampfte, um sie aufzuweichen, fragte ihn Geoffrey nach der Herkunft der Häute.

„Da nur in der Infirmerie und im Kloster bei besonderen Gelegenheiten Fleisch gegessen wird, müssen wir viel Rohmaterial zusätzlich einkaufen. Der Bedarf an Pergament wird immer größer. Jeder Schreiber - wenn er in Normalschrift arbeitet - beschreibt pro Tag durchschnittlich drei Folioseiten. Ich verarbeite am liebsten Häute von Schafen, Kälbern und Ziegen zu Pergament. In vielen

Scriptorien auf dem Kontinent, vornehmlich in Italien und Spanien, benutzt man zusätzlich Gazellen-, Antilopen- oder gar Straußenhaut. Aber Schafs- und Kalbshäute bieten den wesentlichen Vorteil, daß sie auf beiden Seiten beschrieben werden können, selbst wenn ihre Haar- und Fleischseite sich in Farbe und Struktur unterscheiden. Beim Glätten muß man jedoch sehr achtsam vorgehen. Die Außenseite der Haut kann mit ihren dichteren Fäserchen das Blankputzen mit der Klinge besser vertragen als die Innenseite, die oft flockig wird, wenn Messer oder Bimsstein darübergleiten."

Geoffrey fragte den Pergamenter, ob ihm auch Velin bekannt sei - ein Pergament, dessen Name ihm aus seiner normannischen Heimat vertraut war. „Veel" war eine französische Bezeichnung für das Wort „Kalb".

„Velin ist ein besonders hochwertiges Pergament, das aus der Haut sehr junger oder totgeborener Kälber gewonnen wird. Der größte Vorzug des Velin ist, daß es Tinte oder Farbe nicht schluckt und so deren ursprüngliche Tönung originalgetreu erhalten bleibt. Aus diesem Grund werden die wohl kostbarsten und schönsten Buchmalereien auf Velin ausgeführt."

Über ihr Gespräch hatte der Mönch fast vergessen, die Zeit der Laugenwirkung genau einzuhalten. Er nahm schnell die aufgeweichten Häute aus dem Trog und begann jetzt, sie mühsam von allen Fleisch-, Fett- und Haarresten zu befreien. Es verging viel Zeit, doch Geoffrey schaute aufmerksam zu, wie die Häute kalziniert wurden. Der Pergamenter hatte ihm diesen Vorgang erklärt, bei dem durch Erhitzen das Wasser aus dem Leder getrieben wurde. Ehe er die Häute zum Trocknen auf Weidenrahmen spannte, bestreute er sie mit Gips, der alle Fettspuren aufsaugte.

Die Zeit der Vesper war gekommen; man verabschiedete sich. Geoffrey dankte für das, was er lernen durfte. Sie verabredeten, daß Geoffrey in den kommenden Tagen erneut die Gerberei besuchen würde, denn vor der Weiterverarbeitung benötigten die Häute viel Zeit zum Trocknen.

Die Herstellung des so kostbaren und arbeitsaufwendigen Schreibmaterials hatte Geoffrey so stark beeindruckt, daß er an diesem Abend lange nicht einschlafen konnte. Er dachte an die kleinasiatische Stadt Pergamon, die zu den glänzendsten antiken Großstädten gehörte. Im ersten Jahrhundert lebte in Pergamon eine der sieben christlichen Gemeinden Kleinasiens, an die Johannes den Auftrag hatte, zu schreiben. Geoffrey erinnerte sich, daß denjenigen, die sich nicht von dunklen Kräften beeinflussen ließen, ein weißer Stein gegeben wurde, auf dem ein neuer Name stand, den nur der kannte, der ihn empfing.

Es ging ihm durch den Kopf, daß er den Mönch in der Gerberei nicht einmal nach seinem Namen gefragt hatte. Ob er, Geoffrey, sich vorgestellt hatte, wußte er ebenfalls nicht mehr.

Auf die Stadt Pergamon geht die Erfindung des Pergaments, der Haut aus Pergamon, zurück. Als die Ägypter die Lieferung des unentbehrlichen Papyrus verweigerten, mußten die kleinasiatischen Schreiber zu einem anderen Material greifen: dem Leder. Geoffrey freute sich bei dem Gedanken, daß die Vormachtstellung der Papyrusrollen zu Ende gegangen und das Buch, sein geliebtes Buch, durch das Zusammenbinden der Pergamentblätter zum Kodex geboren worden war.

Mit Erinnerungsbildern an eigene Bücher schlief er ein: das „Rolandslied" in La Tannière, die kleine Bibliothek seines Vaters, die Studienbücher, die er geliehen hatte, und nicht zuletzt seine Lieblingsbücher, die sorgsam in Kisten verpackt zwar die abenteuerliche Fahrt von der Normandie nach England überstanden hatten, dann aber beim Brand in Dunstable vernichtet worden waren.

Am nächsten Tag erkundigte sich Geoffrey nach dem Namen des Gerber-Mönches und erfuhr, daß er Alkuin hieß. So konnte er ihn zur verabredeten Zeit persönlich anreden, ohne daß die Nachlässigkeit, nicht nach seinem Namen gefragt zu haben, auffiel.

Die auf große Weidenrahmen gespannten Häute waren durch und durch getrocknet; ihnen haftete aber ein unerträglicher Geruch an. Um diesen endgültig loszuwerden, schabte Alkuin mit einem Spachtel die Pergamente noch einmal gründlich von beiden Seiten ab. „In den nächsten und letzten Arbeitsgängen", sagte er, „werde ich die Blätter für die Beschriftung so gut wie möglich präparieren."

In einer genau festgelegt ablaufenden Handlung, die auf Geoffrey fast liturgisch wirkte, holte er das notwendige Werkzeug aus ei-

nem Nebenraum: Bimssteine, ein Federmesser, zwei Klingen, einen feineren und einen gewöhnlichen Stichel sowie ein Stilett.
„Als erstes versuche ich jetzt, mit der Klinge das Pergament ganz vorsichtig und fein abzuschuppen." Nachdem die zweite Messerklinge bei dieser Arbeit stumpf geworden war, schärfte Alkuin beide und führte an allen Pergamenten seine Arbeit zu Ende.
„Jetzt kommt das Glätten", sagte er und drückte dabei Geoffrey einen Bimsstein in die Hand mit der Aufforderung, sich zu versuchen und es ihm gleichzutun. „Durch diese letzte Behandlung müssen Flecken und Unebenheiten verschwinden. Bei sehr grobem Material kann man auch eine Klinge verwenden, doch muß man sehr achtgeben, daß das Pergament nicht angeschnitten wird. Vorsicht: nicht mit dem Bimsstein zu fest drücken! Das Blatt darf nicht zu glatt werden. Es muß eine leicht körnige Oberfläche entstehen, die Tinte annimmt, ohne sie zu sehr zerfließen zu lassen."
Geoffrey legte den Bimsstein zur Seite, um den gekonnten und geschliffenen Handbewegungen Alkuins zuzuschauen.

Still-Schweigen

Solange Geoffrey seine Probezeit noch nicht bestanden hatte, war der Novizenmeister sein Vorgesetzter. Durch ihn lernte er die Regeln einzuhalten, die notwendig waren, um in den Konvent aufgenommen zu werden. Als begabter Lehrer, Gelehrter und Rhetoriker fiel es Geoffrey besonders schwer, das zu bestimmten Zeiten und an bestimmten Orten vorgeschriebene Stillschweigen zu wahren. Nach der Komplet, dem gemeinsamen Abendgebet in der Kirche, wurde nicht mehr gesprochen. Alle gingen stillschweigend zu Bett. Geoffrey erfuhr, daß es für niemanden mehr die Erlaubnis gab, zu reden - ausgenommen, wenn das Sprechen wegen der Gäste nötig war oder der Abt jemandem einen Auftrag gab. Alles Reden geschah dann in vornehmer Zurückhaltung. Nach jedem Gottesdienst gingen die Mönche in Stille aus der Kirche, wodurch sie nicht nur vor Gott, sondern auch voreinander Ehrfurcht bezeugten. So wurde ein Bruder, der noch für sich allein bleiben und meditieren wollte, nicht durch lautes Gerede oder die Rücksichtslosigkeit eines anderen daran gehindert. Ebenso herrschte im Refektorium während der Mahlzeiten Stillschweigen. Kein Flüstern und kein Laut waren zu hören; nur die Stimme des Mönches, der bei Tisch vorlas.

Manchmal mußte allerdings aus praktischen oder notwendigen Gründen das Schweigen umgangen werden. Es wurde eine Zeichensprache erfunden, mit der sich die Mönche untereinander verständigen konnten, ohne dieses Schweigen zu brechen. Das übliche Zeichen für Brot war ein aus Daumen und zwei Fingern beider Hände gebildeter Kreis, denn Brot war meist rund; ein Finger unter das Auge gelegt bedeutete „Kirschen".

So war Geoffrey bemüht, die Zeichen sorgfältig zu lernen, mit denen er in gewissem Sinne schweigend sprechen konnte. Das allgemeine Zeichen wurde immer den besonderen Zeichen für die Einzelfälle vorausgeschickt: „Man schlägt die Finger der einen Hand in die der anderen und umschließt so die eine Hand mit der anderen."

Zutiefst und einige Tage lang mußte sich Geoffrey mit dem ihm vorgelegten Jesaja-Zitat auseinandersetzen: „Der Hüter der Gerechtigkeit ist das Schweigen, es ist Friede und Sicherheit." Als er mit dem Novizenmeister, der das Schweigen als Schlüssel und Mauer des ganzen Ordenslebens bezeichnete, darüber sprach, mußte Geoffrey zugeben, wie wohl es ihm tat, zu sprechen - auch dann und da, wo es nicht angesagt war.

„Du hast recht", erwiderte der Novizenmeister, „deine Eindrücke und Gedanken müssen Ausdruck finden, sonst wird deine Seele krank. Durch die Einübung des Schweigens zu den bestimmten Tageszeiten und an den Orten, die dir bekannt sind, werden nicht gar so viele Eindrücke in dich hineinfallen, so daß du die vorhandenen besser und schneller verarbeiten kannst. In ein Gefäß, das keinen Deckel oder Verschluß hat, wird man alles mögliche hineinwerfen. Du bist dieses Gefäß, der Deckel aber, der von Zeit zu Zeit darauf gelegt wird, ist das Schweigen."

Geoffrey, der angenommen hatte, vom Novizenmeister nicht allzu viel mehr lernen zu können, mußte schweigen. Voll Aufmerksamkeit hörte er ihm zu, denn diese Dimension des Schweigens hatte bisher in seinem schulischen Leben keinen Platz.

„Die Liebe zum Schweigen ist ein Grundpfeiler mönchischen Lebens und eine Voraussetzung für die Liebe zu Gott. Vordergründig bedeutet das Schweigen ein Sich-Zurücknehmen und ein Loslassen. Wenn wir schweigen, verzichten wir freiwillig darauf, zu reden oder uns zu äußern. Ganz allmählich setzt sich dann dieser Verzicht fort im bewußten Abstand zu unseren Gedanken, Gefühlen und Stimmungen. Im Schweigen gehen wir wie von selbst den Weg von außen nach innen und wechseln gleichsam den Standort unseres Lebens. Das äußere Schweigen ist dazu da, dem inneren Schweigen Raum zu geben. Wo das Wort aufhört, fängt zwar das Schweigen an, aber es fängt nicht an, weil das Wort aufhört. Es wird nur jetzt deutlich und erfahrbar. Da das Schweigen etwas Ganzes ist und zur Grundstruktur des Menschen gehört, kann man es nicht mit der Aufhebung des Wortes gleichsetzen.
Das Schweigen besitzt die große Kraft, mitzuhelfen, den Menschen nach dem zu formen, was er eigentlich ist. Je mehr der Mönch ein Schweigender wird, ich meine damit nicht, daß er sprachlos wird, desto mehr wird er auch ein Liebender, in dem Gott die Welt liebt und durch den die Welt Gott liebt. Von einem solchen Schweigen geht etwas Heilendes und Verbindendes aus; in ihm offenbart sich ein Stück Ewigkeit innerhalb unserer Zeit."
Mit weiten und fragenden Augen schaute Geoffrey seinen Novizenmeister an: „Glaubst du, daß ich dieses Schweigen, von dem du gesprochen hast, in meinem Alter noch je lernen werde und daß es mir etwas bedeuten wird?" Der Novizenmeister lehnte sich zurück und blickte seinem Gegenüber in die Augen ohne ein Wort zu sagen. Dann atmete er lange und tief ein und langsam aus. „Man erzählte über den Altvater Agathon: drei Jahre trug er einen Stein im Munde, bis er zurecht kam mit dem Schweigen."
Geoffrey nickte wohlwollend mit dem Kopf, lächelte ein wenig verlegen, denn er mußte unweigerlich an die vielen glücklichen Jahre denken, in denen er als Lehrer und Rhetoriker tätig gewesen war. „Du mußt das nicht gar zu ernst nehmen", sagte der Novizenmeister, „aber ohne eine gewisse Übung, wie wir sie hier täglich im Kloster praktizieren, wirst du nicht weiterkommen. Darf ich dir noch eine kurze Begebenheit von den frühen Mönchsvätern aus der ägyptischen Wüste erzählen?"

Geoffrey, der liebend gern seinen Worten zuhörte, weil sie für ihn einsehbar waren und er sie gleichzeitig in seinem Alltag nutzbringend anwenden konnte, stimmte freudig zu.
„Brüder besuchten von der Sketis aus den Altvater Antonios. Sie bestiegen ein Schiff, um zu ihm zu kommen. Dort trafen sie einen Alten, der dasselbe Ziel hatte, doch die Brüder kannten ihn nicht. Als sie im Schiffe waren, unterhielten sie sich über Aussprüche der Väter, über Worte der Schrift und auch über ihre Handarbeit. Der Alte aber schwieg. Als sie nun am Landeplatz waren, zeigte es sich, daß der Alte auch auf dem Weg zu Altvater Antonios war. Als sie dann bei diesem ankamen, sprach Antonios zu ihnen: ‘An diesem Alten habt ihr einen guten Begleiter gefunden.’ Er sagte aber auch zu dem Greis: ‘Treffliche Leute hast du bei dir.’ Der Greis erwiderte: ‘Gut sind sie schon, aber ihr Gehöft hat kein Tor, und jedermann kann in den Stall hineingehen und den Esel losbinden.’ Das sagte er, weil sie alles herausschwätzten, was ihnen in den Mund kam.”
Das Gespräch mit dem Novizenmeister hatte Geoffrey an einer Stelle getroffen, von der er glaubte, daß er hier weder zu treffen noch zu bewegen sei. Um dieser für ihn neuen Bewegung in Ruhe nachzuspüren, hatte er das große Bedürfnis, jetzt allein in die Abtei-Kirche zu gehen. Ihm wurde schmerzlich bewußt, wie übermäßig viel er in früherer Zeit selbst geredet und wie wenig er den Redenden zugehört hatte. „Habe ich tatsächlich einmal einen anderen Menschen nach seiner Meinung und seinen Ansichten gefragt, konnte ich es nicht abwarten, und es bildete sich die Antwort in meinem Kopf, ohne daß ich ihn ausreden ließ. Wie oft geschah es, wenn ich mich jemandem zuwandte, daß meine Gedanken bei einem anderen weilten? Hörte ich aber einmal jemandem etwas länger zu, zog ich bereits nach wenigen Sätzen meine eigenen Schlüsse und bildete mir ein vorschnelles Urteil.”
Zuhören ist eigentlich nur möglich, so wurde ihm klar, wenn das Schweigen im Menschen ist, denn Zuhören und Schweigen gehören zusammen. Mit welcher Inbrunst hatte er es genossen, die bei ihm angesammelten Worte abzuladen, und immer wieder erneut darauf gewartet, sie vor den Zuhörern ausschütten zu können? An dieser Stelle hatte vor tausend Jahren Alban schweigend den

Tod auf sich genommen. Geoffrey spürte innerlich und mit seinem ganzen Körper, daß sich das Schweigen, um nicht verlustig zu gehen, in dieser Kirche selbst eingeschlossen und sich durch Mauern nach außen hin geschützt hatte. Dieses Schweigen, das die Kathedrale wie eine beständige Substanz erfüllte, legte sich auf seine Seele. In den tragenden Säulen, den Rundbögen, Wandmalereien und hohen Fenstern sah er Boten, die das Schweigen weitertragen sollten zu denen, die es nicht besaßen. Sie sollten das Schweigen bringen, wie man Diener ausschickt mit Gefäßen, das Wasser zu bringen - aber im Schweigen vergaßen sie, sich weiter zu bewegen. Daher muß man zu ihnen kommen, um das Schweigen in sich aufzunehmen und zu trinken. Wie konnte jemand vor dieser Macht und Tiefe des Schweigens noch reden? Geoffrey erfuhr jetzt an sich selbst die Notwendigkeit, in diesem gewaltigen Raum des Schweigens auf viele Worte zu verzichten. Und wenn es jemals ein Wort in diesem Schweigen geben würde, so könnte das Wort nur zu Gesang werden - vibrierend über der Tiefe eines noch größeren Schweigens.

Als nach Stunden die Mönche die Kirche zum Gebet betraten, war Geoffrey noch immer in dieses Schweigen versunken. Man holte ihn auf seinen Platz. Erst langsam in die Gegenwart zurückkehrend, konnte er an ihrem Gregorianischen Gesang teilnehmen. Das Lied „Bryd oné brerè", vom Vogel auf einem Dornstrauch, das er in Dunstable so gern mitgesungen hatte, kam ihm in den Sinn. Geoffrey fühlte sich jetzt wie dieser Vogel, der den Dornstrauch verlassen hatte und am Rande des Daches dieser Kathedrale saß. Sein Singen bat nicht mehr den Inbegriff der Liebe um Liebe, sondern die Töne seines Liedes waren wie das Pochen an der Wand des Schweigens, daß es komme.

„Die Ordnung für Handarbeit und Lesung"

*H*ocherfreut war Geoffrey, als zu Beginn der Fastenzeit jeder ein Buch aus der Bibliothek erhielt mit der Weisung, dieses von Anfang an vollständig zu lesen. Es war allerdings unverständlich für ihn, daß drei ältere Mitbrüder aufgestellt wurden, die zu den Stunden der Lesung im Kloster umhergingen und nachsahen, ob sich nicht ein Bruder fände, der sich dem Müßiggang oder der Unterhaltung hingab, anstatt zu lesen. Wenn auch nach der traditionellen benediktinischen Anschauung die Lektüre der manuellen Arbeit gleichwertig war, so mußte Geoffrey doch für mehrere Stunden täglich eine praktische Arbeit übernehmen. Die vom Gründer des Ordens vorgeschriebene Handarbeit führten alle Mönche des Klosters aus - selbst der Abt und der Prior. Der Arbeitsbereich und die zu erbringende Leistung waren vom Novizenmeister auch für Geoffrey genau festgelegt. So lange Geoffrey mit der Lektüre oder Schreibarbeiten beschäftigt war, hörte er die Klosterglocke nicht. Wenn er aber beim Kirchenbau mithelfen mußte, im Garten oder auf dem Feld arbeitete, dem Keller- und Küchenmeister zur Hand gehen mußte oder andere praktische Tätigkeiten in der Bäckerei, der Mühle, dem Brunnenhaus oder beim Walker übernommen hatte, wartete er schon ein wenig ungeduldig auf den nächsten Glockenschlag.

Weil mit den Sonnenuhren und Stundengläsern eine naturgegebene Unbestimmtheit der Zeit einherging, zeigte für die meisten Mönche fast immer die Glocke die Stunde des Tages an. Der regelmäßige Glockenschlag bestimmte einen gleichmäßigen Tagesablauf.

„Bei meinen Studien ist es mir etwas lästig, auch Handarbeiten zu verrichten. Sie reißen mich aus meinen Gedankengängen und halten mich ab vom Lesen und Schreiben", sagte Geoffrey mit leicht vorwurfsvoller Stimme zum Novizenmeister.

„Wohlweislich hat Benedikt es verfügt, daß jeder Mönch auch körperliche Arbeit übernehmen soll. Je intensiver du geistig arbeitest oder an den Gottesdiensten teilnimmst, um so mehr wirst du spüren, wie ausgleichend, erneuernd und erfrischend die manuellen Tätigkeiten auf dich wirken. Warte es ab und mache erst einmal die entsprechende Erfahrung. Für das gesamte Klosterleben ist diese Arbeit wesentlich, da sie nicht nur zum eigenen Unterhalt dient, sondern auch jegliche Lustlosigkeit und Trägheit verhindert. Aus den Beobachtungen und eigenen Erfahrungen meiner langen Zeit hier in St. Albans darf ich dir sagen, daß gerade die Handarbeit ein gutes Gleichgewicht zum geistig-geistlichen Le-

ben herstellt. Depressionen, unter denen viele Mönche litten, wurden gerade durch die manuelle Arbeit geheilt, indem ihnen durch ausgewogenes praktisches Tun das Gefühl von Leere, Nutzlosigkeit und Wertlosigkeit genommen wurde.
Du solltest darüber nachdenken, ob nicht auch die körperliche Arbeit eine Gabe Gottes ist und einen wesentlichen Bestandteil für die menschliche Würde darstellt."
Geoffrey hatte wie immer - ohne einzugreifen - zugehört und die Worte des Novizenmeisters ganz in sich aufgenommen: „Meine jungen Novizen muß ich schrittweise zum Verstehen und Einhalten der Regel führen. Wir sprechen viel miteinander und raufen uns oft. Dir, lieber Geoffrey, darf ich diese vorläufige Regel mit ihren einundzwanzig Positionen ohne Kommentar in die Hand drücken. Unter Punkt vier liest du kurzgefaßt, was wir jetzt ausführlich beredet haben. Die anderen Punkte werden dir nicht neu sein, dich aber bestimmt zum Nachdenken anregen und dir manches Mal - so wie ich dich kenne - ein Schmunzeln abverlangen."
Die einundzwanzig Regeln für die Novizen:

1. *Das Chorgebet soll nach den allgemeinen Bestimmungen verrichtet werden.*
2. *Nach der Matutin dürfen die Novizen sich zum Schlafen zurückziehen.*
3. *Sooft sie zu einer Tagzeit zu spät kommen, sollen sie ebenso wie die anderen auf der Matte stehen.*
4. *Neben dem Chorgebet und dem Studium haben die Novizen im Refektorium, in der Infirmerie, in der Küche, dem Backhaus und in den übrigen Werkstätten mit eigenen Händen zu arbeiten und ihre Kleider zu gelegener Zeit zu waschen.*
5. *Bei der Erledigung ihrer Arbeit vermeiden sie nicht nur Zank und Scheltworte, sie enthalten sich dabei auch aller müßigen Reden.*
6. *Allein, ohne die Begleitung eines anderen Bruders, darf einer nie auf den Weg geschickt werden.*
7. *Der Novize hat züchtig zu essen, nicht mit der Geschwindigkeit des Fraßes, als wenn er nicht gesättigt werden könnte. Er hat sich nicht wie ein hungriger Hund über die Speise zu beu-*

gen. Auch darf er nicht wild um sich schauen mit unruhigem Herzen, ob nicht ein anderer ein besseres Essen hat als er.

8. *Am Karfreitag darf nur Brot und Wasser genossen werden.*
9. *An der Klosterpforte nehme keiner von den Novizen mit den Gästen etwas zu sich.*
10. *Obst und Lattich darf nur zur gewöhnlichen Essenszeit gespeist werden.*
11. *Niemand speist oder trinkt etwas ohne Erlaubnis außerhalb des Klosters.*
12. *Der Gebrauch der Bäder wird vom Novizenmeister bestimmt.*
13. *Alle acht Tage werden - soweit vorhanden - die Bärte, alle vierzehn Tage die Köpfe rasiert.*
14. *Eine bestimmte Zeit zum Aderlaß ist bei den Novizen nicht vorgesehen.*
15. *Wünscht einer, seine Nägel zu schneiden, so sage er es dem Bruder, der neben ihm sitzt. Dieser muß zustimmen und seinem Mitbruder die Nägel schneiden.*
16. *Keiner nennt etwas sein Eigentum; alles ist allen gemein.*
17. *Beim Gehen, Stehen und in allen Bewegungen des Novizen geschehe nichts, woran irgendein Auge Anstoß nehmen könnte.*
18. *Wenn auch einem Menschen nicht alles im Schlaf angerechnet werden kann, so ziemt es sich für einen geistlichen Menschen doch nicht, daß er unsauber daliegt mit zerworfenen Beinen und mit in den Schoß gezogenen Händen. Die Novizen schlafen deshalb bekleidet und gegürtet, damit sie keine Gelegenheit haben, die Hände am nackten Leibe hin- und herzuführen.*
19. *Beim Lernen muß die gehörige Ordnung eingehalten werden. Es darf einer nicht Bücher, die in der Reihenfolge wissenschaftlicher Belehrung später kommen, zuerst lesen und die vorausgehenden auslassen.*
20. *Die Bücherwälzer dürfen nicht wie ewige Wanderer sein: Herbergen haben sie viele, eine Heimat mit dauernder Freundschaft nirgends.*
21. *Wer etwas zu lesen, zu hören oder zu lernen begonnen hat, bleibe dabei bis zur Vollendung des angefangenen Werkes.*

Ein langer Tag im Kloster St. Albans ...

Durchdrungen vom Bewußtsein der Gegenwart Gottes, nahm Benedikt die biblische Mahnung, ohne Unterlaß zu beten, ernst und gab dem gemeinsamen Gebet eine feste Ordnung. Zu bestimmten Zeiten fanden sich die Mönche zum Gotteslob zusammen. „Dem Gottesdienst soll nichts vorgezogen werden." Mehr noch an seinem eigenen Leib als an seiner Seele erfuhr Geoffrey den wesentlichen Unterschied zwischen einem Mönch und einem Kleriker. Was ein Kleriker war oder zu sein hatte, war ihm bekannt. Was aber einen Mönch ausmachte, der nichts, aber auch rein gar nichts dem Gottesdienst vorziehen durfte, mußte Geoffrey in einem sehr langen Prozeß erst lernen: persönliche Besitzlosigkeit, Hören und Gehorsam, alles in Gemeinschaft zu tun, das rechte Maß, Rückzug aus der Seelsorge und ein lebenslängliches Verbleiben im Kloster. Er ließ sich ganz darauf ein, daß der Tagesablauf vom Gottesdienst bestimmt wurde.

Matutin und Laudes - Nachtoffizium

Kurz vor zwei Uhr nachts zündete der Sakristan oder einer seiner Helfer die Kerzen im Mönchschor der Kirche an. Zusätzlich beleuchtete er das Querschiff so, daß die Mönche, die vom Kloster durch eine Tür und über „Nacht-Stufen" in die Kirche kamen, ihren Weg finden konnten. Zur selben Zeit betrat der Prior oder der Subprior das Schlafhaus der Mönche und gab durch das Läuten einer Handglocke das Zeichen zum Aufstehen. An bestimmte Zellentüren mußte er zusätzlich klopfen. Dagegen weckte er im gemeinsamen Schlafsaal der Novizen durch einen Stoß mit einem kleinen Stock diejenigen, die allzu tief schliefen.
Überall wurden Kerzen angezündet und Pech- oder Kohlenpfannen entflammt, damit man sich ankleiden konnte. Im Winter trugen die Mönche zu den frühen Gebetszeiten pelzgefütterte Schuhe, da der Chorraum nicht geheizt war. Auch war es zu dieser Zeit erlaubt, warme Mützen aufzusetzen. Beim Läuten der Kir-

chenglocken verließen Mönche und Novizen ihre Zellen oder den Schlafsaal und folgten einem Lichtträger, der sie durch die Flure des Klosters, über die Stufen in das Querschiff und von hier zu ihren Plätzen im Chorgestühl geleitete. Dann knieten alle, bis der Abt die Kirche betrat. Nach dem Vaterunser und dem Glaubensbekenntnis wurden fünfzehn aufeinanderfolgende Psalmen - Psalm 120 bis Psalm 134 - abwechselnd gesungen. Dann folgten bis zu zwölf Schriftlesungen, die jeweils von einem anderen Mönch vorgetragen wurden. Nach dem „Te Deum" und dem Tagesevangelium wurde die Matutin mit einem besonderen Gebet für den Tag beendet. Nach einer kurzen Pause begannen die Glocken zur anschließenden Laudes zu läuten - genannt nach den eröffnenden Worten zu den Psalmen „Laudate Dominum".
Einige Mönche blieben in dieser Zwischenzeit still auf ihrem Platz sitzen, andere verließen den Chor, um sich im Kreuzgang zu bewegen und somit ihren Kreislauf anzuregen. Die Matutin und die anschließende Laudes dauerten gewöhnlich eineinhalb bis zwei Stunden. Einigen Mönchen fiel es in dieser Zeit äußerst schwer, wach zu bleiben.
Auch Geoffrey, der eher ein Nachtmensch war und in den Abend- und Nachtstunden am besten an seinem Schreibpult arbeiten konnte, mußte nicht selten während der Matutin und der Laudes mit dem Schlaf kämpfen. Daher empfand er es als besonders unangenehm und hätte, wenn er Oberer gewesen wäre, es sofort abgeschafft, daß ein „Circator" mit einer Laterne langsam durch den Chor schritt, um nachzusehen, ob jemand schlief. Bei den über hundert Mönchen im Chor entdeckte er während eines jeden Rundganges immer wieder Schlafende, denen er das Licht vor die Augen hielt und sie damit erschreckte.

Die Prim - die erste Stunde

Nach Beendigung des Nachtoffiziums zogen die Mönche in einer Prozession aus der Kirche. Sie gingen in ihre Zellen oder ins Dormitorium, um einige Stunden zu schlafen, bis sie erneut durch die Glocke geweckt wurden, die zum ersten Tagesoffizium, der

Prim einlud. Die Zeit für dieses Gebet zur ersten Tagesstunde war im Sommer um sechs Uhr morgens, im Winter bei Tagesanbruch. Nachdem die Mönche jeweils die Kleidung angelegt hatten, die sie den Tag über trugen, stiegen sie die „Tages-Stufen" am östlichen Kreuzgang hinunter und erreichten durch das Ostportal die Kirche. Noch bevor die Glocke verstummte, hatten sie ihre festen Plätze im Chor eingenommen. Die Prim war nicht sehr lang; sie bestand aus einer Hymne, Psalmen und Gebeten. Direkt an dieses Offizium schloß sich die Frühmesse an, die von einem Mönch, der die Priesterweihe empfangen hatte, für alle Angestellten des Klosters zelebriert wurde. An dieser Messe jedoch nahmen die anderen Mönche nicht teil. Sie hatten vorher die Kirche leise und schweigend verlassen.

Ein Waschraum für alle

Die nun folgende Zeit nutzten die Mönche, um sich zu waschen und Notwendiges zu verrichten. Geoffrey de Gorham, Adeliger aus La Tannière, Lehrer und Gelehrter, jetzt Mönchsnovize von St. Albans, tat sich besonders schwer, zusammen mit den Mitbrüdern ins Lavatorium zu gehen, um in der für ihn gewohnten Art seinen Körper zu pflegen. Selbst bei noch so guter Freundschaft mit dem Infirmarius, der über die Bäder in Einzelzellen verfügte, blieb ihm vorerst nichts anderes übrig, als mit in den allgemeinen Waschraum zu gehen. Es kostete Geoffrey reichlich Überwindung, da er alles, was er tat, im Gegensatz zu manchen anderen Mönchen, sehr gründlich tat. Er brauchte zwar die Regel, bekleidet zu schlafen, die für die jüngeren Novizen galt, nicht befolgen, doch stand in der für ihn geltenden Regel etwas Ähnliches:

Sobald der Bruder das Zeichen zum Aufstehen vernommen hat, eile er, sich zu erheben. Ehe er jedoch die Decke abwirft, zieht er im Bett sitzend die Kukulle an und bedeckt mit ihr seine Beine, ehe er sich vor sein Bett stellt ...

Sollte diese Anweisung, das Zentrum der Weitergabe des Lebens

und gleichzeitig der Lust nicht anzuschauen oder zu berühren, tatsächlich auch für ihn - zumindest bis nach der Prim - gelten? Nachdem er erfahren hatte, warum bei den Israeliten die Beschneidung eingeführt worden war, achtete Geoffrey noch stärker darauf, daß sich weder Fusseln der Kleidung, Schmutz noch Talg unter der Vorhaut festsetzten. Wie leicht konnte so etwas Entzündungen hervorrufen? Ihm war aufgefallen, daß einige seiner Mitbrüder sonderbar breitbeinig gingen. Sollte das eine Folge der übertriebenen Keuschheit sein? Auf jeden Fall wurde an den israelitischen männlichen Kindern und Männern recht getan, wenn sie beschnitten wurden, damit sich in Folge der langen Wüstenwanderungen kein Sand ablagerte, der zu Entzündungen führte. Wie sollten sie auch anders bei dem großen Wassermangel mit diesem lebensgefährlichen Problem fertigwerden?
Nach einigen Tagen - Geoffrey blieb nichts anderes übrig, um sein Ziel zu erreichen - hatte er, angesichts der Mitbrüder, seine Scheu überwunden. Selbst in ihrer Gegenwart und ohne sie zu beachten, tat er das, was er tun mußte, um sich den Tag über „israelitisch wohlzufühlen".

Die Arbeit

Nach dem Waschen wandten sich die Mönche ihrer jeweiligen Aufgabe zu. Auf den Infirmarius wartete bereits der Arzt, der mit ihm zusammen nicht nur die Kranken im Kloster besuchen wollte, sondern auch einige Schwerkranke außerhalb der Abtei. Im Gästehaus mußten die Fremden versorgt werden. Viele, die von London aus eine Tagesreise hinter sich hatten, machten hier in St. Albans Station, stellten die Pferde unter und schliefen die Nacht im Kloster. Der Hospitaliter - der Mönch, der für die Gäste verantwortlich war - hatte alle Hände voll zu tun, da Reisende Tag und Nacht ankamen. Unter ihnen waren Händler und Geschäftsleute, die in den umliegenden Gasthäusern kein Quartier gefunden hatten, offizielle Gäste, die nach St. Albans gekommen waren, um einen bestimmten Auftrag zu erfüllen, und vor allem Pilger, Menschen mit einem religiösen Anliegen, die oft schwere Schicksals-

schläge und Krisen zu bestehen und zu verarbeiten hatten. Auch die vielen Armen, die täglich an die Klosterpforte kamen, mußten versorgt werden.
Die Novizen versammelten sich zu dieser Stunde im westlichen Kreuzgang, um ihrem Meister zuzuhören, der sie tiefer in die mönchische Lebensweise einzuführen versuchte.

Die Terz - die dritte Stunde

*D*er nächste kirchliche Dienst, an dem alle Mönche teilnahmen, war die dritte Gebetshore, die Terz, in der in besonderer Weise der Geistsendung gedacht wurde. Wenn es das Einbringen der Ernte oder die Versorgung der Tiere erforderte, waren die damit beschäftigten Mönche dispensiert. Vor der Terz stand die Möglichkeit offen, ein leichtes Frühstück zu sich zu nehmen, das „Mixtum" genannt wurde. Es bestand aus einem Viertelpfund Brot und etwas Bier oder Wein - einem Drittel der sonst üblichen Menge. An Fasttagen und während der Fastenzeiten, ausgenommen an Sonntagen, gab es diese Mahlzeit am Morgen nicht. Durch das Glockengeläut war das Ende des Frühstücks angesagt; die Mönche versammelten sich jetzt wieder schweigend in der Abtei-Kirche. Nach diesem kurzen Offizium bildete sich eine Prozession, in der die Novizen vorausgingen. Man zog von der Kirche über den Kreuzgang in den Kapitelsaal, der so groß war, daß die gesamte Mönchsgemeinschaft Platz fand.

Das Kapitel

*I*m Kapitelsaal hörten sie jeden Tag ein Kapitel aus der Regel - daher der Name des Raumes. Hier bekannten sie ihre Verfehlungen gegen die Gemeinschaft, es wurden Fragen der Disziplin, Verwaltung und Finanzen besprochen, gelegentlich hielten sie Diskussionen ab oder hörten einen Vortrag des Abtes oder eines älteren Mönches über das geistige Leben.
Das Kapitelhaus - direkt an das südliche Querschiff der Kathedra-

le angebaut - war das Haus des Bekenntnisses, das Haus des Gehorsams, der Gnade und der Vergebung, das Haus der Einheit, des Friedens und der Ruhe. Beim Kapitel hatte entweder der Abt oder der Prior den Vorsitz. Der für sie bestimmte Platz war etwas erhöht und befand sich vor der Ostwand des Kapitelsaales. Auch die Mönche hatten ihre bestimmten Plätze, festgelegt durch ihr jeweiliges Alter. Sie saßen auf Steinbänken, die entlang der Wände eingemauert waren. Dem Vorsitzenden gegenüber, an der Westwand des Kapitelsaales gleich neben der Tür, hatten die jüngeren Mönche und die Novizen ihre Plätze.

Auf das große holzgeschnitzte Kreuz über dem Stuhl des Abtes konnten alle schauen. Die Kreuzform entstand durch die ausgebreiteten Arme Christi - ein Kreuzesbalken war nicht vorhanden. Nichts Beängstigendes, weder Schmerz noch Tod ging von Ihm aus. Es schien, je länger man auf Ihn schaute, als ob Er alle versöhnend und liebevoll in Seine Arme schließen wollte. Geoffrey, der von der johanneischen Botschaft besonders angezogen wurde, kamen beim Anschauen dieses heilbringenden Bildes die Worte ins Bewußtsein: „Ich komme wieder und werde euch zu mir holen, damit auch ihr dort seid, wo ich bin" - und: „Wenn ich über die Erde erhöht bin, werde ich alle an mich ziehen." Es war eine andere Atmosphäre als in der Kirche, weniger liturgisch, weniger anonym.

Die Frühlingssonne, die zu dieser Stunde am südöstlichen Himmel stand, schickte ihre ersten warmen Strahlen durch die Fenster des Kapitelsaales und berührte mit ihnen auch Geoffrey, der nicht unter den Novizen, sondern zwischen den Mönchen seines Alters saß. In der Mitte des Kapitelsaales stand das Lese- und Vortragspult. Das Kapitel dauerte nicht länger als zwanzig Minuten. Nach den kurzen Eröffnungsworten und den Segenswünschen des Abtes wurde der verstorbenen Mönche gedacht, die an diesem Tag seit dem Bestehen des Klosters ihre große Reise angetreten hatten. Während dieses Gedenkens erhoben sich alle von ihren Plätzen, und nach einem kurzen Schweigen wurde ein gemeinsames Gebet gesprochen. Im Sitzen hörten jetzt alle dem Lektor zu, der ein Kapitel aus der benediktinischen Regel vortrug. Dann kündigte der Abt mit kurzen Worten an: „Loquamur de Ordine nostro" - „Laßt

uns über die Angelegenheiten unseres Hauses sprechen." Daraufhin zogen sich die Novizen und die Gäste, die am Kapitel teilnahmen, zurück.
Dringend zu erledigende Aufgaben wurden bestimmten Mönchen zugewiesen; Briefe, die den gesamten Konvent betrafen, und die Namen der Verstorbenen aus anderen Klöstern wurden laut vorgelesen. Wer glaubte, eine Schuld auf sich geladen zu haben, sprach sie jetzt aus und bat um Entschuldigung. Vom Abt Richard d'Albani wurde erwartet, daß er Stellung bezog, ein Versagen rügte und Untaten sowie Vergehen bestrafte. Eine maßvolle Unterscheidung zu treffen fiel ihm oft sehr schwer: Die Starken mußten das ihnen Gemäße erhalten, und die Schwachen durften nicht davonlaufen. Neben Zurechtweisungen und Ermahnungen wurden oft auch härtere Strafen verhängt: Fasten bei Wasser und Brot an bestimmten Tagen, der vorübergehende Ausschluß von der Mönchsgemeinschaft, Verbot der Teilnahme am Chorgebet und am Kapitel, ganz selten jedoch körperliche Strafen, die dann in Anwesenheit aller vollzogen werden mußten.

Das Lyng-Haus

Wenn allerdings kriminelle Handlungen vorkamen, eine Seltenheit, wurde zu Gericht gesessen und ein Urteil gefällt. Hier konnte es dann durchaus zu einer Bestrafung durch Einzelhaft kommen; Exkommunikation und Ausweisung aus dem Orden waren weitere Strafmittel. Bei schweren kriminellen Vergehen wurde der Straffällige im „Lyng-Haus" eingesperrt, einem Gewölbekeller, der nur vierundzwanzig Fuß in der Länge maß und sich im westlichen Teil der Klostergebäude befand. Dort hatte er - so lautete ein festgeschriebenes Urteil - zumindest ein ganzes Jahr angekettet zu verbringen, ohne mit irgend jemandem zu sprechen oder zu jemandem Kontakt zu haben. Eine Ausnahme bildete der Gefängniswärter, der jedoch auch dann in großer Distanz bleiben mußte, wenn er das Essen durch die Falltür mit einem Seil herunterließ. Zum Glück und zur Entlastung aller gab es Jahre, in denen das „Lyng-Haus" nicht besetzt war.

In der Zeit zwischen dem Kapitel und dem Hochamt sprach der Abt regelmäßig mit den Mönchen oder gar Laien, die eine ökonomisch verantwortungsvolle Aufgabe im Kloster hatten. Der Seneschall mußte vom Abt und der Abt wiederum vom Seneschall über alle kommerziellen Angelegenheiten des Klosters unterrichtet werden. Wenn der Abt nach London an den Hof oder zu Gerichtsverhandlungen gerufen wurde, hatte der Seneschall die verantwortungsvolle Aufgabe, die Säkularinteressen der gesamten Abtei zu wahren und zu verantworten. Um in Bewegung zu kommen oder zu bleiben, ging der Abt gern während dieser Gespräche mit seinen Partnern im Kreuzgang auf und ab. Wenn längere Reisen bevorstanden, hatte der Abt sehr viel mit dem Prior, seinem Stellvertreter, zu bereden. Diese Gespräche mit dem Abt, zu denen oft der Cellerar, der Keller- und Küchenmeister, der Hospitaliter oder - wenn auch selten - der Armarius, der Bibliothekar, hinzugezogen wurden, nannte der gesamte Konvent, ohne daß es der Abt selbst hören durfte, das „Parlament".

In der Zeit vor dem Hochamt, das um zehn Uhr begann, traf Geoffrey seinen Freund, den Prior. Obwohl sie sich vorgenommen hatten, während der Probezeit für Geoffrey nicht allzu oft zusammenzusein, weniger miteinander zu sprechen und sich auf keinen Fall mit Du anzureden, gab es Gelegenheiten, bei denen sie ihr Vorhaben nicht einhalten konnten.

„Du, Denis", sagte Geoffrey zum Prior, „ich habe heute gehört, hier in St. Albans soll es ein Lyng-Haus geben. Die Vorstellung, daß in diesem Verließ ein Mensch unter so unwürdigen Bedingungen gefangen gehalten wird, macht mich krank. Kannst du mir ehrlich sagen, ob sich in diesem Kellergewölbe jemand befindet?"

Der Prior, der von Geoffrey während der Novizenzeit sehr selten mit seinem Namen angesprochen wurde, schaute ihn lange an. „Mir wäre es nicht möglich", flüsterte Geoffrey leise, „gleich in das Hochamt zu gehen, ohne vorher mit diesem armen Menschen Kontakt aufgenommen zu haben." Einen Augenblick noch zögerte der Prior, bis er Geoffrey die Antwort gab.

„Du kannst ganz beruhigt sein; es ist lange her, daß im Lyng-Haus ein Straffälliger eingekerkert war. Ich erinnere mich nur schwach daran, denn ich kam gerade neu ins Kloster. Über diese Angele-

genheiten aber durfte nicht gesprochen werden. So erfuhr ich es erst viel später, nachdem dieser Mönch entlassen worden war.
Aber etwas anderes muß ich dir bei dieser Gelegenheit sagen, etwas, womit ich selbst nur sehr schwer fertig werde. Ich bitte dich inständig, gleich in der Messe für diesen Jungen besonders zu beten. Als ich vor einigen Wochen in London war, mußte ich an einer Gerichtssitzung teilnehmen, die unser Kloster betraf. Vorher wurde ein schwerer Fall verhandelt, in dem ein Urteil mit sofortigem Vollzug gefällt wurde. Der Urteilsspruch lautete, man solle dem Jungen die Zunge abschneiden und ihn dann bei lebendigem Leib verbrennen.
Ohne eine Miene zu verziehen, hielt der Junge seine Zunge dem Messer des Henkers hin; er streckte sie heraus, so weit er konnte. Mit einer Zange zog der Henker sie weiter heraus, schnitt sie ab und schlug sie dem Verurteilten ein paar Mal links und rechts ins Gesicht. Dann stieß man ihn auf einen Karren. Wenn man den Jungen sah, hätte man meinen können, er fahre zu einem Fest. Von selbst und ohne Hilfe sprang er vom Wagen und stellte sich neben den Pfahl, der für die Hinrichtung aufgestellt war. Ich kann dir nicht beschreiben, mit welcher Gelassenheit und mit welchem Ausdruck im Gesicht er das Gejohle und das Hohngeschrei der Menge ertrug, als man ihm die Kette um den Leib legte. Keinen Laut gab er von sich. Ab und zu spieh er das Blut aus, das sich in seinem Mund gesammelt hatte."
Geoffrey und Denis standen sich gegenüber und sagten kein Wort.

Das gemeinsame Mahl

Der wichtigste Gottesdienst während des ganzen Tages und der Nacht war das Hochamt. Für St. Albans begann es - mit der durch die Sonnenuhren naturgemäßen Unbestimmtheit - gegen zehn Uhr. An Sonn- und kirchlichen Feiertagen ging dem Hochamt eine Prozession voraus. Der Liturge segnete die Kirche und besprengte die Altäre und die Mönche, die jetzt im Chor Platz genommen hatten, mit Weihwasser. Anschließend - gefolgt vom Kreuz- und zwei Kerzenträgern und einigen Mönchen - besuchte er die Kranken in der Infirmerie, um ihnen Heil und Gesundheit zu wünschen. Durch die Novizentür kam die Prozession zurück in die Kirche. Nachdem der Zelebrant den Hauptaltar mit Weihwasser besprengt hatte, sprach er Gebete zum Schutz für die Kirche, das Kloster, die königliche Familie und alle Wohltäter. Die Prozession setzte sich noch einmal in Gang, um den Reliquienschrein des heiligen Alban zu besuchen. Auf diesem Weg reihten sich jetzt viele Gäste mit brennenden Kerzen ein; unter ihnen waren sehr häufig auch Mitglieder der königlichen Familie, die zur sonntäglichen Feier des Hochamtes nach St. Albans gekommen waren. Nach der Segnung des Schreins und einem kurzen Gebet, das an den heiligen Alban gerichtet war, schritt der Zelebrant zum Hauptaltar, die Mönche gingen in den Chor und die Gäste ins Mittelschiff der Kirche.

An Sonntagen wie auch an Werktagen wurde nach dem Hochamt zu Mittag gegessen. Die auf elf Uhr angesetzte Essenszeit wurde fast immer pünktlich eingehalten. Bevor sich alle zu dieser Hauptmahlzeit zu Tisch setzten, wuschen sich die Mönche im Lavatorium ihre Hände. Die Mittagsglocke gab den Ton an, damit sich alle rechtzeitig im Refektorium versammelten. Der Weg zum gemeinsamen Speisesaal, der sich direkt an den südlichen Kreuzgang anschloß, war nicht weit. Alle erwarteten stehend Abt Richard, der auch beim gemeinsamen weltlichen Mahl den Vorsitz hatte.

Als nach dem Tischgebet sich alle Mönche gesetzt hatten, gab der Abt dem Lektor ein Zeichen, mit der Tischlesung zu beginnen. Dann nahm er das Leinentuch vom Brotkorb, griff ein Stück Brot und reichte den Korb weiter. Jetzt nahmen auch die anderen Mönche die Tücher von den Brotkörben, die dem Brot Schutz und Frische gewährten. Gleichzeitig betraten mit großen Schüsseln die Mönche das Refektorium, die Tischdienst hatten. Für gewöhnlich bestand das Essen aus einer Gemüsesuppe, Bohnen, Fisch und Eiern; manchmal gab es zusätzlich Käse und Früchte zum Abschluß. Fleisch hatte Benedikt verboten; doch verstand es der Cellerar, unauffällig in Pastetenteig verpackt gelegentlich Fleisch aufzutischen und somit diese Anweisung zu umgehen. Wenn sich dann einige Mönche beschwerten, wurde der Inhalt der Fleischpasteten als Geflügelfleisch bezeichnet, denn man war allgemein der Ansicht, daß der Vogel in dieses Verbot nicht eingeschlossen sei.

An Festtagen gab es Seezunge, zu Weihnachten zwei Portionen für jeden Mönch; wenn Scholle gekocht wurde, war es ebenso. Wenn es an Sonntagen für jeden zwei Heringe gab, durfte zu Weihnachten jeder acht Heringe essen; ähnlich war es, wenn Weißfisch serviert wurde. Der Cellerar kaufte so viel Weißfisch ein, daß die Ladung einen Pferdewagen füllte. Er verbrauchte über tausend Eier in der Woche, Mengen von Lachsen und Stinten wurden gegessen. Manchmal verarbeitete die Küche bis zu vierzehn Gänse in der Woche, in einer anderen achtundvierzig Hühner. Über den Verbrauch von Kalb- und Schweinefleisch wurde der Benediktregel wegen nicht gesprochen. Dagegen wurde - besonders zur kalten Jahreszeit - mit Butter und Honig nicht gespart. Eine heimliche Speise, auf die manche Mönche wie versessen waren, erlaubte sich der Cellerar zu kochen, wenn die Obrigkeit für einige Tage das Kloster verlassen hatte. Er hatte das Rezept heimlich vom Kathedral-Priorat in Winchester bekommen: Knochenmark, vermengt mit zerriebenem Brot, dazu Kutteln und Hammelfleisch.
Geoffrey, der Fisch- und Eierspeisen nicht verachtete, zog allerdings bei Kutteln und Kaldaunen ein langes Gesicht. An solchen Tagen aß er nur Brot und trank viel Milch mit Honig.
Die erwähnten Nahrungsmengen waren nicht nur für den Mönchskonvent allein erforderlich. Es mußten zudem die über achtzig Laienmitarbeiter, die in St. Albans angestellt waren, beköstigt werden, die Kapläne der umliegenden Gemeinden, die ihren Mittagstisch im Kloster hatten, und die vielen Gäste, die wußten, in welchen Häusern es gutes Essen gab. Aber auch viele Almosenempfänger bekamen - zumindest einmal am Tag - ihre Nahrung aus der St. Albans-Küche sowie einige arme und kranke Menschen in der Umgebung, die aus Gutmütigkeit des Küchenmeisters gespeist wurden.
Die Tischsitten der Mönche waren streng. Niemand durfte während des Essens seinen Platz verlassen und im Refektorium umhergehen. Es war weder erlaubt, sein Kinn mit der Hand abzustützen, noch die Arme oder die Ellbogen auf den Tisch zu legen. Daß im Refektorium geschwiegen wurde, war selbstverständlich. Ein gegenseitiges Beobachten oder Herumschauen war nicht erwünscht. Wenn jemand beim Essen Geschirr zerbrach oder sich so

laut benahm, daß der Vorleser nicht verstanden werden konnte, mußte er sich erheben und so lange stehenbleiben, bis der Abt ihm erlaubte, sich wieder zu setzen. Kam es vor, daß Nüsse im Essen waren, so durften sie nicht laut im Mund geknackt und zerkaut werden, sondern jeder war gehalten, sie mit seinem Messer leise zu zerkleinern. Da Geoffrey aus einem adeligen Geschlecht kam, waren für ihn viele Manieren selbstverständlich, die andere oft erst mühsam lernen mußten.

Es durften keine Schüsseln für die Speisen benutzt werden, die angebrochen, schmutzig oder von der Unterseite nicht sauber waren. Auch war es den Mönchen nicht erlaubt, mit dem Mundtuch ihre Nase zu putzen oder mit ihm die Zähne zu polieren, eine Unsitte, die weit verbreitet war. Ebenso wurde streng darauf geachtet, daß niemand das Mundtuch oder das Tischtuch benutzte, um sein Nasenbluten zu stillen.

Um seine Wünsche trotz des Schweigegebotes kundzutun, hatte man eine rege Zeichensprache entwickelt. Geoffrey, dem diese Art der Kommunikation fremd war, lernte täglich neue Zeichen hinzu. Manchmal waren sie so individuell und urkomisch, daß er laut lachen mußte. Dann wurde auch er nicht verschont, für eine Weile stehen zu müssen. Ein Bruder wedelte seitwärts mit der Hand und deutete mit dieser Fischschwanz-Bewegung seinen Wunsch an. Jemand, der Senf wünschte, hielt seine Nase in der Faust und bewegte beide - Nase und Faust - hin und her. Wenn man um Salz bitten wollte, mußte man den Daumen und den Zeigefinger der rechten Hand über den aufgerichteten Daumen der linken Hand herumtanzen lassen.

Am Fest des heiligen Alban, das am 22. Juni begangen wurde, wie auch an einigen anderen besonderen Festtagen im Jahr gab es für jeden Mönch eine kleine Extraportion, die für ihn in besonderer Weise das Festmahl abrunden sollte. Eine derartige Zusatz- oder Nachspeise, die für alle Mönche von Freunden des Klosters gespendet worden war, bestand entweder aus köstlich zubereitetem zarten Fleisch, aus Früchten oder einer anderen feinen Delikatesse. Fisch, Huhn oder Schinken wurde mit einem Teig aus Weizenmehl und Milch überbacken und ein Schuß Rotwein hinzugegeben.

Am Ende der Mittagsmahlzeit gab der Prior ein Zeichen zum Abtragen der übriggebliebenen Speisen. Meist übernahmen zwei jüngere Brüder die Aufgabe des Einsammelns der Reste, die sie in Körbe packten, um sie an der Klosterpforte zu verteilen. Die Mönche, die jetzt vom Tisch aufgestanden waren, bildeten einen Kreis, so daß sie sich gegenseitig anschauen konnten, und drückten ihren Dank für das Essen in einem Lied aus. Nachdem sie das Refektorium verlassen hatten, wuschen sie sich erneut die Hände - eine notwendige Handlung, da nicht nur mit dem Löffel und dem Messer gegessen wurde, sondern vornehmlich mit den Fingern.
Im Refektorium nahmen jetzt die Mönche Platz, die die Speisen auf- und abgetragen hatten, um zusammen mit dem Küchenmeister und seinen Helfern in Ruhe zu essen.

Die Non - die neunte Stunde

Einige Mönche hatten es sich zur Gewohnheit gemacht - und Geoffrey schloß sich ihnen gern an, nach der mittäglichen Hauptmahlzeit auf den Friedhof zu gehen. Der Weg führte vom Refektorium am Kapitelhaus vorbei, hinter dem - am westlichen Seitenschiff der Kirche - der Mönchsfriedhof lag. Da alle zur ersten Gebetshore, der Matutin, sehr früh aufstehen mußten, gab es kaum einen Mönch, der die anschließende Mittagspause nicht nutzte, um sich eine Stunde auszuruhen oder gar zu schlafen.
Nach dieser für alle notwendigen Ruhezeit war ein kurzes Gebetstreffen angesagt, die Non, das Gebet um die neunte Stunde, in dem des Todes Jesu am Kreuz und des eigenen Todes gedacht wurde. Anschließend konnte dann jeder seiner eigenen Beschäftigung nachgehen. Für die älteren Mönche war es die Zeit ihrer Rekreation, andere mußten diese kostbare Zeit nutzen, um begonnene Arbeiten fertigzustellen. In den Werkstätten herrschte jetzt große Geschäftigkeit. Feld- und Gartenarbeit wurde verrichtet, die Pferde, Schafe, Ziegen, Hühner und Tauben mußten versorgt werden. Die Mühlräder liefen, und in der Bäckerei und der Küche begannen die Mönche bereits für den kommenden Tag zu sorgen. Die Novizen hatten sich in die Studierstuben des Klosters zurück-

gezogen, die Schreiber und Illuminatoren saßen im Scriptorium über ihren Büchern - und auch der Armarius hatte alle Hände voll zu tun, um den Besuchern der Bibliothek nicht nur Auskunft zu geben, sondern ihnen auch die gewünschten Bücher vorzulegen.
In dieser Zeit, die im Winter bis fünf Uhr und im Sommer bis sechs Uhr dauerte, fanden auch vornehmlich die seelsorgerischen Gespräche mit Pilgern und Hilfesuchenden statt. Auf der anderen Seite mußten zur Existenzsicherung des Klosters Aufrechnungen und Rechnungen erstellt, Berichte und Rechenschaftsberichte geschrieben, Bestellungen aufgegeben und Pachtzins und sonstige Forderungen eingetrieben werden. Wenn Geoffrey in der Verwaltung des Klosters mitarbeiten mußte, fühlte er sich am wenigsten glücklich. Auch belasteten ihn häufig die persönlichen Gespräche mit Pilgern, zu denen er infolge seiner Redegewandtheit, Bildung und guten Intuition immer wieder herangezogen wurde. Wie gern hätte er sich nach diesen Gesprächen mit Denis ausgetauscht!

Die Vesper

Am Beginn des Abends - der Nachmittag war für die meisten viel zu kurz - läuteten die Glocken zur Vesper, dem ältesten und wichtigsten Teil des kirchlichen Stundengebetes. Benedikt bestand in seiner Regel darauf, daß die Vesper so früh angesetzt werde, daß man bei Tisch kein Lampenlicht brauche, sondern alles noch bei Tageslicht fertig werde. Doch wer konnte schon direkt beim Glockenschlag aufhören, wenn er in ein Buch, einen Gedanken oder in eine ihm Freude bereitende oder fast fertige Arbeit vertieft war? Daher wurden Unregelmäßigkeiten stillschweigend hingenommen, und nicht selten brannte das Licht während des Abendessens. Viel Zeit nahm außerdem in Anspruch, daß sich die Mönche nach ihrer Tagesarbeit vor der Vesper wuschen oder waschen mußten. Die Wasch- und Abtrittsgelegenheiten wurden zu dieser Stunde reichlich genutzt.
Die Vesper, deren vier Psalmen gesungen wurden, hatte den Charakter eines freudigen Lobpreises und innigen Dankes für einen Tag, der jetzt verabschiedet wurde. Dieser Lobpreis fand seinen

Höhepunkt im Magnifikat, dem Lobgesang Mariens aus dem Lukas-Evangelium.
Das Abendessen war für gewöhnlich spärlich und bestand aus nur einem Gang. Es wurde das restliche Brot vom Mittag gereicht. Dazu gab es Käse, Kräuter und Früchte, im Winter auch Nüsse und Feigen. Wein oder Bier wurden am Abend nicht getrunken. Wenn an Fastentagen und während der gesamten Fastenzeit das Abendessen ausfiel, bestand trotzdem für die Hungrigen die Möglichkeit, sich im Refektorium mit Brot und einem Getränk zu bedienen.

Die Komplet - der Tag geht zu Ende

Das letzte gemeinsame Gebetsoffizium des Tages war die Komplet, zu der wiederum die Glocke aufrief. Vor dem Beten der Psalmen wurde regelmäßig ein Gespräch aus den „Collationes Patrum", den „Unterredungen mit den Vätern" des Johannes Cassian vorgelesen. Johannes Cassian, ein Mönchsvater des 4. Jahrhunderts, aus dessen Theologie und Gebetsanweisung Benedikt geschöpft hatte, brachte die Praxis des Ruhegebetes ins Abendland:

Wir müssen es unserem Geist abgewöhnen, sich herumzutreiben: nur dann kann er allmählich Schritt für Schritt zu geistlicher Schau, ja zur Kontemplation Gottes, aufsteigen. Die innere Verfassung, in der wir vor dem Beten waren, wird schließlich auch das Gebet prägen. Was nämlich unseren Geist vor der Stunde des Gebetes beeindruckt hat, steigt in ihm wieder hoch, wenn er betet. Wovon wir während des Betens nicht belästigt werden möchten, müssen wir schon vorher aus unserem Herzen verbannen ...

Zur Lesung und der Komplet versammelten sich die Mönche nicht immer in der Kirche, sondern auch im Refektorium oder im Kapitelsaal. Nach dem Segen zur Nacht, den alle Mönche vom Abt erhielten, herrschte absolute Ruhe. Die Türen der Abtei-Kirche und des Klosters wurden verriegelt, und alle zogen sich schweigend zurück, die Mönche in ihre Zellen, die Novizen ins Dormitorium, bis kurz vor zwei Uhr das Zeichen zum Nachtoffizium ertönte.

Der unsichtbare Löwe

Mit ständig neuen inneren und äußeren Bewegungen wurde für Geoffrey der Alltag im Kloster zu einer Welt voller Erlebnisse. Obwohl er bisher noch kein Versprechen abgelegt hatte, stand für ihn das Ja zu dieser mönchischen Lebensweise fest. Die Zeit der Erprobung und Einübung in das Ordensleben ging langsam zu Ende. Seiner Aufnahme in den benediktinischen Orden und damit in die Abtei von St. Albans stand nichts im Wege. Geoffrey wurde von Abt Richard d'Albani gefragt, ob er nach wie vor bereit sei, die feierliche Klosterprofeß abzulegen und damit zu bekennen und zu geloben, in Armut, Ehelosigkeit und Gehorsam zu leben. Der Abt betonte während des Gespräches, daß Geoffreys freie Entscheidung gewährleistet sein müsse, wenn er in der Profeß sein Leben dem Dienst an Gott und den Menschen weihe und in die Klostergemeinschaft eingegliedert würde.
Je näher der Tag rückte, an dem Geoffrey die klösterlichen Gelübde vor Gott und den Zeugen sowie allen Mitbrüdern ablegen sollte, um so mehr hatte er das Verlangen, mit Denis ausführlich und unverblümt über den einen evangelischen Rat, die Keuschheit zu sprechen. Ihre Freundschaft ließ alle Offenheit zu:

Geoffrey: „Seit meiner Jugend spüre ich in den Lenden eine Kraft, manchmal recht feurig, die auf das Zeugungsglied einwirkt."
Denis: „Du sprichst, als ob das bei dir etwas Besonderes sei! Glaubst du nicht, daß wir alle über diese Kraft verfügen, die einen mehr, die anderen weniger, die den Stamm zu seiner Zeugungsmächtigkeit aufrichtet?"
Geoffrey: „Manchmal, wenn mich die Geschlechtslust wie eine Feuerflamme überkommt, fühle ich mich durch und durch in Anspruch genommen von einem hinreißenden Gefühl. Die Feuersglut erreicht mein Herz, das Gehirn und die Geschlechtsorgane. Dann schläft mein Gewissen ein, weil ich nicht mehr weiß, was ich tue. Könnte das ein Hindernis für meine Profeß bedeuten?"
Denis: „Nein, auf keinen Fall. Ein Pflug, wenn er das Ackerland

aufreißen will, muß scharf und kräftig sein. Das Geschlechtsbegehren an sich ist gut, und diese Kraft darf keinen Schaden leiden. Ein Mann muß in der Lage sein, beizeiten seinen Stamm ehrenhaft aufrichten zu können, damit er aufblühen und fruchten kann."

GEOFFREY: „Du hast meine Frage nicht beantwortet."

DENIS: „Wenn du das Gelübde der Keuschheit ablegst, ist damit nicht gesagt, daß du jede Lust ablegen mußt. Viele Kirchenväter und Päpste sagen, daß die Lust niemals ohne Sünde sein kann und daß nur, wer nichts empfindet, nicht sündigt. Ich bin nicht dieser Meinung. Wenn du allerdings von einer anderen Macht beherrscht wirst als von der, die dir von Natur aus eigen ist, also unter einer Fremdmacht stehst, sieht das schon wieder ganz anders aus."

GEOFFREY: „Sehr oft weiß ich es, doch spüre ich es manchmal wirklich nicht, wer den unsichtbaren Löwen in mir brüllen läßt."

DENIS: „Auf dem Weg in die Enthaltsamkeit - ich meine damit, daß wir einen Endzustand in dieser Welt letztlich nicht erreichen können - bedeutet die um ihrer selbst willen gesuchte Lust ein Abweichen von diesem Weg. Diese geschlechtliche Lust scheint für mich in ihrer vollen und natürlichen Ordnung zu sein, wenn gegenseitige Hingabe verwirklicht wird."

GEOFFREY: „Und das gerade ist uns Mönchen ja nicht erlaubt. Auch als Entlastung lehnt die kirchliche Obrigkeit Selbstbefriedigung ab, obgleich das Neue Testament die Masturbation nie erwähnt. Eine deutliche Sprache sprechen die Bußbücher und Katechismen. Nach den dort vertretenen Ansichten zehrt die Selbstbefriedigung am Rückenmark, ist gehirnaufweichend oder wirkt gehirnaustrocknend. Was sagst du dazu?"

DENIS: „Ich weiß, daß auf der anderen Seite der griechische Arzt Galenos, der Leibarzt des Kaisers Marc Aurel, die Ansicht vertrat, Geschlechtsverkehr und Selbstbefriedigung dienten der Gesunderhaltung und dem Schutz vor Zersetzungsgiften des Körpers. Eine Folge der Abstinenz seien Zittern, Konvulsionen und Wahnsinn."

GEOFFREY: „Ja, dann frage ich dich allen Ernstes: Können Mönche in Folge der Enthaltsamkeit krank werden?"

DENIS: „Aus meiner persönlichen Erfahrung kann ich sagen, daß ohne unser Dazutun die Natur das meiste für sich selbst und gut regelt. Bei einem natürlichen Erguß des Samens, der oft überraschend im Schlaf erfolgt, wird der Same - wenn kein entsprechendes Traumspiel damit verbunden ist - ohne jeglichen Geschlechtsgenuß ausgestoßen."

GEOFFREY: „Könnte ich meine Profeß ablegen, wenn ich diesen Vorgang durch einen Traum fördere oder gar bewußt begleite?"

DENIS: „Durchaus kannst du auch dann dein Gelübde der Keuschheit ablegen, wenn der Samenerguß durch die tätige Mitwirkung eines Traumbildes ausgelöst wird. Selbst wenn du nicht nur im Traum, sondern im Wachzustand die geschlechtliche Erregung und die Bewegung in deinem Körper spürst, ist es gut so und wichtig, daß der Same ausfließen kann."

GEOFFREY: „Warum stellt sich dann überhaupt die Frage, ob Mönche in Folge der Enthaltsamkeit krank werden können?"

DENIS: „Die Frage ist berechtigt. Es gibt menschliche Verhaltensweisen, die die Natur stören und ihren ausgewogenen Strom gewaltsam unterbrechen. Ich kannte einen Mitbruder, er ist leider sehr früh an Vielharnen und den Folgekrankheiten gestorben, der sich zum Abtöten täglich zweimal eine halbe Stunde in einen Bottich mit eiskaltem Wasser setzte. Aber ein so extremes Verhalten braucht es nicht immer, um krank zu werden. Es reichen schon andere Willensakte. Oft wird man des Nachts wach und stellt eine große geschlechtliche Erregung an sich fest. Der Schaum ist bereits bis zum Glied des Ergusses gelangt. Jetzt solltest du auf keinen Fall gewaltsam versuchen, alles rückgängig zu machen. Viele, die glauben, die Natur mit ihren Lustempfindungen nicht zulassen zu können, bekommen ein schlechtes Gewissen und versuchen mit allen Kräften, sich jetzt noch zu enthalten. Ein solches willentliches Eingreifen schädigt die Gesundheit und kann zu Unterleibserkrankungen führen. Wenn die natürliche Reinigung zurückgehalten wird, kann sehr leicht der Same verderben und eine Entzündung im Körper hervorrufen, die sich durch Fieber äußert."

GEOFFREY: „Was geschieht aber, wenn beim Zulassen, über das du so einsichtig gesprochen hast, eine den ganzen Körper ergreifende süße Lust mitschwingt?"

DENIS: „Dann verdränge sie nicht, sondern genieße sie als natürliches Geschenk des Lebens. Solltest du aber das Geschehen selbst auslösen und zu einem eigenen Akt machen, stellt sich die Frage anders."

Geoffrey: „Kann ich durch ein mir angemessenes Verhalten beitragen, daß das Feuer, von dem ich dir anfangs erzählte, zwar wohlgehütet Wärme spendet, sich aber nicht wild und wahllos ausbreitet?"

Denis: „Wenn du verschiedenartige Fleischspeisen und maßlos heiße und stark gewürzte und andere wohlschmeckende Mahlzeiten ohne Auswahl und Unterschied zu dir nimmst, erregt das einen naturwidrigen Sturm, der sich zu einer unaufhaltsamen Begierde erhebt. Daher sollte das von Natur aus in uns wohnende Feuer nicht noch durch die Hitze aus maßlos einverleibten Speisen und Getränken angereichert werden. Auf der anderen Seite sind es besondere Gedankenimpulse, denen wir uns hingeben. Wir denken darüber nach, warum uns eine geschlechtliche Begierde befällt, und machen uns hinreichend Vorstellungen, bis wir derart angerührt sind, daß wir diese Lust im Geschlechtlichen zu erfüllen trachten. Die Klostergemeinschaft und unser gemeinschaftliches Beten und Arbeiten trägt wesentlich zu unserer Reifung bei. Die Reifung des Menschen zur Persönlichkeit will Kultur."

Krankheit der Könige

Im Scriptorium von St. Albans hergestellte kostbare Urkunden wurden Geoffrey und den beiden Mitbrüdern überreicht, als sie die feierliche Profeß in der Abtei-Kirche ablegten. Jetzt unterschied sich Geoffrey, der seinen Namen behalten durfte, nicht mehr von den anderen Mönchen, die wie er versprochen hatten, in Armut, Ehelosigkeit und Gehorsam ein Leben lang im Benediktinerkloster von St. Albans zu bleiben.

Das Beglückende für ihn war, auf der einen Seite eine Weltoffenheit zu spüren und auf der anderen Seite sich in einer meditativen Geistigkeit geborgen und heimisch zu fühlen. Ihn faszinierte, zu erleben, daß die benediktinische Regel nicht nur den Zugang zur antiken Kultur offenhielt, die lateinische Sprache pflegte und aus dem Geist der frühen Kirchenväter lebte, sondern auch bereit war, neue und fremde Elemente in den christlichen Geist aufzunehmen. Die jüngeren Mönche und Novizen hatten hierfür noch keinen allzu großen Sinn entwickelt. Nach ihren Studien und den klösterlichen Pflichten konnten sie die Erholungszeiten kaum abwarten, um sich auszutoben. Verschiedene Ballspiele waren angesagt und begeisterten. Einige, vornehmlich die Anfänger, spielten eine Art Fußball; andere erfreuten sich an einem Sport, bei dem kleine Bälle mit einem Schläger so weit wie möglich geschlagen wurden. Ein altes Spiel, das Kegeln, war sehr beliebt. Durch diese Arten der Entspannung wie auch durch das von allen geschätzte Bockspringen zeigten die jungen Mitglieder der Klostergemeinschaft, daß sie vorerst mit der Seriosität der älteren Mönche nichts gemein hatten.

Geoffrey hingegen nutzte die ihm persönlich zur Verfügung stehende Zeit, um in die Bibliothek und das Scriptorium zu gehen. Durch die „Unterweisung für Kleriker" des gerade in Spanien verstorbenen Petrus Alfonsi öffnete sich ihm ein wenig die arabische Welt, zu der ihm bisher kein Zugang ermöglicht worden war. Durch dieses Buch angeleitet, erfuhr Geoffrey von den hervorragenden Kenntnissen und Leistungen der arabischen Heilkunde, die der Bischof Isidor von Sevilla in drei Arten von Heilmaßnahmen übertragen hatte: Diätik als Lebensordnung, Pharmazie als Heilmittellehre und Chirurgie als Eingriff mit der bewaffneten Hand. Weder in seinem Studium noch durch eine eigene Krankheit bedingt, hatte Geoffrey bisher die Möglichkeit, sich medizinische Kenntnisse zu erwerben. Aber auch jetzt wäre er nicht auf die vielen Bücher in der Klosterbibliothek gestoßen, die über Heilkunde und Heilmethoden Auskunft gaben, hätte es nicht einen akuten Anlaß für ihn gegeben:

Sein Freund Denis, der Prior, klagte schon seit Jahren über Atembeschwerden. Jetzt, nach dem vergangenen Winter, war es schlimmer geworden, denn der Schleim seines chronisch gewordenen Schnupfens hatte sich auf der Brust verhärtet. Die Schwierigkeiten beim Atmen wurden größer, und es kamen heftige Hustenanfälle und Fieberschübe hinzu. Der Infirmarius und Geoffrey waren die einzigen Menschen, vor denen sich Denis nicht zusammennehmen mußte und denen er bedingungslos sein Leid und seine

Schmerzen klagen konnte. Der Infirmarius, der die Gabe und das Wissen hatte, aus dem Beschauen des Urins Krankheiten zu erkennen, sagte zu Geoffrey, daß der Prior unter einer schweren Krankheit des Brustraumes leide.
Denis klagte jetzt über zunehmende, stechende Schmerzen im Schulterblatt; ihm wurde oft schwindlig, und eine allmähliche Abnahme der Körperkräfte fesselte ihn immer häufiger ans Bett. Der Subprior hatte ihm bereits alle verantwortungsvollen Aufgaben im Kloster abgenommen und Geoffrey die, über die man nicht sprechen konnte, die man einfach ausführte, weil das Herz sie eingab. Als Geoffrey eines Morgens seinen Freund in der Mönchsgemeinschaft vermißte, Denis war freigestellt worden, zu kommen oder in seiner Zelle zu bleiben, eilte er so schnell er konnte zu ihm hinauf.
Als Denis vor Husten und Brustschmerzen nicht sprechen konnte und Geoffrey, seinen Freund, aus Augen mit blau-grünlichem Glanz hilfesuchend anschaute, konnte Geoffrey nicht anders, als sofort den Infirmarius und den Arzt zu rufen. Durch eine brutal erscheinende Methode versuchten sie, Denis augenblicklich vor dem Ersticken zu retten, indem sie das Übermaß an Schleim absaugten, das sich in den Atemwegen festgesetzt hatte. Der Patient, der vor Schmerzen schrie, griff nach Geoffrey, der ihn stark und liebevoll festhielt. Die Atemnot und die damit verbundene Angst waren so groß, daß Denis am ganzen Leib zitterte. Nach dem Eingriff wurden die Schmerzen noch stärker, so daß es auch Geoffrey nicht mehr gelang, ihn zu beruhigen. Der Infirmarius nahm auf Anweisung des Arztes einen Schwamm, tränkte ihn in einen betäubenden Saft aus Opium, Mandragora und Bilsenkraut und hielt ihn Denis so unter die Nase, daß er das Betäubungsmittel einatmen mußte. Wenn er durch den Mund zu atmen versuchte, legte der Infirmarius sofort seine Hand auf die Lippen und preßte sie gewaltsam zu. Es dauerte eine Viertelstunde, bis der Schlafschwamm wirkte. Denis dämmerte ein, und sie konnten ihn jetzt sanft zurück auf sein Bett legen.
Geoffrey atmete tief durch und setzte sich neben Denis Bett auf den Boden. Der Arzt stellte in Folge der überstark und unnatürlich geröteten Wangen bei Denis hohes Fieber fest und warnte Geoff-

rey, der bei ihm bleiben wollte, vor einer möglichen Ansteckung. Dann nahm er das bauchige Uringlas und hielt es zur Harnschau vor das Licht. Geoffrey erkannte die rote Farbe und fragte, was sie zu bedeuten habe. Der Arzt gab keine Antwort, denn er hatte große Mühe, da der Urin fein war und keine Trübung zeigte, die verschiedenen Farbqualitäten und Tönungen zu erkennen. Als er endlich das Glas schweigend zur Seite stellte, schien es, daß er nicht nur das akut erkrankte Organ erkannt hatte, sondern auch über die Natur und den Verlauf dieses Leidens seine Schlüsse zog.
Denis schlief ruhig und tief. Doch blieb Geoffrey, nachdem er Abt Richard informiert und ihn um Erlaubnis gebeten hatte, die Nacht über beim Prior. Er handelte aus seinem Herzen und gleichzeitig - ohne es zu wissen - nach der benediktinischen Regel, indem er für Denis alles tat, was ihm möglich war, und somit die Sorge für ihn vor und über alles stellte.
Am nächsten Morgen ging es Denis erheblich besser. Doch da er jetzt nicht mehr aufstehen konnte, wurde er in die Infirmerie gebracht. Hier bekam er, wohlweislich vom Arzt und dem Infirmarius angeordnet, eine Einzelkammer. Von seinem Bett aus konnte er durch das Fenster in den sommerlichen Garten und auf den überdachten Wandelgang schauen.
Von Tag zu Tag stabilisierte sich seine Gesundheit, und Geoffrey, der Denis täglich und lange besuchte, konnte mit ihm wieder tiefgreifende Gespräche führen und mit ihm lachen.
„Unserer Bibliothek", sagte Geoffrey, „ist ein Buch des Arztes Constantinus Africanus gespendet worden. Ich habe gleich darin gelesen und es mitgebracht. Constantinus zog sich zwischen 1056 und 1060 in das Kloster Monte Cassino zurück und übersetzte dort unter der Leitung des Abtes Desiderius arabische Handschriften medizinischen Inhalts. Er nannte sein Buch 'Pantegni'; es soll bereits überall bekannt sein und das Wissen der Mönchsärzte mächtig angeregt haben. Ich habe darin über die Lokalisation der Seelenfunktionen gelesen und für dich einige Sätze über das Lachen herausgesucht."
Mit gewohnter Behutsamkeit nahm Geoffrey das Buch auf seinen Schoß, schlug die vorgesehene Seite auf und las mit zurückgenommener Stimme:

Die Menschen, die viel lachen, haben gutes Blut und nichts Verdorbenes in sich. Kinder lachen oft im Schlaf wegen ihres wohlgemischten und reinen Blutes, denn auch die Seele nimmt durch Freude teil an der gesunden Mischung im Körper. Da wir den Namen 'Lachen' nun einmal genannt haben, müssen wir auch seine Erklärung geben. Das Lachen ist ein Staunen der Seele über etwas, was sie nicht zu fassen vermag. Das Lachen geschieht zwar seitens der vernünftigen Seele, aber über eine Sache, die eigentlich nicht vernunftgemäß ist. Die Milz, in der die schwarze Galle aufbereitet wird, ist das Organ des Lachens. Sie zieht aus dem Blut die Hefe als schwarze Galle, reinigt damit die Substanz des Blutes und durchdringt so den ganzen Körper, über den sie alsdann auch die Seele mit Heiterkeit und Freude zu erfüllen vermag.
Das Lachen hängt also von der Reinheit des Blutes ab. Daher ist die Vorbedingung des Lachens ein über den ganzen Körper verteiltes reines Blut, und das Lachen selbst ist eine Stimmung der Seele, die scherzhaft ist. So verschwindet das Lachen oft im Alter, weil das Alter von Ernst und Schwermut begleitet ist, als Folge einer Melancholie, die durch schlechte Beschaffenheit des Blutes bedingt ist. Damit ist genug über das Lachen gesagt.

Bei jedem seiner Besuche - und es waren viele - hatte Geoffrey für Denis irgendeine Überraschung, sei es eine geistige, eine materielle wie wunderbare Steine zum Anfassen und Schmeicheln oder etwas Köstliches zum Essen.
In Folge seiner zunehmenden körperlichen Kraftlosigkeit hatte Geoffrey erneut über dieses merkwürdige Übel von Denis mit dem Arzt gesprochen und von ihm erfahren, daß es die „Krankheit der Könige" sei, die allgemeine Auszehrung oder Schwindsucht. Und er erfuhr auch, daß für Denis keine Hoffnung mehr bestünde, jemals wieder über eine längere Zeit aufzustehen, und daß die Berührung der mit dem heiligen Michael gezierten Goldmünze - zumindest körperlich - keine Wirkung zeigen würde.
Gegen den Stau von Schleim und Blut in der Lunge mußte Denis regelmäßig und über einen langen Zeitraum mit Honig gekochten Weißen Andorn essen, eine Pflanze, von der man sich Linderung bei Lungenleiden versprach. Als weiteres schleimlösendes Mittel

und gegen den Husten bekam er ein wohlschmeckendes Getränk, das aus der zerstoßenen Wurzelknolle des Fenchel zusammen mit Wein bereitet war.
Geoffrey hatte es sich zur Gewohnheit gemacht, regelmäßig des Nachts nach Denis zu schauen, um mit ihm, sollte er wach sein, ein paar Worte zu wechseln. Manchmal lag er mit offenen Augen da und bewegte sich nicht. Wollte er allein sein? Doch Geoffrey setzte sich und schaute ihn an. „Wenn ich redete", sagte Denis leise, „mußte ich es oft bereuen - wenn ich schwieg, niemals." Als seine Augen feucht wurden, wagte Geoffrey, ihn zu fragen, ob er sich fürchte. „Ja, es ist die Wahrheit. Die Furcht, die jetzt in mir ist, ist in mir, seit ich denken kann." In dieser Nacht sprachen sie lange miteinander, und als der Morgen dämmerte, war Geoffrey immer noch bei Denis.
Für die Fälle, in denen Denis nachts nicht schlafen konnte und auch nicht sprechen wollte, hatte der Arzt vorsorglich ein Mittel bereitgestellt, das aus Mohn gewonnen war. Der Arzt hatte Geoffrey mit der Anwendung vertraut gemacht. Als aber die Waschung des Gesichtes mit dem Dekokt aus Schlafmohn keine abkühlende und schlafbringende Wirkung mehr zeigte, mußte Denis den Absud dieses Arzneimittels trinken. Um bei Hustenanfällen sofort helfen zu können, standen Moecon-Pastillen, ebenfalls aus Schlafmohn hergestellt, zur Verfügung. Die grüne Pflanze wurde zerrieben und im Schatten getrocknet. Die daraus geformten Pastillen wurden zusammen mit Graupen geraspelt und in Wasser aufgelöst. Diese Arzneimittelzubereitung brauchte erheblich weniger Zeit als das Abkochen der Pflanze.

Das Holz des Todes

Geoffrey las in der St. Andrew-Kapelle die Messe. Als er den Kanon betete, flog ein Specht zum Fenster und klopfte mit seinem Schnabel so hartnäckig an die Scheibe, daß Geoffrey sich in seiner Stille gestört fühlte. In seinem Unwillen wünschte er sich das Verstummen dieses Vogels, der sich erfrechte, ihn an seiner Sammlung zu hindern. Nachdem Geoffrey die Messe beendet und

den Kelch fortgetragen hatte, ging er, wie üblich, noch einmal zurück in die Kirche. Er fand dort den Vogel tot.
In großer Beschämung entschuldigte sich Geoffrey. Er starrte auf das grüne Gefieder, in dem vor kurzem noch so viel Lebenskraft steckte. Bei wem hatte der Vogel angeklopft, und was wollte er sagen? Geoffrey war traurig und über sich selbst betroffen, daß er nicht nur ein Gefühl gegen das Leben in seinem Inneren gespürt, sondern es auch zugelassen hatte.
Als Geoffrey Denis besuchte und dieser zu ihm sagte: „Ich weiß nicht, wo ich heute über Nacht bleiben werde", wurde ihm bewußt, daß das Erlebnis in der St. Andrew-Kapelle im Zusammenhang mit Denis stand.
Denis spuckte Blut, besonders in der Nacht. Sein Zimmer blieb auch nachts erleuchtet, und es war ständig jemand bei ihm. Sooft es Geoffrey möglich war, saß er an seinem Bett. Der Infirmarius bat Geoffrey, achtzugeben, daß das Blut, das Denis spuckte, gesammelt würde. Am nächsten Morgen nahm er es, roch daran und sagte voraus, daß eine akute schwere Entzündung der Atemwege und der Lunge folgen würde. Sie alle, der Infirmarius, der Arzt und Geoffrey wußten, daß Denis diese Erschütterung infolge seiner Schwäche nicht überleben würde. Aber auch Denis selbst spürte den Aufruf zur großen Reise. „Wenn er kommt", flüsterte er Geoffrey zu, „möchte ich, daß nur du dabei bist; sorge dafür."
Geoffrey hatte unendliches Vertrauen und wußte, daß alle Wünsche erfüllt würden. „Dir kann nichts geschehen, wenn du die Gabe Gottes wieder an Ihn zurückgibst, denn nichts geht verloren. Du hast dich vorbereitet und diese Stunde lange schon im Herzen und im Gedächtnis gehabt. Ich werde für alles sorgen und bei dir sein."
Denis stärkte sich durch die letzte Ölung und den Empfang des Leibes und Blutes des Herrn für den Weg in eine neue geheimnisvolle Welt, den erst der Tod freigeben würde. Und trotzdem hatte er Angst - selbst wenn er wußte, daß mit dem Sterben das Leben in eine neue Schöpfung fällt, in eine andere und bessere Welt, von der er sich aber noch kein Bild machen konnte. Fast alle Mönche nahmen persönlich Abschied von ihrem Prior. Er bat alle um Vergebung und verzieh allen; sagte den Anwesenden ein letztes Wort

und ließ den Abwesenden seine guten Wünsche mitteilen. Er beschwor alle, unverbrüchlich bis zu ihrem Tode St. Albans treu zu bleiben, auch dann, wenn einmal Dunkelheit sie umhüllen würde. „Man darf diesen Weg nicht Tod nennen, sondern richtiger, nur eine Veränderung", sagte er mit leiser, kaum hörbarer Stimme.
Nach diesem Abschied von seinen Mitbrüdern bat er Geoffrey inständig, man möge bei seinem Tod nicht das Holzbrett schlagen. Geoffrey, der zunächst nicht wußte, was diese Bitte zu bedeuten hatte, erfuhr von diesem Totenbrett, das zusammen mit einem Hammer im Kreuzgang hing und in der Todesstunde eines Mönches geschlagen wurde, damit sich alle noch einmal beim Sterbenden versammeln und für ihn beten konnten.
Hatte nicht der Specht dieses Zeichen vorweggenommen? Geoffrey, der darüber schwieg, weil er von tiefer Herzenstrauer erfüllt war, besorgte alles, was sich Denis wünschte. Er betete um eine ruhige Nacht und darum, daß seinem Freund ein schmerzloses und vollkommenes Ende verliehen würde.
In der unentrinnbar eintretenden Stunde verstand es Geoffrey, ganz für Denis da zu sein und ihm bei der anstrengenden Arbeit der Todesbewältigung zu helfen. Er war ihm ganz nahe und versuchte, die Dunkelheit zu erhellen. Als Geoffrey spürte, wie der Tod begonnen hatte das Leben zu stehlen, stand auch er dem letzten Feind ohnmächtig gegenüber. Vorsichtig legte er die Hand des Sterbenden in seine Hände und sagte zu Denis:
„Wenn du mich hörst, so gib mir ein Wort aus deinem Leben als Erbschaft." Obwohl der Strom des lebendigen Atems bereits stockte und dem nahen Tod der Weg offenstand, sagte Denis nach einem langen Schweigen leise zu Geoffrey: „Lehre niemanden etwas, was du vorher nicht selbst getan hast. Denke besonders daran, wenn du Prior von St. Albans bist."
Mit weit geöffneten Augen, in denen Zeit zur Ewigkeit geworden war, sprach er wortlos weiter. Ein wunderbarer Wohlgeruch erfüllte das Zimmer und tiefes Schweigen. Denis schloß die Augen und begann mit dem Atem zu ringen. Noch einmal befeuchtete Geoffrey seinen trockenen Mund und spürte Denis' Herz, das unregelmäßig schlug. Langsam wurde die Atmung schwächer und schwächer, bis sie zeitweilig ganz aussetzte. Der Kampf, den

Geoffrey befürchtet hatte, blieb aus, und großer Friede - wie aus unendlichen Welten kommend - umgab den Sterbenden. Er atmete noch einmal tief und lange aus, dann entspannten sich seine Gesichtszüge vollends, und die geschlossenen Hände lösten sich, als ob Denis jetzt endgültig die Gabe seines Lebens an den Ursprung allen Lebens zurückgegeben hätte.
Geoffrey sah, wie sich in einem sanften Lächeln das Gesicht des Toten zum ewigen Schlaf formte. Große Stille und Ehrfurcht breiteten sich aus. Der Tod als Bildhauer des Körpers hatte seine Arbeit vollendet, doch wußte Geoffrey, daß Denis alles, was er hier noch hören würde, mit hinüber in die Welt seines neuen Daseins nahm.
„Ich danke dir, Denis, für deine Freundschaft, die du mir in dieser Welt geschenkt hast und - ich bin sicher - auch weiterhin schenken wirst. Ich danke dir, daß du mich als deinen Freund teilnehmen ließest an allem, was dich bewegt hat, und ich selbst im Tod noch dein Begleiter sein darf. Jetzt bist du geborgen und hast voll Vertrauen deinen Geist in Seine Hände gelegt. Auf Ihn, den Herrn, hast du dich verlassen, und Er hat dich aufgenommen in das Land seiner Ruhe." Das Wesentliche war vollzogen, daher nahm Geoffrey bei allem, was folgte, nur noch mit halbem Herzen teil.
Als Abt Richard mit einer kleinen Prozession kam, um den Prior mit Weihwasser zu segnen, hatte Geoffrey das Sterbezimmer verlassen. Nachdem der Tote gewaschen worden war, brachten ihn mehrere Brüder hinunter in den Kreuzgang, wo er in einer Nische aufgebahrt wurde. Als Zeichen der Vergänglichkeit alles Irdischen wurde vor den Sarg Asche in Form eines Kreuzes gestreut und dabei die Totenlitanei gebetet. Im ganzen Kloster hatte anstatt des gewöhnlichen Stundengebetes das Totenoffizium begonnen. Mehrere Mönche, unter ihnen auch Geoffrey, hielten beim verstorbenen Prior Nachtwache. Die Kerzen brannten und warfen ihren fahlen Schein auf das blasse Gesicht mit der herausragenden Nase. Das pausenlose Beten wurde Geoffrey zuviel; er hielt sich zurück und verstummte.
Noch in der Nacht ritt ein Bote zu den erreichbaren Nachbarklöstern, um ihnen die Kunde vom Tod des Priors Denis von St. Albans zu bringen. Am nächsten Morgen wurde der Prior unter An-

teilnahme vieler seiner Mitbrüder zum Requiem in die Abtei-Kirche gebracht. Sein Sarg, der mit einem schwarzen Tuch bedeckt war, stand vor dem Hauptaltar. Kerzen brannten, und alle Mönche waren im Chor versammelt. Im Hauptschiff der Kirche drängten sich die Gäste, die Mitarbeiter und die Nachbarn des Klosters. Als die Glocken verstummten, begann die feierliche Totenmesse mit dem großen Eingangslied: „Requiem aeternam dona eis, Domine" („Ewige Ruhe schenke ihnen, Herr").
Die tiefschwarze Farbe der Meßgewänder der Liturgen unterstrich die Trauer um ein Vielfaches. Geoffrey hätte sich ein erlösendes, lichtes und heiteres Moment für Denis gewünscht. Im Anschluß an das Seelenamt fand die Beisetzung statt. Sechs Mönche hoben den Sarg auf einen Leichenwagen. Ihm folgten die Priester, die die Beerdigung vollzogen, dann die Mönche, die Gäste und alle anderen. Der Wunsch des Priors war es, auf dem Mönchsfriedhof beerdigt zu werden, weder in der Abtei-Kirche noch im Kreuzgang, wo seine Vorgänger ihre letzte Ruhestätte gefunden hatten. Die Vorstellung, daß ständig Menschen über sein mit Steinen abgedichtetes Grab gehen würden, wirkte erdrückend und war ihm unangenehm. Der Leichenzug verließ das nördliche Kirchentor und wurde von ununterbrochenem Glockengeläut begleitet, bis die Beerdigung stattgefunden hatte.
Beim gemeinsamen Mittagsmahl schaute Geoffrey auf den leeren Platz des Priors. Es kamen gute Erinnerungen in ihm auf wie aber auch Gedanken an die Zukunft. Dann schloß er für eine Weile die Augen. So bemerkte er erst später, daß einer der Tischbrüder auf den Platz des Priors - wie zu seinen Lebzeiten - das Essen aufgetragen hatte. An diesem Tag seines Begräbnisses nahm der Prior symbolisch ein letztes Mal an der irdischen Tischgemeinschaft teil. Später wurde das Essen, zusammen mit anderen Speisen, im Namen des Verstorbenen an die Armen verteilt.

Vom Trost der Philosophie

Am 17. Mai des Jahres 1114 wurde Ralph d'Escures zum Erzbischof von Canterbury geweiht. Geoffrey hatte viel von ihm als ei-

ner herausragenden Persönlichkeit gehört. Seine Predigten, die aufmerken ließen und zu Herzen gingen, wurden schnell von Canterbury aus durch häufiges Abschreiben in Umlauf gebracht. In der Bibliothek von St. Albans, wo Geoffrey sich nach dem Tode seines Freundes Denis noch mehr als in früheren Zeiten aufhielt, entdeckte er unter den Neuzugängen eine Predigt von Ralph d'Escures: „Intravit Jesus in quoddam castellum", die die Begegnung Jesu mit Maria und Martha zum Inhalt hatte. Diese vielsagende Auslegung des Lukas-Evangeliums in einer so klaren, schönen und zeitnahen Sprache war eine Bereicherung. Jedoch der inneren Suche Geoffreys nach einem geistigen Freund hielten diese Worte nicht stand.
Nachdem er nicht mehr oder nur noch einseitig und in Gedanken mit Denis sprechen konnte, war ein schmerzhafter Hohlraum in ihm entstanden, von dem er nicht wußte, wie er ihn füllen konnte. Denis hatte etwas von ihm mit auf die große Reise genommen. Zwei zusammengeleimte Bretter wurden gezwungen, sich wieder voneinander zu trennen. Der Bruch war nicht an der Leimstelle erfolgt, sondern das von einer nicht definierbaren Macht gewaltsam abgetrennte Brett hatte einen Teil des anderen Brettes mit sich fortgerissen. Geoffrey legte die Predigtworte des Erzbischofs Ralph d'Escures aus der Hand und ging diesem Bild nach. Die Ursache des Schmerzes wurde ihm nun noch stärker bewußt. Er stand jetzt vor seinen Freunden, den Büchern, und bat, sie mögen ihm helfen. Ein Werk des Cassiodorus: „De Anima" („Über die Seele") zog ihn an. Er nahm die kleine Schrift aus dem Regal und las unter der Überschrift „Vom Wesen und Wert der Seele":

Die Seele ist eine von Gott geschaffene geistige Substanz, die dem Körper das Leben verleiht, vernünftig zwar und unsterblich, doch fähig, sich sowohl dem Guten als auch dem Bösen zuzuwenden.

Als Geoffrey sah, daß das letzte Kapitel dem Leben der Seele nach dem Tod gewidmet war, konnte er nicht umhin, sich darin zu vertiefen. So hatte er Cassiodorus, den er von seinen Werken her als Gelehrten und Staatsmann kannte, noch nicht erlebt. Diese ergreifende Schrift hatte Cassiodorus verfaßt, nachdem er sich aus dem

offiziellen Staatsdienst in das Kloster Vivarium zurückgezogen hatte. Eine kleine Zusatzbemerkung am Ende des Buches kam Geoffrey sehr entgegen. Cassiodorus, der auch Gründer des Klosters Vivarium war, hatte all seinen Mönchen zur Pflicht gemacht, Lesen und Schreiben zu lernen, um studieren zu können und Bücher abzuschreiben.
Als Geoffrey die Schrift „Über die Seele" zurückstellen wollte, fiel ihm zufällig das diesem Buch auf der linken Seite Nächststehende in die Hand. Fast war er schon im Begriff, den „Boethius" mit zur Nachtlektüre in seine Zelle zu nehmen, aber beim Aufschlagen der ersten Seite kam ihm ein in leuchtend roter Tinte geschriebener Text entgegen: „Hic est liber sancti Albani ..." („Dieses Buch gehört St. Albans, und Fluch über den, der es entwendet oder diese Inschrift ausstreicht.") Sofort stellte er es an seinen Platz zurück, wußte aber, daß er dieses Buch in den nächsten Tagen lesen und sich erneut mit dem römischen Philosophen Boethius beschäftigen würde.
Beim Einschlafen kam ihm noch einmal die auffällige Begegnung mit diesem Buch in den Sinn, das er oberflächlich während seiner Studienzeit im Fach „Antike Philosophie" gelesen hatte. Geoffrey erinnerte sich, daß Boethius diese Trostschrift für sich selbst als letztes Buch geschrieben hatte, als er einsam und von allen verlassen im Gefängnisturm zu Pavia auf seine Hinrichtung wartete. Dieser letzte große antike Philosoph war in den unbegründeten Verdacht gekommen, hochverräterische Verbindungen mit Konstantinopel begünstigt zu haben. Im Jahr 524 wurde er auf Befehl des mißtrauisch und hart gewordenen greisen Königs Theoderich der Große zum Tode verurteilt.
Gleich am nächsten Morgen, in der Frühe nach der Matutin, eilte Geoffrey in die Bibliothek und nahm das Buch des Schriftstellers Anicius Manlius Severinus Boethius zur Hand: „De consolatione philosophiae" („Vom Trost der Philosophie").
Am Beginn der fünfteiligen Schrift klagt Boethius, der in Ungnade gefallene Kanzler Theoderichs, in einem elegischen Gedicht sein Leid. Die letzte Hoffnung, vor dem Todesurteil bewahrt zu werden, schwindet und reine Verzweiflung bemächtigt sich seiner. In dieser Situation unendlicher Verlassenheit erscheint vor Boethi-

us eine wunderschöne majestätische Frau, die Philosophie, um ihm in seinem Unglück Mut zuzusprechen und ihm die Augen für das eigentliche Ziel des Menschen, die Erkenntnis der Wahrheit, zu öffnen.

Für einen Augenblick legte Geoffrey das Buch zur Seite und staunte darüber, daß nicht die Offenbarung in der Heiligen Schrift, sondern die als schöne Frau personifizierte Philosophie dem verzweifelten Gefangenen vor seinem gewaltsamen Ende Trost brachte. Boethius, der aus einer vornehmen Familie des römischen Adels stammte, war Christ. Seine Trostschrift - so empfand es Geoffrey jetzt - gehörte zum Schönsten, was am Ausgang des Altertums zu Pergament gebracht worden war.

Um nicht ganz diesen wunderbaren Text seinem Gedächtnis zu überlassen, schrieb er einige ihm besonders auffallende Sätze mit einem Griffel auf eine kleine wachsbeschichtete Holztafel. Diese Tafel benutzte Geoffrey immer zur ersten Niederschrift seiner Gedanken, um sie dann später in Ruhe und Auswahl auf das teuere Pergament zu übertragen.

„Darum fürchte dich nicht zu sehr, aus diesem winzigen Fünkchen wird sich Dir die Lebenswärme entfachen." Die Philosophie macht dem Verzweifelten Hoffnung auf Heilung, da er überzeugt sei, daß die Welt und jedes Schicksal letztlich von der göttlichen Vorsehung geleitet werde. Die Philosophie bietet dem so hart Geprüften seelischen Trost an, denn sie will helfen, indem sie nicht nur die Last mit ihm teilt, sondern auch die seine mitträgt.

Im zweiten Buch erfuhr Geoffrey, wie die Philosophie als personifizierte Ärztin mit den Methoden ihrer Heilung beginnt. Zunächst stellt sie das Glück vor, dessen Charakteristikum die Unbeständigkeit ist. Das wahre Glück der Menschen kann nicht im Besitz ihrer Zufallsgüter begründet sein, es muß vielmehr im eigenen Inneren des Menschen, im geistigen und sittlichen Wert der unsterblichen Seele beschlossen sein. Reichtum, Würde und vor allem Macht sind veränderlich, zufällig und vergänglich, die Ruhmsucht ist töricht. Das Verdienst dieses falschen Glücks liegt einzig darin, daß es sich immer wieder vom Menschen abkehrt. Wenn es ihn also verläßt, besteht das Gute darin, daß der Mensch jetzt in dieser Situation auf seine eigentlichen Güter verwiesen wird.

Weitaus beruhigter und gekräftigter als am Anfang, verlangt der Kranke im dritten Buch: „Vom Trost der Philosophie" nach stärkerer Medizin, die ihm die Philosophie willig und wohlwollend reicht. Sie zeigt ihm den Weg zum wahren Glück, das nur in Gott, dem Endziel aller Dinge, liegen könne. Denn Gott ist gleichzeitig das absolute und vollkommene Sein und das höchste Gut. Das wirklich wahre und beständige Glück des Menschen besteht nicht darin, nur in sich selbst nach Wahrheit und Werten zu suchen, sondern bezieht Gott als deren Ursprung und Ziel mit ein. Von Ihm ist alles ausgegangen, auf Ihn ist alles hingeordnet. Er lenkt die Welt und die gesamte Schöpfung nach Seinem weisen Plan mit Seinem „Steuerruder der Güte"; denn Er hat alles zum Guten angelegt.
Mit der heimlichen Freude eines Menschen, der einen kostbaren Schatz entdeckt hat und ihn sich langsam zu eigen machen will, stellte Geoffrey jedes Mal, wenn die Zeit und die Pflichten dazu drängten, das Buch zurück in den Schrank. Über das „Steuerruder der Güte" dachte er an diesem Tag lange nach und machte seine persönlichen Aufzeichnungen.
Im vierten Buch antwortet die Philosophie auf die immer wieder gestellte schwierige Frage nach der Vereinbarung der Existenz eines guten Gottes mit dem Übel und dem Leid in der Welt. Es scheint nur so, als ob das Böse über das Gute triumphiere. Es scheint nur so, als ob der Zufall unsere Geschicke bestimme und nicht der göttliche Plan. Zwar ist die göttliche Vorsehung nicht einfach und leicht zu durchschauen, denn das Schicksal eines Menschen ist in den Gesamtplan der Schöpfungsordnung eingewoben wie der Faden in das Muster eines großen Teppichs. Das scheinbare Glück wird ans Licht kommen und vergehen - und somit auch alles Böse. Schickt Gott aber das sogenannte Unglück, dann tut Er es in heilsamer Absicht: zur Übung, Reinigung und Läuterung unserer Seele. Die Philosophie beendet das vierte Buch mit einer Betrachtung darüber, wie notwendig und heilsam es ist, diese Prüfungen ohne zu klagen und vertrauend anzunehmen. Der Leidgeprüfte kommt bei seinen tiefsinnigen, durch die Philosophie angeregten Gedanken über den Sinn des Leidens zu dem Schluß, daß alles von Gott, dem wahren Glück her und auf Ihn hin letzten Endes sinnvoll sei.

Der Armarius, der Geoffrey täglich und mehrere Male in die Bibliothek kommen sah, war neugierig geworden und wollte wissen, welche Schrift eine derartige Begeisterung bei seinem Mitbruder ausgelöst hatte. Als Geoffrey mit ihm über den „Trost der Philosophie" sprach, äußerte der Bibliothekar, daß König Alfred der Große am Ende des neunten Jahrhunderts diese Schrift des Boethius bereits in die angelsächsische Sprache übertragen habe. Stolz holte er das in der St. Albans-Bibliothek stehende Exemplar und überreichte es Geoffrey mit dem freundlichen Hinweis, daß er sich dieses Buch ausleihen könne, so lange er wolle.
„Ich kann mir nicht vorstellen", sagte Geoffrey und bedankte sich vielmals, „wie König Alfred, der eigentlich sein ganzes Leben lang Kriege aushalten und kämpfen mußte, Zugang zu Boethius gefunden hat."
Der Armarius, glücklich darüber, mit Geoffrey ins Gespräch zu kommen, antwortete wissend auf diese Frage: „König Alfred war von seiner Persönlichkeit eigentlich ganz und gar nicht der Typus des harten Kriegsmannes und schwertgewaltigen Kämpfers, sondern eher eine stille Gelehrtennatur. Doch bevor er König wurde, verlangte der Einfall der dänischen Armee in Wessex von ihm bereits eine erste militärische Bewährungsprobe. Später berief er - trotz der vielen Kriege, die er zu führen hatte - hochrangige Gelehrte an seinen Hof und gründete Schulen und Klöster. Indem er vor allem durch eigene Übersetzungen die angelsächsische Sprache förderte, gab er der Bildung und den Wissenschaften den Anstoß zu einer neuen kulturellen Blüte."
Das fünfte und letzte Buch, das von der göttlichen Vorsehung und dem Problem ihres Verhältnisses zur menschlichen Freiheit handelt, las Geoffrey in angelsächsischer Sprache. Um dieses Schlußkapitel noch eingehender zu verstehen und in sich aufzunehmen, kam ihm die Abgeschiedenheit und Ruhe seiner Zelle sehr entgegen. Er genoß die vortrefflichen Begriffsbestimmungen des Boethius und die Musikalität und Korrektheit seiner bestechenden Sprache.
Die personifizierte Philosophie - in Gestalt einer majestätischen Frau - versucht die menschliche Freiheit einzuschränken, indem sie ihren Vollbesitz auf Gott und die höheren intellektuellen Sub-

stanzen bezieht und alle anderen Wesen ihrer Vernunft entsprechend an ihr teilhaben läßt. Am freiesten ist die menschliche Seele, wenn sie ganz auf den Schöpfer ausgerichtet ist, am unfreiesten, wenn sie sich in einem geistlosen Unten verliert. Durch das Vorauswissen Gottes wird aber die Freiheit des Menschen keineswegs beeinträchtigt. Die freie Entscheidung eines Menschen wird nicht dadurch eingeschränkt, daß die Konsequenz der Entscheidung vorausgesehen wird - obwohl sie vorausbestimmt ist.
Das unendlich liebende Wesen, das Wesen Gottes, ist im Schöpfer selbst vollkommen verwirklicht, ist ewig und stets gegenwärtig. Alles Geschaffene - wenn auch gleich-ewig mit Gott aufgefaßt - hat dagegen nur „eine ewige" Dauer. Gott existiert in allem und gleichzeitig außerhalb von allem. Vor Seinen Augen läuft das Notwendige notwendig ab. In Seinem bewegt-unbeweglich verharrenden göttlichen Schauen läßt Gott jedem Menschen seine persönliche Freiheit und greift in die freien menschlichen Entscheidungen nicht ein.
Mit dem Aufruf: „Verabscheut das geistlose Tun, pflegt die Wahrheit, erhebt die Seele zu den rechten Hoffnungen und schafft durch Gebete eine Verbindung zu den Höhen!" verabschiedet sich die Philosophie von Boethius und dem Leser seiner Aufzeichnungen.

Der Kreis schließt sich

Obgleich der Subprior sehnsüchtig darauf wartete, Prior zu werden, ließen sich Abt Richard d'Albani und die Mönchsgemeinschaft mit den Neuwahlen Zeit. Der verstorbene Prior Denis - er war ungefähr zehn Jahre älter als Geoffrey - hatte in vielem und in manchen Herzen liebevolle Spuren hinterlassen. Sein Nachwirken war wie eine nur langsam versiegende Quelle, aus der man noch ein Stück weit leben konnte. Daher blieb über ein ganzes Jahr die Stelle des Priors unbesetzt.
Die Voraussage des Priors Denis, die er bei seinem Abschied leise und kaum wahrnehmbar Geoffrey zugeflüstert hatte, ging in Erfüllung. Geoffrey de Gorham, Mönch von St. Albans, wurde mit großer Mehrheit von Abt Richard und dem Konvent zum Prior und

damit gleichzeitig zum Stellvertreter des Abtes gewählt. Wem die eine Stimme gehörte, die sich enthalten hatte, schien allen bekannt - ebenso daß Geoffrey jemand anderen gewählt hatte.
Allein schon seiner großen Liebe wegen, der Bibliothek und der Bücher, wäre Geoffrey gern noch einfacher Mönch unter vielen geblieben - ohne die verantwortungsvollen Aufgaben und Pflichten eines Priors, der neben dem Abt einem so großen Haus vorstehen mußte.
Aus freundschaftlicher Verbundenheit zu Denis, die über den Tod hinaus währte, aus Gehorsam Abt Richard gegenüber und vielleicht auch etwas aus Freude daran, einen höheren Posten zu bekleiden, hatte Geoffrey die Wahl zum Prior angenommen. Der Abt bestätigte vor allen Mönchen, daß er seine Last unbesorgt mit Geoffrey, dem neuen Prior, teilen könne. In der dann folgenden notwendigen Zeremonie sprach Geoffrey kurz seinen Dank für das Vertrauen aus und verließ als erster schweigend den Kapitelsaal. Er ging in die Kathedrale und erinnerte sich an seinen hoffnungsvollen Besuch hier in der Kirche, nachdem er damals die abenteuerliche Schiffsreise mit großer Verzögerung überstanden hatte. Jetzt stand er als Prior dieser Abtei vor dem Hauptaltar und schaute zu dem großen Wandgemälde auf, das den erhöhten Christus darstellte und die ganze Halbkuppel über und hinter dem Altar ausfüllte. Im Aufblick und Anschauen des Christus in der Glorie wurden ihm seine neue Verantwortung wie auch seine Grenzen und sein Unvermögen vollends bewußt.
„Du bist der Herr. Dich hat der Vater verherrlicht. Dir hat der Vater alle Gewalt gegeben. Aber du hast gesagt, daß er sie dir gegeben habe, damit du allen ewiges Leben gebest. Du bist der Erhöhte. Und du hast gesagt: 'Ich werde, wenn ich von der Erde erhöht bin, alle an mich ziehen.' Dein Blick geht bis an den Horizont der Schöpfung und erkennt gleichzeitig auch mich. Da deine Hand, die ans Kreuz genagelt war, sich segnend erhebt, darf auch ich dir grenzenlos vertrauen. Deine Linke zeigt mir das Buch. Das Buch, das von seinem Anfang bis zum Ende von dir spricht und das in seinem Innersten dein eigenes Wort ist. Du bist das Brot. Du bist das Licht. Du bist der Weg, die Wahrheit und das Leben.
Ich will das Buch der Offenbarung aus deiner Hand entgegenneh-

men und es weitergeben an die, die sich danach sehnen, damit auch sie erfüllt werden von deiner Weisheit und Liebe."

In einem persönlichen Gespräch drückte Abt Richard noch einmal dem neuen Prior Geoffrey seinen Dank dafür aus, daß er nicht gezögert hatte, dieses Amt anzunehmen.

„Ich habe großes Vertrauen zu Euch und möchte Euch gern an allem teilhaben lassen. Das Jahr ohne Prior Denis, der mir eine große Stütze war, ist mir äußerst schwer geworden. Ihr wißt sicherlich, nach dem Tod meines Vorgängers Paul de Caen, der 1093 starb, gab es zunächst vier Jahre keinen Abt in St. Albans. Das letzte Jahr ohne Prior erinnerte mich stark an die Ungewißheit der damaligen Jahre.

König Wilhelm II., Rufus, verstand es, die Abtwahl über einen so langen Zeitraum hinauszuzögern, um in der Zwischenzeit die Einkünfte von St. Albans für sich zu nutzen. Daraus ergaben sich natürlich für ihn schwerwiegende Konflikte mit der Kirche. Auf dem im Jahr 1095 in Rockingham abgehaltenen Hoftag lenkte Rufus endlich ein und erkannte sogar Urban II. als rechtmäßigen Papst an. Die Spannungen mit Erzbischof Anselm von Canterbury hielten jedoch bis 1097 an - so lange also, bis Anselm England verlassen hatte. In diesem Jahr erhielt St. Albans wieder einen Abt. Wie Ihr als Prior, so wurde auch ich damals einstimmig zum Abt von St. Albans gewählt.

Paul de Caen hinterließ mir ein gewaltiges und schweres Erbe: Ich hatte den von ihm begonnenen Aufbau unserer Kathedrale zu Ende zu führen. Vor den großen Einweihungsfeierlichkeiten im Jahr 1115 seid Ihr ja bereits eingetreten und wißt somit um alles."

Als Geoffrey sich anschickte, das Zimmer des Abtes zu verlassen, wurde er gebeten, noch zu bleiben, und verstand, daß Abt Richard einer längeren Einleitung bedurfte, um folgendes zu sagen:

„In unserer Klosterregel heißt es: 'Als Prior soll nur der ausgewählt werden, mit dem der Abt seine Last unbesorgt teilen kann. Nicht die Rangordnung sei bei der Wahl entscheidend, sondern Bewährung im Leben und Weisheit in der Lehre.' Als besonderen Beweis meines Vertrauens möchte ich zu Euch von etwas sprechen, das mich seit langem sehr bedrückt und womit ich nur schwerlich fertig werde. Ich war einige Jahre Abt von St. Albans,

als mich mehrere meiner Verwandten fragten, sie lebten damals noch in der Normandie, ob ich ihnen eine Starthilfe bei der Übersiedlung nach England gewähren könnte. Wie war es mir anders möglich, als auf diese familiären Wünsche einzugehen?
Das Kloster hat viel Grundbesitz entweder gegen Geld oder gegen Naturalien verpachtet. Immer, wenn ein Pachtvertrag auslief, habe ich ihn nicht mit Fremden und Engländern neu abgeschlossen, sondern eine Nachricht in die Normandie geschickt, um Verwandte von mir zu holen. Indem ich den Pachtzins sehr niedrig ansetzte, konnte ich meine Familie unterstützen. Damit habe ich in gewisser Weise dem Kloster Einkünfte entzogen.
Den großen Besitz von Stanmore habe ich für sechzig Shilling im Jahr vermietet. Als der Steinmetz Robert, den Paul de Caen für den Kirchenbau aus der Normandie gewonnen hatte, freiwillig auf die Ländereien von Sarret verzichtete, verpachtete ich sie an Peter, den Butler von William Graf von Mortaigne. Robert erhielt dafür das Land von Sopwell für acht Shilling jährlich.
Mir wird jetzt vorgeworfen, die Position als Abt ausgenutzt zu haben, um mir persönliche Vorteile zu verschaffen. Anstatt einzig und allein die Belange der Abtei im Auge zu haben, um das Eigentum des Klosters zu vermehren, würde ich meine eigene Familie unterstützen und ihr zu Reichtum verhelfen."
Daß Abt Richard ein solch persönliches Bekenntnis gerade vor seinem Prior ablegte, bedeutete für Geoffrey auf der einen Seite großes Vertrauen, auf der anderen Seite war es ihm sichtlich unangenehm, in diese mißliche Situation mit einbezogen zu werden. In späteren Gesprächen versuchte Geoffrey, den Abt zu einem gewissen Ausgleich zu bewegen, um sich der inzwischen laut gewordenen Anklage entziehen zu können. An mancher schlaflosen Nacht und den wenigen Büchern, die ihm nur noch vergönnt waren zu lesen, erkannte Geoffrey, daß er nicht nur als Prior voll eingestiegen war, sondern auch als Lastenteiler des Abtes die Benediktregel erfüllte.
Neben seinen weitreichenden Aufgaben, die ihn besonders erfüllten, wenn es um seelsorgliche Gespräche und Geistiges ging, wandte er sich liebend gern künstlerischen Fragen und baulichen Veränderungen zu. Ein großer Verehrer der benediktinischen Kul-

tur, vornehmlich des Klosters von St. Albans, hatte Prior Geoffrey nach einem passenden Geschenk für die Abtei gefragt. Schließlich hatte man sich auf einen großen Wandteppich für die Kathedrale geeinigt, der das Leben und Leiden des heiligen Alban darstellen sollte. Um ihn ins Mittelschiff zwischen zwei Fenster und Säulen hängen zu können, damit er die große Strenge und Schlichtheit des Kirchenraumes belebe, mußte dieser Bildteppich eher schmal, dafür aber sehr lang sein.

Nachdem alle entsprechenden Umstände geklärt und die Maße festgelegt waren, fuhr der Spender nach Frankreich, um den Wandteppich in Auftrag zu geben. Die Nonnen der Abtei St. Vaast in Arras waren für ihre hohe künstlerische Gestaltung und Webkunst über alle Grenzen hinaus bekannt. Die schönsten Wandbehänge für sakrale Räume, Kirchen und Kathedralen kamen aus diesem Zentrum im Nordosten Frankreichs. Es war ein Fest, als der St. Albans-Teppich, der vom Spender persönlich aus London gebracht wurde, erstmals vor den Augen aller seine Pracht entfaltete. Die braun-roten Farben waren vorherrschend und verliehen dem Kirchenraum neben den vorhandenen Wandgemälden ganz besondere Wärme. Um die Bilder der Lebens- und Leidensgeschichte Albans wirkungsvoll und aussagekräftig zu gestalten, hatten die Nonnen aus St. Vaast neben der Wolle als Grundmaterial für den Teppich zusätzlich Seide und Goldfäden verwandt. Jetzt konnten die vielen Pilger, die nach St. Albans kamen und des Lesens unkundig waren, die Geschichte des ersten englischen Märtyrers sehend und schweigend im Gebet nachvollziehen.

In diesen Jahren, in denen gleichzeitig eine innere Neu- und Umgestaltung stattfand, genossen die Kathedrale und die Abtei von St. Albans höchstes Ansehen. Eine große Schar von Pilgern - viele kamen sogar vom Festland - strömte jährlich zum Märtyrerhügel, und die Zahl der Mönche nahm zu.

Nach erfüllten letzten Jahren starb am 16. Mai 1119 Abt Richard d'Albani. Einundzwanzig Jahre hatte er die Kirche und die Abtei von St. Albans geleitet. Richard d'Albani, der zweite normannische Abt, wurde in der St. Cuthbert-Kapelle innerhalb der Abtei-Kirche beigesetzt. Mit einer Wallfahrt nach Durham zur Kathedrale, die Cuthbert von Lindisfarne geweiht ist, hatte er die Hei-

lung seines gelähmten Armes in Verbindung gebracht. Daher widmete er als Dank eine Seitenkapelle in der Kirche von St. Albans Cuthbert von Lindisfarne und bat darum, hier einmal ruhen zu dürfen.
Geoffrey de Gorham, Prior des Benediktinerklosters St. Albans, wurde noch im selben Jahr von allen Mönchen einstimmig zum Abt gewählt. König Heinrich I. hatte dieser Abtwahl nicht nur zugestimmt, sondern Geoffrey de Gorham in einem persönlichen Gespräch ermutigt, trotz seines Zögerns diese Wahl anzunehmen.

St. Albans, das Kultur-Kloster

*M*an schrieb den 22. Juni 1122. Geoffrey de Gorham war bereits drei Jahre Abt von St. Albans. In der festlich geschmückten Kirche - es brannten fast doppelt so viel Kerzen wie an gewöhnlichen Tagen - hatten sich nicht nur alle Mönche des Klosters versammelt, sondern auch eine große Zahl von Besuchern. Dicht gedrängt standen die Menschen noch hinter den mächtigen Säulen und Kapitellen. St. Albans feierte das Patrozinium, den Gedenktag des heiligen Alban, der 208 in Verulamium, also an dieser Stelle enthauptet worden war.
Der intensive und eigenartige Duft weißer Levkojen durchzog den Kirchenraum und hüllte den Geruch von Lauch, Zwiebeln und Alkohol, den manche Körper abgaben, ein. Den Mönchen der Abtei war es ein großes Anliegen, diesen 22. Juni feierlich zu begehen, war der heilige Alban doch der erste Märtyrer Englands. Selbst aus London waren viele Besucher gekommen, zu Fuß, zu Pferd, mit Karren und auf Planwagen. Ihre Erwartungen waren groß, einen himmlischen Tag zu erleben, an dem auch einmal von anderen, besonders den Mönchen, für das ewige Leben ihrer verdunkelten Seelen gebetet wurde.
Die schwere, vom Boden aufsteigende und lichter werdende Architektur der Kloster-Kirche, die endlosen und bis in die Ewigkeit reichenden Psalmengesänge der Mönche, die Gebete in lateinischer Sprache und die vielen Zeremonien, Riten und Handlungen - sie vermittelten ein unwiderstehliches Gefühl von Erlösung und

trugen gleichzeitig zur heiteren Stimmung dieses festlichen Sommertages bei. Immer neu vom Altar aufsteigende Weihrauchwolken mischten sich in fast narkotisierender Weise mit dem Duft der Blumen, die heute den sonst eher kargen Kirchenraum schmückten.
Und dann war das hervorragende und gute Essen weit bekannt, das die Mönche an diesem Tag zwischen den liturgischen Feiern an alle ausgaben. Wie die Gärtner-Mönche seit vielen Wochen in den Klostergärten die Blumen großgezogen und zur Entfaltung gebracht hatten, so gärte, vom Kellermeister sorgfältig gepflegt, der Slip in Mengen, ein Getränk aus Honig und Wasser. Es gab reichlich Apfelwein, Starkbier und ein von vielen neuerdings begehrtes süßes Bier, das schon nach einigen Schlucken die Zunge schwer und die Sinne trübe machte. Somit standen viele bei der feierlichen Vesper am Nachmittag schon nicht mehr auf festem Boden.
Seinen Mönchen gleich - außer dem Brustkreuz, das er an einer Kette um seinen Hals trug - saß Abt Geoffrey unauffällig im Chorgestühl. Die Aufgabe des Hauptzelebranten, die er am Vormittag bei den Gottesdiensten und dem Hochamt ausgeübt hatte, führte jetzt der Prior des Klosters aus. Die angenehme Zurückgezogenheit innerhalb der noch zunehmenden Fülle der Besucher - viele waren erst jetzt zum Kloster gekommen, da ihre Tagesarbeit Vorrang hatte - empfand Geoffrey als wohltuend. Jetzt konnte er erstmals an diesem Tag seinen Gedanken und Gefühlen nachgeben und auf sie eingehen. Das Zulassen dieser inneren Bewegung war für ihn genauso notwendig und wichtig wie das tägliche Brot für seinen Körper. Daher konnte er es verantworten, vorübergehend nicht mehr der Liturgie zu folgen, den Gesängen, Lesungen, Psalmen und Responsorien. Er wußte zwar, daß nach der Benediktregel dem Gottesdienst nichts vorgezogen werden soll, doch trotz dieser mahnenden Erinnerung seines Gewissens erlaubte er sich bewußt und in innerer Freiheit, diesem Bedürfnis Raum zu geben. Erfahrungsgemäß würde die Festtags-Vesper jetzt noch weit über eine Stunde hinaus dauern. Schwüle, satt getränkte Luft stand in der Kirche. An diesen längsten Tagen des Jahres drang die Sonne auch am Abend immer noch unerbittlich grell und warm durch die westlichen Portalfenster. Der Chorraum lag im Schatten, der die

Zurückhaltung des Abtes unterstützte. Geoffrey genoß das Schweigen. Ihm kamen nach diesem Tag, der für die meisten in seiner Fülle noch währte, erhebliche Bedenken und Zweifel, ob Benedikt solch ein Großkloster gewollt habe. Auf der anderen Seite hatte insbesondere der König durch häufige Synoden darauf gedrängt, die Kirchenherrschaft zu zentralisieren. Als Geoffrey in das vorherige Jahrhundert hineindachte, war es schon König Wilhelm der Eroberer, der mit Hilfe seines Erzbischofs von Canterbury, Lanfranc, alles daransetzte, die Kontrolle der Krone über die groß und reich gewordenen Kirchen einzuführen. Die Schaffung und Unterstützung von Großklöstern war durchaus für die Zentralgewalt von größtem Vorteil und ein brauchbares Mittel, die Fliehkräfte in der Normandie wie aber auch in den so unterschiedlichen Grafschaften Englands in den Griff zu bekommen. Ein Teil der Güter und Einkünfte der Klöster konnte somit vom Staat für politische Zwecke genutzt werden.
Geoffrey sah nicht nur diese Politik unter König Heinrich I. fortgesetzt, sondern gleichzeitig wurde ihm erschreckend klar, daß er und seine Werkstatt Gottes - so nannte er St. Albans - zum Garant für einen möglichst ertragreichen Gebetsdienst zum Wohl von Herrscher und Reich wie auch zur materiellen Einnahmequelle geworden waren. Die große Anerkennung, die ihm und seinem Kloster von London aus entgegengebracht wurde, rührte daher, daß der Dienst der Mönche als besonders staatstragend und deswegen als unentbehrlich angesehen wurde.
Gehörte Geoffrey bereits zu den Reformern, die ein anderes, neues Mönchsverständnis besaßen, die Großklöster ablehnten und für kleine, weniger aufwendige Gemeinschaften eintraten? Obgleich es nicht seine Art war, so verdrängte er doch diesen Gedanken schnell wieder zugunsten einiger Aspekte, die für dieses Großkloster sprachen. Damit hatte er es erreicht, den anstrengenden, hinter ihm liegenden Tag mit der Überfülle des Lichtes und noch einem höheren Maß an Dunkelheit innerlich zu überwinden.
Es war gut so. In einem Großkloster wie St. Albans fanden viele unterschiedliche Berufungen ihren Platz, konnten herausgebildet und gefördert werden. Hätte Geoffrey ohne die personelle und materielle Grundlage den bekannten Alexis-Meister und seine Maler

bitten können, im Scriptorium zu arbeiten und Jahre in St. Albans zu verbringen?
Mit dieser Frage, deren Antwort sich wie von selbst einstellte, erneuerte er sein unbedingtes Ja zu einem Bildungs- und Kulturkloster, denn nur ein gut ausgestatteter Konvent kann in vielfältiger Weise als Kulturträger dienen. Dieses hatte Benedikt sicherlich nicht bedacht, als er nach vielen inneren wie auch äußeren Auseinandersetzungen im Jahre 529 endgültig auf dem Monte Cassino sein monastisches Ideal verwirklichte. Gewiß sind auch die späteren Klöster nicht dazu gegründet worden, Kulturträger zu sein.
Aber setzt denn nicht die Gottsuche, das geistliche Streben, eine immer intensiver werdende manuelle und geistige Tätigkeit voraus? Nur in der angemessenen und kultivierten Entfaltung des Vielen - ohne sich allerdings in der Fülle zu verlieren - kann das Eine, der Eine gesucht und erfahren werden. Auf diesem Weg drücken sich die unterschiedlichsten Charismen aus und profilieren sich: die Freude am Gottesdienst, die Hingabe im Gebet, die rechte Arbeit, die Liebe zur Musik und bildenden Kunst. War es da nicht Geoffreys besondere Aufgabe, jede Begabung und Begeisterung zu fördern, sei es in der Landwirtschaft oder im Scriptorium ...
Trotz oder gerade wegen des vergangenen Tages, der für ihn so schmerzhaft mit allzu lautem Spektakel gefüllt war, bekannte sich Geoffrey noch einmal durch und durch zu seiner Aufgabe als Abt von St. Albans: Jeder Mönch - und wenn er noch so fehlt - ist ein Geschenk Gottes, ist mein Bruder. Das Gebet gibt der göttlichen Gnade Raum, sich zu entfalten. Eine klare Ordnung dient dem inneren und äußeren Frieden der Gemeinschaft, setzt Energien frei und gibt Geborgenheit. Die Liturgie ist notwendig als Ausdruck der inneren Bewegtheit und Gottesliebe. Das Bestehen des Ortes und der Zeit führt zu einer gesunden Bodenständigkeit, von der aus gute Kraft auf die Umgebung ausstrahlt. Der Gottesdienst der Mönchsgemeinde in der Abtei-Kirche muß allen Gläubigen zugänglich sein, wie auch seelsorgliche Gespräche, der Empfang der Sakramente und der Besuch der Kloster-Schule.
Ein klares Ja war in ihm. So kam er, von guten Gedanken und Ab-

sichten geführt, zurück in die Gegenwart und fühlte seine notwendige Präsenz im Chorgestühl. Der 22. Juni, das Fest des heiligen Alban, hatte noch kein Ende gefunden. Geoffreys Herz schlug für die Bücher, die in „seinem" Scriptorium entstanden. Wie gern hätte er sich jetzt mit dem Alexis-Meister schweigend unterhalten. Doch heute war es ihm verwehrt. Heute vor 914 Jahren wurde an dieser Stelle Alban enthauptet, der einem anderen zur Flucht verholfen hatte. Wie würde der Alexis-Meister Albans Leben und Sterben wohl darstellen? Geheimnisverschlüsselt auf einem Bild oder in einer Folge? Um seinen erneut ausschwärmenden Geist wieder zurückzuholen, die Vesper ging mit dem gewaltig gesungenen Magnifikat langsam dem Ende entgegen, begann Geoffrey, wie er es eingeübt hatte, in einfacher Weise zu meditieren.

Nach dem Auszug der Mönche aus der Kirche, dem Abendessen und der Komplet fand der Tag für den Abt von St. Albans noch kein Ende. Die Verabschiedung der Gäste zog sich bis in die Nacht hinein. Überall im Kloster herrschte zu dieser Zeit noch reges Leben. Pferdewagen verließen den Klosterhof, Tore wurden geschlossen, Speisen eingesammelt, übriggebliebene Getränke in große Behälter gefüllt, Kerzen, Fackeln und Kohlenpfannen gelöscht; im „Großen Stall" beruhigte ein Mönch mehrere aufgebrachte Pferde. Erst ganz allmählich verebbten die Stimmen und Geräusche wie die letzten Klänge des Finales eines großen Lobgesanges, der jetzt müde geworden war.

An Tagen wie dem 23. Juni wurde kein Nachtoffizium gehalten.

Abtei-Kirche St. Albans / Zeichnung von Rembrandt (1640)

III. Teil

Das Buch

Erste Begegnung

Abt Geoffrey de Gorham von St. Albans wurde schnell über alle Grenzen hinaus bekannt. Seine adelige Abstammung, seine hohe Bildung sowie sein Geschick und Erfolg im Handeln ließen ihn auch außerhalb des Klosters zu einer einflußreichen Persönlichkeit werden. Der ihm anvertraute Konvent wurde in liebevoller Strenge angeleitet. Für alle Anliegen zeigte der Abt große Offenheit. Auch im ökonomischen Bereich hatte er eine glückliche Hand: sämtliche Pachtzinsen wurden an ein allgemein übliches Maß angeglichen, durch allgemeine Sparmaßnahmen ergaben sich höhere Einkünfte und die Ernten waren ergiebig.

Zudem bildete ein zufriedenes Miteinander die Basis. Durch die materielle Hilfe seiner reichen adeligen Verwandtschaft in der Normandie war Abt Geoffrey glücklicherweise in der Lage, vernachlässigte Einrichtungen im Kloster zu unterstützen. Das brachte ihm zwar auf der einen Seite erhöhte Anerkennung und Ehre ein, auf der anderen Seite verlor er manches Mal die rechte Mitte und begann, ein wenig überheblich zu werden. Geoffrey gewöhnte es sich an, auf sein eigenes Urteil mehr zu geben als auf das seiner Mitbrüder. So ergab es sich mehr und mehr, daß er aus seiner Vormachtstellung heraus eigene Entscheidungen fällte, ohne vorher die Gemeinschaft der Mönche im Kapitel - wie geboten und üblich - zu fragen.

Ganz behutsam bereitete sich auf einer sehr feinen Schöpfungsebene eine Begegnung zwischen Abt Geoffrey und Christina von Markyate vor.

Christina, die in aufblühender geistiger Kraft und Gesundheit ihr Leben in der nahegelegenen Einsiedelei führte, hatte Abt Geoffrey de Gorham bisher noch nicht persönlich kennengelernt. Sie wußte nur, was er von ihr und vielleicht auch den anderen Einsiedlern hielt und dachte. Verstreut um das Kloster St. Albans und ihm zugeordnet lagen einige Einsiedeleien, die der Abt nur selten oder gar nicht besuchte.

Die Begegnung, die im tiefen Bewußtsein Christinas ihren Anfang nahm, geschah auf folgende Weise:

Wieder einmal plante Abt Geoffrey, ein größeres Projekt eigenmächtig auszuführen. Er war fest entschlossen, seine Handlungsweise durchzusetzen - selbst wenn sie zu einem großen Ärgernis für das Kapitel wurde, gegen die Gemeinschaft und gar die Schöpfungsordnung verstieß. Infolge seines überaus starken Selbstbewußtseins und der Kraft seines Durchsetzungsvermögens war es nicht einfach, Geoffrey von seinem Vorhaben abzubringen. Im Gegenteil: Seine oft anmaßende und gewaltsam erzwungene Handlungsweise wurde noch unterstützt durch zunehmende Hartnäckigkeit und Unbeugsamkeit. Er merkte nicht, daß er im Konvent Unruhe stiftete und ungutes Blut erzeugte, wenn er dem Kapitel seine Vorschläge nicht unterbreitete, um mit ihm gemeinsam nach möglichen Lösungen zu suchen.

Als Christina von Markyate zusammen mit ihren Eltern das erste Mal St. Albans besuchte, sie war damals fünfzehn Jahre alt und man schrieb das Jahr 1112, lernte sie den Mönch Alvered kennen, mit dem sie zeitlebens eine Freundschaft verband. Noch bevor Geoffrey de Gorham Abt wurde, war Alvered hochbetagt gestorben. Eines Nachts sah Christina ihn im Traum. In der Hand trug Alvered eine brennende Kerze - symbolisch für einen Freund des Lichtes. Die folgenden Worte, die er zu Christina sprach, drangen so tief in sie ein, daß sie ihr am Morgen völlig gegenwärtig waren: „Der Herr Abt Geoffrey hat eine große Entscheidung getroffen und will sie, ohne vorher das Kapitel um Rat zu fragen, ausführen. Seine geplante Handlungsweise, die eine große Gefahr in sich birgt, wird, wenn er sie wirklich ausführen sollte, nicht nur viele Menschen, sondern auch Gott beleidigen. Ich bitte dich ganz dringend, einen Weg zu finden, Abt Geoffrey daran zu hindern."

Christina dachte am nächsten Morgen und Tag lange über diese Botschaft nach, die sie so eindringlich im Traum empfangen hatte. Sie überlegte, ob sie diesen Auftrag ausführen sollte oder nicht.

„Sollte ich mich wirklich an den Abt wenden, so bin ich sicher, daß er mir nicht glauben wird. Auf der anderen Seite aber werde ich mich durch ein Schweigen schuldig machen."

Die Angst, sich beim Abt von St. Albans lächerlich zu machen, hatte auf einmal keinen Bestand mehr. Christina wurde bewußt, was sie auf sich laden würde, wenn sie diesen Schritt nicht wagte. Ohne lange zu zögern, bat Christina eine Vertraute, Abt Geoffrey von St. Albans eine persönliche Botschaft zu überbringen und ihm mitzuteilen, was sie gesehen und gehört hatte, vor allem aber, daß sie bereit sei, alles zu versuchen, den Abt an der Verwirklichung seines Vorhabens zu hindern.

Über diese Anmaßung und das Eingreifen in seine persönliche Entscheidung wurde Geoffrey sehr ärgerlich. Er betrachtete das ihm Zugetragene als reinen Unsinn und sandte die Botin nach Markyate zurück mit dem Ratschlag, Christina möge doch ihren Träumen nicht trauen, kein Aufhebens darum machen und ihn künftig in Ruhe lassen. Trotz seiner starken inneren Erregung konnte er sich des Staunens nicht erwehren und dachte darüber nach, wie diese Frau etwas so Konkretes wissen konnte, das er bisher lediglich in Gedanken erwogen hatte und erst beabsichtigte, in die Tat umzusetzen.

Als Christina die überhebliche und hochmütige Antwort des Abtes erhielt, fühlte sie sich beschämt. Um jedoch auf keinen Fall lange bei sich selbst zu verweilen, sondern den Abt trotzdem auf gute Weise mit den ihr möglichen Mitteln zu beeinflussen, schickte sie ihm kraftvolle Gedanken, fastete stellvertretend für ihn und betete darum, daß er von seinem Vorhaben ablassen möge. Da es ihr nicht gelungen war, so mochte es doch einen anderen Menschen geben, der durch guten Einfluß und die Fähigkeit zu überzeugen den Abt zur Einsicht und auf einen für alle Beteiligten gangbaren Weg führte.

Niemand erfuhr jemals etwas davon, als sich in einer der kommenden Nächte folgendes ereignete:

Am Tage zuvor hatte Abt Geoffrey öffentlich sein Vorhaben kundgetan, fest entschlossen, alles das auszuführen, was er sich seit langem in seinem unbeugsamen Stolz vorgenommen hatte. Überzeugt von sich selbst, überzeugt davon, das Richtige zu tun, hatte

er diesen arbeitsreichen Tag beendet und sich in sein Zimmer zurückgezogen. Da er von der Anstrengung, sich durchzusetzen, sehr müde und erschöpft war, ging er gleich zu Bett und schlief sofort ein. Er sah sich allein in einer grenzenlosen Dunkelheit stehen und hatte jegliche Orientierung verloren. Angst überfiel ihn. Und im selben Augenblick stürmten undefinierbare personifizierte Kräfte auf ihn zu, griffen ihn an, zerrten an ihm und raubten ihm den Atem, so daß er zu ersticken drohte. Die Qual, die er auszustehen hatte, war unerträglich. Er konnte sich gegen eine solche Übermacht nicht aus eigenen Kräften wehren. Geoffrey rang um Luft, und als er das Gefühl hatte, seinen letzten Atemzug zu tun, sah er plötzlich seinen früheren Mitbruder, den Mönch Alvered vor sich stehen. Seine Augen und sein Antlitz sprühten vor Zorn. Geoffrey war wie gelähmt und brachte kein Wort hervor. Wut und Ärger waren so groß, daß auch Alvered kein Wort sprechen konnte. Gebannt schauten sich beide lange schweigend an. In dieser kaum auszuhaltenden Situation nahm Geoffrey all seinen Mut zusammen und sprach Alvered an: „Was, verehrter Herr, möchtet Ihr, daß ich tue?" In einem sehr barschen und unwilligen Ton gab Alvered zur Antwort: „Du weißt das nur allzu gut. Du hast eine Botschaft empfangen und dich daraufhin in keiner Weise anders verhalten. Nicht die leiseste Bewegung noch irgendein Rückzug von dem unverantwortlichen Weg, den du eingeschlagen hast, sind bei dir erfolgt."
„Hochverehrter Alvered", und er wiederholte noch einmal, „hochverehrter Alvered, habe Erbarmen mit mir: Ich will versuchen, meine ichsüchtige Neigung zurückzunehmen, und ich werde das ungute Vorhaben auf keinen Fall mehr ausführen. Und sollten noch einmal Botschaften dieser Einsiedlerin mich erreichen, werde ich sie nicht mehr ausschlagen, sondern die Weissagung annehmen und mich nach ihr richten."
Bei diesen Worten verschwand Alvered langsam und mit ihm die kaum auszuhaltende innere und äußere Qual, die Geoffrey die Zeit über hatte mitmachen müssen. Er atmete erleichtert auf. In Schweiß gebadet, erhob er sich von seinem Lager und wußte nicht, ob das Erscheinen Alvereds und das Gespräch mit ihm im Traum geschehen oder Wirklichkeit gewesen war. Ganz gleich, wie es zu-

stande kam, Geoffrey konnte kaum den Morgen erwarten, denn von guten Mächten unterstützt wußte er jetzt, wie er sich zu entscheiden hatte und was zu tun sei. In aller Frühe begann er damit, seine getroffenen Entscheidungen rückgängig zu machen. Zunächst ließ er die Mönche und Mitarbeiter des Klosters rufen, die sein besonderes Vertrauen besaßen. In aller Offenheit besprach Abt Geoffrey mit ihnen seine neue Wegrichtung und jede damit in Verbindung stehende Einzelheit. Vor allen Anwesenden versprach er, dem ursprünglichen Vorhaben ein Ende zu setzen und die ersten Verwirklichungen, die bereits erfolgt waren, sofort rückgängig zu machen.

Durch sein Bekenntnis und Eingeständnis löste Geoffrey eine Woge der Erleichterung aus. Einige dankten ihm sogar; und von ganz besonderer Bedeutung und zukunftsweisend war ein anschließendes Gespräch über Christina von Markyate. Geoffrey erfuhr wichtige Einzelheiten, die er vorher weder wissen noch wahrhaben wollte oder gar als nichtig und verrückt abgetan hatte. Der Abt erlebte, mit welcher Hochachtung und Anerkennung von der Frau aus Markyate gesprochen wurde. Ohne etwas darüber zu sagen, nahm er sich fest vor, unbedingt den Eingebungen, Mahnungen und Warnungen, die Christina ihm vielleicht weiterhin übermitteln würde, in sich Raum zu geben, um darüber nachzudenken. Geoffrey ging sogar noch einen Schritt weiter, denn er war sich nach der letzten durchkämpften Nacht absolut sicher, daß von dieser Frau Heil für ihn ausging, weshalb er ohne abzuwägen spontan und bedenkenlos Rat von ihr annehmen konnte.

Etwas sehr Wesentliches war geschehen. Der Abt erkannte in seinem Inneren eine außerhalb von ihm liegende Kraft, sogar von einer Frau ausgehend, die an Intuition, Wissen und vielleicht auch Gottesnähe seinem eigenen Vermögen überlegen war. Der dringende und brennende Wunsch wurde in ihm wach, Christina von Markyate persönlich kennenzulernen, um mit ihr über die Vorgänge, die er so schmerzvoll und nachhaltig dankbar erlebt hatte, ausführlich zu sprechen. Abt Geoffrey schickte zu ihr und bat darum, sie in den nächsten Tagen besuchen zu dürfen. Christina, hoch erfreut über diese Nachricht, erwartete sein Kommen.

Feuer, wenn der Abend kalt ist

Im Frühjahr 1124 sollten sich Abt Geoffrey de Gorham und Christina von Markyate zum ersten Mal begegnen. Als der Stallmeister seinem Abt einen Wagen anbot, um ihn nach Markyate zu fahren, lehnte er dankend ab und meinte, es sei unmännlich, mit dem Wagen zu reisen, da dieser nur für Frauen, Alte, Kranke und gegebenenfalls für besonders Vornehme bestimmt sei. So bestieg er eines der besten Pferde und ritt zusammen mit einem Begleiter, dem der Weg zur Einsiedelei nach Markyate vertraut war, schon am frühen Morgen in eine ihm noch unbekannte Welt. In weniger als drei Stunden hatten sie die sechzehn Meilen zurückgelegt - teils über die alte Römerstraße, die nach Dunstable führte, durch Waldungen, an Feldern vorbei und über Wiesen.

Christina, die den Abt von St. Albans erwartete, stand an der Tür und hielt Ausschau. Am Horizont sah sie zwei Reiter, die geradewegs über die weit ausladenden, frischgrünen Wiesen auf ihre Einsiedelei zuritten. Nachdem sie abgestiegen waren und die Pferde angebunden hatten, stand vor Christina ein großer, eher schlanker Mann von gut fünfzig Jahren, mit fröhlichen Augen und weltmännischer Gebärde. Vor Geoffrey stand eine wesentlich kleinere, zierliche Frau, die einen Haarschleier trug. Darunter erkannte er ihre schwarzen Haare, die seitlich herabfielen und dem blassen Gesicht einen noch intensiveren Ausdruck verliehen. Aus ihren blauen Augen schaute sie ihn gütig, aber auch bestimmend an und bat ihn einzutreten. Der Begleiter folgte. Geoffrey bemerkte, daß er zu Christina langsamer, ruhiger und leiser sprach, als es gewöhnlich seine Art war. Etwas, was von dieser Frau ausging, berührte ihn.

Nach dem gemeinsamen Mittagsmahl verließen der Begleiter Geoffreys und die Aspirantin, die das Essen aufgetragen hatte, den kleinen Speiseraum, um einem persönlichen Gespräch zwischen Christina und dem Abt nicht im Wege zu stehen. Zunächst entschuldigte sich Geoffrey dafür, daß er - nun schon über vier Jahre Abt von St. Albans - die Einsiedelei von Markyate vernachlässigt habe. In besonderer Weise aber gestand er sein ungebührliches

Verhalten ein, das er Christina gegenüber an den Tag gelegt hatte. Zwischendurch und im Stillen wunderte sich Geoffrey über sich selbst, daß er dieser für ihn fremden Frau soviel Offenheit und Selbstverständlichkeit entgegenbrachte - ohne Absichten zu hegen oder über seine Worte vorher nachdenken zu müssen. So verschönte er seine frühere Haltung Christina gegenüber nicht, als er ihr sagte, daß er sie als zu fromme Frau betrachtet und ihre Botschaft an ihn vorschnell abgetan habe. Er entschuldigte sich mit sehr klaren und überzeugenden Worten und dankte, jetzt hier in Markyate sein zu dürfen. Auch sprach er darüber, welch große innere Befreiung er durch die Erlebnisse der letzten Tage und Nächte erfahren habe.

Christina schaute aus guter Distanz und weit geöffneten Augen Abt Geoffrey an und hörte ihm aufmerksam zu, ohne etwas zu sagen. Als Geoffrey sie nochmals um Verzeihung für sein grobes Verhalten bat und darum, daß Christina ihm künftig bei seinen Entscheidungen raten und helfen möge, blickte sie zu Boden und gab eine kurze bejahende Antwort. Durchdrungen von der guten Atmosphäre in Markyate und der lichten Ausstrahlung Christinas, versprach er in diesem Augenblick zwei Dinge, die er sein ganzes Leben lang hielt: vor wichtigen Entscheidungen sich den Rat Christinas zu holen und sich dem Konvent in Markyate mehr zuzuwenden und ihm zu helfen.

Nach diesen Worten, die Christina mit großer Zurückhaltung aufgenommen hatte, bat Geoffrey inständig darum, sie möge ihn durch Wohlwollen, gute helfende Gedanken und vor allem durch ihr fürbittendes Gebet auf all seinen Wegen begleiten. Christina stimmte zu, und es zeigte sich, daß in nächster und fernerer Zeit ihre wie auch seine Worte, die in dieser Stunde gesprochen worden waren, Bestand hatten.

Beide - Christina und Geoffrey - spürten und wußten, daß eine große, nicht von Menschen gemachte oder gewollte Kraft und Fügung über ihrer Begegnung stand, daß sie durch besondere Gnade zusammengeführt wurden und ihnen eine große gegenseitige Verantwortung in die Hände und ins Herz gelegt war. Geoffrey sprach zu Christina über alles in einer ungeahnten Offenheit und Ehrlichkeit, so daß ihr Gespräch nicht enden wollte. Zutiefst war er über die Quellen erstaunt, aus denen Christina ihre Antworten empfing und sie ihr geistliches Leben schöpfte.

Als der Abend dämmerte, Geoffrey hatte ihre Worte verstanden, bevor sie zu sprechen begann, mahnte Christina zum Aufbruch. Bei der Verabschiedung stand sie wieder in der Tür ihrer Einsiedelei und spürte - wesentlich stärker als bei der Ankunft - den gewaltigen Gegensatz zwischen ihrer Natur und der Geoffreys. In einer Sprache, die ihr ein wenig fremd war, die sich aber ihrer bemächtigte, gab Christina in einem Gefühl von distanzierter Nähe dem Abt folgende Worte mit auf den Weg:

„Möget Ihr eine sanfte Straße auf dem Weg nach Hause haben, Vollmond in der dunklen Nacht und das Feuer des Geistes in Eurem Herzen, wenn der Abend kalt ist."

Auf dem Heimweg, in der verbleibenden kurzen Nacht und an dem kommenden Tag hatte Geoffrey nur eine leise Ahnung davon, daß die Begegnung mit Christina von Markyate für ihn den größten Wendepunkt in seinem Leben darstellte. Als er darüber nachdachte und ihm bewußt wurde, daß alles, was er tat, dachte und empfand, von einem anderen Menschen mitgetragen wurde, fühlte er Befreiung von einer seelischen Last und gleichzeitig Sicherheit im Handeln.

Von Zeit zu Zeit - in kürzer werdenden Abständen - besuchte er Christina, um sich bei ihr Rat zu holen und mit ihr über seine Zweifel zu sprechen - aber auch, um den Glanz und die Melodie ihrer Stimme in sich aufzunehmen. Von ihr konnte er bedenkenlos, uneingeschränkt und ungekränkt Ermahnungen und Kritik annehmen sowie aus ihren Worten Energie und Klugheit schöpfen, um Fehlentscheidungen zu vermeiden. Ebenfalls war es ihm möglich, wie bisher von keinem anderen Menschen in seinem Leben von Christina Vorwürfe in aller Ruhe hinzunehmen, anschließend mit ihr darüber zu sprechen, um eventuell aus den neuen Erkenntnissen das Beste auch aus verfahrenen Situationen zu machen.

Nur allzu oft kam es vor, daß Geoffrey als Abt von St. Albans sowohl durch ökonomische Angelegenheiten als auch durch Grenzen seiner eigenen Person derart in weltliche Probleme verwickelt wurde, daß er weder Zeit fand noch sensibel genug war, seelische Nöte anderer zu beachten oder auf sie einzugehen. Dieses über-

mäßige Gefordertsein, die hohen Erwartungen anderer und ein damit verbundener Leistungsdruck brachten die große Gefahr einer ständigen Überforderung mit sich. In diesen Zeiten, wie aber auch dann, wenn sein innerer Friede Störungen ausgesetzt war, hatte Geoffrey das große Verlangen, nach Markyate zu reiten, um Christina nicht nur in Gedanken, sondern auch leibhaftig zu begegnen. Immer wenn er spürte, daß sein Gleichgewicht ins Wanken geriet, sich Unruhe und Zweifel breitmachten - immer wenn er aus sich allein nicht mehr so weiterleben konnte wie bisher, bemächtigte sich seiner eine tiefe Sehnsucht, mit einem lieben Menschen zusammenzusein. Wenn er es eben ermöglichen konnte, ritt er nach Markyate, um Zuflucht bei Christina zu nehmen. Ihr Wort - und das mußte er sich eingestehen - war für Geoffrey zu etwas so Wesentlichem geworden, daß es für ihn einer Offenbarung gleichkam. Kam er entmutigt und niedergeschlagen in der Einsiedelei an, so kehrte er gestärkt und erfreut am Abend nach St. Albans zurück; wenn er der Repräsentation müde war und erschöpft durch die vielschichtigen weltlichen Probleme, die an ihn herangetragen wurden, konnte er in Markyate neue Lebensenergie sammeln. Christina verstand es, nicht nur mit Geoffrey tiefe geistliche Gespräche zu führen, sondern ihm praktische Anweisungen zu vermitteln, Konflikte zu bewältigen, um in Krisen das Leben besser zu bestehen.
Jedes Mal, wenn er mit ihr gesprochen hatte, durchdrang ihn eine Begeisterung, die sich zunächst auf seinen Beruf bezog und in ihm ein allgemein gutes Lebensgefühl weckte und stabilisierte.

Goldschmiede - Eisenschmiede - Teufelsschmiede

Noch zu sehr war Abt Geoffrey in eigene Angelegenheiten verstrickt, so daß er nur sehr wenig von dem aufnehmen konnte, wer Christina wirklich war. Sie wußte um den langen, noch immer andauernden Weg seiner Persönlichkeitsentwicklung und war bereit, diesen schrittweise und in viel Geduld mit ihm zu gehen. Schon als Prior in früheren Jahren hatte sich Geoffrey sehr für künstlerische Neuerungen in St. Albans eingesetzt und kulturelle Werte ge-

fördert. Damals konnte er nur Vorhandenes aufwerten oder, wie bei dem wunderbaren Wandteppich aus St. Vaast, angebotene Geschenke in eine passende Richtung lenken und dabei seinen künstlerischen Einfluß geltend machen.
Jetzt hatte er als Abt Entscheidungsfreiheit und andere Mittel, die ihm zur Verfügung standen, um neue Werte zu schaffen. Sein Hauptaugenmerk lag - wie in allen Jahren zuvor - auf der Bibliothek und dem Scriptorium. Der bekannte Alexis-Meister arbeitete bei ihm mit seinen Malern und Schreibern.
Unter seinen Mönchen war Anketil, ein hervorragender Goldschmied, der sieben Jahre die Goldschmiede des dänischen Königs geleitet hatte. Schon als junger Mann war Anketil berühmt für seine wunderbaren Gold- und Silberarbeiten. Der König von Dänemark hatte von ihm gehört und ihn eingeladen, ein Kunstwerk zu entwerfen und anzufertigen. Infolge seines künstlerischen Könnens und seiner Persönlichkeit wurde ihm die Leitung der königlichen Goldschmiede und der Münzprägestätte angeboten.
Während eines Besuches seiner englischen Heimat hatte Anketil davon gehört, daß im Kloster St. Albans hochkünstlerisch ausgebildete Handwerker arbeiteten, die eine Gold- und Silberschmiede führten und es bereits zu großen Kunstwerken gebracht hatten. Anketil war von ihnen und ihrer Arbeit so angetan, daß er nicht mehr nach Dänemark zurückkehrte, sondern in St. Albans blieb. Wie im Scriptorium, so gab es auch in der Goldschmiede Künstler, die dort arbeiteten, aber keine Mönche waren. Oft zogen sie dann nach einiger Zeit des Lernens, Arbeitens oder auch nach der Fertigstellung eines Kunstwerkes weiter, um in anderen Klöstern oder religiösen Häusern Aufträge zu übernehmen. Anketil jedoch war von der Herzlichkeit der Mönche, der künstlerischen Freiheit, die ihm gewährt wurde, und letztlich vom benediktinischen Leben derart angetan, daß er beschloß, in St. Albans zu bleiben, um Mönch zu werden.
Im fünften Jahr seiner Abtwürde hatte sich Geoffrey entschlossen, durch Anketil einen neuen und kostbaren Schrein für die Reliquien des heiligen Alban anfertigen zu lassen. Bereits die ersten Entwürfe gefielen dem Abt derart gut, daß er den Goldschmied bat, gleich mit der Arbeit zu beginnen. Die Kunstfertigkeit des Mön-

ches Anketil rief bei allen Besuchern der Goldschmiede große Bewunderung hervor: die getriebenen Goldarbeiten, das Schleifen und Formen der Edel- und Halbedelsteine sowie das Anfertigen von kunstvollen Fassungen aus Silber und Gold für diese Steine.
Geoffrey war stolz darauf, daß er die außergewöhnlichen Talente dieses Goldschmieds fördern und gleichzeitig zur Anfertigung des ersten großen Reliquienschreins von St. Albans nutzen konnte. Durch Entnahmen aus dem Klosterhaushalt, eigene Spenden seiner Familie aus der Normandie und Zuschüsse hoch angesehener kirchlicher Würdenträger hatte Abt Geoffrey eine Summe von sechzig Pfund für diese hervorragende Arbeit zusammengetragen. Schon nach kurzer Zeit war dieses Geld für kostbare Materialien wie Gold, Silber und Edelsteine ausgegeben, und es schien, daß bis zur Fertigstellung eine weitere, noch größere Summe benötigt würde.
In diesen Monaten des Sommers 1124, eine außergewöhnlich heiße und regenlose Jahreszeit, besuchte Geoffrey nicht nur ein- bis zweimal am Tag sein geliebtes Scriptorium, um dem Alexis-Meister bei seiner Arbeit an einem gerade begonnenen Buch der Psalmen zuzuschauen und mit ihm zu sprechen, sondern auch regelmäßig Anketil in seiner Goldschmiede. Manchmal ergab sich zwischen ihnen ein längeres Gespräch über die weitere künstlerische Gestaltung des Schreines, oder sie sprachen gar über weltanschauliche und religiöse Probleme. Auch hörte der Abt dem vielgereisten Anketil, der ein vortrefflicher Menschenkenner war, gern zu, wenn er aus seinem Leben und von seinen Erfahrungen erzählte.
„Schon einmal lebte ich für mehrere Jahre in einem Benediktiner-Kloster, um dort das Schmiedehandwerk zu erlernen. Die Abtei Evesham liegt nordöstlich des großen Eisenzentrums, das sich im Dean-Wald befindet. Von hieraus bekamen wir für unsere Klosterwerkstatt Stahlblöcke, die wir entsprechend den Anforderungen ausschmiedeten. Es blieb nicht aus, daß das Dröhnen der Hämmer und das Zischen der Blasebälge vielen Mönchen von Evesham die Waldeinsamkeit verdarb. Daher wurde auch immer wieder auf die Benediktregel hingewiesen, die eigens schonende Behandlung eiserner Werkzeuge einschärft. Ohne Beile und

Hacken aus Eisen konnte weder Kolumban den Wald von Bobbio noch Egwin den Urwald von Evesham roden; ohne Sägen und Meißel aus Eisen können die Mönche keine Steine für den Kirchenbau glätten; ohne Sicheln und Messer aus Eisen kann niemand Getreide ernten und Brot schneiden. Neben unserer Geräteschmiede entwickelte sich damals - wie in vielen anderen Klöstern - bei uns in Evesham das Kunstgewerbe zur Fertigung kirchlicher Metallgeräte und Kunstgegenstände."

Geoffrey, der durch seine Fragen Anketil ermunterte weiterzuerzählen, erkundigte sich in besonderer Weise nach der Eisengewinnung.

„Etwa neun Meilen nördlich von Evesham, nicht im Flußtal des Avon, sondern mitten im Arden-Wald, lag das vom Kloster aus nächstgelegene Eisenzentrum. Die Schmelzhütten und Schmieden benötigten keine Wasserkraft, sie brauchten vor allem Holz für Holzkohle. Der Bedarf an Holz war gewaltig: sechzehn Pfund Holzkohle für die Gewinnung von einem Pfund Eisen. Daher war schon in kurzer Zeit ein ganzer Wald gerodet.

Das Erz wurde an Ort und Stelle im Übertagebau geschürft. Die Schmelzhütten arbeiteten mit dem Rennfeuer: In einer eigens ausgehobenen Grube oder in einem täglich neu entzündeten Ofen wurde das Erz zunächst mit Holzkohle vermischt, dann erhitzt und ausgeschmolzen. Der teigige Stahlblock wurde meist gleich an Ort und Stelle ausgeschmiedet und verarbeitet."

Anketil erzählte von der hektischen, ohrenbetäubenden Schwerarbeit der Köhler, Eisenscheider und Schmiede, die einen geschlossenen Lebenskreis für sich bildeten. Welche nutzbringenden Geräte und Kunstgegenstände in der Klosterwerkstatt geschmiedet wurden - davon hatte Anketil berichtet. Doch darüber, worin die Schmiedekunst der eisenverarbeitenden Hüttensiedlungen bestand, hatte er nicht gesprochen. Auf Geoffreys Frage antwortete Anketil sehr hart:

„Diese Schmiede galten und gelten als Außenseiter mit geheimnisvollen Fähigkeiten. Ihre Arbeit - im Gegensatz zu der unseren - kommt selten dem gewöhnlichen Bauern zugute. Was diese Schmiede hämmern, sind vor allem Schwerter und Ritterrüstungen. Unter ihrer Hand entstehen Eisenhelme und Kettenhemden,

Hufeisen und Steigbügel. So arbeiten sie also weniger für den täglichen Bedarf als für die Herrschaft und die Macht von König und Adel. Ich habe gesehen, wie geschmiedete Geräte kunstvoll gefertigt wurden, aber für die Knechtung der Menschen gemacht: eiserne Fesseln und Folterinstrumente. Weil Eisen Macht verleiht", sagte Anketil anklagend, „verdirbt es Menschen, die mit ihm umgehen."

Als an einem der nächsten Nachmittage der Abt erneut die Goldschmiede besuchte, fühlte sich Anketil gedrängt, Geoffrey eine Begebenheit zu erzählen, die sich vor seiner Zeit in der Nähe des Klosters Evesham ereignet hatte und über die man dort gern sprach.

„Bei Evesham liegt eine Siedlung, die den Namen Alnecestre trägt. Sie war von Wäldern umgeben und von fischreichen Flüssen und hübschen Bächen umrahmt. Wegen der umliegenden Wälder war dieser Ort besonders zum Eisenschmelzen geeignet und vorwiegend von Schmieden und Eisenscheidern bewohnt. Durch die Anfertigung von Kriegs- und Foltermaterial war ihnen ein großer Reichtum zugewachsen. Weil aber oft aus fettem Wohlstand Ungerechtigkeit hervorgeht, waren die Bewohner von Alnecestre, je mehr sie in Wohlhabenheit und irdischen Gütern schwammen, desto mehr der Schlemmerei und Ausschweifung verfallen. Nach der Arbeit aßen und tranken sie viel und gierig, vergnügten sich auf unlautere Weise und lebten schließlich nur noch für Bauch und Lenden. Indem sie sich zusätzlich in Geiz und Gier übten, verscherzten sie sich ein normales, ausgewogenes natürliches Leben.

Als nach einiger Zeit ein großer Verkünder des Wortes Gottes, Egwin, nach Alnecestre kam, ermahnte er die Bewohner und tadelte ihre Gewohnheiten. Egwin führte ihnen ihr lasterhaftes Leben vor Augen. Die Leute aber waren unberaten und unbesonnen, hartnäckig und verstockt. Daher liefen sie auseinander zu ihren verschiedenen Handwerken und verderbten Gewohnheiten. Als Egwin dennoch weitersprach, schlugen sie auf die Ambosse, die überall auf den Plätzen und in den Gassen der Siedlung zahlreich standen. Sie schlugen fortwährend und so dröhnend mit den Eisenhämmern, daß kein Wort mehr zu verstehen war und Egwin

den Ort verlassen mußte. Beim Weggehen aus der Siedlung - wie auch in weiter Entfernung - klangen Egwin immer noch beide Ohren von dem dröhnenden Durcheinander der Hämmer und Ambosse, so, als ob ihm dröhnende Ambosse nachliefen. Er konnte nicht anders, als in diesem Augenblick Gedanken gegen das Schmiedehandwerk dieser Siedlung zu richten.
Seit diesem Tag gelang es niemandem in Alnecestre mehr, die Schmiedekunst ordentlich auszuführen, und keiner, der es wollte, konnte hier gedeihen. Obwohl viele versuchten, das Schmiedehandwerk wieder aufzunehmen, ist es ihnen bis zum heutigen Tag nicht geglückt. Ich konnte mir", fügte Anketil hinzu, „eine derartige, fast magische Radikalität nicht vorstellen. Als ich aber dann aus Neugierde Alnecestre besuchte, stellte ich in der Tat fest, daß diese Siedlung kein Schmiedehandwerk besaß."

Steine werden zu Brot

Über die tieferen Zusammenhänge und Hintergründe dieser Erzählung, die Anketil seinem Abt nicht unbegründet berichtet hatte, dachte Geoffrey lange nach. Bei seinen Besuchen in Markyate konnte er mit Christina ausführlich hierüber sprechen. Er erzählte ihr begeistert, welche Fortschritte die Arbeiten am Reliquienschrein machten und daß er täglich zuschaue, wie sich Gold, Silber und kostbare Steine mehr und mehr zu einem großen Ganzen zusammenfügten. Christina schwieg dazu, denn sie wollte Geoffrey nicht durch eine voreilige Äußerung verletzen. Doch fiel es ihr nicht leicht, die Zeit abzuwarten, von der sie bereits wußte, daß sie sich mehr und mehr verfinsterte.
Den ganzen Sommer über hatte es nicht geregnet. Die Hitze, die über dem verdorrten Land lag, wollte auch im Herbst nicht schwinden. Die Natur war dem Zugriff der sengenden Sonne erbarmungslos ausgesetzt. Das Vieh auf den verbrannten Weiden hatte schon seit langem keine Nahrung mehr, und auch die Tiere im Stall begannen zu darben. Notschlachtungen waren an der Tagesordnung. Nach der witterungsbedingten Mißernte dieses Jahres 1124 breitete sich die Lebensmittelknappheit wie eine schlei-

chende Seuche aus. Überall herrschte gereizte Stimmung. Man lebte von der Hand in den Mund. Weil niemand wußte, ob er auch morgen satt würde, war selbst die karge Mahlzeit, die heute noch aufgetragen werden konnte, ein Fest. Der Preis für einen Viertelzentner Weizen, der für gewöhnlich um vier Schilling betrug, war in diesem Herbst auf zwanzig Schilling gestiegen.
Nicht allzu selten und immer häufiger wurden Gras und schädliche Kräuter zwischen das Mehl gemischt, so daß schon bald nach dem Verzehr körperliche Hinfälligkeiten auftraten. Eine weitere äußerst schmerzliche Folge waren ausgedehnte Haut- und vor allem Schleimhautblutungen. Viele Menschen erkrankten an Vergiftungen durch schwarzes Mutterkorn, das sich verstärkt im Getreide fand. Infolge der Falsch- und Unterernährung traten Mangelerkrankungen auf, die weitere und schwerere Krankheiten nach sich zogen. Unruhe verbreitete sich überall und löste Aggressionen aus. Die erbarmungslose Mißernte hatte die Bewohner umliegender und weiterer Gebiete in größte Bedrängnis gebracht und - sie war nicht mehr aufzuhalten - in bittere Hungersnot gestürzt.
Als Abt Geoffrey an diesem Tag auf seinem Weg nach Markyate durch das große Torhaus in St. Albans ritt und dort vom Hunger gequälten Menschen begegnete, schämte er sich. Ihnen gegenüber konnte er sich selbst, hoch zu Roß, nicht ertragen, stieg vom Pferd und führte es eine Weile, bis er freies Feld erreicht hatte.
Christina war an diesem Abend sehr ernst, und Geoffrey spürte, daß sie ihm etwas Wesentliches zu sagen hatte. Daher schwieg er in ihrer Gegenwart - gegen seine sonstige Gewohnheit - und wartete auf ein Wort von ihr.
„Es ist verheerend, wie diese entsetzliche Hungersnot über unser Land züngelt. Daher möchte ich gern, ja, es zwingt mich sogar dazu, mit Euch über mögliche Hilfsmaßnahmen sprechen und ein großes Anliegen an Euch herantragen. Ich bin fest davon überzeugt, daß ein Überfließen unserem Leben Sinn und erst den zündenden Funken verleiht. Doch leider kommt bei den meisten Menschen das, was ihnen zufließt, nicht wieder ins Fließen, weil sie es zurückhalten."
Christina schaute Geoffrey bei diesen Worten klar und offen an. Doch er hatte sie noch nicht verstanden und ahnte nicht, daß sie

ihn an diesem Abend an einer äußerst empfindlichen Stelle seines Ich-Bewußtseins treffen würde. Die Not der Stunde und der Schrei vieler Menschen gaben ihr den Mut fortzufahren:

„Ich habe den Eindruck oder weiß es sogar, daß auch Ihr das Hinzufließende zurückhaltet, indem Ihr einfach die Behälter vergrößert, wenn sie gerade wie die Schalen eines Brunnens überfließen wollen. Ihr schaut mich so unverständlich und fragend an. Ich weiß um Eure ständigen Bemühungen, den Armen und Hungernden zu helfen. Doch jetzt befinden wir uns bereits in einem Ausnahmezustand, der wiederum Ausnahmen unseres sonstigen Verhaltens verlangt. Ich möchte mit Euch überlegen und Euch eventuell einen Hinweis dazu geben, wie Ihr das Gefäß kleiner machen könnt, damit es schneller überfließt. Ihr habt erlebt und erlebt es bestimmt immer wieder als Mönch: Wenn Ihr Eure Bedürfnisse einschränkt und damit das Gefäß kleiner macht, dann fließt es schneller über, und damit tritt die Freude der Dankbarkeit früher ein. Es ist das Überfließende, was in der Sonne funkelt."

Noch immer erkannte Geoffrey nicht, worauf Christina mit ihren Worten hinauswollte. Er brachte ihr all seine Aufmerksamkeit entgegen und bat sie, doch ohne Umschweife und gezielt das auszusprechen, was sie so sehnlichst von ihm erwartete.

„Ich dachte an den Reliquienschrein, den Ihr für Alban so kostbar bereitet und von dem Ihr mir häufig und begeistert erzählt habt. Anketil ist ein gereifter Mann, er kennt das Leben, Enttäuschungen und Schattenseiten. Ich bin sicher, daß gerade er tragfähig ist und nichts dagegen hätte ..."

Geoffrey schluckte und hielt seinen Kopf in beiden Händen. Damit hatte er nicht gerechnet. Einen Reliquienschrein plündern, der einmal die Zierde und Anziehung von St. Albans darstellen sollte, war für ihn in diesem Augenblick unmöglich, nicht einmal aussprechbar.

„Könntet Ihr nicht das für den Schrein eingelagerte Gold und Silber zu Münzen prägen lassen, um hungernden Familien Hilfe und Unterstützung zu geben? Es ist doch darüber hinaus auch möglich, Silber- und Goldplatten vom Schrein abzunehmen wie auch fertiggestellte Ornamente und Figuren, um sie zu verkaufen. Rohe, geschliffene und gefaßte Steine wären ebenso zu handhaben.

Nichts ist zur Erhaltung des Lebens notwendiger als das Überflüssige. Deswegen brauchen wir nichts dringender als Einfachheit.
Ich sehe, wie weh Euch meine Worte tun und Ihr Euch mit ihnen krampfhaft auseinandersetzt. Laßt die Behälter von St. Albans wie auch den Eurer eigenen Bedürfnisse nicht zu groß werden, damit sie sich schneller füllen und überfließen können. Als Abt habt Ihr die Möglichkeit, heute noch alles Überflüssige überfließen zu lassen, um menschliche Not zu lindern. Wenn Ihr es fertigbringt und diesen Schritt tut, ich begleite Euch innerlich dabei, werdet Ihr eine unendliche Freude spüren. Ungeahnte gute Kräfte werden Euch dabei unterstützen, und neue tiefere Welten werden sich Euch auftun."
Noch an diesem Abend, nachdem Geoffrey wieder in St. Albans angekommen war, sprach er mit Anketil. Dieser hatte sofort Verständnis für das Vorhaben des Abtes und unterbrach noch zur Stunde die Arbeiten am Schrein. Alles an Verzierungen wurde in den darauffolgenden Tagen vom Schrein abgenommen. Aus den Silber- und Goldplatten wurden Münzen geprägt und unter die Armen verteilt, die sich zu immer größeren Scharen am Klostertor versammelt hatten. Figuren und Ornamente wurden in London verkauft oder gegen Lebensmittel eingetauscht. Die zurückkehrenden Wagen waren bereits unterwegs von Hungernden gestürmt worden. Ungeachtet dessen gab Geoffrey, was zu geben war, und verkaufte oder verschenkte die Edelsteine, die in den Schrein eingearbeitet werden sollten, wie auch die Steine in kostbaren Fassungen, die den Schrein bereits zierten.

Sardonyx - oder: „Die Eule war des Bäckers Tochter"

Ganz allmählich begann Geoffrey, ein feineres Gespür für Christinas Worte, für sie als sein Gegenüber und nicht zuletzt für sie als Frau zu entwickeln. Nach dem für ihn so überaus schmerzhaften Eingriff in den Schrein von St. Albans wurde ihm bewußt, wie gefahrvoll es war, über Jahre nur in einer reinen Männergemeinschaft zu leben. Auch die liturgischen Dienste, die Meditationen, geistliche Gespräche, die Literatur und Kunst allein hatten es nicht vermocht, das Kreisen um sein eigenes Ich aufzubrechen. Es bedurfte einer ganz anderen Begegnung, die Geoffrey weder bedenken noch vorhersehen konnte: Ein wunderbarer Mensch in dieser Welt, eine Frau, Christina, hatte seine verhärtete Seele berührt. Sie vermochte es durch Einsicht und Liebe, eine Saite in ihm zum Klingen zu bringen, die bisher weder einen Resonanzboden noch einen Raum oder die Freiheit zum Ausschwingen hatte.

Um nicht in die sengende Mittagshitze zu kommen und nicht gesehen zu werden, hatte sich Geoffrey am frühen Morgen mit zwei Pferden auf den Weg nach Markyate gemacht. Ein Pferd führte er am Zügel mit sich, um auf ihm am Abend zurückzureiten, denn er wollte das Tier, auf dem er jetzt ritt, auf dem Rückweg entlasten. Nach den wiederholten Gesprächen und Begegnungen mit Christina war es für ihn selbstverständlich geworden, behutsamer mit den Gaben der Schöpfung, den Tieren und den Menschen umzugehen.

In seiner Satteltasche trug Geoffrey einen Halbedelstein von ganz besonderer Größe und Schönheit. Dieser kostbare Sardonyx, der zum alten Klosterschatz von St. Albans gehörte und bei Aufräumungsarbeiten ans Tageslicht gekommen war, sollte zur Krönung und Betonung der Mitte in den Reliquienschrein eingearbeitet werden.

Im Kapitel, der Beratung der Mönche, stellte Abt Geoffrey alles vor, was er zu tun gedachte, um sich für sein Vorhaben Bestätigung und Unterstützung oder eventuell auch Kritik und Korrektur einzuholen. Den Hungernden zu helfen und ihnen vom Kloster bis zum äußersten entgegenzukommen wurde von allen Mönchen ausnahmslos sofort bejaht und tatkräftig unterstützt. Einige seiner Mitbrüder entdeckten in Geoffrey ein ganz neues, feinfühliges Verhalten, das sie in all den Jahren an ihm vermißt hatten. Sie wunderten sich über ihren Abt, sprachen jedoch vorerst nicht darüber. Sie ahnten noch nicht, daß diese Tür zu einer tieferen Liebe und Nächstenliebe in seinem Inneren von einer Frau geöffnet worden war.

Wegen seiner außergewöhnlichen Größe und Schönheit hatte der Abt den weiß- und rotbraungestreiften Chalcedon mit in das Kapitel genommen, um ihn seinen Mönchen zu zeigen und nach einem eventuell neuen Verwendungszweck zu fragen. Von zwei älteren Mönchen erfuhr er, daß dieser Stein ein königliches Geschenk aus früheren Jahren an das Kloster sei. Geoffrey ließ den kostbaren Sardonyx, der so groß war, daß man ihn nicht einmal mit beiden Händen umfassen konnte, durch alle Hände gehen. Nach einer Weile kam er wie von selbst zu ihm zurück mit der einstimmigen Erklärung, der Abt möge diesen Stein nach seinem Belieben verwenden.

Als in der Goldschmiede Anketil den so wunderbaren Sardonyx noch einmal an sich drückte, sagte er zu Geoffrey, daß dieser wohl aus Indien stammende Stein ganz besondere und hervorragende Heilkräfte in sich trage. Wie von einem liebgewordenen Menschen verabschiedete sich Anketil von diesem Staunen erweckenden Wunder der Natur und legte den Stein zurück in Geoffreys Hände.

Geoffrey, der wesentlich durchlässiger für alle Arten von Schwingungen geworden war, spürte leibhaftig, daß diesem Stein nicht nur gute Kräfte innewohnten, sondern daß er auch von außen durch die vielen Hände und Gedanken seiner Mönche mit heilbringender Energie aufgeladen war. Wie konnte er anders, als Christina die Entscheidung zu überlassen, was mit diesem wunderbaren Stein geschehen sollte? Er wußte aus den Gesprächen mit Christina, obwohl sie bisher sehr wenig von sich selbst gesagt hatte, daß sie über Kenntnisse der Naturheilkunde verfügte.

„Eine Lyra ist nicht dazu da, daß sie schweigt", waren die ersten Worte Christinas, als Geoffrey ihr behutsam diese kostbare Gabe der Natur in die Hände legte. Mit dem Stein und der damit verbundenen Geste des Weiterreichens hatte er Christina dankend zu verstehen gegeben, daß dieser Schlußstein der Beginn eines neuen Aufbruchs war.

Mit der ihr eigenen Zärtlichkeit liebkoste sie den Stein und legte ihn dann staunend und bewundernd auf den Tisch, an dem sie sich gegenübersaßen. „Ihr fragt mich, wie Ihr diesen Stein verwenden sollt." Geoffrey nickte und schaute dabei Christina liebevoll und dankbar an. „Laßt mich ihn zunächst noch etwas spüren, damit ich von seiner Energie aufnehmen kann." Dann legte Christina ihre beiden Hände um den Stein und begann - als ob ihr die Worte aus einer anderen Welt eingegeben würden - zu reden: „Wißt Ihr eigentlich, daß Ihr mir einen himmlischen Stein in die Hände gelegt habt? In der Geheimen Offenbarung wird der Sardonyx zum fünften Grundstein der Stadtmauer des neuen Jerusalem. Die heilbringenden Kräfte des Steins dringen über die Halswirbel und die Nervenfasern ganz tief in den Menschen ein. Der Sardonyx hat die Gabe, die eigenen Körperkräfte zu stärken und vor Infektionen zu bewahren. Das geschieht dann allerdings nur, wenn ein Mensch ihn längere Zeit auf der bloßen Haut trägt und ihn oft mit dem Mund in Berührung bringt. Da die Leber selbst nicht schmerzen kann, ist der Sardonyx ein treuer Vorsorgestein und Heilstein, der durch Verfärbungen der weißen Streifen auf Erkrankungen der Leber hinweist. Er heilt auch Gelbsucht, Leberentzündung und Schrumpfleber. Die beruhigenden Eigenschaften dieses Steines wirken auf das Herz, die Nieren und vor allem auf die Nervenfasern."

Nun verstand Geoffrey die ersten Worte Christinas, als sie den Stein in die Hand nahm: „Eine Lyra ist nicht dazu da, daß sie schweigt." Damit hatte sie sicherlich gemeint, daß der Stein seine Wirkung zum Erkennen von Krankheiten und zur Heilung entfalten müsse. Geoffrey war fest davon überzeugt, daß dieser Sardonyx nicht dazu geschaffen und in seine und Christinas Hände gekommen sei, um als Zierde des Reliquienschreines die Augen der Anschauenden zu weiden, sondern seine heilbringenden Kräfte bei kranken Menschen zu entfalten habe. Doch hörte er zunächst Christina weiter zu.

„Wenn Ihr noch etwas mehr über diesen Stein wissen möchtet, will ich es Euch gern sagen. Bei ungeordneter und zu starker Sinnenlust - wenn ein Mann oder eine Frau übernatürlich stark und davon abhängig dauerhaft in sinnlichen Gelüsten entbrennen - soll der Mann den Sardonyx an seine Leistenbeugen, die Frau den Stein über ihren Nabel legen, und sie werden von diesem Sinnenbrand Heilung erlangen. Ich weiß auch, daß dieser Stein Frauen bei einer gefährlichen Geburt Hilfe bringt und ein in Gefahr schwebendes Leben retten kann."

In ihrem weiteren Gespräch waren sich Christina und Geoffrey darüber einig, daß gerade dieser Sardonyx weder verkauft noch verschenkt werden dürfe, sondern als Heilstein im Besitz des Klosters bleiben müsse. Geoffrey machte den Vorschlag, den Stein zusammen mit diesem Wissen, das er von Christina erhalten hatte, dem Infirmarius und dem Arzt des Klosters zur praktischen Anwendung zu übergeben. Christina, die von Beginn an diesen Plan gehegt hatte, freute sich und beglückwünschte Geoffrey dazu, daß er bereit war, auch über diesen Weg Menschen Heil zu bringen.

„Bitte grüßt den Infirmarius herzlich von mir und sagt ihm, daß er bei Anwendung den Sardonyx mindestens wöchentlich einmal reinigen und entladen müsse. Dann kann er ihn in der Sonne wieder aufladen, denn von Natur aus ist dieser Stein warm, weil er um die sechste Stunde - also mittags - von der Sonne geboren ist. Daher benötigt er, nachdem er seine Wirkung abgegeben hat, zur Aufladung die heiße Mittagssonne. Sagt dem Infirmarius eindringlich, daß sich die Heilkraft des Sardonyx nur in der Sonne wieder belebt und er ihn mehrmals für längere Zeit der Mittagssonne aussetzen möge."

Hätte Geoffrey jemals daran gedacht, einer Frau so aufmerksam und wißbegierig zuhören zu können? Er nahm ihre Sprache und ihre Worte auf wie eine Wüste, die auf einen Ozean gewartet hatte. Christina, die in diesem Augenblick eine derartige und ernste Bewegung bei Geoffrey spürte, fragte ihn, ob sie ihm noch eine kurze Geschichte erzählen dürfe. Damit wollte sie den Augenblick überbrücken und Geoffrey deutlich aufzeigen, wie sich sein Standort geändert hatte:

„In einen Bäckerladen kam ein Mann, der ärmlich und alt aussah. Er bat um ein Stück Brotteig. Die Tochter des Bäckers gab ihm ein winzig kleines Stück, und der alte Mann bat darum, dieses mit dem Brot in den Ofen legen zu dürfen. Als sie das Brot herausnahm, sah das Mädchen, daß der Teig zum größten Laib im Ofen aufgegangen war. Daher wollte sie es dem alten Mann nicht geben. Schließlich reichte sie ihm aber ein anderes Teigstück, das halb so groß wie das erste war, und es sollte mit dem zweiten Schub in den Ofen kommen. Dieser Teig ging sogar noch mehr auf als der erste, weshalb das Mädchen auch dieses Brot nicht mehr abgeben wollte.

Noch einmal bat der alte Mann um ein ganz winziges Stückchen Teig. Das Mädchen gab ihm nun ein bißchen, das kaum größer als ein Daumen war, und sie tat es mit dem dritten Schub in den Ofen. Als sie es wieder herausnahm, war dieses winzige Teigstückchen größer als alle anderen Brote, die jemals zuvor gebacken worden waren. Wieder war das geizige Mädchen zurückhaltend.
Doch nun bekam sie es mit der Angst zu tun und schaute mit großen runden Augen auf den alten Mann, der seinen Umhang abgeworfen hatte und hoch aufgerichtet und strahlend dastand.
'Die Welt hat schon zu lange deine Selbstsucht und deinen Geiz ertragen, die trotz unserer Hungersnot eher noch größer geworden sind', sagte der Mann und schlug mit einem Stab nach dem Mädchen, das augenblicklich zur Eule wurde und hinaus in die Nacht flog."
Beide, Christina und Geoffrey, schauten sich gütig an und lächelten. Beide fühlten sie eine innere Freiheit, die ein Gefühl hinterließ, als ob sie ein großes Hindernis mühsam beiseite geräumt hätten. Nicht nur das Wissen um den so kostbaren und heilbringenden Sardonyx hatte Geoffrey stark beeindruckt und bewegt, sondern er dachte auch auf seinem Heimweg nach St. Albans über die Eule nach, die des Bäckers Tochter war. Dabei kam ihm immer wieder der Satz in den Sinn, daß wir zwar wissen, wer wir sind, aber nicht wissen, was wir sein können.

Aufbruch in ein neues Geheimnis

Ganz allmählich wuchs in Christina eine große Zuneigung zu Abt Geoffrey. Sie sah und erlebte, daß er fähig und bereit war, größere Verantwortung zu tragen und weitreichendere Aufgaben zu übernehmen. Selbst wenn sie es vorerst nicht wahrhaben wollte, so mußte sie sich doch mit der Zeit eingestehen, daß durch ihren Einfluß und ihr Eingreifen das Leben des Abtes sich wesentlich verändert und in vielem verbessert hatte. Dabei empfand sich Christina in ihrer Bescheidenheit eher als unbedeutend und als Frau - geschweige denn für den Abt von St. Albans - unwesentlich. Doch nahm sie dankbar die guten Gefühle wahr, die in ihr aufstiegen und ihr Selbstbewußtsein stärkten, als sie sah, wie Geoffrey einige Hindernisse, die in ihm verwurzelt waren, überwunden hatte, klarere und gerechtere Entscheidungen treffen konnte und harmonische zwischenmenschliche Beziehungen aufzubauen imstande war.

Mit jedem Fortschritt, den er in seinem inneren wie auch äußeren Leben machte, wuchs Christinas Zuneigung zu ihm. Sie begann, Geoffrey mit einer wunderbaren, ihr bisher nicht bekannten Liebe zu lieben. Sie, die durch und durch von einer geistigen Kraft erfüllt und gestärkt war, benötigte für sich selbst von den Dingen dieser Welt rein gar nichts. Das größte und schönste Geschenk, das sie empfangen durfte, war der Augenblick, in dem ihr bewußt wurde und sie wahrnahm, daß die Zuneigung auf Gegenseitigkeit beruhte. Christina wußte jedoch aus den vier Jahren, in denen sie bei Roger weilen durfte, daß es im Menschen verschiedene Ebenen und Ausformungen des Bewußtseins gibt. Dementsprechend durfte sie nicht ihre Empfindungen für Geoffrey der Zuneigung Geoffreys zu ihr gleichsetzen.

Wann immer er es nur konnte, unterstützte Geoffrey die Einsiedelei von Markyate. Er half Christina, ihre notwendigen weltlichen Aufgaben und materiellen Angelegenheiten schneller und besser zu regeln, als sie es bisher vermocht hatte. Sie wiederum versuchte, für ihn alles, was er ihr entgegenbrachte, geistig und liebevoll zu durchdringen, zu verstehen und zu einem tragfähigen Baustein zu formen, den sie gewillt war, in eine Stufenleiter für Geoffrey einzulagern.

In all ihre Gebete und Meditationen schloß sie Geoffrey ein. Wenn sie für ihn irgend etwas tun konnte, war sie eifriger als um ihr eigenes Wohl darum bemüht. Eine große und liebevolle Fürsorge ging von ihr aus, die sich sowohl auf die körperliche Gesundheit wie auch auf das Seelenheil Geoffreys bezog. Die heilbringenden und lebensunterstützenden Kräfte Christinas erreichten Geoffrey in einer Weise, die nicht mehr in Worte zu fassen war und einem Fremden völlig unglaubwürdig erscheinen mußte. Wo auch immer der Abt sich aufhielt, ob in der Nähe oder weit entfernt, war es ihm weder in Worten noch in der Tat möglich, grobe beleidigende Dinge auszusprechen oder gar auszuführen. Mit einer großen Liebe,

die nicht das eigene Wohl, sondern das des anderen möchte, begleitete sie Geoffrey auf all seinen Wegen. Durch eigene reife Lebenserfahrung wußte sie, daß nur jemand zum Besseren hin verändert werden kann, wenn sie ihn durch und durch bejahen und annehmen würde.
In seiner Gegenwart machte sie kein Geheimnis aus ihren Gefühlen; sie sprach zu Geoffrey offen über alles. Sie verstand es geschickt, ihm ihre Ansicht kundzutun, selbst wenn er völlig anderer Meinung war als sie. Christina scheute sich nicht, ihn zu kritisieren oder zu tadeln, wenn sein Verhalten dazu Anlaß gab oder sie durch kleine Äußerungen von ihm wahrgenommen hatte, daß er aus unverständlichen Motiven geneigt war, einen nicht zu verantwortenden Weg zu gehen. Sie wußte um die Notwendigkeit und Unumgänglichkeit, manchmal und vorübergehend einem geliebten Menschen wehzutun, vor allem, wenn es zu seinem Heil ist und Schlimmeres verhindert werden muß. Wenn Geoffrey in eine Situation kam, die ihn unsicher in seiner Entscheidung machte, stellte er sich Christina vor und das, was sie ihm augenblicklich raten würde. Und spontan floß ihm klarere Einsicht und eine Kraft zu, die ihn das Richtige tun ließ.
Bei großen Veränderungen mit und in einem Menschen, besonders wenn es um die Reifung der Persönlichkeit geht, bleiben häufig Krankheiten nicht aus. Die Umstellung in Geoffreys Leben - Christina wußte in allem, wie vorsichtig und behutsam sie vorzugehen hatte - und die neuen Verhaltensweisen, die der Abt in seinem beruflichen und persönlichen Leben an den Tag legte, waren letztlich für ihn noch so ungewohnt, daß sie sein Gleichgewicht störten. Eine schwere Krankheit überfiel ihn, die ihn an den Rand des Todes brachte. Mit hohem Fieber, unfähig, einen eigenen Schritt zu tun, wurde der Abt in die Infirmerie gebracht. Ihm ging es derart schlecht, daß er den Glauben an menschliche und ärztliche Hilfe bereits aufgegeben hatte. Doch sein Glaube an übernatürliche Kräfte nahm zu, je mehr er seine Angst, das Leben zu verlieren, seine körperlichen Verkrampfungen und Schmerzen immer wieder und bei jedem Ausatmen in die Hände des Schöpfers zu legen versuchte. Geoffrey spürte dabei die geistige Nähe Christinas, mit der er sich jetzt noch tiefer verbunden fühlte. Ein zunehmend ern-

ster werdender Krankheitsverlauf, der ihn an die Schwelle des Todes führte, blieb ihm jedoch nicht erspart.
Vieles hatte der Abt zur Zufriedenheit seiner Mönche und für seinen eigenen inneren Frieden vom Krankenbett aus noch regeln können. Doch etwas, wonach er unendlich verlangte, hatte er bisher noch nicht aussprechen können. Es war die tiefe Sehnsucht, Christina vor seinem Tod noch einmal zu sehen, um ihr seinen Dank auszusprechen und sich ihr noch einmal ganz anzuvertrauen. Diesen Schritt vor seinen Mitbrüdern zu tun, fiel Geoffrey sehr schwer. Dennoch entschied er, zu ihr zu schicken und um das Kommen von Christina zu bitten.
Andrew, ein junger Mönch, der dem Wesen des Abtes sehr nahestand, sollte sich am nächsten Morgen auf den Weg nach Markyate machen. Doch Christina wußte bereits um den äußerst gefährdeten und kritischen Gesundheitszustand des Abtes. Zu Fuß und unaufgefordert war ein älterer Mönch von St. Albans, der aus einer tiefen sich offenbarenden Religiösität lebte, noch am Abend zu ihr in die Einsiedelei gekommen. Er hatte Christina empfohlen, den Abt zu besuchen, da er sehr krank sei. Ohne etwas zu sich zu nehmen oder sich in ein Gespräch einzulassen, war er schweigend noch in der Nacht zurückgegangen. Da der Mönch ihr keine näheren Einzelheiten berichtet hatte und sie ihn auch nicht weiter bedrängen wollte, überlegte sie, was zu tun sei. Sie war derart erschüttert und betroffen, daß sie am liebsten auf der Stelle zu Geoffrey geeilt wäre. Doch entschloß sich Christina zunächst, in das Oratorium zu gehen, um ein wenig zur Ruhe zu kommen und Einsicht zu gewinnen. Sie betete für Geoffrey, und Tränen über Tränen flossen über ihre Wangen.
War es richtig, jetzt in der Nacht sich allein aufzumachen und als Frau zu einer solchen Stunde in St. Albans Einlaß zu erbitten? Aus Liebe zu Geoffrey war dies alles kein Hindernis für sie. Doch es könnte für ihn zu einer großen Belastung werden, wenn er wieder gesund werden und weiter als Abt in St. Albans leben würde. Und an diese baldige Gesundung glaubte sie fest. Inständig bat sie daher in ihrem Gebet um ein sichtbares und hörbares Zeichen, das etwas über die Gesundheit des Abtes aussagen möge. Sie schloß die Augen und ließ sich ohne eigenes Wollen in ihre Meditation hin-

einfallen, vertrauend und wissend, daß ein anderer es nach Seinem Willen und gut fügen würde.
Sie sah sich aus dem Oratorium kommen, bekleidet mit dem Umhang, den sie trug, wenn sie ihre Eremitage verließ. Ihre Erschöpfung empfand sie als so groß, daß sie sich an der Wand des Gebäudes festhalten und abstützen mußte. Im selben Augenblick fühlte sie sich wie von unsichtbarer Hand nach St. Albans geführt, wo ihr Einblick in das Krankenzimmer Geoffreys gewährt wurde. Wie einen müden Wanderer sah sie ihn in einer Ecke des Raumes zusammengekauert sitzen. Seinen Kopf hatte er auf einen Stab gestützt, wie Wanderer ihn benutzen. Sie konnte nicht recht erkennen, in welchem Gesundheitszustand sich Geoffrey befand, denn er schlief. Vor ihrem geistigen Auge sah sie Mönche, unter ihnen auch zwei Nonnen, die den sterbenden Abt besuchen und noch einmal sehen wollten. Dann hörte sie zu ihrer großen Freude auf einmal die Stimme des Abtes: „In diesem Augenblick weiß Christina von uns allen."
Wie von selbst ging die Meditation, in die Christina hineingenommen war, zu Ende, und sie kam wieder ganz in ihrer Gegenwart an: erleichtert, wissend, daß etwas sehr Heilvolles geschehen war oder geschehen würde. Sie dankte und bat ganz inständig den Schöpfer, Er möge Geoffrey schnell Hilfe zukommen lassen.
Dem Wunsch Geoffreys und dem des Mönches, der sie am Vorabend aufgesucht hatte, folgend, brach Christina früh bei Tagesanbruch auf, um rechtzeitig in der Abtei anzukommen. Bereits auf der Höhe von Flamstead kam ihr auf der alten Römerstraße ein Reiter entgegen, in dem sie schon von ferne Andrew aus St. Albans erkannte. Er berichtete ihr voll der Freude, daß der Abt die lebensgefährliche Krise - die sich noch am Vortage seiner bemächtigt - überwunden hatte und es ihm zusehends besser ging. Christina erkundigte sich nach vielen Einzelheiten, um ganz sicherzugehen, wenn sie ihren Weg nach St. Albans nicht fortsetzen würde. Ihre Sehnsucht, Geoffrey wiederzusehen und ihm Heil und weitere Gesundheit zu wünschen, war so stark, daß sie gern weitergegangen wäre. Doch mahnte sie ihre Klugheit, umzukehren.

Das Geheimnis offenbart sich

Auf erstaunlich schnelle Weise durfte Geoffrey Genesung erfahren; doch konnte er vorerst die Infirmerie nicht verlassen. In den langen Nächten und Stunden des Tages, die seine Gesundheit benötigte, um sich wieder herzustellen, weilten seine Gedanken bei Christina. Ihm wurde deutlich, daß er bisher nur von ihr erhalten und genommen hatte, ohne den leisesten Gedanken daran, auch ihr einmal eine Herzensfreude zu erfüllen. Immer wenn Geoffrey an Christina dachte, stieg die Sehnsucht in ihm auf, sie bald wiederzusehen, ihre Stimme zu hören und ihre liebende Gegenwart in sich aufzunehmen. Ihn erfüllte ein liebendes Gefühl und Dankbarkeit, die ihn in seinen einsamen Stunden darüber nachdenken ließ, auf welche Weise er dieser großartigen Frau seine Verbundenheit zum Ausdruck bringen könne.

Wie von selbst führten ihn seine Gedanken in das Scriptorium zum Alexis-Meister, der damit begonnen hatte, feinsinnige Miniaturen zu illuminieren, um sie später einem Kodex beizufügen. Hatte nicht Christina, von der er wußte, wie sehr sie geistliche Texte liebte, von einem eigenen Buch der Psalmen gesprochen, das sie sich so sehnlichst wünschte, da sie den in Markyate zur Verfügung stehenden Psalter mit ihren Aspirantinnen teilen mußte?

Als sein Gesundheitszustand es einigermaßen zuließ, besuchte Geoffrey als erstes den Alexis-Meister im Scriptorium. Mit dem heimlichen Gedanken an Christina wurde für Geoffrey die Arbeit des Meisters zu einer Offenbarung. Ohne lange darüber nachzudenken, hatte die Intuition in Geoffrey konkrete Gestalt angenommen, und er wußte, daß der Alexis-Meister bereits an einem Buch arbeitete, das einmal Christina gehören und in das er seine unsagbare Liebe zu ihr einfließen lassen würde. Von diesem Augenblick an spürte er in Verbindung mit dem gerade entstehenden Buch die Gegenwart Christinas wesentlich intensiver, sogar leibhaftig.

Der Alexis-Meister konnte und durfte nicht unbeteiligt sein. Da Geoffrey diesem offenherzigen und hochgebildeten Künstler größtes Vertrauen entgegenbrachte, weihte er ihn in seine Gefühle und sein Vorhaben ein. Die anfängliche Gespanntheit und Ernsthaftigkeit des Meisters wandelte sich schnell in freudige Akzeptanz und Güte, die seine Gesichtszüge zu einem wissenden und heiteren Lächeln formten. Bei diesem Verständnis und inneren Entgegenkommen konnte Geoffrey nicht umhin, den Alexis-Meister herzlich und dankbar zu umarmen.

Durch sein Scriptorium in St. Albans und die Besuche in Markyate begann für Abt Geoffrey die erfüllendste Zeit seines Lebens. Die erlösenden und hilfreichen Kräfte, die in ihm frei wurden, verschenkte er - ohne aufdringlich zu sein - an alle, die danach verlangten. Da er eine Liebe, die sich auch im menschlich-irdischen Bereich formte, in sich selbst zuließ und gleichzeitig bereit war, die Liebe einer Frau anzunehmen, wurde er zu einem Liebenden, dessen Licht auch in der Dunkelheit leuchtete. Weit mehr noch als in früheren Zeiten und vor seiner Krankheit kamen seine Mönche zu ihm, um sich von ihm Rat auch in sehr persönlichen und intimen Angelegenheiten zu erbitten.

Je tiefer Geoffrey zusammen mit dem Alexis-Meister in die Gestaltung und Ausführung des Psalters für Christina eindrang, je öfter er ihre Gegenwart im Scriptorium fühlte und je öfter er sie in Markyate besuchen durfte, um so glücklicher, reicher und geistig erfüllter wurde er. Ihre gemeinsame Liebe, die nichts Heimliches und Dunkles hatte, wirkte ansteckend und verbreitete sich wie das Licht, das allen im Haus leuchtet. Weder diese Liebe noch das von ihr ausgehende Licht konnte und durfte verborgen bleiben. Durch Geoffreys klare Offenheit und letzte Ehrlichkeit dem Alexis-Meister gegenüber wurde der Illuminator derart inspiriert, daß er für den Psalter ein Bild zu malen begann, durch das hindurch der Himmel die Erde berührt. Geoffrey konnte vorerst nicht erkennen, welche Bedeutung die drei Reiter auf ihren Pferden haben sollten, und der Maler sprach vor der Fertigstellung des Bildes nicht darüber.

Durch den schmerzhaften Aufbruch, den Geoffrey in seiner schweren Krankheit erfahren hatte, wurden ihm schrittweise und seiner Gangart entsprechend neue Quellen eröffnet, die sein Leben ins Strömen und Überströmen brachten. Als Geoffrey darüber nachdachte, erinnerte er sich an die Worte Christinas vom Überfließen und an den kostbaren Stein, der diesen Aufbruch besiegelt hatte. Da sich Liebe, wenn sie aus wahrhaften Quellen fließt, ein-

fach weiterschenkt, strömte nicht nur in Geoffrey neues geistliches Leben, sondern er war auch in der Lage, andere Menschen zu begeistern. Daß er allerdings durch seine Liebe und Lebensenergie besonders bei einigen seiner Mitbrüder dunkle Kräfte ans Licht hob, bemerkte er glücklicherweise vorerst nicht.
Auch Christina, die in ihrem jungen Leben bereits diese Erfahrungen zur Genüge gemacht hatte, sprach vorerst mit Geoffrey nicht darüber. Der Alexis-Meister, der ebenso um die ungeheuere Macht gegnerischer und zerstörerischer Kräfte aus seinem eigenen Leben wußte und ihr Kommen auch bei Geoffrey vorausahnte, besaß wie Christina die Klugheit, vor dem Abt weder darüber zu sprechen noch sie ihm vorerst in Bildern vor Augen treten zu lassen.
Obgleich nach seiner überstandenen schweren Krankheit keine übermäßige Anstrengung erlaubt war, verschmähte es Geoffrey, sich mit dem Wagen nach Markyate bringen zu lassen. Er nahm die Pferde und machte sich trotz häufiger Müdigkeit und Erschöpfung immer wieder auf den Weg zu Christina. Für ihn stand die Anstrengung des sechs Stunden zu Pferde Sitzens in keinem Verhältnis zu den Lebenskräften und neuen Einsichten, die er durch Christina empfing. Einmal und des öfteren zweimal in der Woche, wenn es ihm eben möglich war, ritt er spontan nach Markyate, ohne vorher Christina sein Kommen anzukündigen. Sie verbrachte weder ihre Zeit damit, auf ihn zu warten, noch war sie überrascht, wenn Geoffrey plötzlich vor ihr stand.
Eine tiefe Freude und Dankbarkeit erfüllte Christina, als sie von ihm erfuhr, daß er zusammen mit dem Alexis-Meister begonnen hatte, seine neuen, ihm zufließenden geistig-geistlichen Impulse sinnvoll auszudrücken und künstlerisch darstellen zu lassen. Daß ihr dieses Buch gewidmet sein würde, ließ er sie nicht ahnen. Sie entnahm seinen Berichten, wie einfühlend und von höheren geistigen Werten getragen Geoffrey seinen Mitbrüdern begegnete und ein offenes Ohr und Herz für sie hatte. So konnte auch sie teilhaben an den immer neuen Aufbrüchen, die sich in ihm vollzogen, und nach und nach das Geheimnis erspüren, das sich auf vielfältige Weise in allem offenbarte.
Damit Geoffrey nicht Gefahr laufe abzustürzen und das in ihm Begonnene gestärkt und gefestigt würde, schenkte sie ihm ihre Ge-

bete, ihre Meditationen und darüber hinaus alle ihre guten und lebensunterstützenden Gedanken. Sie ahnte, daß das Licht ihrer gemeinsamen Liebe manche Schatten stärker konturieren würde und Stürme das neu gebaute Haus einstürzen lassen könnten. Christinas Gedanken und Wünsche kreisten mehr um Geoffrey als um ihre eigene Person; sie wußte, daß er alle Unterstützung des Himmels und der Erde benötigte. Deshalb gestand sie sich offen ein: es gab für sie niemanden auf der Welt, dem sie sich mehr verbunden fühlte als Geoffrey; von allen Menschen, die ihr nahestanden und für die sie Verantwortung mit trug, war es Geoffrey, den sie am häufigsten und immer wieder in ihren inständigen selbstlosen Gebeten dem Schöpfer empfahl.
Christina spürte in ihrem Herzen eine wunderbare menschliche Nähe zu Geoffrey, eine Liebe, die sich in jedem ihrer Atemzüge offenbarte. Trotzdem war ihr bewußt, daß sie diese Liebe nicht wahllos, ungesteuert und selbstbezogen verschenken durfte. Sie handelte behutsam und klug, blieb in allem, was sie dachte, sprach und tat, in ihrer eigenen Mitte und versuchte auch in Geoffrey ein derartiges Fundament zu festigen. Ihre weise Voraussicht mahnte sie und stellte ihr die Anschuldigungen, Angriffe und Fallen vor Augen, die Geoffrey über kurz oder lang in den Weg gestellt werden würden. Diese Gabe schützte sie davor, augenblicklichen überstarken Gefühlen zu erliegen, mit denen Geoffrey weder in seiner gegenwärtigen noch zukünftigen Situation hätte angemessen umgehen können. Doch mußte und durfte Christina, die immer um eine liebevolle und gleichzeitig distanzierte Nähe zu Geoffrey bemüht war, in einer gewissen Weise der Sprache ihres Herzens Ausdruck verleihen.
Obwohl sie niemals in seinem Leben „du" zu ihm sagte, fand Christina, wenn sie allein waren, eine Anrede für Geoffrey, die ihn nicht nur glücklich machte, sondern ihm auch in schweren Zeiten Zuwendung verhieß. Sie nannte ihn „Beloved".

Gute Ernte

Die Hungersnot des Jahres 1124, die bis zum Sommer des folgenden Jahres andauerte, war glücklicherweise vorüber. Die erste Ernte war gut und die noch zu erwartende vielversprechend.
Mit der ihm eigenen Geduld und künstlerischen Leidenschaft hatte Anketil erneut damit begonnen, am Reliquienschrein von St. Albans zu arbeiten. Ihm standen wieder Mittel zur Verfügung, wenn sie auch einfacher und bescheidener waren. Im Gegensatz zu seiner früheren Arbeitsweise verlegte sich Anketil darauf, die Figuren und Ornamente sorgfältig zu treiben und die Nahtstellen geschickt zu verdecken. Um ihnen Festigkeit zu verleihen, füllte er die hoch aufgerichteten Figuren, die innen hohl waren, mit Mörtel.
Die gute Ernte, Verkäufe von Pferden, Pachtzinsen und andere Einkünfte hatten den Haushalt von St. Albans wieder ausgeglichen, so daß niemand Mangel leiden mußte. Auch für das Scriptorium konnten genügend Häute eingekauft werden. Alle Schreiber und Illuminatoren waren nun in der Lage, ihre begonnenen Arbeiten fertigzustellen und neue zu beginnen.
In einer lang anhaltenden gerichtlichen Klage, die aus bewußt verschleierten Erbschaftsgründen nicht entschieden werden konnte, wurde Einigung erzielt; es kehrte Friede ein. Die Beilegung dieses Rechtsstreites, in den Geoffrey als Abt von St. Albans verwickelt worden war, entlastete ihn sehr. Eines Tages kamen Emma von Bradewey und ihr Sohn Hugo zum Kloster und sprachen im Kapitel vor. Als sie vor dem Abt und allen anwesenden Mönchen erklärten, in friedlicher Absicht gekommen zu sein und aus freiem Willen auf das strittige Land verzichten zu wollen, trat - zumindest bei denen, die mit diesem Prozeß zu tun hatten - große Erleichterung ein. Im Anschluß an das Kapitel gingen alle in die Kathedrale und versammelten sich um den Hochaltar. Unaufgefordert legten Emma von Bradewey und ihr Sohn Hugo vor allen Mönchen ein Messer auf den Altar. Damit zeigten sie ihre Bereitschaft zum Frieden, und daß sie das Land unbehelligt und frei von jeder gerichtlichen Klage an St. Albans zurückgeben würden.

Christina von Markyate, die eine Vielfalt von Aufgaben erfüllte, über die sie nur selten oder gar nicht sprach, gab dem Abt, wenn er sie in ihrer Einsiedelei besuchte, das Gefühl, sie sei ganz und für ihn allein da und beiden stünde eine unendliche Zeit zur Verfügung. Sie war niemals in Eile oder unruhig, ganz gegenwärtig in jedem Augenblick und derart einfühlsam, daß sie bereits die Belange und Anliegen des anderen spürte, ohne daß er sie ausgesprochen hatte.

Pergament, das Geoffrey ihr mitbrachte, nutzte sie eifrig, um geliehene oder ihr liebgewordene Texte und Bücher abzuschreiben. Geoffrey bewunderte und lobte ihre Geduld und feinsinnige Schrift, doch sprach er noch nicht über sein großes Vorhaben, Christina eines Tages einen reich illuminierten und persönlich für sie geschriebenen Psalter zu überreichen. Im Scriptorium von St. Albans machte die Arbeit große Fortschritte - mit jeder Seite wuchs die Begeisterung.

Als geistliche Lehrmeisterin war Christina von Markyate mehr und mehr gefragt. Junge Mädchen, nicht nur aus der unmittelbaren Umgebung, sondern auch von weit her, kamen zu ihr in die Einsiedelei, um das asketische Leben mit ihr zu teilen und gleichzeitig religiöses Wissen und Lebensweisheit von Christina zu erfahren. Der herausragende Ruf der Einsiedlerin Christina von Markyate verbreitete sich.

Eines Tages erschien eine jüngere, gut aussehende und sehr gepflegte Frau in der Einsiedelei und fragte nach ihrer Schwester. Die seit der Flucht aus Huntingdon vergangene Zeit hatte weder bei Christina noch bei Margaret eine Entfremdung oder unangenehme Distanz hinterlassen. Voll Freude nahmen sich die beiden Schwestern in den Arm, küßten einander und drehten sich wie junge Mädchen beim Tanz im Kreis. Durch den Besuch ihrer jüngeren Schwester Margaret erfuhr Christina, daß ihre andere Schwester Matilda mit einem Bürger aus Huntingdon verheiratet sei, es ihrem kleineren geliebten Bruder Gregory gut ginge und die Eltern sich seit langem mit dem eigenwilligen Weg ihrer Tochter Christina wohlwollend abgefunden hatten.

Als nach einigen Wochen Margaret von Huntingdon erneut nach Markyate kam, fragte und bat sie ihre Schwester Christina, ob sie für immer bei ihr bleiben dürfe. Noch bevor Christina, die für einen Augenblick die Luft anhielt, antworten konnte, sagte Margaret, daß sie dieses Ansinnen aus tiefstem Herzen und eigenem freien Entschluß stelle; auch begleiteten sie die guten Wünsche und der Segen ihrer Eltern. Christina schwieg, sie schwieg lange, denn sie konnte das Glück kaum fassen, daß ihr in Margaret ein Teil - ein geliebter Mensch - ihrer verloren geglaubten Familie zurückgeschenkt wurde.

Selbstverständlich konnte Margaret von dieser Zeit an in Markyate bleiben und an allem teilhaben, was an diesem lichterfüllten Ort geschah. Schon sehr bald lernte sie nicht nur durch Worte ihrer Schwester, sondern aus eigener, zunächst schmerzhafter Erfahrung, daß, wenn jemand von diesem Licht, das sich in Fülle und Güte spendet, geblendet wurde, die Schuld nicht beim Licht liegt, sondern beim Schauenden, der die ihm gesetzte rechte Beziehung nicht eingehalten hat. Auf dieser Erfahrungsgrundlage verstand es Christina und es wurde ihr leicht, die zu häufigen Meditationen und den übermäßigen Eifer ihrer Schwester Margaret abzubauen und ihr Leben in der Wirklichkeit auch dieser Welt standhaft zu verwurzeln. Handfeste Arbeit, die Margaret infolge ihrer adeligen Abstammung keineswegs gewohnt war, wurde ihr zur bitteren aber heilsamen Aufgabe. Durch die Strenge und liebevolle Führung Christinas überstand Margaret viele anfängliche Krisen. Diese waren jedoch notwendig, um aus der zu Christina aufschauenden und von ihr abhängig gewordenen Schwester eine reife, selbständige Frau und Persönlichkeit zu machen.

Der Ritt nach Markyate - oder: „Licht vom Licht"

Zwar hatte Abt Geoffrey jederzeit Zugang zur Bibliothek und zum Scriptorium, doch traf er nicht immer den Alexis-Meister dort an. Als Künstler nahm dieser sich die Freiheit, gleichzeitig in mehreren Scriptorien und damit auch für andere Klöster zu arbeiten. So weilte der Alexis-Meister zeitweilig im Benediktiner-Kloster Bury St. Edmunds, um dort ein zweibändiges Werk über das Leben des heiligen Edmund zu illuminieren. Wenn er unterwegs war, oft für Wochen, hatte Geoffrey keine Gelegenheit, in das Buch für Christina zu schauen. Voll gespannter Erwartung freute er sich auf die Rückkehr des Meisters und die Fortsetzung der begonnenen Arbeit.

Die Pflichten der Klosterregel und seine zusätzlichen Aufgaben als Abt bewahrten Geoffrey davor, sich in endlose Gespräche mit dem Alexis-Meister einzulassen und sich in der Betrachtung der Entwürfe und ersten Bilder zu verlieren. Der Maler schöpfte zwar aus den Texten der Heiligen Schrift und dem biblischen Geschehen, doch wollte er in dieses Buch der Psalmen für Christina von Markyate ihre und Geoffreys Lebensgeschichte und gegenseitige Liebe mit einfließen lassen. In dem so wunderbaren Aufbruch in ein gemeinsames, starkes geistiges Leben und der damit unweigerlich verbundenen menschlichen Liebe sah er ein Abbild der Liebe des Schöpfers zur Schöpfung. Jeden Tag war Geoffrey mehr davon überzeugt, wie richtig und unumgänglich es war, dem Alexis-Meister sein volles Vertrauen entgegenzubringen. Noch bevor er sie ausgesprochen hatte, beantwortete Geoffrey seine Fragen und kam ihm in der Erfüllung mancher Wünsche entgegen.

Für das Schreiben und Illuminieren dieses Buches wurden die besten Pergamente ausgesucht und von Alkuin ins Scriptorium gebracht. Die Zubereitung der Farben nahm der Meister eigenhändig vor, und alle Handlungen, die mit diesem Buch zu tun hatten, geschahen besonders sorgfältig und liebevoll.

„Was siehst du, und was kommt dir entgegen?" fragte an diesem Nachmittag der Alexis-Meister den Abt gespannt und voller Erwartung, als er ihm seine erste fertig ausgemalte Miniatur für den Albani-Psalter vorlegte. Geoffrey spürte eine geheimnisvolle Kraft, die von diesem Bild ausging, und war nicht in der Lage, sofort zu antworten.

Er sah drei reitende Männer, die staunend nach oben schauten. Die starken und mutigen Farben vermittelten Geoffrey eine Heiterkeit, die sich als erstes in seinem Gesicht widerspiegelte. Auch er staunte und wußte zunächst nicht, wie die Reiter zu deuten seien. Der Alexis-Meister schwieg und gab Geoffrey somit genügend Zeit, sich in das Geschehen einzufühlen.

„Die Pferde, die in Bewegung sind", sagte der Abt leise, während

Die drei Reiter aus dem *Psalter der Christina von Markyate*
(Albani-Kodex, 1123-1135)

er unentwegt und wie gebannt auf das Bild schaute, „die Pferde halten mitten in der Bewegung inne und vermitteln dadurch ihren Reitern die Möglichkeit aufzuschauen. Die erhobenen Arme, Hände und Finger weisen in dieselbe Richtung - ebenso die beiden rahmensprengenden kunstvollen Bäume zur Rechten und Linken. Jetzt sehe ich auch, wie die Reiter kräftig in ihre Steigbügel treten, um anzuhalten. Ich bin überrascht, in welch heiterer Farbgebung du die Pferde gemalt hast; und auf ihrer Hinterhand sehe ich lustige runde Ornamente. Der rote Umhang des ersten Reiters und der orangefarbene des letzten sprechen mich in ihrer Leuchtkraft besonders an. Der Faltenwurf zeigt mir, wie schnell sie geritten sein müssen, bevor sie Halt machten. Trotz der angespannten Muskelkraft der Pferde und des wohl eher spontanen Aufmerkens der Reiter strahlt für mich das Bild eine angenehme und heitere Ruhe aus, in die ich mich mit hineingenommen fühle.

Doch wie ich dich kenne, willst du dem Betrachter weitaus mehr sagen und ihn vielleicht - wie die Reiter zeigen - über sich selbst hinausführen. Hilf mir, ich bin befangen, da mich selbst mein Weg zu Pferd an einen Ort führt, von dem ich manches Mal nicht weiß, ob ich ihn sooft besuchen darf."

„Du hast genau den Punkt getroffen", antwortete der Alexis-Meister aus der Zurückhaltung, „auf den ich gespannt war, ob du ihn entdecken würdest. Mit den drei Reitern meine ich dich, Geoffrey: als Abt Geoffrey de Gorham natürlich - hoch zu Roß. Und dann gleich dreimal. Du bist es, den ich versucht habe aus meinem Gefühl heraus darzustellen. Als ich mit diesem Bild begann und auch während des Malens, habe ich mir eigentlich nicht viele Gedanken hinsichtlich deiner Person und der Darstellung gemacht. Es war eine unsichtbare Hand, die die meine lenkte. Daher habe ich auch die rechten Hände der Reiter so überaus groß gemalt. Sie sollen etwas Empfangendes ausdrücken, das ich in seiner Konkretisierung dem Betrachter anheimstellen möchte. Für mich als Maler ist es eine verborgene, jenseitige Kraft der Liebe, die mir in besonderer Weise bei diesem Bild zugeflossen ist. Bei den anderen Arbeiten an Christinas Buch spüre ich sie auch. Aber du bist es, der zunächst einmal in der Mitte steht. Von deinem früheren Leben in Frankreich hast du mir nicht allzuviel erzählt.

Im ersten Reiter habe ich dich in jungen Jahren, voller Elan und normannisch dargestellt. Daher konnte ich nicht anders, als deinem Pferd eine braun-rote Farbe zu geben und seinen Kopf hoch erhaben, mit offenen Nüstern zu malen. Mit seinem Kopf - damit meine ich auch den deinen - sprengt es eigenwillig den Rahmen. Diesem mehr gedanklichen Vorstoß folgt die fortschrittliche Tat, die sich im linken Vorderlauf des Pferdes widerspiegelt. Das rote Obergewand, das dir an diesem Reiter so gut gefällt, zeigt nicht nur die Kraft deines feurigen Geistes, sondern auch dein persönliches und intimes Leben in jungen Jahren, von dem ich glaube, daß du es ausgelebt und genossen hast. Du warst schon um die fünfunddreißig Jahre alt, als du nach England kamst.
Im mittleren Reiter erlebe ich dich jetzt in deinen mittleren Jahren: gehalten und geprägt von dem, was hinter dir liegt. Deine Zukunft, das Kommende, das unweigerlich folgt, ist im letzten Reiter - du in deinem Alter - dargestellt. So himmelstürmend und kanalüberquerend der erste, auf dem braun-roten Pferd Sitzende auch war, um so zurückhaltender, bescheidener und klüger abwartend wirkt der zweite. Dieses dein Pferd, auf dem du jetzt reitest, kann nur ein sonnenfarbiges sein, das dich nach Markyate trägt. Daher habe ich über dem mittleren Reiter auch den Stern aufgehen lassen, ihn aber bewußt etwas nach links verschoben, damit der letzte Reiter ihn noch in seiner Zeit wahrnehmen und liebhaben kann. Die rote Farbe habe ich jetzt nur noch bei deiner Kopfbedeckung wiederkehren lassen. Du verstehst, was ich damit ausdrücken möchte?"
Geoffrey, der den Alexis-Meister prüfen wollte, wie tief er in ihn wissend eingedrungen war, gab zur Antwort, daß ihm eine derartige Verbindung nicht bewußt sei. Fragend und erwartungsvoll gab er dem Alexis-Meister das Wort. Unwillig zu sprechen, hörte Geoffrey doch leise und mit äußerster Zurückhaltung von ihm die Antwort - darauf bedacht, daß keiner der umsitzenden Schreiber auch nur ein Wort vernehmen konnte:
„Ich drücke es anders aus, als du es vielleicht hören möchtest: aber der mittlere Reiter trägt das Feuer der Liebe immer noch in sich, die Liebe zum Schöpfer und seiner Schöpfung, die geistige Liebe und die menschliche Liebe, die du in Christina erfährst und Christina in dir. Die dir, deinem Alter und deinem Beruf angemessene

behutsame Zurückhaltung und die wohldurchdachten Ausdrucksformen deiner Liebe zu dieser wunderbaren Frau sind in dem verborgenen Rot der Kopfbedeckung wiedergegeben. Als ob er das Abenteuer seines Lebens kaum wagen wollte, weil er noch zu wenig Vertrauen hat, hebt der mittlere Reiter nur zaghaft seinen Arm. Er kann das, was ihm aufgeht, nicht fassen und begreifen. Und trotzdem ist es für ihn Wirklichkeit geworden."
Den Alexis-Meister verlangte es, von der gegenwärtigen Situation Geoffreys in die zukünftige hinüberzuwechseln, indem er auf den roten Sattel des letzten Reiters wies. Jetzt verstand Geoffrey ohne Worte die zum dritten Mal wiederkehrende Farbgebung: Von liebender Kraft als Frucht seines Lebens getragen, gelang es dem letzten Reiter, aufrichtig den Himmel mit der Erde zu verbinden. Das ausgewogene orangefarbige Obergewand des greisen Reiters war ein Zeichen seiner Weisheit und Bereitschaft, in das Land weiterzureiten, das sich ihm zur gegebenen Zeit öffnen würde.
„Damit aber auch unser Psalter für Christina und alle, die ihn in späterer und fernster Zeit anschauen und meditieren werden, etwas zu sagen hat, möchte ich den Bildern zudem eine immergültige biblische Bedeutung geben", fügte der Alexis-Meister sichtlich erleichtert hinzu. Er freute sich, wie sich ein Künstler über sein Werk nur freuen kann, als er Geoffrey damit offenbarte, daß die Miniaturen und Texte auf verschiedenen Ebenen und zu unterschiedlichen Zeiten dem Betrachter etwas sagen oder sagen können. „Die drei Reiter sind die Weisen und Begnadeten unter den Menschen, denen mitten in ihrem Leben ein Licht aufgeht, an dem sie sich orientieren können, das sie erleuchtet und ihnen den Weg in eine andere verborgene Welt weist. Auf ihren Pferden sind sie - wie wir alle - unterwegs auf einem Weg, der die Wahrheit und das eigentliche Leben ausmacht."

Ein grenzenloses Gefühl

Das noch bis zum Abend andauernde Gespräch mit dem Alexis-Meister war derartig tief und umfassend, daß der Abt trotz später Stunde nicht in den Schlaf finden konnte. Zu stark hatte sich das

Bild der drei Reiter seiner Seele eingeprägt und ihn beeindruckt. Er erkannte zusehends: Es war kein neues Bild, das er geschaut und empfunden hatte; es war sein eigenes, das er wiedererkannte. Welch ein Zusammenhang bestand hier? Mußte der Alexis-Meister ihm begegnen, um Bilder seiner eigenen Seele zu belichten, um ihn, den Herrn des Klosters, geistlich zu führen und ihm wortlos eine Lebensenergie zukommen zu lassen, von der er glaubte, sie bereits zu besitzen?

Er fühlte ein inneres Feuer, eine Lebendigkeit im christlichen Glauben und gleichzeitig vitale Lebenskräfte, die seinen Körper durchfluteten. Die Vorstellung von seinem eigenen Ich war gesprungen, was ihm jedoch erst viel später bewußt wurde. Er ging einige Male unruhig in seinem Zimmer hin und her. Langsam spürte er wieder seine bloßen Füße, die wie von selbst mit den Bohlen des Holzbodens Kontakt aufgenommen hatten. Erst ganz allmählich bekam er das Gefühl für seinen Körper und seine Identität zurück. Es waren noch immer keine eigenen Gedanken da - nur eine Befindlichkeit an sich, die ihn zwar nicht mehr die Überschreitung des Raumes erfahren ließ, aber die Auflösung der Zeit. Wie ihn ein grenzenloses Gefühl von Leichtigkeit - gleich einer Flaumfeder, die von einem Windhauch berührt wird - hatte aufstehen lassen, so empfand er jetzt eine Dauer, die die Zeit mit ihren Begrenzungen überwunden hatte.

Er stand am Fenster. Wie lange, das vermochte er auch später nicht mehr zu ergründen. Dann - oder irgendwann - schob er den Vorhang beiseite und sah, wie unten im Scriptorium Licht brannte, eher flackerte, spärlich und dünn. Der Alexis-Meister schien wieder bei seiner den Himmel berührenden Arbeit zu sein. In Geoffrey entbrannte eine unbändige Sehnsucht und das Verlangen nach einem tiefen seelischen Kontakt mit den Miniaturen.

Neben seinen vielen Aufgaben als Abt, die bis dahin erste Priorität hatten, war nun etwas völlig Neues getreten: Er suchte jede Gelegenheit einer Begegnung mit dem Alexis-Meister und besuchte das Scriptorium, sooft es ihm eben möglich war.

Es gab Stunden, in denen Geoffrey dem Alexis-Meister schweigend zuschaute, wie er die Farben mischte und sie mit feinen Pinselstrichen auftrug. Woher kannte er die vielen Rezepte für die Zubereitung der Farben? Wie feinsinnig waren ihm auf dem Bild der Reiter die drei Lebensstufen des Menschen gelungen, die der Maler durch Verschiedenartigkeit der Haar- und Bartfarbe angezeigt hatte.

Den fleischfarbenen Ton der Gesichter und Hände stellte er aus Bleiweiß und Zinnober her. Diese Farbe, die als Grundton immer frisch zur Verfügung stand, nannte sich „Inkarnat". Um einen intensiveren Ton für feine Konturen zu erreichen, mischte er das Inkarnat mit grüner Erde, gebranntem Ocker und ein wenig Zinnober. Die braun-rosa Farbe, in die er das erste Pferd gekleidet hatte und die er immer wieder in seinen Miniaturen verwendete, war eine Mischung aus Inkarnat, Zinnober und rotem Blei. Ein bläuliches Grau, Veneda, verwandte der Meister, um einen sensiblen Ausdruck hervorzurufen, wie zum Beispiel für die Augen.

Das erste fertiggestellte Bild des Albani-Psalters, die drei Reiter, hatte er auf einer Staffelei vor sich, um im Vergleich mit diesen Farben bei den nächsten Miniaturen den rechten Ton zu treffen. Hellere Tönungen wurden mit feiner werdenden Pinselstrichen aufgetragen. Immer wieder und mit himmlischer Geduld setzte der Alexis-Meister an, bis die gewünschte Form genügend durchgebildet wirkte. Das Zuschauen Geoffreys störte ihn zwar nicht bei seiner Arbeit und dem grenzenlosen Gefühl von Raum und Zeit, das er dabei empfand, doch blieben Worte aus. So tief fühlte er sich mit dem darzustellenden Bildgeschehen verbunden, daß er über Stunden nicht einmal aufschaute. Wenn er Farben nebeneinander setzte, nahm er Abstand vom Bild, betrachtete es aus der Ferne, um festzustellen, ob sich die Töne klar voneinander unterschieden. Wenn sie gewünscht waren, ergaben sich dagegen durch Überlagerung neue Farben, über deren plötzliches Erscheinen Geoffrey nicht wenig staunte. Ebenso war es für ihn unfaßbar, durch welch einen geringen Aufwand der Alexis-Meister die verschiedenen Altersstufen repräsentierte. Dann wieder faszinierten ihn die verschiedenfarbigen Gewänder, die mehrfach in ihrem lebendigen Faltenwurf übereinandergeschichtet waren und oftmals völlig transparent erschienen. Ihre Rundungen waren in einem selten gekonnten und mehr linearen Stil ausgebildet. Dadurch erschienen alle Proportionen gestreckt und die Personen groß und schlank.

Zu den für Geoffrey aufregendsten Farben gehörte das Lapislazuli, ein durchsichtig-undurchsichtiges Tiefblau, das der Maler regelmäßig für den Hintergrund verwandte. Da die rote Farbe nicht nur für den Alexis-Meister von ausschlaggebender Bedeutung war, sondern auch für Geoffrey eine Symbolkraft hatte, konnte Geoffrey nicht umhin, nach der Entstehung und Zusammensetzung dieses leuchtenden Rots zu fragen. Nach einer Weile und in dem Augenblick, als er es benutzte, sagte der Alexis-Meister:
„Der Saft aus einem bestimmten Pflanzenblatt wird rot und purpurfarben, wenn man ihn mit erhitzter Kohle anrührt. Gibt man hingegen während dieses Mischprozesses Kalk hinzu, verfärbt der Saft sich blau. Wir verwenden aber auch das Krapprot oder Alizarin, das aus einer Pflanzenwurzel, die man Färberröte nennt, hergestellt wird."
Die Bordüren an fast allen Obergewändern hervorragender Personen erscheinen in glänzendem Gold. Geoffrey sah zu, wie der Maler pures Goldpulver mit ein wenig Fischleim mischte und diese flüssige, noch warme Masse auf den mit rotem Blei vorbereiteten Grund auftrug. Nachdem die Metallfarbe getrocknet war, polierte er sie mit einem Zahn. Das Goldpulver wurde in diesem Verfahren auch als Malfarbe für besonders dekorative Schrift verwandt. Neben den gemalten Goldbordüren benutzte der Alexis-Meister reines Blattgold, das er an besonders bezeichneten Stellen auftrug.
Selbst im Juni, in dem Monat, der die längste Helligkeit verspricht, beendet die Dunkelheit irgendwann einmal die heiter begonnenen Sommerabende. So auch heute. Die Nacht fiel wie plötzlich ins Land.
Geoffrey saß noch immer in seinem Arbeitszimmer. Lange und immer wieder schaute er in den Abendhimmel, der eine Vielzahl von Blau-Variationen sichtbar werden ließ und vom hellen Blau allmählich immer tiefer und dunkler sich verdichtete. Das Lapislazuli-Blau, das der Alexis-Meister hinter all seinen Figuren aufleuchten ließ, besaß eine Leuchtkraft, die ihn faszinierte - dunkel und gleichzeitig lichtdurchflutet.
Jetzt, wo er immer noch dieses unendliche Blau und die damit verbundene Weite des Kosmos in sich aufnahm, fühlte er erneut das Schwinden jeglichen Zeitgefühls.

Innerlich stand er noch einmal vor den Bildern im Scriptorium und nahm besonders die blauen Töne wahr. Welche unendlich großen kosmischen Zusammenhänge deuteten sich an zwischen der Arbeit des Alexis-Meisters und der so sehnsüchtig erwarteten kosmischen Dimension der zukünftigen Welt - einer Welt, die sich bereits durch die Bilder und den Himmel in das Hier und Jetzt hineinschenkt!

Geoffrey stand auf. Seine Hände öffneten sich wie von selbst leicht nach oben, als ob sie alle Himmel in sich aufnehmen wollten. Und es war so. Mit der Vorstellung der Bilder - es waren nur wenige, die er bisher gesehen hatte - floß ein gewaltiger, undefinierbarer Energiestrom durch seinen Körper und sein inneres Wesen. Die Wahrnehmung des gegenwärtigen Himmels über ihm verstärkte dieses Strömen in seinem Inneren. Alle Tore des äußeren und inneren Wesens schienen weit geöffnet zu sein: so die zu zwei Schalen sich formenden Hände, seine Augen, die nicht nur den Himmel über ihm, sondern auch in ihm sahen. Mit jedem Atemzug nahm er eine unendliche Weite in sich auf, die über die Grenzen seines Körpers bis in seine Seele hineinreichte. Im Ausatmen war es ihm, als ob er in dieses endlose Blau hineinfiele, ohne jedoch den Boden unter den Füßen zu verlieren. Seinen Kopf - so empfand er - umgab ein Kranz von vielen tausend kleinen, energiegeladenen Strömen. Und wieder erlebte er diese körperliche und seelisch-geistige Leichtigkeit, die selbst die Zeit zur Dauer werden ließ.

So stand Geoffrey immer noch mit leicht geöffneten Händen am Fenster, als sich schon längst die dunklen und fast schwarzen Wolkenschichten vor das himmlische Blau geschoben hatten. Es dauerte bis nach Mitternacht, ehe die Zeit, die Dunkelheit und das Gesetz der Schwerkraft ihn eingeholt hatten.

Noch einmal sah er während des Einschlafens das Blau des Himmels in das Blau der Alexisbilder übergehen und beide miteinander verschmelzen: die lebendige, lichterfüllte Gegenwart des unendlichen Kosmos, der die Erde mit dem Himmel und seine Seele mit dem Schöpfer verband. Durchscheinend helleres Licht gab dem Blau seine Transparenz auf Gott und von Gott in die Welt, bis in seine Seele hinein. Es war seine Komplet, die er - ohne ein Wort zu sprechen, zu denken oder gar zu fühlen - an diesem Abend ohne die Gemeinschaft seiner Mönche gebetet hatte.

Der Auftakt zum Albani-Psalter

Die Spannung und Freude in Geoffrey, zusammen mit dem Alexis-Meister den Albani-Kodex zu gestalten, waren so groß und überströmend, daß er sich vorgenommen hatte, Christina von diesem Buch, das gerade erst seinen Anfang erlebt hatte, zu berichten. Obwohl der Maler sehr eigen mit seinen Werken war und sie besonders für neugierige Betrachter unzugänglich machte, so lange sie nicht vollendet waren, wagte Geoffrey ihn zu fragen, ob er das Blatt mit den drei Reitern für einen Tag mit nach Markyate nehmen dürfe. Der Alexis-Meister, der in Geoffrey einen neuen Freund gefunden hatte, stimmte zu, und schon am nächsten Tag befand sich die kostbare Miniatur, wohl verpackt und geschützt vor der Witterung, auf dem Weg nach Markyate.

Zur Schonung der Tiere ritt Geoffrey jetzt regelmäßig mit zwei Pferden zu Christina. An vielen Tagen spürte und sah sie voraus, daß er nach Markyate kommen würde, und erwartete ihn mit größter Freude. Geoffrey, der so schnell wie eben möglich bei ihr sein wollte, verließ die alte Römerstraße und kürzte den Weg ab, der ihn über Felder, Wiesen und durch unwegsame Waldungen führte. In seinem Drang, mit Christina über das Buch zu sprechen und ihr das erste Bild vorzulegen, hatte er etwas unbedarft Kindliches, das ihm auch künftig erlaubte, manche Hindernisse zu nehmen. Es verwunderte daher nicht, daß Geoffrey in langen, verspielten Anläufen Christina raten ließ, weshalb er heute und so eilig zu ihr gekommen war.

Christina erfreute sich an der kindlichen Heiterkeit Geoffreys. Als jedoch die Illumination mit den drei prächtigen Reitern zwischen ihnen auf dem Tisch lag, ergriff sie dieser erste Eindruck. Sie nahm das Bild tief in sich auf.

„Was seht Ihr in diesem Bild, das den Beginn eines besonderen Buches darstellt?" hatte Geoffrey sie gefragt und sich erwartungsvoll zurückgenommen.

Sofort kam die Erinnerung an ihre abenteuerliche Flucht aus Huntingdon und an Loric, der ihr dazu verholfen und sie in eiligem Ritt nach Flamstead begleitet hatte. Sie war einem drängenden und immer lauter werdenden Aufruf gefolgt, dem sie sich nicht mehr entziehen konnte. Genau diese Situation erlebte sie jetzt noch einmal in den drei Reitern vor ihr auf dem Bild. Doch vorerst sprach sie nicht darüber, sondern überlegte, auf welche Weise sie Geoffrey mit in das Bild und ihre Gefühle nehmen könne.

„Für mich sind diese Reiter unterwegs und gleichzeitig am Ziel. Ich denke, sie selbst ahnen dies nur und halten daher inne." Sie schaute Geoffrey an und gab ihm durch ihren Blick zu verstehen, daß damit wohl er gemeint sei.

„Im Innehalten - die Männer unterbrechen für diesen Augenblick ihren Weg - richten sie sich auf und erspüren etwas für sie ganz Neues. Trotz der männlichen Aktivität, die durch die bunten vollblutigen Pferde unterstützt wird, ist das Bild, das Ihr vor mir entfaltet habt, ein Bild der Ruhe und großer Innerlichkeit. Die anfängliche Spannung, die ich beim ersten Anschauen erlebte, geht allmählich in ein Stillwerden und Gelassensein über. Es scheint mir, daß die drei bereit sind, etwas sehr Wesentliches zu empfangen. Vielleicht ist es das Wesen Gottes, das uns sucht, weil es die Sehnsucht hat, im Menschen anwesend zu sein. Ich denke an die Meditation, das Ruhegebet, das mich Roger gelehrt hat. Hier wird diese Haltung eingeübt: innezuhalten, still zu werden und für die Zeit des Gebetes Empfangender zu sein.

Tiefsinniger hätte Euer Alexis-Meister den Anfang von allem nicht darstellen können. Er scheint mir ein Mann zu sein, der um das Wesentliche weiß."

Es gefiel Geoffrey, wie Christina mit ihren Worten immer tiefer in das Geheimnis eindrang, das der Schöpfer bereit war, seinen Geschöpfen zu offenbaren. Doch gleichzeitig freute er sich in seiner menschlich-männlichen Wesensart über ihre Gedanken, mit denen sie nicht nur die geistig-geistlichen Kräfte ins Schwingen brachte, sondern auch der Melodie der Erde Raum und Resonanz zum Ausschwingen gab. Innerlich schämte sich Geoffrey, daß er diese den Himmel und die Erde faszinierende Frau einmal als fromme Traumwandlerin bezeichnet hatte.

Es drängte ihn, mehr von ihr zu erfahren. So ermutigte er sie, weiterzusprechen und ihre Gefühle auszudrücken. Ganz allmählich, durch Geoffreys Ruhe und Liebe zu Christina unterstützt, nahm der Auftakt zu diesem wunderbaren Kunstwerk des Albani-Psalters durch ihre Worte eine Gestalt an, die in ihrem Ausdruck - wenn man genau hinhorchte - alle menschlichen Sinne und darüber hinaus die Transzendenz erreichte.
„Da sich der Mensch vom Urgrund Liebe oftmals weit entfernt, möchte sich der Himmel für ihn wieder öffnen, um ihn zu berühren, denn wir sollen erkennen, wer wir eigentlich sind und welche Bestimmung wir in uns tragen. Das Bild sagt dies aus durch die Umkehrung der drei elementaren Farben - die der Erde, der Grünkraft und des Himmels."
Geoffrey erkannte zunächst nicht, was sie damit meinte, doch beim näheren Hinschauen wurde ihm das intuitiv durch den Alexis-Meister wahrgenommene kosmische Geschehen bewußt. Das die Reiter umgebende Feld, die Welt, in der wir leben, ist durch die blaue Farbe zum Himmel geworden. Er hat sich in diesem Augenblick des Innehaltens für die Reiter geöffnet, indem der Himmel sie umgibt und auch ihr Inneres erfüllt.
„Schaut, die Grünkraft der Erde, wie sie den Himmel umrahmt, damit er sich nicht im Unendlichen verliert! Ist dieses Grün - im Gegensatz zum Blau des Himmels - nicht eine beruhigende, erfrischende, ja, menschliche Farbe? Der vor Lebenskraft strotzende grüne Rahmen mit seinen pflanzlichen Ornamenten verbindet den Himmel, der zur Erde geworden ist, mit der Erde, die auf diesem Bild für die drei Reiter und den Betrachter zum Himmel wird. In Augenblicken eines erfüllten Innehaltens und in ruhevoller Wachheit kann es uns - wie hier den Reitern - geschenkt werden, daß das Schwere leicht und das Dunkle in unserem Herzen Licht wird.
Mir scheint, Geoffrey, die Männer auf ihren Pferden begreifen und ergreifen das Licht, das in der Dunkelheit der Erde leuchtet, den Stern, der über ihnen und in ihnen aufgegangen ist. Hier geschieht es: im staunenden Innehalten geht die Strahlkraft in ihren Herzen auf. Der Himmel strebt zur Erde - bis in die tiefsten Tiefen der menschlichen und verdunkelten Herzen, bis in die dunkelsten Verschattungen einer verschatteten Welt. Vor meinem Aufbruch in

Huntingdon habe ich in mir und zum Teil in meiner Umwelt diese Schatten schmerzhaft und oft grausam erleben müssen und konnte nichts dagegen tun. Erst Roger hat es mich gelehrt, aus verkrustetem Umfeld aufzubrechen und zuzulassen, daß aus Schatten Licht wird. Ist das nicht ein Wunder, das mitten in unseren Herzen und unserer Welt und immer wieder geschieht?
Wenn ich noch einmal auf das Bild schaue und die sich aufrichtenden und alle Grenzen durchbrechenden Lebensbäume sehe, empfinde ich unsere eigentliche Aufgabe um so stärker und eindeutiger: die Erde mit dem Himmel zu verbinden und mitzuhelfen, die einst gebrochene Schöpfungsordnung wieder herzustellen. Wie kann man sich angesichts dieser Miniatur dem liebenden Entgegenkommen des Schöpfers innerhalb seiner Schöpfung noch verweigern?"
„Warum sind es wohl drei Reiter?" fragte Geoffrey nach einer längeren Pause und gab selbst die Antwort: „In ihnen sind die drei Lebensalter des Menschen symbolisch dargestellt. Der Alexis-Meister will damit sagen, daß es dem Menschen, wer er auch ist und welche Vergangenheit er auch hat, zu keiner Zeit verwehrt ist, das Heilsangebot Gottes anzunehmen."
Als nach einer Weile Geoffrey langsam und behutsam das kostbare Pergament einrollen wollte, kam ihm Christina zuvor. Dabei berührte er sanft ihre Hände und nahm sie in die seinen. Vor ihren Augen entfaltete sich noch einmal die Miniatur in ihrem vollen Glanz und ihrer umfassenden Aussage.
Ohne daß es ihre Absicht war, hatte Christina bei ihren einfühlenden Worten etwas von sich selbst und ihrer Lebensgeschichte gesagt. Geoffrey war hellhörig geworden, denn der illuminierte Psalter konnte nur ein Buch für Christina werden, wenn er auch die Geschichte ihres Lebens enthalten würde. Von diesem Zeitpunkt an versuchte Geoffrey bei jedem seiner Besuche in Markyate, sie geschickt und möglichst unauffällig nach prägenden Ereignissen der Vergangenheit und Gegenwart zu fragen. Er verriet es Christina nicht, daß er die Absicht hatte, die wichtigsten Stationen ihres inneren und äußeren Lebens aufzuschreiben. Diese so erfüllende Aufgabe hatte sich Geoffrey nicht nur vorgenommen, um den Alexis-Meister bei seiner Buchkunst zu inspirieren, sondern vor allem

auch, um kommende Generationen am Wesen und Wirken dieser großen Frau, Christina von Markyate, teilhaben zu lassen.
Der Auftakt zum Albani-Psalter - einem Werk des Himmels und der Erde, einer bis in die Ewigkeit reichenden, göttlichen und menschlichen Liebe - hatte begonnen und bereits seine ersten heilbringenden Spuren in den Herzen von drei Menschen hinterlassen.

Ein langer Tag in London

Der lang anhaltende Friede brachte das Land zu neuer Blüte. Die Ernten waren gut, die Sommer feucht-warm und die Winter mild. König Wilhelm I. hatte 1086 das sogenannte Domesdey Book angelegt. Bei diesem Buch handelte es sich um eine umfassende Bestandsaufnahme des Landes - nach Grafschaften geordnet. Das Domesdey Book enthielt genaue Angaben über Liegenschaften, ihren Wert und Steuerertrag, die jeweiligen Besitz- und Bevölkerungsverhältnisse, die Erträge aus Ernten und den Viehbestand. Die Bezeichnung „Domesdey Book" - die Kommissare Wilhelms waren bei seiner Erstellung gründlichst zu Werke gegangen - bedeutet „Buch des Jüngsten Gerichts" und sollte klarstellen, daß die Urkunden so unangreifbar waren wie dereinst die Urteilsfindung beim Jüngsten Gericht. Diesem Buch war zu entnehmen, daß die fortschreitende Entwicklung in England durch anhaltendes Bevölkerungswachstum geprägt wurde. Der gestiegene Nahrungsbedarf konnte jedoch nur durch verbesserte Anbaumethoden und vor allem durch Erschließung neuer Anbauflächen gedeckt werden.
Ganz allmählich verstanden es die Bauern, von der Zweifelder- auf die Dreifelder-Wirtschaft umzustellen. Die großflächige Landwirtschaft von St. Albans war Vorreiter. In früherer Zeit, beim Zweifeldersystem, wurde abwechselnd ein Feld gepflügt und das andere brach liegengelassen. Im Rahmen der Dreifelder-Wirtschaft dagegen wurden zwei Felder bebaut, eines mit Wintersaat - Weizen oder Roggen - und eines mit Sommergetreide - Gerste oder Hafer. Das dritte Feld blieb brach und diente als Viehweide. Die große Zahl der Pferde im „Langen Stall" von St. Albans war so zu erklären, daß mehr und mehr Pflug- und Lasttiere benötigt

wurden. Auch hatte das Pferdegespann bereits das Ochsengespann ersetzt. Durch die erhöhten landwirtschaftlichen Erträge mußten weitere Mühlen errichtet werden. Zum Klosterbesitz von St. Albans gehörten vier Wassermühlen: die zu Sopwell, Stanekefeld und die beiden Mühlen von Parcum. In dieser Zeit begann man in England damit, die Windenergie zum Antrieb der Mühlen zu nutzen. Doch vorerst war St. Albans mit seinen vier Wassermühlen noch ausreichend bedient. Eine Abmachung mit den Müllern besagte, daß Adam, der Keller- und Küchenmeister des Klosters, jährlich etwa eintausend gute Aale aus den Mühlenteichen zu erhalten habe.
Da sich durch das anhaltende Bevölkerungswachstum neue Siedler aufmachten, wurde durch sie das äußere Erscheinungsbild des Landes entscheidend umgestaltet. Die Marsch- und Moorlandschaften, die bisher als Schafweiden dienten, wurden für den Getreideanbau nutzbar gemacht. Auf der anderen Seite boten sich auch die riesigen Waldflächen des Landes an. Die großen Waldgebiete, die immerhin ein Drittel des gesamten Grund und Bodens bedeckten, waren jedoch den Neusiedlern nicht ohne weiteres zugänglich. Die anglo-normannischen Könige hatten die Wälder unter ein strenges Forstrecht gestellt, das der Krone eine uneingeschränkte Holzgewinnung sicherte und darüber hinaus die alleinige Jagdausübung garantierte. Somit war vorerst jede landwirtschaftliche Nutzung der Waldgebiete untersagt.
Da Abt Geoffrey nicht nur der inneren seelischen Not vieler Menschen begegnete, sondern auch verstärkt dem Mangel, den viele Familien auf sich nehmen mußten, setzte er sich sehr für die Rodung und Umwandlung in Ackerbauflächen ein. Durch gestiegenen Geldbedarf der Krone hatte der Abt die Möglichkeit, bei König Heinrich I. in London vorzusprechen, um eventuell gegen eine finanzielle Entschädigung oder einen Landtausch Waldflächen für Neusiedler zur Rodung zu erhalten.

Der Pferdemarkt

Im Kapitelsaal hatte Abt Geoffrey vor allen Mönchen von seiner bevorstehenden Reise nach London gesprochen. Die Unterstützung seines Vorhabens war ihm sicher, gute Wünsche begleiteten ihn. Roderic, der zuständige Mönch für den „Langen Stall" und alle Pferde, kam auf den Abt zu, um mit ihm über die notwendigen Reisevorbereitungen zu sprechen. Nicht ohne Grund schlug er vor, den großen Planwagen zu nehmen, der von vier Pferden gezogen wurde. Unwillig winkte Geoffrey ab, denn er sah nicht ein, weshalb derart viel Aufhebens für diese Fahrt nach London gemacht werden sollte. Als Roderic ihm jedoch ein lang gehegtes Anliegen vortrug und den brennenden Wunsch äußerte, gleichzeitig den Pferdemarkt in London zu besuchen, stimmte der Abt zu. Sie legten den Donnerstag als Reisetag fest, da jeden Freitag vor einem der Tore in der Vorstadt der berühmte Zuchtpferde-Markt stattfand. Kaum konnte Roderic diesen Tag erwarten: er träumte von einem wertvollen Zuchthengst und somit neuem Blut für St. Albans.

Der Abt bat Andrew, einen jungen, sehr lieben Mönch, der sich in besonderer Weise Geoffrey angeschlossen hatte, zusammen mit ihm und Roderic nach London zu fahren. Das notwendige Karten- und Urkundenmaterial über die Liegenschaften wurde zusammengestellt, und Geoffrey hoffte, sein ungewöhnliches Ansinnen erfolgreich beim König vortragen zu können. Auch Andrew konnte diesen, seinen ersten Besuch in London kaum abwarten, denn ein besonderer Traum hatte sich seit längerem seiner bemächtigt.

Mit vier prächtigen Pferden, die den Planwagen zogen und der Stolz Roderics waren, sowie drei weiteren Pferden, die verkauft oder getauscht werden sollten, machten sie sich bei Tagesanbruch auf den Weg. Der Wagen passierte das Sopwell-Tor und verließ damit St. Albans. Bei mildem Wetter mit bedecktem Himmel und auf gut ausgebauten Straßen ging die Fahrt rasch voran; sie wurde weder für die Tiere noch für die Menschen zu einer besonderen Anstrengung. Einen Stall und eine Herberge fanden sie bei den Benediktinern von Barking, einem nordöstlich gelegenen Vorort von London. Hier war die Unterbringung der Pferde besser und einfacher gegeben als in der Benediktiner-Abtei von Westminster. An der Themse, dort, wo auf Schiffen und in Weinkellern Weine zu kaufen waren, gab es eine öffentliche Küche. Unterwegs hatte der Abt davon erzählt und versprochen, am Abend mit Roderic und Andrew dort einzukehren. Sie hatten die von ihren Mitbrüdern angebotene Abendmahlzeit ausgeschlagen, um als hungrige, reisemüde Fremde zur Themse zu gehen. Schon von fern kamen ihnen die köstlichen Gerüche des begehrenswerten Essens entgegen. Täglich, bis zum späten Abend und gar noch in der Nacht, gab es hier an der Themse je nach Jahreszeit die schönsten und ausgesuchtesten Lebensmittel: ganze Gerichte, Gebratenes, Gebackenes, Geröstetes, Gesottenes, große und kleine Fische, zäheres Fleisch für die Armen, für die Reichen feineres von Wild und großen und kleinen Vögeln. Die Zahl der Gäste, die hierher kamen, war unübersehbar: Reisende, Krieger, Fremde, aber auch Londoner Bürger, die nicht hungrig warten wollten, bis neues Essen gekauft und gekocht war. Bei jeder Tages- und Nachtzeit kamen zu dieser Küche an der Themse fast alle, die die Stadt betreten hatten oder verlassen wollten, damit die einen nicht zu lange fasten und die anderen nicht mit leerem Magen davonziehen mußten. Jeder labte sich auf seine Art. Wer wählerisch für sich sorgen wollte, brauchte nicht nach Stören, afrikanischem Geflügel oder ionischen Schnepfen zu suchen, wenn ihm die Leckerbissen vorgesetzt wurden, die man hier fand.

Zu ihrem so ausgesucht delikaten Essen tranken die drei Mönche aus St. Albans schmackhaftes Starkbier. Roderic hatte sich für Hammelfleisch, gedämpft mit Rosinen, Zibeben und Muskat entschieden. Anschließend aß er in Wein gesottene Forellen und Schmalzgebäck mit Weinbeeren im Teig, mit Staubzucker bestreut. Da sie frisch zubereitet wurde, mußte Andrew trotz großen Hungers auf seine halbe gebratene Gans in Sauce etwas länger warten. Mandelmus mit Kügelchen aus Weißbrot verkürzte ihm die Wartezeit; verschiedene Gattungen von Birnen, dazu Äpfel und Nüsse, rundeten das Mahl ab. Die Lieblingsspeise Geoffreys waren Fische. Nach in Wein gekochten Krebsen, die zu einem Mus verarbeitet und mit Gewürznelken bestreut waren, bestellte er

Kraut mit gebratenen Forellen, dazu Feigen in Wein gekocht, mit schwimmenden Mandelkernen darin. Die reichliche Nachspeise, von der sie alle aßen, bestand aus Käse und Kirschen.
Mit etwas schlechtem Gewissen dachte Geoffrey an Christina und die Einfachheit ihrer Einsiedlei in Markyate. Dann schmunzelte er ein wenig in sich hinein und spürte, daß auch sie sich dieses Angebot nicht hätte entgehen lassen. Als er Roderic und Andrew zusah, wie sie sich an dieser feinen Lebensart ergötzten, aber auch sich selbst nicht davon ausschloß, kamen ihm Platons Worte in den Sinn: „Neben der Heilkunst ist die Kochkunst schmeichelndes Abbild für ein Viertel der feinen Lebensart."
Früh am nächsten Morgen stand Geoffrey auf und machte sich hoch zu Pferd auf den Weg. Er ritt an prunkvollen Bauten vorbei, an der Spitze die Paulskathedrale als Bischofssitz, bis er den zwei Meilen westlich der Stadt gelegenen Königspalast von Westminster erreichte. Roderic, der für seinen Abt das Pferd gesattelt hatte, spannte jetzt den Wagen an und fuhr zusammen mit Andrew zum „Smoothfield", dem berühmten Zuchtpferde-Markt, der auf einem großen flachen Feld in der Vorstadt abgehalten wurde.
Viele Menschen waren zum Schauen und Kaufen hierher gekommen: Grafen, Barone, Ritter, sehr viele Bürger und Bauern. Als Mönche schienen Roderic und Andrew an diesem Tag die einzigen auf dem Pferdmarkt zu sein. Schuhmacher hatten ihre Stände errichtet und Stellmacher ihre Werkstätten für die Reparatur von Rad und Wagen. Hier wurden Pferde beschlagen, dort versuchten Geldwechsler ahnungslose Bauern zu übervorteilen. Mitten im Menschengedränge führte ein Barbier seine Arbeit aus - und immer wieder Pferde und Pferde ...
In seiner Absicht, einen geeigneten Zuchthengst für den „Langen Stall" zu finden, hatte Roderic nur Augen für die Pferde, die zum Kauf oder Tausch angeboten wurden. Andrew dagegen wartete gebannt auf eine Gelegenheit, in der er sich unbemerkt davonschleichen konnte. Doch wollte er erst so lange warten, bis Roderic seinen Hengst gefunden hatte, die drei Stuten verkauft waren und seine Hilfe entbehrlich schien. Da beide Mönche ihre jeweilige Absicht derartig stark verfolgten, bemerkten sie nur am Rande etwas von der Kehrseite des Pferdemarktes, der weniger guten Atmos-

phäre, dem reizbaren Klima und dem Neid unter den Dichtgedrängten. So verschwanden für sie in der geselligen Betriebsamkeit nahezu alle wirtschaftlichen Spannungen zwischen Pferdehändlern aus der Ferne und Bauern aus der Nähe, Spannungen zwischen Warenverkäufern einheimischer Erzeugnisse - wie Schafwolle und Honig - und Händlern überseeischer Handelswaren, die Palmenöl aus Babylon anboten, feine Weine aus Gallien, bunte und graue Pelze sowie Zobelpelze aus Norwegen und Rußland. Auch sahen Roderic und Andrew nicht, wie durch die maßlose Trunksucht von Dummköpfen heftiger Streit mit einigen Händlern entstanden war.

Roderic sah nichts anderes als Pferde und Pferde und Pferde. Er betrachtete die Zelter, wie sie in weichem Paßgang schritten und beide Beine einer Seite zugleich in gewissermaßen folgsamem Takt hoben und senkten. Doch diese anmutigen Tiere - vornehmlich für Damen und Geistliche - waren für St. Albans nicht angebracht. Beim Anblick der Zelter, die gerade vorgeführt wurden, dachte Roderic an seinen Abt, der auch mit den rauhesten Pferden umgehen konnte, und an Christina von Markyate, von der er gehört hatte, daß sie auf einem feurigen Pferd aus ihrer Heimat geflohen war. Zelter, Pferde für Damen und Geistliche - sie waren für St. Albans nichts.

Auf einem anderen Platz faszinierten Roderic Pferde, die härter im Schritt, dafür aber schneller und ausdauernder waren. Sie hoben und setzten die Beine in widersprechendem Takt und waren so schnell, daß er Mühe hatte, ihr Geschlecht zu erkennen. In einem eigens für sie abgesteckten Pferch wagten edle Fohlen, noch nicht an den Zaum gewöhnt, die Tragkraft ihrer weichen Glieder in hohen Sprüngen auszuprobieren. Ganz in der Nähe wurden Lastpferde zum Verkauf angeboten. Vom Charakter her waren es eher ruhige Tiere, obgleich ihre lebhaften Gliedmaßen vor Kraft strotzten.

Ein Händler, der aufmerksam auf die drei schönen Stuten geworden war, die Roderic und Andrew mit sich führten, war ihnen nachgegangen und fragte nach den Kaufbedingungen. Der Preis, den er zahlen wollte, war wesentlich höher, als ihn Roderic veranschlagt hatte. Doch hatte er in diesem Augenblick große Mühe, sich von den Tieren zu trennen, die in St. Albans geboren und unter seiner Hand groß geworden waren. Der Händler war davon überzeugt, die für ihn besten Pferde zu erwerben, da sie aus der bekannten Klosterzucht St. Albans stammten. Gleichzeitig bemerkte er, wie gerührt Roderic war, als er liebevoll ein letztes Mal seinen Kopf an den Hals der Tiere legte und sie dabei streichelte. Obwohl Roderic seit langem überlegt hatte, was er jetzt tat, konnte er sich dennoch nicht seiner Tränen erwehren.

Nach dem Abschied nahm Roderic seinen Mitbruder beiseite, und sie gingen ein wenig abseits dorthin, wo die Bauern gesondert von den Pferden ihre Kostbarkeiten anboten: Ackergeräte, Schweine mit langen Flanken, Kühe mit strotzenden Eutern, Ochsen von beträchtlicher Größe, wollige Schafe und allerlei Geflügel. Seiner eigentlichen Absicht folgend, wandte sich Roderic dann wieder den Pferden zu. Er sah prächtige Stuten stehen, die für Pflug, Wagen und Karren brauchbar waren, und dachte wehmütig an die seinen, die er verkauft hatte. Manche Stuten - Roderic hatte einen untrügerischen Blick dafür - waren rossig, andere trächtig, wieder andere hochträchtig. Einige hatten gefohlt, und ausgelassene Füllen folgten ihren Müttern unzertrennlich.

Unter besonders wertvollen Rössern von feiner Gestalt und edler Statur, mit zuckenden Ohren, steilem Hals und feisten Keulen, fand Roderic ein Pferd, das ihm besonders gefiel und von dem er glaubte, daß es der passende Zuchthengst für St. Albans sei. Doch bevor er das hervorragende Tier kaufte, achtete er beim Gang des Pferdes zuerst auf seinen sanfteren Schritt, dann auf den schnelleren Galopp mit sozusagen entgegengesetztem Takt. Als der Hengst genau nach Roderics Vorstellung die Vorderbeine gleichzeitig abhob und aufsetzte, ähnlich die Hinterbeine, wußte er genau: Dieser Rot-Braune wird der neue und edelste Hengst vom „Langen Stall" in St. Albans sein und Vater vieler gesunder und glänzender Fohlen.

Im Königspalast von Westminster

Geoffrey de Gorham, Abt der Benediktiner-Abtei St. Albans, wurde im Palast des Königs bereits erwartet. Er stieg am Eingangstor vom Pferd, das von Dienern zur Fütterung und Pflege in den Stall gebracht wurde. Ein Blick auf die Westminster-Abtei erinnerte ihn an König Edward, der sie errichten ließ und hier 1066 beigesetzt wurde. Jetzt war Geoffrey auf dem Weg zu Heinrich I., dem am 5. August 1100 vom Londoner Bischof in Westminster gekrönten König.

Beim Betreten der königlichen Gemächer erfaßte Geoffrey dieses Mal eine gewisse Unruhe. Er wußte, daß dem König ein Waldverkauf äußerst schwerfallen würde, denn er nutzte geradezu beängstigend sämtliche Möglichkeiten aus, die ihm das vielfältige Forst- und Waldrecht boten. Darüber hinaus verstand er es, alle Finanzquellen des Landes für den Bedarf der Krone bis zum letzten auszubeuten.

Als Abt Geoffrey nun König Heinrich gegenübersaß, dachte er an die vielen Neusiedler, die auf Rodungsland warteten, und vor allem an Christina, die ihm augenblicklich besonders nahe war, weil sie sein Vorhaben mittrug und es auf ihre Weise unterstützte. Welche Einflüsse auch immer zusammenkamen und welche Gründe auch immer maßgeblich waren - der gestiegene Geldbedarf der Krone, die Persönlichkeit des Abtes oder die geistige und fürbittende Kraft Christinas: Geoffrey erreichte sein Ziel. Nicht nur der König, sondern auch seine Fiskalbeamten, die er zu diesem Gespräch hinzugezogen hatte, standen dem Anliegen des Abtes offen gegenüber. Schon nach sehr kurzer Zeit war man sich einig. König Heinrich I. überschrieb noch am selben Tag der Abtei St. Albans ein großes Waldgebiet in Biscot bei Luton für eine entsprechende Gegenleistung. In dieser königlichen Urkunde gab er gleichzeitig den Wald zur Rodung und Neuansiedlung von Bauern frei. Der Abt war überaus glücklich und hatte sofort zugestimmt, da ihm und dem Kloster die Gegenleistung ohne weiteres möglich war: Geld in Raten, einige Wiesen, die im Südosten von St. Albans an königlichen Besitz angrenzten, und einhundert Weide-Rinder.

Diese Leistung stand in keinem Verhältnis zu der Tatsache, daß das Kloster von nun an mehr als hundert Menschen Arbeit und Brot über Jahre, vielleicht sogar über Generationen verschaffen konnte.
Mit Dank verabschiedete sich Geoffrey vom König, der seine Beamten bat, den Abt von St. Albans ins Schatzamt zu führen, um anstehende Regelungen sofort zu treffen. Diese neu gegründete Zentralinstitution diente dazu, die Einziehung der Gelder und die damit betrauten Amtsträger zu überwachen, ge- und verkaufte Liegenschaften zu registrieren und Zins-, Pacht- und Abrechnungsbeträge einzuziehen. Es handelte sich dabei um eine auf Dauer in Westminster eingerichtete Behörde, die in sich die Funktionen eines Rechnungshofes, eines Finanz- und Verwaltungsgerichtes und einer Zentralkasse vereinigte. Im Hinblick auf sein erreichtes Ziel konnte Abt Geoffrey die vielen zu unterschreibenden Papiere, Absicherungen und Erklärungen geduldig annehmen und ertragen.
Als am späten Nachmittag der Abt, dankbar für das gewonnene Land, den Königspalast verließ, wartete bereits sein vom königlichen Stallmeister sorgfältig gepflegtes Pferd frisch gesattelt auf seinen Herrn.
Auf dem Heimritt nach Barking fiel Geoffrey in ganz besonderer Weise auf, daß nur die Stadtpaläste des Hochadels und die Häuser der Reichen und Mächtigen aus Stein gebaut waren. Die meisten Bürger wohnten in Holzhäusern mit Strohdächern. Er dachte über die große Brandgefahr nach und die Sicherheit, die sie diesbezüglich in St. Albans hatten. Das Scriptorium und die Bibliothek waren in einem eigenständigen Haus untergebracht, weitab von allen anderen Gebäuden. Geoffrey konnte von seinem Pferd in Gärten hineinschauen, sah Felder, Mühlen und freute sich daran, daß inzwischen auch gewöhnliche Bürger angenehmer lebten. Dank der Abwasserkanäle waren die Straßen hier in London halbwegs sauber und nicht, wie in Dörfern, voller Unrat und Ungeziefer.

Das Badehaus

Endlich konnte auch Andrew seine lang gehegte Absicht verwirklichen und seinem Begehren freien Lauf lassen. Heimlich hatte er sich in der Menschenmenge von Roderic getrennt, als dieser - stolz und ausschließlich mit dem neuen rot-braunen Zuchthengst beschäftigt - nur noch eines im Sinn hatte, so bald wie möglich einen gepflegten Stall im Kloster für das edle Tier zu finden.
Andrew hatte von öffentlichen Badehäusern gehört, die nicht nur der Pflege der Reinlichkeit dienten, sondern weitaus mehr boten. Sie wurden „Stew" genannt, und er mußte sich überwinden, dieses Wort auszusprechen, als er danach fragte. Als er jedoch freundliche Hinweise bekam, wo die nächste Badestube zu finden sei, schloß er daraus, daß die Badestuben im Leben der Londoner Bürger eine große Rolle spielten. Hingegen wurde in bäuerlichen Kreisen das Baden als Verweichlichung angesehen. Vielleicht braucht der Bauer, dachte Andrew, wenn er das ganze Jahr über dasselbe Arbeitskleid trägt, kein Bad.
Als Andrew mit Herzklopfen das öffentliche Badehaus betrat, wurde er freundlich empfangen und willkommen geheißen. Man fragte ihn, ob er ein Warmwasser-Wannenbad oder ein Dampf- und Schwitzbad bevorzuge. In seiner Absicht, diese Gelegenheit ganz auszukosten, sagte Andrew: „Wenn möglich, beides!" Merkwürdiges und nie Gesehenes kam Andrew entgegen, als er den eigentlichen Baderaum betrat. In großen Kufen mit warmem Wasser saßen zwei Personen oder auch mehrere Frauen und Männer gemeinsam. Dann gab es aus Holz gebaute Bäder, die bis zur Rotglut angeheizt waren. Wie angewurzelt sah Andrew zwei nackten Männern zu, denen der Bader ein Zeichen gab, in die bereitete Kufe zu steigen, die zeltartig mit einem Tuch überdeckt war. Das Tuch bewahrte den heißen Dampf, der sich jetzt sofort den Badenden auf die Haut legte, um den Schweiß hervorzutreiben. Sie verschwanden unter dem Zeltdach.
Ehe sich Andrew weiter umschauen konnte, nahm ihn ein behendes Bademädchen in Empfang und bat ihn, da er es von sich aus nicht wagte, sich zu entkleiden. Jetzt war er, ohne den Badezuber

bestiegen zu haben, bereits arg ins Schwitzen geraten. Sie führte ihn in ein vor Nässe triefendes Gemach und benetzte ihn beim Ausziehen mit lauem Wasser. Von diesem Augenblick hatte Andrew, der Mönch von St. Albans, seit langem geträumt, doch jetzt wäre er am liebsten im gedielten Boden versunken. Als das Bademädchen, das ein dünnes, durchsichtiges Trägerkleid trug, an seinem Verhalten sah, daß er nicht zum festen örtlichen Kundenstamm gehörte, reichte sie Andrew ein Badetuch, das er schnell um seine Lenden band. Zunächst begann sie, seinen Rücken durch lockere Abreibungen zu massieren, dann seine Arme und Beine. Beim zweiten Durchgang ging sie in ein festeres Kneten über. Dabei griff sie so geschickt zu, daß das Tuch zu Boden fiel. Zum Glück hatte der Bader Wasser auf den Ofen gegossen, so daß sich der Raum verfinsterte. Andrew fand eine Bank, auf die er sich setzte. Indessen tat der Dampf, der sich durch wiederholtes Begießen des Ofens entwickelte, seine weitere Wirkung.
Das Mädchen hatte ihm einen Laubwedel mit jungen Zweigen in die Hand gedrückt und ihm gezeigt, wie und wo man sich zu schlagen habe. Bevor er es tat, begoß sie ihn mit Gärflüssigkeit, die das Austreiben von Schweiß- und Giftstoffen beschleunigen sollte. Eine Zeitlang zog er sich in die schwelende Dunkelheit auf eine Holzbank zurück und spürte das allmähliche Kochen seines Blutes. Schweißüberströmt und nach Luft ringend, trat er auf die nassen hölzernen Bohlen und kam in den vorderen Raum, in dem ihm der Schweiß durch Abreiben und Begießen mit Wasser entfernt wurde. Gischtende Lauge und Seife kamen dabei zur Anwendung, um die Haut geschmeidig zu machen. Waschen und Erregen des Seifengischtes besorgte jetzt eine andere Badefrau.
Andrew schaute sich um und sah, wie viele andere Männer - aber auch einige nackte Frauen - sich im Badehaus vergnügten. Oft besorgte eine Baderin das Schlagen mit Wedeln so geschickt und amüsant, daß sich ihr Opfer vor Wonne und Freude im Kreis drehte. Andrew hatte es nicht gewagt, genauer hinzublicken. Die jungen, frischen Bademägde mit einfachen Trägerkleidern trugen Haarnetze oder eine Schärpe auf dem Kopf und waren reizvoll anzuschauen.
Im allgemeinen Getümmel der Unbekümmertheit und Freude hat-

te Andrew seine Sicherheit wiedergefunden und fühlte sich jetzt sogar als Mann. Zur weiteren Bedienung kam ein Bademädchen mit hoch aufgeschürztem Rock und führte ihn in einen anderen großen Raum, in dem die Badezuber für die Warmwasserbäder standen. Hier war alles durchsichtiger und klarer. Um Wohlgeruch zu verbreiten, bestreute man ihn, Andrew, und die Wasseroberfläche mit Rosen. Bis zur Brust tauchte er in das Wasser ein und setzte sich bequem nieder. Einige Männer und Frauen, die bereits vor ihm in dieser großen Badekufe Platz genommen hatten, plauderten ungezwungen miteinander, aßen und scherzten. Andrew erinnerte sich und dachte an eine Predigt, in der diejenigen verteufelt wurden, die zusammen mit Frauen badeten.

Nun saß er hier in einem Bad, mit allem versehen, was zum Dienst der Venus erforderlich war. Das Gefälle von St. Albans bis hierher in den Badezuber, wo alles in sehr direkter Form erledigt wurde, war so groß, daß Andrew sich einen Augenblick lang vor Geoffrey, seinem Abt, schämte. Mit einer natürlichen Unbekümmertheit entstieg ein phallisch-starker Mann dem Bad, holte für alle im Zuber Anwesenden Getränke und vergnügte sich weiter. Das Nackte störte diese „Brüderlichkeit" nicht. Da man meist lange im Bade blieb und bei dem Zusammensein miteinander spielte, aß, trank oder sang, wurde bald eine lustige, intime Gesellschaft daraus. Manchmal war eine Verkürzung, dann wieder eine Verlängerung mit im Spiel. Außer sich ob dieser zufälligen Gelegenheit, kam Andrew das Wasser wie eine schützende Wand vor, unter der Unmögliches möglich schien. Im großen, offenen Bogen des Badehauses saß ein junger Mann, der die Badenden mit seiner birnenförmigen Laute unterhielt.

Nachdem alle bedient waren, wurde im Anschluß an das Baden die Kopfwäsche angeboten. Da durch seinen kurzgeschorenen Mönchskopf diese Wohltat bei Andrew nur von kurzer Dauer war, entschloß er sich zu einer Rasur und Nagelpflege. Beides genoß er sehr. Da allgemein das Haar von Männern und Frauen lang getragen wurde, widmete man sich der Haarpflege mit großer Aufmerksamkeit.

Beim Ankleiden kam Andrew mit einem sehr vertrauenerweckenden Besucher des Badehauses ins Gespräch, der sein Programm

zur selben Zeit beendet hatte. Ihm offenbarte sich Andrew, indem er sagte, daß er Benediktiner-Mönch von St. Albans sei. Gespannt wartete er auf die Antwort des Fremden.
„Ich gehöre zum festen örtlichen Kundenstamm und weiß, daß Männer jeden Alters und Standes, auch Geistliche und Mönche im Badehaus verkehren. Viele von ihnen sind auf der Durchreise. Wen verlangt es da nicht nach Reinlichkeit und Sauberkeit? Welcher Mann könnte schon der Lust widerstehen, wenn er so richtig durchgewalkt wird? Hier in London wird die Tatsache, daß Geistliche in die 'Stews' gehen, nicht als wahrhaft anstößig angesehen. Schließlich sehen es Ehemänner wie Väter lieber, wenn die jungen und kräftigen Kleriker der Stadt die öffentlichen Badestuben aufsuchen, als daß sie eventuell ihren Frauen, Töchtern oder Söhnen nachstellen."

Rückkehr

*V*orübergehend und bis zum nächsten Morgen gaben Andrew diese Worte des Fremden im Badehaus eine gewisse Entlastung. Doch als er auf dem Rückweg schweigsam neben Abt Geoffrey saß, Roderic hatte mit den Pferden zu tun und sprach liebevoll auf den neuen Hengst ein, beobachtete der Abt Andrew lange, ehe er seinen Arm auf seine Schulter legte und ihn an sich drückte. Geoffrey ahnte, was in ihm vorging und in ihm vorgegangen war, doch sprach er nicht darüber. Durch die wohltuende menschliche Nähe des Abtes gewann Andrew allmählich das heimatliche Gefühl des Angenommenseins zurück.
Erst spät am Abend kamen sie im Kloster von St. Albans, von allen erwartet, wieder glücklich an. Diese Nacht verbrachte Roderic im „Langen Stall" bei seinem Rot-Braunen, denn er wollte ihn nicht alleinlassen.
Abt Geoffrey schickte vor dem Einschlafen liebe Gedanken zu Christina und dankte ihr im Stillen für ihre so reiche Unterstützung bei all seinen geglückten Vorhaben. Dann ließ er in seinen Vorstellungsbildern den neuen Wald roden und schlief langsam darüber ein.

Für Andrew war ein lang ersehnter Wunsch in Erfüllung gegangen, indem sich ihm eine Welt offenbart hatte, von der er vorher nur zu träumen wagte. Später verstand er es, dieses Erlebnis in London als notwendigen Baustein bejahend in sein mönchisches Leben einzuordnen.
Abt Geoffrey, der durch Christina auf dem Weg war, ein Verstehender und Liebender zu werden, hatte wesentlich zu dieser guten Entwicklung für Andrew beigetragen.

Brief an Christina und die neue Zeit

In der Begegnung mit seinen Mönchen, aber auch mit den Gästen und Hilfesuchenden, die ins Kloster kamen, stellte Geoffrey fest, daß er durch Christina wieder gelernt hatte, zuzuhören und sich auf den anderen einzustellen. In dem, was er sagte oder zur Antwort gab, entdeckte er einen Zustrom liebender Energie, die ihm in früheren Jahren nicht zu eigen war. Noch unfähig, sich in dieser Hinsicht zu offenbaren, versuchte er, in einem Brief an Christina ihr gegenüber seinen Dank auszudrücken und ihr von der Veränderung zu berichten, die er an sich erfahren durfte:

Nachdem ich Euch, liebste Christina, begegnet bin, spüre ich, daß ich langsam ein neuer Mensch werde. Mir fällt es schwer, in Eurer Gegenwart darüber zu sprechen. Daher möchte ich auf diese Weise - in Gedanken tue ich es immer - zu Euch reden und mich für Eure Liebe bedanken.
Wäre es mir ohne Eure Hilfe möglich gewesen, das große Waldgebiet in Biscot ohne Schwierigkeiten von König Heinrich zu erwerben? Wäre es mir ohne Eure Unterstützung gelungen, Andrew zu verstehen, als er in London eigene Schritte auf dem Weg seines Mannseins unternahm? Es gelang, wie Ihr es mich gelehrt habt, mich in ihn hineinzuversetzen und, ohne neugierig zu fragen, ihn liebevoll anzunehmen und zu führen.
Ich bin in dieser Nacht aufgestanden, weil ich Euch danken und sagen muß, wie ich mich jetzt gegenüber der Zeit in Dunstable empfinde, als ich diese wunderbare Frau von Markyate - Euch,

Christina - noch nicht kannte. Laßt mich etwas von mir erzählen, das niemand besser als Ihr verstehen kann. Das Neue und Entscheidende ist eine Erfahrung, die ich im Umgang mit meinem Willen mache. Nein, ich fange anders an. Der Wille ist nur ein Teilaspekt einer neuen umfassenderen Erfahrung. Mir ist, als ob ich nun erst richtig wachgeworden bin - aus einem Halbschlaf erwacht. Mir ist, als ob ich mich zum ersten Mal in meinem Leben aufgerichtet und aufgemacht habe, um auf eigenen Füßen zu stehen. Welch einmalige Erfahrung für das Bewußtsein, das eigentlich vorher nur durch Kräfte von außen, Verbote, Gebote und Regeln gesteuert war! Und der Steuermann war der eigene, anerzogene und willentliche Wille.
Jetzt kann ich sagen: Ich war absolut und überhaupt nicht ich selbst, sondern ein anderer, den die äußere Welt durch Erziehung gebildet hat, ohne fähig zu sein, sich in der leisesten Krise zu behaupten und innere wie auch äußere Standfestigkeit zu haben. Ohne Euch führte ich ein Leben, das keines war, weil kein wirkliches Leben ins Leben kommen konnte.
Ich kann das Gefühl einer Neugeburt - rückblickend empfinde ich, daß ich mitten im Leben nicht gelebt habe - am besten mit einer Uhr vergleichen, deren Zeiger zwölf Stunden durchlaufen hat und nun wieder beginnt, von neuem die Zeit zu durchschreiten. Unendlich dankbar bin ich für diese neue Lebenszeit, die mir durch Euch geschenkt wird. Eine starke Kraft in mir ist zu mir selbst aufgebrochen und verfügbar geworden. So kann ich nun, durch sie und Euch getragen, nach etwas Ausschau halten, das wesentlich ist und bleibt - auch über die Zeit des Schmerzes und vielleicht des Todes hinaus.
Indem ich mich Euch näher fühle als jemals irgendeinem Menschen in meinem Leben zuvor, fühle ich mich gleichzeitig mir selbst näher und vertrauter mit meinem Wesen. Wohin dieser Aufbruch führen wird - ich weiß es nicht. Ich vertraue unendlich auf Euch und lege dankbar mein Geschick in die Hände des Schöpfers.

Wie ihn sein Novizenmeister gelehrt und es Geoffrey hatte erfahren lassen, gehörte die Arbeit zum wichtigen Bestandteil benediktinischen Lebens. Welcher Art sie auch war, für Geoffrey hatte jegliche Arbeit einen ausgesprochen geistlichen Wert. Wenn sie schweigend verrichtet werden konnte, war sie für Geoffrey am angenehmsten. Das Mitgestalten der Bilder des Alexis-Meisters und das eingehende Betrachten dieser Miniaturen kam für ihn dem Gebet und der Meditation gleich.

Eine besondere Form der Arbeit im weiten Sinn erlebte Abt Geoffrey im Vollzug der Gastfreundschaft. Die unvorhergesehenen und dem Kloster nie fehlenden Gäste - „alle Fremden, die kommen, sollen aufgenommen werden wie Christus", besagt die Regel - waren in St. Albans immer willkommen. Wenn er es sich auch manches Mal sehnlichst gewünscht hätte, so war mit der Aufnahme der Gäste eben nicht nur ein Offenhalten der Tür gemeint, nicht nur die Anweisung einer Unterkunft und eines Platzes am Tisch. Sie verlangten sehnlichst nach einem Menschen, der ihnen zuhörte, ohne vorschnell ein eigenes Urteil zu fällen; sie hungerten danach, einem Menschen zu begegnen, der ihr Leid wahrnahm und sie ein Stück weit mittrug; sie dürsteten danach, in ihrer Ausweglosigkeit angenommen zu werden und einen gangbaren Weg gezeigt zu bekommen; sie suchten jemanden, der ihnen auf der Suche nach Sinn helfen, mit ihren Wunden umgehen konnte, ohne neu zu verletzen, und ihnen Entgegenkommen, Verstehen und Liebe schenkte.

Die Mönche versuchten, den Gästen innerhalb ihrer Gemeinschaft eine menschlich-geistliche Heimat zu geben und sie an ihrem eigenen mönchischen Leben teilhaben zu lassen. Doch das war es nicht allein. Besonders gefragt war ein Mensch, der die Brücke herstellen konnte von innen nach außen, von außen nach innen, vom Ich zum Du und damit auch zum Du Gottes: Abt Geoffrey. Von weit her, sogar zu Fuß kamen die Fremden, um mit ihm zu sprechen und Weisung zu erhalten. Geoffrey hatte Zeit für jeden, alle Zeit der Welt - wie es die Hilfesuchenden erlebten und immer wieder dankbar bekundeten. Niemand bemerkte jedoch, wie häufig Geoffrey während der langen, oft über Tage andauernden Gespräche sich in der inneren Vergegenwärtigung des Albani-Psalters für Christina und in der Betrachtung der Miniaturen selbst neue Kraft holte. Welch eine Quelle von Lebensenergie kam ihm entgegen, aus der er immer neu schöpfen durfte, um wahrer Mensch zu sein - ja, es erst einmal richtig zu werden, Nähe zu

spüren und diese erfahrbar auch für andere zu machen! Welch eine Quelle geistig-geistlichen Lebens strömte aus diesem Buch und seinen energiegeladenen Bildern - selbst wenn man sie nur oberflächlich und abwesend betrachtete!
Als Glied einer Kette oder eingebunden in einen Kreis fühlte sich Geoffrey unendlich dankbar, wenn durch ihn, als Mittler zwischen Himmel und Erde lebendige Ströme das Bewußtsein und die Herzen vieler Menschen erreichten.

Vom ehelichen Verkehr und Straftarifen

Der Kronbeamte einer benachbarten Grafschaft, ein sehr gebildeter und im Christsein wohlerzogener Mann, der die Gesetze kannte und nach ihnen zu leben versuchte, hatte bei seinem Bischof kein Gehör gefunden. Deshalb war er nach St. Albans gereist, wo er als Gast freundlich aufgenommen wurde und um ein Gespräch mit Abt Geoffrey bat.
„Ehrwürdiger Abt, daß Ihr und Eure Mönche das Keuschheitsgelübde abgelegt habt und bestimmt alles daransetzt, es zu halten, ist mir ganz und gar bewußt. Darüber möchte ich mit Euch nicht sprechen; aber trotzdem hat Eure Lebensweise etwas mit der meinigen zu tun, von der ich Euch gern berichten möchte. Was den Mönchen durch und durch von der kirchlichen Gesetzgebung, ich glaube allerdings, nicht vom Evangelium her verboten ist, ist mir zu einem riesigen Problem geworden. Ich spüre, daß ich mit Euch darüber sprechen kann und danke Euch sehr."
Für einen kurzen Augenblick fühlte sich Geoffrey ein wenig verlegen und schaute aus dem Fenster, in Erwartung des Kommenden. Dann blickte er den Besucher wohlwollend an und tat ihm damit kund, mit seinem Anliegen fortfahren zu können.
„Es stellt sich mir die große Frage, wann ich mit meiner Frau verkehren darf und wann nicht." Geoffrey konnte zunächst den Zusammenhang nicht begreifen, da der Mann verheiratet und zudem nicht einmal Priester war.
„Als Finanzverwalter habe ich zweimal im Jahr mit der Behörde in London zu tun und muß vor dem Exchequer alle Rechnungen

offenlegen und genauestens abrechnen. Das Rechnen ist somit zu meiner zweiten Natur geworden."

Geoffrey dachte daran, wie wenig ihm selbst das Rechnen bedeutete. Bei der Erstellung des Haushalts taten es andere für ihn; doch manchmal addierte er Zahlen und bildete ihre Quersumme, um damit sein Gedächtnis oder die Konzentration zu üben, wenn seine Gedanken zu Christina oder ins Scriptorium abschweifen wollten.

„Es gibt allmählich von der Kirche so viele aufgestellte Verkehrsverbote", Geoffrey mußte bei diesem Wort in sich hineinschmunzeln, „daß ich mir vorkomme wie bei einer Vermönchung. Daß ich nach der Geburt unserer Kinder mit meiner Frau nicht zusammensein darf und auch vorher nicht, bedarf keiner Frage. Wie giftig das Blut nach der Niederkunft ist und auch das monatliche, weiß - so glaube ich - doch wohl jeder. Was mich quält, meine Frau spricht nicht darüber, aber es fällt ihr gewiß ebenso schwer, sind die Zusammenkunftsverbote vor den heiligen Zeiten. Ihr werdet es Euch kaum vorstellen können, ehrwürdiger Herr Abt, wie viele Wochen und Monate ich mich zurückhalten muß."

Er begann in einer breit angelegten Aufzählung alle Festtage zu nennen, die ihm einfielen, und errechnete ihre Zahl zusammen mit allen Sonntagen im Jahr. So viel war ihm daran gelegen. Geoffrey rechnete im Stillen mit, denn er war gespannt auf ein schnelles Ergebnis. Hinzugezählt wurden die vierzigtägige Fastenzeit vor Ostern, zwanzig Tage vor Weihnachten, zwanzig Tage vor Pfingsten und jeweils drei Tage vor dem Kommunionempfang. Der Verwalter gab zu, nur an den großen Festen zur Kommunion zu gehen, da ihm ja sonst noch mehr an Zeit verlorenging. Im Endergebnis kam Geoffrey, gemeinsam mit dem Kronbeamten, auf eine Zeit von über fünf Monaten, in der der eheliche Verkehr untersagt war. Der Abt staunte, denn eine solche Rechnung hatte ihm bisher noch niemand aufgemacht.

„Das ist noch nicht alles", sagte der Gast und sah den Abt dabei verstohlen an, „hinzu kommen noch die persönlich notwendigen Zeiten meiner Frau, von denen ich anfangs sprach und in denen nichts möglich ist." Er klagte sehr darüber, daß ihm somit nicht mehr viel Zeit für die geschlechtliche Liebe übrig bliebe.

Mehr als zwei Stunden befanden sie sich im Gespräch, als der Verwalter sich anschickte, das Kloster wieder zu verlassen. Auf seine Fragen hatte ihm der Abt kluge, verantwortungsvolle wie auch heitere Antworten gegeben, mit denen er etwas anfangen konnte. Mit einem derartigen Entgegenkommen hatte der Grafschaftsverwalter bei seinem Besuch in St. Albans nicht gerechnet. Sie verließen das Besprechungszimmer - der Abt erleichtert und dankbar, daß er endlich wieder ins Scriptorium gehen durfte, ebenso erleichtert und dankbar der Kronbeamte, der noch an der Pforte höflich grüßte, wie es seine besondere Art war. Er machte sich dann erleichtert und bestärkt mit seinem Pferdegespann langsam auf den Weg, der ihn immer weiter von St. Albans entfernte.
So sehr Geoffrey sich auf die neuen Arbeiten des Alexis-Meisters freute und es kaum abwarten konnte, sie zu sehen, gingen ihm doch weitere Gedanken durch den Kopf und Empfindungen durch sein Herz, so daß er einen großen Umweg zum Scriptorium machte. Hatte der sehnlichst um Rat fragende Gast doch in seiner Aufzählung die irische Kanonsammlung vergessen, die außerdem noch von allen Mittwochen spricht, in denen jeglicher Verkehr untersagt ist!
Da Geoffrey als Abt im Rang eines Bischofs stand, konnte er es sich zum Glück erlauben, manche bischöfliche Verordnung zu hinterfragen, die in die intimste Privatsphäre ehelichen Lebens hineinreichte. Er dachte an die vielen Synoden, auf denen diese Thematik immer wieder mit Vorliebe behandelt wurde, an die Bußbücher und die sich ständig erweiternden Sündenkataloge mit ihren Straftarifen. Die Beichtväter hatten die Verheirateten über ihre Enthaltsamkeit zu fragen. Geoffrey hingegen war es nicht möglich, jemals derartige Themen anzusprechen, da er sie als peinlich und sinnlos empfand.
Doch war der Bischof Augustinus von Canterbury so weit gegangen, den Papst Gregor I. zu fragen: „Darf der Mann nach dem ehelichen Verkehr die Kirche betreten oder sogar kommunizieren?" Das Antwortschreiben stellte fest, daß die Lust nie ohne Sünde sein könne und nur derjenige Mann vollkommen sei, „der es fertigbringt, mitten im Feuer nicht zu brennen". Darum riet Papst Gregor energisch vom Kirchenbesuch ab.

Geoffrey schüttelte den Kopf und fragte sich, wieso rein geistige Sünden, die viel schwerer wiegen, nicht das Verbot des Kirchgangs nach sich ziehen. Doch das päpstliche Antwortschreiben beschäftigte sich nicht mit diesen Fragen, sondern besagte: „Wenn der Mann jedoch nur zum Zweck der Kinderzeugung verkehrt hat, dann darf er doch die Kirche betreten." Mit diesen absurden Gedanken mußte er ins reine kommen und sie zu Ende denken.
Daher setzte er sich für einen Augenblick auf die Außenmauer des Kreuzgangs und schaute - ohne wirklich zu schauen - auf die betonte Mitte, den Brunnen, der in gleichmäßigen Rhythmen mit dem Wasser spielte. Wie können zwei Menschen, die sich lieben und bis zum äußersten gehen, ständig nur das Zeugen im Kopf haben? Wenn auch die Kirche vornehmlich bei dieser Thematik nur vom Mann sprach, so ergänzte Geoffrey doch jeweils das Bild zu einer Einheit, die sowohl aus dem Mann als auch der Frau bestand. „Mitten im Feuer nicht zu brennen" - das ist unmöglich und gegen die menschliche Natur. Obwohl er es zuerst nicht so empfunden hatte, war ihm das Gespräch mit dem Grafschaftsverwalter tief in seine mönchische Existenz und seine Seele gefallen und zwang ihn jetzt zu weiterer Auseinandersetzung. Um offen für die Begegnung mit dem Alexis-Meister zu sein, benötigte Geoffrey Zeit, diese Eindrücke zu verarbeiten. Auch verlangte es ihn danach, alles noch einmal zu überdenken, was er dem Kronbeamten unbekümmert und freien Herzens geraten hatte.
So beschloß er, in die Bibliothek zu gehen, um in einem neuen Buch über die Ethik zu lesen, das viel Aufsehen erregt hatte und zu Auseinandersetzungen herausforderte. Der Gedanke daran tat ihm gut. Geoffrey hatte bereits viel von Pierre Abaelard gehört, einem Gelehrten aus Paris, der mit seiner Dialektik eine neue Epoche des Denkens und Lehrens einleitete. An der Universität sollten sich die Studenten um die Plätze raufen, um Abaelard zu hören. Zielstrebig ging er in der Bibliothek an das Regal, nahm das kürzlich eingestellte Buch und las halblaut aus dem dritten Kapitel der Ethik des Abaelard - niemand außer ihm war in der Bibliothek:

Man darf keine natürliche Lust des Fleisches als Sünde erklären, noch darf man es als Schuld bezeichnen, wenn jemand durch Lust ergötzt wird, wo man diese notwendig empfinden muß. Gott selbst hat die Natur so eingerichtet. War denn nicht vom ersten Tag unserer Erschaffung an, da man im Paradies ohne Sünde lebte, der eheliche Verkehr und der Genuß wohlschmeckender Speisen natur-notwendig mit Lust verbunden? Hat Gott Äpfel erschaffen, damit man sie nicht essen dürfe und schwere Strafe darauf steht, wenn man's tut, fest glaubend, es seien gottgeschaffene Äpfel, dem Menschen zur Nahrung und Freude bestimmt?

In großer innerer Wachheit und mit Begeisterung las Geoffrey das dritte Kapitel aus dem Buch über die Ethik zu Ende. Doch vergeblich versuchte er bei Abaelard die augustinische Lehre wiederzufinden, nach der die Geschlechtslust Folge und Strafe des Sündenfalls sei. Muß jemand wie Abaelard, der in seinen Lehren und Schriften versucht, die Geschlechtslust zu rehabilitieren, verketzert werden, oder gehört er bereits als Reformer einer bahnbrechenden Zukunft an? fragte sich Geoffrey allen Ernstes, bevor er sich aufmachte, zum Alexis-Meister ins Scriptorium zu gehen.

Zur Ader lassen

*B*ei seinem nächsten Besuch in Markyate hatte Geoffrey viel von seiner Reise nach London, dem Empfang im königlichen Palast und vor allem vom Erwerb des Landes in Biscot zu berichten. Nach der herzlichen Begrüßung durch Christina überbrachte er ihr zunächst die besten Empfehlungen des Alexis-Meisters und erzählte ihr von den neuesten Arbeiten am Albani-Kodex, die reichlich Fortschritte machten.

Ein Schüler des Malers hatte damit begonnen, die einhundertfünfzig Psalmen in blauer, grüner und roter Tinte abzuschreiben. Es war vorgesehen, den Anfangsbuchstaben eines jeden Psalms groß und farbig zu gestalten und mit ihm eine figürliche Darstellung zu verbinden. Da der Alexis-Meister das Malen der ganzseitigen Bilder sich selbst vorbehielt, wollte er seinen Schülern mit den Darstellungen in den Initialen Möglichkeiten bieten, ihr vielfältiges künstlerisches Können zu fördern und zu entfalten.

In seinen Ausführungen zum Albani-Psalter, die eigentlich stets an erster Stelle standen, war Geoffrey heute eher zurückhaltend. Ein anderes sensibles Thema, das alle Mönche in St. Albans anging, beschäftigte ihn schon seit längerer Zeit. Da Geoffrey für medizinische Maßnahmen und therapeutische Anwendungen sowohl das Wissen als auch eine gute Intuition fehlten, wandte er sich - wie in nahezu allem - an Christina, um ihren Rat einzuholen.
„Während meiner ganzen Zeit im Kloster war und ist es für jeden Mönch Pflicht, einmal im Monat zur Ader gelassen zu werden. Viele Mitbrüder empfinden diesen Eingriff als besondere Wohltat und fragen sogar, ob sie zu ihrem Geburtstag auch zum Aderlaß gehen dürften. Für andere hingegen - und ihre Zahl nimmt zu - bedeutet das Abfließenlassen von Blut eine Qual und ein Eingreifen in ihr persönliches Leben. Es kommt zu heftigen Auseinandersetzungen mit dem Infirmarius, der die Aderlässe besorgt, und nicht selten hört man Schimpfworte wie ‘du Schlächter, menschenmordender Blutsauger’. Für mich ist dieser Zwang schon lange ein Dorn im Auge. Gern hätte ich Eure Meinung gehört zu einem solch gewaltsamen Blutentzug.”
Christina hielt sich für einen Augenblick zurück, denn für sie und ihre Mitbewohnerinnen kam diese Maßnahme, dem Körper verdorbene und überflüssige Säfte zu entziehen, nicht in Frage. Sie waren der Überzeugung, daß sich bei einer Frau dieser Vorgang monatlich von selbst vollziehe. Doch wollte Christina die Frage Geoffreys von einer anderen Ebene her beantworten. „Eigentlich muß man beim Aderlaß zwischen Gesunden und Kranken, zwischen Männern und Frauen unterscheiden.” Christina sah an seinem Gesicht, daß Geoffrey sie nicht verstanden hatte, und begann noch einmal, seine Frage von einer anderen Seite zu beantworten.
„Wie der Hunger an den Kräften des Körpers zehrt, so macht auch ein übermäßiger Aderlaß den Körper wie auch die Seele schwach, während nach meiner Ansicht der gemäßigte Aderlaß bei den Mönchen dem Körper Gesundheit bringt.”
Bei allen sinnvollen Fragen, die Christina gestellt wurden, hatte sie die wunderbare Gabe, sich derartig einzufühlen, daß ihr Antworten eingegeben wurden, die über ihre persönlichen Erfahrungen in dieser Welt hinausgingen. Als sie zu reden begann und da-

von sprach, daß der Eingriff nur bei abnehmendem Mond durchgeführt und das „Lassen" nicht zu einer Manie werden dürfe, kam Geoffrey eine Idee. Er entschuldlgte sich, als er Christina unterbrach, und fragte, ob er den Infirmarius zu einem weiteren Gespräch über den Aderlaß mitbringen dürfe, da diese wertvollen Hinweise durch ihn, Geoffrey, nicht zur Anwendung kämen.

Christina wußte, da der Abt sich nach ihr richten würde, welche Verantwortung sie mit der Bejahung seines Anliegens übernommen hatte. Durch einige Tage Stillschweigen, Fasten und tiefere Meditationen schuf sie eine Grundlage, von der aus sich keine oberflächlichen Antworten mehr ergeben durften.

„Wie wir bei uns in St. Albans den Aderlaß handhaben", sagte der Infirmarius in ihrem gemeinsamen späteren Gespräch, „ist genau vorgeschrieben. Einmal im Monat kommen alle Mönche nacheinander in die Infirmerie, wo ich sie zur Ader lasse. Bei Mönchen in fortgeschrittenem Alter sowie bei schlechtem Wetter führe ich das Lassen jedoch nicht aus. Günstig wirkt der Eingriff an sonnigen Tagen und früh am Morgen auf leeren Magen, also nüchtern. Die schädlichen Giftstoffe können dann zusammen mit dem Blut besser ausfließen.

Der Patient sitzt auf einem Stuhl und zieht sein Habit am rechten oder linken Arm so weit hoch, bis die Ellenbogenbeuge frei ist. Es sind allerdings auch andere Venen zur Blutentleerung möglich. Wir legen Wert darauf, daß außer dem, der zur Ader gelassen wird, sowie meinem Gehilfen und mir kein Fremder im Zimmer weilt. Die Fensterläden sind beim Eingriff immer geschlossen. Den Venenschnitt führe ich bei Kerzenlicht durch. Dann gebe ich dem Patienten einen Stab in die Hand, mit der Anweisung, diesen mit den Fingern zu drehen. Der Blutaustritt wird nämlich durch die Bewegung der Finger erleichtert und zudem entsteht noch ein stärkerer Blutfluß."

Der Infirmarius unterbrach seinen Bericht über das Aderlassen, um sich zu vergewissern, ob er auch wirklich so ausführlich sein Vorgehen in Gegenwart von Christina schildern sollte. „In meiner langjährigen Ausbildung bei einem Medicus in London lernte ich zunächst, an den Adern von Roten Beeten zu üben, ehe ich die Vene schlagen durfte. Nun ist es ein Einfaches für mich, verschie-

dene Venenschnitte mit dem Skalpell oder der Lanzette durchzuführen. Am liebsten arbeite ich mit der einfachen quadratischen Lanzette, einem kleinen Messer mit doppelter Klinge.
Doch zunächst umschnüre ich den Arm mit einer Aderlaß-Binde oder Aderpresse, um die Vene vor dem Einschnitt zum Anschwellen zu bringen. Dann erfolgt der Venenschnitt. Sofort spritzt das Blut im Strahl aus der eröffneten Vene in eine Schale, die von meinem Gehilfen gehalten wird oder im Schoß des Patienten steht. Ich halte seinen Arm und, wenn nötig, mit meiner anderen Hand seine Stirn. Die besondere Nachbehandlung des zur Ader Gelassenen dürfte Euch, verehrte Christina, sicherlich genügend bekannt sein."
Da sie mit den Neuerungen, die der Abt in der Infirmerie eingeführt hatte, nicht vertraut war, bat Christina den Infirmarius darum, noch einige Worte zur Behandlung des Patienten nach dem Eingriff zu sagen.
„In Gegenwart des Abtes fällt es mir nicht leicht, darüber zu sprechen, denn ich bin nicht mit allem einverstanden, was er verändert hat. Doch wenn Ihr mich so freundlich darum bittet, will ich es versuchen. Die nach dem Aderlaß empfohlene, aufmerksame und rücksichtsvolle Behandlung des Patienten wird selbstverständlich eingehalten. Er ruht einige Stunden nach dem Eingriff, seine Laßwunde wird beobachtet, damit sie sich nicht entzündet, und dann erhält der zur Ader Gelassene für zwei Tage in der Infirmerie besonders gutes und reichliches Essen. Allein schon wegen des Fleischgenusses, der bei uns in der Infirmerie gestattet ist, sehnen sich einige Mönche nach dem Aderlaß. Auch wird bei uns das sonst im Kloster nicht übliche Weißbrot gereicht und reichlich Wein.
Womit ich allerdings nicht einverstanden bin - ich habe es Abt Geoffrey bereits persönlich gesagt: Wenn die Glocke über dem gemeinsamen großen Eßtisch im Hospital ertönt, muß unter Schweigen gegessen werden. Ich halte dagegen das Reden bei Tisch - zumindest bei uns in der Infirmerie - für notwendig, weil es den Heilungsprozeß fördert."
Bei diesen Worten schaute der Infirmarius verstohlen Abt Geoffrey an, als ob er ihn auffordern wolle, diese Schweige-Anweisung

noch einmal zu überdenken. Christina, die dem Infirmarius gern an dieser Stelle schon recht gegeben hätte, hielt sich jedoch eine Weile zurück, da es Wichtigeres zu bedenken gab.

„Ihr habt nicht davon gesprochen, wie groß die Menge Blut ist, die Ihr jeweils abnehmt", sagte Christina. Als der Infirmarius zugab, daß es bis zu einem Liter sei, antwortete Christina streng: „Bei einem gesunden und kräftigen Menschen darf die Menge des gelassenen Blutes nicht mehr betragen, als ein durstiger Mann mit einem Zug an Wasser trinken kann. Bei körperlicher Schwäche soll der Aderlaß so viel betragen, wie in ein Ei von gewöhnlicher Größe hineingeht."

Aus all dem, was der Infirmarius an weiteren Angaben auf ihre Fragen machte, entnahm Christina, daß das Aderlassen in St. Albans übermäßig gehandhabt wurde und vielleicht schon in eine Manie ausartete. Jetzt verstand sie auch das erste Anliegen Geoffreys und war bereit, ihren mäßigenden Einfluß soweit wie möglich auszuüben.

„Nur eine Blutentziehung, die das richtige Maß einhält, schwemmt die schlechten Säfte hinweg und hält den Körper gesund. Ich empfehle daher, einen kräftigen Mann nur alle drei Monate zur Ader zu lassen. Man sollte aber nur so lange das Blut fließen lassen, bis das faulige und zersetzte Blut, das verschieden gefärbt ist, dem reinen Blut Platz macht. Dann muß man mit der Blutentziehung sofort aufhören."

Christinas Worte kamen dem Infirmarius sehr entgegen, denn schon seit langem hatte er sich gegen das Überhandnehmen des Aderlasses gewehrt. Ihre Aussagen bedeuteten ihm daher eine große Unterstützung; weder empfand er sie als eine Einmischung in seinen Beruf noch als Bevormundung.

„Sehr gern arbeite ich mit dem Schröpfen", sagte der Infirmarius, „wenn dem Körper überflüssige und schädliche Säfte abgezogen werden müssen. Nachdem ich den Rücken erwärmt habe, ritze ich die Haut an mehreren Stellen auf und setzte die erhitzten gläsernen Schröpfköpfe darüber, um dem Körper Blut zu entziehen. Diese sanftere Methode, die weniger aufwendig und gefährlich ist, wende ich mit Erfolg regelmäßig bei denen an, die zuviel getrunken haben."

Damit hatte er vor Geoffrey etwas gesagt, womit der Abt momentan und vor Christina nicht gut umgehen konnte. Geschickt und klug in der Argumentation bewies Christina, daß die verbreitete Ansicht - je mehr Blut man beim Lassen entnähme, um so heilvoller sei es - eine falsche war und zu großen körperlichen Schäden führte. Auch vertrat sie die Meinung und sprach offen darüber, daß bei großer körperlicher wie auch seelischer Unruhe eines Mönches ein Gespräch mit ihm und natürliche Handlungsweisen weitaus besser seien als der hier gebotene Aderlaß.

Geoffrey verstand, was Christina auch ihm damit sagen wollte. Es wurde ihm klar: zur Reifung drängende Lebenskräfte oder gar durch Zurückhaltung bereits verdorbene konnten nicht nur durch einen einfachen Aderlaß kanalisiert werden. Bei all dem, was sie sagte, betonte Christina noch einmal sehr deutlich den Unterschied beim Blutentzug zwischen Frauen und Männern, zwischen Gesunden und Kranken. Sie wies bei aller Wertschätzung des Aderlasses als wertvolles Heilverfahren auch auf die mit Übertreibung verbundenen Gefahren hin. Sie empfahl eine Blutreinigungsmethode, die mit dem künstlichen Setzen von Pusteln zu tun hatte.

„Im Alter und in besonders angezeigten Fällen würde ich lieber durch die schwarze Eberwurz, ein ätzendes Heilkraut, künstlich Pusteln hervorrufen, damit beim Aufbrechen der Pusteln die schädliche Flüssigkeit zwischen Haut und Fleisch ausfließen kann."

Als Abt Geoffrey zum Aufbrechen drängte, bat ihn der Infirmarius inständig, mit Christina noch kurz über die Anwendung des Aderlasses bei bestimmten Krankheiten sprechen zu dürfen, wie auch über die verschiedenen Färbungen des Blutes. Infolge seines Eingebundenseins in das Klosterhospital und ohne den Abt war es ihm kaum möglich, zu einem derartig intensiven und lehrreichen Gespräch erneut nach Markyate zu kommen. Wie gern hätte er zusammen mit Christina in der Infirmerie die Kranken betreut und die Gesunden gesunder gemacht - doch sie war eine Frau und durfte die Klausur niemals betreten.

Noch bevor Christina und der Infirmarius ein neues Gespräch begannen, fragte Geoffrey, dem das Reden über Blut an dieser Stelle einfach zuviel wurde, ob er den Kräutergarten betreten und das

Oratorium besuchen dürfe. Ohne sich mit Christina ausgestauscht zu haben, wußte er genau, was zu tun sei: ab sofort darf ein Aderlaß nur alle zwei Monate vollzogen werden und nicht mehr monatlich. Darüber hinaus wird jedem Mönch freigestellt, ob er Gebrauch davon macht oder nicht. Es gibt keinen Zwang mehr!
An dem weiteren Gespräch über die Verwendung des Aderlasses bei Krankheiten wollte er nicht mehr teilnehmen, da es allein Angelegenheit des Infirmarius war, sich jetzt mit Christina auszutauschen. In Geoffreys Abwesenheit sprachen sie darüber, wie durch das Lassen überhitztes Blut gekühlt wurde, man Blutflüssen begegnete und schädliche Stoffe auch durch andere Venen abgeleitet werden konnten. Durch den Infirmarius, der ein Meister in der Früherkennung von Krankheiten war, erfuhr Christina vieles über die Farbe und Gerinnung des Blutes sowie über die Notwendigkeit des Aderlasses bei bestimmten Krankheiten: akutes Fieber, geschwollene Venen, Bedrohung des Lebens durch Erstickungsgefahr, unerträgliche Schmerzen, Bluthochdruck und Lungenentzündung. Als Christina einwendete, daß bei hohem Fieber der Blutentzug nicht angezeigt sei, stimmte der Infirmarius sofort zu.
„Vielleicht könnt Ihr mit einigen kleinen Empfehlungen von mir etwas anfangen?" fragte Christina und begann zur Abrundung des Gespräches kurz über das Verhalten nach dem Aderlaß zu sprechen: „Das Wesentliche habt Ihr zwar schon gesagt, doch es ist darüber hinaus noch von großer Bedeutung, daß sich der Patient nach dem Blutentzug drei Tage lang nicht der direkten Sonnenglut oder sonstiger zu heller Bestrahlung aussetzt, nicht auf glitzernde Wasserflächen oder Schneefelder schaut, nicht in Feuer blickt oder sich Feuerstrahlen aussetzt. Das Blut wird sonst erschüttert und das Herz nimmt Schaden. Meidet ungewohnte Speisen und scharf gebratenes Fleisch nach dem Aderlaß, ferner den Genuß von Obst und rohem Gemüse. Auch warne ich vor Käse wegen seines hohen Fettgehaltes. Erst am dritten Tag nach dem Eingriff hat das Blut seine alte Kraft und Souveränität wiedergewonnen.
Man kann das Blut und damit die Selbstheilungseigenschaften des Körpers natürlich weiterhin unterstützen. Nach der Entgiftung durch den Aderlaß zeigt das Wasserlinsen-Elixier erst seine volle Wirkung."

Der Infirmarius, der diese Arznei bisher nicht verabreicht hatte, ließ sich von Christina die Zubereitung des Honig-Wein-Extraktes erklären und erfuhr, wie er aus Zimt, Salbei, Ingwerwurzel, Fenchel, weißem Pfeffer, Blutwurzblättern, Ackersenf, Kletten und wildem Labkraut hergestellt und heiß über Wasserlinsen filtriert wurde.
Als sie aufgestanden waren, um sich zu verabschieden, nahm der Infirmarius Christina zur Seite und flüsterte ihr leise zu: „Ich weiß, wie sehr Ihr unseren Abt schätzt und Euch um ihn sorgt. Er leidet unter entsetzlichen Kopfschmerzen, die ihn oft bis zur Untätigkeit überfallen. Redet ihm gut zu, denn es bedeutet eine Erleichterung und bringt Heilung, wenn ich ihm - allerdings nur bei ganz sauber rasiertem Kopf - durch die Stirn- und Schläfenarterien Blut entnehme. Wer viel Phlegma im Kopf hat oder wem der Kopf brummt, soll den Aderlaß an der Kopfader vornehmen lassen."
Da Roderic zwei jüngere Pferde an den Wagen gewöhnen wollte, hatte er den Abt und den Infirmarius gebeten, sich von diesem Gespann nach Markyate fahren zu lassen. Auf dem Heimweg saßen sie nebeneinander, und Geoffrey erfuhr während ihres Gespräches, daß der Krankenmeister ein heimlicher Verehrer und Benutzer der umfangreichen Klosterbibliothek von St. Albans war. Er sprach von Polybos, dem Schwiegersohn des Hippokrates, der das Buch „Die Natur des Menschen" geschrieben hatte. Besonders bei der Bekämpfung von Hodenschmerzen halfen die Anweisungen des Polybos außerordentlich. Darüber konnten sie jetzt - ohne die Gegenwart von Christina - besser und ausführlicher sprechen.
Als sie in Redbourn, kurz vor St. Albans waren, bedankte sich der Infirmarius herzlich bei Abt Geoffrey für diesen Tag, der ihm wesentlich neue Erkenntnisse und tiefes anwendbares Wissen gebracht hatte. Mit einer zwar für den Infirmarius belanglosen, doch für Geoffrey wichtigen Bemerkung, über die er noch lange nachdenken mußte, beendete der Krankenmeister endgültig das Gespräch an diesem Tag über den Aderlaß:
„Ich freue mich, daß Christina von Markyate, eine wirklich weise Frau, sich trotz ihrer berechtigten Mahnungen zugunsten des Aderlasses ausgesprochen hat. Nach meiner Kenntnis wurde das Lassen zu allen Zeiten und bei allen Völkern als eine nötige, ja so-

gar unentbehrliche Maßnahme betrachtet. Aristoteles dürfte als erster die Annahme vertreten haben, daß der Aderlaß zuerst bei den Tieren beobachtet werden konnte. Plinius schreibt seinen Ursprung dem Nilpferd zu, von dem er berichtet, daß es - sobald es sich krank fühle - das Flußufer aufsuche, um sich an einem Ast oder einem spitzen Stein die Fußvene zu öffnen und das Blut ausfließen zu lassen. Auch spricht er vom Selbstaderlaß anderer Tiere und erwähnt, daß sich Pferde zu diesem Zweck an einem Dornstrauch reiben. Es soll einen Vogel geben, dies ist allerdings eine Legende, der in seinem Leben nur ein einziges Mal singt. Von dem Augenblick an, da er sein Nest verläßt, sucht er nach einem Dornstrauch und ruht nicht, bis er ihn gefunden hat. Hat er aber den für ihn bestimmten Dornstrauch entdeckt, läßt er sich darauf nieder und beginnt zu singen. Sein Gesang wird zum Gesang des Himmels - immer durchdringender und schöner als der feinste Schlag der Nachtigall. Beim Singen drückt er sich mehr und mehr an einen scharfen Dorn, der sein Gefieder und seinen zarten Leib durchbohrt. Während das Blut des Vogels ausfließt, wird sein Gesang immer herzergreifender, so daß die ganze Welt und der Himmel innehalten, um zu lauschen."

Schreibkunst

Der Alexis-Meister, der eine längere Zeit in der Malerschule von Canterbury geweilt hatte, war nach St. Albans zurückgekehrt. Durch seine Reise nach London, den Erwerb des Waldes von Biscot und die ersten damit verbundenen Vorarbeiten wie auch durch die Neuregelung der Aderlaß-Zeiten war Abt Geoffrey derart in Anspruch genommen worden, daß er seinen Beitrag zum Psalter für Christina ein wenig vernachlässigt hatte. Nun, da der Alexis-Meister wieder täglich in der Maler- und Schreibwerkstatt anwesend war, hatte sich Geoffrey vorgenommen, ihn regelmäßig zu besuchen.

Der Meister fragte Geoffrey, ob er nicht zur Gestaltung des Buches beitragen wolle, da es ein persönliches Geschenk für Christina sei. Er schlug mehrere Texte vor, die Geoffrey aussuchen und eigen-

händig schreiben sollte. „Ich werde dich lehren", sagte der Alexis-Meister freudig über die Zustimmung des Abtes, „kunstvoll mit der Gänsefeder umzugehen und nicht mehr das grobe Schilfrohr zu benutzen." Noch bevor sie sich auf einen ersten Text geeinigt hatten, lernte Geoffrey den Umgang mit der Feder. Nun war er noch mehr an das Scriptorium gebunden, denn wegen der Materialien und der besonders im Winter gleichbleibenden Temperatur - die Schreibwerkstatt wurde ständig geheizt - konnte er diese Arbeit nicht in seiner Abtwohnung ausführen.
Immer neu benötigte er zudem die Anweisungen des Alexis-Meisters. Da ging es zunächst um die Schreibfeder, die in mehreren Arbeitsgängen zugeschnitten werden mußte. „Die besten Federn stammen aus einer der ersten fünf Schwungfedern vom linken Flügel einer ausgewachsenen Gans. Man weicht sie zunächst einige Stunden ein und trocknet und härtet sie anschließend in heißem Sand. Danach erst schneidet man sie mit dem Federmesser zu."
Geoffrey, der es nicht einmal vermochte, auf der Fithele die einzelnen Saiten klangrein zu streichen, gab sich alle erdenkliche Mühe, das Zuschneiden der Feder in mehreren Arbeitsgängen zu erlernen. Er strengte sich sehr an, denn aus Liebe zu Christina mußte es ihm gelingen. So viel war ihm daran gelegen, den Psalter eigenhändig mitzugestalten, daß er die Anweisungen des Meisters immer wieder und geduldig in die Tat umsetzte, bis die Schreibfeder einsatzbereit war.
„Zunächst schneidest du das Federende schräg ab. Dann wird in die Mitte des Kiels eine Spalte geschnitten. Den Schnabel erhältst du, indem du beide Seiten gleichmäßig ausschälst. Wenn die Unterseite des Schnabels zu konkav ist, mußt du das Ende abplatten. Je nach Breite der gewünschten Schrift wird jetzt als letzter Arbeitsgang der Schnabel vorne geschnitten. Hierzu benötigst du eine harte, glatte Unterlage."
Der Alexis-Meister, der eigentlich die Zeilen, die sogenannten Leitlinien, von den Novizen ziehen ließ, bestand bei Geoffrey darauf, daß er auch diese Vorbereitung zum Schreiben selbst ausführte. Da die Möglichkeit bestand, daß der Abt sich zu einem guten Kalligraphen entwickeln würde, sagte ihm klugerweise der Meister vorab: „Die Kunst der Kalligraphen genießt ein hohes An-

sehen und verleitet oft zu einem übersteigerten Selbstbewußtsein, so daß manche Mönche ihren Namen unter das Meisterwerk setzen. Ich bitte oder zwinge ihn dann, seine Arbeit zu unterbrechen, da der Mönch sich allzu viel auf seine persönliche Meisterschaft einbildet."

Geoffrey schmunzelte und dachte im stillen, daß der Alexis-Meister sich bei ihm bestimmt keine Sorgen machen müsse. Er schaute dabei auf die Miniaturmaler und Buchillustratoren, die ganz versunken in ihre Arbeit waren. Hochkünstlerisch und konzentriert schmückten sie nicht nur die Anfangsbuchstaben von Absätzen mit Blattgold aus, sondern malten auch in lebendigen Farben Blumen, Personen und Tiere in die Initialen. Sie zeichneten das Motiv - der Alexis-Meister half ihnen dabei - mit einem Stichel vor und begannen dann, mit Gänsefeder und Tinte Einzelheiten hinzuzufügen. Der Abt beobachtete, wie die Maler bei dieser Arbeit Zirkel, Lineal und Winkel geschickt benutzten. Die in Gold auszuführenden Felder der Miniatur wurden mit einer Schicht aus Blei, Zucker und Gips abgedeckt, indem man vorher dieses Material mit Wasser und Eiweiß verdünnte. Nach leichtem Antrocknen dieser Schicht, die mit der Feder aufgetragen worden war, legte der Miniator das hauchfeine Blattgold darüber. Mit einem Achat drückte er es immer wieder fest an, denn diese Schicht mußte so elastisch sein, daß sie sich mit der Seite biegen konnte, ohne daß das Gold abplatzte.

Seit Jahren war Geoffrey zwar im Scriptorium zu Hause, doch jetzt, wo er selbst die Feder in der Hand hatte, sah alles ganz anders aus und viel komplizierter. Die farbigen Konturen zog man mit der Gänsefeder; mit einem dünnen Pinsel wurde die Flächenfüllung ausgemalt. Bei diesen feinen künstlerischen Arbeiten zog es Geoffrey vor, bei seiner Lehrlingsarbeit zu bleiben: Linien zu ziehen und Farben zu reiben. Um eine ruhige und sichere Hand beim Schreiben zu behalten, empfahl der Alexis-Meister seinen weltlichen Schreibschülern, jeglichen Exzeß zu meiden: nicht übermäßig zu essen oder zu trinken, nicht zu häufig Verkehr mit Frauen zu haben und keine Schwerarbeit zu leisten. Die Schreiber lernten, sich allen Schriftformen anzupassen, um jede Art Text kalligraphieren zu können.

Im Scriptorium gab es auch einen Korrektor, der am Rand des Pergamentes die Fehler und die notwendigen Korrekturen vermerkte. Wenn es sich um Kleinigkeiten handelte, kratzte der Schreiber den Fehler aus, glättete das Pergament wieder und schrieb dann richtig darüber. Fehlte ein Wort, das man nicht mehr einfügen konnte, wurde es an den Rand geschrieben und ein Finger dazugemalt, der den Platz des Wortes im Text bezeichnete. Handelte es sich aber um mehrere Zeilen oder um fehlende Abschnitte, so versuchte der Kalligraph, durch geschickte Kunstgriffe den Text an die richtige Stelle zu verweisen. Er brachte das Fehlende am Ende der Seite an und umrahmte den Text so mit Figuren oder Ornamenten, daß es schien, als trügen diese ihn hinauf an die gewünschte Stelle.
„Du hast große Fortschritte im Schreiben gemacht", sagte der Alexis-Meister an einem Abend zu Geoffrey. Wenn er es sagte, bedeutete es viel, denn der Meister war sehr sparsam und zurückhaltend mit Lob und Anerkennung. „Allmählich sollten wir daran denken, einen ersten, aber kurzen Text auszusuchen, den du für Christinas Buch schreibst.
Wenn ich zwischenzeitlich für die Malerschule von Canterbury arbeite, schaue ich mir jedes Mal, wenn ich dort bin, das kostbare Evangeliar an, das Augustinus von Canterbury zugeschrieben wird. Obwohl dieses Evangelienbuch schon über fünfhundert Jahre alt ist, liegt es nicht in der Bibliothek verschlossen und damit uneinsehbar, sondern befindet sich auf dem Altartisch der Christus-Kirche in Canterbury. Damit gehört es zur gewöhnlichen Kirchenausstattung wie ein Kelch oder Kreuz und kann - nach kurzer vorheriger Rücksprache - von allen angeschaut werden. Diese Handschrift, aus der ich immer wieder Neues lerne, ist zu einem Grundstein der Kunst geworden. Die bodenständige Malerschule, die es seit dem 8. Jahrhundert in Canterbury gibt, knüpfte und knüpft an die Bildtradition dieser Handschrift an. Ich lasse mich immer wieder und gern von ihr als Musterbuch inspirieren. Über einhundert Farbbilder sind darin enthalten."
Geoffrey wandte ein, daß er dieses kostbare Evangelienbuch noch niemals gesehen habe, obwohl er schon des öfteren in Canterbury gewesen sei.
„Das solltest du aber schnell nachholen, denn noch kannst du die

einmaligen Farben, das Grau-Blau, Purpur-Rot und Sand-Gelb bewundern. Da die Farben zu dünn aufgetragen sind, gebe ich ihnen keine lange Lebensdauer mehr. Du wirst deine Freude an der Vielgestaltigkeit und dem Einfallsreichtum der Architekturrahmen haben, unter denen die Figuren sich bewegen oder sitzen. Doch das Eigentliche, was ich dir, lieber Geoffrey, damit sagen wollte, ist etwas ganz anderes:
Papst Gregor der Große schickte im Jahr 596 den Prior Augustinus des Andreas-Klosters in Rom als Bischof nach Canterbury. Eines der Bücher, das der Papst dem Bischof mit auf die Reise gab, war dieses kostbare Evangelienbuch aus dem 6. Jahrhundert. Gregor der Große war ein besonderer Liebhaber der Bildkunst. Er setzte sie als Hilfe für die nicht des Lesens Kundigen ein, nutzte sie aber auch in besonderem Maße zur Vertiefung des Wissens und Glaubens. In einem kurzen, aber prägnanten Brief nahm Papst Gregor I. unter der Überschrift 'Item de pictura' ('Über den rechten Umgang mit Bildern') zur Bildkunst Stellung. Lange Zeit nahm man an, der Brief sei an den Einsiedler Secundinus gerichtet. Aber in Wirklichkeit schrieb ihn Gregor der Große an Serenus von Marseille. Ich dachte mir, daß gerade dieser Text 'Über den rechten Umgang mit Bildern' gut zu meinem Vorhaben passen würde, den Albani-Kodex reichlich mit Miniaturen auszustatten."
Abt Geoffrey hatte sich schon in Gedanken an die Stelle in der Bibliothek begeben, wo die Werke Gregors I. zu finden waren. Obgleich ihm in Gregors großem Werk „Moralia", das fünfunddreißig Bücher umfaßt, einiges nicht zusagte, denn die zoologischen Erklärungen ließen ihn gleichgültig und die allegorischen Ausdeutungen ermüdeten, so schätzte Geoffrey diesen Papst doch sehr. Vor allem begeisterte ihn, daß er sich für die Armen und Kranken verwandte. Gegen Hunger und Seuchen hatte Gregor I. die Bewirtschaftung des gesamten kirchlichen Grundbesitzes in Gang gesetzt und die Siedlungen vor Ausbeutung geschützt.
Als am nächsten Tag Geoffrey die Werke Gregors des Großen aufschlug, hatte er große Mühe, unter den 854 Briefen den „Über den rechten Umgang mit Bildern" zu finden. Trotz der Kürze und Einfachheit dieses Briefes konnte Geoffrey den Text voll und ganz annehmen und dem Vorschlag des Alexis-Meisters zustimmen, den

Gregor-Brief in den Albani-Psalter zu übernehmen. Der Stil von unvergleichlicher Anmut begeisterte ihn sehr, und er beschloß, vor dem kalligraphischen Umsetzen auf Pergament Christina diesen Brief vorzulesen.

Puella von Redbourn

„Der Albani-Psalter nimmt immer mehr Gestalt an. Zwar ist es mir nicht vergönnt, zu malen, doch möchte ich ein kleines bleibendes Zeichen meiner großen Verbundenheit mit Euch in dieses Buch einfließen lassen", sagte Geoffrey bei seinem nächsten Besuch in Markyate zu Christina. „Der Alexis-Meister lehrt mich daher das Schönschreiben, das mit dem Anfertigen der Gänsefeder beginnt."

„Und das alles nehmt Ihr, Beloved, auf Euch, um mir eine Freude zu machen?" fragte Christina.

Geoffrey lächelte unmerklich und fuhr fort: „Gregor der Große schrieb einen Brief 'Über den rechten Umgang mit Bildern', den ich Euch gern vorlesen möchte, bevor ich ihn in verschiedenfarbigen Schriftzeilen zu Pergament bringe:

Jedes Bild, das wir anschauen, erzählt uns eine Geschichte, die etwas in uns bewirkt. So ist es nicht das Bild selbst, sondern das, was von ihm auf uns übergeht, das imstande ist, unseren Glauben und das Gebet zu vertiefen.

Man kann es mit der Heiligen Schrift vergleichen. Was sie für die Lesenden bedeutet, das bietet für die Schauenden, die nicht lesen können, das Bild. Diejenigen also, denen die Schrift nicht durch das Lesen zugänglich ist, können durch die Aussage eines Bildes wesentliche und offenbarende Erkenntnisse haben. Aus dem Betrachten eines Bildes kann man ablesen, was wahrzunehmen und im eigenen Leben zu befolgen ist. Aber auch die des Lesens Kundigen können im Bild etwas lesen, das ihnen der Buchstabe nicht vermitteln kann.

Ein Bild kann daher für alle zu einer wunderbaren Lektüre werden, die Unendliches aussagen kann. Diese wirkungsvollen Zu-

sammenhänge solltest du besonders beachten, damit du nicht in der Verkündigung des Glaubens die im Lesen Kundigen bevorzugst und wohlmöglich den sogenannten Ungebildeten - durch deinen Eifer unvorsichtig entflammt - zum Anstoß wirst.
Man hätte auf keinen Fall die vielen kostbaren Bilder, die in den Kirchen aufgestellt wurden, zerbrechen und vernichten dürfen. Selbstverständlich dienen die Bilder als solche nicht der Anbetung, wie es fälschlicherweise verstanden wurde, sondern sie geben dem Schauenden Anregungen, zu sich und einem tieferen Glauben zu finden. Einzig und allein deshalb sind Bilder auch in früherer Zeit besonders an verehrungswürdigen Orten gezeigt worden.
Die wunderbaren Bilder aus der Heiligen Schrift und die, die das Leben der Heiligen darstellen, hättest du ohne Schaden behalten können, wenn du deinen Übereifer auch nur ein wenig gezähmt hättest. Das, was du anstrebst, konntest du auch mit diesen Bildern auf heilsame Weise erreichen und bewahren. Die Spaltung in der Gemeinde mußte der Bilder wegen nicht stattfinden. So muß ich dir, der du die Bilder mißachtet hast, leider sagen, daß du den Namen Pastor, der die Herde führen und zusammenhalten sollte, nicht zu Recht trägst. Versuche wiedergutzumachen, was möglich ist, damit nicht die Schuld des Fanatikers und Spalters weiter auf dir lastet.

Im Anschluß an diesen Brief führten Christina und Geoffrey ein langes Gespräch über die Bildkunst und die starke Aussagekraft von Bildern, wenn sie verantwortungsvoll und gut eingesetzt werden. Als Beispiel diente die Darstellung der drei Reiter, die in ihnen beiden lebendige Gegenwart war.
Zwei große Aufgaben, von der Erfüllung seines Herzenswunsches ganz zu schweigen, die sich Abt Geoffrey gestellt hatte, ließen keine Woche mehr vergehen, in der er Christina in Markyate nicht besuchte. Das langsame Werden und Gestalten des Albani-Psalters erfüllte ihn so, daß er jede Einzelheit mit Christina besprach oder ihr vorstellte - wie an diesem Tag den Brief Gregors des Großen.
Zum anderen hatte Geoffrey damit begonnen, das „Leben der Christina von Markyate" aufzuschreiben. Hätte Christina davon

gewußt, wäre sie mit den Erzählungen aus ihrem Leben zurückhaltender gewesen. Geoffrey wußte von ihrer gewaltsamen Verheiratung mit Burthred und war offen für jede weitere Einzelheit, die Christina ihm auf sein Fragen erzählte. Auch von der rührenden Geschichte des alten Godescal und seiner Frau aus Caddington hatte Christina berichtet. Geoffrey fragte weiter und erfuhr von ihrem Besuch bei Erzbischof Thurstan in Redbourn. Ihre Augen strahlten, und sie sprach so freudig und kraftvoll, als ob sie noch einmal alle Hoffnung auf Annullierung ihrer Ehe in den Erzbischof setzte. Geoffrey hörte gespannt zu, denn ihre Worte waren für ihn so bedeutungsvoll, daß er sofort weiterfragte, wenn sie geschickt versuchte, von ihrer Lebensgeschichte abzulenken.
„An diesem Hochsommertag des Jahres 1122 - ich kann es kaum fassen, es sind erst fünf Jahre seitdem vergangen - brachte mich Godescal nach Redbourn. Nur ungern habe ich Roger in Markyate alleingelassen, denn es ging ihm zu der Zeit sehr schlecht. Die starke Hitze, die ständig wie eine Glocke über unserem Land lag und alles versengt hatte, machte ihm sehr zu schaffen. In dieser Zeit fühlte er bereits seinen nahen Tod, sprach aber noch nicht darüber. Heute verstehe ich nur zu gut, warum er es so eilig hatte, mich dem Erzbischof von York vorzustellen. Roger setzte alle Hoffnung auf ihn, der mit ihm familiär und freundschaftlich verbunden war. Ich spürte, daß ich an diesem Tag trotzdem nach Redbourn fahren mußte, da es wohl der Himmel so wollte. Es war ein langes Gespräch, das wir führten, denn Thurstan fragte mich immer und immer wieder nach den Umständen meiner Ehe, in die ich hineingeraten war. Im selben Augenblick als ich dem Erzbischof gegenüberstand, wußte ich, diesem Mann wird es gelingen, meine Ehe für ungültig erklären zu lassen. Er spürte sofort, unter welch großem Druck ich stand und wie unerträglich die Bedrängnis des Bischofs Bloet von Lincoln für mich war. Je mehr ich ihm erzählte, wobei ich das ungute Verhalten meiner Eltern und der Familie leider nicht ausschließen konnte, um so eindeutiger war es für Erzbischof Thurstan, daß meine Ehe annulliert werden könne und müsse. Ich kann ihn noch heute wörtlich wiederholen:
'Das Recht sagt eindeutig, daß es zwischen einem Mann und einer Frau, die im Hinblick auf eine Eheschließung hintergangen wird,

eine gültige Ehe nicht geben kann. Ungültig ist zudem eine Ehe, die geschlossen wurde auf Grund von Zwang.'
Ich erinnere mich noch allzu gut, daß Thurstan mich mit meinem Taufnamen Theodora anredete und mich als Geschenk Gottes mit einem besonderen Auftrag in dieser Welt bezeichnete. Für ihn, den Erzbischof, war äußerst wichtig, daß ich bereits vor meiner Verheiratung in St. Albans ein Gelübde abgelegt hatte, nicht zu heiraten, sondern wie die Mönche dort in Ehelosigkeit zu leben.
Am Ende unseres Gespräches gab mir Erzbischof Thurstan die Zusage und Gewißheit, er werde sofort einen apostolischen Indult einleiten, durch den meine Ehe aufgelöst und auch Burthred von der gesetzlichen Eheverpflichtung befreit würde.
Beloved, ich kann Euch kaum sagen, wie wohl und leicht es mir ums Herz und in meiner Seele war, als ich Godescal wiedertraf, der so viele Stunden in Redbourn auf mich gewartet hatte. Die Sonne ging an diesem Tag bereits unter, als wir uns auf den Heimweg machten - in meinem Herzen jedoch war sie gerade aufgegangen. Erzbischof Thurstan behielt mit seinem Versprechen und seiner Zusage recht, so daß Redbourn zu einem großen Meilenstein in meinem Leben geworden ist, für den ich unendlich dankbar bin. Roger nahm mich an diesem Abend in seine Arme - ebenso dankbar für alles, was in Redbourn geschehen war."
Geoffrey erfuhr an diesem Tag in Markyate, wie unendlich viel Christina daran gelegen war, ihren Stand als Ehefrau auch kirchenrechtlich abgeben zu können, um wieder ganz als Mädchen, ja, als eigenständige Frau - ohne einem Mann zu gehören - leben und atmen zu können.
Ganz leise flüsterte Geoffrey die Worte „Mädchen von Redbourn" und wiederholte etwas lauter - da ihm für das Wort „Mädchen" die lateinische Sprache besser gefiel: „Puella von Redbourn".
Nach einem langen Schweigen wiederholte er: „Puella von Redbourn - darf ich Euch von heute an so nennen?" Ohne eine Antwort abzuwarten, fuhr Geoffrey fort: „Dieses Vertrauen und die Offenheit, die Ihr mir heute geschenkt habt, machen es mir nahezu unmöglich, ein lang gehegtes Geheimnis weiter unausgesprochen zu lassen. So drängt es mich, Euch zu sagen, daß der Albani-Psalter Geschenk und Zeichen unendlicher Zuneigung für diese

'Puella' sein wird." Christina nahm Geoffreys Hand, umfaßte sie fest und schaute ihn lange Zeit sprachlos an.

Die Geißel

„Wie Gregor in seinem Brief schreibt", sagte Geoffrey zum Alexis-Meister, „bewirkt das Betrachten und lange Anschauen eines Bildes etwas in der Seele, das im Betrachter zum Ausdruck kommen möchte und muß. Durch diesen Text und das Gespräch mit Christina darüber sind die Bilder für mich noch wertvoller und tiefsinniger geworden. Durch unseren Austausch nimmt der Psalter seine ganz eigene Gestalt und Aussagekraft an, die du durch das Bild an andere weiterzugeben vermagst. Du verstehst es, unseren geschichtlichen Rahmen von Raum und Zeit zu sprengen und durch das Bild etwas ganz Persönliches im Betrachter auszulösen, das leben möchte oder ins Leben umgesetzt werden muß."
Der Alexis-Meister spürte aus den Worten Geoffreys, daß sich in ihm ein Boden bereitete, der etwas sehr Wesentliches hervorzubringen hatte. Geoffrey ahnte noch in keiner Weise, welche Auswirkung das Bild haben würde, das der Meister ihm in diesem Augenblick vorlegte.
„Ich möchte den Psalter für Christina zu einem kraftvoll lebensspendenden Buch werden lassen, dem es auch an Heiterkeit nicht fehlt. Daher habe ich mich entschlossen, der Darstellung des Leidens keinen allzu großen Raum zu geben. Doch ganz ohne Passion kommt auch dieses Buch nicht aus, da - wie mir scheint und es mich die Erfahrung lehrt - es kein Leben in dieser Welt gibt, das nicht durch Leid mitgeprägt wird. Für den Albani-Psalter habe ich nur drei oder vier Passionsbilder vorgesehen. Eines davon habe ich aus einem besonderen Anlaß fertiggestellt und möchte es dir gern vorlegen. Es ist die Geißelung. Vielleicht kommst du dem auf die Spur, was mich zu diesem Bild bewogen hat."
Mit geheimnisvoller Behutsamkeit enthüllte der Alexis-Meister die Miniatur, überreichte sie dem Abt und trat einige Schritte zurück, um ihn beim Betrachten nicht zu stören. Inmitten des Bildes, an eine Säule gefesselt, ist ein übergroßer, schlanker männli-

cher Körper dargestellt, entblößt bis auf den Lendenschurz. Die Säule trägt zwei Rundbögen und darüber eine Stadt. Am Nimbus, der seinen Kopf umstrahlt, erkennt man Christus, der in die Passion eingetreten ist. Er wendet dem Betrachter den Rücken zu, als ob Er damit sagen wollte: „Leg auch deine Last darauf, ich werde sie mittragen." Sein erschrockener, offener Blick ist auf Pilatus gerichtet, der links im Bild, rot bekleidet auf einem Thron sitzt, einen Zweig wie eine Rute in der rechten Hand trägt und fragend zu Christus aufschaut. Die Distanz ist offensichtlich: ausgestoßen und ausgesetzt.

Die überschlanke Gestalt überragt noch die beiden Knechte, die auf sie mit Ruten einschlagen. Durch irdische Macht gefesselt, bleibt Er, der durch Seine Größe die Erde mit dem Himmel verbindet, der entsetzlichen Geißelung ausgesetzt. Pilatus weist mit dem Finger auf Ihn und gibt damit den untergeordneten Kräften das Zeichen, an diesem „Schuldigen" ihre ganze Wut auszulassen. Mit krampfverzehrter Lust - ihre Gesichter sind voll des geschürten Hasses - schlagen die Knechte auf den entblößten Körper ein. Was mag in Ihm, in Seiner Seele vorgehen? Die Geißelsäule als Mittelachse des Bildes gibt zu denken.

Und wieder als Hintergrund das Lapislazuli-Blau des Himmels, das sich auch in diesem Augenblick des grenzenlosen Leidens zur gequälten Erde senkt. Die Erde und mit ihr alles Leid der Welt, alle Gequälten, Kranken und Ausgesetzten schreien zum Himmel auf. „Hörst du ihn, diesen Schrei der Geknechteten und Weinenden, der wie ein Echo unter dem Gewölbe des Himmels dein Ohr und deine Seele erreichen möchte?" flüsterte der Alexis-Meister Geoffrey zu. Beide schwiegen. Der Abt dachte über die Bedeutung der Lilien nach, die den Rahmen dieses Leidens bildeten. Doch er verstand nicht.

„Ich habe ihn gesehen", sagte der Meister, „er hat mich hilfesuchend, schweigend angeschaut, wie Christus dich und uns von diesem Bild her. Haar und Bart waren dem Aussätzigen ausgefallen. Er blickte mich aus gelben Augen an - unter Augenbrauen, als hätten Milben sie angefressen. Seine Haut hatte eine blutrote Farbe, und die Stimme tönte heiser. An Füßen und Händen schrumpfen die Ballen."

Requiem für „Tote auf Abruf"

Bis auf das Schreiben ihrer Lebensgeschichte und einige persönliche, intime Eigenarten erzählte Geoffrey Christina alles, was er erlebte, dachte und fühlte. Das Bild der Geißelung und Aussetzung, das er vor ihrem inneren Auge entstehen ließ, beeindruckte Christina so sehr, daß sie Geoffrey bat, zusammen mit ihr ein Lepra-Krankenhaus in London zu besuchen. Immer mehr verdichtete sich das, was Wirklichkeit werden sollte - ohne daß es Geoffrey ahnte. Zunächst geschah jedoch das unwirklich Erscheinende und kaum Mögliche: Geoffrey de Gorham, Abt von St. Albans, und Christina von Markyate fuhren gemeinsam nach London, um diejenigen zu besuchen, die ausgestoßen und bürgerlich für tot erklärt waren.

„Durch die abscheulichen und verachtenswerten Kreuzzüge hat der Aussatz bei uns um ein Beträchtliches zugenommen, Ortschaften und vor allem Städte stehen den vielen Kranken völlig hilflos gegenüber", sagte Christina zu Geoffrey, der neben ihr auf dem Wagen saß. Roderic fuhr sie nach London, Andrew war in St. Albans geblieben.

„Ich meine auch, daß die Kreuzfahrer unerwartete und grassierende Epidemien verbreiten und durch sie die Lepra von neuem eingeschleppt wurde. Die Krankheit wird entsetzlich gefürchtet. Es ist nicht der schmerzhafte Verlauf, der die meiste Angst auslöst, sondern das Ausgestoßenwerden aus der Gemeinschaft, das Abbrechen aller verwandtschaftlichen Beziehungen und die völlige Isolation sind das Schlimmste."

Christina, die Geoffreys Worten aufmerksam gefolgt war, sagte: „Wer möchte vor der Lepra nicht fliehen? Und jetzt sind wir beide auf dem Weg zu ihr. Ich kann nur zu gut verstehen, daß es allen vor der Lepra graut, wenn sie den eigenen Sohn oder die Tochter, den Bruder, Vater oder die Mutter befallen hat, da man Furcht haben muß, daß man sich an der Krankheit ansteckt."

Als Christina und Geoffrey das Aussätzigen-Hospital betraten, empfing sie der Leprosenmeister mit großer Freundlichkeit, und es kam Geoffrey vor, als ob er auf sie gewartet hätte. Erst später erfuhr er, daß Christina aus einem wohlüberlegten Grund diesen Besuch sorgfältig vorbereitet hatte. Als Geoffrey und Christina kurze Zeit darauf - es war noch Morgen, denn sie waren in der Nacht aufgebrochen - denselben Leprosenmeister erlebten, blieb ihnen fast der Atem stehen. Der Meister hatte lepraverdächtige Personen zu schauen und anschließend zu bestimmen, ob sie ausgesondert werden mußten oder nicht. Für das „Besehen" des Aussatzes war ein geordneter Prozeß vorgesehen, an dem auch ein sachkundiger lepröser Mann und eine in der Krankheitsbestimmung erfahrene lepröse Frau teilnahmen.

Um Fehlurteile zu vermeiden, wurde der Lepraverdächtige bei hellichtem Tage besehen. Schon eine Veränderung der Haut mit Knötchenbildungen, insbesondere im Halsbereich, erregte den Verdacht. Eine Reihe von Patienten wartete ungeduldig und voll ängstlicher Spannung. Geoffrey und Christina hielten sich zurück, um nicht beim Zuschauen störend aufzufallen. Der Leprosenmeister untersuchte genau und ließ sich sehr viel Zeit. Er wußte um die große Verantwortung, die er trug, denn die schnelle Übertragbarkeit der Krankheit war seit alters her bekannt. Zu jedem einzelnen Erkrankten sagte der Leprosenmeister, bevor er mit der Untersuchung begann, daß man gegen das Urteil Berufung einlegen könne, doch wohl niemandem der Anstehenden gab diese Aussicht Trost.

Wenn das Gesicht des Kranken kupferrot gefärbt war, die Nase angeschwollen oder Gelenkbänder gerissen waren, handelte es sich bereits um ein fortgeschrittenes Stadium der Krankheit. Der Leprakranke wurde sofort in das Hospital aufgenommen, da er wegen der Ansteckung isoliert werden mußte. Die Gesetze zum Schutz der Gesunden waren streng, für die Leprakranken hingegen hart, radikal und unmenschlich. Viele Lepraverdächtige wurden an diesem Tag auf eine Anzeige hin der Kommission zur Untersuchung zugeführt. Das Ergebnis wurde in einem Lepra-Schaubrief niedergelegt. Jedes Mal, wenn der Meister ihn ausschrieb, gab er Geoffrey und Christina verstehbare Erklärungen. Eine große Erleichterung bedeutete es für alle, daß der Patient dabei nicht zugegen war. Einen so schweren Tag hatte auch Christina nicht erwartet.

„Hier ist das Bild eindeutig: Gewebeverdichtungen um die Augenbrauen, Knoten auf der Kopfschwarte und an den Gelenken. Sobald das Gesicht zu einem Löwengesicht und die Stimme heiser und rauh wird, besteht kein Zweifel am Aussatz mehr."
Als Christina und Geoffrey sahen, wie viele Kranke trotz eindeutiger Diagnose keine Aufnahme fanden, da die Lepra noch nicht fortgeschritten war, wurde ihnen das unsagbare gesellschaftliche Problem bewußt und die Not des Kranken. Bei der Entlassung - das Hospital konnte außer ganz schweren Fällen keine weiteren Patienten mehr aufnehmen - waren Anweisungen wie die folgenden an der Tagesordnung:
„Ich lege dir ans Herz, daß du nicht irgendeine Sache, die du kaufen willst, wo es auch sei, anrührst, sondern diese nur mit einer Gerte oder einem Stäbchen berührst, damit man erkenne, was für eine Sache es sei. Ferner befehle ich dir, daß du nicht die Balken oder das Geländer anrührst, wenn du über einen Steg oder über ein Wasser gehen mußt oder auch anderswohin, bevor du deine Handschuhe angezogen hast."
Während der Ausstellung der Lepra-Schaubriefe hatte Christina den Leprosenmeister jedes Mal wieder nach neuen Symptomen für die Krankheit gefragt. Seine kurzen und klaren Antworten schrieb sie auf. Geoffrey wunderte sich darüber und sah, daß ihr Katalog immer umfangreicher wurde:

1. Haarausfall, 2. süßer Fäulnisgeruch der Haut, 3. Muskelschwund, 4. knollige Veränderung der Nase, 5. harte und gehöckerte Muskeln, 6. kupferfarbene Haut, 7. Schuppen- und Geschwürbildung, 8. körnige Anschwellung unter der Zunge, an den Lidern und hinter den Ohren, 9. Knoten unter der Haut, 10. das Löwengesicht, 11. Wasser wird von der Haut abgestoßen, 12. Fieber selten, 13. Heraustreten der Augen, 14. Gefühllosigkeit an den unteren Teilen des Schienbeines und den kleinen Zehen, 15. die Haut zeigt bei Kälte keine Gänsehaut, 16. heisere, rauhe, näselnde Stimme, 17. Schmerzunempfindlichkeit bestimmter Hautpartien, 18. schwere Träume, 19. stinkender Atem, 20. starrer Blick, 21. schwacher Puls, 22. Blut schwarz und körnig, 23. Urin weiß und aschig.

Der Leprosenmeister ahnte das Vorhaben Christinas, doch wegen der Unbedarftheit des Abtes sagte er nichts. In all diesem entsetzlichen Leid wirkten die vor Freude leuchtenden Gesichter der drei verdächtigen Patienten, bei denen sich der Aussatz nicht bestätigt hatte, wie ein helles Licht der Hoffnung in der Dunkelheit. Die Anweisungen, die der Leiter des Hospitals immer wieder geben mußte - er war dazu verpflichtet - wirkten so grausam auf Geoffrey, daß er sich des öfteren die Ohren zuhielt, Christina anschaute und dabei überlegte, ob nicht doch eine Frau mehr ertragen und aushalten könne als ein Mann. Christina war sehr mutig und stark.
„Es ist dir verboten, jemals in die Kirchen, auf den Markt, in die Mühle, an den Backofen und in die Volksversammlung zu gehen. Ich befehle dir, nicht mit irgendeinem Weibe, auch nicht mit deiner Frau umzugehen. Ferner befehle ich dir, wenn auf dem Wege dir jemand begegnet und dich befragt, daß du nicht antwortest, bis du aus der Windrichtung gegangen bist, damit er nicht von dir den Tod empfange. Du sollst nicht geraden Weges auf jemanden zugehen, sondern hast erst mit der Klapper zu schlagen, um auf dich aufmerksam zu machen."
Als alle Kranken versorgt und die Lepra-Schaubriefe ausgeschrieben waren, gewann der Krankenmeister seine ureigene menschliche Natur und Freundlichkeit zurück. Nur mit äußerster Mühe und um den Gastgeber nicht zu verletzen, konnten Christina und Geoffrey die ihnen angebotenen Getränke und Speisen zu sich nehmen. Geoffrey wußte, daß Aussätzige Kirchenräume nicht mehr betreten durften. Es gab daher an verschiedenen Gotteshäusern ein Durchschaufenster, das einerseits dem Außenstehenden den Blick zum Altarraum ermöglichte, zum anderen dem Geistlichen das Austeilen des Abendmahles erleichterte. Geoffrey wurde nahezu schlecht, als er vom Leprosenmeister etwas hörte, das ihm völlig neu war:
„Wenn wir nach der Lepraschau den Kranken hierbehalten müssen, verliert er nicht nur sofort sein gesamtes Hab und Gut, sondern auch alle bürgerlichen Rechte. Daher ist er praktisch für tot erklärt. Während dieser Ausstoßung wird in der Regel für den Leprosen, den 'Toten auf Abruf', auch eine Totenmesse gelesen und, wenn er verheiratet ist, der Ehepartner zur Witwe oder zum Wit-

wer erklärt. Aber oft erst nach Jahren stirbt der Kranke unter Fieberschüben einen qualvollen Tod."
Als Geoffrey ein wenig Luft geholt hatte und durch einen energischen Blick von Christina wieder ganz zu sich gekommen war, machten sie sich auf Bitten des Hospitalmeisters auf, um durch das Leprosenhaus zu gehen. Einige der ausgegrenzten Unglücklichen gingen mühsam an Krücken mit ihrem Eßnapf zur Küche. Bleierne Müdigkeit und ein starrer Blick gingen von ihnen aus. Nicht allein, daß die Heimgesuchten unter den fortschreitenden körperlichen Qualen der Krankheit dahinsiechten, mehr litten sie unter dem Ausgegrenztsein. Das seelische Leid lastete auf ihnen. Launenhaftigkeit und Unzufriedenheit prägten sie. Fast alle Leprakranken, denen Christina und Geoffrey begegneten, litten extrem unter Schwermütigkeit, dumpfem Hirnbrüten, Schläfrigkeit und Schwächung der Sinnesorgane.
Viele der Kranken lagen zu Bett und konnten nicht mehr sprechen. Ihre Finger und Zehen, oft auch Hände und Füße, waren abgefallen. Geoffrey und Christina schauten auf brandige und verstümmelte Gliedmaßen, die aber den Kranken keinen Schmerz verursachten und völlig unempfindlich waren.
Der Tagesablauf war streng festgelegt, und alles geschah fast schweigend oder wegen der kranken Stimmen in leisem, rauhem Ton. Einige Kranke durften sich auch mit Erlaubnis des Hospitalmeisters über Nacht außerhalb des Hauses aufhalten. Sie konnten Urlaub bekommen, wenn sie aus religiösen Gründen eine Pilgerschaft antreten wollten. Mitunter nächtigten auch fremde lepröse Pilger in diesem Haus. Wenn sie sich am nächsten Tag wieder auf den Weg machten, bekamen sie eine Wegzehrung.
Die Hausordnung war streng, für Männer wie für Frauen, die in getrennten Einrichtungen ihre Tage fristeten. Wer gegen grundsätzliche Regeln wie das Keuschheitsgebot verstieß, konnte seinen Platz im Hospital verlieren. Selbst die Bekleidung war vorgeschrieben. Die Leprösen beiderlei Geschlechts trugen ein wollenes Untergewand und darüber einen wollenen Umhang, der am Hals eng abschloß. Die leprösen Frauen trugen über dem Unterkleid eine weiße Schürze, darüber den schwarzen Umhang. Um den Kopf wickelten sie ein Tuch, so daß nur das Gesicht frei blieb.

Am liebsten wären Geoffrey und Christina an diesem späten Abend schweigend noch nach Markyate und St. Albans zurückgefahren. Doch für Roderic und die Pferde war es nicht möglich, am selben Tag und vor allem bei Nacht die Heimfahrt anzutreten. Der brennende Wunsch, wieder in ein gesundes Umfeld zu kommen, war bei Christina nicht minder stark als bei Geoffrey. Doch sollte auch diese Nacht, die sie im Lepra-Hospital verbrachten, dazu beitragen, einen festen Grundstein für Kommendes zu legen. Dazu hatte Christina in ihren Meditationen den Himmel bestürmt. Roderic und seine Pferde hatten - wie immer, wenn sie in London waren - ihre Herberge bei den Benediktinern in Barking.
Auf der Rückfahrt am nächsten Tag, Geoffrey und Christina saßen wieder nebeneinander, konnte Christina endlich das aussprechen, was sie so lange auf dem Herzen hatte. Sie war davon überzeugt, daß ihr Wunsch in Erfüllung gehen würde, denn seit langem hatte sie einerseits darum gebetet und andererseits den vergangenen Tag gut vorbereitet.
„Geoffrey, Beloved, könnt Ihr Euch vorstellen, in St. Albans ein Hospital für Leprakranke zu gründen?" Blitzartig wurden ihm alle Zusammenhänge bewußt: die Geißelung aus dem Albani-Psalter, die Worte des Alexis-Meisters und seine Reise mit Christina ins Londoner Lepra-Hospital. Er fühlte seine Verantwortung und das Eingebundensein in einen tragfähigen Kreis, der aus Liebe bestand. Geoffrey umarmte Christina und sagte in einem eindeutigen und festen Ton: „Puella, ich werde, nachdem ich den Plan im Kapitel vorgestellt habe, sofort damit beginnen, ein Hospital für Leprakranke in St. Albans zu errichten. Es soll an der Straße nach London entstehen, und ich weiß bereits, wie wir es nennen werden: St. Julian-Hospital."

St. Julian-Hospital

Christina wußte von Geoffrey, daß er schnell handelte, wenn er sich zu etwas entschlossen hatte. Sie unterstützte ihn in allem, was er zur Gründung des Lepra-Hospitals in Angriff nahm. Klugerweise unterbreitete Abt Geoffrey zunächst den Mitbrüdern im Ka-

pitel von St. Albans sein Vorhaben, etwas für die Aussätzigen zu tun. Als er dann im Verlauf des Gespräches konkreter wurde, von seinen eigenen Erfahrungen in London sprach und anbot, wenn sich ein geeignetes Grundstück fände, das Haus aus seinen persönlichen Mitteln zu spenden, hatte er alle Mönche auf seiner Seite. Infolge der beträchtlichen Energie ihres Abtes, seines starken Willens und Durchsetzungsvermögens, trauten alle Mitbrüder es ihm zu, in nur sehr kurzer Zeit in St. Albans ein Lepra-Krankenhaus mit einer dazugehörigen Kirche zu errichten.
Gemeinsam fand man heraus, daß sich ein Grundstück zwischen der alten Römerstraße und dem Eye-Wald, das der Abtei gehörte, am besten eignete. Dieses Land nutzte bisher Alulsus, der Glasmacher, für seine persönlichen Zwecke - doch ohne Einwilligung des Konventes von St. Albans. Daher war es ohne weiteres möglich, ihm die Nutzung zu untersagen und mit den Vorarbeiten zu beginnen. In einer Urkunde wurde bestätigt, daß dieser Grund und Boden zwischen alter Römerstraße und Eye-Wald aus dem Besitz der Abtei genommen wird und in das Eigentum der von Abt Geoffrey de Gorham gegründeten Lepra-Stiftung übergeht.
Da der Infirmarius zunächst die neue Lepra-Station in St. Albans mit übernehmen sollte, sich aber überfordert fühlte, wandte er sich mit der Bitte um Hilfe an Christina. Diese hatte sich inzwischen eifrig damit beschäftigt, einen Lepra-Katalog zu erstellen und jede Einzelheit, die ihr aus London in Erinnerung geblieben war, schriftlich festzuhalten. Sie wußten beide, der Infirmarius und Christina, daß der Aussatz - wie bereits in den Tagen des Mose - eine allgemein verbreitete, scheußliche und vor allem unheilbare Krankheit war. Es ging nicht nur um einen Austausch von Heilmethoden, sondern auch darum, dem Infirmarius zur Seite zu stehen und ihn für diese neue Aufgabe zu stärken. Bei seinen Besuchen in Markyate holte er sich Kraft und Bestätigung.
Um ihm die Tragweite dieser Todeskrankheit bewußt zu machen und ihn seine große Verantwortung spüren zu lassen, berichtete Christina von ihrem Umgang mit Aussätzigen und las dem Infirmarius Ausschnitte aus dem Alten Testament vor, in denen von der Lepra die Rede ist. Er hörte den Texten so aufmerksam zu, als ob sie nur für ihn geschrieben worden wären:

Wenn sich auf der Haut eines Menschen eine Schwellung, ein Ausschlag oder ein heller Fleck bildet, liegt Verdacht auf Aussatz vor. Wenn das Haar an der kranken Stelle weiß wird und die Stelle tiefer als die übrige Haut liegt, ist es Aussatz. Wird festgestellt, daß sich auf der Haut eine weiße Schwellung zeigt, daß die Haare heller geworden sind und daß sich an der Schwellung wildes Fleisch gebildet hat, dann ist es ein veralteter Aussatz auf der Haut. Das wilde Fleisch ist in jedem Fall Aussatz. Eine andere Art Aussatz kann auch im Furunkel ausbrechen oder in einer Brandwunde. Die Krankheit ist zu erkennen, wenn sich eine Wucherung als hellroter oder weißer Fleck bildet.
Du bist geschlagen mit dem ägyptischen Geschwür, mit Beulen, Krätze und Grind, und keiner kann dich heilen. Du bist geschlagen mit Wahnsinn, Blindheit und Irresein. Am hellen Mittag tappst du im Dunkel wie ein Blinder.

In seinen stillen Stunden dachte Abt Geoffrey darüber nach, wie das Bild des Alexis-Meisters, die Geißelung, das für Christinas Buch bestimmt war, spontan die sofortige Gründung eines Lepra-Hospitals bewirkt hatte. Für ihn wurde es immer klarer: Der Albani-Psalter - soweit er fertig war - übte auf den Betrachter nicht nur eine heilende Kraft aus, sondern bewegte ihn zu völlig neuen Handlungen. Etwas geheimnisvoll Wunderbares umgab bereits das Buch!
Ohne langes Zögern gab es für Geoffrey nur diese eine Möglichkeit, schnellstens eine Heimat für die Aussätzigen in St. Albans zu schaffen. Auch wenn es für sie keine Heilung gab, benötigten sie ein Zuhause, da die Kranken wegen der Ansteckung von allen gemieden und ausgestoßen wurden. Geoffrey setzte alles daran, das St. Julian-Hospital für die Leprakranken fertigzustellen, um ihnen ein ungestörtes Leben zu bieten und einen Ort, an dem sie in Ruhe sterben konnten. Erst dann, so hatte es der Abt bereits in der Hausordnung bestimmt, durfte für die wirklich Verstorbenen das Requiem gefeiert werden.
Geoffrey erinnerte sich daran, wie der Alexis-Meister vor dem Albani-Bild der Geißelung von dem Schrei der Gequälten gesprochen hatte, dessen Echo selbst die Himmel durchdringe. Nachdem

er in London die bettelnden Aussätzigen erlebt hatte, die „unrein, unrein" riefen und ohne Bleibe von Ort zu Ort zogen, denen auf dem Markt unverkäuflicher, angefaulter Fisch als Nahrung zugeworfen wurde, nahm das Albani-Bild lebendige Gestalt an.

Dankbarerweise unterstützte der gesamte Konvent die Einrichtung des Lepra-Hauses durch Gebet und tatkräftige Mithilfe. Auf dem Grundstück an der alten Römerstraße nach London entstanden separate Gebäude, Wohngebäude für die Kranken und, von ihnen getrennt, für den Leprosenmeister, die Pfleger und die Priester. Erst als alles Notwendige fertiggestellt war, das Hospital, ein Backhaus, Kornspeicher und ein Brauhaus, wurde die dazugehörige Kirche erbaut. Ein Garten, allerdings eingezäunt, stand den Kranken zur Verfügung.

Durch Verträge mit einigen Gutspächtern, die bestimmte Abgaben an das St. Julian-Hospital zu erbringen hatten, sicherte Abt Geoffrey, auch weit über seinen Tod hinaus, die Existenz und die notwendigen Einkünfte dieses Krankenhauses. Da auf keinen Fall geschehen durfte, was Geoffrey in einigen Leprahäusern gesehen hatte, daß man Wild und Tiere, die tot im Wald gefunden wurden, den Leprakranken als Nahrung brachte, legte er die zu leistenden Abgaben genau fest: Sechzig Schilling im Jahr zahlte die Stadt St. Albans, die sich im Laufe der Jahrhunderte als Ansiedlung um das Kloster gebildet hatte. Peter von Syreth verpflichtete sich, dreißig Schilling jährlich von den Gütern Redinges und Syreth zu zahlen. Zwei Drittel des Zehnten vom Getreide mußte das Herrenhaus Hamstude abgeben, ebenso das Gut Kyngesbri und Estona, das Herrenhaus des Richard von Hou und das von Stratle. So wichtig war Abt Geoffrey die Absicherung des Lepra-Hospitals, daß er darüber hinaus Stephan von Lege verpflichtete, von seinem Gutshof Hanelawa die Hälfte des Zehnten vom Getreide abzuliefern, gleichwie Roger von Chandos, der Gut Sivelesho verwaltete, und Simon von Bello Campo, der den Herrensitz von Stanford unter sich hatte.

Abt Geoffrey bestätigte in einer Urkunde die Schenkung des St. Julian-Hospitals und setzte damit unwiderruflich fest: Das Haus, der Grund und Boden gehören mit immerwährendem Besitzrecht den Aussätzigen. Ein Nachsatz der Urkunde besagt, daß alle mit

dem Bannfluch verdammt werden, die zu irgendeinem Zeitpunkt dieses Recht der Aussätzigen außer Kraft setzen.
Abt Geoffrey, der nach seiner Begegnung mit Christina von Markyate nicht mehr so unüberlegt, unbedarft und eigenwillig handelte, wurde noch sensibler und bedächtiger. Ihm war die Erhaltung und Weiterführung des Lepra-Krankenhauses in St. Albans so ungemein wichtig, daß er eine Bestätigung des Papstes einholte, die die augenblickliche und zukünftige Existenz des St. Julian-Hospitals garantierte. Von Christina gründlich in die politische Geschichte Englands eingeweiht und vor unvorhergesehenen königlichen Machenschaften gewarnt, ließ sich Abt Geoffrey von König Heinrich I. die Gründungs- und Stiftungsurkunde des St. Julian-Hospitals bestätigen. Darüber hinaus gelang es dem Abt, von König Heinrich I. eine vertragliche Garantie zu erhalten, nach der aus dem königlichen Vermögen täglich ein Penny an das St. Julian-Hospital in St. Albans gezahlt wird.

... wie wir es nennen

„Als wir nach dem wegweisenden Tag in London, wo wir zum ersten Mal ein Lepra-Krankenhaus besucht haben, beeindruckt, belastet und erschöpft zurückfuhren, hatte ich den Mut, Euch nach einem solchen Haus für St. Albans zu fragen", sagte Christina zu Geoffrey. „Ich war überrascht von Eurer so spontanen und eindeutigen Antwort. Unendlich stolz bin ich auf Euch und dem Himmel dankbar, daß Ihr mit seiner Hilfe dieses Werk zum Wohl der Ärmsten der Armen so schnell in die Tat umgesetzt habt. Sofort sagtet Ihr damals: 'Und ich weiß bereits, wie wir es nennen: St. Julian-Hospital.' Ihr habt mich so liebevoll mit dem 'Wir' in die Namensgebung einbezogen. Doch laßt mich jetzt, wo alles hinter Euch liegt und bereits viele Kranke im St. Julian-Hospital aufgenommen sind, wissen, warum Ihr den Namen St. Julian gewählt habt und wer Julian war."
„Eure erste Frage, Puella, ist schnell beantwortet, die zweite Antwort bedarf ein wenig mehr der Zeit. So danke ich Euch, daß Ihr so viel Geduld aufbrachtet und warten konntet, um zunächst dem

Infirmarius Wissen zu vermitteln und Stütze zu sein. Inzwischen haben wir im Hospital bereits einen eigenen Leprosenmeister. Es wird von ihm viel verlangt; aber Lepra-Schaubriefe braucht er zum Glück nicht auszustellen. Doch wie viel mehr als für den Infirmarius habt Ihr für mich in dieser ganzen Zeit getan!
Schon als Kind besuchte ich mit meinen Eltern von La Tanière aus die große Kathedrale von Le Mans, die dem heiligen Julian geweiht ist. Später ging ich auf die Dom-Schule in Le Mans, und nach meinem abgeschlossenen Studium unterrichtete ich auch dort. Nach den Bischofslisten war der erste Bischof von Le Mans, dessen Amtszeit aber nicht bekannt ist, Julianus. Seine Gebeine wurden 835 in die Kathedrale überführt.
Ob dieser Bischof Julianus derselbe ist wie Julianus Hospitator, von dem ich Euch jetzt erzählen möchte, weiß man nicht genau. Im siebten Jahrhundert wurde Julian in Ath, einer Stadt in der belgischen Provinz Hennegau, geboren. Er soll von sehr vornehmer Abstammung gewesen sein. Bei der Jagd spürte er einen Hirsch auf und verfolgte ihn durch den Wald. Julian glaubte, den Hirsch sprechen zu hören - doch wahrscheinlich war es seine eigene innere Stimme: 'Warum verfolgst du mich, du, der du deinen Vater und deine Mutter töten wirst?' Diese Weissagung erschreckte Julian so sehr, daß er die Jagd abbrach und überlegte, was zu tun sei, damit so etwas nicht geschehe. Er entschloß sich, Vater und Mutter heimlich zu verlassen, und floh in ein fernes Land. Dort diente er treu einem Fürsten, wurde von ihm zum Ritter geschlagen und heiratete eine Frau, die die Herrin einer angesehenen Burg war.
Die Eltern Julians waren so betrübt über den Fortgang ihres Sohnes, daß sie sich aufmachten, ihn zu suchen. Nach langer Zeit kamen sie zu eben dieser Burg, in der Julian mit seiner Frau lebte. Doch Julian war nicht daheim. Seine Frau nahm die Pilger auf und erfuhr voll Freude, wer sie waren. Sie bereitete den Eltern ihres Mannes das Beste, was sie vermochte, und am Abend stellte sie ihnen ihr eigenes Bett zur Verfügung. Sie selbst richtete sich eine andere Schlafstätte ein.
Am nächsten Morgen ging sie früh zur Kirche. Um dieselbe Zeit kehrte Julian zurück, und da er als erstes in die Schlafkammer trat,

um seine Frau aufzuwecken, sah er zwei Menschen in seinem Bett liegen. Julian war fest davon überzeugt, seine Frau läge bei einem anderen Mann.

Er sprach kein Wort und verhielt sich leise. Dann zog er sein Schwert und tötete beide. Als er aus dem Haus trat, sah er seine Frau aus der Kirche kommen: frisch und gesund. Julian war verwirrt und fragte: 'Wer sind die zwei, die in unserem Bett liegen?' Sie antwortete: 'Es sind dein Vater und deine Mutter, die dich lange Zeit gesucht haben. Ich habe ihnen unsere Kammer zum Schlafen angeboten.'

Als Julian das hörte, kam er fast um vor Kummer, weinte bitterlich und schluchzte: 'Ach, ich Unseliger, was habe ich getan! Ich habe meine eigenen Eltern getötet. Ich habe das Wort erfüllt, vor dem ich geflohen bin.'

Die Traurigkeit erfüllte Julian so sehr, daß er sich allein auf den Weg machen wollte, um Buße zu tun, bis er Ruhe fände. Doch seine Frau ließ ihn nicht gehen. 'In deinem Glück bin ich bei dir gewesen, so will ich auch jetzt mit dir leiden.' Sie verließen alles, die Burg, das Land, und machten sich gemeinsam auf den Weg, der sie nach Südfrankreich in die Provence führte. Am Gard, einem reißenden Fluß, der aus den Cevennen kommt und bei Beaucaire ins Mittelmeer mündet, machten sie halt, da es zu gefährlich war, den Strom zu überqueren. Hier schien für Julian und seine Frau der rechte Platz zu sein. Sie errichteten ein Hospiz am Gard und führten Menschen, die über den Fluß wollten, sicher hinüber. Sie gaben den Reisenden Unterkunft und Sicherheit, den Armen Herberge und Fürsorge.

In einer stürmischen Nacht hörte Julian eine Stimme jenseits des Wassers, die jämmerlich schrie: 'Helft mir und führt mich hinüber!' Er stand eilends auf und fand einen Menschen am Ufer, der halbtot vor Kälte war. Julian trug ihn in sein Haus, und als er Feuer entfachte, sah er, daß der Fremde ein Leprakranker war. Ungeachtet dessen, gab Julian ihm sein eigenes Bett und pflegte, zusammen mit seiner Frau, den Aussätzigen liebevoll. Doch bereits nach kurzer Zeit erhob sich der Fremde und gab sich zu erkennen. Ein heller Glanz umhüllte ihn, als er zu Julian und seiner Frau sagte, daß Gott ihr Werk in Gnaden angenommen habe und Julians

Schuld vergeben sei. Er versprach ihnen Frieden und - wenn die Zeit gekommen sei - einen ruhigen Tod. Dann entschwand er."

In dieser zusammenhängenden erzählerischen Form hatte Geoffrey selbst seinen eigenen Worten gelauscht und damit die Lebensgeschichte Julians neu vernommen. Wenn Christina etwas fragte, wollte sie alles genau wissen, sie nahm sich Zeit und hörte aufmerksam zu. Geoffrey konnte sich dem nicht entziehen und versuchte, so ausführlich wie möglich zu antworten. Als er an diesem Abend Christina verlassen hatte, dachte sie noch lange über das Leben Julians und seiner Frau nach. Daß Julian einem Leprakranken so fürsorglich Heimat gab, war das tragende Moment, das zur Namensgebung des Lepra-Hospitals geführt hatte.

Unweigerlich kamen Christina Anklänge griechischer Mythologie ins Bewußtsein, je länger sie über Julian nachdachte. Der Hirsch war vergleichbar mit dem Delphischen Orakel in der Ödipus-Sage. Hier wie dort ergriff der um die zukünftige Mordtat Wissende die Flucht, um in guter Absicht nicht in das mörderische Schicksal verstrickt zu werden. Und doch holte es ihn ein. Als Ödipus unterwegs nach Theben dem Gespann seines ihm unbekannten Vaters begegnete, kam es zu einem Streit, in dessen Verlauf er seinen eigenen Vater erschlug. Als Ödipus später die Wahrheit erfuhr, nahm er sich selbst das Augenlicht und irrte umher. In Antigone, Ödipus' Tochter, die ihn treu begleitete, erlebte Christina Julians Frau, die zu seinem schweren Schicksal stand und ihn nicht verließ. In der griechischen Mythologie fand Ödipus einen friedvollen Tod im Erinnyenhain auf dem nahe bei Athen gelegenen Hügel Kolonos.

Julian dagegen erlebte noch in dieser Welt Vergebung durch die göttliche Kraft der Liebe. Durch die Begegnung mit dem „Leprakranken", den Julian durch den reißenden Fluß trug und sich selbst dabei in Lebensgefahr brachte, mußte Christina unweigerlich an Christophorus denken, der beim Hinübertragen Christus und das Leid der Welt auf sich genommen hatte.

Dankbar für die Begegnung mit Geoffrey, dankbar, daß sie in allem große Zusammenhänge erkennen und schauen durfte, beendete Christina diesen Tag mit der ihr so liebgewordenen Ruhe-Meditation.

Das Wachshaus-Tor

Die vielen Pilger, die das ganze Jahr über St. Albans besuchten, betraten durch das Wachshaus-Tor das Klostergelände. Im Nordosten unterbrach es die hohe, massive Klostermauer, und der Weg führte direkt von diesem Tor zur Pilgertür der Kathedrale. Am Wachshaus-Tor erwarben die Pilger Bienenwachskerzen, die sie dann in der Abtei-Kirche vor dem Schrein des heiligen Alban entzündeten. Während die Kerze brannte, brachte man für gewöhnlich in einem Gebet seine Anliegen vor.
Patric war ein gesunder junger Mann vom Land, der das Kerzenziehen gelernt und den Abt gefragt hatte, ob er im Wachshaus mitarbeiten dürfe. Da diese Einstellung 1119 eine seiner ersten gewesen war, hatte sich zwischen Abt Geoffrey und Patric im Lauf der Jahre eine besonders vertrauensvolle Verbindung entwickelt. Schon nach kurzer Zeit war Patric in die Mönchsgemeinschaft der Benediktiner von St. Albans aufgenommen worden und leitete seither das Wachshaus. Da er außerordentlich gute Arbeiten ausführte und freundlich zu den Pilgern war, schätzten ihn alle. Die Pächter der Höfe und Herrenhäuser von St. Albans hatten einen bestimmten Anteil an Honig und Bienenwachs an das Kloster abzuliefern. Der Honig ging an den Cellerar Adam, der ihn auf den Tisch brachte oder ihn zu Getränken verarbeitete, das Bienenwachs wurde am Wachshaus abgeladen, wo es Patric prüfte und die Abgabe bescheinigte. Im Prüfen des Wachses und im Kerzenziehen war er Meister und ging ganz in seinem Beruf und dem mönchischen Leben auf.
Bevor er einen Wachsblock zur Weiterverarbeitung annahm, knetete er ein Mittelwachsstück zwischen seinen Fingern, um festzustellen, ob sie fettig wurden oder nicht. Reines Bienenwachs durfte keine Fettschicht hinterlassen. Wurden die Finger aber fettig, waren im Block wahrscheinlich Fremdwachsanteile enthalten. Das Wachs der Pächter garantierte meist echtes Bienenwachs. Da aber der Pilgerstrom und damit der Kerzenverkauf ständig zunahm, mußte Patric zusätzlich Rohmaterial einkaufen. Hier waren allerdings Proben und Prüfungen angesagt. Klebte das Wachs

beim Kauen an den Zähnen, so galt dies als sicheres Zeichen, daß es verfälscht war.
Wenn Patric Wachs ankaufte, beurteilte er die Qualität auch nach dem natürlichen Bruch des Bienenwachses. Er zertrümmerte einen größeren Wachsblock mit einem Hammer, um die Struktur des Wachses kennenzulernen. Es handelte sich um reines echtes Bienenwachs, wenn im vollkommen harten und kalten Zustand der Bruch mittelkörnig war. Dabei durfte der Bruch nicht rechtwinklig zur Oberfläche des Blockes verlaufen, sondern schräg.
Wegen seiner hervorragenden Kenntnisse wagten die Händler kaum noch, Patric Blöcke mit Fremdwachsanteilen anzubieten. Doch geschah dies bei neuen Händlern immer wieder.
Für Patric war es ebenso ein leichtes, das Alter des Wachses festzustellen. Der Bruch eines Wachsblockes, der erst wenige Tage vorher gegossen wurde, war niemals so typisch grobkörnig wie der eines Blockes, der bereits zwei bis drei Jahre lagerte. Das Bienenwachs brauchte nach seiner Verflüssigung und erneuten Erkaltung lange Zeit, um die eigentliche Struktur wiederzugewinnen. Bei sehr dicken Wachskuchen hatte Patric den Verdacht, daß das Wachs nicht absolut rein sein könne. Die kirchliche Verordnung besagte, daß an Heiligtümern nur reines Bienenwachs abgebrannt werden dürfe. Auch die Pilger glaubten, daß unreines, verfälschtes Wachs kein Glück bringe. Sie konnten Patric von St. Albans grenzenlos vertrauen. Bei besonders dicken anzukaufenden Wachsblöcken machte Patric daher sofort die Bruch- und Altersprüfung. Meist bestätigte sich dann seine Vorahnung: das Wachs im Gußkörper war nicht rein und bei der Verflüssigung wurden nicht alle Schmutzanteile abgesetzt.
Ein Bürger von St. Albans, der in der Nähe der Kathedrale einen Krämerladen hatte, machte es sich zur Gewohnheit, den Pilgern auch Kerzen zu verkaufen. Dieses Geschäft blühte besonders im Sommer, da zu dieser Jahreszeit die Zahl der Pilger beträchtlich zunahm. Die Kerzen bezog er von Patric, der in seinem Eifer und perfekten Können mehr Kerzen herstellte, als augenblicklich verlangt wurden. Meist holte der Krämer von Patric die Kerzen aus dem Wachshaus persönlich. Als er sah, daß Patric in den ruhigeren Wintermonaten durch Heißwachsmalerei Kerzen verzierte, bat

er ihn auch um diese kostbaren Kerzen, da er an ihnen mehr verdiente. Diese wunderbar bemalten Kunstwerke erregten Aufsehen, so daß Jane, die Tochter des Ladenbesitzers, ihren Vater fragte, ob sie mit ins Wachshaus gehen dürfe, um bei der Wachsmalerei zuzuschauen.

Zur Herstellung von Malfarben benutzte Patric besonders reines und gehärtetes Bienenwachs. Es war gegen Hitzeeinwirkung und Abreibung beständiger. Nun, da ihm eine junge Frau zuschaute, führte er alle Arbeitsbewegungen bedachter und langsamer aus, weil er zusätzlich erklärte, was er tat und warum. Er feuerte vor ihren Augen ein Heizöfchen an und brachte in dem dazugehörigen, durchlöcherten Eisenkasten die Holzkohle zum Glühen. Mit diesem Ofen verflüssigte er die Wachsfarben und hielt sie warm, um sie besser auftragen zu können. In einem vorherigen Arbeitsgang hatte er einige Rohfarbenstücke mit einem Mörser zunächt grob zerkleinert und dann pulverisiert, um sie dem verflüssigten Hartwachs beizugeben.

„Schaut, mit diesen spitzen Löffeln trage ich nun das heiße farbige Wachs auf, um es je nach Muster zu verreiben." Jane staunte über die Kunst, die sich unter den Händen des Wachsmaler-Mönches entfaltete. „Wenn ich feinere Ornamente auf die Kerze bringe, gelingt mir das Muster nicht mehr durch bloßes Verreiben. Durch Zusatz von etwas Öl verflüssige ich die heiße Malfarbe und kann sie jetzt auch mit einem Pinsel wesentlich feiner auftragen."

Als ihr Vater ungeduldig wurde und sich anschickte zu gehen, bat ihn Jane, er möge ihr doch noch ein wenig Zeit zum Zuschauen gönnen. Der Duft des heißen Bienenwachses, die vielen bunten Wachsfarben, die Muster und Ornamente und nicht zuletzt der Künstler selbst, von dem eine liebenswerte Freundlichkeit ausging, beeindruckten Jane so sehr, daß sie alles daran setzte, um später selbst die Kerzen von Patric aus dem Wachshaus abholen zu dürfen. „Diese Kerze, die ich jetzt verziere", sagte Patric, „habe ich handgewalkt und aus reinem, ungebleichtem Bienenwachs hergestellt. Es ist eine Votiv- oder Immer-Kerze, die nicht zum schnellen Abbrennen bestimmt ist."

Als nach einiger Zeit Jane allein wiederkam, um Kerzen für ihren Vater zu holen, fragte sie Patric, ob sie ihm wieder bei der Arbeit zuschauen dürfe. Patric überlegte einen kurzen Augenblick und sagte: „Ich freue mich sehr, daß du meine Arbeit schätzt und sie dir etwas bedeutet. Da das Wachshaus nicht zur unmittelbaren Mönchsklausur gehört, dürfte wohl niemand etwas dagegen haben, wenn du beim Abholen der Kerzen ein wenig bei mir verweilst."

Jane, die jetzt des öfteren ins Wachshaus kam, hatte von Patric gelernt, einen Wachsstock zu fertigen. Ein Faden, der als Docht diente, wurde immer und immer wieder mit weißem wie auch farbigem Wachs übergossen. Es war aufregend, in Patrics Nähe zu sein, und Jane suchte jede Gelegenheit, ihn im Wachshaus zu treffen. Aber auch Patric begann bereits, sehnsüchtig auf sie zu warten, wenn er sie mehrere Tage nicht gesehen hatte.

Jane hatte unter seiner Anleitung schon viele Wachsstöcke angefertigt, die Patric ihr zum Verkauf mit nach Hause gegeben hatte. Ein solcher Wachsstock war ein Wachslicht, das beim Gottesdienst nach und nach abgebrannt wurde. Bei Trauerfeierlichkeiten wurde ein roter Wachsstock angezündet, der von der Hausmutter getragen wurde. Bei Gottesdiensten für Tote brannte der schwarze Wachsstock. Kinder hatten weiße Wachsstöcke. Jane liebte es, bunte zu fertigen, denn sie waren zum Weiterschenken gedacht. Im Winter nahm man sie gern mit in die Kirche, um daran die Hände aufzuwärmen. Es gab aber auch besonders schöne und feierliche Wachsstöcke, kunstvoll verziert und farbenprächtig. Sie waren einfach nur zum Anschauen und Freuen da, vielleicht auch zum Andächtigwerden.

Für Patric, der über zehn Jahre damit gearbeitet hatte, gehörte Bienenwachs neben Gold, Eisen und Leder zu den edelsten Rohstoffen. Wenn Jane ihn bei der Arbeit und besonders seine geschickten und geschmeidigen Hände beobachtete, überfiel sie das Bedürfnis, diese wunderbaren Hände zu berühren und zu halten. Weil er ein Mönch war und damit ehelos leben wollte und mußte, hielt sie sich zurück.

Patric und Jane

Wegen seiner Arbeit, besonders im Sommer, wenn viele Pilger kamen, nahm Patric nur unregelmäßig an den Chorgebeten in der Abtei-Kirche teil. Wenn er aber mit den vielen Mönchen in die Kirche einzog, suchte er mit seinen Augen Jane, die sich, um nicht aufzufallen, einen immer neuen Platz unter den Besuchern auswählte. Ihr Empfinden für Patric war so stark geworden, daß sie ihn jeden Tag - wenigstens aus der Ferne - sehen mußte, denn so oft durfte sie seinetwegen nicht ins Wachshaus kommen. Patric, der schon seit langem von Jane träumte, von ihrem schwarzen langen Haar und ihrem so wohlgeformten Körper, hatte nicht nur versucht, diese Träume am Tage zu verdrängen, sondern sich ihr gegenüber sehr zurückzuhalten. Doch wußten beide voneinander, daß ihre Liebe und ihre Sehnsucht täglich wuchs.

Jane war an einem heißen Sommerabend ins Wachshaus gekommen, um Kerzen für das Geschäft zu holen, denn in diesen Tagen waren ungewohnt viele Pilger nach St. Albans gekommen. Jane stand in der Tür und schaute Patric lange an, bis er die Kerzen, die er für sie bündelte, aus der Hand legte. „Du solltest nicht mehr arbeiten, es war ein langer, heißer Tag für dich." Er ging auf Jane zu und umarmte sie. Er streichelte ihre schwarzen Haare und preßte seinen Körper fest an den ihren. Dabei spürte er ihren Atem im Auf und Ab der Brüste.

„Nie mehr, niemals wieder werde ich dich loslassen", flüsterte Patric ihr ins Ohr, das er sanft mit seinen Lippen berührte. Dabei zog er sie in den Raum, nachdem er die Tür mit dem Fuß ins Schloß gedrückt hatte. Sie hielten sich umarmt, und Jane glitt mit ihren Fingerspitzen auf Patrics Rücken auf und nieder. Sie hatten zwar zuvor schon flüchtig Küsse ausgetauscht, doch nun waren es andere, leidenschaftlichere, in die hinein sie sich mehr und mehr fallen ließen. Als Patric sich noch einmal an sie drückte, spürte Jane zum ersten Mal in ihrem Leben die körperliche Erregung eines Mannes: anziehend und geheimnisvoll. Die Spannung war auch in ihr so gewaltig, daß sie mehrere Male schlucken und tief durchatmen mußte. Jane preßte sich an ihn, um diese erhabene Lebens-

kraft, nach der sie verlangte, in sich aufzunehmen. Patric war besonders zärtlich zu ihr, als er ihre Sehnsucht, die sich jetzt auch körperlich ausdrückte, an seinem ganzen Leib fühlte.
Behutsam und mit einer unausgesprochenen Frage in den Augen, begann er, die Knöpfe ihres Kleides zu öffnen. Mit der anderen Hand strich er über ihren Arm, berührte sanft die Brust, dann ihren Leib und die Lenden. Er umfaßte ihre Oberschenkel, so, als ob er sie fesseln wolle. Jane war überglücklich - doch Gleiches bei ihm zu tun traute sie sich nicht. Ohne Umstand hatte Patric sein Habit abgelegt und stand in diesem Augenblick noch stärker vor ihr. Er zog sie an sich, und ihre Küsse schienen die der Ewigkeit zu sein, weil die Zeit stehengeblieben war. Die natürliche Kraft in ihnen wurde so stark, daß sie sich von der Erde anziehen ließen und während ihrer zärtlichen Berührungen auf den Boden glitten. Der Geruch ihrer Körper hatte sich mit dem des Bienenwachses zu einer atemberaubenden Mischung vereint.
Patric führte ihre Hand gleitend in ein ihr fremdes und ungekanntes Land - voll des Verlangens und langersehnter Träume. In ihrer Vorstellung war dieses Land von Kindheit her geprägt: böse Schlangen sollten in ihm hausen und verwunschene Kugeln das Schicksal des Menschen beschweren. In immer größer werdender Nähe und von seiner Liebe umgeben, verloren allmählich diese beängstigenden Vorstellungen an Kraft und Bedeutung. Denn Leben wollte durch sie beide ins Leben kommen, um zu leben.
Für Jane und Patric gab es ein unendliches Geheimnis zu entdecken, denn keiner von ihnen hatte diese Reise jemals vorher unternommen. Patric geleitete Jane so tief hinab, bis sie seine lebensspendende Mitte schwer in ihren sanften Händen spürte. Dann berührte er ihren Rücken und strich langsam die bloße Haut hinunter, bis er die beiden kräftigen Rundungen fest in seinen Händen hielt. Er hob Jane einige Male hoch und verlieh ihr damit das erste Gefühl einer wohligen Wiegebewegung der Lenden. Patrics Männlichkeit, die über Jahre nahezu zu einem Nichts geschrumpft war, stand in voller Blüte und bereit zu fruchten. Zart umfaßte Jane den Stamm und spürte in ihm ein starkes Vibrieren, ein Auf- und Abschlagen wie ein über alles erregtes Herz. Für einen kurzen Augenblick fragte sich Patric, warum dieses dem Menschen inne-

wohnende zauberhafte Gefühl der Lust von der Kirche derartig mit Schuld beladen war.
Patric bewegte sich wiegend in leichten Stößen, die von seinen Lenden ausgingen, doch hielt der Widerstand ihrer Hand den Stoß nicht aus, so daß sein Stamm entgleitete.
Sie sprachen kein Wort - doch schwammen sie in tausend unausgesprochenen Worten der Liebe. Jane und Patric wurde der Austausch ihrer Liebe nicht nur zu einem Augenblick sinnerfüllter Lust; sie spürten beide, wie ein Stück grenzenloser Ewigkeit sich in sie hineinschenkte und währte. Sie spürten beide, daß das, was sie miteinander teilten, die Unterstützung des Himmels erfuhr. Beide gingen gemeinsam und zum ersten Mal den Weg in das Land ihrer heimlich ersehnten Träume. Janes Blick fiel auf das zarte, pilzförmige Dach seiner Männlichkeit, die sich aufrecht und mächtig zeigte. Und diese sollte ihr gehören, denn sie hatte sich ihretwegen zur vollsten Kraft entfaltet. Aus der gefürchteten Schlange des ihr unbekannten Mannes war für sie ein mächtiger Baum des Lebens geworden, der nicht nur hinreißend anzuschauen war, sondern auch voll zu erwartender Geheimnisse steckte.
Patric führte nun auch Janes andere Hand hinunter zu ihm und legte ihre beiden Hände auf seine nach Leben verlangende Mitte des Lebens. Sie streichelte behutsam das Dach, den Stamm und die beiden dazugehörigenden zarten Rundungen. Patric spürte eine Lebenskraft in sich strömen, die er gewaltsam zurückhalten mußte, da sie sich fast schon unter ihren zart streichelnden Händen verschenkt hätte. Deshalb zog er sich noch einmal zurück, umarmte und küßte sie lange und tief.
Ohne daß Patric mit jemandem darüber gesprochen oder Anweisungen erhalten hatte, verstand er aus seiner ureigenen Natur heraus die Kunst, ein liebender Liebhaber zu sein. Er streichelte Jane und berührte Zonen ihres Körpers, die ihr vorher nicht bewußt waren. Sie hatte ihre Hände um seinen Rücken gelegt, zurückhaltend, aber gespannt, und unendlich dankbar, zusammen mit Patric ihm und damit auch ihrem eigenen Wesen näherzukommen.
„Möge das Jetzt dauern und kein Ende haben!" Nichts gab es Wichtigeres auf der Welt, als Patric in ihrem Herzen und ihrem Leib zu spüren, ihm nahe zu sein und immer mehr mit ihm eins zu

werden. Ihre Brüste waren gespannt und lagen bloß vor Patric. Sie schämte sich nicht, denn sie gehörten von nun an auch ihm. Er hatte, ohne daß es ihr aufgefallen war, sein Unterkleid abgelegt und lag jetzt entblößt auf ihr. Seine Brust berührte die Spitzen ihrer Brüste, und es war ihr, als ob zwei anschwellende Vulkane in den Himmel ragten. Patric liebkoste ihr schwarzes Haar und dachte für einen Augenblick an die Römer, die Verulamium gegründet hatten, und an das, was sie hinterlassen hatten: südliche Schönheit und südliches Feuer, das er erst langsam aus der Verborgenheit in die Ewigkeit ihrer augenblicklichen Liebe zurückholen mußte. Wie unendlich zärtlich war auch Jane. Patric, außer sich vor dieser hingebungsvollen Lust, wußte nicht, wie ihm geschah, als Jane mit ihrer Zunge nacheinander die Spitzen seiner Brust berührte und sie anfeuchtete. Er spürte von hier aus eine unmittelbare Verbindung in seine Lendengegend bis unter das Dach seines erneut anschwellenden Hauses. Hatte er in all den Jahren seiner Mönchs-Einsamkeit jemals daran gedacht, einem anderen Menschen mit Leib und Seele etwas zu bedeuten und zu sein?
Wie ein Gast, der bescheiden anklopft und dabei einige Schritte abwartend zurücktritt, legte Patric seinen Stamm zwischen Janes Oberschenkel und nahm ein Gefühl des Angenommenseins in sich auf. Jane hielt ihn fest, als ob sie mit dieser Haltung sagen wolle, daß auch er nun ihr gehöre. Doch viel mehr wußte und ahnte sie nicht. Als Patric aus seinen Hüften heraus weit schwingende Bewegungen ausführte, die eine mächtige und vergrößernde Wirkung hatten, nahm auch Jane diesen Rhythmus sanft auf und kam Patric offen entgegen. Am Glied seines Ergusses bildete sich leichter Schaum, der das Gleiten ihrer Bewegungen noch leichter und gefühlvoller werden ließ.
Patric wollte es in dieser für Jane so überaus zärtlichen Situation nicht so weit kommen lassen - daher hielt er sich noch einmal zurück und beendete abrupt das fortgeschrittene Vorspiel. Ihre Hände berührten sich und ihre Lippen suchten einander, bis sich die gebende und nehmende Bewegung durch ihre Münder fortsetzte. Jane ließ alles geschehen, wie Patric es vorgab - er tat ihr nicht weh, weil er zärtlich spürte, wo sie zu erreichen war. Ein unendlich liebevolles Spiel hatte zwischen ihnen erneut begonnen,

und sie fanden gegenseitig Saiten ihrer Zärtlichkeit. Patric berührte mit der Zunge ihr Ohr, nachdem er die schwarzen langen Haare langsam zurückgestrichen hatte. Mit der Spitze seiner Zunge drang er tiefer ein, um den Rand ihrer Seele zu berühren und sie zu sich zu rufen. Jane hörte seinen Ruf. Sie berührte ihn auf gleiche Weise und schenkte damit letzte Hingebung und Vertrauen.
Noch einmal umfaßte Patric ihre beiden Brüste und begann, sie mit Küssen zu liebkosen. Unter ihm und im Gefühl unendlicher Lust begann sie vor Wonne ihren Körper nach rechts und links zu drehen. Patric stimmte in diese Bewegung mit ein und spürte, wie sie beide darin zu einer Einheit wurden. Was hatte sich der Schöpfer nur dabei gedacht, als er die Liebe auch als Ausdruck ihrer Körper in die Liebenden legte? Patric wollte nie wieder von Jane lassen, und Jane wollte nicht länger ohne Patric leben: jetzt und hier und immer.
Als Patric seinen Stamm auf ihren entblößten Leib legte und mit seinem Körpergewicht ihn ein wenig auf sie drückte, schwanden alle fragwürdigen Gedanken. Jane wehrte sich nicht. Alles, was von Patric kam, ließ sie an sich geschehen, denn sie wußte um seine umfassende Liebe zu ihr. Aus Patric kamen jetzt unwillkürlich einige kräftige Vorstoßbewegungen, denen auch Jane sich nicht mehr entzog. Mit ihren Armen umfaßte sie seinen Rücken, um ihn nie mehr loszulassen. Aus unendlicher Liebe wollte sie sich ewig an ihm festhalten und ihn in sich hineinziehen. Jane wußte nicht, wie ihr geschah, und löste sich in ihren Vorstellungen von allem, was geschehen sollte. Mit dem ganzen Verlangen ihres Liebesvermögens nahm Jane alles auf, was von Patric zu ihr strömte. Seine Liebe zu ihr bildete dazu das Fundament. Das Verlangen nach sexueller Vereinigung war in Patric jetzt so groß und übermächtig, daß er sich nicht mehr zurückhalten konnte. Janes Glück war es, daß das seine sich vollenden möge; denn es gab für sie nichts Höheres, nichts, was ihr mehr bedeutete. Kein ausschließlich eigenes Verlangen trieb sie an, nur das eine Gefühl kochte in ihr, bei Patric zu sein, bei ihm bleiben zu dürfen und auf immer mit ihm eins zu werden.
Da Patrics Liebe zu Jane sich in den gleichen Schwingungen wie die ihren bewegte, drängte es ihn zusehends, seinen Körper mit

ihrem Körper vollends zu vereinen, sich zu entladen und der Überhitze des Lebens Raum zu gewähren. Die Kraft seines männlichen Begehrens war jetzt in äußerste und fast nicht mehr auszuhaltende Erregung geraten. Sollte Jane, vorausgesetzt, daß sie sie annahm, von Patric eine Frucht empfangen?

Sie spürte noch tiefer das Einswerden mit Patric, als er unaufhaltsam versuchte, mit der Kraft seines Mannes bei ihr Einlaß zu finden. Die Nähe ihres weich umflorten Tores erregte in Patric einen höchsten Geschmack der Lust. Doch auch hier klopfte er noch behutsam an, denn die Stelle an den Lenden war bei Jane recht eng und schmal und verschlossen. Aber gerade wegen des Zögerns und der engen Verhältnisse in der Lendengegend brannte das Feuer der Begierde in Patric um so heftiger. Jane fühlte sich stark und ließ alles an sich geschehen, weil es Patric war, der sie suchte und um Einlaß bat. Sie ließ sich grenzenlos in ihn hineinfallen, denn sie spürte, daß die Naturkraft der Geschlechtslust nicht mehr zu bändigen war. Sein Stamm war bis ins Unendliche gewachsen und mehr als bereit, in der Erzeugung von Nachkommenschaft zu blühen. Die beiden den Stamm umgebenden Organe bewegten sich im gleichen Rhythmus wie der ihnen nahestehende mächtige Turm. Trotz höchster Erregung war Patric nicht zu einem reißenden Wolf geworden, sondern Jane spürte auch jetzt noch an ihm die Zärtlichkeit eines liebenden Begehrens und die Innigkeit einer totalen Umarmung. Trotzdem zeigte Patric in seinen Bewegungen die vollendete Fähigkeit eines Pflügers, mit der er das Erdreich aufreißen mußte. Noch immer gelang es der Natur, den drängenden Samen bis zu dem passenden Zeitpunkt zurückzuhalten.

Im Gegensatz zu Patric war der Geschlechtsgenuß bei Jane bisher sanft, still, aber von einem ständigen Glutbegehren begleitet. In diesen Momenten glühte zwar das gewisse Feuer in ihr nicht so heftig wie bei Patric, doch je mehr er versuchte, in sie hineinzustoßen, um so mehr geriet auch ihr Blut in heftige Erregung. Die grazile Bildung ihrer Gefäße machte es dem Stamm äußerst schwer, seine Bestimmung zu finden. Es bildete sich bei Jane, seinem Begehren entgegenkommend, ein leichter schaumiger Erguß, als der Stamm bei ihr immer wieder eine Stelle berührte, die ein ungeahnt schönes Gefühl auslöste. Langsam begann die Spitze des

Stammes, von süßer Empfindung getragen, zu den Höhlungen der Organe hinzugleiten. Ganz allmählich vermochte die Schärfe des Pfluges das unbetretene Ackerland aufzubrechen. Durch Schmerzen, die wie Wellen durch ihren Körper zogen, nahm sich Jane wie von selbst ein wenig zurück, doch versagte sie sich nicht dem Pflug, der jetzt tiefer in sie eindrang.
Trotz eines kurzen stärkeren Schmerzes blieb Jane mit den Bewegungen und Wünschen Patrics in Einklang. Die Wärme und Lebenskraft des Stammes hatte in ihrem Organismus eine Wand durchstoßen und war noch tiefer in sie hineingedrungen. In diesem Augenblick war Jane durch Patric berührt worden und hatte in der Tiefe ihres Leibes die brennende Hitze seiner Leidenschaft wahrgenommen. In zunehmendem letzten Rhythmus und in zärtlicher Verborgenheit ergoß Patric seinen Samen - wie die Natur es wollte - an die rechte Stelle, vollblütig und in reichem Überfluß. Jane hatte das Geschenk ihrer Liebe empfangen, hielt den Samen fest und erwärmte ihn. Wie ein aufgebrachtes Feuer, das nach dem Lodern langsam wieder zurücksinkt, legte sich Patric auf Jane nieder und ließ die Bewegungen seines Stammes in ihrer Mitte ausklingen. Ein Brand, der fortwährend glühen würde, müßte sich und anderes verzehren. Die Wärme ihrer gegenseitigen Liebe sollte niemals erkalten, doch die Hitze ihrer spontanen Leidenschaft nahm naturgemäß langsam ab, denn ein solches Brennen hätten sie fortwährend nicht weiter ertragen können.
Patric wurde in Jane lebendig und Jane in Patric - dabei erkannten sie sich noch tiefer als je zuvor, da ihre geschlechtliche wie geistige Intimität sich in wunderbarer Weise in dieser Stunde verbunden hatte.

Christinas 30. Geburtstag

Ohne jemandem etwas davon zu erzählen, feierte Christina mit Geoffrey in Markyate am 6. November 1127 ihren 30. Geburtstag. Obwohl sie es als Geheimnis zwischen ihrer Mutter und dem Schöpfer unausgesprochen bewahren wollte, erzählte Christina an diesem Tag Geoffrey die Geschichte der Taube von Huntingdon und damit die ihrer Geburt. Tief beeindruckt von diesem Ereignis inspirierte Geoffrey den Alexis-Meister, bei der Darstellung der ersten verborgenen Jahre Jesu viele Tauben mit ins Bild zu bringen, um so Christinas geistige Anwesenheit zu bekunden.

„Mein großer Lehrer, und an ihn denke ich an diesem Tag besonders gern, war Roger, der, als er aus Jerusalem zurückkam, Markyate gegründet hat", sagte Christina. „Ihr habt ihn persönlich gekannt und geschätzt, obwohl - wie ich hörte - Ihr mit seinem eigenwilligen Leben außerhalb der Klausur nicht ganz einverstanden gewesen seid. Ihr könnt Euch daher sicher kaum vorstellen, wie sehr ich ihn als meinen geistlichen Lehrer geehrt und geliebt habe. Hattet auch Ihr einen solchen Meister in jungen Jahren, der Euer Leben mitgeprägt und geformt hat?"

Mit dieser Frage hatte Geoffrey nicht gerechnet. Er war überrascht, zögerte einen Augenblick, dann antwortete er: „Wenn auch seit der ersten Begegnung mit meinem Lehrer eine sehr lange Zeit vergangen ist, so denke ich doch gern und dankbar an ihn zurück. Meine Eltern gaben mir die Möglichkeit, die Kathedral-Schule von Le Mans zu besuchen. Da der Weg nach La Tanière nicht allzu weit war, konnte ich an manchen Wochenenden und in den Ferien mein Zuhause genießen.

Leiter der Schule war Hildebert von Lavardin, Kleriker und gleichzeitig Schriftsteller. Nicht nur die Gedichte, die er verfaßte, sondern auch seine Persönlichkeit zog mich an, und ich besuchte sooft es möglich war seinen Unterricht. Von ihm habe ich viel gelernt, und ich zehre noch heute davon. Als ich dann selbst Lehrer an der Kathedral-Schule wurde, unterstützte und förderte er mich sehr. Bis zu meinem Abschied aus Frankreich begleitete er mich als geistlicher Lehrer. Seine Schriften, in die ich immer wieder hineinschaue, bedeuten mir viel.

Hildebert empfing ebenso seine Ausbildung in der Kathedral-Schule von Le Mans, die er dann später bis 1092 leitete, als er zum Archediakon der Kathedrale St. Julian berufen wurde. Bereits vier Jahre später ernannte man ihn zum Bischof von Le Mans."

„Könnt Ihr mir sagen, worüber er geschrieben hat?" fragte Christina.

„Mit Begeisterung lese ich die philosophischen Dialoge von ihm und vor allem seine vielfältigen Gedichte. Er gab ein aufsehenerregendes Buch heraus, in dem sich der menschliche Körper darüber beklagt, daß er nicht zu seinem Recht komme. In großartiger Weise beschrieb er das Leben des Abtes Hugo von Cluny und verfaßte eine Lebensgeschichte der Maria von Ägypten, die die Wandlungsfähigkeit des Menschen zum Inhalt hat."

Christina horchte auf, als sie den Namen „Maria von Ägypten" hörte, und fragte Geoffrey, ob er ihr dieses Buch von der ägyptischen Maria zum Lesen ausleihen könne.

„Ja, sehr gern", sagte Geoffrey, „denn von der Gestalt der Maria Aegyptiaca geht eine sehr eigentümliche Faszination aus, die Ihr unbedingt erleben müßt. Ich freue mich sehr darüber, daß Ihr durch die ägyptische Maria mit meinem Lehrer Hildebert von Lavardin in Berührung kommt. Mit großer Entschiedenheit wandte er sich gegen König Wilhelm II., Rufus, der nicht nur brutal die Kirche bekämpfte, sondern auch alles versuchte, um Hildebert nicht Bischof werden zu lassen. Durch sein mutiges Vorgehen ist es Hildebert sogar gelungen, gegen Rufus die Freiheit der Kirche zu verteidigen. Im Jahr 1125 wurde er dann zum Erzbischof von Tours geweiht, und in diesem Jahr leitete er die Synode von Nantes."

Vor nicht allzu langer Zeit hatte Geoffrey gefragt, was Christina sich von ihm zum 30. Geburtstag wünsche. Sie wollte in ihrer Bescheidenheit und selbstgewählten Lebensweise nichts annehmen und antwortete Geoffrey, daß sie alles habe, was sie und ihre Begleiterinnen zum Leben benötigten - das Schönste ihr aber in diesem Augenblick bereits geschenkt würde: Geoffreys Gegenwart.

Eine ausgelassene Freude erfüllte Geoffrey und Christina an diesem Tag. Als sie sich anschickte, das Essen zu bereiten, sprach Geoffrey sie plötzlich in einem alten englischen Vers-Rhythmus an. Da sie diese heiter-ironische Seite an ihm nicht kannte, sie ihr aber gefiel, versuchte sie, im gleichen Versmaß zu antworten:

GEOFFREY:
Sytt we downe,
And drynk shall we than.
(Laßt uns hinsetzen,
und dann wollen wir trinken.)

CHRISTINA:
I am leuer ete;
What is drynk withoute mete?
(Ich will lieber essen;
was ist schon Trinken ohne Essen?)

GEOFFREY:
Sett vs a borde;
Then may we go dyne.
(Deck uns den Tisch;
dann wollen wir dinieren.)

CHRISTINA:
Abyde vnto syne.
(Wartet noch.)

GEOFFREY:
Trus, go we to mete!
(Los, laßt uns essen!)

CHRISTINA:
It is best that we trete!
(Am besten wir einigen uns!)

GEOFFREY:
Ha, ha! goderhayll!
(Also, guten Appetit!)

CHRISTINA:
A good py!
We myster no sponys.
(Eine gute Pastete!
Wir brauchen keine Löffel.)

GEOFFREY:
Here is te recorde
A tast for a lorde.
(Hier ist zu berichten
von einem herrschaftlichen Kuchen.)

CHRISTINA:
This is a restorité
To make a good appeté.
(Das kräftigt
und macht viel Appetit.)

GEOFFREY:
Yee speke all by clergé,
I here by youre clause.
Cowth ye by youre gramery reche vs a drynk,
I shuld be more mery - ye wote what I thynk.
(Ihr sprecht ganz wie die Gelehrten,
das höre ich an Eurem Reden.
Wenn Ihr bei all Euerer Gescheitheit uns etwas zu trinken beschaffen könntet, dann wäre mir wohler - Ihr wißt, was ich meine.)

CHRISTINA:
Haue good ayll of Hely! Bewar now, I wynk,
For and thou drynk drely, in thy poll wyll it synk.
(Trinkt das gute Bier aus Hely! Seid jetzt vorsichtig,
denn wenn Ihr viel trinkt, geht's Euch in den Kopf.)

GEOFFREY:
That is well spoken!
By my thryft, we must kys!
That had I forgoten.
(Gut gesprochen!
Meine Güte, wir müssen uns umarmen!
Das hatte ich vergessen.)

CHRISTINA:
Whoso can best syng,
Shall haue the begynnyng.
(Wer am besten singen kann,
soll den Anfang machen.)

Durch die Fröhlichkeit und das Singen angelockt, kam zuerst Margaret, die Schwester Christinas, und dann die anderen Aspirantinnen. Sie nahmen an der lustigen Geburtstagsfeier teil und versuchten, sich ebenso in Versen auszudrücken.

MARGARET:
Then wold I we fest,
This mete who shall into panyere kest.
(Ich möchte, daß wir beschließen,
wer dieses Mahl in den Korb wirft.)

CHRISTINA:
It draes nere night. Trus, go we to rest.
I am euen redy dyght; I thynk it the best.
(Bald ist Nacht. Also gehen wir schlafen.
Ich bin schon bereit; ich halte es für das Beste.)

Die Innenseite der Weltgeschichte

„Das Scriptorium", dachte Patric, „ist der beste Ort, an dem ich Abt Geoffrey in Ruhe begegnen kann. Er besucht mehrmals täglich den Alexis-Meister und hält sich bei ihm lange auf." Mit dem Vorwand, sich künstlerische Anregungen für die Kerzenmalerei zu holen, ging Patric zu den Zeiten ins Scriptorium, von denen er glaubte, daß auch der Abt da sei. Doch die Gelegenheit, ihm das zu sagen, was Patric seit langem auf der Seele brannte, ergab sich nicht. Der Abt war einfach nicht zu erreichen, denn wenn er sich im Scriptorium mit der Buchmalerei beschäftigte, sich ganz in sie vertiefte und mit dem Alexis-Meister sprach, hatte er kein Empfinden mehr für momentane menschliche Ereignisse. Hinzu kam, daß Patric aus Unsicherheit gern bereit war, sein Gespräch mit dem Abt von Tag zu Tag aufzuschieben. Doch er quälte sich selbst nur damit und Jane, die so sehnlichst und dringend auf eine Antwort wartete.

Eine Tante von Jane, die in diesen Dingen kundig war, sah ihr an, wie sie sich verändert hatte, und sagte ihr auf den Kopf zu, daß sie ein Kind erwarte. Jane war betroffen, denn äußerlich sah man es ihr nicht an. Nur mit Patric hatte sie darüber gesprochen, als die Empfängnis feststand.

„Durch ein Getränk, das ich dir gern bereiten will, wird die Kraft der Natur in dir beeinträchtigt. Konntest du dummes Mädchen nicht besser aufpassen und etwas geschickter sein, damit der Same nicht in das richtige Gefäß befördert wurde? Ich hätte dir vorher erzählen sollen, wie man das macht."

Jane schämte sich und konnte ihrer Tante nichts darauf antworten.

„Ich biete sie dir an, die Arznei, mit der du einen Abgang des Kindes herbeiführen kannst. Viele gebrauchen dieses Kraut - die gekochten Blätter des Sadebaumes, ein Wacholder - und werden durch seine Kraft und Wirkung sofort von allem befreit. Bei dir, Jane, ist es noch jung, so daß die Sadebaum-Blätter schnell und einigermaßen schmerzlos die Geburt verhindern."

Weinend verließ Jane das Haus, um diese unglaubliche Geschichte Patric zu erzählen. Selbst wenn die Empfängnis in Jane die Monatsblutung nicht an sich gerissen hätte, war ihre Liebe zueinander so stark, daß Patric ihr versprochen hatte, ein Leben lang bei ihr zu bleiben. Schon seit Wochen suchte er das Gespräch mit dem Abt und einen Weg, ohne Bestrafung und Schande aus dem Kloster auszutreten. Lange Klosterjahre, in denen Patric nur Männergemeinschaft und Arbeit kannte, hatte er seine Zeugungskraft nicht genutzt und oft quälend bei sich getragen, bis er sie jetzt endlich ausgesandt hatte wie die Sonne das Licht.

Als er so offen mit Jane sprach, sagte sie, daß das Haus ihres Leibes wie von einem flammenden Feuer erhellt sei, das durch alle Winkel ihres Seins bis hinein in ihre Seele leuchte. Immer wenn Jane etwas von dem neuen menschlichen Wesen erzählte, das in ihr bluthaft und fleischlich wurde, ging eine wunderbare mütterliche Wärme von ihr aus. In diesen Augenblicken wurde Jane für Patric zur verborgenen und verhüllten Innenseite der ganzen Weltgeschichte.

Obwohl ihr Zustand für alle bald sichtbar werden würde, hatte Patric den Schritt zu einer klaren Entscheidung noch nicht gewagt. Doch jetzt, wo er spürte, wie schwer die Begegnung mit ihrer Tante auf Jane lastete, fand er endgültig den Mut, sich im Kloster als Vater zu bekennen. Da das Kind in Jane von der ersten Einpflanzung des Samens an in mancherlei Wechselfällen hin- und hergeworfen wurde, war die Seele des Kindes doch mächtiger als alles andere, denn sie förderte gewaltig das Wachstum des Leibes. Die kleine Gestalt lag wohlig in Janes Mitte wie ein Mensch im Gemach seines Hauses.

Im Scriptorium, die fertigen Miniaturen und Schriftseiten des Psalters für Christina lagen aufgeschlagen vor ihnen, bekannte Patric sich vor dem Abt zu Jane und erklärte ihm alles, was sich in ihrem Leben zugetragen hatte. Patric war ruhig und gefaßt, während er redete, denn er spürte, daß die vertrauensvolle Verbin-

dung zu Geoffrey durch das, was er von Jane und seinem Kind berichtete, nicht im geringsten gestört war.
Als der Alexis-Meister bemerkte, wie ernst und schwerwiegend dieses Gespräch zwischen dem Abt und seinem Mönch Patric war, zog er sich zurück und wandte sich einer anderen Arbeit zu.
Geoffrey kam mit all seinem Verständnis, das in besonderer Weise durch Christina kultiviert worden war, dem werdenden Vater entgegen. Von Patric ging eine derartige Selbstverständlichkeit Jane und dem Kind gegenüber aus, daß der Abt keinen Zweifel an dem lange und reiflich überlegten Entschluß der beiden Liebenden hatte. Innerlich gab er Patric frei, doch wußte Geoffrey nicht, wie das Kapitel auf seinen Vorschlag antworten würde, der wohl bisher einmalig in der Klostergeschichte von St. Albans war: Der Mönch Patric durfte und sollte das Mönchsgewand ablegen, um eine Frau, die ein Kind von ihm erwartete, zu heiraten. Seine Stelle im Wachshaus, die er mehr als zehn Jahre mit großer Anerkennung innegehabt hatte, sollte er behalten, um seine Familie ernähren zu können.
Vor Freude und mit Tränen in den Augen sprang Patric auf und umarmte seinen Abt Geoffrey fest und lange. „Doch müssen wir erst das Kapitel abwarten, das - wie du weißt - nicht grundsätzlich mit allem einverstanden ist, was ich vorbringe. Warte daher noch zwei oder drei Tage, bis ich dir ein Zeichen gebe."
Patric, der mit allem anderen gerechnet und sich die verschiedensten Folgen ausgemalt hatte, hielt dankbar die Hand Geoffreys, so, als wolle er sie nicht mehr loslassen. Als Mönch wurde er Vater, durfte vielleicht zu seiner Liebe öffentlich ja sagen und noch seine Arbeit im Wachshaus behalten: eine unglaubliche Hoffnung. In diesem Augenblick seiner überschwänglichen Freude ahnte er allerdings nicht, was ihm bevorstehen würde.
Auch Jane war überglücklich, als sie am nächsten Tag von Patric erfuhr, was der Abt vorgeschlagen hatte und wie väterlich er den beiden Liebenden entgegenkam.
Der Tag kam, an dem Abt Geoffrey im Kapitel ankündigte: „Loquamur de Ordine" („Laßt uns über die Angelegenheiten unseres Hauses sprechen"), um allen Mönchen - die Novizen und Gäste hatten das Kapitel verlassen - von Patric, seiner bevorstehenden

Ehe und Vaterschaft Bericht zu geben. Abt Geoffrey bat um die Entscheidung, ob Patric das Kloster sofort zu verlassen habe oder ihm die Möglichkeit gegeben werden solle, als weltlicher Kerzenmacher im Wachshaus weiterzuarbeiten. Der Abt appellierte an die Verstandeskräfte der Mönche, an ihre Verantwortung für das Schicksal dreier Menschen und erinnerte an das, was unter Nächstenliebe zu verstehen sei.

Betroffenes Schweigen breitete sich aus. Mehr als hundert Mönche, die das Versprechen der Ehelosigkeit abgelegt hatten, hörten, wie einer von ihnen ein fremdes Land betreten hatte und in ein anderes Leben eingetreten war.

Hunderte von Vorstellungen, Gedanken und Gefühlen erfüllten den Kapitelsaal. Geoffrey, der in den letzten Jahren wesentlich wahrnehmungsfähiger geworden war, entgingen ungeäußerte Worte nicht. Er hielt sie und das damit verbundene Schweigen aus, um dem Bedauern, den Aggressionen, der Kritik und den unterschwelligen Wünschen Raum zur Entfaltung zu gewähren und den Mönchen Gelegenheit zu geben, über die Folgen ihrer Entscheidung nachzudenken. Es dauerte lange, bis sich die guten wie auch dunklen Gefühle für und gegen Patric ausgetobt hatten.

„Gerade Patric war immer so freundlich und anständig ..."

„Man sollte für ihn beten, damit er den rechten Weg findet."

„Besser so, als wenn er an einer unerfüllten Liebe zugrunde gegangen wäre."

„Die Freiheit, die Abt Geoffrey gewährt, gibt mir Raum zu leben."

„So jemand wie Patric sollte ins Lyng-Haus gesperrt werden!"

„Hoffentlich wird er diesen Schritt nicht einmal bereuen."

„Und so jemand war über zehn Jahre Mönch in unserer Gemeinschaft."

„Auch ich träume von einer Familie, habe aber nicht den Mut zu diesem Schritt."

„Bei einer so schönen rassigen Römerin wäre ich auch schwach geworden."

„Wie kann der Abt so etwas ohne Bestrafung durchgehen lassen?"

„Liebesspiele im Wachshaus - davon kann man nur träumen."

„Ich werde versuchen, Patric, der Frau und dem Kind gute Gedanken zu senden."

„Gut, daß so offen darüber gesprochen und nichts verschwiegen wird."
„Wie vorsichtig man doch sein muß - sogar an selbstgefertigten Kerzen kann man sich die Finger verbrennen."
„Ist die Keuschheit wirklich eine gottgewollte Tugend?"
„Wie gut, daß sich Spreu vom Weizen scheidet."
„Warum sollte nicht eine unterdrückte Natur auch in späteren Jahren noch durchbrechen?"
„Falsch wie die Schlangen sind die Frauen; das wird er bereuen."
„Anfechtungen sind da, um zu widerstehen."
„Dank, daß ich meinen Weg als Mönch geführt werde."
„Frauen neigen viel eher zur Sünde als Männer."
„Der Feind findet viele Wege, um sich heimlich einzuschleichen."
„Warum sollte ein Mönch geschlechtslos leben?"
„Die Versucherrolle der Frau steht nun einmal fest."
„Dankbar bin ich, daß Abt Geoffrey das freie, offene Wort kultiviert."
Endlich unterbrach Abt Geoffrey die äußere Stille und ließ, ohne ein Für- und Widergepräch aufkommen zu lassen, abstimmen. Das eindeutige Ergebnis: Patric wurde ab sofort ohne eine Auflage oder Verpflichtung dem Orden gegenüber freigestellt und durfte seine Arbeit im Wachshaus gegen Bezahlung weiter ausüben.

Solche Kinder sind Glückskinder

*D*ie Sehnsucht in Patric nach einer Familie war groß. Als sich im Frühjahr 1128 die äußeren Formen bei Jane stark veränderten und man allgemein wußte, wer der Vater war, mußte sie ertragen, daß man ihr „Kerzenkrämer-Jane" nachrief. Doch Patric weilte jeden Tag an ihrer Seite. Im Mai, als das Schilfrohr blühte, war die Zeit gekommen. Die Hebamme sagte, wegen der unnatürlichen Kindslage könne es zu einer Geburt kommen, die mit Schwierigkeiten verbunden sei. Jane überfiel Unruhe und große Furcht. Sollte das Kind nicht auf natürliche Weise aus ihr heraustreten? In ihren Adern strömte bei dieser Vorstellung übermäßig stark das Blut. Alle Verbindungen ihrer Glieder waren wie zerschlagen.

Gute und wohlgemeinte Ratschläge wurden ihr zuteil: Gram und Ärger von sich fernhalten, ein gleichmäßiges Gemüt bewahren, nichts Schwerverdauliches essen, scharfe, gewürzte Speisen vermeiden und immer tief durchatmen. Doch wenn Patric nicht an ihrer Seite gewesen wäre, hätte sie vor Schmerzen keinen Rat befolgen können.

Jane lag mit ungewöhnlichen Schmerzen im Kindbett und wartete auf ihre Stunde. Heilkundige Frauen, die ihre unterstützende Hilfe anboten, mußten mit ansehen, wie Jane von langandauernden Martern gequält wurde. Als man nach dem natürlichen Verlauf meinen konnte, die Geburt setze ein, wurde das Kind nur höher in Janes Leib gepreßt.

Patric war zutiefst betrübt und außer sich, als er sah, wie das Kind die Mutter dem Tod nahebrachte. Der Ausgang war versperrt, der Verschluß der Gebärmutter öffnete sich nicht von selbst. Die Hebamme wußte aus ihrer Erfahrung um die Grenzbereiche des Lebens und Sterbens. Sie schickte Patric aus der Kammer, und als er fragte, ob er den Medicus holen solle, rief sie ihm hinterher: „Haltet bloß Eurer Frau und mir diesen 'Afterarzt' und Kurpfuscher vom Hals!" Nachdem die Hebamme die Tür hinter Patric fest verschlossen hatte, setzte sie sich zu Jane, streichelte sie und beruhigte mit sanften Worten. Dann rieb sie vorsichtig, aber tiefgreifend, die Geburtswege mit einer fördernden Salbe ein.

Da stand die flache Holzwanne mit dem warmen Wasser, und neben ihr lagen die vorgewärmten Tücher zum Trocknen des Säuglings. Als Jane in ihrer Not nach einem schmerzlindernden Medikament verlangte, mußte es die Hebamme ablehnen, da dadurch das labile Kind unmittelbar vor der Geburt absterben könne. Dafür hatte sie aber eine andere wohltuende Arznei zur äußeren Anwendung vorbereitet. Sie legte Fenchel und Gundelrebe - in Wasser gekocht und ausgepreßt - warm auf die Schenkel und den Rücken von Jane. Dann deckte sie ein Tuch darüber. Der Schmerz wurde zwar ein wenig gelindert, doch die verschlossenen Geburtswege öffneten sich nicht.

Nachdem sie die Tür einen Spalt breit geöffnet hatte, rief die Hebamme dem ungeduldig wartenden und weinenden Patric zu: „Lauft schnell zum Cellerar Eures Klosters und holt eine große fri-

sche Speckhaut, in die wir das Kind einwickeln wollen." Als sie Janes Kräfte immer mehr dahinschwinden sah, beschloß sie, das Kind durch den Schnitt zu befreien.
Vorsichtig begann sie damit im unteren Teil des Bauches in der Gegend des Schambeines. Von hieraus schnitt sie den Leib über eine Handbreit auf und schob mit ihrer geölten Hand sorgfältig die Eingeweide zur Seite. Eine Helferin nahm auf Anweisung der Hebamme das Kopfkissen fort, so daß der Kopf verhältnismäßig tief lag. Die werdende Mutter blieb mit auseinandergespreizten Beinen vorerst auf dem Rücken liegen, damit die Hebamme sich besser an die Gebärmutter herantasten konnte. Durch gewaltsames Öffnen der Gebärmutter leitete sie die Geburt ein.
Mit vereinten Kräften neigten sie jetzt Jane zur Seite. Die Fruchthaut wurde eingeritzt, und zum Glück begünstigte das mitströmende Blut den Durchtritt der Fruchtwalze. Ähnlich wie ein Wogenschwall im Wasser Steine oder Hölzer mitreißt, trat das Kind mit diesem Blutschwall aus. Die Seele dieses Menschleins spürte während des Austritts die Kraft der Ewigkeit, die sie gesandt hatte. Und nachdem es gänzlich ausgetreten war, schickte es sofort einen klagenden Schrei aus, da es die Finsternis der Welt in diesem Augenblick empfand.
Jane, die jetzt ein Lebenszeichen von sich gab, wurde vorsichtig auf den Rücken zurückgelegt. Die Hebamme unterband die Blutgefäße mittels einer Nadel und einem seidenen Faden. Darüber legte sie ein Pflaster aus starkem Hanfstoff, der vorher mit drei Eiern getränkt worden war. Dann fügte sie noch Pulver von armenischer Erde hinzu und band das Pflaster auf die Wunde. Jane erhielt nun einen Schluck des besten Weines und anschließend ein Getränk von der Wurzel der großen Schwarzwurz. Dazu wurde ihr in Wein gesottenes Berg-Albanum gereicht. Gleichzeitig, und das besorgten die anderen Frauen, wurde dem Neugeborenen mit einem Faden die Nabelschnur abgebunden. Das Neugeborene war ein Junge, so klein, daß ein dünnes Schilfrohr, neben die Fingerchen gehalten, dicker als diese erschien.
Obwohl es eine selten schwere Geburt war, erlitten Mutter und Kind keinen bleibenden Schaden.
Nachdem man dem Kleinen die Ohren mit Baumwolle verstopft

hatte, damit kein Wasser in sie dringe, wurde der Junge in dem flachen Holzbottich gewaschen und mit vorgewärmten Tüchern abgetrocknet. Dann legte die Hebamme, nachdem sie Jane versorgt hatte, dem Neugeborenen einen in Olivenöl getauchten Verband aus Leinenstreifen um seinen Körper. Sie wusch sich noch einmal die Hände und träufelte je einen Tropfen Olivenöl auf seine Augen. Dann reinigte sie ihm behutsam Nase und Ohren.
Inzwischen hatte Patric auf Anweisung der Hebamme die Speckhaut angewärmt, die er eilends aus der Klosterküche geholt hatte. Vorsichtig legten sie jetzt gemeinsam den Jungen - Patric weinte vor Freude - in die Speckschwarte, damit er und vor allem seine empfindliche Haut ein wenig nachreifen konnte. „Solche Kinder", sagte die Hebamme freudestrahlend, „sind Glückskinder. Legt ihn in den ersten Tagen nach dem Baden immer wieder in die vorgewärmte Speckhaut. Das wird ihm unendlich guttun und die Strapazen der Geburt ausgleichen. Und sorgt dafür, daß der Junge in diesen Tagen im Dunkel bleibt, damit das grelle Licht den Augen nicht schaden kann."
Patric saß die ganze Nacht am Bett von Jane, streichelte, küßte sie und hielt ihre Hand. Zwischendurch brachte er ihr zweimal das Kind, das sie zum Stillen an ihre Brust legte. Die Hebamme hatte trotz der noch anhaltenden Schmerzen von Jane inständig darum gebeten, „denn Muttermilch nährt am besten, weil sie der Ernährung im Mutterleib am nächsten kommt".
In den darauffolgenden Tagen kam sie täglich, um nach Jane und ihrem kleinen Sohn zu schauen. Ihnen beiden und auch Patric ging es gut und immer besser. Bevor die Hebamme sich verabschiedete, gab sie den Eltern notwendige Anweisungen: „Erwacht euer Junge aus seinem Schlaf, soll er sich an das Licht gewöhnen und die Sterne am Himmel sehen. Er darf aber nicht neben der Mutter schlafen, weil die Gefahr, daß er erdrückt werden könnte, zu groß ist.
Jane, denke daran, daß du dir vor dem Stillen die Brust wäschst. Sollte er sie einmal verweigern, so gebt ihm vor dem erneuten Anlegen ein wenig Honig in den Mund. Wenn du ihn ein bis zwei Jahre stillen kannst, wäre es das beste. Euer Kind darf eine Stunde vor und eine Stunde nach dem Baden keine Nahrung zu sich nehmen.

Am Tage soll euer Junge sich über die verschiedenen Farben freuen. Vor dem Einschlafen kräftigt er sich an mäßiger Bewegung - gut für den Körper. Und singt ihm etwas Schönes vor, das ist gut für die Seele."

Flambard - über die Hintertreppe zum König

Wunden heilten zu dieser Jahreszeit schnell. Der Sommer des Jahres 1128 brachte dem Kloster St. Albans eine so gute Ernte ein, daß alle Mönche zur Mithilfe aufgefordert wurden. Die Arbeit und das Bemühen, die benediktinische Regel einzuhalten, füllten mehr als die zur Verfügung stehende Zeit aus. Der Austritt des Mönches Patric war zur Selbstverständlichkeit geworden, und ebenso selbstverständlich war die Fortsetzung seiner Arbeit im Wachshaus. Die verzierten Wachskerzen, die er herstellte, wurden immer schöner, und das Bewußtsein, für Jane und sein Kind den Lebensunterhalt zu verdienen, erfüllte ihn mit Freude und Stolz. Die äußeren Wunden waren verheilt; die Arbeit, die Zeit und ihre Gespräche sorgten dafür, daß auch in ihrem Inneren sich Frieden und Heil ausbreiteten.

Abt Geoffrey, der tatkräftig mitarbeitete, die reiche Ernte einzuholen, und gleichzeitig seine vielen anderen Aufgaben erfüllen mußte, fand auch in dieser angespannten Zeit Wege und Möglichkeiten, mit Christina zusammenzukommen. Sie war für ihn lebensnotwendig geworden, und bei jedem ihrer gemeinsamen Gespräche vertiefte sich ihre Freundschaft und Liebe. Christina war dankbar, daß Geoffrey ihr so vertrauensvoll und offen von Patric und Jane wie auch von ihren Lebensumständen berichtet hatte. Die Entschiedenheit, mit der er vor der Mönchsgemeinschaft im Kapitel für das Leben Patrics und seiner Familie eingetreten war, hatte sie tief beeindruckt und eine unverarbeitete Lebenssituation in ihr wachgerufen. Christina hatte es jedoch vermieden, mit Geoffrey darüber zu sprechen. Nachdem sie allerdings davon gehört hatte, daß vor einigen Wochen Rannulph Flambard, der Bischof aus Durham, verstorben war, hatte sie das große Verlangen, mit Geoffrey über dieses Kapitel in ihrem Leben zu sprechen.

„Rannulph Flambard ist mir vor vierzehn Jahren im Haus meiner Tante Alveva im Huntingdon in besonderer Weise begegnet. Hätte ich damals gewußt, daß er der Vater des ersten Kindes meiner Tante ist, und mehr von seinem wüsten Leben, hätte ich mich ihm gegenüber klüger verhalten. Mein Vater kannte ihn aus früheren Zeiten, als Flambard noch königlicher Kaplan unter Wilhelm II., Rufus, war, hatte ihn aber noch nicht durchschaut. Vater ließ sich durch Flambards Reden und Gehabe stets sehr beeindrucken. So geschah es mir seinerzeit auch. Immer, wenn der Bischof auf seinen Reisen bei Alveva Station machte, besuchten ihn auch meine Eltern. Bei einer solchen Gelegenheit hatten sie mich mitgenommen, und ich geriet in seine Fänge. Mit niemandem konnte ich darüber sprechen, außer nun mit Euch, Geoffrey. Vor Euch das jetzt auszusprechen, was mich seit Jahren bewegt und mich an der Lebensgeschichte dieses Mannes so geärgert hat, ist wie eine Erlösung für mich. Zeitweilig stand Flambard in großem Ansehen, und ich wußte nie, zu wem ich etwas über ihn sagen durfte."
„Sprecht das aus, was Ihr wollt, Puella, Ihr dürft mir grenzenlos vertrauen. Vielleicht werdet Ihr, wie auch Flambard, dadurch eine größere Ruhe finden, wenn Ihr das, was Euch bewegt, ausbreitet und ordnet. Da der Bischof von Durham zu Klöstern und Ordensleuten kein gutes Verhältnis hatte, gab es zwischen uns keine Berührungspunkte. Ich lernte ihn 1115 bei den Einweihungsfeierlichkeiten unserer Kathedrale in St. Albans kennen, an denen er mit großem Aufwand teilnahm. Sein Erscheinungsbild und sein Benehmen entsprachen nicht der Vorstellung, die ich von einem Bischof habe. Doch laßt mich hören, was zwischen Euch und ihm geschah."
„Nachdem ich ihn in Huntingdon, ich war siebzehn Jahre alt, erlebt hatte", sagte Christina, „ging ich lange Zeit gewissen Männern aus dem Weg, die Ähnlichkeit mit ihm hatten oder sonst etwas mit ihm gemein."
Christina berichtete in allen Einzelheiten von diesem Abend bei ihrer Tante, besonders von den Schmeicheleien, die ihr der Bischof entgegenbrachte. „Geschickt - und ich ahnte nicht einmal, was er mit mir vorhatte - lockte er mich in sein Zimmer. Ich war so dumm und unerfahren, daß ich zunächst nicht einmal bemerk-

te, wie er bei sich selbst sexuell zu spielen begann, um mich zu reizen und neugierig zu machen. Geoffrey, daß ich Euch so offen davon erzählen darf, bedeutet für mich eine große Erleichterung. Bitte, laßt mich Euch alles sagen, was ich von diesem Mann weiß."

Christina berichtete Geoffrey von der intimen Begegnung mit Rannulph Flambard und dem unausweichlichen Anblick, dem sie ausgesetzt war, in einer so aufregenden Weise, als sei es ein Schrei ihrer Seele. Sie schämte sich nicht, auch eingehend davon zu erzählen, wie beschämt und angeekelt sie war, als ihr plötzlich sein erregtes männliches Glied entgegenkam.

„Unter dem Vorwand, die Tür verriegeln zu wollen, rannte ich aus dem Zimmer und schloß ihn ein. Damit habe ich ihn um so mehr bloßgestellt und seine Eitelkeit gekränkt. Ich handelte damals schnell, doch die Wunden, die ich in meinem Inneren davontrug, heilten nur langsam. Ich bin sehr glücklich und erleichtert, daß ich Euch diese so wichtige Geschichte in meinem Leben unverblümt erzählen darf."

Nun konnte Geoffrey vieles in einem größeren Zusammenhang erfassen als bisher. Er sah ihre damalige panische Flucht vor Männern in einem anderen Licht, als Christina davon sprach, daß Flambard alles darangesetzt hatte, damit sie ihre Unschuld verliere. Pausenlos quollen die Worte aus Christina hervor, so sehr war ihr daran gelegen, die Eindrücke, die Flambard für ein Leben lang bei ihr hinterlassen hatte, in Worte zu fassen und auszudrücken. Einmal alles auszusprechen, was von diesem für sie widerlichsten Menschen in ihre Seele gefallen war, bedeutete Erlösung.

„Eigentlich liegt es mir fern, nach dem Tod eines Menschen Ungutes von ihm zu sagen, doch Ihr versteht es hoffentlich richtig, da es dabei um die Befreiung meiner eigenen Seele geht." Geoffrey ermutigte Christina zu reden und versicherte ihr, daß niemandem durch das Gesagte Schaden entstünde.

„Dieser Mann mit seinem maßlosen eitlen Imponiergehabe hätte fast mein Leben zerstört und lächelnd mit angesehen, wie sich das Schicksal, das er meiner Tante zugefügt hatte, an mir wiederholte. Ich möchte nicht wissen, wieviel Kinder von ihm in der Normandie, in Winchester, Durham und den vielen Zwischenstationen leben. Wenn ich Euch jetzt so viel von diesem Mann erzähle, heißt

das, daß er in meinem Leben keine unbedeutende Rolle spielte und ich mich mit ihm schwer auseinandersetzen mußte und muß.
Rannulph Flambard war der Sohn eines unbekannten Priesters der Diözese Bayeux in der Normandie. Das halte ich auch für durchaus in Ordnung, denn seine Eltern kann man sich nicht aussuchen. Es ist jedoch kaum zu glauben, wie es einem Mann aus einem derart niedrigen Umfeld gelang, von der Normandie aus zur Spitze der englischen Gesellschaft aufzusteigen. Wie ich weiß, und entschuldigt bitte meine Wut, gelang ihm das nur über die Hintertreppe zur königlichen Regierung des Rufus. Aus dem Wenigen, was der König ihm entgegenbrachte, machte Flambard viel, indem er nicht nur Kaplan am Hof war, sondern auch bedingungsloser Ausführer des königlichen Willens. So fand Rufus in ihm genau den skrupellosen Erneuerer, den er suchte. Durch unlautere Machenschaften - Enteignung von Land, das Klöstern gehörte - versuchte Rannulph Flambard geschickt, die königlichen Einkünfte zu erhöhen, um sich beliebt bei Rufus zu machen.
Um sich abzusetzen und nicht mit den vielen Personen namens Ranulf, die die Chroniken erwähnen, verwechselt zu werden, bat er den König um einen zweiten Namen. So kam es zu 'Flambard'. Winchester wurde zum Zentrum, von wo aus er für erhöhte kirchliche Abgaben an den König sorgte. Dabei kam seine Familie niemals zu kurz. In Finanzfragen, besonders in Verbindung zur Kirche, wurde Rannulph Flambard zur führenden Hand des Königs Wilhelm Rufus.
Als königlicher Kleriker wurde er dann 1099 zum Bischof von Durham und Vorsitzenden der Kathedrale St. Cuthbert ernannt. Aus dem Nichts hatte er eine glänzende Karriere zum Bischof gestartet. Doch der mysteriöse Tod des Königs Rufus, der ihn am 2. August 1100 auf der Jagd in Südengland ereilte, stürzte Rannulph Flambard zunächst in eine Katastrophe. Als bereits am 5. August 1100 der Bruder und wahrscheinliche Mörder des Königs, Heinrich I. den Thron bestieg, machte er den Bischof von Durham mitverantwortlich für die schlechte und korrupte Regierung seines Bruders Rufus. Heinrich fand in Flambard, der sich gern als führender Minister und königlicher Agent ausgegeben hatte, einen Sündenbock und Mitschuldigen an der Ausbeutung kirchlicher

Güter. Da der Bischof von Durham zudem beim Volk sehr unbeliebt war und als ‘Räuber’ - allerdings geschützt durch die königliche Macht - bezeichnet wurde, gelang es dem neuen König schon innerhalb von zehn Tagen, Rannulph Flambard wegen Amtsmißbrauchs anzuklagen.
Bereits am 15. August 1100 saß er als Gefangener im Tower von London. Flambard, der es verstand, sich überall zu seinen Gunsten einzuschmeicheln, gelang tatsächlich nach einigen Monaten die Flucht aus dem Tower. Freunde und Anhänger von ihm wie aber auch seine unaufhörliche Energie hatten dafür gesorgt. Der gut vorbereitete Fluchtplan wurde zwischen dem Bischof und seinen Mittelsmännern ausgetauscht und in die Wege geleitet. In seiner unschuldigen und gewinnenden Art hatte Flambard die Gefängniswärter, die ihn bewachten, zu einem hervorragenden und nur in kirchlichen Kreisen gehandelten Wein eingeladen. Die Wärter stimmten freudig zu, und am nächsten Tag wurde ein großes Faß Wein von Flambards Freunden in den Tower gebracht. Tief unten in diesem Faß hatten sie ein Seil versteckt. Als nun der schwere Wein den Wärtern zu Kopf gestiegen war und sie trunken machte, verloren sie die Kontrolle, so daß der Bischof freie Hand hatte. Nachdem alle eingeschlafen waren, nahm er das Seil und band es an die schmale Säule, die das Fenster seiner Zelle in zwei Hälften teilte. Auch in diesem Augenblick seiner bevorstehenden Flucht vergaß Rannulph Flambard nicht, daß er noch immer ein Bischof war.
Ich schäme mich fast”, sagte Christina zu Geoffrey, der gespannt darauf war, ob die Flucht geglückt sei, „Euch derartige geistlose Geschichten zu erzählen. Dafür ist unsere gemeinsame Zeit eigentlich zu kostbar. Doch trotzdem möchte ich mir Flambard jetzt aus dem Herzen reden.
Ihr haltet es kaum für möglich: Bevor sich der große, wohlbeleibte und unbewegliche Bischof abseilte, steckte er seinen Bischofsstab, den er seiner Würde entsprechend mit ins Gefängnis genommen hatte, zu sich, damit er nicht verlustig ginge. Bei der Anstrengung, am Seil sein Gewicht zu halten, schmerzten und bluteten ihm die Hände, und er soll bedauert haben, seine bischöflichen Handschuhe vergessen zu haben. Noch bevor er den rettenden Bo-

den erreicht hatte, stellte sich heraus, daß das Seil zu kurz war, an dessen Ende er jetzt hing. Er mußte sich fallenlassen und fiel schwer zu Boden. Verletzt und stöhnend rief er um Hilfe. Seine Freunde und Anhänger, die am Fuß des Tower auf ihn warteten, brachten ihn sofort in Sicherheit, indem sie Rannulph Flambard noch am selben Tag - es war der 3. Februar 1101 - einschifften und über den Kanal in die Normandie beförderten.

Damals war Robert, genannt Kurzhose, der ältere Bruder Heinrichs I., noch Herzog der Normandie. Ihm vertraute sich Bischof Flambard an und fand als Verfolgter König Heinrichs I. in der Normandie Bedauern, Verständnis und Aufnahme. Trotz seiner Verletzungen und Schmerzen - fast am ganzen Körper hatte er blaue Flecken - verließ ihn seine einschmeichelnde menschliche Liebenswürdigkeit nicht.

Flambard war ein unverwüstlicher Mann. Während der nächsten fünf Jahre verhielt er sich ambivalent, einzig auf seinen eigenen Vorteil bedacht, indem er eine abwägende Doppelrolle zwischen den Brüdern Robert in der Normandie und Heinrich in England spielte. Er wurde förmlich zum Diener zweier Herren. Als Flambard bemerkte, daß trotz des Abkommens in Alton König Heinrich seinen Bruder Robert auch von der Herrschaft in der Normandie ausschließen wollte, verlegte er den Schwerpunkt seiner einschmeichelnden Hilfsangebote nach England. Da Heinrich I. für seine Regierung unbedingt die Unterstützung der Kirche benötigte, war Bischof Rannulph Flambard ihm willkommen.

So konnte er im Jahr 1107 endgültig den Bischofssitz in Durham wieder einnehmen, der ihm 1099 von Rufus zugesprochen war. Im Gegensatz zu seinen früheren administrativen Tätigkeiten am Hof war Flambard jetzt nicht genügend ausgelastet, da König Heinrich ihm wohlweislich keine Rechts- und Finanzaufgaben mehr übertragen hatte. Obwohl Rannulph Flambard jetzt nur noch einer unter vielen war, fühlte er sich doch als angesehener Bischof und territorialer Magnat von England. Er drängte sich sooft er nur konnte in die Nähe des Königs und nahm - auch unaufgefordert - an allen großen kirchlichen und staatlichen Veranstaltungen im Lande teil.

Zwischen dem Mönchskonvent in Durham, der von Flambards

Vorgänger, dem hoch angesehenen Mönchs-Bischof William von St. Calais gegründet worden war, und dem zurückgekehrten Bischof bestanden erhebliche Spannungen. Für ein einfaches mönchisches Leben - wie Ihr selbst festgestellt habt und bereits sagtet - hatte Flambard nichts übrig. So geriet er naturgemäß mit Turgot, dem Prior des Benediktiner-Klosters in Durham, in einen großen Konflikt. Turgot hatte mit großem Geschick und mit Umsicht während der Abwesenheit Flambards bis 1107 die Diözese Durham geleitet. Zudem war er noch ständiger Archediakon an der St. Cuthbert-Kathedrale. Rannulph Flambard hatte maßgeblichen Anteil daran, daß der Prior und Archediakon Turgot im Jahr 1108 als Bischof nach Schottland berufen wurde. Jetzt konnte er als kirchliches Oberhaupt von Durham wieder uneingeschränkt seine Macht ausüben. Er verstand es sogar, die Sheriffs in Durham von sich und nicht vom König abhängig zu machen. So war es für Flambard leicht, seinen Neffen Osbert als Sheriff einzusetzen, denn familiäre Interessen standen bei ihm im Mittelpunkt. Für seinen ältesten Sohn Thomas besorgte er die Pfründe in Lincoln, für die beiden anderen Söhne Ralph und Elias stellte er angesehene Posten im kirchlichen Dienst bereit. Auch für seinen Vater, den Priester, hatte Flambard gut vorgesorgt. Dieser starb, hochbetagt, in der St. Augustinus-Abtei von Canterbury."
Christina unterbrach ihr heftiges Reden über Rannulph Flambard, schaute Geoffrey lange an und fragte ihn, ob sie auch den Rest vor ihm ausbreiten dürfe. Geoffrey hielt seinen Kopf in beiden Händen; entsetzt über eine derartige Lebensgeschichte, wartete er jetzt gespannt auf ihren Ausgang.
„In dieser Zeit", fuhr Christina fort, „als Flambard bereits von großen Schatten umgeben war, begegneten wir uns in Huntingdon. Alle, wie auch ich damals, fielen auf ihn herein, denn er hatte ein hervorragendes Gespür, passende Gelegenheiten für sich zu nutzen."
Bei dem, was Christina anschließend zu Geoffrey sagte, konnte sie sich eines ironischen Untertones nicht erwehren: „Zudem hatte sich Rannulph Flambard Jagdrechte einräumen lassen, wie sie eigentlich nur dem König zustanden. Und dann war ich mit diesem kräftigen, beleibten Mann allein in dem mit Teppichen aus-

gehängten Raum. Er verhielt sich so lieb und verständnisvoll, daß ich zunächst an ihn glaubte - dumm und naiv wie ich damals war. Allerdings war mir sein kleiner Kopf schon immer als unangenehm aufgefallen, die flache, abgeschrägte Stirn und dieser große ausladende Hinterkopf. Ich habe Euch erzählt, was dann noch alles bei ihm zum Vorschein kam ...
Sein Einfluß in England, wie ich immer wieder von meiner Familie erfahren habe, war trotz allem nicht unbedeutend. Als am 20. Oktober 1122 Ralph d'Escures, der Erzbischof von Canterbury, starb, wurde William von Corbeil sein Nachfolger. An dieser Besetzung war Flambard nicht unbeteiligt. William, der Geistlicher in Durham war, gehörte zum engen Freundeskreis um Rannulph. Ich will Euch als Normanne nicht damit treffen, wenn ich ein wenig spitz sage, daß der Bischof von Durham ein überaus tatkräftiges Mitglied einer außerordentlichen Vereinigung ehrgeiziger normannischer Kleriker in London war: dem Kapitel von St. Pauls.
Flambard liebte zeitlebens große triumphale Auftritte. Ich erinnere mich nur allzu gut an seinen großen massiven Goldring, auf dem ein prächtiger Saphir glänzte, und an seinen grünen Mantel, auf den unzählige kleine Perlen gestickt waren. Auf der anderen Seite gründete er in Durham ein Krankenhaus für die Armen und zeigte sich nachsichtig und wohltätig. Bei allem, was er tat, soll er kein ehrfurchtsloser Mann gewesen sein. Ich glaube schon, daß Rannulph Flambard ein großes Herz hatte, doch war er äußerst eigensinnig und machte sich in meinen Augen durch sein Verhalten und Auftreten lächerlich.
Etwas Gutes möchte ich zum Schluß noch über ihn sagen. Bevor er starb, gab er den Benediktinern von Durham die Ländereien und Güter zurück, die er ihnen einstmals gewaltsam abgenommen hatte. Damit stellte er vor seinem Tod den alten Besitzzustand wieder her."
Glücklich und dankbar, daß Christina ihre inneren Spannungen und die damit verbundenen Gefühle zum Ausdruck gebracht hatte, wie aber auch sprachlos über das unaufrichtige Leben des Rannulph Flambard, ritt Geoffrey an diesem spätsommerlichen Abend zurück von Markyate nach St. Albans. Diese und die noch folgenden Geschehnisse bereiteten Christina den Weg, damit sie noch of-

fener und sensibler die wirkmächtige Strahlkraft empfangen konnte, die von dem Buch ausging, das auf sie wartete.

Das Gemach der Königin

Noch im selben Jahr 1128 fand ein bedeutendes königliches Ereignis statt. Da König Heinrich I. sehr häufig mit seiner Familie zu kirchlichen Feierlichkeiten in die Abtei von St. Albans kam, hatte Abt Geoffrey de Gorham das zum Klosterinnenhof gelegene Gästehaus umbauen und erweitern lassen. Das doppelte Dach schützte im Sommer vor Hitze, im Winter hielt es die Kälte fern. Das Haus präsentierte sich jetzt in einem geräumigeren und vornehmeren Stil, um Gäste ehrenvoll aufzunehmen. Da außer der Königin keine Frau im Kloster als Gast wohnen durfte, hatte Abt Geoffrey im Gästehaus ein ansehnliches Gemach einrichten lassen, das man „Gemach der Königin" zu nennen pflegte.

Die Besuche König Heinrichs I. mit seiner Tochter Mathilde, die als Kaiserin aus Deutschland an den königlichen Hof in der Normandie und damit auch nach England zurückgekehrt war, nahmen zu. Das Kloster St. Albans war stolz, der Kaiserin Mathilde dieses herrschaftliche Gemach im Gästehaus anbieten zu können. Später, 1141, sollte es ihr zur Fluchtstätte werden, als sie mit ihrem Cousin und Rivalen, Stephan von Blois, im Kampf um Lincoln lag.

Mathilde hatte ein besonderes Schicksal, das nicht alle gleich gut verstanden. Der deutsche König Heinrich V. war bei seiner Thronbesteigung im Jahr 1106 vierundzwanzig Jahre alt. Für die Reichskirche erlangte er im Jahr 1111 die Anerkennung der könglichen Investitur und wurde am 13. April durch Papst Paschalis II. in Rom zum Kaiser gekrönt. Drei Jahre später fand in Mainz, im Januar 1114, die glänzende Vermählung des deutschen Kaisers Heinrich V. mit Mathilde, der Tochter von König Heinrich I., statt. Obwohl der Kaiser zwanzig Jahre älter war als seine Gemahlin Mathilde, verband sie eine sehr glückliche Ehe, die leider kinderlos blieb.

Im Jahr 1124 ließ sich Kaiser Heinrich V. in den Streit seines Schwiegervaters König Heinrich I. mit Ludwig VI. von Frankreich verwickeln und führte das Reichsheer gegen Frankreich.

Doch bereits bei Metz mußte er kapitulieren. Am 23. Mai 1125 erlag er zu Utrecht einem lange verheimlichten Krebsleiden. Als Kaiser Heinrich V. starb, war er erst dreiundvierzig Jahre alt. Mit ihm erlosch das salische Haus.

Mathilde, die als Kaiserin an der Seite ihres Mannes ein großes Ansehen in Deutschland genoß, wurde nach dem Tod des Kaisers gebeten, in Deutschland zu bleiben und die Herrschaft zu übernehmen. Doch ihr Vater, König Heinrich I., hatte andere Pläne mit ihr. Da sie der einzige legale Erbe war, rief er sie zurück an den englischen Hof. Nach dem Tod seiner Frau Matilda und dem Verlust seines einzigen Sohnes William bei dem Schiffsunglück im Jahr 1119 war er vereinsamt. Weihnachten 1126 sicherte Heinrich I. dann die Nachfolge in der Königsherrschaft und übertrug seiner Tochter Mathilde, die jetzt als Witwe in England lebte, das Erbrecht in England und der Normandie. Der König ließ seine anglonormannischen Barone und Bischöfe den Treueschwur ablegen, daß sie nach seinem Tod Mathilde als rechtmäßige Königin anerkennen würden. Doch um ganz sicher zu gehen, drängte Heinrich I. auf eine zweite Heirat seiner Tochter. Mit sechsundzwanzig Jahren wurde Mathilde dann im Jahr 1128 von ihrem Vater mit dem bisherigen Hauptgegner normannischer Territorialpolitik vermählt, dem Grafen Gottfried von Anjou aus dem Hause Plantagenet. Das Haus war nach dem Ginsterzweig - planta ginesta - benannt, den die Angehörigen des Geschlechtes als Helmzier führten. Die Barone, die diese Verbindung mit großem Mißtrauen betrachteten, konnten die Hoffnung König Heinrichs I. nicht teilen, durch diese Ehe die beiden um die Vorherrschaft im nordfranzösischen Raum rivalisierenden Dynastien auf Dauer miteinander zu vereinigen.

Doch Heinrich I. sollte recht behalten. Nach anfänglichen Schwierigkeiten infolge ihrer höchst unterschiedlichen Charaktere, zudem war Mathilde wesentlich älter als ihr Mann Gottfried, wurde es eine ausgesprochen gute Ehe. Im Jahr 1133 brachte Mathilde einen Sohn, den späteren König Heinrich II., zur Welt. Es folgten 1134 und 1136 noch zwei weitere Söhne, Gottfried und Wilhelm, so daß der dynastische Fortbestand des normannischen Königshauses gesichert schien.

Nach allen Seiten offen

Der Alexis-Meister, der jetzt wieder im Scriptorium von St. Albans tätig war, freute sich über die täglichen Besuche des Abtes und seine immer neuen Anregungen. Als Christina ihr Herz ausgeschüttet und über den Bischof von Durham gesprochen hatte, war bei Geoffrey etwas ins Schwingen geraten, worüber er lange und immer wieder nachdenken mußte. Gab es nicht eine Möglichkeit, die aufregenden Ereignisse in Christinas Leben verschlüsselt mit in das große Buch für sie aufzunehmen? Wenn in späteren Generationen geistlich wache Menschen darin lesen, dachte Geoffrey, sollen sie aus den Texten und Bildern eine Ahnung bekommen, wer diese Frau, Christina von Markyate war.
Das, was Christina bisher aus ihrem Leben erzählt hatte, arbeitete in ihm, und er konnte den Gedanken an das Alexius-Lied nicht loslassen. Das Buch „Vie de St. Alexis", das in seiner Muttersprache Französisch geschrieben war und das Geoffrey als kostbaren Schatz mit über den Kanal nach England gebracht hatte, war beim großen Brand in Dunstable vernichtet worden. Geoffrey liebte dieses literarische Zeugnis seiner Heimat sehr, das in rhetorisch durchdachter Komposition das Leben des Alexius erzählt. Hatte sein Leben nicht mit dem Christinas Ähnlichkeit? Dieser wunderbare Text in gebundener Sprache bestand aus 125 assonierenden zehnsilbigen Fünfzeilern und stammte aus der Mitte des 11. Jahrhunderts. Aber weitaus wichtiger war sein Inhalt. Je mehr Geoffrey darüber nachdachte, um so klarer wurde ihm, daß Abschnitte aus dem Leben des Alexius mit Abschnitten aus dem Leben Christinas zu vergleichen waren.
Eine geschichtliche Tatsache, die sogar Alexius mit der Kathedrale von St. Albans in Zusammenhang brachte, offenbarte Geoffrey die lebendige Verbindung. Da Rannulph Flambard damit zu tun hatte, nahm er sich vor, Christina hiervon nichts zu erzählen:
Ein oder zwei Jahre nach den großen Einweihungsfeierlichkeiten der Kathedrale im Jahr 1115 wurden Abt Richard d'Albani die Mittel für eine Seitenkapelle gespendet mit der Auflage, sie dem heiligen Alexius zu weihen. Da die Weihehandlung eines sakralen

Raumes nur durch einen Bischof vollzogen werden konnte und sich der Bischof von Durham anbot, ergab es sich, daß Rannulph Flambard dieses Ritual in St. Albans vornahm. Als Geoffrey hierüber nachdachte, wurde ihm die Paradoxie dieser Handlung bewußt: Gerade der Bischof von Durham, der das Leben auch über natürlich gesetzte Grenzen hinaus auszukosten verstand, richtete Alexius, der wie Christina ehelos leben wollte, in der Klosterkirche von St. Albans eine Gedenkstätte ein.
Schon seit langem hatte der Illuminator des Albani-Psalters, der Alexis-Meister, Abt Geoffrey um einen geeigneten längeren Text für Christina gebeten, den er - eigenhändig von Geoffrey geschrieben - gern mit in das Buch hineinnehmen wollte. Durch Verwandte, die von La Tanière nach England übergesiedelt waren und nun in der Nähe von St. Albans lebten, hatte der Abt die Möglichkeit, das Buch „Vie de St. Alexis" zu bekommen. Vor dem Hintergrund der Ereignisse in Christinas Leben beeindruckte ihn der Text nun um so mehr, so daß er gleich den Meister im Scriptorium von seinen Plänen erzählte und ihm Passagen aus dem Alexius-Lied vorlas. In der Vorstellung des Malers entstand bereits ein Bild, das er diesem wunderbaren Text voranstellen wollte. Er dachte an eine dreigliedrige Szenenfolge in einer Miniatur, die man wie die Schrift der Lebensgeschichte von links nach rechts „liest".
„Kannst du mir das Alexius-Lied einen Tag überlassen?" fragte der Meister. „Ich möchte mich in den Text vertiefen, um die wesentlichen Geschehnisse in einem Bild erzählend darzustellen. Wenn du mir sagst, mit welchen Anfangsbuchstaben du den Text zu schreiben beginnst, kann ich zum Bild die entsprechende Initiale entwerfen."
Geoffrey antwortete, er wolle dem Alexius-Lied einen kurzen Prolog vorausschicken, dessen erstes Wort mit dem Buchstaben „I" beginnen würde. Er war mit dem Vorschlag des Malers einverstanden, den Text - Geoffrey wollte ihn in französischer Sprache schreiben - zweifarbig zu gestalten. Zeilen in roter und blauer Tinte geschrieben sollten einander abwechseln. Auf sorgfältig vorgezeichneten Haarlinien, die im Gegensatz zu den anderen Texten nicht wieder fortgenommen wurden, begann Abt Geoffrey damit,

das Alexius-Lied aufzuzeichnen. Seine Buchstaben gerieten wesentlich größer als die der Psalmentexte. Doch der bezeichnendste persönliche Wesenszug der Schrift Geoffreys war die Form des Zeichens für „und". Viele der kleinen „g" waren bei ihm nicht geschlossen, so daß sie leicht mit dem kleinen „s" verwechselt werden konnten.

Bei seinem nächsten Besuch in Markyate gab Geoffrey auf besondere Weise Christina zu verstehen, wie sehr ihn der dramatische Weg, der sie aus ihrem Elternhaus in ein völlig anderes Leben geführt hatte, beeindruckte und zum Nachdenken anregte. Er hatte auf ihren Bericht von Rannulph Flambard geschwiegen, um keine alten Wunden aufzureißen. Doch jetzt aus dem Abstand wollte Geoffrey ihr durch das Alexius-Lied sein Verständnis, seine Sympathie und sein Entgegenkommen ausdrücken. Er erzählte ihr, daß er das „Leben des Alexius" als symbolische Erinnerung an ihre eigene Lebensgeschichte zusammen mit einem Bild in den Albani-Psalter aufnehmen würde. „Da ich aber, wie Ihr wißt, nicht so lange warten kann, bis das Buch für Euch fertiggestellt ist, erlaubt mir, Euch heute schon die Lebensgeschichte des Alexius vorzustellen. Sie soll eine Antwort sein auf die vielen unausgesprochenen Fragen, die ich glaube, in Eurem Lebensbericht gehört zu haben.

Das Alexius-Lied ist in meiner Heimat genauso bekannt wie das Rolandslied. Die erstmalig in Syrien aufgezeichnete Lebensgeschichte des Alexius stammt aus dem 5. Jahrhundert. Bei uns wurde sie erst im 10. Jahrhundert bekannt und poetisch bearbeitet. Zu allen Zeiten entstand die Frage, ob die Handlungsweise des Alexius seiner Braut gegenüber gerechtfertigt war. Im Albani-Psalter soll die Alexius-Vita einen Hinweis auf Eure Lebensentscheidung geben und sie untermauern. Doch wird es bestimmt auch immer Leser geben, die dieses Verhalten nicht verstehen."

Christina war gespannt und gleichzeitig ein wenig verlegen, daß sie nun - wenn auch verschlüsselt - in den Mittelpunkt der Erzählung gestellt wurde.

„Alexius war der Sohn des römischen Senators Euphemius und seiner Gemahlin Aglais. Sehr lange hatten die Eltern darauf gewartet, endlich Vater und Mutter zu werden. In dem vornehmen und reichen Patrizierhaus fanden alle Bedürftigen einen reichen Tisch und, wenn notwendig, auch Unterkunft. Die Eltern lebten als Christen und sahen dieses Verhalten den Armen gegenüber als ihre Pflicht an. So wurde auch der spät geborene Alexius im christlichen Sinne erzogen und gebildet. Doch der Reichtum seiner Eltern bedeutete ihm nicht viel, und er gab geistlichen Zielen den Vorrang. Seine Eltern, an Jahren fortgeschritten, waren hingegen besorgt um das Erbe und wünschten sich durch ihren Sohn Nachkommenschaft. Sie drangen daher so lange mit Bitten auf ihn ein, bis sie Alexius mit der vornehmen Römerin Sabina verheiraten konnten. Die Hochzeit wurde mit großer Pracht gefeiert.

In der Nacht aber, nachdem Alexius sein Leben noch einmal überdacht hatte, spürte er für sich die Unmöglichkeit, Ehemann und Vater zu sein. Er wußte, daß er unter dem Zwang, den seine Eltern ihm auferlegt hatten, keine Ehe führen konnte und durfte. Als er mit seiner Braut zusammen in der Kammer war, versuchte Alexius mit ihr über ein anderes Leben zu sprechen, ein eheloses, zu dem er wegen seiner Eltern nicht den Mut gehabt hatte, sich zu bekennen.

Alexius spürte, daß er noch in dieser Nacht endgültig handeln mußte, und nahm Abschied von seiner Braut. Er zog seinen Ring vom Finger, öffnete seinen kostbaren Schwertgürtel und legte ihr beides zu Füßen. Dann nahm er heimlich Reisegeld und floh ungesehen aus dem Haus, eilte zum Hafen und fand alsbald ein Schiff, das ihn nach Edessa in Mesopotamien brachte.

Alexius vertauschte seine Kleider mit dem Gewand eines Bettlers, gab den Armen seine ganze Barschaft und mischte sich unter sie. Von dem, was er durch Gelegenheitsarbeiten und durch Zuwendungen erhielt, benutzte er nur das Notwendigste und schenkte das übrige an Notleidende und Kranke. Alexius lebte in Edessa in völliger Armut und hielt sich vorwiegend im Vorhof der großen Kirche auf.

Im Haus seiner Eltern war große Trauer. Die ausgesandten Boten kehrten zurück, ohne daß sie eine Spur von Alexius gefunden hatten. Seine Eltern wollten sich nicht trösten lassen, seine Braut zog Trauerkleider an und verbrachte ihre Tage wie eine Witwe.

Siebzehn Jahre lang lebte Alexius in asketischer Weise, bis eines

Tages die Gläubigen, die die Kirche besuchten, vor der er sich aufhielt, durch ein besonderes Zeichen auf ihn und sein offensichtliches Auserwähltsein hingewiesen wurden. Um der Bewunderung der Menge zu entgehen, ergriff Alexius heimlich die Flucht. Er zog sich nach Tarsus in Cilicien zurück. Als aber das Schiff durch widrige Stürme an die Gestade Italiens geworfen wurde, faßte er den unwiderruflichen Entschluß, in sein Elternhaus nach Rom zurückzukehren. Doch sein Vater erkannte den bettelnden Pilger nicht als seinen Sohn, nahm ihn aber in sein Haus auf.
Alexius wählte sich einen engen Verschlag unter der Treppe und setzte sein asketisches Leben fort. Bald schon hatten die Diener den Befehl ihres Herrn, dem Fremden Gutes zu tun, vergessen. Sie spotteten des armen Narren, gossen Spülwasser über seinen Kopf und warfen ihm Brocken hin wie einem Hund. Alexius aber war geduldig und ertrug alles, ohne ein Wort zu sagen.
Siebzehn Jahre lang sah er fast täglich seinen Vater, seine Mutter und seine Braut. Obwohl es ihm das Herz zerriß, blieb er fest bei seinem Entschluß, unerkannt zu bleiben bis zu seinem Tod. Als er aber das Ende seines Lebens nahen fühlte, ließ er sich Pergament und Tinte geben, um seine Lebensgeschichte aufzuschreiben.
Wie durch ein Wunder wurden hohe Herren der Kirche und des Senates darauf aufmerksam gemacht, daß im Haus des Euphemius ein besonders begnadeter und heiligmäßiger Mann lebe. Als sie herausgefunden hatten, daß damit der arme Bettler unter der Stiege gemeint war, gingen sie hin, um nachzusehen. Staunend fanden sie den Bettler dort tot auf seinem ärmlichen Lager, sein Antlitz leuchtete, und in seiner Hand hielt er ein Schriftstück. Erst nach einigen Versuchen, ihm das Schriftstück zu nehmen, ließ es der Tote los. Als Euphemius vernahm, daß der arme Bettler niemand anderer war als sein Sohn, fiel er ohnmächtig zu Boden. Aglais, Alexius' Mutter, und seine Braut liefen in größter Bestürzung und Betrübnis herbei und warfen sich klagend über den toten Alexius. Dies geschah im Jahr 417. Von dem Leichnam gingen wunderbare Kräfte aus, und es geschahen unerklärbare Heilungen. Nach sieben Tagen wurde Alexius in der Kirche des heiligen Bonifatius bestattet. Man sagte, noch lange Zeit danach hätten viele Menschen am Grab des Alexius heilsame Schwingungen gespürt."

Der Buch-Meister, der das Alexius-Lied vorher gelesen hatte, war ganz und gar damit beschäftigt, diese Legende passend für Christina in einem Bild zu verdichten. Es gelang ihm, drei Szenen aus dem Anfang der Geschichte mit Christinas Leben in Verbindung zu bringen. Der Alexis-Meister fühlte sich besonders davon angesprochen, daß es Menschen auch unter extremen Bedingungen gelang, ihr Wünschen und ihre eigene Persönlichkeit durchzusetzen. Seine farbige Federzeichnung blieb ungerahmt und damit nach allen Seiten offen. Das Bild, das gut die Hälfte des Blattes einnimmt, illustriert den Beginn des Textes. Links oben übergibt Alexius, von der Geist-Taube inspiriert, seiner Braut zum Abschied den Ring und den Schwertgürtel. Übergehend in die zweite Szene, malte der Künstler rechts daneben die trauernde Braut, die im Haus bleibt, während Alexius aus der Tür tritt. Ganz rechts außen zum Blattrand hin steht Alexius - von einer Hand gesegnet - bereits im Schiff und bezahlt dem Schiffer die Überfahrt in das für ihn gelobte Land.

Öffnung des Märtyrergrabes

Durch das Alexius-Lied, das Abt Geoffrey de Gorham somit in England bekannt machte, wurden erhebliche Fragen aufgeworfen, die zunächst im Scriptorium von St. Albans besprochen wurden. Angesichts des Bildes, auf dem Alexius besonders seiner Braut sehr weh tut, um seine eigenen Pläne durchzusetzen, entwickelten sich heftige Gespräche, einander widerstrebende Meinungen und derbe Auseinandersetzungen. Wie weit war es gerechtfertigt, „rücksichtslos" einem bereiteten Umfeld mit all seinen Erwartungen den Rücken zu kehren, um völlig andere, eigene Wege zu gehen? Nicht nur das dreiteilige Alexius-Bild aus dem Albani-Psalter und der dazugehörige Text des Alexius-Liedes gaben Anlaß zu berechtigtem Fragen, sondern auch das entschiedene Leben Christinas selbst, das Geoffrey im Geheimen aufschrieb.
Neben den kostbaren Arbeiten, die im Scriptorium gefertigt wurden - Miniaturen, Urkunden, Texte, Bücher - darf die so wertvolle Arbeit des Goldschmiede-Mönches Anketil nicht vergessen

werden. Auch wenn er silber- und goldverzierte Buchverschlüsse und Deckelverzierungen für das Scriptorium herstellte, so lag doch sein Hauptaugenmerk auf dem Reliquienschrein für die Gebeine des heiligen Alban. Obgleich Abt Geoffrey hin und wieder zur Fertigstellung des Schreines drängte, hatte sich Anketil fünf Jahre seit der Hungersnot im Jahr 1124 Zeit gelassen, um den Reliquienschrein so herzurichten, daß er seiner Bestimmung übergeben werden konnte.

Die Bekrönung des Daches hatte er allerdings noch nicht ausgeführt, da er auf bessere Zeiten wartete, in denen es wieder Gold, Silber und Edelsteine in reichlicher Auswahl geben würde. Anketil hatte sich als Krone des Schreines einen pyramidenartigen Baldachin aus Silber, geschmückt mit kostbaren Steinen, vorgestellt. Doch war er bereit, den somit unvollendeten Schrein zur Überführung der Gebeine des heiligen Alban auszuhändigen. Vorher aber vergoldete er noch die Silberteile, so daß der Schrein eher aus Gold als aus Silber zu bestehen schien. Über eine kleine Gestalt, die Anketil noch kurz vor der Übergabe in den Reliquienschrein eingravierte, wollte er auch auf Bitten des Abtes Geoffrey nicht sprechen. Die in Lumpen gehüllte Gestalt, die er schweigend beigegeben hatte, trägt in der einen Hand eine Lanze, an der eine emporkriechende Schlange erscheint. An der anderen Hand führt diese rätselhafte Gestalt einen Jungen, der einen Schild vor sich herführt. Zu Füßen der beiden ist ein Adler mit ausgebreiteten, erhobenen Flügeln eingraviert.

Am Festtag zur Überführung der Gebeine des heiligen Alban wurde von Abt Geoffrey und seinem Konvent der 2. August im 29. Jahr der Regierung Heinrichs I. bestimmt. An diesen Feierlichkeiten nahmen hohe Gäste teil: Bischof Alexander, der nach dem Tod Robert Bloets im Jahr 1123 die Diözese Lincoln übernommen hatte; Abt Walter von Ensham, der vormals Prior von St. Albans war; Robert von Thorney; Elias von der Kirche der Heiligen Dreifaltigkeit und Andreas von der Kirche Novigensis. Selbstverständlich nahmen an der Öffnung des alten Märtyrergrabes auch viele Kleriker und die ganze Mönchsgemeinschaft von St. Albans teil.

Da sowohl ein Kollegium in Dänemark als auch das von Ely in England irrtümlicherweise behaupteten, sie besäßen die Reliquien

des heiligen Alban, wurde die Exhumierung besonders sorgfältig und gewissenhaft vorgenommen. Nach der Säuberung wurden alle Gebeine des Märtyrers gezählt und allen Anwesenden einzeln vorgezeigt. In einer besonders feierlichen Geste erhob der ehrwürdige Mönch Radulph, der Archediakon des Klosters, das Haupt des heiligen Alban.
Am hinteren Teil des Schädels war mit einem Seidenfaden eine Pergament-Schriftrolle befestigt, auf der mit sehr alten goldenen Buchstaben geschrieben stand: „Sanctus Albanus". Ein Goldreif umgab den Totenschädel, der auf Anweisung von König Offa - dem Gründer von St. Albans - um den Kopf des Märtyrers gelegt worden war. Darin hatte der König die Worte eingravieren lassen:

Hoc est caput Sancti Albani protomartyris Angliae.
(Dies ist das Haupt des Heiligen Alban,
des ersten Märtyrers von England.)

Allen Zweifelnden wurde jetzt die Wahrheit und Gewißheit zuteil, daß an dem Ort, an dem der Märtyrer Alban litt, auch sein Körper ruhte. Die Überführung der Gebeine des heiligen Alban in den neuen Reliquienschrein, den Anketil so kunstvoll über viele Jahre angefertigt hatte, wurde für St. Albans zu einem großen Fest. In jedem Jahr sollte von nun an der 2. August daran erinnern. Der kostbare Reliquienschrein wurde feierlich im Kirchenraum hinter dem Hauptaltar aufgestellt. Dieses Kirchenschiff, das Abt Paul de Caen gebaut hatte und das viele Menschen aufnehmen konnte, diente jetzt der Verehrung des heiligen Alban.
Der Bischof Alexander von Lincoln, der auch „Rotschopf" genannt wurde, gewährte an diesem Tag vielen Hilfesuchenden eine besondere Zuwendung. Ebenso ließen es sich Abt Geoffrey de Gorham und der Konvent von St. Albans nicht nehmen, die Gäste zu speisen und über dreihundert armen Menschen, die gekommen waren, Nahrung und Unterstützung zu geben.
Auch Christina war an diesem hohen Festtag in St. Albans anwesend. Doch hatte sie sich, ihrer Art entsprechend, sehr zurückgehalten und war rechtzeitig wieder zu ihrer Gemeinschaft nach Markyate gegangen.

Ein verlockendes Angebot ...

Nach Markyate kamen rat- und hilfesuchende Menschen - nicht nur aus ganz England, sondern auch vom Kontinent. Wegen der vielen Besucher war es Christina kaum möglich, auch nur einen Tag nicht in Markyate zu sein. Ein heimlicher Wunsch nach größerer Stille und Zurückgezogenheit wurde in ihr wach und ließ sie sogar mit dem Gedanken spielen, England zu verlassen, um an einem Ort zu leben, an dem sie unbekannt war. Die Frage, ob es eine erneute Flucht sei, beschäftigte Christina sehr, und gleichzeitig traten ihr der Einsiedlermönch Roger und Abt Geoffrey mahnend in den Weg.

Eigens aus Frankreich reisten geistliche Persönlichkeiten von bekannten Klöstern an, die Christina darum baten, in französischen Frauenkonventen als Priorin oder gar Äbtissin tätig zu werden. Bisher hatte sie jedoch alle Angebote abgelehnt. Eines Tages erschien bei Christina in Markyate - es war im Frühjahr 1130 - Erzbischof Thurstan von York. Ihm, dem sie unendlich viel und ihre innere Freiheit zu verdanken hatte, konnte sie schwerlich eine Absage erteilen. Erzbischof Thurstan bat sie inständig und mit allem Nachdruck darum, das von ihm gegründete Frauenkloster St. Clement in York als Äbtissin zu leiten.

Am Ende des vielversprechenden Gespräches, für das Christina dankbar war, erbat sie sich vom Erzbischof einige Wochen Bedenkzeit. Doch machte er ihr noch einmal einen Besuch, bevor sie mit Geoffrey über St. Clement sprechen konnte - aus Sorge, er könne ihr abraten, hatte Christina gezögert. Erzbischof Thurstan brachte sein Verständnis zum Ausdruck und sagte: „Vielleicht ist es für dich nicht sehr empfehlenswert, gerade in York und so ganz in der Nähe die Aufgabe als Äbtissin zu übernehmen. Ich verstehe deine Bedenken nur allzu gut, besonders wenn ich an den Kleriker denke, bei dem ich dir Unterkunft besorgte."

Christina fiel ein Stein vom Herzen, war sie doch auf sensible Weise davor bewahrt worden, das auszusprechen, was sie in York erleben und durchstehen mußte.

„Heute bin ich zu dir gekommen, da ich von zwei bekannten fran-

zösischen Klöstern gebeten wurde, dich zu fragen, ob du dort die Verantwortung übernehmen würdest. Du bist eine hochgeschätzte und begehrte Frau und selbst in Frankreich nicht unbekannt. Ich will dir alles, was ich von den Benediktinerinnen aus Fontevrault und Marcigny weiß, berichten, dir aber zur Entscheidung genügend Zeit lassen.
Das Kloster Fontevrault, das zur Diözese Poitiers gehört, wurde vor dreißig Jahren von Robert von Arbissel gegründet. Die große Anlage liegt verborgen und einsam im Tal von Fontevrault. Der Gründer - er starb 1117 - wurde in der Bretagne geboren und besuchte die Theologenschule von Paris. Später war er Wanderprediger und begleitete vor allem Frauen auf ihrem geistlichen Weg. Für sie richtete er mit Unterstützung des Papstes Paschalis II. das Benediktinerinnen-Kloster ein - eine große verantwortungsvolle Aufgabe, die dich als Äbtissin von Fontevrault erwarten würde. Zu diesem Kloster gehören bereits zahlreiche Priorate in Frankreich und auch bei uns in England.
Das andere Kloster, mit dem ich in ganz besonders enger Verbindung stehe, ist Marcigny. Du wirst sicherlich viel davon gehört haben, denn es ist ein Priorat des Benediktiner-Klosters von Cluny. Wenn ich mir vorstelle, Christina, welch geistige Strömungen dich erwarten, möchte ich dich am liebsten gleich dort wissen. In Marcigny-les-Nonnains lebt Raingard als Ordensfrau, die Mutter des Abtes Petrus Venerabilis von Cluny. Petrus Venerabilis, der auch ein bedeutender Schriftsteller ist, besucht Marcigny sehr häufig. Seit 1122 ist er Abt von Cluny, ein Mann von großer Güte und Weitherzigkeit. Und stell dir vor, Petrus Venerabilis hat sich an den Koran gewagt und läßt ihn zur Zeit in seinem Kloster Cluny ins Lateinische übersetzen."
Christina, die erstaunt über die Einzelheiten war, die Thurstan aus Marcigny und Cluny zu erzählen wußte, fragte den Erzbischof nach seiner besonderen Verbindung zu diesen französischen Klöstern. Zuerst zögerte er, doch dann beantwortete er Christinas Frage offen:
„Schon über zwanzig Jahre begleite ich geistlich die Schwester König Heinrichs I., Adela Gräfin von Blois. Ihr Sohn Heinrich, der seit einem Jahr Bischof von Winchester ist, trat als Benediktiner-

mönch in Cluny ein. Nach dem Tod ihres Mannes, des Herzogs von Blois, überlegte Adela und bat mich um Rat, ob sie in das cluniazensische Priorat von Marcigny gehen solle, um dort ein rein geistliches Leben zu führen. Der Gräfin den Weg in das Kloster zu ebnen fiel mir außerordentlich schwer. Diese Frau ist politisch für England - wenn auch im Verborgenen - von größter Bedeutung, denn sie hat einen guten Einfluß auf ihren Bruder, Heinrich I. Durch Vermittlung der Gräfin von Blois gelang es Anselm von Canterbury im Jahr 1106, eine wichtige Übereinkunft mit König Heinrich I. im Kloster Bec in der Normandie zustande zu bringen. Anselm kehrte nach der Vertragsschließung von Bec auf seinen erzbischöflichen Sitz in England zurück. Leider war ihm dann nur noch eine kurze Zeit in Canterbury vergönnt. Wie du sicherlich weißt, starb er am 21. April 1109 im 76. Lebensjahr.
Als im Jahr 1120 Adelas ältester Sohn, Stephan von Blois, auf eigenen Füßen stand, drängte es sie, endgültig in Marcigny einzutreten. Ich habe Gräfin von Blois dann noch im selben Jahr zu Ostern in das Benediktinerinnen-Kloster nach Frankreich begleitet, wo sie sehr glücklich ist."
Durch die so detaillierten und vertrauensvollen Berichte des Erzbischofs Thurstan, der Christina schon in Redbourn in sein Herz geschlossen hatte, wurden ihr tiefgreifende politisch-kirchliche Zusammenhänge bewußt. Bereits seit ihrer frühen Jugend war sie - angeregt durch ihren Vater Autti - offen für Gespräche, die mit dem Königshaus, der Politik und der Kirche zu tun hatten.
„Damit du, Christina von Markyate, die rechte Entscheidung finden kannst, brauchst du Zeit, Stille und das Gebet. Bevor ich dich jetzt wieder allein lasse, möchte ich dir kurz etwas zur Geschichte von Marcigny sagen. Dieses Frauenkloster ist - wie ich schon sagte - eine Gründung der Benediktiner-Abtei von Cluny. Hugo von Cluny, der 1109 starb, war sechzig Jahre lang Abt dieses berühmten Klosters, von dem die großen Reformen ausgingen. Im Jahr 1080 erbaute Abt Hugo zusammen mit seinem Bruder Godefroy Marcigny-les-Nonnains als Haus für ihre Mutter, für ihre Schwester und eine Gruppe gleichgesinnter Frauen. Es gibt bis heute zwei verschiedene Lebensweisen in Marcigny: Ordensfrauen, die in Gemeinschaft, also in der Kommunität leben, und Ein-

siedlerinnen, die ihr Leben allein gestalten und in Zellen in erreichbarer Nähe zum Kloster wohnen."
Erzbischof Thurstan hatte Christina wieder verlassen, doch schwirrten jetzt eine Menge ungelöster Gedanken und Gefühle in ihrem Kopf und in ihrem Herzen.

... wird ausgeschlagen

„Das werdet Ihr mir doch nicht antun!" sagte Geoffrey entsetzt zu Christina, als sie ihm von ihren Plänen berichtete. Er zog alle Register, um ihr bewußt zu machen, daß ihr Platz in Markyate sei und er ohne sie weder als Mensch noch als Abt leben könne.
Christina, die längst vor diesem Gespräch ihre Entscheidung aus Liebe zu Geoffrey und zu St. Albans getroffen hatte, ließ ihn alles von der Seele reden, bevor sie ihm antwortete.
„Niemals würde der Albani-Psalter vollendet werden, wenn Ihr nicht in unmittelbarer Nähe seid und geistig wie bisher mitarbeitet. Ohne Euch bricht der Dreiklang, den wir für das Buch zusammen mit dem Alexis-Meister bilden, sofort auseinander. Ihr könnt nicht einfach fortgehen - ich will von mir nicht sprechen - und das begonnene, das wunderbare Buch unvollendet zurücklassen.
Christina, Puella, Ihr habt Euer geistliches Leben mit dem Versprechen bei Eurem ersten Besuch in St. Albans begonnen und solltet es auch hier weiter- und zu Ende führen. Daher bitte ich Euch noch einmal inständig darum, ernsthaft zu überlegen, ob Ihr nicht doch in der Abtei-Kirche vor unserem Bischof die Profeß für eine benediktinische Lebensweise ablegen wollt. Dieses öffentliche Bekenntnis wäre Euch als völlig freiem Menschen möglich und bedeutet - vorausgesetzt, Ihr steht weiterhin zu Eurem Versprechen - folgerichtig den nächsten Schritt in Eurem Leben. Wenn Ihr, gute Christina, auf diese Weise die kirchliche Anerkennung vom Bischof und den Benediktinern habt, können wir ohne weiteres in Markyate ein Priorat gründen, dem Ihr als Priorin vorstehen würdet. Ihr könnt mit offizieller kirchlicher wie auch mit klösterlicher Unterstützung rechnen, Novizinnen ausbilden und jungen Frauen Meisterin in der Bewältigung des Lebens sein.

Roger, Euer geistlicher Lehrer, bat Euch, seine Nachfolge in Markyate anzutreten. Ihm dürft Ihr nicht untreu werden, sonst würde das Licht in Markyate verlöschen und die menschliche Wärme, die so viele Menschen suchen, schwinden. Ihr dürft auch mich nicht allein lassen, und bedenkt, es sind über hundert Menschen und damit Schicksale, die von meinen Entscheidungen abhängen, die wiederum mit von Euch beeinflußt und mitgetragen werden. Ich will Euch nicht überreden, in Markyate zu bleiben, aber es spricht nichts dafür, daß Ihr nach Marcigny geht. Ihr hinterließet hier nur einen großen Hohlraum, in den sich sofort Dämonen stürzen würden. Ich denke, so wird es auch in meinem Herzen sein.
Stellt Euch einmal vor, wenn Ihr das Grab von Roger nicht mehr besuchen könntet, denkt daran, wie schlimm es ist, Eure Schwester Margaret zu verlassen. Nie würde der Infirmarius ohne die Berührung mit Euch die Verantwortung für die vielen Kranken tragen können. Glaubt Ihr denn, der Alexis-Meister wäre so häufig bei uns im Scriptorium und würde diesen, seinen neuen Stil in der wunderbaren Weise, wie Ihr ihn gesehen habt, entfalten können, wenn er nicht ebenso wie ich begeistert von Euch wäre und immer neu von Euch begeistert würde? Laßt uns, Puella, den Albani-Psalter, den wir gemeinsam begonnen haben und der symbolisch für alles steht, das mit uns beiden und St. Albans zu tun hat, auch gemeinsam vollenden. Und dann wird es weiterhin noch unsere Aufgabe sein, nicht nur das Buch zu hüten, sondern es für alle - auch über unseren Tod hinaus - zu öffnen, damit die heilenden Kräfte dieses Buches dorthin strahlen können, wo sie am dringendsten benötigt werden."
Dann nahm Geoffrey die zarten Hände Christinas fest in die seinen, als ob er Christina bis in alle Ewigkeit festhalten wollte. „Denkt auch daran, wie viele Mönche aus unserem Kloster durch die Gespräche, die sie mit Euch haben durften und haben, in St. Albans eingetreten sind - denkt daran, wie viele Mönche durch Euch in Krisenzeiten geistlich und durch das Gebet unterstützt worden sind."
Mit Worten und einer Umarmung versprach Christina, in Markyate zu bleiben und die Anbindung an das Kloster St. Albans weiter und intensiver zu pflegen. Wenn sie nicht in dieser Weise, wie es

längst fällig war, gehandelt hätte, wäre Geoffrey nicht müde geworden und hätte kein Ende gefunden, weitere zwingende Argumente für Christinas Verweilen in Markyate zu finden.
Als sie sich an diesem Abend herzlich voneinander verabschiedeten, sagte Christina zu Geoffrey, daß sie zwar versprochen habe, in Markyate und damit auch in St. Albans zu bleiben, sich aber mit der feierlichen Profeß in der Kathedrale noch nicht festlegen könne.

Feuerprobe

Sich für Markyate, St. Albans, Geoffrey und ihr gemeinsames Werk, den Albani-Kodex zu entscheiden war Christina nicht schwergefallen, da dieser Weg in ihrem Herzen bereits vorgezeichnet war. Doch nun noch Armut, Keuschheit und Gehorsam zu geloben - bei allem, was sie erlebt und besonders in York gelebt hatte - schien ihr nahezu eine Unmöglichkeit. Da die Profeß aber, wie Geoffrey gesagt hatte, ein folgerichtiger Schritt in ihrem Leben sei, konnte Christina sich nicht der vielen Gedanken und Zweifel erwehren, die jetzt über sie hereinbrachen. Mit niemandem konnte sie über die Flut von Gefühlen und Erinnerungsbildern sprechen, die sie bei der Vorstellung überfielen, vor Gott, dem Bischof von Lincoln, Abt Geoffrey und allen Mönchen und Frauen aus Markyate das Gelübde der Keuschheit abzulegen. Mit der Ehelosigkeit, die Christina lebte, war es allein nicht getan - dies waren ihre Gedanken, die einem übersensiblen Gewissen entstiegen.
Was sollte sie tun und was sollte sie antworten, wenn der Bischof sie während der Weihe-Zeremonie vor allen Anwesenden nach der Keuschheit und Jungfräulichkeit in ihrem Leben fragen würde? Bilder durchzuckten ihre Seele mit der immer wiederkehrenden Frage, ob es nur Wunsch oder Tat war, ob sie es getan hatte oder ob die letzte sexuelle Vereinigung mit einem Mann nur ihrer Wunschvorstellung entsprungen oder wirklich körperlich vollzogen worden war. Erlebnisse aus der Zeit in York stiegen in Christina wieder auf; sie durchlebte noch einmal in Gedanken und in

ihrer Vorstellung die Liebessehnsucht, die sie damals ergriffen und die sie bis zu einem gewissen Grad auch ausgelebt hatte. Als sie sich an bestimmte Situationen der körperlichen Liebe und männliche Annäherungen erinnerte, wurde sie von heftigen Zweifeln überfallen, so daß sie sehr vorsichtig mit der Behauptung sein mußte, sie sei unversehrt entkommen.

Christinas denkender Geist brachte vieles zur Entschuldigung an. Doch gaben diese Argumente ihrer Seele keinen Frieden. In der meditativen Versenkung bat sie um klare Erinnerung, um von ihrer quälenden Ungewißheit befreit zu werden. Da aber ihr Denken und Fühlen derart von bestimmten Vorstellungen besetzt waren, konnte sich in ihrem tieferen Bewußtsein noch keine Klärung einstellen. Ihr fragender Geist erhielt vorerst keine Antwort, und ihre aufgebrachte Seele entbehrte den Frieden. Doch nach tiefen Meditationen gab es Tage, an denen Christina großes Selbstvertrauen spürte und fest davon überzeugt war, ohne Bedenken die Profeß ablegen zu können. Diese Sicherheit wurde von Phasen unterbrochen, die sie in größte Selbstzweifel stürzten.

Sie konnte sich in keiner Weise entscheiden und schob die Festlegung eines Datums für ihre Profeß immer weiter auf. Ihr war sehr unwohl bei dem Gedanken an ihre wiederholten Verzögerungen. Trotz ihrer inständigen Bitten im Gebet wurde ihr Wunsch nicht sofort erfüllt. Tage und Wochen vergingen. Sie glaubte, mit sich keinen Schritt weitergekommen zu sein. Ihre Meditationen, in denen sie gelernt hatte, die unsteten Gedanken auf Gott hin loszulassen, führte sie gewissenhaft aus, ebenso ihre täglichen Pflichten und die Gespräche, um die sie gebeten wurde.

Am 21. August dieses Jahres 1130 stand Christina noch vor der Morgendämmerung von ihrem Lager auf, schaute sich um und bemerkte, daß im Gegensatz zu der sonstigen Gewohnheit alle ihre Mitschwestern noch fest schliefen. Die Welt in Markyate war in ein tiefes Schweigen versunken, in das sich hinein eine außerordentliche Erfahrung für Christina schenkte. Im Augenblick, als die Sonne aufging und ihre ersten wärmenden Strahlen die Kühle und die Dunkelheit der Nacht vertrieben, spürte Christina, wie es auch in ihrem Inneren licht wurde. Es war, als ob jemand eine Tür aufgestoßen habe, die in eine unbegrenzte Landschaft der Seele führ-

te. Während sich ihre Augen an der vor ihr sich ausbreitenden Schönheit der Natur nicht satt sehen konnten, hörte sie eine Stimme: „Niemand, der seine Hand an den Pflug legt und nochmals zurückblickt, ist tauglich für das Reich Gottes."
Seit diesem Morgen des 21. August fühlte Christina eine derartig starke, auf die Zukunft ausgerichtete Kraft in ihrer Seele, die es ihr nicht mehr erlaubte, ängstlich zweifelnd auf Vergangenes zurückzublicken. Eine Lichtbotschaft, die auch Roger in Markyate wahrnehmen durfte, hatte Christina ergriffen und in ihrem Bewußtsein eine neue Dimension ausgeleuchtet. Es wurde ihr die Gewißtheit geschenkt, daß das Vergangene zur Ruhe gekommen war und seinen rechten Platz in der Geschichte ihres Lebens eingenommen hatte.
Angeregt durch heller scheinendes Licht, machten sich jetzt auf der anderen Seite die Schatten stärker und dunkler bemerkbar. Christina mußte generell und in vielen kleinen Alltäglichkeiten mit sich eine Neuorientierung vornehmen. Die Skala der gewohnten Maßstäbe reichte bei weitem nicht mehr aus, Gegenwärtiges und Zukünftiges miteinander abzuwägen. Von Christina, die durch und durch von dem überzeugt war, was sie dachte und tat, ging eine derartige Strahlkraft aus, daß sie - ohne es zu wollen - neue dunkle Kräfte provozierte.
Durch ihr Wachstum ins Licht mußte sich Christina diesen Dämonen stellen, die versuchten, gegenwärtig von außen an ihr zu zerren. Es gab Situationen, in denen sie genau spürte, wie eine Fremdmacht sie unterdrücken und sich ihrer bemächtigen wollte. Fallgruben des Bösen wurden auf Christinas Wegen ausgehoben, die eigentlich von ihrem Herzen her in ein lichtvolles Morgen führten. Sie wußte um diese unermüdlichen Angriffe, die selbst in unscheinbaren Situationen auf sie lauerten, und war äußerst vorsichtig. Auch konnte sie zeitweilig ihren eigenen Gedanken nicht mehr trauen, weil sich zerstörerische Kräfte in sie einzuschleichen versuchten.
Üble Gerüchte, scheinbar mit einer Wahrheit ummantelt, erreichten hartnäckig Christinas Ohr, um ihre Einstellung und Standfestigkeit ins Wanken zu bringen. Bittere Zungen, die nur dämonischen Wesen gehören konnten, flüsterten ihr unglaubliche Ver-

leumdungen zu. Das Böse wurde förmlich vor ihr ausgebreitet, damit sie darüber fallen sollte. Unwahrheiten über Christina und Lügen, zu denen sie nicht den geringsten Anlaß gegeben hatte, setzte man in die Welt. Es waren unheimliche Kräfte am Werk, die jede nur denkbare Schlechtigkeit ersannen und in übelster Weise weitertrugen.

Eigentümlicherweise waren es Auseinandersetzungen, die nichts mit der Vergangenheit Christinas zu tun hatten, sondern aus der Gegenwart wie Schlangenbrut immer neu geboren wurden. Infolge ihres guten Gewissens jedoch konnte Christina sich inmitten all dieser Widerwärtigkeiten aufrecht halten und sich bedenkenlos in der Meditation der liebenden Sorge des Schöpfers anvertrauen. Um nicht die Natur- und göttlichen Gesetze zu verletzen, versuchte sie, nichts von diesen dunklen Kräften in sich aufzunehmen und nicht an sie zu denken. Im Gegenteil: Christina betete für die, die sie verleumdeten und ihr Schmähungen zufügten.

Viele, denen sie durch ihre eindeutige Haltung und religiöse Lebensweise ein Dorn im Auge war, waren überzeugt, ihren guten Glauben durch Blasphemie oder andere dunkle Wolken überschatten zu können. Selbst bei den schrecklichsten Einflüsterungen des Bösen hörte Christina nicht hin. Immer wenn sie erneut angegriffen wurde, versuchte sie, den Angreifer an sich abprallen zu lassen. Die dunklen Kräfte bedrängten sie selbst noch im Gebet und der Meditation in Form von Vorstellungs- und Erscheinungsbildern so stark, daß manch anderer Mensch verrückt geworden wäre. Die ständigen Spannungen, denen Christina ausgesetzt war, lösten bei ihr die berechtigte Frage aus, warum gerade sie diese entsetzlichen Attacken durchmachen müsse. Es trat eine körperliche Erschöpfung ein, und oft wußte sie nicht, was zu tun sei und an wen sie sich wenden solle. Doch nahm sie sich immer wieder zusammen und versuchte, aus der Erinnerung an gute Zeiten und aus ihren Meditationen zu leben. Häufig brach Christina dann während dieser Entspannung in heftige Tränen aus, derer sie sich nicht schämte, besonders wenn sie sich im Gebet der liebenden Gegenwart Gottes überließ.

Auf der anderen Seite fühlte sie, daß ihr Kräfte zuwuchsen, die durchaus imstande waren, weit größere Anfeindungen zu ertragen und abzuwehren. Nach einem aufregenden Tag gelang es Christina in ihrer Abendmeditation, die Ereignisse des Tages und ihre Gedanken völlig loszulassen. Wie die Schwerkraft der Erde die Materie an sich zieht, so wurde ihr Geist wie von selbst von einer höheren Macht angezogen und bewegt. Sie ließ es geschehen, denn nichts konnte sie von dieser befreienden aufsteigenden Bewegung abhalten.

Vor ihr inneres Auge traten die drei Reiter, die auf ihren Pferden innehielten und sich ganz dem öffneten, was über ihnen war, dem Himmel. Lebensströme stiegen von der Erde auf und durchfluteten Christinas Körper, richteten ihn auf und begannen in ihr sich zu vergeistigen. Sie fühlte Schwerelosigkeit und eine aufwärtsströmende Bewegung, in die sie sich vertrauend hineingab, hingebend und nichts festhaltend.

Nach einer Weile - sie konnte später die Zeit nicht mehr bestimmen - füllte sich ihr Bewußtsein mit einer lebensbejahenden Energie, wie Christina sie bisher noch nicht erfahren hatte. Diese wunderbaren Kräfte, die sie empfangen hatte, verließen sie nach der Meditation nicht wieder und standen ihr somit ständig zur Verfügung. Alle Angst, die sich von außen doch wieder eingeschlichen hatte, war von ihr gewichen, und großer Friede und Sicherheit legten sich auf Christinas Seele. Sie fühlte eine lebendige Verbindung zu einer verborgenen Welt, von der ihr ohne Unterlaß tragende Lebensenergien zuströmten, die alle Anfeindungen von ihr abprallen ließen.

Seit diesem Durchbruch machte Christina die Erfahrung, daß sie sich nicht mehr mit jeder dunklen Kraft in der Welt auseinandersetzen mußte, sie diese Dunkelheit nicht zu der ihren machen durfte und vor allem die Hingabe an den göttlichen Willen sowohl in der Meditation als auch während des ganzen Tages als Übung an die erste Stelle zu setzen hatte.

Sie nahm sich fest vor, mit Geoffrey eines Tages darüber zu sprechen und ihm dankend zu sagen, wie bereits die wenigen Bilder, die sie vom Albani-Psalter gesehen hatte, eine heilende und aufbauende Wirkung in ihrem Leben zeigten. Eine derartige Zuwendung mußte des Himmels sein!

Eine gewaltige Feuerprobe lag hinter Christina - und sie hatte sie bestanden. Die Fähigkeiten, die Menschen, die geschaffene Welt und den Schöpfer zu lieben, zu vergeben und Erbarmen zu haben, waren in ihr zu einer großen Dimension angewachsen. Durch diesen geistig-seelischen Aufbruch, der Christina nach einer schweren und dunklen Wegstrecke geschenkt wurde, hatte sie jetzt verstärkt den Wunsch, das Empfangene weiterzuschenken und ins Leben zu bringen.

Christinas Bekenntnis

Die Auseinandersetzungen, die Christina nicht erspart blieben, dauerten fast ein ganzes Jahr. Geoffrey zeigte ihr gegenüber großes Verständnis und vermied es, sie auch nur andeutungsweise zu bedrängen. Er spürte, daß Christina einen wichtigen Prozeß mit allen seinen Schattenseiten durchleben mußte. Aus diesem Grund besuchte er sie, sooft es ihm eben möglich war. Dadurch hatte auch Geoffrey böse Stimmen zu hören und war gezwungen, sich Anfeindungen zu widersetzen.

Bedingungslos war Christina jetzt bereit, vor Bischof Alexander von Lincoln, vor der Mönchsgemeinschaft von St. Albans und den Frauen von Markyate ihre feierliche Profeß in der Klosterkirche abzulegen. Ermutigt, besonders durch die Liebe und Zuwendung von Abt Geoffrey, aber auch durch andere Freunde, faßte Christina endgültig ihren Entschluß, die benediktinische Regel anzunehmen und sich den Anweisungen von St. Albans zu unterziehen.

Der Tag der Weihe wurde durch Bischof Alexander von Lincoln in Absprache mit Abt Geoffrey festgelegt. Inständig bat Christina darum, den Aufwand so gering wie möglich zu halten und die Feier ihrer einfachen Lebensweise entsprechend zu gestalten. Geoffrey nahm alle ihre Vorschläge an und versuchte, sie im benediktinischen Sinn umzusetzen.

Am 21. September 1131, dem Fest des heiligen Matthäus, dem Verfasser des ersten Evangeliums, legte Christina von Markyate vor Bischof Alexander von Lincoln in der Kirche der Abtei St. Albans ihre feierliche Profeß ab. Damit bekannte sie, in Armut, Keuschheit und Gehorsam zu leben, ihr Leben dem Dienst an Gott und den Menschen zu weihen und sich in den Benediktinerorden von St. Albans einzuordnen. Die gesungenen Worte des Evangeliums dieses Tages, an dem Christina geweiht wurde, schrieben sich für immer als Erbe und Auftrag in ihre Seele:

Jesus sah einen Mann namens Matthäus am Zoll sitzen und sagte zu ihm: Folge mir nach! Da stand Matthäus auf und folgte ihm. Und als Jesus in seinem Haus beim Essen war, kamen viele Zöllner und Sünder und aßen zusammen mit ihm und seinen Jüngern. Als die Pharisäer das sahen, sagten sie zu seinen Jüngern: Wie kann euer Meister zusammen mit Zöllnern und Sündern essen? Er hörte es und sagte: Nicht die Gesunden brauchen den Arzt, sondern die Kranken. Darum lernt, was es heißt: Barmherzigkeit will ich, nicht Opfer. Denn ich bin gekommen, um die Sünder zu rufen, nicht die Gerechten.

Eine gräßliche Geschichte

Der Mönch Andrew war Abt Geoffrey immer zu Diensten. Mit Eifer und Freude versuchte er, die unausgesprochenen Wünsche des Abtes zu erfüllen, ebenso erledigte er die ihm gestellten Aufgaben mit großer Sorgfalt. Wenn Andrew auch auf dem Pferdemarkt in London von sexuellen Vorstellungen, Begierden und dem Besuch im Badehaus besetzt gewesen war, heißt das nicht, daß seine besondere Liebe zu den Pferden nicht groß war.
Oft war Andrew nach Markyate geritten, um Christina im Auftrag des Abtes eine Nachricht, ein Buch oder etwas, das ihr besondere Freude bereitete, zu überbringen. Von allen Mönchen des Klosters war er am weitesten eingeweiht in die liebevolle Verbindung zwischen Christina und Abt Geoffrey. Mehr als begeistert war Andrew von den Bildern und Texten des großen Buches, das in St. Albans für die Einsiedlerin von Markyate geschrieben wurde. Da er Abt Geoffrey sehr häufig auf seinen Wegen begleitete, bekam Andrew im Scriptorium einen tiefen Einblick in den wunderbaren Psalter, der einen größer werdenden Umfang annahm und gleichzeitig die Liebe zwischen St. Albans und Markyate immer strah-

lender widerspiegelte. Die Besuche des Abtes bei Christina hatten nicht nur einen unmittelbaren Einfluß auf die prachtvolle Gestaltung des Buches, sondern sie veränderten auch die Persönlichkeit Geoffreys. Andrew, der dem Abt seit Jahren zur Seite stand, hatte diese Wandlung zu liebenswürdiger Menschlichkeit und zu einem wachsenden Einfühlungsvermögen dankbar miterlebt. Offenheit und Verständnis für die Belange anderer sowie eine liebevolle Väterlichkeit zeichneten Geoffrey mehr denn je aus. Eine männlich-freundschaftliche Verbundenheit zum Abt hatte Andrew in vielen Krisen seines Mönchseins Halt und Neuorientierung gegeben. Er konnte in dieser Freundschaft alles aussprechen, was ihn bewegte und belastete, selbst sehr persönliche und kaum in Worte zu fassende Gefühle.
Als Andrew jedoch eines Nachts Zeuge eines Gespräches wurde, in dem ein Fremder eindeutige, sehr häßliche Anspielungen auf Abt Geoffrey machte, war er zunächst wie gelähmt, völlig sprachlos und geriet in einen großen Konflikt. Eine gräßliche Geschichte, die sich unlängst im Nonnenkloster Watton ereignet hatte, kam Andrew zu Ohren und ließ ihn nicht zur Ruhe kommen:
Wenn in der Enge und Einsamkeit seiner Zelle Andrews Sehnsüchte auf die Reise gingen, machte er sich gewohnheitsmäßig auf und besuchte - auch mitten in der Nacht - den „Langen Stall", um bei den Pferden zu sein. Sie schenkten ihm nicht nur Träume von einer anderen Welt, sondern machten diese Welt auch durch ihre Nähe und Wärme in Andrew lebendig.
In dieser Nacht mußte Roderic bei einem Pferd wachen, das sich verletzt hatte und sich daher nicht auf den Boden legen durfte. Als Andrew in den Stall kam, sah er, daß sich zu Roderic ein Fremder gesellt hatte, der es sich mit Speise und Trank gemütlich machte. Sie winkten Andrew zu, der sich gern auf dem weichen Stroh bei ihnen niederließ. Der Fremde, ein Kutscher und Pferdenarr, zog es vor, die Nacht bei den Pferden zu verbringen, statt allein in seiner Kammer des Gästehauses zu schlafen.
Auf seinem Weg von Norden nach London hatte er es schon einige Male vorgezogen, in St. Albans Station zu machen - allein schon wegen der guten Unterbringung und Betreuung seiner über alles geliebten Pferde. Auch in dieser Nacht wurden als erstes

Neuigkeiten über Zuchtergebnisse ausgetauscht, und erst dann kam die Rede auf das Königshaus. Die Finanzpolitik Heinrichs I. sowie seine dreiundzwanzig unehelichen Kinder gaben genügend Anlaß zur Kritik und zu den neuesten Witzen. Zweifelsohne hatte der Kutscher - wie es seine Art war - zu dieser Nachtzeit bereits zuviel getrunken. Daher sagte er wohl plötzlich ganz barsch: „Über Euren Abt erzählt man sich ebenso die schönsten und schauerlichsten Liebesgeschichten. Er soll da eine Nonne ganz in eurer Nähe haben, die er, um seine überschüssige Manneskraft loszuwerden, ständig besucht."

Roderic und Andrew horchten auf, hielten sich aber mit einer Antwort zurück. Die Stallaterne leuchtete in ihre entsetzten Gesichter; das Pferd, das Roderic bewachte, war stehend eingeschlafen, und der Kutscher, dem diese Pause willkommen schien, nahm einen kräftigen Schluck. Dann ergriff er wieder das Wort. Nachdem er einige deftige und zotige Bemerkungen über das Triebleben des Abtes Geoffrey gemacht hatte, und Andrew gerade im Begriff war einzuschreiten, um diesem Reden Einhalt zu gebieten, hob der Kutscher an, die Vorkommnisse aus dem Kloster Watton zu erzählen. Erst später bemerkten Roderic und Andrew, die gespannt zuhörten, daß der Fremde ihnen diese schauerliche Geschichte nur vor dem Hintergrund des sogenannten Liebesverhältnisses von Christina und Geoffrey vermittelte.

„Ihr wißt bestimmt, daß vor gar nicht allzu langer Zeit Gilbert auf seinem väterlichen Besitz zu Sempringham in der Grafschaft Lincoln, wo er als Pfarrer wirkte, ein Nonnenkloster nach der Benediktinerregel gründete. Nicht weit davon entfernt richtete er ein Kloster für Mönche ein, die nach der Augustiner-Chorherren-Regel leben. Gilbert von Sempringham schuf mit diesen Klöstern der Gilbertiner und Gilbertinerinnen den ersten englischen Orden. Da sich seine Arbeit großer Volkstümlicheit erfreut und viele Männer und Frauen in diesen neuen Orden eintreten, ist ihm die Gunst der Krone gewiß.

Ein weiteres Doppelkloster hat Gilbert bereits in Watton errichtet, im Osten der Grafschaft York, fünf Meilen nördlich von Beverley. Obwohl die Nonnen in strenger Klausur leben, verliebte sich eine Nonne in einen Gilbertiner-Mönch, was naheliegend war. Die Folgen dieser Liebschaft blieben nicht aus. Sie verbarg ihren Zustand, solange es irgend ging. Als die Zeit aber kam und man ihr ansah, daß sie ein Kind bekam, entdeckte sie sich ihren Mitschwestern. Anstatt Hilfe zu geben, stürzten diese über die Schwangere her und überhäuften sie mit Schmähungen und Schimpfworten. Dann setzten sie sich zusammen und überlegten, wie die Sünderin zu bestrafen sei. Einige Nonnen rieten, die Verbrecherin zu schinden, andere wollten, daß sie über glühende Kohlen gehe.

Als sich der erste Sturm gelegt hatte, bestimmten die einflußreichsten Nonnen, die Frau in eine Gefängniszelle zu sperren und zu fesseln. Hier mußte sie bei Brot und Wasser unter fortwährenden Mißhandlungen ihre Tage verbringen. Dem Mönch und Vater des Kindes war es gelungen, das Männerkloster in Watton heimlich zu verlassen und an einen unbekannten Ort zu fliehen.

Als sich die Stunde der Niederkunft näherte, bat die Gefangene flehentlich, man möge sie aus dem Kloster entlassen, denn ihr Geliebter habe ihr versprochen, sie zu sich zu nehmen und eine Familie zu gründen. Die Nonnen - versessen und noch neugieriger geworden - lockten der werdenden Mutter in ihrer Not nun nach und nach heraus, daß ihr Geliebter und der Vater des Kindes ein geflohener Mönch sei. Auf ihr unentwegtes Fragen und Drängen erfuhren sie, daß der Mönch seine Geliebte auf erhaltene Nachricht an einer bestimmten Stelle in einer bestimmten Nacht und in weltlichen Kleidern erwarten würde.

Diese Entdeckung war den Nonnen willkommen; sie gaben dem Mönchskloster Kunde davon. Ein handfester Mönch, begleitet von einigen anderen, begab sich - gehörig vermummt und mit einem Knittel versehen - an den bezeichneten Ort. Im Hinterhalt der Nacht lagen einige Nonnen, die bei der Ergreifung des Täters zugegen sein wollten. Zur vereinbarten Stunde kam der abtrünnige Mönch, um seine Geliebte zu treffen und sie heimzuholen. Er wurde jedoch von einem seiner früheren Mitbrüder gestellt, und auf ein Zeichen hin sprangen die anderen Kuttenträger aus ihrem Versteck und packten den Unglücklichen. Unter Einbeziehung der Nonnen wurde er mit Triumpf in ihr Kloster geschleppt. Hier erwartete ihn und seine Geliebte ein gräßliches Schicksal.

Im Refektorium hatten sich bei gemäßigtem Kerzenlicht fast alle

Nonnen versammelt. Die wenigen, die vor der geplanten Handlung gewarnt hatten, mußten die Nacht - ungehört - in ihren verriegelten Zellen verbringen.
Nachdem die starken Mönche ihren abtrünnigen Mitbruder auf einem Tisch festgebunden hatten, verließen sie schnell das Nonnenkloster, zu dem sie eigentlich - unter Strafe - keinen Zutritt hatten. Ein gespanntes und lautes Schweigen erfüllte das Refektorium, als man die Gefangene hereinführte und an den Tisch zwang, auf dem ihr Geliebter gefesselt lag. Voll wütender Lust zerschnitten zwei Nonnen die Kleider des Unglücklichen so, daß seine Genitalien bloßlagen. Die anderen Nonnen ergötzten sich an diesem lang ersehnten Anblick.
Der Schwangeren, die vor Entsetzen aufschrie, verstopfte man den Mund. Mit Gewalt führte man sie an die entblößte Stelle ihres Mannes und zwang sie zu einer grausamen Tat: Nachdem ihr ein Messer in die Hand gedrückt worden war, führten zwei Nonnen diese Hand, die sich maßlos wehrte, gegen die Hoden und zwangen sie zum Schnitt. Als in diesem Augenblick der Mönch in unsagbarem Schmerz aufschrie, wurde ihm der Mund gestopft. Die werdende Mutter wurde ohnmächtig, doch hielt man ihre Hand mit dem Messer und führte es so weit, bis die Hoden - blutüberströmt - abgetrennt waren. Außer sich vor Rachegelüsten an einem Mann, kreischten einige der Nonnen aus dem dunklen Hintergrund.
Da das, was viele dieser Nonnen sich heimlich in heißen Nächten erträumt hatten, nun an dem Mönch und in Form der Schwangerschaft an ihrer Mitschwester sichtbar geworden war, kannten sie keine Gnade. Mit dieser grausamen Rache verdrängten und pervertierten sie ihr eigenes Wunschbegehren.
Die Schwangere wurde in ihre Gefängniszelle zurückgetragen. Als die Krankenmeisterin der Gilbertinerinnen die entsetzlichen Schmerzen des Mönches nicht mehr mit ansehen konnte, erbarmte sie sich seiner Wunde, gab ihm ein Schmerzmittel, stillte das Blut, nähte die Wunde und versorgte sie mit Arznei und einem Verband. Da nun alles sehr schnell ungeschehen gemacht werden sollte, die Nacht war fortgeschritten und der Morgen dämmerte, jagte man beide, die Schwangere und ihren Geliebten, nach dieser tyrannischen Tat mit drohenden Schimpfworten aus dem Kloster."

Von seinen eigenen Worten erschreckt und ernüchtert, schaute sich der Kutscher um, da ihm selbst unheimlich zumute war. Roderic und Andrew saßen wie erstarrt und hielten ihre Hände gleich einem Schutzschild krampfhaft im Schoß zusammen. Niemand sagte etwas. Die Pferde, in tiefem Schlaf nach Mitternacht, standen unbeweglich in ihren Verschlägen, als ob sie das Entsetzen getroffen hätte.

Spiegel der Nächstenliebe

Schwere Tage folgten für Andrew. Mit wem sollte er reden, außer dem Abt, für den er mit offenem Herzen zur Verfügung stand? Nun hatte sich ein dunkler Schatten zwischen sie gedrängt, der Andrew quälte. Roderic sprach nicht; er sprach nie über Gefühle oder Schwierigkeiten. Wenn ihn etwas belastete oder ihm unklar erschien, machte er es allein mit seinen Pferden aus. Sie waren ihm lieber als alle Menschen.

Als nach einigen Tagen Abt Geoffrey bei Andrew immer noch einen gewissen Abstand zu ihm bemerkte, eine Fremdheit, die er sich nicht erklären konnte, sprach er ihn an, in der Hoffnung, die Störung aus der Welt räumen zu können. Doch Andrew tat sich sehr schwer, dem Abt von Watton zu berichten, da der Kutscher diese Grausamkeit einzig und allein auf Abt Geoffrey hin erzählt hatte. Es dauerte fast eine Woche, bis sich seine Zunge ein wenig löste und er neues Vertrauen faßte. Um seinem Freund, dem Abt, nicht gleich wehzutun, bemühte sich Andrew, behutsam und mit einer langen Einleitung das auszusprechen, was ihn bedrückte.

Zunächst wunderte es Geoffrey nicht, daß Stimmen laut wurden und sich Gerüchte von Mund zu Mund ausbreiteten, die seine ständigen Besuche in Markyate zum Inhalt hatten. Mit Christina, die ebenso davon betroffen war und darum wußte, gab es immer wieder Gespräche, wenn über sie beide geredet wurde. Vor ihrer Profeß mußte sie heftige Kämpfe dieser Art durchstehen und erleiden, die sie an den Rand ihrer Existenz gebracht hatten. Geoffrey waren diese Auseinandersetzungen bekannt, da Christina - endlich, nach langem Fragen - offen darüber sprach. So lebten beide in dem

Wissen, daß um sie ein großes Gerede entstanden war, dem sie keinen Einhalt gebieten konnten. Doch ihre gegenseitige Liebe und die damit verbundene geistige Überlegenheit waren so stark, daß ihnen letztlich alles häßliche Reden nichts anhaben konnte.
Als aber Andrew die Geschichte aus Watton mit Christina und Geoffrey in Verbindung brachte, so wie er es gehört und empfunden hatte, war der Abt sprachlos und tief getroffen. Zunächst erschien ihm das alles so unglaubwürdig und erfunden wie eine Schauergeschichte, die man sich an langen Winterabenden erzählt. Doch kannte er Andrew so gut, daß er sich nicht durch ein Märchen derart aufschrecken lassen würde. Geoffrey versuchte, diese entsetzliche Grausamkeit als dunkle Wirklichkeit der Welt anzunehmen, ohne sie auf Christina und sich zu beziehen. Dann faßte er sich wieder, stellte sich aufrecht vor Andrew und beruhigte ihn. Er sagte, daß man lernen müsse, auf alle dämonischen Varianten in dieser Welt gefaßt zu sein, und die Kunst, mit ihnen fertig zu werden, darin bestünde, sie nicht zu verinnerlichen oder sich gar zu eigen zu machen. Dann legte Geoffrey seine beiden Hände auf die Schulter von Andrew, schaute ihn an und versuchte, ihm neue aufrichtende Kraft zuströmen zu lassen.
In seinen stillen Stunden, als das Bild aus dem Refektorium des Nonnenklosters von Watton sich wie von selbst vor Geoffreys Augen noch einmal entfaltete, konnte er eine derartige Grausamkeit immer noch nicht fassen. Christina erzählte er nichts von dieser Begebenheit, doch berichtete er in der Biographie über Christina verschlüsselt von diesen widerwärtigen Kräften, die ihre Liebe zerstören wollten.
Später, nach vielen Jahren, kamen die Geschehnisse aus Watton erneut durch den Abt Ailred von Revesby auf Geoffrey zu. In einer öden, sumpfigen Landschaft nahe der Küste hatte im Jahre 1142 Ailred das Zisterzienser-Kloster Revesby gegründet, eine Stiftung des William Roumarc Graf von Lincoln. Abt Ailred von Revesby, den Geoffrey nicht persönlich kannte, war vor seinem Eintritt in das Kloster Rievaulx Haushofmeister bei König David I. von Schottland. In Rievaulx bekam er bei den „weißen Mönchen" - wie sich die Zisterzienser nannten - den Posten des Novizenmeisters. Doch drängte es ihn, ein eigenes Kloster zu gründen.

Im Kloster Revesby, nördlich von Boston gelegen, schrieb Abt Ailred sein Buch „Spiegel der Nächstenliebe". Eine Abschrift dieses Werkes erhielt auch die Klosterbibliothek von St. Albans. Ailred von Revesby hatte dieses Buch - eine tiefgreifende Auseinandersetzung mit dem religiösen Leben - auf Geheiß des Bernhard von Clairvaux geschrieben.
Plötzlich begegnete Abt Geoffrey, der den „Spiegel der Nächstenliebe" mit großer Aufmerksamkeit las, in diesem Buch die Geschichte der Entmannung, die sich wahrhaftig im Kloster der Gilbertinerinnen von Watton zugetragen hatte.

Gegenüberstellung

Als Abt Geoffrey an diesem Morgen ins Scriptorium kam, sah er, wie der Prior sich mit dem Alexis-Meister und seinen beiden Malern unterhielt. Diese Unterhaltung, der Klang der Stimmen und insbesondere der Inhalt des Gespräches waren ihm angesichts „seiner" offenliegenden Miniaturen äußerst unangenehm. Der Alexis-Meister warf Geoffrey einen verständnisvollen Blick zu. Der Abt schwieg. Der Prior drückte in eher oberflächlichen Worten seine Bewunderung und Anerkennung aus, während er mit groben Handbewegungen einige Blätter des Psalters umschlug. Es kostete Geoffrey außerordentliche Kraft, sich zu beherrschen. Er hielt den Atem an, griff aber nicht ein.
Flüchtig sah Geoffrey das Bild der Gegenüberstellung und bemerkte, daß daran weitergearbeitet worden war. Um Ablenkung vom Verhalten des Priors bemüht, schloß er die Augen, um das Bild in sein Inneres hineinzulassen und es dort zu belichten:
„Er, der von der linken Seite kommt, sendet ein Strahlen aus, das alle Leuchtkraft der Sonne übertrifft. Ohne den Ihm gegenüberstehenden Schatten würde das überhelle Licht das Auge des Betrachters blenden." Geoffrey fühlte sich im Bild gegenwärtig. Seit Wochen hatte er in besonderer Weise der Entstehung der ersten Versuchung beigewohnt. „Mit welch selbstverständlicher Gelassenheit dieser Mann des Lichtes aufrecht steht - tiefer und standfester in dieser Welt als sein Gegenüber. Sein Blick ist nicht auf

Gegenüberstellung aus dem *Psalter der Christina von Markyate*
(Albani-Kodex, 1123-1135)

das Objekt der Rede, die Steine, gerichtet, sondern weit über alles Sichtbare hinaus in den Urgrund der Dunkelheit, die wiederum letztlich nichts anderes als das Licht selbst ist. Nicht daß das Licht in die Finsternis hineinleuchtet, das Licht leuchtet mitten in der Finsternis, doch die Finsternis hat es nicht begriffen. Und so stehen sich vordergründig erst einmal zwei Mächte gegenüber: die des Lichtes und die der Finsternis. Wenn wir der Nacht in ihrem Schrecken begegnen, dann sind wir keineswegs sicher, unversehrt daraus hervorzugehen", dachte Geoffrey.

Der Alexis-Meister schaute Geoffrey lange an. Es war Zeit, die Augen wieder zu öffnen, um nicht abwesend zu erscheinen. Noch immer redete und kommentierte der Prior, der das, was um ihn geschah, nicht erspürte. Als er nun noch einmal mit grober Hand einige Seiten im Psalter zurückblätterte, unterbrach ihn eine Geste des Meisters. Mit der linken Hand berührte dieser das Blatt liebevoll, streichelte es sanft wie etwas Geheiligtes, dem man sich nur zögernd und behutsam nähert.

Der Alexis-Meister schaute den Prior lächelnd an. Sein Blick hatte etwas Verschmitztes. „Hochwürdiger Herr Prior, es mögen über fünfzehn Jahre her sein, als ich - damals auf der Suche nach Wesentlichem und meinem eigenen Stil - viele Monate im spanischen Benediktinerkloster Santo Domingo de Silos verbrachte."

Die Anwesenden sahen schweigend und gespannt zu, wie der Maler unter einem Stapel Aufzeichnungen und Tagebüchern zielstrebig und äußerst bestimmend etwas suchte und gleich darauf ein lose zusammengeheftetes Pergamentbündel fand.

„Ich hatte von der hervorragenden Malerschule dort gehört und wie sie aus eigener gestalterischer, dynamischer Kraft die naive Mal- und Schreibweise, vor allem aber den arabischen und byzantinischen Einfluß überwunden hatte. Ich lernte dort Ausdrucksmittel und malerische Elemente kennen, die meine Malweise wie auch mich selbst stark geprägt haben."

Sensibel, geschickt und somit nicht verletzend, versuchte der Alexis-Meister, durch die Schilderung eines eigenen Erlebnisses dem Prior seine grobe Handhabung vor Augen zu führen.

„Eine mich ganz besonders bewegende und ansprechende Handschrift ging nach längerer Unterbrechung in der Zeit meines Auf-

enthaltes in Spanien in die letzte Arbeitsphase und wurde 1109 vollendet. War das ein Fest! Ich hatte vom Malermönch Petrus, der gleichzeitig Mitschreiber dieser Handschrift war, die Erlaubnis bekommen, einige Figuren auszumalen, wie aber auch die Möglichkeit, dem Bild einige kleine, persönliche Akzente zu geben. Meine Freude war groß, aber ich wagte nichts. Übrigens war Petrus auch Prior von Santo Domingo de Silos.
Ich sah auf einem seiner apokalyptischen Bilder, wie er Engel aus der Sonne kommen ließ, begleitet von den vier Winden, die aufheulten und über die ganze Erde tobten. Diese Handschrift in dem damals neu eindringenden romanischen Stil hinterließ einen derart tiefgreifenden Eindruck in mir, daß sie mein Leben mitbestimmt hat. Aber darüber wollte ich jetzt nicht reden.
Nach Fertigstellung des Buches erlaubte sich der Malermönch, Prior Petrus, ein persönliches Gefühl in Worte zu fassen und sie in ganz kleiner, kalligraphischer Schrift ans Ende des Buches zu setzen. Er tat es heimlich, damit es niemand bemerken und vorerst lesen sollte.
Nichts, was mit dieser Handschrift geschah, entging mir. So wagte ich es, des Nachts allein ins Scriptorium zu gehen, selbst auf die Gefahr hin, durch den Schein der Kerze, den ich mit einer Hand behutsam abzudecken versuchte, entdeckt zu werden."
Alle im Scriptorium von St. Albans hörten dem Alexis-Meister gespannt zu, der noch immer das Tagebuch in seinen Händen hielt und jetzt daraus vorlas, was er in derselben Nacht in Santo Domingo de Silos heimlich abgeschrieben hatte:

Wer nicht zu schreiben versteht, achtet die Arbeit für nichts. Versuche es aber nur selbst, so wirst du erfahren, wie schwer die Last des Schreibens ist. Ebenso macht auch das Malen die Augen schwindeln, beugt den Rücken, drückt den Brustkorb und Bauch zusammen, macht die Nieren schmerzen und ist für den ganzen Körper eine schwere Prüfung. Wende deshalb, o Leser und Betrachter, die Blätter langsam, behutsam und halte deine Finger weg von den Bildern und Buchstaben. Denn wie der Hagel die Fruchtbarkeit der Erde vermindert, so ist der unnütze Leser ein Verderben für Schrift und Buch.

Stille und Betroffenheit herrschte im Scriptorium. Doch Geoffrey hatte die Größe des Priors unterschätzt. Mit ebenso klugen wie einfühlsamen Worten bedankte er sich für die vortreffliche Ermahnung. Ein so kostbares Buch wie den Albani-Psalter habe er niemals vorher in die Hand genommen.

Da Geoffrey sich seiner unausgesprochenen Gefühle dem Prior gegenüber schämte, hielt er sich zurück. Nachdem der Prior das Scriptorium verlassen hatte, bat er den Alexis-Meister, ihm noch einmal das Bild der Gegenüberstellung zu zeigen, das er infolge der Spannung nur flüchtig hatte wahrnehmen können. Als er das Bild mit seinen Augen und seiner Seele berührte, wurde Geoffrey noch einmal stark bewußt, welch großer und berühmter Illuminator doch der Alexis-Meister war.

Das Blau des Hintergrundes kam dem Betrachter intensiver und leuchtender vor, als er es in Erinnerung hatte. In Geoffreys Vorstellung zog sich noch einmal der Abendhimmel mit diesem faszinierenden Blau über ihm zusammen, und er fühlte sich ganz hineingenommen in die große, leere und gleichzeitig erfüllte farbige Fläche, die in besonderer Weise die Ausdruckskraft der Gebärden der sich Gegenüberstehenden steigerte. Er erlebte die blaue Farbe wie einen Resonanzboden von kosmischer Weite, der der rechten abwärtsgerichteten Bewegung und gleichzeitig der linken aufstrebenden Bewegung vibrierende Dynamik verlieh.

„Vor diesem so klaren und lichterfüllten Hintergrund trennt der Meister den Erleuchteten durch einen früchtetragenden Baum vom Dämon, der vehement agiert. Die zerstörerische Unruhe, die nicht anders kann, als zu demütigen und Nacht um sich zu verbreiten, hat mit ihren krallenartigen Füßen kaum Halt, um sich dem gegenüber zu behaupten, der gekommen ist, die Erde wieder mit dem Himmel zu verbinden. Übergroß sind die Ohren des tiergestaltigen Dämons, damit ihm nur kein Wort von dem entgehe, was von Anfang an die Welt mit geistiger Kraft erfüllt.

Der Dämon will den universalen göttlichen Geist, dessen Existenz er immer neu in Frage stellt, in begrenzte Materie hineinzwingen. Mit intensiv verbissener Wirkmacht - unterstützt durch den Zeigefinger und die ebenso geformte Nase, die in dieselbe Richtung weist - versucht er, die lichtvolle Ausstrahlung zu fesseln und sie

in ein geistloses Unten zu führen. Ein unwahrscheinliches Unterfangen, das auf derart verkrampften Krallenfüßen steht und sich in Wahrheit kaum aufrecht halten kann - wäre der personifizierten dunklen Macht nicht der hinter ihr wachsende Baum zur tragenden Wirbelsäule geworden! Auch die aufwärts weisenden, nicht mehr tragfähigen Flügel - der Rest des Lichtes aus vergangenen Zeiten - vermögen die Existenz nicht mehr aus sich aufrechtzuerhalten. Wer sieht diese haltlosen Hintergründe schon, wenn ihm gegenwärtig die zerstörerische Reizkraft gegenübersteht oder sie gar in seinem Inneren tobt? Sie redet überzeugend in verführerischer Sprache mit Fragmenten der Wahrheit, die ihr einmal ganz eigen war, bevor sie als Unwahrheit zum Gegenspieler wurde.
Auch er, der Dämon, gehörte einmal zu den reinen himmlischen Gedanken, zum Stamm der Engel. Von diesem nicht zu löschenden Funken des wahren Lichtes künden noch die Flügel und darüber hinaus das Erblühen des Baumes in der himmlischen Sphäre. Doch in dieser Welt trägt er als Rückgrat des Dämonischen keine Blüten und Früchte mehr. Die Flügelspitzen jedoch ragen noch ein wenig in die jenseitige Welt und haben Berührung mit der göttlichen Heilsordnung, die durch drei mal drei harmonisch gefügte Blätter dargestellt wird."
Nichts in der Welt, und er hatte all ihre Zeit, konnte Geoffrey davon abhalten, sich noch weiter in die „Gegenüberstellung" hineinzuvertiefen, um dem Geheimnis auf die Spur zu kommen. Er spürte deutlich, daß ein bloßes Sich-Gegenüberstehen nicht allein die Aussage dieses Bildes ausmachte.
„Nein, das Licht leuchtet nicht in die Finsternis hinein, das Licht leuchtet mitten in der Finsternis. Das ist aber nur spürbar und sichtbar, wenn man das Herausragende schaut und wahrnehmen kann. Aber wie einfach hat es der Alexis-Meister hier dem Betrachter und Meditierenden durch die linke Hälfte des Bildes gemacht, auf der er das Licht und die immerwährende Wahrheit darstellt."
Noch spät in der Nacht stand Geoffrey an seinem Schreibpult und vergegenwärtigte sich das geschaute Bild der Gegenüberstellung. Was würde Christina dazu sagen? „Muß sich in der Schöpfung, unter dem Baum des Lebens die alte Geschichte vom Fall des

Menschen wiederholen? Da man sie und die verheerenden Folgen kennt, müßte es doch mit Hilfe der Wahrheit und des Lichtes möglich sein, der Unwahrheit und der Dunkelheit Herr zu werden!"

Vor Sonnenaufgang

Um die Mitte des Januar bekam Abt Geoffrey plötzlich heftige Schmerzen, und hohes Fieber packte ihn, so daß er nicht einmal mehr aufstehen konnte. Er fühlte sich sehr schlecht und mußte sich vorerst geschlagen geben. Christina, die in der Lage gewesen wäre, Geoffrey Linderung in dieser ernsten Krankheit zu verschaffen, erschien ihm äußerst weit entfernt. Hinzu kam, daß sie als Frau die Klosterklausur nicht betreten durfte. Trotzdem sandte Geoffrey durch Andrew eine Botschaft an Christina, seine treue Beschützerin, und bat sie dringend um Unterstützung in seiner schweren Krise. Er ließ ihr sagen, daß er jetzt ganz auf die ihr gemäße Hilfe angewiesen sei und darauf sein Vertrauen setze.
Christina wußte, was sie zu tun hatte. Sie zog sich in das Oratorium zurück und begann eine mehrstündige Meditation mit dem Wunsch, die in dieser Meditation frei werdende Kraft möge Geoffrey und seiner Heilung zugute kommen. Schon nach kurzer Zeit spürte Christina eine außerordentliche Wirkung. Eine immer intensiver werdende Lebenskraft durchströmte sie, die sie nicht nur empfing, sondern sofort auch wieder abgeben konnte. Sie fühlte sich eingebunden als Mittlerin zwischen zwei Welten. In ihrer Meditation stellte sich ganz allmählich die Gewißheit ein, daß Geoffrey schon bald wieder gesund und sogar in der Lage sein würde, sie bereits in fünf Tagen zu besuchen. Da Dienstag war, würde er also am Sonntag nach Markyate kommen. Keinen eigenen Wunschgedanken hatte Christina in diese Richtung gelenkt. Obwohl ihr die Gesundheit und Gegenwart Geoffreys am Herzen lag, wagte sie nicht, in der Meditation eigene Gedanken und Wünsche an die erste Stelle zu setzen.
Christina schickte eine Botin nach St. Albans und ließ durch sie darum bitten, daß noch am selben Tag Andrew nach Markyate kommen möge. Als dieser Christina einige Stunden später ge-

genüberstand, sagte sie lächelnd und entspannt zu ihm: „Berichte deinem Meister, wenn du wieder bei ihm bist, daß du in Markyate warst, und sage ihm folgenden Satz von mir: Morgen werden weiße Steine in den Topf geworfen."
Andrew schaute Christina entgeistert an, denn er wußte nicht, was dieser Ausspruch zu bedeuten hatte. „Dieses Sprichwort ist sehr alt. Man benutzt es, wenn sichergestellt ist, daß sich eine Sache zum Guten wendet und Erfolg bringt. Wenn du dem Abt das Sprichwort übermittelst, weiß er, was gemeint ist. Mit anderen Worten bedeutet es: Euer Abt wird bald wieder gesund sein. Und als erstes wird er nach Markyate kommen."
Andrew aber, überzeugt von der schweren Krankheit Geoffreys, antwortete: „Verehrte Frau, das kann nicht sein. Er leidet unter hohem Fieber und einer bedrückenden Lungenentzündung, so daß er kaum ruhig im Bett liegen kann. Wie sollte er in diesem Zustand ein Pferd besteigen können?"
„Reite du schnell zurück", antwortete Christina, „und versichere Abt Geoffrey, daß er sich in absehbarer Zeit erholen wird. Sage aber niemandem sonst etwas, denn die Gesundung wird sich ganz von selbst einstellen."
Andrew führte alles gewissenhaft aus, doch von dem durch Christina angekündigten Besuch in Markyate sagte er nichts. Innerhalb von wenigen Tagen wurde Geoffrey tatsächlich wieder gesund. Freudig überrascht sagte er zu Andrew: „Wie konnte Christina wissen, daß ich so schnell gesund werden würde? Am Sonntag bin ich gewiß wieder so weit hergestellt, daß ich zu ihr reiten werde."
Andrew konnte nicht begreifen, daß Christina die gegenwärtige Situation genau vorausgesagt hatte. Daher drängte es ihn, Geoffrey von diesen wunderbaren Zusammenhängen zu erzählen. Als Andrew gegangen war, erfüllte Geoffrey eine derartige Dankbarkeit, daß er spontan begann, in der Weise zu meditieren, wie es ihm Christina geraten hatte. Auf dem Weg in ein wortloses und tieferes Schweigen spürte er göttliche Gnade, die ihm zuteil wurde, und die liebende Fürsorge Christinas.
Ein kaum vorstellbares Ereignis, das von der wunderbaren Verbundenheit Christinas zu Geoffrey kündete, schenkte sich ihr in der Christnacht, als sie in tiefe Meditation versunken war. Für ei-

nige Momente wurde ihr die lebendige Gegenwart ihres geliebten Freundes Geoffrey nicht nur bewußt, sondern sie bekam die Fähigkeit, ihn zu sehen. Christina nahm Abt Geoffrey während eines liturgischen Dienstes visuell wahr: er trug einen roten Chormantel, und von seinem Gesicht, das vor Anstrengung leicht gerötet war, ging eine große Helligkeit aus. Von diesem Augenblick an fühlte sie eine noch größere Verbundenheit zu Geoffrey, um den sie weitaus mehr besorgt war als um sich selbst. Durch die kurze visuelle Wahrnehmung, die die räumliche Distanz aufgehoben hatte, empfing Christina eine derartige Sicherheit, daß weder eine übertriebene Gunstbezeugung noch irgendeine Bosheit sie von Geoffrey entfremden könnte. Er würde immer ihr engster Freund bleiben.
Doch in der Öffentlichkeit blieb ihre Freundschaft nicht ohne den Beigeschmack gehässiger Redereien. Viele Menschen waren eifersüchtig und unterstellten Christina Denk- und Verhaltensweisen, die weder ihrem geistigen Status noch ihrer hervorragenden Persönlichkeit angemessen waren. Andere wiederum erwarteten von ihr die gleiche Zuneigung und Liebe, wie sie Geoffrey zuteil wurde. Enttäuschungen und unerfüllte Erwartungen zogen dunkle Kräfte nach sich, die aus einer Art Kränkung auf Christina und Geoffrey zurückgeschleudert wurden. Das anfängliche Wohlwollen schlug dann plötzlich um, und um den wahren Hintergrund, die schmerzhafte Enttäuschung, zu verschleiern, wurde äußerst schlecht und gehässig über die beiden gesprochen.
Am dritten Tag nach Weihnachten kam der Subprior von St. Albans, Alexander, nach Markyate zu einem Gespräch mit Christina. Als sie ihn nach der liturgischen Kleidung fragte, die der Abt in der Christnacht getragen habe, antwortete Alexander, daß er mit einem weißen Chormantel bekleidet gewesen sei.
„Denkt doch noch einmal ganz sorgfältig darüber nach", sagte Christina, „ob der weiße Chormantel der Wirklichkeit entspricht. Ich war nämlich in der Weihnachtsmesse und habe Abt Geoffrey in einem roten Chormantel gesehen." Zu seinem großen Erstaunen mußte der Subprior Alexander feststellen, daß er sich geirrt hatte. Er gab Christina recht - ohne die näheren Zusammenhänge ihrer Frage zu ergründen. Doch hätte sie auch nie darüber gesprochen.
Durch das große Geschenk, Christina an seiner Seite und in sei-

nem Herzen zu wissen, machte Geoffrey weitere Fortschritte in seiner Persönlichkeitsentfaltung. Weltlicher Ärger und nicht zu verhindernde Mißstände hatten keine Macht mehr, ihn zu besetzen und außer sich geraten zu lassen. In seinem Inneren spürte er ein tragfähiges Fundament, auf das er sich verlassen konnte und das ihm jederzeit zur Verfügung stand. Geoffreys Denken war scharfsinniger und sein Unterscheidungsvermögen klarer und eindeutiger geworden. Durchaus durfte Christina als Ursache dieser guten Veränderung bezeichnet werden, doch darüber hinaus waren die täglichen Meditationen notwendig, um Erreichtes zu erhalten, Dunkles abzubauen und weiter zu wachsen. Nur wenn der Boden immer wieder neu bereitet wurde, konnte das Wort als Geschenk des Himmels und der Menschen in Geoffrey und durch ihn reife Frucht bringen.
Höhere menschliche und geistige Werte hatten - im Gegensatz zu früheren Zeiten - jetzt Vorrang in seinem Leben. Was er früher für Äußerlichkeiten ausgegeben hatte, um sich und das Kloster besser darzustellen, kam denen zugute, die auf dem Weg der Wahrheitssuche waren: den Eremiten, Einsiedlern und Reklusen. Nicht genug vermochte Geoffrey, Christina zu danken, die ihn in wacher Aufmerksamkeit und liebender Fürsorge begleitete. Durch sie wurde Geoffrey zu dem Menschen, der er eigentlich war und dessen Gedanken und Handlungen jetzt wesentlich mehr mit dem Schöpfungsganzen in harmonischer Verbindung standen als je zuvor. Wenn er auch in allem wesentliche Fortschritte machte, so blieb ihm doch unfaßbar, wie Christina es erreichte, daß ihr durch Intuition und Gnade übernatürliche Einsichten geschenkt wurden. Sie war sogar in der Lage, machte aber keinen Gebrauch davon, die Gedanken Geoffreys zu erkennen, bevor er sie ausgesprochen hatte. Für ihn war es unmöglich, durch bloßes Nachdenken tiefere Zusammenhänge in Christinas Bewußtsein zu erforschen. Erst nach und nach gelang es Geoffrey - und mochte er sich noch so den Kopf zerbrechen - vom Gefühl her, das zu verstehen, was der bloße Verstand nicht erfassen konnte.
Eines Nachts sah Geoffrey im Traum sich selbst. Er hielt ein blühendes Heilkraut in seinen Händen. Aus dieser Pflanze konnte man bei richtiger Behandlung wertvolles Öl gewinnen, das bei

vielen und schweren Krankheiten heilende Wirkung zeigte. Im Traum zerdrückte Geoffrey dieses blühende Heilkraut mit seinen Fingern. Dabei hörte er eine Stimme: „Wenn du dir Zeit nimmst und diese Pflanze ganz ruhig und zart behandelst, wirst du das bekommen, was du dir wünschst."

Am nächsten Morgen erwartete der Abt einen hohen Besuch, mit dem er zusammen in die Einsiedelei von Markyate reiten wollte. Evisandus, der St. Albans sehr verbunden war, hatte von Christina und ihren besonderen Fähigkeiten gehört und beabsichtigte, diese große Frau persönlich kennenzulernen.

Da Geoffrey um die hohe Bildung von Evisandus wußte und Vertrauen zu ihm hatte, erzählte er ihm auf dem Weg nach Markyate seinen Traum. Evisandus sagte daraufhin: „Das wertvolle Heilkraut, von dem Ihr geträumt habt, symbolisiert Christina. Das Blühen der Pflanze spricht von der entfalteten Lebensfülle und Strahlkraft dieser hoch entwickelten Frau. Wenn Ihr Euch Christina nähert und sei es auch nur in Gedanken, dürft Ihr es weder aus unlauteren Motiven noch unter Zwang. Ihrem wahren Wesen kann man nur in absoluter Freundlichkeit und mit herzlicher Offenheit begegnen. Damit ihre Strahlkraft heilende Wirkung zeigt, darf man ihr nichts Grobes antun. Um Christina auch nur im entferntesten verstehen oder begreifen zu können, benötigt man nicht nur die Fähigkeit zu warten, sondern auch ein großes offenes Herz ohne Vorurteile."

Als Evisandus und Abt Geoffrey in Markyate ankamen, war es noch früh am Morgen. Christina kam gerade aus ihrem nahegelegenen kleinen Garten. Als sie die beiden sah und Abt Geoffrey erkannte, lief sie noch einmal in den Garten zurück und pflückte - wie es schien - die erstbeste Blume, die sie fand. Es war eine blühende Kamille, die sie behutsam und ehrfurchtsvoll in ihrer Hand trug. Nachdem sie den Gast und Abt Geoffrey freundlich begrüßte hatte, sagte sie, zu Geoffrey gewandt: „Dies ist die Blume, die Euch in der letzten Nacht in Eurer Vision begegnete. Oder ist sie es nicht?" Dann gab Christina behutsam und liebevoll Geoffrey die Pflanze in seine Hände. Evisandus und der Abt waren sehr erstaunt über das, was sie sahen und aus Christinas Mund vernommen hatten. Geoffrey berichtete jetzt von der Vision, die er in der vergangenen Nacht gehabt hatte, und Evisandus wiederholte vor Christina das Gespräch, das sie auf dem Weg geführt hatten. Da Christina die geistige Aussage dieser Vision nur allzu gut verstand und es ihr ein Bedürfnis war, von sich abzulenken, sprach sie über die Heilkraft der Kamille, die Geoffrey immer noch in seinen Händen hielt:

„Die Kamille ist eines der ältesten und allgemein bekanntesten Heilmittel. Um ihre Wirkung nicht zu schwächen, darf man diese Pflanze nur vor Sonnenaufgang sammeln. Durch ein behutsam angewandtes Verfahren gewinnt man aus dem Pflanzensaft ein besonders heilsames Öl. Wenn man den ganzen Körper damit einreibt, zeigt es sofort eine fiebersenkende Wirkung.

Die getrockneten und zerriebenen Blüten und Pflanzenteile werden mit Mulsum vermischt und als Arznei getrunken. Sie ist bei Magen- und Darmstörungen zu empfehlen, da sie sofort Krämpfe löst und auf alle Organe beruhigend wirkt. Auch sind die entzündungshemmenden Eigenschaften der Kamille bekannt. Man wendet sie ebenfalls bei Augenbeschwerden an. Wenn man einen schwerkranken Patienten mit dem Pflanzenöl einreibt, kann man die sichere Todesprognose stellen, wenn die Haut des Kranken das Öl nicht aufnimmt und er die Salbung sofort wieder ausschwitzt."

Evisandus und Abt Geoffrey schauten sich schweigend an. Sie dankten Christina und verbrachten mit ihr, heiter und in geistreichen Gesprächen, diesen wertvollen Tag in Markyate.

Unaussprechliches

Durch unaussprechliche Erfahrungen und Erlebnisse wuchsen Christina und Geoffrey noch mehr zueinander. Wann immer es eben möglich war, besuchte er sie in Markyate - häufiger noch als in früheren Zeiten.

Der Psalter für Christina wurde immer umfangreicher, und alle, die daran arbeiteten, schrieben und malten, empfingen eine besondere Art schöpferischer Zuwendung, die ihr Inneres beseelte.

Bei seinen Besuchen in Markyate erzählte Geoffrey jedes Mal eingehend von den Fortschritten, die das Buch machte.

Geoffrey sorgte für das Haus in Markyate, das angehende Priorat, das jetzt mehr und mehr Bewerberinnen aufnehmen mußte. Es gehörte nicht nur zum Eigentum von St. Albans, sondern war seit der Profeß von Christina auch geistlich im benediktinischen Sinn der Abtei unterstellt. Für Christina bedeutete dies eine große Entlastung, durch die ihr Zeit für Wesentlicheres geschenkt wurde. Während Abt Geoffrey und das Kloster somit die materielle Unterstützung von Markyate übernommen hatten, konnte Christina noch intensiver Menschen auf ihrem geistlichen Lebensweg begleiten.

Besonderen Wert und Aufmerksamkeit legte sie auf die Meditationsanweisungen, die sie Geoffrey - je nach seinen Erfahrungen und Fragen - immer wieder gab. Wie sie es von ihrem Meister Roger gelernt hatte und gewohnt war, ließ Christina keine Meditation ausfallen und lud, wenn sie Gäste hatte, diese zum gemeinsamen Schweigen ins Oratorium ein. Daß sie zusammen mit Geoffrey meditierte, der meist vorher für alle Anwensenden den Gottesdienst feierte, war zur Selbstverständlichkeit geworden. Wenn sich Christina durch tiefe Versenkung in diesen Zeiten oft nicht einmal mehr der Anwesenheit Geoffreys bewußt war, zeugte dies von ihrer großen Hingabe an den Urgrund der Schöpfung.

Geoffrey, der nicht nur um diese wunderbare Gabe wußte, sondern auch miterlebte, wie Christina in der Meditation von einer geistigen Kraft ergriffen wurde, die nicht von dieser Welt war, sagte wiederholt: „Meine Bewunderung ist groß Euch gegenüber. Ich habe Euch wie verklärt und nicht mehr auf dieser Welt seiend erlebt. Obwohl Ihr bestimmt in diesen Augenblicken Euch meiner Gegenwart nicht mehr bewußt ward, bin ich sicher und vertraue darauf, daß Ihr mich dorthin, in Seine Nähe mitgenommen habt."

Eine Vision, über die Christina nicht sprach, bestätigte ihr, in welcher geistigen Nähe sie zu Geoffrey stand. Sie sah sich, wie sie in einem wunderschönen Raum von geistig geprägter Atmosphäre in tiefe Meditation versunken war. Auf ihrer Schulter ruhte eine Taube - schöner als sie je eine Taube gesehen hatte. Außerhalb des Raumes sah sie den Abt, der sich vergeblich bemühte, zu ihr zu kommen. Ohne ein Wort zu sprechen, gab er Christina durch die Bewegung seines Kopfes und seiner Augen zu verstehen, wie groß

sein Wunsch war, auch von dieser wunderbaren Taube berührt zu werden. Wie konnte sie anders, als die Tür zu diesem geheiligten Raum für Geoffrey zu öffnen und die Taube auf ihrer Schulter zu bitten, ihn hineinzuholen. Dazu wandte sie alle ihr zur Verfügung stehenden Kräfte auf: ihre volle geistige und menschliche Liebe, die Sehnsucht, daß es Geoffrey ebenso gut haben möge wie sie, und letztlich die Hingabe an den Schöpfer, der auch Geoffrey den rechten Weg weisen würde.
In ihrer Vision öffnete die Taube die Augen, schlug mit den Flügeln und flog hinaus. Ob Geoffrey Besitz von der Taube genommen oder die Taube Besitz von Geoffrey ergriffen hatte, konnte Christina nicht erkennen. Allmählich schwand dieses Bild vor ihrem geistigen Auge, ließ aber in Christinas Bewußtsein eine Gewißheit zurück, daß Geoffrey mit einer geistigen Welt in lebendiger Berührung stand.
Durch dieses meditative Erlebnis fühlte sich Christina mit Geoffrey und seiner Seele noch enger verbunden. Die seelisch-geistigen Erfahrungen, die sie in ihrer zunehmend größer werdenden Gottes- und Menschenliebe machte, die Einsichten, die ihr geschenkt wurden, die Tränen, die sie vor Dankbarkeit und Freude weinte, und die Zusammenhänge zwischen Erde und Himmel, die sich Christina offenbarten, waren weder durch sie noch durch ihren Biographen Geoffrey in Worte zu fassen ...

Gregorianischer Gesang

Trotz seiner großen Umsicht, die er in St. Albans walten ließ, war es Abt Geoffrey entgangen, welch großen Einfluß der Gregorianische Gesang auf die Gestaltung des Albani-Psalters hatte. Sehr oft am Nachmittag, wenn der Alexis-Meister nach strenger und getaner Arbeit einen Tiefpunkt spürte und dem Scriptorium entfliehen wollte, besuchte er in der Abtei-Kirche die Vesper. Da seine Zeit der Entspannung gekommen war, fiel es ihm leicht, beim Glockengeläut, das diesen Gottesdienst einleitete, mit dem Schreiben und Malen aufzuhören. Die Vesper, deren Psalmen gesungen wurden, hatte den Charakter eines freudigen Lobpreises und inni-

gen Dankes für einen Tag, der jetzt verabschiedet wurde. Während der Alexis-Meister die Schönheit, Harmonie und Ausdruckskraft der aus dem lateinsprachigen Text erblühenden Melodien tief in sich aufnahm, traten übergroß die Bilder des Albani-Psalters vor sein Auge, an denen er an diesem Tag gearbeitet hatte. Er spürte deutlich den direkten Zusammenhang zwischen dem Gregorianischen Gesang, dem in seinem Wesen zu Klang gewordenen Wort, und der Malerei, wie er sie ausüben durfte. Beim Hören und sich Hineingeben in diese Musik offenbarte sich ihm darüber hinaus eine völlige Harmonie und ein Gleichklang zwischen dem Gesang voll pulsierenden Lebens und den Bildern für Christinas Buch.
Der Choral, dem der Alexis-Meister in der Abtei St. Albans mit besonderer innerer Beteiligung und Begeisterung lauschte, spiegelte für ihn den geistigen Frieden aus dem Wort Gottes wider. In keinem anderen Kloster waren die gesungenen Psalmen so lebendig und zu Herzen gehend wie hier. Wohl einzig und allein war es Michael, dem herausragenden Kantor von St. Albans zu verdanken, daß der Gregorianische Gesang nichts von einer statischen Feierlichkeit an sich hatte, sondern zu einem Gesang voll pulsierenden Lebens wurde. Und immer wieder wurde die Melodie von der Textaussage ausgelöst. Der Kantor verstand es wie kein anderer, den Gregorianischen Gesang in den Dienst der Psalmen zu stellen und ihn so zu einem meditativen Gebet werden zu lassen.
Wie konnte es anders sein, als daß der Alexis-Meister mit dem Kantor Michael schon seit langem Kontakt hatte und die beiden Künstler eine enge Freundschaft verband. Daher besuchte Michael seinen Freund, den er einfach „Alexis" nannte, fast ebenso häufig im Scriptorium, wie der Abt es tat. Daß er dort Abt Geoffrey niemals begegnete, lag an der regelmäßigen Zeit, direkt nach den Gottesdiensten. Für Michael trat nach getaner Arbeit eine Pause ein, während der Abt gerade in dieser Zeit sehr gefragt war.
Zusammen mit zwei anderen Mönchen seines Alters hatte Michael seine Probezeit für das Benediktiner-Kloster bestanden, das Noviziat gemacht und die Profeß abgelegt. Durch ihr stimmiges Wesen und die gemeinsam erlebten Vorkommnisse über viele Jahre waren die drei unzertrennlich: Michael, Patric und Gregory. Daß Patric durch seine Vaterschaft und die Ehe mit Jane sein Mönch-

sein hinter sich lassen mußte, hatte ihrer Freundschaft nicht geschadet. Oft kamen Michael und Gregory ins Wachshaus, um Patric zu besuchen, ihm bei seiner künstlerischen Arbeit zuzuschauen, über Neuigkeiten zu sprechen und nach Jane und der inzwischen angewachsenen Familie zu fragen.

Gergory war ein besonderer Mönch, der ganz im Verborgenen und im Schutz der Abtei leben wollte. Wurde er darauf angesprochen, daß er der Bruder der bekannten Christina von Markyate sei, antwortete er nicht viel und hielt sich bescheiden zurück. Als sich Christina nach ihrer Flucht versteckt halten mußte, weinte sie viel um Gregory, den sie nun nicht mehr sehen und streicheln konnte. Später erfuhr sie über ihre Schwester Margaret, daß auch Gregory den Weg nach St. Albans gehen wollte, doch ganz allein und ohne den Schutz und die Fürsprache seiner Schwestern.

Ob eine Veranlagung zu geistlichen Berufen in Auttis und Beatrices Familie gegeben war oder Christina als älteste Tochter nachahmungswürdige Spuren hinterlassen hatte - darüber machte sich Christina keine Gedanken. Immerhin waren Matilda und Simon, ihre beiden anderen Geschwister, zu Hause bei den Eltern geblieben. Und auch jetzt noch lebten sie mit ihren Familien in Huntingdon in der Nähe des elterlichen Hauses.

Die besondere, unausgesprochene Liebe Gregorys zu seiner Schwester Christina, die er schon als Kind verehrt hatte, drückte sich darin aus, daß er häufig nach Markyate kam. Christina übte einen guten und von Ängsten freimachenden Einfluß auf ihn aus. Abt Geoffrey hatte seinem Mönch Gregory, mit dem er selten über Christina sprach, auf sein und Christinas Bitten hin erlaubt, sooft nach Markyate zu reiten, wie er wolle, um dort mit allen Frauen und Anwesenden den Gottesdienst zu feiern. Als es sich später durch eine schlimme Krankheit zeigte, daß Gregorys Leben nur sehr kurz sein würde, war Geoffrey glücklich und dankbar, daß er ihm diese Sonderregelung, das Kloster häufig verlassen zu dürfen, gewährt hatte. Doch jetzt ahnten weder seine beiden Freunde noch die anderen Mitbrüder etwas davon.

Gregory kam oft zusammen mit Michael, dem Kantor, ins Scriptorium, um mit dem Alexis-Meister zu sprechen und seine neuen Schriften und Bilder zu bewundern. Im Beisein von Gregory vermieden sie es, von Markyate zu sprechen oder Christinas Namen mit dem Albani-Psalter in Verbindung zu bringen. Zum einen brauchte Gregory sein eigenes Geheimnis und zum anderen hatten Alexis und Michael mit sehr viel Feingefühl die Einstellung entwickelt, Gregory nicht in den Schatten seiner großen Schwester Christina zu stellen.

Wie der Alexis-Meister durch die Gregorianischen Gesänge, die Michael als Kantor dirigierend förmlich in der Hand hatte, zu neuem Schaffen angeregt wurde, so begeisterte und inspirierte wiederum die Mal- und Schreibarbeit den Kantor. Wenn sie im Scriptorium waren und Alexis gerade ein neues Bild entwickelte, schauten Gregory und Michael ihm mit großer Faszination zu.

Alexis legte zunächst auf dem Pergament die Umrisse mit einem Stift an und zog sie dann sorgsam mit der Feder in bräunlicher Farbe gleichmäßig nach. Man durfte ihn dabei nicht stören, weder ein Wort sagen noch mit seinen Gedanken und der Aufmerksamkeit abschweifen. Nachdem so die Konturen der Komposition klar waren, füllte der Alexis-Meister sie nach und nach mit Farbe. Nur die Teile des Bildes, die eine Hautfarbe ausweisen sollten, sparte er vorerst aus oder gab ihnen einen leicht rot-grünlichen Schatten. Die Fläche der Figuren und Gegenstände - zu ihnen gehörte auch die Architektur - wurde je mit dem für sie bestimmten Mittelton gedeckt, sei es blau, rot, gelb, grün, braun oder purpur.

Michael fiel auf, daß Alexis häufig die Purpur-Farbe verwandte, die ebensooft in den wunderbaren und ideenreichen Zierrahmen wieder vorkam. Da die Umrisse durch die Bemalung wieder unbestimmt geworden waren, zog er sie mit einem feinen Pinsel in schwarzer Farbe noch einmal nach. Dann malte er auf den Mitteltönen der Gewänder und der anderen Gegenstände die Schatten und Schattierungen mit einem tieferen Ton. Michael und Gregory beobachteten den Alexis-Meister, wie er mit sicherer und ruhiger Hand die Farbe auf die vorhandenen Farben gleichmäßig auflegte oder einen nuancierten Farbeffekt durch Schraffieren erreichte. Äußerst behutsam brachte er dann schließlich das hellere Licht durch aufgesetzte weiße Linien oder Flächen in das Bild hinein. Gregory stellte sich vor, sagte aber kein Wort darüber, wie Christina bald schon dieses Buch in Empfang nehmen und in ihren

Händen halten würde, dieses wunderbare Buch, an dem so viele Jahre geschrieben und gemalt worden war.
An anderen Tagen kam es vor, daß der Alexis-Meister seine Arbeit unterbrach und sich fragend an Michael wandte. „In den Scriptorien der Klöster, in denen ich tätig bin, beobachte ich gern, wenn Choralbücher gefertigt werden und die Mönche Punkte, Striche, Bogen und Häkchen über den zu singenden Text schreiben. Leider vermisse ich dabei eine schöne Verzierung, so daß ich mich wieder abwende." Der Alexis-Meister deutete an, daß er gern noch etwas mehr über die Choral-Notation wissen wolle, um später selbst einmal Ton-Schrift-Zeichen mit in seine Bilder aufzunehmen.
„Ich bin sicher", sagte Michael, „daß du die Neumen mit Zier-Schriftzeichen von schönster Art versehen wirst. Vor meiner Zeit, als die Linien noch nicht eingeführt waren, konnte man weder die Melodie noch den Rhythmus genau erkennen, so daß die Tonbewegung ohne die Handzeichen des Kantors nicht zu entziffern war. Durch die Linien, die der Benediktiner Guido von Arezzo einführte, wird die Tonhöhe genau festgelegt. Dieses System der Linien im Terzenabstand schuf er in den Jahren 1025 und 1026 im Kloster von Arezzo. Guido war der erste, der mit Vorzeichnung eines Tonbuchstabens als Schlüssel vier Linien anwandte, in die dann die Neumen eingetragen wurden.
Wenn du, Alexis, mehr und Genaueres darüber wissen möchtest, nimm dir das Buch des Guido von Arezzo zur Hand, das uns hier in unserer Klosterbibliothek zur Verfügung steht. 'Micrologus de disciplina artis musicae' ('Kurzgefaßter Abriß der Musiklehre') ist das am häufigsten abgeschriebene und benutzte Musiklehrbuch, das ich kenne. Wenn du dieses Buch aufschlägst, empfehle ich dir, zunächst das Kapitel 'Eine ästhetische Beschreibung der Kirchentonarten' zu lesen. Es wird für dich eine Bereicherung und Inspiration für das Malen sein. Guido von Arezzo beendet seinen Abriß der Musiklehre mit der lesenwerten Erzählung von der Erfindung der Musik durch Pythagoras.
Wenn heute ein Choralbuch - ein Antiphonarium oder Cantatorium - neu geschrieben wird, benutzen wir schon die über die Neumen hinausgehende quadratische Choralnotation. Sie ist aus der

bekannten Neumenschrift durch Verdichtung der einzelnen Zeichen entstanden. Diese neue quadratische Notenschrift, mit der ich liebend gern arbeite und musiziere, ist einfacher und gleichzeitig wesentlich genauer als die Neumen."

„Als du mit dem Alexis-Meister über die Choralbücher gesprochen hast", sagte Gregory zu Michael, als sie beide allein waren, „war ich stolz auf meinen Namen, der wie der Gregorianische Gesang auf Papst Gregor I. zurückgeht. Da ich euer Gespräch nicht unterbrechen wollte, möchte ich dich jetzt etwas fragen: Zu meinen liebsten Gregorianischen Gesängen gehört das 'Salve Regina', das wir so häufig in der Liturgie und während der Prozessionen singen. Immer wieder, wenn ich diesen Gesang höre oder ihn mitsinge, bin ich ganz erfüllt von seiner ernsten und verinnerlichten Schönheit, von der Glut der menschlichen Sehnsucht und des Flehens. Kannst du mir sagen, von wem das 'Salve Regina' stammt und warum dieser Gesang so eindringlich ist?"

Michael freute sich über die Frage von Gregory, der oft sehr still war und lieber zuhörte. „Es ist ein Werk von Adhémar de Monteil, der ab 1087 Bischof von Puy-en-Velay war. Er nahm am ersten Kreuzzug teil. Dank seiner geistigen und politischen Führung sowie seines Ansehens gelang es ihm, die Einheit im Heer zu wahren. Doch im Jahr 1098 erlag er in Antiocheia einer Seuche und mußte - noch jung an Jahren - daran sterben. Vielleicht, Gregory, gefällt dir das 'Salve Regina' so gut, weil seine zarte und würdevolle Melodie durch die zahlreichen dreitönigen Neumengruppen gleichsam in eine wiegende Bewegung gerät. Bestimmt ruft auch bei 'Geméntes et flentes' der Ausdruck von Trauer und Betrübnis eine eindringliche Wirkung in dir hervor. Dann aber schließt der Gesang - beschwingt von kindlichem Vertrauen - mit drei inständigen Rufen, die sich, einer intensiver als der andere, an die mütterliche Frau, Maria, richten."

David und die Musikanten

Die über Jahre währende Begegnung mit dem Kantor Michael hatte dem Alexis-Meister neue und weitreichende Zugänge zur

Musik offenbart. Seine Arbeit am Psalter für Christina wurde durch das tiefere Hören des Gregorianischen Gesanges derart inspiriert, daß nicht nur die Figuren der Bilder eine heiter schwingende Klangfülle ausdrücken, sondern der Maler gleich dreimal David als Psalmendichter auf einem jeweils ganzseitigen Bild darstellt. Um seine vierzig gerahmten Miniaturen von diesem wunderbaren Gregorianischen Gesang zu durchfluten, stellte der Alexis-Meister den musizierenden David an den Schluß dieser Bildfolge.

Durch den Heiligen Geist, der in Gestalt einer Taube sein Ohr berührt, versetzt David diesen göttlichen Klang in Schwingung, so daß er auch unser Ohr und Herz berühre. Im langen Anschauen erlebte Alexis, wie dieses meditative Bild in ihm eine immer größer werdende Stille auslöste. In sie hinein schenkte sich eine zarte, kaum wahrnehmbare Melodie, die aus einer anderen Welt zu kommen schien. Er hatte das Bedürfnis, in sie einzustimmen, um sich diese Klänge zu eigen zu machen. Als der Alexis-Meister einige Zeit vor dem Bild des auf der Fithele spielenden David verbrachte, kamen ihm die Worte des Ignatius von Antiochien in den Sinn: „Nehmt Gottes Melodie in euch auf. So werdet ihr alle in eurer Eintracht und zusammenklingender Liebe zu einem Chor." Seine Gedanken gingen weiter und kamen wie von selbst zu Michael. Sein Schicksal schien Alexis wie ein wunderbares Konzert zu sein, das nicht enden wollte. Er wurde an diesem Tag vor Freude nicht müde und konnte nicht genug darüber sinnen:

Im Spielen eines Musikstückes oder im Gregorianischen Gesang kommt es darauf an, jene fast verborgene Dimension durchstrahlen zu lassen, die allem, was existiert, das Lebendige gibt. Es ist die in den Neumen und Zeichen nicht festlegbare Nuance, die Michael zum Strahlen bringt, um damit den Hörer in eine andere Welt und - gleichsam über sich hinaus - in eine verborgene Dimension hineinzuführen, die mitten in unserer Welt lebendig werden möchte.

Bei der zweiten großen Darstellung des musizierenden David beginnt der Psaltertext mit den Worten: „Beatus vir". In der unteren Rundung der mit Flechtwerk und Arkantusblättern verzierten B-Initiale thront König David. In der linken Hand hält er ein offenes

Buch, mit der Rechten spielt er auf der Harfe. Davids Blick ist auf den Betrachter gerichtet, so als wollte er sagen: „Wie diese Saiten mit der Harfe verbunden sind, so mögen die Psalmen mit deiner Seele verbunden sein." Der Alexis-Meister, der somit zu Beginn des Psalters David als inspirierten Textautor und Musikant der Psalmen darstellt, will vermitteln, daß in der Musik und der Lobpreisung die Urerfahrung des Menschen zum Ausdruck kommt, vom Schöpfer gehalten zu sein. Doch sollen auch den Notleidenden und Bedrängten die Psalmen zu Nachtherbergen in bewegter Zeit werden. Ohne dieses große Urvertrauen in die Schöpfung und den Schöpfer, das der Alexis-Meister in Geoffrey, Michael und Christina erlebte, hätte er diese dreimal wiederkehrende Komposition des vor Freude musizierenden David nicht schaffen können. Um das Jahr 1000 vor Christus kam David als Knabe an den Hof Sauls und sammelte Erfahrungen für seine spätere eigene Regierung. Er wurde zum Liebling des Volkes, doch Saul geriet dadurch in höchste Eifersucht und verfolgte ihn. Nach überstandenen Krisen wurde David sein Nachfolger und bewies als Staatsmann, Heerführer und durch die Kunst der Menschenbehandlung außergewöhnliche Fähigkeiten.

Der Alexis-Meister sah in David die Verkörperung eines gelungenen Lebens, das sich zwar aus Licht- und Schattenseiten formt, letztlich aber bestanden werden muß. Die Begegnung in St. Albans mit Menschen, die Liebe, Musikalität und ein Urvertrauen ausstrahlten, hatte ihm geholfen, auch sein eigenes Leben besser in den Griff zu bekommen. Wenn der Alexis-Meister auch niemals über sich selbst und sein Leben sprach, spiegelt doch sein großes Werk, der Albani-Psalter für Christina von Markyate, seine Persönlichkeit und die Einmaligkeit seines Stiles wider. Sicher war es auch seine Sehnsucht, die Melodie Gottes in sich aufzunehmen, um im Zusammenklang vieler Stimmen eine Symphonie, ein Liebeslied entstehen zu lassen, das nie endet.

Obwohl das Buch für Christina noch nicht ganz fertiggestellt war, wußte der Alexis-Meister bereits, daß er das dritte Bild des musizierenden David als Ausklang ans Ende setzten würde.

Die Liebe, die immer neue Melodien erfindet, möchte nicht allein und ungehört bleiben. Sie hat die Sehnsucht, im Zusammenklang

vieler Stimmen zu einer Symphonie zu werden, zu einem nicht endenden Liebeslied. Da dem Alexis-Meister dieser Gedanke wiederholt in den Sinn kam, wurde ihm bewußt, daß er in der liebenden Begegnung mit Christina, Geoffrey und der Musik durch Michael genau das gefunden hatte, wonach sein Herz verlangte.
Aus diesem dankbaren Empfinden heraus schuf er als letztes Bild für den Albani-Psalter einen Zusammenklang vieler Stimmen. Der auf der Fithele spielende König David ist umgeben von sechs weiteren Musikanten, die ebenso die ihnen zugedachte Lebensmelodie aufnehmen und ihr im Zusammenklang des Ganzen Harmonie verleihen.

Der Alexis-Meister und sein Geheimnis

*D*er Albani-Psalter, der infolge seiner Bestimmung besser „Psalter der Christina von Markyate" genannt wird, ging nach ungefähr zwölfjähriger Arbeit im Jahr 1135 seiner Vollendung entgegen. Oft war in der Zwischenzeit der Alexis-Meister in Scriptorien anderer Klöster wie in Bury St. Edmunds oder in der Malerschule von Canterbury tätig. Wenn er nicht gerade einem seiner Schüler einen Auftrag erteilt hatte, an Christinas Buch weiterzuarbeiten, ruhte das Werk in der Abwesenheit des Meisters. Die große Zeitspanne bis zur Fertigstellung war dadurch mitbedingt, daß der Alexis-Meister im Scriptorium von St. Albans gleichzeitig an mehreren Büchern arbeitete.
Es gab liturgische Bücher, die Vorrang hatten, da sie dringend benötigt wurden; es mußten königliche Urkunden geschrieben und illuminiert werden, und vor allem waren die meisten Schreiber damit beschäftigt, geliehene Werke für die eigene Bibliothek in St. Albans abzuschreiben. Abt Geoffrey wußte, daß der Albani-Psalter für Christina sehr viel Zeit in Anspruch nehmen würde, obwohl einige Lagen des Buches aus einem anderen früheren Werk stammten und in das neue mit eingebunden wurden. Eine Verzögerung der Fertigstellung ergab sich durch eine Zusage, die der Alexis-Meister gegeben hatte: die Gestaltung eines Buches des Anselm von Canterbury mit Miniaturen. Diese Handschrift: „Ge-

bete und Meditationen" wurde fast zur selben Zeit vollendet wie der Albani-Psalter für Christina.
Anselm von Canterbury hatte die neunzehn Gebete und drei Meditationen, die der Alexis-Meister schrieb und bebilderte, um das Jahr 1078 vollendet. Da sich die „Gebete und Meditationen" durch ihren einmaligen Kunststil, rhetorischen Aufbau und ihr geistvolles, zielstrebiges Rationieren von ähnlichen Werken in besonderer Weise abhoben und die Mönche von St. Albans die Werke Anselms gern lesen und verinnerlichen wollten, sorgte Abt Geoffrey mit Nachdruck für die Fertigstellung dieses Buches. In einer ganzseitigen Miniatur stellte der Alexis-Meister im Malstil des Albani-Psalters dar, wie Christus Petrus die Schlüssel aushändigt. Christus, rechts im Bild, wird von zwei zu seinen Füßen stehenden Schafen erwartungsvoll angeschaut. Im Gegensatz zur einfachen koloristischen Zeichnung führte der Alexis-Meister eine völlig neue Bildsprache ein, die von einem erzählenden Stil und einer neuen Malweise mit Deckfarben geprägt ist.
Dieser in St. Albans geschaffene Stil drang durch Schüler des Alexis in eine Reihe weiterer Scriptorien ein. Nicht nur in den Schulen von Bury St. Edmunds und Canterbury, in denen der Meister selbst mitarbeitete, sondern auch in Winchester und im Süden Englands wurde sein Einfluß spürbar. Selbst Malzentren mit alter Miniatur-Tradition konnten dem in St. Albans geschaffenen neuartigen Stil nichts Gleichrangiges an die Seite stellen. Meister, die seit Jahrzehnten in der anglonormannischen Buchmalerei einen hervorragenden Namen hatten, ließen sich von den Arbeiten des Alexis-Meisters - besonders von seinen Miniaturen und Initialen für den Albani-Psalter - inspirieren. Große Lebensfreude prägt den St. Albans-Stil. Ein freundlicher Charakter durchweht die Bilder wie eine frische Sommerbrise, alles atmet Leichtigkeit, Wohlgefallen und Grazie. In den Initialen drücken sich die originellsten Manifestationen der künstlerischen Phantasie des Meisters aus.
Viele Mönche und Maler anderer Klöster fragten bei ihren Besuchen im Scriptorium von St. Albans den Alexis-Meister nach seiner Herkunft und seinem wirklichen Namen. Niemandem, nicht einmal Abt Geoffrey gab er etwas von sich oder seinem historischen Namen kund. Der Meister verfügte über eine große Erfin-

dungsgabe und hatte Freude daran, mehrdeutige Antworten auf die gleichen Fragen zu geben. Er hatte den Mut, unbeirrt seinen eigenen Weg zu gehen, im Bild besonders ausgedrückt durch menschliche Figuren, die von der Schwerkraft der Erde losgelöst zu sein scheinen. Bei der Schrift zieht er unbekümmert und einfach die geraden Längen einer Initiale I, P oder T oder L übermäßig nach unten aus, so daß sie die ganze Schriftfläche wie eine Zierleiste seitlich begrenzen. Die in den Initialen vorkommende Flecht-Ornamentik, die der Alexis-Meister von keltischen Motiven übernahm, wird bei ihm mit fast magischer Energie geladen.
Die Rolle des Lichtes als Besieger der Dunkelheit gestaltet er mit außerordentlicher Kraft. Daher kann er es sich erlauben, den Teufel nicht allzu ernst zu nehmen und ihn in eine karikierte Gestalt zu kleiden. Doch werden in keinem Bild die in jedem Fall existierenden feindlichen Mächte übersehen. Der Alexis-Meister ist in seiner Eigenart der erste, der die Hölle als einen riesigen aufgesperrten Rachen oder Schlund darstellt. Schaut man genau hin, sieht man - in allen vier Himmelsrichtungen - über dem Höllenschlund Schornsteine, damit das Feuer nicht ausgeht.
Der Geist wird stets durch einen Vogel, die Seele durch eine kleine, nackte menschliche Gestalt wiedergegeben. Seine stark ausgebildete Gebärdensprache veranlaßt den Meister, die Hände sehr groß zu zeichnen. Durch starke Bewegung des Körpers läßt er die Figuren selbst sprechen. Eine in den Knien gebeugte Stellung bedeutet Furcht, das auf die Hand gestützte Haupt Trübsal. Ein weiterer wesentlicher Teil der sprechenden Wirkung der Miniaturen liegt in dem üppigen Faltenwerk der Figuren. Die Falten scheinen wie aufgeladen zu sein, und von den Gewändern geht diese Lebhaftigkeit auf die gesamte Gestalt über.
Der Alexis-Meister stellt überall im Albani-Kodex Menschen mit sehr feinem Gefühl dar, die in der Mitte zwischen Hintergrund und Betrachter stehen. In seinen lebenssprühenden und gleichzeitig verinnerlichten Miniaturen kommt seine Vorliebe für unproportioniert langgestreckte Figuren mit kleinen aristokratischen Köpfen und sehr feinen, schmalen Händen und Füßen zum Ausdruck, wie auch eine Lust zum Karikieren bei der Darstellung des Bösen. Obwohl Abt Geoffrey aus dem Munde des Alexis-Meisters nie-

mals etwas über dessen Herkunft oder seine Lehrer erfahren konnte, so ahnte er doch, woher dieser begabte und einmalige Künstler stammen könnte: Vielleicht kam der Alexis-Meister aus Frankreich und war bei Gislebertus in die Schule gegangen? Die aristokratischen, außergewöhnlich schlanken Figuren erinnerten Geoffrey an die französischen Skulpturen im Werk des Bildhauers Gislebertus. Auf den Reisen in seine französische Heimat hatte er das Benediktinerkloster in Vézelay und die Kathedrale Saint-Lazare in Autun besucht. Hier gab es die erfolgreichsten, gewandtesten und stilbildenden Bildhauerschulen Frankreichs, die auch die Handschriften-Malerei beeinflußten. Als Geoffrey die Skulpturen und Reliefs sah, die Gislebertus in der Kathedrale Saint-Lazare in Autun geschaffen hatte, fiel ihm eine derartige Ähnlichkeit auf, daß er glaubte, ein Werk des Alexis-Meisters vor sich zu haben. Er stand vor dem Kapitel mit den drei schlafenden Magiern, denen ein Engel erscheint, und glaubte sich vor das gleiche Bild versetzt, das der Meister in St. Albans für Christinas Buch gemalt hatte.
Als Geoffrey wieder in England war, sah er im Scriptorium den Albani-Psalter mit noch anderen Augen: umfassender, kosmisch mit der Größe und Einmaligkeit der Kathedrale von Autun im Zusammenhang stehend. Doch dieses Gefühl bewahrte er vor dem Alexis-Meister, vor Christina aber - in der Einsamkeit von Markyate - sprach er es wohltuend aus.

Das Buch: der Albani-Psalter

Das Buch für Christina wurde aus Teilen mehrerer Handschriften gebunden, die alle im Scriptorium von St. Albans entstanden waren. Abt Geoffrey hatte großen Einfluß auf das Bildprogramm, das vom Alexis-Meister gestaltet wurde. Von Geoffreys Hand stammen unter anderem auch die Überschriften der Psalmen, auf die sich die Darstellungen in den Initialen beziehen. Ab Psalm 110 weisen die Psalmisten-Figuren eindringlich auf diese Überschriften hin. Abt Geoffrey fand - nachdem der Bildschmuck der Psalmen schon zur Hälfte fertiggestellt war - erst die Zeit, die Überschriften nachzutragen.

Die 209 dicken Pergamentblätter ergeben 418 Seiten, die fast alle beschrieben oder bemalt sind. Die Größe eines Pergamentblattes beträgt 27,6 cm in der Höhe und 18,4 cm in der Breite. Eine beschriebene Seite enthält nicht mehr als 22 Zeilen, die abwechselnd verschiedenfarbig geschrieben sind. Die 209 Pergamentblätter, aus denen der Kodex besteht, wurden von Meisterhand fest und stabil mit einem Einband aus zwei Holzplatten versehen, der mit Schweinshaut bespannt ist.
Der Albani-Psalter setzt sich aus vier Teilen zusammen:

1. Der Kalender (Seite 2 bis 15)
Für jeden Monat ist eine eigene Seite vorgesehen. Die Seite beginnt mit einem farbigen Medaillon, in das eine Figur eingezeichnet ist, die den jeweiligen Monat repräsentiert. Zusätzlich enthält jeder Monat das ihm zugeordnete Tierkreiszeichen. Die Medaillons und die Tierkreiszeichen sind kolorierte Federzeichnungen.

Januar (Wassermann): Janus mit einem Doppelgesicht sitzt auf einem Thron und hält in der Rechten ein Brot, in der Linken eine Schale.

Februar (Fische): Ein Mann im Pelzumhang wärmt seine Hände über einem Feuer.

März (Widder): Ein Mann, der mit einem kurzen Mantel und einer Mütze bekleidet ist, hält in der linken Hand einen grünenden Zweig mit einem Vogel, auf den er zeigt.

April (Stier): Die Figur, die eine Blütenmütze trägt, hält in jeder Hand einen Blütenzweig.

Mai (Zwillinge): Auf dem linken Arm eines thronenden Königs sitzt ein Falke.

Juni (Krebs): Ein Mann arbeitet mit einer Sense.

Juli (Löwe): Ein Mann mit bloßem Kopf hält in der linken Hand ein Pflanzenbüschel, in der rechten eine Sichel.

August (Jungfrau): Die Figur zeigt mit beiden Händen eine Garbe.

September (Waage): Ein Mann trägt eine Schüssel voll Trauben und hält in der linken Hand eine einzelne Traube.

Oktober (Skorpion): Ein Mann gießt Wein aus einer Schale in ein Faß, das er auf den Knien hält.

November (Schütze): Die Figur schwingt eine Axt.
Dezember (Steinbock): Ein Mann hält ein Beil, um damit ein Schwein zu schlachten.

2. DER BILDERZYKLUS *(Seite 17 bis 56)*

Dieser umfaßt eine Folge von 40 ganzseitigen gerahmten Bildern in Deckfarben-Malerei:

Seite 17: Sündenfall
Seite 18: Vertreibung aus dem Paradies
Seite 19: Verkündigung
Seite 20: Heimsuchung
Seite 21: Geburt
Seite 22: Verkündigung an die Hirten
Seite 23: Die drei Könige vor Herodes
Seite 24: Die drei Könige folgen dem Stern
Seite 25: Anbetung durch die Könige
Seite 26: Der Traum der drei Könige
Seite 27: Rückkehr der Könige
Seite 28: Darbringung Jesu im Tempel
Seite 29: Flucht nach Ägypten
Seite 30: Kindesmord in Bethlehem
Seite 31: Rückkehr aus Ägypten
Seite 32: Taufe Jesu
Seite 33: Erste Versuchung
Seite 34: Zweite Versuchung
Seite 35: Dritte Versuchung
Seite 36: Gastmahl im Haus des Simon
Seite 37: Einzug in Jerusalem
Seite 38: Fußwaschung
Seite 39: Jesus am Ölberg
Seite 40: Jesus weckt die schlafenden Jünger
Seite 41: Abendmahl
Seite 42: Gefangennahme Jesu
Seite 43: Verspottung
Seite 44: Geißelung
Seite 45: Pilatus wäscht seine Hände
Seite 46: Kreuzigung

Seite 47: Abnahme von Kreuz
Seite 48: Grablegung
Seite 49: Abstieg in die Unterwelt
Seite 50: Die drei Frauen am Grab
Seite 51: Maria Magdalena berichtet den Jüngern
Seite 52: Der ungläubige Thomas
Seite 53: Legende des Heiligen Martin
Seite 54: Himmelfahrt
Seite 55: Pfingsten
Seite 56: David als Musikant

3. Die Alexis-Vita und geistliche Texte (Seite 57 bis 72)
Seite 57: Aus dem Leben des heiligen Alexius (kolorierte Federzeichnung)
Seite 57 bis 68: Alexius-Lied (französisch) und Brief von Papst Gregor I.
Seite 69: Christus und die Jünger auf dem Weg nach Emmaus (Federzeichnung)
Seite 70: Das Mahl in Emmaus (Federzeichnung)
Seite 71: Christus entschwindet aus Emmaus (Federzeichnung)
Seite 72: Ganzseitige B-Initiale mit dem musizierenden David

4. Der Psalter (Seite 73 bis 418)
Seite 73: Gerahmte Zierschrift-Seite
Seite 74 bis 415: Farbig geschriebene Psalmen, alle eingeleitet durch große farbige Initialen (211) mit figürlichen Darstellungen
Seite 285: 8 cm hohe Initiale „C" (nachträglich eingeklebt) zu Psalm 105 - Christina von Markyate steht mit den Mönchen von St. Albans vor Christus
Seite 403: K-Initiale zur Litanei; in der Initiale ist der Nonnenkonvent von Markyate mit Abt Geoffrey dargestellt
Seite 416: Ganzseitig gerahmtes Bild - Enthauptung des heiligen Alban
Seite 417: Ganzseitig gerahmtes Bild - König David und die Musikanten

An einem Abend, als sie allein im Scriptorium waren, überreichte der Alexis-Meister mit einer feierlichen Geste Abt Geoffrey de Gorham den Albani-Psalter, das Buch, geschrieben für Christina von Markyate. Als Geoffrey vor Freude und Dankbarkeit den Einband sanft streichelte, traten ihm Tränen in die Augen, und er sah vor sich, wie er das kostbare Buch in gleicher Weise an Christina weiterreichen würde.
Der Alexis-Meister schwieg, denn es war auch für ihn ein geheiligter Augenblick, den er bewußt noch eine Weile hinauszögern wollte. Sich von einem Werk trennen zu müssen, mit dem er über Jahre enger als mit jedem Menschen verbunden war, fiel ihm unsagbar schwer. Der Gedanke jedoch, daß in wenigen Tagen Christina von Markyate, diese großartige und verehrenswerte Frau das Buch besitzen würde, tröstete ihn sehr. Geoffrey umarmte den Alexis-Meister und bedankte sich bei ihm auf angemessene Weise. Allein dieses Buch in Händen zu halten bedeutete etwas ganz Besonderes und eine große Ehre.
Der Abt trug den Albani-Psalter behutsam und ebenso feierlich, wie er ihn überreicht bekommen hatte, in seine Wohnung.
An diesem Abend und in dieser Nacht nahm er sich alle Zeit und schöpfte die Möglichkeit aus, immer und immer wieder Einsicht in das Buch zu nehmen, das für ihn die zum Leben erweckte Verbindung zwischen göttlicher Liebe und menschlicher Freundschaft darstellte.
Wie er es bei jedem Buch gewohnt war, schlug er zunächst die letzte Seite auf und schaute auf ein Doppelblatt mit zwei einander gegenüberstehenden gerahmten Bildseiten. Links sah er die „Enthauptung Albans", in die der Alexis-Meister Geoffrey bisher keinen Einblick gewährt hatte, und auf der rechten Seite den musizierenden David inmitten seiner Musikanten. Beim ersten Anschauen erinnerte er sich an die Worte des Malers, der eigentlich diese beiden für St. Albans und den Psaltertext so beziehungsreichen Bilder an den Anfang des Buches setzen wollte. Geoffrey lächelte und freute sich, als ihm die Worte von Alpha, dem Anfang, und Omega, dem Ende, in den Sinn kamen. Es besteht somit überhaupt kein Unterschied zwischen beiden, nur müssen wir in unserem Leben die uns geschenkte Zeit nutzen, die Spannungen

zwischen den beiden Polen aushalten und etwas mehr aus den Gaben machen, die uns anvertraut werden, dachte er und nahm sich vor, diesen Gedanken an Christina weiterzugeben.
Wie konnte es anders sein, als daß Geoffrey, Abt von St. Albans, beim Anschauen des fertig gebundenen Albani-Psalters als erstes Bild das „Martyrium Albans" entgegenkam. Im Betrachten dieser Miniatur, die den Anfang des Klosters auf dem Märtyrerhügel in einer grausamen Szene darstellt und die eigentlich auch am Anfang des Buches stehen sollte, versenkte sich Geoffrey in die Aussage des Bildes und in die Lebensgeschichte Albans.
Der erste Henker hatte angesichts des mutigen Alban sein Schwert fallenlassen und erklärt, diesem Menschen nicht das Leben nehmen zu können. Doch nun greift ein anderer Henker zu und führt das Gerichtsurteil aus. Hier beginnt die Darstellung des Alexis-Meisters. Sofort nach der Enthauptung Albans steckt der Henker sein Schwert wieder in die Scheide. Im selben Augenblick erblindet er, beide Augen fallen ihm aus dem Kopf, und ein Blutstrahl ergießt sich aus einer Augenhöhle. Entsetzt blickt ihn der Totengräber an, der seine Schaufel erhebt, um die Leiche zu begraben. Links steht mit erhobener Hand der, der die Enthauptung Albans befohlen hat. Ihm gegenüber - rechts unten - hat während der Enthauptung Alban gekniet, dessen kopfloser Körper in diesem Augenblick zusammenfällt. Der Kopf liegt am Boden.
Ein Engel nimmt Albans Geist auf, der in Vogelgestalt aus dem Munde des Getöteten emporsteigt. Gemeinsam mit einem anderen Engel trägt er die Seele des heiligen Alban hinauf zu Christus, der zwischen zwei Engeln in der Glorie erscheint. Auf dieser Miniatur der Enthauptung Albans und seiner Aufnahme in den Himmel ist nicht das im Psalter sonst übliche Bild für die Seele gewählt, eine kleine nackte Menschengestalt, sondern die Taube, das Symbol des Heiligen Geistes.

Vom geistlichen Kampf

Von der Übergabe des Psalters an Christina von Markyate durch Abt Geoffrey de Gorham spricht weder der Biograph Christinas

noch irgendein Chronist. Sicher geschah es so liebevoll, persönlich und geisterfüllt, daß für diesen Augenblick der Verbindung göttlicher und menschlicher Liebe alle Worte fehlen.
„Geoffrey, Beloved, schaut einmal rechts auf das Bild. Fällt Euch etwas Wunderbares, Besonderes auf?" Geoffrey, der das Bild der drei Könige vor Herodes in sich aufnahm, die Darstellung innerhalb des verzierten Rahmens, sah den erhöhten Thron, auf dem Herodes sitzt, hinter ihm einen Schwertträger, die drei Männer, die leuchtenden Farben - aber etwas Besonderes sah er nicht. Christina lachte und sagte eher scherzhaft: „Schaut doch einfach über die Begrenzung hinaus, und Ihr werdet sehen, worauf es ankommt." Langsam weitete er seinen Blick und sah oberhalb des Bildes auf dem gelb-weißen Pergament - genau zwischen den drei Königen und Herodes - einen rotfarbenen einsamen Stern. Die acht Strahlen des Sternes, die spitz zulaufen, sind mit Farbe ausgefüllt. In der Mitte ziert den Stern ein feiner goldener Punkt. Christina lächelte und umarmte Geoffrey, da er nun verstanden hatte, worum es ging. „Ich bin erstaunt darüber", sagte sie, „wie es dem Alexis-Meister gelungen ist, demjenigen, der sich wirklich zu lesen bemüht, durch versteckte Feinheiten so viel zu sagen. Diesen Wert unterstreicht er zu recht viel mit der Farbe Gold und echter Goldauflage. Fast jedes Gewand ist mit Goldstreifen umsäumt, jede Halskrause goldbelegt - und dazu die strahlenden Nimbusse."
Der Albani-Psalter war schon einige Zeit im Besitz von Christina, als der Alexis-Meister Abt Geoffrey fragte, ob er noch einmal Einblick nehmen dürfe; auch wolle er dabei gern mit Christina sprechen. Ihre Begegnung zu dritt wurde zu einem Fest, und ihre Gespräche über den Albani-Psalter wollten nicht enden. Das Buch lag vor ihnen auf dem Tisch des Refektoriums, und nacheinander wählte jeder eine Seite, über die sie ausführlich sprachen.
Als Christina sagte, sie würde nie müde, den Psalter anzuschauen, und die Texte seien wertvolle Hilfe für den geistlichen Kampf, horchte der Maler auf. Christina meinte, sich genauer ausdrücken zu müssen, und ergänzte: „Ich meine damit den nicht endenden Kampf gegen das Böse in der menschlichen Seele, den Kampf gegen den alten Feind, der nun einmal da ist. Daher sind für mich die Psalmen in ihrer Wiederholung von besonderem Wert."

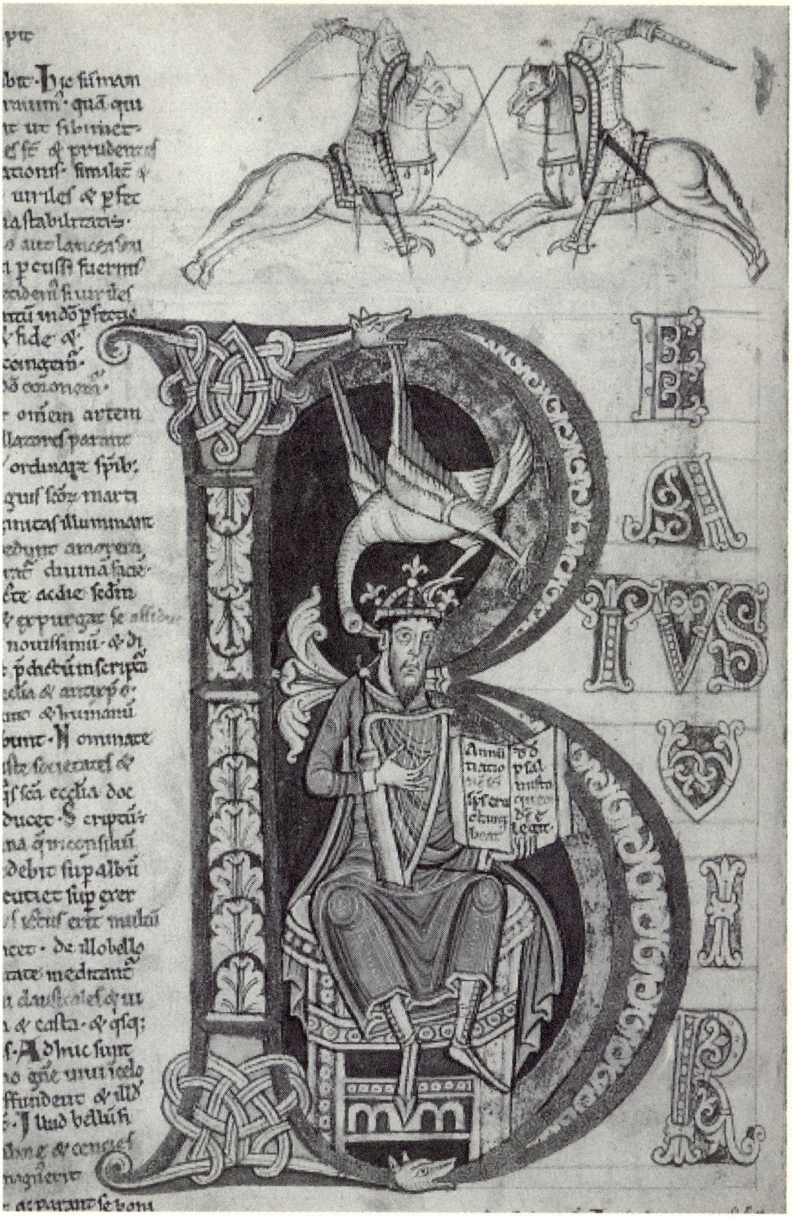

B-Initiale und *Kampf der Ritter* aus dem
Psalter der Christina von Markyate (Albani-Kodex, 1123-1135)

Während Christina weitersprach, nahm der Alexis-Meister das Buch zur Hand und schlug die Seite 72 auf, das Bild der großen B-Initiale mit dem musizierenden David - also das Einleitungsblatt zu den Psalmentexten. Er stutzte einen Augenblick, überlegte, dann zog er Feder und Tinte aus seiner Tasche, die er immer bei sich führte, und begann, in den freien Raum über den Buchstaben B zu malen. Christina und Geoffrey schauten ihm schweigend zu, denn der Alexis-Meister konnte am besten durch ein Bild sprechen. In feiner Manier und tiefgründiger Aussage zeichnete er zwei Pferde, auf denen Ritter sitzen, die sich bekämpfen. Geoffrey und Christina wußten, daß er den geistlichen Kampf meinte, von dem Christina so ausführlich gesprochen hatte.
Die aufeinander losstürmenden Ritter tragen eine Rüstung - in der einen Hand einen Schild, in der anderen ein Schwert. Zwei Lanzen, mit denen sie vorher gekämpft und ihre Körper durchbohrt haben, sind gebrochen.
Erstaunenswert: Die beiden Ritter kämpfen weiter, so, als ob nichts mit ihnen geschehen sei. Christina mußte schmunzeln, als der Meister den Pferden ein Apfelmuster aufmalte, wie sie es von dem großen und einmaligen Bild der drei Männer auf ihren Pferden kannte. Die Ritter erhielten eine leicht grünliche Rüstung, die Schilde und Sattel wurden rötlich-braun. Der Alexis-Meister gab nur wenig Farbe auf die Zeichnung, so daß sie trotz der Härte ihrer Aussage leicht und durchsichtig wirkt. Dann begann er zu sprechen.
„Euer Thema vom geistlichen Kampf, verehrte Christina, führte mich zu diesem Bild, das ich Euch gern noch mitgeben wollte als besondere Erinnerung an diesen wundervollen Tag. Eines, wovon ich Euch kurz erzählen möchte, kommt noch hinzu:
Zur selben Zeit, als der Albani-Psalter geschrieben wurde, haben wir im Scriptorium ein Buch von Petrus Damiani erstellt. Damiani war auch Benediktiner, wurde in Ravenna geboren und starb 1072. Seine Abhandlung „Vita eremitica", die das Leben der Einsiedler beschreibt, hat mich sehr inspiriert, bestimmt auch unterschwellig zu diesem Bild. Wie Ihr, Christina, sagtet, sind es besonders die Eremiten und kontemplativ lebenden Menschen, die immer wieder in den geistlichen Kampf verwickelt werden. Petrus

Damiani spricht in seinem Buch auch sehr eindringlich davon. Entschuldigt, Christina, aber auf Euer so bildhaftes Gespräch über den geistlichen Kampf mußte ich Euch einfach diese Randzeichnung zu Beginn der Gebetstexte auf eine freie Stelle in den Psalter malen."

Christina dankte dem Alexis-Meister, und mit Geoffrey freute sie sich, daß der Maler mit ihrem Buch lebendig und menschlich umging und nicht übertrieben rituell-liturgisch. In diesem Sinne gestalteten sich auch ihre weiteren Gespräche sowie der Tag mit köstlichem Essen und Getränken.

Zur Abfahrt steht der Wagen

*D*ie Fertigstellung des kostbaren Psalters für Christina von Markyate wurde im Scriptorium für alle Schreiber und Illuminatoren, die daran gearbeitet hatten, zu einem besonderen Ereignis. Sie veranstalteten in der Schreibstube ein kleines Fest und ließen es sich wohlergehen. Adam, der Cellerar, von dem das Scriptorium täglich mit Essen und Trinken beschickt wurde, lieferte an diesem Tag reichlich Köstlichkeiten, die erheblich zur freudigen Stimmung beitrugen. Jeder aus dem Kloster, der sich das endgültig fertiggestellte Werk anschauen wollte, hatte dazu reichlich Gelegenheit. Viele Besucher des Scriptoriums nutzten diese Möglichkeit zur Genüge, um die Routine des Alltags zu unterbrechen und sich genüßlich zu laben.

Doch wer den Sinn dazu entwickelt hatte und es verstand, nahm mit großem Gewinn Einblick in den faszinierenden Albani-Psalter. Zu denen, die sich von dieser Kunst tief bewegen ließen und staunen konnten, gehörten die drei Freunde Michael, der Kantor, Patric aus dem Wachshaus und Gregory, der Bruder Christinas. Sie waren allein des Buches wegen ins Scriptorium gekommen und vertieften sich lange in die einzelnen Miniaturen. Gregory, der zu seiner Schwester aufschaute, war sehr glücklich, daß sie als Empfängerin des Buches an diesem Tag geistig in ihrer Mitte weilte.

Doch ein Tag wie dieser eilte dahin und wurde von den meisten Mönchen schnell wieder vergessen, da der ausgefüllte klösterliche

Alltag sie eingeholt hatte. Michael und Gregory hingegen zehrten lange von den Betrachtungen der heilwirkenden Bilder und nutzten auch später die Möglichkeit einer Auffrischung bei jedem Besuch in Markyate. Wenn Gregory dort den Gottesdienst hielt, war es für ihn selbstverständlich, daß der Albani-Psalter mit einem aufgeschlagenen Bild während der Feier auf dem Altar lag. Auch gedachte er stets des Einsiedlers Roger, der diesen Ort des geistigen Aufbruchs gegründet und seiner Schwester die Verantwortung übertragen hatte.

Eines Morgens, als zur verabredeten Zeit Christina ihren Bruder zu Pferd in Markyate erwartete, hielt statt dessen der Planwagen von St. Albans vor der Tür. Andrew, der den Wagen gefahren hatte, half seinem Mitbruder Gregory behutsam beim Aussteigen. Als Christina sie begrüßte, bemerkte sie sofort, daß Gregory nicht nur kraftlos und erschöpft war, sondern ihn auch eine eigentümliche Aura umgab, die sie erschreckte. Als sie von der Krankheit Gregorys hörte, die hinter ihm lag, fühlte sie sich ein wenig erleichtert. Doch sein Aussehen ließ sie an dieser scheinbaren Besserung zweifeln. Vielleicht war Gregory auch nur nach seinen Fieberanfällen zu früh aufgestanden, weil er es nicht abwarten konnte, nach Markyate zu kommen, waren ihre Gedanken. Als Christina jedoch mit Andrew unter vier Augen sprach und erfuhr, daß Gregory trotz eines Rückfalls nicht davon abzuhalten gewesen sei, seine Schwester zu besuchen, sah sie ihre Sorge bestätigt und fühlte sich hilflos.

Mit großer Anstrengung hielt er den Gottesdienst, bei dem alle Anwesenden sich derart um Gregory sorgten, daß sie kaum imstande waren, der Liturgie zu folgen. Schon am frühen Nachmittag - Christina hatte ihrem Bruder eine Lagerstatt zum Ausruhen bereitet - schlief er ein. Das gemeinsame Gespräch über die Ursachen seiner Krankheit hatte ihn zu stark erschöpft. Andrew betrat den Raum und sagte leise zu Christina, daß der Wagen zur Abfahrt bereitstehe und es besser sei, Gregory so schnell wie möglich in die Infirmerie nach St. Albans zurückzubringen.

Dem Fieber, das sich bereits auf der Heimfahrt wie ein loderndes Feuer in Gregory entfachte, war Rauch vorausgegangen, der Christinas Seele vor Traurigkeit zu Boden drückte. Sie hatte sich an

dem gewohnten Ort der Stille in Schweigen versenkt, um der inneren Stimme zu lauschen. Doch die Sorge um ihren Bruder holte sie immer wieder ein und ließ sie darum bitten, zu erfahren, welchen Sinn Gregorys Krankheit habe und wie sie ausgehen würde. Für Gregory, der sich mit letzter Kraftanstrengung die Stufen ins Krankenzimmer hochgeschleppt hatte, zerbrach die Zeit. Ein böser Wind blies in die Glut. Schlechte Fieberarten traten in seinem Körper auf, und große Schwerfälligkeit überfiel ihn. Die Seele spürte etwas von einem kommenden Wechsel und wich bereits ein wenig von ihrem Körper zurück. Der Infirmarius, der alles Erdenkliche für Gregory tat und ihn liebevoll pflegte, sah im trüben Blick seiner Augen, daß Gregorys Körper für diese Seele nicht mehr kraftvoll genug war. Wenn er lange am Bett des Kranken saß, der von starken und hitzigen Fieberanfällen geschüttelt wurde, glaubte er, in Gregorys Augen seine Seele zu erkennen, wie sie bewölkt dasitzt und überlegt, wann sie ihren Platz verlassen muß. Wie ein Sturm erhob sich die gefährliche Krankheit und zeigte dem Sehenden an, daß Leib und Seele sich trennen wollten. Das Fieber nahm weiter zu, da die Seele ihre Lebensregel in dieser Welt eingestellt hatte. Ohne daß Gregory jemals darüber sprach, fühlte er sich eingeborgen in den Lebensrhythmus, der mit dem leiblichen Tod nicht endet.
Große Unruhe überfiel Christina, die sich schon immer mit ihrem Bruder in besonderer Weise verbunden gefühlt hatte. Trotz ihrer Meditationen wußte sie vorübergehend weder ein noch aus. Als Christina jedoch erfuhr, daß die Gesundheit ihres Bruders weiterhin nachließ, ahnte sie, daß eine große Veränderung bevorstand. Von diesem Augenblick an befiel sie große Traurigkeit, und Tränen erleichterten ihre bedrückte Seele.
Gregory war ein besonderer Mensch und Mönch, der im Verborgenen und im Schutz der Abtei leben wollte. Durch seine Zurückhaltung und gleichzeitig die Offenheit allem gegenüber hatte er schnell die Liebe seiner Mitbrüder gewonnen. Obwohl er nicht viel redete, machte er sich über alles Gedanken und hatte das rechte Wort, wenn es angebracht war. Doch jetzt, während seiner Krankheit, war ihm nicht nur der Geschmack an den Speisen vergangen, sondern auch die Freude an den Besuchen seiner beiden

Freunde Michael und Patric. Jede innere und äußere Bewegung wurde für Gregory zu einer großen ermüdenden Anstrengung. Er spürte, wie sich etwas in ihm zum Weggehen rüstete. Es war, als vernehme er ein leises Anklopfen, das zum Aufbruch mahnte. Weder Angst bemächtigte sich seiner noch erfüllte ihn Unruhe. Doch verlangte Gregory danach, Christina möge zu ihm kommen und bei ihm bleiben. Seinen Wunsch nach liebender Umarmung konnte niemand erfüllen - außer Christina.

Aus Mitgefühl und tiefer Betroffenheit war Abt Geoffrey versucht, Andrew unverzüglich nach Markyate zu schicken, um Christina zu holen. Doch berief er - wie es Christina ihm immer wieder nahegelegt hatte - zuerst das Kapitel ein, um sich mit der Gemeinschaft zu beraten, wie Gregorys Wunsch erfüllt werden könnte. Eine Frau durfte bekanntlich niemals die Klausur betreten. Jeder zeigte jedoch Verständnis für die vorgeschlagene Ausnahme, daß es unter Geschwistern statthaft sei, die Infirmerie zu betreten. Den Tag und die ganze Nacht über saß Christina an Gregorys Bett, umarmte ihn immer und immer wieder und hielt seine Hand. Sie sah, als der Infirmarius ihren Bruder zur Ader ließ, wie schwarz und getrübt das Blut war. Außerhalb des Krankenzimmers sagte der Infirmarius zu Christina, er sähe keine Möglichkeit, Gregory von seinem Leiden zu befreien. Doch bemühe er sich mit allen zur Verfügung stehenden Mitteln, Gregorys hohes Fieber zu senken und seine Schmerzen zu erleichtern. Unter gutem Zureden von Christina mußte Gregory mit Honig gekochten weißen Andorn essen und wurde mit frischen Klettenpflanzen umgürtet. Um ihrem Bruder Linderung seiner starken Kopfschmerzen zu verschaffen, salbte Christina seine Stirn mit zerriebenem Basilikum, das sie mit Rosenöl gemischt hatte.

Als Gregory sich aufrichtete und zu ihr sagte: „Mein Freund betrachtet mein Antlitz", wurde Christina von tiefer Herzenstrauer erfüllt, denn sie wußte um die Bedeutung dieser Worte.

In seiner Ohnmacht dieser fortschreitenden Krankheit gegenüber hatte der Infirmarius für Gregory frische Himbeeren gekocht und reichte ihm den warmen Saft zum Trinken. Gregory jedoch hatte nur den einen Wunsch, von dem er immer wieder sprach: noch einmal in der großen Abtei-Kirche sein zu dürfen, um Abschied zu nehmen. Er wußte um sein leibliches Sterben und darum, daß der Tod sich bereits nach und nach eingenistet hatte und es bald und endlich ganz tun würde. Ohne Auflehnung nahm Gregory den Tod an - als etwas Unabwendbares.

Zu dieser Einstellung, der bitterer Schmerz des Abschiednehmens von dieser Welt vorausging, hatte auch Christina durch ihre Gebete und Gespräche mit Gregory wesentlich beigetragen. Das letzte Abendmahl, das Gregory für die Reise empfing, die er jetzt unweigerlich antreten mußte, wurde zu einem Fest. Obwohl er vorübergehend ohne Schmerzen war und das Fieber sich senkte, zeitigte sein Leben bereits den Tod. Christina mußte mit ansehen, wie das natürliche Licht in Gregory allmählich ausgelöscht und seine Natur in dieser Welt getilgt wurde. Alle Mitbrüder nahmen persönlich Abschied von ihm, in besonderer Weise Michael und Patric, die Gregory um Verzeihung bat und umarmte.

In der Nacht - Christina wachte bei ihm - sprach er seine letzten Worte, bevor er in Bewußtlosigkeit fiel, aus der er nicht mehr zurückkehrte. Als am nächsten Morgen Christina leise und bescheiden bittend zum Infirmarius sagte, daß sie Gregorys Wunsch, vor seinem Tod ein letztes Mal in der Kathedrale sein zu dürfen, noch nicht erfüllt hätten, bereitete der Krankenmeister sofort alles Notwendige vor. Er selbst war erstaunt und überrascht, daß Gregory am Ende das Bewußtsein verloren hatte - ein ungewöhnlicher Zustand im Verlauf dieser Krankheit. Als er lange wie erstarrt an Gregorys Bett stand, mahnte ihn Christina: „Laßt uns eilen, denn Gregorys Seele hat bereits begonnen, die Flügel ihrer Vernunft zusammenzufalten und sich zum Weggehen zu rüsten."

Der Infirmarius, der Christinas Worte nur allzu gut verstand, veranlaßte alles, um den Sterbenden zum Sterben in die Abtei-Kirche zu bringen. In der Nacht, als Christina fühlte, wie der Tod ihren Bruder bereits unerbittlich umklammerte und versuchte, durch die Pforte des geöffneten Mundes in ihn einzudringen, ließ sie Margaret rufen, so schnell wie möglich nach St. Albans zu kommen.

Nach einer Weile betrat der Infirmarius wieder das Krankenzimmer und flüsterte Christina zu: „Zur Abfahrt steht der Wagen."

Einige Mönche und Helfer betteten Gregory vorsichtig auf eine Bahre, trugen ihn hinunter und legten ihn dann auf den Wagen, der

am Eingang der Infirmerie bereitstand. In der langen Klostergeschichte war es das erste Mal, daß mit diesem Wagen nicht ein Verstorbener, sondern ein Sterbender gefahren wurde.
Christina blieb so nahe bei Gregory, wie es ihr eben möglich war - auch jetzt, während der Wagen in die Kathedrale geschoben wurde. Beim Öffnen der Kirchentür eilte Margaret, die inzwischen aus Markyate gekommen war, auf den Wagen zu und berührte ihren Bruder. Abt Geoffrey, der sich mit vielen seiner Mönche im Chorraum versammelt hatte, hielt sich zurück.
Gregory atmete schwer; er hatte nun dem Tod vollends die Schwelle seines Mundes geöffnet. Alle schauten auf den Sterbenden - Christina und Margaret fühlten in besonderer Weise die große Bedeutsamkeit dieser Stunde. Viele Kerzen wurden angezündet, und lichterfülltes Schweigen breitete sich in der Kathedrale aus, die jetzt für Gregory zum Haus des Sterbens wurde.
Wenn auch Dunkelheit herrschte, wo der Schein der Kerzen endete und alle Worte schwiegen, so hatte Gregory doch bereits diese Grenzen überschritten und war allem Abschied voran. In diese Stille hob Michael, der Kantor, langsam die Hände, um zum Gregorianischen Gesang aufzufordern. Langsam, wie ein Lichtstrahl aus fernen Welten, der diese Erde berührt, erklangen für Gregory aus dem Mund seiner Mitbrüder die wunderbaren Kadenzen:

Steht ihm bei, ihr Heiligen Gottes,
eilt herbei, ihr Engel des Herrn.
Nehmt seine Seele in Empfang
und bringt sie vor das Angesicht des Höchsten.
Es nehme dich auf Christus, der dich gerufen hat,
und die Engel mögen dich in Abrahams Schoß geleiten.

Michael, der um die große Liebe seines Freundes zur Gregorianischen Musik wußte, verstummte in diesem Augenblick des Todes, und Tränen des schmerzlichen Abschieds trübten seine Augen. Die ernste Anmut dieses Gesanges in dem Augenblick, in dem sich Gregorys Seele vom Körper löste, wurde für alle Anwesenden zu einer Erfahrung jenseits des Todes und zum Höhepunkt der Sterbebegleitung und Totenliturgie.

Innen-Ansicht der Abtei-Kirche St. Albans

Dreimal ein Mandat für Rom

Wie der frühe Tod Gregorys die Mönche von St. Albans bewegt und erschüttert hatte, bewegte und erschütterte jetzt ein anderer Tod ganz England und die Normandie. Auf Schloß Lions bei Rouen starb am 1. Dezember 1135 nach kurzer Krankheit König Heinrich I. Weder seine Tochter Mathilde noch sein Schwiegersohn Gottfried von Anjou weilten an seinem Sterbebett. Mit dem Tod des Königs erlosch der Mannesstamm des normannischen Königshauses. Heinrich I. wurde in Reading, einem Ort östlich von London, beigesetzt.

Mathilde beanspruchte nach dem Tod ihres Vaters sofort ihr Erbe, die Anerkennung als Thronfolgerin in England und der Normandie. Auf Drängen König Heinrichs war ihr 1127 die Nachfolge in der Königsherrschaft durch Eid der anglonormannischen Barone zugesichert worden. Doch bereits 1134 hatte Gottfried von Anjou - unterstützt durch Mathilde - die Übertragung der Herrschaft in der Normandie gefordert. Als König Heinrich I. dieses Ansinnen jedoch ablehnte, griff sein Schwiegersohn zu den Waffen. Der brutale Feldzug mißglückte, doch bewirkte er sowohl bei den Baronen als auch beim Volk die völlige Ablehnung der Kaiserin Mathilde und ihres in England ungeliebten Gemahles. Um so weniger war man jetzt gewillt, sich der Herrschaft Mathildes und Gottfrieds zu unterwerfen.

Diese Vorbehalte und die Abwesenheit der Thronfolgerin - Mathilde weilte in der Normandie - wurden von Stephan von Blois mit großer Entschlossenheit genutzt. Als ältester Sohn von König Heinrichs Schwester Adela und damit als Neffe des verstorbenen Königs bemächtigte sich Stephan von Blois des vollen Kronschatzes in Winchester. Daß Mathilde in England wenig beliebt war und Stephan zudem als Graf von Mortain zu den bedeutendsten Grundbesitzern in England und der Normandie zählte, bildeten für ihn günstigste Voraussetzungen. Er ließ sich von den Bürgern Londons, die ein entsprechendes Vorrecht besaßen, zum König proklamieren, wobei ihn sein jüngerer Bruder, der mächtige Bischof Heinrich von Winchester, mit allen Kräften unterstützte.

Auf seinen Einfluß ist es zurückzuführen, daß in kurzer Zeit die hohen geistlichen Würdenträger, vor allem Erzbischof Wilhelm von Canterbury und Bischof Roger von Salisbury, sowie mächtige Barone gewonnen wurden und somit am 22. Dezember 1135 Wahl und Krönung erfolgen konnten. Die Persönlichkeit König Stephans von Blois entsprach vollends den Vorstellungen der Bischöfe und Barone: ritterlich und gewandt, großzügig und gutmütig. Als das genaue Gegenteil des verstorbenen Königs gab Stephan zu der Hoffnung Anlaß, daß mit ihm die unerbittlich harte Regierung der Vorgänger ein Ende nehmen würde.
Der Eid jedoch, den auch König Stephan von Blois wie die meisten seiner Wähler König Heinrich I. geleistet hatten, Mathilde als Thronfolgerin anzuerkennen, stand immer noch als ein das Gewissen belastendes Hindernis massiv im Wege. Daher war es für die Legitimation Stephans von größter Wichtigkeit, daß Papst Innozenz II. seine Königswürde ausdrücklich bestätigte und damit den König wie auch dessen Anhänger vom Vorwurf des Eidbruchs lossprach. Zu den königlichen Beratern gehörte neben seinem Bruder, Bischof Heinrich von Winchester, vor allem Erzbischof Wilhelm von Canterbury, der zwischen England und Rom eine bedeutende Vermittlerrolle spielte. So entschloß sich König Stephan, einen Botschafter zu Papst Innozenz II. nach Rom zu entsenden, um von der höchsten Autorität in seiner Wahl zum rechtmäßigen König von England und der Normandie bestätigt zu werden.

Beratung in London

Als Botschafter, der allen für diese Mission am geeignetsten schien, wurde Abt Geoffrey de Gorham von St. Albans ausgewählt. Man bat ihn so schnell wie möglich zu einer Unterredung an den Königshof nach London, um genaue Anweisungen für die geplante Romreise in Empfang zu nehmen. Doch vor seinem Besuch in London drängte es ihn, nach Markyate zu reiten, um Christina von seiner Wahl zum königlichen Botschafter, der Vorladung an den Hof und der bevorstehenden Reise nach Rom zu berichten. Christina, die Geoffreys Begeisterung und Freude nicht teilen konnte, bemerkte mit betrübter Stimme: „Ich habe das Gefühl, für Euch steht diese Reise zum Papst in der Mission für den König nicht an und kommt daher auch nicht zustande."

Als Geoffrey kurze Zeit darauf am Hof in London von König Stephan offiziell beauftragt wurde, als königlicher Botschafter in Rom vorstellig zu werden, fand er weder eine Möglichkeit noch einen Grund, das Anliegen, ja, den Erlaß des Königs auszuschlagen. Die weite Reise erschien Geoffrey zwar äußerst beschwerlich, doch der Auftrag, den er auszuführen hatte, belastete ihn weitaus schwerer. Nach St. Albans zurückgekehrt, traf er die notwendigen Vorbereitungen, zu denen auch ein weiterer Besuch in Markyate gehörte. Mit Christina besprach er die ihm auferlegte Aufgabe und gestand ihr die gewisse Traurigkeit, die ihn beim Gedanken an die Reise überfiel. Christina sah seine Hilflosigkeit und seine feuchten Augen. Als er sie bat, für ihn zu beten, traten auch ihr Tränen in die Augen. Geoffrey verabschiedete sich, und Christina versprach, alles Erdenkliche für ihn zu tun.

Wie immer ging sie in die von ihr so geliebte Stille und Ungestörtheit der Meditation, doch fiel es ihr schwer, die Gedanken um Geoffrey loszulassen. Erst nach einigen Tagen und Nächten fand sie innere Ruhe, in der sich ihr ein besonderes Bild offenbarte: Christina sah eine Mauer, in die Steine fest eingefügt waren. Beim Anblick der Steine wurde ihr bewußt, daß Geoffreys Leben fest in den schöpferischen Plan eingefügt war und ihn ein Halt - wie das starke Fundament der Mauer - niemals verlassen würde. Christina war sich dieser Aussage so sicher, daß sich ihre Befürchtung in Freude wandelte und ihre Sorge um Geoffrey in Gewißheit, daß ihm nichts zustoßen werde.

Tatsächlich wurde Abt Geoffrey die beschwerliche Reise nach Rom erlassen wie auch die nicht minder schwere Aufgabe, den Papst um Anerkennung des neuen englischen Königs zu bitten. Da Eile geboten war und sich von London aus eine sofortige Überfahrt anbot, hatte König Stephan nicht gezögert, kurz entschlossen jemand anderen mit dieser Botschaft zu betrauen und ihn ohne Verzögerung auf den Weg nach Italien geschickt.

Beratung in Oxford

Drei Jahre später - im Frühjahr 1139 - ergab es sich noch einmal, daß Abt Geoffrey de Gorham von St. Albans einstimmig gewählt wurde, um als Gesandter der Kirche Englands an dem II. Lateran-Konzil teilzunehmen, das Papst Innozenz II. einberufen hatte. In allen Ländern wurden apostolische Einladungen durch päpstliche Legaten ausgesprochen und übergeben. Nach England kam in dieser Mission Kardinalbischof Alberic von Ostia, der mit den Bischöfen das weitere Vorgehen beriet. Da es wegen eines wahrscheinlich bevorstehenden Krieges nicht zu verantworten war, alle englischen Bischöfe nach Rom zu entsenden und sie die lange und gefährliche Reise über die Alpen antreten zu lassen, wurde Abt Geoffrey de Gorham ausgewählt, stellvertretend für alle das Konzil zu besuchen. Geoffrey, der sich geehrt fühlte und keine Einwände gegen diese Reise hatte, freute sich darauf, in Rom alte Freunde wiederzutreffen.

Doch wie bei allen größeren Entscheidungen in seinem Leben verlangte es ihn, Christinas Rat einzuholen. Nicht ohne Stolz und in freudiger Stimmung berichtete Geoffrey von seiner Wahl zum Gesandten, der die Kirche Englands beim Lateran-Konzil zu vertreten habe.

„Dieses Mandat auszuschlagen war für mich unmöglich, da es sich um ein dringendes päpstliches Anliegen handelt." Christina freute sich mit Geoffrey über die Anerkennung, die ihm zuteil wurde. Doch dann erzählte sie ihm von einer Vision, die den Ausgang der Reise Geoffreys zu offenbaren schien. „Ich sah ein Gebäude, das von einem Zaun umgeben war. Mir schenkte sich die Möglichkeit, durch diesen Zaun zu schauen. Das runde Gebäude, auf das ich jetzt blickte, ähnelte einem Kloster, doch entdeckte ich weder Fenster noch Türen. Mir fiel auf, daß das Gras im Klostergarten wesentlich frischer und grüner leuchtete als gewöhnliches Gras.

Ich war überglücklich, als ich Euch - den Anlaß meiner Sorge - plötzlich in dem Klostergebäude stehen sah. Ihr strahltet Glück und herzliche Freundlichkeit aus. Doch dann machte ich mir ernsthafte Gedanken und war besorgt, wie Ihr wohl aus dem fensterlo-

sen Kloster herauskommen würdet: eventuell durch das Graben eines unterirdischen Ganges? Als ich durch eine Stimme vernahm, daß allein Gott der Türhüter sei und der Mann, den ich dort sah, jederzeit durch Sein Eingreifen das Gebäude verlassen könne, wurden mir die eindeutigen Zusammenhänge bewußt.
So bin ich auch jetzt nach der Vision vollkommen davon überzeugt, daß Ihr, Geoffrey, Euch innerhalb dieser Schutzmauern befindet und daran gehindert werdet, die Reise nach Rom anzutreten."
Diese voraussehende Botschaft Christinas trug Geoffrey zwar in seinem Herzen, doch mußte er eilends dem Ruf des Königs folgen und sich in Oxford vorstellen, wo der König zu Gesprächen mit den Bischöfen weilte. Als Geoffrey erschien, wurden ihm der Auftrag, den er in Rom auszuführen hatte, und das genaue Datum seiner Abreise mitgeteilt. Während der Abt von St. Albans von dem weltlichen König seine Anweisungen erhielt, trat Christina in ihren Meditationen vor den ewigen König, damit Er ihr Seinen Willen offenbare.
Nun geschah etwas völlig und von allen Unerwartetes - den Bemühungen, den Plänen und Reisevorbereitungen zum Trotz: Der apostolische Legat hatte an Erzbischof Theobald von Canterbury, der am 8. Januar 1139 Nachfolger des Erzbischofs Wilhelm geworden war, einen eiligen Brief gesandt mit dem Inhalt, man möge Abt Geoffrey de Gorham von der Mission zurückrufen, da er dringend in dieser politisch unsicheren Zeit in St. Albans anwesend sein müsse.
Der, dessen Schicksal gerade noch darin bestanden hatte, als Gesandter Englands die beschwerliche Reise nach Rom auf sich nehmen zu müssen, war nun damit beauftragt, jemanden auszuwählen, der statt seiner am II. Lateran-Konzil teilnehmen sollte. Während dieser Tage in Oxford mußte sich Geoffrey immer wieder eingestehen und voll Bewunderung anerkennen, daß Christina mit ihrem klaren Bewußtsein, ihrer Intuition und ihrer Weitsicht selbst die Großen dieser Welt mit all ihrer Macht bei weitem überragte.

Beratung in Winchester

Noch im selben Jahr, am 24. Juni 1139, ließ König Stephan von Blois, durch einige seiner Günstlinge aufgehetzt, zwei Bischöfe, die dem Königshof sehr zugetan waren, in Haft nehmen: Bischof Roger von Salisbury und Bischof Alexander von Lincoln. Der Verdacht wurde gegen sie gehegt, daß sie infolge ihrer Klugheit zu mächtig geworden seien, sich Schlösser und andere Reichtümer zugelegt hätten und unlautere Beziehungen zu einflußreichen Verwandten pflegten. Die Inhaftierung der beiden Bischöfe war nach Meinung der Kirche in England ungerechtfertigt, unverantwortlich und keinesfalls mit ihrem kirchlichen Status in Einklang zu bringen. Daher wurde Erzbischof Theobald von Canterbury angerufen, zu dieser Maßnahme Stellung zu beziehen. König Stephan gab sein Wort, daß er die begründete Ansicht der Kirche zu der Gefangennahme abwarten und in Betracht ziehen wolle.
Am festgesetzten Tag, dem 29. August 1139, beriet man sich in Winchester. Auf der einen Seite saß der König mit seinen Baronen und Gefolgsleuten, auf der anderen der Erzbischof, Bischöfe, Äbte aus fast allen Klöstern Englands und eine große Anzahl Kleriker. Bei dieser Beratung, bei der es um eine so wichtige Angelegenheit ging, war auch Bischof Heinrich von Winchester, der Bruder König Stephans, anwesend. Die Worte des Königs wurden zitiert, mit denen er in Aussicht gestellt hatte, das Urteil eventuell rückgängig zu machen. Doch weigerte sich dieser nunmehr, irgendeine Beurteilung von anderer Seite anzuerkennen, es sei denn, sie wäre für ihn und für seine Partei von Vorteil. Man bat den König um Erbarmen, doch wies er diese Bitte ab. Die Gegner der Kirche versuchten, eine Spaltung zwischen dem König und der Geistlichkeit zu bewirken.
Als der König jedoch erkannte, daß er durch die Machenschaften gewisser Leute, deren Verschlagenheit grenzenlos war, unterdrückt wurde, fühlte er sich gezwungen, sich an Rom zu wenden, um von dort ein eindeutiges Urteil zu erbitten. Beide gegnerischen Parteien einigten sich, Repräsentanten nach Rom zu entsenden.
Wiederum wurde Abt Geoffrey de Gorham ausgewählt, die Rech-

te der Kirche zu vertreten. Die Meinung aller war einstimmig: Abt Geoffrey sei die am besten geeignete Persönlichkeit, in Rom die Rehabilitation der beiden Bischöfe zu erwirken. Was sollte er tun? Diesen Vertrauensbeweis auszuschlagen wäre unklug, dachte Geoffrey, wenn ich den Auftrag annehme, wird er mit großen Gefahren für mich verbunden sein, denn der König hat allen, die in Rom seinen Willen anfechten sollten, Strafe und Beschlagnahme ihres Eigentums in Aussicht gestellt.

Als Geoffrey an die bevorstehende Reise dachte, überfiel ihn Sorge, ob er sie wegen seines nicht guten Gesundheitszustandes überhaupt antreten könne. Als weitere Belastung kamen noch die Kosten hinzu, die er selbst zu tragen hatte. Ihm wäre es lieber gewesen, diese Ausgaben für die Bedürftigen zu verwenden als für eine Fahrt, die - bei gütlicher Einigung in Winchester - hätte vermieden werden können. Doch gab es für ihn, seit ihn Christina die Tiefen-Meditation gelehrt hatte, einen gangbaren Weg, jenseits allen menschlichen Wollens und Planens wortlos im Schweigen nach dem Willen Gottes zu fragen.

Zum Glück fand Geoffrey noch vor dem Antritt seiner Reise Zeit und Möglichkeit, lange zu meditieren und Christina in Markyate zu besuchen. Er berichtete ihr von seinen neuen Aufgaben, die er in Winchester im Beisein des Königs von der Kirche übertragen bekommen hatte, und von den Gefahren, die damit verbunden waren. Christina erlebte die Bedrängnis, in der sich Geoffrey befand, und überlegte, wie sie helfen konnte.

Auf der einen Seite wurde Geoffrey durch die Ernennung zum Gesandten von der gesamten Kirche Englands große Ehre zuteil, denn eine so bedeutende Aufgabe zu übernehmen und erfolgreich auszuführen traute man wohl kaum einem anderen als dem Abt von St. Albans zu. Auf der anderen Seite hatte Geoffrey berechtigte Bedenken, über die er ausführlich mit Christina sprach. Als er an diesem Abend Markyate verließ, war er äußerst bedrückt, weil ihm die bevorstehende Reise nach Rom und die damit verbundene Mission schwer auf der Seele lagen. Christina war äußerst unglücklich über die Lage, in der sich ihr geliebter Freund befand. Sie fürchtete mehr, daß seine Seele Schaden nehmen könne als daß Geoffrey körperlich etwas zustoßen würde. Sie flehte

den Himmel um Schutz für Geoffrey an, daß ihm Kraft zuwachse und er innere Stärkung erfahren möge.
Durch innerpolitische und innerkirchliche Umstände, die nicht näher ausgeführt werden können, ergaben sich kurzfristig neue Prioritäten. Wegen der angespannten Lage wurden alle diejenigen, die einen Auftrag erhalten hatten, ins Ausland zu reisen, dringend gebeten, das Land nicht zu verlassen und in England zu bleiben.
Abt Geoffrey de Gorham wurde an den königlichen Hof nach London geladen. Bei König Stephan mußte er befürchten, daß innerhalb von nur sehr kurzer Zeit die „königliche" Einstellung zu ihm in das Gegenteil umschlagen könnte. Als Abt des größten Klosters in England, als Normanne und Freund Christinas von Markyate mußte er mit Intrigen und Lügen rechnen, die über ihn verbreitet wurden. Leider war König Stephan oft eher geneigt, Schmeichlern zu glauben, als denen, die die Wahrheit sagten. Durch Christinas Worte und ihre Haltung Geoffrey gegenüber, fühlte sich dieser jedoch so gestärkt, daß seine Bedenken schwanden:
„Wenn ich jetzt zum Hof nach London komme, muß ich zwar wie immer mit der Unbeständigkeit des Königs rechnen, doch setze ich - durch Euch ermutigt - mein ganzes Vertrauen in den hoffentlich guten Verlauf des Gespräches und bin von vornherein von einem günstigen Ausgang überzeugt."
Freudig verließ Geoffrey Markyate und erlebte in London einen aufgeschlossenen, unvoreingenommenen König Stephan, der ihn nicht nur persönlich von der Reise nach Rom entband, sondern ihm auch eine wesentliche Unterstützung für die Abtei St. Albans zusagte.

Diabolische Machenschaften

Eine wunderbare Fähigkeit, die Christina in besonderer Weise eigen war, soll nicht unerwähnt bleiben. Sehr häufig - wenn sie sich mitten in einem Gespräch befand - offenbarten sich ihr tiefere Sinnzusammenhänge, die ihr in Form von Bildern sichtbar wurden. Wenn sie diese visionären Momente überfielen, nahm Christina von ihrer momentanen Situation, ihrer Umgebung und von dem, worüber gesprochen wurde, nichts mehr wahr. Es waren bestimmte Zeichen, die sie empfing und wahrnahm. Diese sich offenbarenden Bilder standen immer mit dem Anliegen in einem engen Zusammenhang, um das Christina inständig gebetet und das sie mit in ihre tiefen Meditationen hineingenommen hatte. Meist begleitete ihre Visionen auch ein körperlich-gefühlsmäßiges Moment: Christina nahm bestimmte Schwingungen wahr, die - wie sie Geoffrey anvertraute - mit dem zarten Flügelschlag eines kleinen Vogels zu vergleichen waren.

Wenn sie ihr bewußtes Denken einstellte und ihren geistigen Impulsen freien Lauf ließ, sah sie häufig ein Licht - manchmal sogar drei Lichter - in wunderbar gleichmäßigem Glanz strahlen. Weilte in diesen Augenblicken einer ihrer engsten Freunde bei ihr, war es Christina möglich, ihm das Licht, das sie wahrnahm, zu zeigen. Welche Zeichen auch immer ihr geschenkt wurden, sie offenbarten jedes Mal, daß ein besonderer Wunsch Unterstützung aus einer verborgenen Welt erfuhr. Ihre Visionen - Geoffrey hatte sie über Jahre bei Christina beobachtet und zweifelte nicht an ihnen - waren weder Einbildungen, Wunschvorstellungen noch irgendwelche Träume. Aufrichtig und wahrhaftig konnte er daher über diese besondere Gabe Christinas auch in der Biographie über sie vorbehaltlos berichten. Christina empfing diese sich ihr offenbarenden Bilder durch eine klare Intuition, losgelöst von jeglichem eigenen Wollen.

Geoffrey, dem durch seinen verstorbenen Freund Denis die mystische Theologie des Dionysius vertraut war, erlebte eindeutige Zusammenhänge zwischen den Visionen Christinas und der dionysianischen Mystik. Selbst wenn Christina vor körperlicher und geistiger Erschöpfung fester und tiefer als gewöhnlich schlief, erwachte sie zur gegebenen Zeit so leicht und heiter, daß man kaum glauben konnte, sie habe einen Klang vernommen, den andere nicht hörten.

Doch inmitten all dieser wunderbaren Fähigkeiten waren die diabolischen Pfeile, die auf Christina nach wie vor abgeschossen wurden, weder in ihrer Zahl geringer geworden noch weniger spitz. Sie konnten dem gefestigten Bewußtsein Christinas nichts anhaben: Christina wurde nicht mehr zur Verzweiflung gebracht,

und keine dieser dunklen Kräfte vermochte es mehr, Gift in ihre Seele zu streuen oder ein verzehrendes ungutes Feuer in ihrem Inneren zu entfachen. Loderte es um sie herum, nahm sie zwar den Rauch und Ruß wahr, verbrannte sich aber nicht einmal die Finger.
Durch die Distanz, die Christina zu ihnen hatte, waren die zerstörerischen Kräfte um so mehr aufgebracht, da sie ihr Ziel nicht erreichten. So mußte sie erneut dummes Geschwätz, Verleumdungen, bissige Worte und andere Widerwärtigkeiten ertragen. Immer und in allem bestand die Absicht darin, ihren guten Namen - der für Christina selbst nicht wichtig war - in den Schmutz zu ziehen. Man verbreitete, Christina sei eine verstiegene Träumerin, die in eigenen Phantasien lebe. Andere sagten, sie verführe die Menschen und verderbe ihre Seelen. Gemäßigtere Stimmen bezeichneten sie als kluge Frau, die lediglich materiellen Vorteilen nachjage. Vor allem aber wurde immer wieder und in allen Varianten das Gerücht verbreitet, sie sei durch ein triebhaftes Liebesverhältnis mit Abt Geoffrey völlig von ihm abhängig und ihm hörig.
Je stärker ihr Bewußtsein sich in der nicht sichtbaren, transzendenten, übernatürlichen Welt verankerte und Christina aus eben diesen Kräften ihr Leben gestaltete, um so gewaltiger wurden auch die Nachstellungen, denen sie ausgesetzt war. Wenn auch das, was böse Zungen über sie behaupteten, Christina nicht von ihrem geraden Weg abbringen konnte, so bedeutete für viele die Verbreitung der Verleumdungen immerhin eine gewisse Genugtuung. Da es Menschen gab, die besondere Freude daran hatten, Schlechtes und verderbte Geschichten über andere zu vernehmen, blieben die Gerüchte, die man über Christina verbreitete, nicht ungehört. Oft wurden die erfundenen Schlechtigkeiten - verschleiert unter einer angeblichen Wahrheit - so geschickt weitergegeben, daß sie ihre Wirkung nicht verfehlten.
Vor der großen freundschaftlichen Liebe, die Christina und Geoffrey verband, stand Christina in weiten Teilen Englands in unangetastet gutem Ruf. Man nannte ihren Namen mit großer Anerkennung und Hochachtung. Trotz der hervorragenden seelisch-geistigen Entwicklung beider und der caritativen Leistung, die sowohl von Christina als auch von Geoffrey auf Grund ihrer gemeinsamen

Liebe ausging, wurden der Abt um so mehr als heimlicher Verführer und Christina als gewissenlose, liederliche Frau bezeichnet. Es verwunderte keineswegs, daß Neid aufkam und viele Menschen die liebende Verbindung und die sich durchaus ergebenden Vorteile dem Abt und „seiner" Frau aus Markyate nicht gönnten. Die außerordentliche Entwicklung, die beiden durch ihre Liebe geschenkt wurde, gab ständig erneut zu Überlegungen Anlaß, wie man am besten einen zerstörerischen Keil zwischen St. Albans und Markyate treiben könne. Doch alle Versuche dieser Art scheiterten und schlugen zum Nachteil derer um, die solche zerstörerischen Kräfte in die Welt gesetzt hatten.
Hingegen kam es auch vor, daß einige Gegner, die Freude daran gehabt hatten, das Ansehen Geoffreys und Christinas in den Schmutz zu ziehen, eines Besseren belehrt wurden, ihr unrechtes Verhalten eingestanden und um Verzeihung baten. Sie, die bisher die Rolle falscher Anklage gespielt hatten, wurden nun zu wahren Verteidigern der Wahrheit.

Geheimnisvolle Kreise

Es gab Menschen, zu denen auch Simon von Bermondsey gehörte, die zwar nicht bösen Gerüchten Glauben schenkten, wie sie über den Abt von St. Albans und Christina von Markyate verbreitet wurden, die jedoch in gewisser Weise verunsichert waren, da sie dem Gerede nichts Beweiskräftiges entgegensetzen konnten. Einigen von ihnen offenbarte sich durch besondere Umstände eine Wahrheit, die weder Zweifel noch irgendeine Unsicherheit an Christinas und Geoffreys Verhalten aufkommen ließ.
In London, am Südufer der Themse, lag das Priorat Bermondsey. Es war ein Haus des französischen Benediktiner-Klosters Cluny, von dem eine Reform zur strengeren Einhaltung der Benediktregel ausging. Dieses cluniazensische Haus in Bermondsey hatte Aylwin Child, ein Londoner Bürger und Kaufmann, im Jahr 1082 gegründet. Durch den Eifer Clunys, dem oft das Ersuchen geistlicher und weltlicher Herren um Reformhilfe entgegenkam, wuchs die Zahl der Häuser, die sich der Kongregation anschlossen. Durch

Cluny wurde ein fast lückenloses Gesetzbuch klösterlichen Lebens aufgestellt, das strenges Stillschweigen und eine besonders feierliche und lang ausgedehnte Liturgie betont.
Durch seine herausragende Lebensweise und seine Klugheit gehörte der Mönch Simon von Bermondsey zu den führenden Mitgliedern dieser Kommunität. Im Priorat versah er den Dienst des Sakristan. Simon hatte große Hochachtung vor Christina von Markyate. Es verband sie eine Freundschaft, die von beiden gepflegt wurde, so daß Simon von Bermondsey allen Grund hatte, liebevoll von Christina zu sprechen. Er gehörte auch zu dem Kreis von vertrauten Menschen, die sich immer wieder um Christina von Markyate versammelten. Seit er durch Christina die einfache Meditationsweise, das Ruhegebet erlernt hatte, wurden dem Mönch Simon noch größere Gnadenzuwendungen zuteil.
Es blieb nicht aus, daß auch Simon häßliche Geschichten, die man sich über Abt Geoffrey und Christina erzählte, zu Ohren kamen. Da er durch seine persönliche Erfahrung völlig entgegengesetzter Meinung war, brachte er die Zwischenträger und Verleumder sofort zum Schweigen, wenn sie nur ihren Mund aufmachten. Im Laufe der Zeit jedoch blieb in Simon eine gewisse Unsicherheit und Ungewißheit zurück, gegen die er sich nicht wehren konnte. In seinen Gebeten und Meditationen bat er Ihn, den um alle Geheimnisse Wissenden, den Kenner menschlicher Gedanken und Wünsche, Er möge ihm die Wahrheit über Christina offenbaren. Um feinsinniger und spüriger für die Zeichen der Wahrheit zu werden, begann Simon, für eine längere Zeit zu fasten und öfter zu meditieren. Er zog sich in die Stille zurück, und nachts schlief er auf dem Fußboden seiner Zelle. Nichts Vordergründiges - weder eigene Gedanken noch gutes Zureden anderer - vermochte ihn zu trösten. Ihn verlangte es einfach nach einer wahren eindeutigen Antwort auf seine Frage.
Immer wenn dunkle Gedanken und Anschuldigungen gegen Christina in Simon aufstiegen, empfand er diese Gedanken und Empfindungen wie ein Verbrechen. Er konnte sich nicht vorstellen, daß seine Zuneigung zu Christina überschattet sei und seine Gefühle ihn in die Irre führten. Simon wünschte sich sehr, daß seine Unruhe endlich aufhöre und sie der Wahrheit Platz mache. Eines Tages,

als Simon die Messe zelebrierte und ganz in den Gebeten versunken war, sah er zu seiner großen Überraschung Christina neben dem Altar stehen. Da er niemals zuvor Bilder geschaut hatte, staunte Simon darüber und konnte es kaum fassen, Christina in Bermondsey zu sehen, da sie doch selten Markyate verließ. In höchstem Erstaunen und im Innehalten erwartete er den Ausgang dieses seltsamen Erscheinens. Simon hörte Christina sagen: „Du kannst ganz sicher sein, mein Körper ist frei von Verderbtheit.” Im nächsten Augenblick war sie nicht mehr sichtbar. Simon, der seine Freudentränen nicht mehr zurückhalten konnte, bemühte sich, in angemessener Weise die Messe bis zum Ende zu zelebrieren.

Als Simon noch am selben Tage einem Mönch aus St. Albans begegnete, der sich zu einem Besuch in Bermondsey aufhielt, mußte er ihn darum bitten, Abt Geoffrey eine für ihn wichtige Botschaft zu überbringen.

Nun aber ergab es sich, daß gerade dieser Mönch von St. Albans, dem Simon hellauf begeistert von seinem Erlebnis mit Christina berichtete, zu den großen Verleumdern gehörte und es glänzend verstand, Gerüchte über Abt Geoffrey und Markyate zu verbreiten. Doch Simon wußte weder etwas davon noch war er infolge seiner Eingebung und der damit verbundenen Freude in der Lage, dem Mönch sein falsches Verhalten anzusehen. Wahrscheinlich war gerade dieser als Werkzeug ausersehen worden, gegen die Unwahrheit die Wahrheit in die Welt zu setzen. Die Unbekümmertheit und das Vertrauen, das ihm Simon entgegenbrachte, wußte er zu werten und zu schätzen. Sein Gewissen und die Angst vor einer möglichen Strafe erlaubten es ihm nicht mehr, als Zwischenträger unlauterer Aussagen zu fungieren.

Nach St. Albans zurückgekehrt, hatte gerade dieser Mönch, der vorher nicht müde geworden war, seinen Abt und Christina zu verleumden, die Aufgabe, die Wahrheit, wie sie Simon von Bermondsey geschaut hatte, Abt Geoffrey de Gorham zu vermitteln. Obwohl er innerlich sehr bewegt war, hörte Geoffrey gelassen zu, bedankte sich für die überbrachte Nachricht und gab zu erkennen, daß ihr Inhalt für ihn selbstverständlich sei. Doch später - allein in seinem Zimmer und während der Meditation - wurden Geoffrey die so weise geknüpften Zusammenhänge offensichtlich.

Bei aller Anerkennung des Mönches Simon von Bermondsey und seiner geistigen Gaben gab Abt Geoffrey den von Cluny aus in England gegründeten Häusern keine große Zukunft. Das extreme Stillschweigen und die übertriebene Zeichensprache, die endlosen Gebete und die zu lang andauernden Gesänge, die ausgedehnte Liturgie und - wie ihm schien - die übersteigerte Spiritualität ließen weder Raum noch Zeit für Menschliches.
Geoffrey sollte mit seiner Prognose recht behalten, denn bereits im Todesjahr König Stephans, 1154, begann die Zahl der cluniazensischen Häuser wieder zu schrumpfen. Es war äußerst rühmlich, daß in dem Priorat Bermondsey, dem auch Simon angehörte, ein Haus und eine Schule für minderbemittelte Jungen unterhalten wurden, die unentgeltlich von allen genutzt werden konnten, die nach höherer Bildung strebten.

Ein trennendes Ehehindernis

Als an einem Tag im Spätherbst des Jahres 1139 Abt Geoffrey in Markyate weilte, konnte er Christina die Ergebnisse des II. Lateran-Konzils vorlegen, an dem er eigentlich hätte selbst teilnehmen sollen.
„Puella, Ihr könnt Euch kaum vorstellen, wie dankbar und glücklich ich auch jetzt noch bin, daß ich davor bewahrt wurde, die Reise nach Rom anzutreten. Bestimmt habt Ihr das Eure dazu beigetragen. Welch großes Glück und welche Gnade ich hatte, in England bleiben zu dürfen, wird mir erst jetzt voll bewußt, da ich Einblick in die Konzilsunterlagen nehmen konnte. Die Anstrengung der Reise wäre gering gewesen gegen das, was mich in Rom erwartet hätte. Darf ich Euch kurz von dem berichten, was ich von einem Teilnehmer des Konzils erfahren habe? Gern würde ich Euch dann mehr zu Kanon 7 sagen, in dem Papst Innozenz II. die Kleriker-Weihen zu einem trennenden Ehehindernis erklärt und somit den Zölibat verbindlich macht."
Christina tat kund, wie gespannt sie sei, das Neueste aus Rom zu hören, besonders zur Festschreibung des Zölibates - ein Thema, mit dem Geoffrey sich viel beschäftigt hatte und infolge mancher

Situationen unter den vielen Mönchen von St. Albans immer wieder beschäftigen mußte. Obwohl die Zölibatsfrage nicht zu Christinas augenblicklichem Thema gehörte, lauschte sie den Worten Geoffreys, da sie sein Anliegen jetzt auch zu dem ihren machte.
„Als Gregorio Papareschi zu Papst Innozenz II. ernannt wurde, wählte man gleichzeitig die bedeutendste Persönlichkeit im Kardinalskollegium, Petrus Pierleone, zum Gegenpapst Anaklet II. Das Schisma, die Trennung von der Einheit der Kirche, richtete großen Schaden und Verwirrung an, denn unter Innozenz II. regierte durch acht Jahre der Gegenpapst Anaklet II. in Rom. Als 1138 Anaklet starb, wurde Victor IV. zu seinem päpstlichen Nachfolger gewählt. Da Victor IV. jedoch nach kurzer Zeit resignierte, konnte Papst Innozenz endgültig mit dem II. Lateran-Konzil in diesem Jahr das Schisma beenden. Als wir Anfang des Jahres in Oxford berieten, wer von England aus am Konzil teilnehmen sollte, wußten wir noch nicht, daß der Anlaß zur Einladung des Papstes das Schisma Anaklets II. war.
Wie bin ich glücklich", unterbrach Geoffrey sich selbst, „daß ich vor diesen Sitzungen bewahrt wurde, denn so manches Ergebnis hätte ich einfach nicht mittragen und verantworten können.
Zwischen siebenhundert und tausend Konzils-Teilnehmer waren angereist, als am 4. April Papst Innozenz II. in seiner Eröffnungsrede im Lateranpalast die durch das Schisma entstandene Verwirrung in der Kirche beklagte. Das zunächst Wichtigste gelang dem Konzil bereits nach wenigen Sitzungen: Die Anhänger Anaklets II. wurden abgesetzt, und das Schisma konnte damit endgültig beendet werden. Daß auf diesem Konzil der Wucher verboten wurde wie auch das Abhalten von Turnieren, kann ich - und ich stelle mir vor, Ihr ebenso - sehr gut nachvollziehen und unterstützen. Doch als ich hörte, daß den Mönchen das Studium des Rechtes und - Ihr könnt es kaum glauben - auch das Studium der Medizin durch Kanones des Lateran-Konzils untersagt worden ist, war ich sprachlos und wütend und bin es noch immer."
Christinas Gesichtszüge verkrampften ebenso wie die Geoffreys. Ein lang gehegter Wunschtraum von ihr war es, die Medizin-Schule von Salerno zu besuchen, um sich ärztliche Kenntnisse auf anerkannt wissenschaftlicher Basis zu erwerben. Christina lebte aus

einer erwartungsvollen Freude, als sie seinerzeit hörte, daß endlich auch Frauen in Salerno zugelassen wurden. Doch nun, da nach dem II. Lateran-Konzil nicht einmal mehr Mönche Medizin studieren durften, war sie sichtlich enttäuscht und ließ es auch Geoffrey wissen.

Er, der ganz auf ihrer Seite stand, deutete an, daß sie bei Kanon 7 weiteren Grund habe, sich zu entsetzen: „In Kanon 7, der viele und lange Sitzungen in Anspruch nahm, wurde die Forderung nach Ehelosigkeit der Kleriker verschärft, indem ihre Eheschließungen nicht nur verboten, sondern für nichtig und unwirksam erklärt wurden. Als vorbildlich zölibatär lebender Mann soll Innozenz II. sehr häßliche und diffamierende Äußerungen über Frauen gemacht haben. Ich bin entsetzt und traurig über diese Rückentwicklung. Auf der Synode von Clermont im Jahr 1130 erklärte Innozenz kurz nach seiner Papstwahl - ich möchte Euch diesen Satz wörtlich vorlesen, daher habe ich ihn mir auf dieses Pergament geschrieben: 'Da die Priester Tempel Gottes, Gefäße des Herrn und Heiligtümer des Heiligen Geistes sein sollen, verstößt es gegen ihre Würde, daß sie in Ehebetten liegen und in Unreinheit leben.' Den entscheidenden rechtlichen Schritt jedoch vollzog Innozenz II. erst auf dem II. Lateran-Konzil. Hier wird die Priester-Ehe nicht mehr nur verboten, sondern es wird offiziell erklärt, daß die nach der Weihe geschlossenen Ehen ungültig sind, das heißt, die Kirche sieht sie fortan einfach nicht mehr als Ehen an. Für sie ist also ein Priester eheunfähig.

Gern möchte ich Euch den genauen Text vorlesen, den ich mir ebenso abgeschrieben habe. Dieser Kanon macht die dauernde Lebensform der Ehelosigkeit und geschlechtlichen Enthaltsamkeit als kirchenrechtliche Regelung ab diesem Jahr 1139 für alle Kleriker verpflichtend:

Die Kleriker sind gehalten, vollkommene und immerwährende Enthaltsamkeit um des Himmelreiches willen zu wahren; deshalb sind sie zum Zölibat verpflichtet, der eine besondere Gabe Gottes ist, durch welche die geistlichen Amtsträger leichter mit ungeteiltem Herzen Christus anhangen und sich freier dem Dienst an Gott und den Menschen widmen können.

Ich bin ganz sicher", sagte Geoffrey bestimmend, „daß sich mit der geistlichen Motivierung des Zölibats die Sorge um eine Entfremdung des Kirchengutes durch Vererbung in der Familie verbindet. Da bisher die Zölibatsdisziplin zu brüchig war, verspricht man sich nun endlich mehr Erfolg in den Bemühungen, das Kirchengut durch ausbleibende Nachkommen der Priester nicht mehr einer familiären Vererbung unterzogen zu wissen. Daher hat nun Papst Innozenz II. die Priesterweihe zu einem trennenden Ehehindernis erklärt, und zwar für Bischöfe, Priester, Diakone und Subdiakone. Seit April dieses Jahres dürfen Verheiratete erst gar nicht mehr zum Priester geweiht werden - sofern der Kirche ihre Ehe bekannt ist. Das allerdings ist, wie Ihr wißt, nicht immer der Fall. Es gibt also weiterhin - kirchenrechtlich gesehen - noch gültig verheiratete Priester, wenn diese vor ihrer Weihe heimlich geheiratet haben.
Schließlich möchte ich, liebe Christina, am Ende meines Berichtes vom II. Lateran-Konzil noch hinzufügen, und ich schäme mich, es auszusprechen, es vor Euch in Worte zu fassen, weil es Euch sehr weh tun wird, daß die Frauen der Priester, auch diejenigen, die vor April dieses Jahres die Ehe eingegangen sind, nach neuer kirchlicher Sprachregelung des II. Lateran-Konzils ohne Rücksicht auf das Kirchenrecht nur noch 'Konkubinen' oder 'Huren' heißen.
Es tut mir unendlich leid", sagte Geoffrey mit traurigen Worten, „daß ich diese Ausdrücke in Eurer Gegenwart benutzen mußte, um Euch den tatsächlichen Sachverhalt zu vermitteln. Ende April reisten die Konzilsväter dann wieder aus Rom ab", schloß Geoffrey nach einer langen Pause.
Und Christina - kopfschüttelnd zu Geoffrey gewandt - erwiderte leise: „Wenn ich auch als angehende Priorin des Nonnenkonventes von Markyate nicht in Salerno Medizin studieren darf und wenn auch zur Zeit vielen Klerikern die Ehe versagt ist oder das Priestertum durch eine Ehe, so bin ich sicher, Geoffrey, Beloved, daß wir - und wenn nicht wir, dann aber bestimmt, die nach uns kommen - es schaffen werden, die göttlichen Gesetze, die Er natürlich in seine Schöpfung eingebettet hat, nach Seinem Willen und freier Wahl und in Freiheit zu leben."

Die Frau

„Ganz so gut wie Ihr sehe ich die Zukunft nicht", sagte Geoffrey bedenklich. „Ich bewundere aber Euren Mut und Eure Vision von der zukünftigen Stellung der Frau in der Kirche und in der Politik. Vor ungefähr achtzig Jahren fand unter Papst Gregor II. schon einmal eine gewaltige Zurückdrängung der Frauen statt. Ich bin sicher, daß die damalige Stärkung der päpstlichen Macht und die Ungleichstellung der Frau auf die große Spaltung zwischen der Ostkirche und der westlichen Kirche zurückzuführen ist."
Geoffrey schaute Christina an und dachte - ohne es auszusprechen: Was muß das für eine erleuchtete und starke Frau sein, die die Geschichte des Christentums nicht zu einer Geschichte des fortschreitenden Totschweigens und Entmündigens der Frauen werden läßt! Welch eine erleuchtete und starke Frau ist Christina, daß sie nicht einfach jeden Kirchenmänner-Befehl, hörig wie so viele, in die Tat umsetzt!
Christina sprach in dieses Schweigen hinein: „Nimmt man die Unterdrückung der Frauen, ihre Zurückdrängung, Diffamierung und Verteufelung, so bedeutet unsere bisherige Kirchengeschichte für mich eine einzige lange Kette männlicher Willkürherrschaft über die Frau. Die Männer-Kirche hat noch immer nicht begriffen, daß die Wirklichkeit der Kirche sich auf die Menschlichkeit und Mitmenschlichkeit von Mann und Frau gemeinsam gründet."
„Christina", unterbrach Geoffrey, „Ihr habt recht, Ihr habt aber auch unrecht." Im selben Augenblick stand er auf und nahm den Albani-Psalter zur Hand, der immer in der Nähe Christinas anzutreffen war. Geoffrey, der sich in diesem Buch nur allzu gut auskannte, schlug direkt die Seite 51 auf und zeigte Christina das Bild der Frau im roten Gewand, die den gegenüberstehenden staunenden Männern überzeugend darlegt, daß Leben auch inmitten von Ausweglosigkeit gelingen kann.
„Das seid Ihr, Christina, und das werdet Ihr immer bleiben: Meisterin bestandenen Lebens, die aus Liebe und gelebtem Glauben allen, und dazu gehören auch Männer der Kirche, Wesentliches zu sagen hat." Als Christina die Buchseite mit der Miniatur der Frau

umblättern wollte, hinderte Geoffrey sie und sagte mit einer Stimme, die keinen Widerspruch zuließ: „Nein, jetzt müßt Ihr mir zuhören und die Worte ertragen, die seit langem unausgesprochen in mir sind:
Auch ich bin einer von den Männern auf der rechten Seite, die sich immer noch an sich selbst und an dem festhalten, was sie erlernt, aber nicht erfahren haben. Hat der Alexis-Meister das nicht treffend mit den Büchern oder Gesetzesbüchern ausgedrückt, die von einigen so krampfhaft gehalten werden? Christina, Puella, wenn ich Euch, Eurer Liebe und Begeisterung nicht hätte begegnen dürfen, stünde ich auch heute noch dort als einer unter ihnen. Ihr habt mich gelehrt, das erfahrbar ins Leben kommen zu lassen, was die Wahrheit ist, so daß meine Zweifel, meine Angst und meine Unsicherheit zunehmend schwinden.
Wenn ich das Eigentliche letztlich auch nicht fassen kann, so habt Ihr mich auf den Weg gebracht, der mir eine untrügerische Ahnung von dem alles durchflutenden Wesen Gottes vermittelt und gleichzeitig eine Erfahrung, die mir Sicherheit gibt und keinen ängstlichen Rückschritt mehr erlaubt. Christina, Ihr seid es, die zu mir sagt, daß ich mich der einleuchtenden Botschaft stets aufs neue zu öffnen habe, um Hindernisse in mir und die Dunkelheit zu überwinden. Ich höre Euch: ‘Nur die Liebe vermag unser Inneres wieder zu erhellen und bringt uns den Sonnenaufgang nahe. Legt doch endlich alles aus der Hand und laßt das wahre Licht in Euch hinein, damit es Euch einleuchtet, Ihr tiefere Zusammenhänge des Lebens schaut und es zum Heil für Euch und andere wird.’
Glaubt Ihr denn, ich hätte über zwanzig Jahre ohne Euch diesen bedeutenden Männerkonvent von St. Albans führen können? Christina, Ihr habt die Gabe und es mich gelehrt, nicht nur in das Dunkel hineinzuschauen, sondern in das wirkliche Leben, das sich entfalten und Licht werden möchte. Ich bin fest davon überzeugt und wenn ich auf dieses Bild schaue, auf dem die Frau den Männern die befreiende Botschaft ausrichtet, um so mehr: zu allen Zeiten gehört es mit zu den wesentlichen Aufgaben einer Frau, sowohl im familiären Leben als auch in der Kirche die Rolle der Mittlerin zwischen Erde und Himmel einzunehmen.”
Geoffrey bemerkte, wie seine Worte für Christina zuviel wurden.

Die Frau aus dem *Psalter der Christina von Markyate*
(Albani-Kodex, 1123-1135)

Daher wies er noch einmal kurz auf das vor ihnen liegende Bild und sagte: „Aller Wahrscheinlichkeit nach werde ich vor Euch diese Welt verlassen. Da es mir ein großes Anliegen ist, Euch in dem, was Ihr seid, lehrt und tut, zu bestätigen und zu fördern, erlaubt mir noch einen abschließenden Satz, der in meinem Herzen brennt:
Durch Euch, Christina, erfährt die Frau, die zu lange schon eine Eingrenzung ihres Standes hinnehmen und ertragen mußte, wieder die ursprüngliche uneingeschränkte Würde ihres Menschseins. Euer Leben - und das wird mir immer deutlicher, denn ich habe damit begonnen, es niederzuschreiben - ist zu einem vorbildlichen Leben für alle geworden, die sich aus vorgegebenen Zwängen befreien und sich zu ihrer eigentlichen menschlichen Würde erheben müssen. Ich weiß, Christina, daß Euer Leben in dieser Hinsicht zu einer göttlich inspirierten Urkunde geworden ist, und wünsche mir, daß meine Biographie über Euch es ebenso für kommende Generationen werden möge."
Christina wußte, bei diesem Vorhaben würden ihr Wille und ihre Worte keine Wirkung erzielen; dieses Mal kam sie gegen die starke Überzeugung Geoffreys und seine Willenskraft nicht an.

Lebendige Quelle geistigen Lebens

Im kommenden Jahr, am 6. Februar 1140, starb Erzbischof Thurstan von York. Als sie die Nachricht von seinem Tod erhielt, erinnerte sich Christina dankbar an einen lieben Menschen, der in ihrem Leben und ihrem Herzen einen besonderen Platz einnahm und ihn auch über den Tod hinaus einnehmen würde. Wie sie es gewohnt war, zog sie sich mehrere Tage zurück, um Gnade für die Reise Thurstans zu erbitten.
Ermutigt durch Christina, gründete Abt Geoffrey in diesem Sommer in der Nähe des Klosters St. Albans den Nonnenkonvent von Sopwell. Schon einige Zeit vorher hatten zwei Einsiedlerinnen im Eye-Wald, nicht weit von der Quelle eines Baches, für ihr Leben in Zurückgezogenheit eine ärmliche Behausung errichtet. Ihre Klause bestand aus Holzpfählen, die mit Baumrinde bedeckt wa-

ren, aus Ästen und geflochteten Zweigen. Das selbst gewählte Leben dieser beiden Frauen wurde bewundert, aber auch kritisiert. Sie fanden in der Weise, wie sie lebten, Erfüllung und breiteten Frieden aus, der nicht verborgen bleiben konnte und sich verschenken mußte.

Durch Christina empfindsamer und hellhöriger für geistliche Aufbrüche geworden, besuchte Abt Geoffrey die beiden Frauen in ihrer Einsiedelei. Er war derart beeindruckt von ihrer Lebens- und Denkweise, daß er beschloß, sich mit Christina und dem Kapitel zu beraten, wie er diese aus sich gewachsene Zelle unterstützen und fördern könne. Getragen durch den guten Geist von Markyate und das Wohlwollen seiner Mönche, gelang es Geoffrey, die bescheidene Einsiedelei im Eye-Wald, östlich von St. Albans, in ein Priorat umzuwandeln. Es wurde eine Stiftung gegründet, die den rechtlichen Status sicherte, und ein neues festes Gebäude mit mehreren Wohnräumen errichtet. Abt Geoffrey organisierte diese Stiftung nach der Regel Benedikts und berechtigte die beiden Reklusinnen nach Rücksprache mit St. Albans zur Aufnahme weiterer Frauen. Die Abtei übernahm von nun an auch die wirtschaftlichen Lasten dieses benediktinischen Priorates, das den Namen „St. Maria" trug und schon nach sehr kurzer Zeit zwölf Nonnen und die ihnen vorstehende Priorin beherbergte. Neben einem kleinen eigenen Besitz erhielten die Nonnen Erträge aus Pachtzinsen, die die Abtei erübrigen konnte. Die Frauen jedoch waren so genügsam und bescheiden, daß sie nur das Notwendigste annahmen, das sie durch ihre eigene Arbeit nicht erwirtschaften konnten.

Da die zwei ersten Reklusinnen ihr trockenes Brot in das Wasser der Quelle tauchten, neben der sie ihre Hütte errichtet hatten, wurde dieses neu erbaute Kloster „Sopwell" genannt („sop" bedeutet „eingetunkter Bissen" - „well" heißt „Quelle").

Das Priorat Sopwell war direkt dem Abt von St. Albans unterstellt, dem die geistliche Leitung und die Sorge um die wirtschaftliche Existenz anvertraut war. Neben den bekannten notwendigen Einrichtungen wies Abt Geoffrey den Nonnen auch einen eigenen Friedhof zu - wie eine Urkunde bezeugt, die bei der Einweihung am 9. Oktober 1140 ausgestellt wurde:

Allen Gläubigen sei bekannt, daß an dem Tag, an welchem der Friedhof der Nonnen von Sopwell geweiht wurde, am siebten Tag der Iden des Oktober, folgendes festgesetzt und bestimmt ist: Auf diesem Friedhof soll niemand begraben werden, weder Mann noch Frau, weder Kleriker noch Laie, weder ein Helfer noch eine Helferin, außer den Nonnen, die hier leben.
Die Nonnen dieses Ortes dürfen auf keinen Fall jemanden von sich aus in ihre Gemeinschaft aufnehmen, sondern nur, wenn der Abt und der Konvent von St. Albans zugestimmt haben. Die Anzahl der Nonnen soll dreizehn betragen und nicht mehr.
Dies bekunden als Zeugen: Bischof Alexander von Lincoln, Abt Geoffrey de Gorham, die Mönche Hamo und Alquinus, der Kantor Michael, Radulph, Gobert, Dekan Robert und Dekan Petrus.

Immer wenn Geoffrey später in das Nonnenkloster von Sopwell kam, dankte er im stillen Christina, die ihn zu dieser Gründung veranlaßt und unterstützt hatte und vertraute diesen Ort der Schutzpatronin Maria zu immerwährender Obhut an.

Die Schlacht bei Lincoln

König Stephan von Blois konnte es nicht verhindern, daß seine Rivalin, Kaiserin Mathilde, bei jeder für sie passenden Gelegenheit den Anspruch auf den englischen Thron geltend machte. Im September 1139 hatte sie im Südwesten des Landes, wo ihr in Sussex und Bristol alle rebellisch gesinnten Engländer und Normannen zuströmten, ein Invasionsheer zusammengezogen, um mit kriegerischer Gewalt gegen den König vorzugehen.
Die folgenden neun Jahre wurden durch die wechselvollen Auseinandersetzungen zwischen den beiden Parteien geprägt. In den jeweils betroffenen Gebieten kam es zum weitgehenden Zusammenbruch der Rechts- und Friedensordnung. Die mächtigen Barone und vor allem auch hohe kirchliche Würdenträger nutzten den mehrfachen Parteiwechsel für ihre eigenen machtpolitischen Interessen.
Durch schwere politische Mißgriffe und durch kurzsichtiges, vor-

dergründiges Taktieren trug König Stephan selbst entscheidend zur Schwächung seiner Position bei. Sein Verhalten, besonders den Bischöfen und anderen hohen kirchlichen Würdenträgern gegenüber, war derart unüberlegt und unklug, daß sie sich von ihm abwandten. Sein Befehl zur Inhaftierung der beiden Bischöfe und sein wankelmütiges Verhalten bei der Beratung in Winchester legten bereits Zeugnis davon ab. Hinzu kam, daß König Stephan kaum Versprechen hielt, die er seit seiner Thronbesteigung dem Adel, der Geistlichkeit und dem Volk gegeben hatte:
Der zu Ostern 1136 beim Hoftag zu Oxford vom König gewährte Freibrief wurde nicht eingehalten. Die strengen Jagdgesetze König Heinrichs I. sollten gemildert und die enteigneten Forste dem Adel und der Kirche zurückgegeben werden. Der nicht erfüllte Freibrief bestätigte ferner, daß die geistlichen Pfründe, die von Stephans Vorgängern einbehalten worden waren, auszuliefern seien und die kanonische Wahl der Bischöfe zugelassen würde.
Da König Stephan nicht zu seinem Wort stand, verlor er viele Anhänger und verwandelte fast seine gesamte Regierungszeit in einen unaufhörlichen Zweikampf mit der Kaiserin Mathilde und Gottfried von Anjou. Wenn auch die Städter und kleinen Besitzer zu König Stephan hielten, schwenkten der Adel und die Geistlichkeit - allen voran der „abtrünnige" Bruder des Königs, Bischof Heinrich von Winchester - zur Kaiserin Mathilde über.
Das Schicksal König Stephans schien besiegelt zu sein, als er im Februar 1141 bei der Schlacht von Lincoln als Gefangener in die Hände seiner Gegner fiel. Während dieses Gefechtes und auch die darauffolgende Zeit hielt sich die Kaiserin Mathilde in der Benediktiner-Abtei St. Albans auf. Im Kloster wurde sie freudig und festlich empfangen und wohnte im „Gemach der Königin", das ihr von den Besuchen mit ihrem Vater, König Heinrich I., aus früheren Jahren vertraut war. Hier empfing sie auch eine Abordnung aus London, um nach der Schlacht von Lincoln und der Gefangennahme ihres königlichen Vetters neue Bedingungen festzulegen.
Kurz darauf nahm Kaiserin Mathilde in Winchester die begehrte Königskrone aus den Händen des Bischofs Heinrich von Blois in Empfang, nahm Wilton, Reading und Oxford ein und erreichte nach langen Verhandlungen ihren Einzug in die Hauptstadt.

Da aber Kaiserin Mathilde ihrem Versprechen zuwider König Stephan in Gefangenschaft hielt, die Gesetze König Edwards nicht anerkennen wollte und der reichen Hauptstadt eine schwere Steuer auferlegte, verschaffte sie sich viele Gegner. Durch ihre maßlos übersteigerte Herrschsucht und ihr unerträgliches Auftreten verprellte sie zudem alle Anhänger, so daß König Stephan am Ende befreit wurde und die Kaiserin Mathilde als Geschlagene in die Normandie zurückkehren mußte.

Brandmarkung

*D*urch die umfassende Fürsorge des Abtes von St. Albans für den Konvent in Markyate konnte Christina wesentlich mehr Zeit erübrigen, um auf Fragen, Verhaltensweisen und Nöte ihrer Mitschwestern sowie der Gäste, die ständig bei ihr weilten, einzugehen, und konnte ihnen Hilfe anbieten. Daß Christina auf diese Weise mit vielen Schattenseiten in Berührung kam, war nicht auszuschließen.

Eine junge Frau, die einen erschöpften und gequälten Eindruck machte, bat um Aufnahme in Markyate. Wegen politischer Delikte mußte sie über ein Jahr in London im Gefängnis verbringen und wurde wiederholt auf äußerst schmerzhafte Weise zu Aussagen gezwungen, die nicht dem wahren Sachverhalt entsprachen. Christina nahm diese Frau liebevoll auf, vermied es aber, sie nach ihrer Vergangenheit zu fragen.

Auf einer Wange waren ihr auffallend die Buchstaben BC eingebrannt. An einem Abend weinte sie bitterlich, und als Christina den Arm um sie legte, löste sich ihre Zunge. Sie begann, aus ihrem Leben zu erzählen. Christina erfuhr, daß dieser Frau, die nicht bereit war, das zu sagen, was man von ihr hören wollte, in Schwefel getränkte Späne hinter die Fingernägel getrieben wurden. Da sie trotz heftigster Schmerzen immer noch schwieg, zündete man die Hölzchen an und ließ sie abbrennen.

„Nachdem Kaiserin Mathilde endlich in London eingezogen war, wurden alle politischen Gefangenen freigelassen; fast im selben Atemzug auch viele andere, die aus den verschiedensten Gründen

schon über Jahre inhaftiert waren. Der Kerker- und Foltermeister, der diese Freilassung nicht uneingeschränkt hinnehmen wollte, fand große Befriedigung daran, einen jeden von uns auf besondere Weise zu brandmarken. Ihr seht hier die Buchstaben in meinem Gesicht!"
Die Frau nahm die Hand Christinas und führte sie über ihre Wange, in die das Zeichen BC gebrannt war. „Man hat eine neue Methode entwickelt, in der nicht, wie bisher üblich, mit einem glühenden Eisen gearbeitet wird. Durch ein kaltes Eisen wurde bei allen, die entlassen werden sollten, ein bestimmtes dauerhaftes Zeichen in die Haut geprägt. Ich mußte lange warten, bis die Reihe an mir war. Der Foltermeister durchstieß den in Frage kommenden Körperteil mit Nadeln, bis das Zeichen entstand, das er einprägen wollte. Als er dann in die so gesetzten Löcher der Haut ein dunkles Pulver einstreute, schrie der Gefolterte vor Schmerzen entsetzlich auf. Ich mußte mit ansehen, wie einer nach dem anderen auf diese Weise gequält wurde, bis ich mich dieser grausamen Tortur selbst unterziehen mußte.
Bei Diebstahl wurden Schlüssel eingebrannt, Münzen bei Münzfälschern, flüchtige Schiffsleute erhielten Bootshaken in die Haut graviert. Als die ersten politischen Häftlinge an der Reihe waren, wurden ihnen an augenfälliger Stelle die Buchstaben BC eingebrannt, um diese Menschen als Verbrecher mit schlechtem Charakter (bad character) abzustempeln. Je näher ich dem Foltermeister kam, um so mehr wuchs meine Angst - wußte ich doch nicht, an welcher Stelle er bei mir das schmerzhafte Brandmal einstechen würde. Es kamen in Frage: Stirn, Wange oder Lippen, Rücken oder Ohren, Arme, Hände, Daumen, Schultern, Brust, Beine oder Füße.
Da der Foltermeister eine offensichtlich sonderbare abartige Freude an dieser Art augenblicklicher und bleibender Folter hatte, nahm er sich für die Quälereien bei jedem äußerst viel Zeit. Er konnte es nicht lassen, mit hämischer Stimme seine Genugtuung zum Ausdruck zu bringen, indem er jeden Buchstaben, den er setzte, und jedes Zeichen mit der angeblichen Straffälligkeit in Verbindung brachte. Für Sodomie wurden Hufeisen eingebrannt, Verführern und Vergewaltigern gravierte er Geschlechtsorgane auf

die Stirn, die Figur eines Menschen ohne Kopf war das Zeichen für Mörder und Totschläger.
Wenn der Foltermeister eine Brandmarke richtig und deutlich auf den Körper gesetzt hatte und er mit dem Ergebnis zufrieden war, übertönte er mit lauter und schriller Stimme die Schmerzensschreie der Gefolterten: 'Das Zeichen ist wohl gelungen, Euer Hochwohlgeboren! Und wenn Ihr so weitermacht, werden bald verschiedene Brandmarken Euer Vorstrafenregister darstellen!'
Nach der Entlassung gingen alle in verschiedene Richtungen - viele weinten vor Kummer über diese lebenslange Brandmarkung oder waren bitterböse ob des ihnen eingebrannten Males. Ohne es vorher zu wissen, hat mich mein Weg zu Euch nach Markyate geführt, und ich bitte Euch, verehrte Christina, vorerst in Eurer Nähe bleiben zu dürfen, bis auch die Wunden meiner Seele geheilt sind."

Licht und Schatten

Durch ihre persönliche Lebenserfahrung, durch Gespräche und durch Einblicke, die Christina in Schicksalszusammenhänge nehmen durfte, fühlte sie sich immer stärker der Verschlagenheit und Bösartigkeit dieser Welt gewachsen. Ihr war es gelungen und letztlich geschenkt worden, nicht nur Abt Geoffrey den Weg in ein besser gelingendes Leben zu weisen, sondern auch vielen anderen Menschen, die sich Christinas Weisung gegenüber öffneten. Die Zeit war reif, so daß sie sich nicht mehr gegen ihre Verleumder und Zwischenträger auflehnte, die nun keine Macht mehr hatten, sie zu verletzen.
In Christina und aus ihr strahlte ein Licht, das auch andere erleuchtete, ohne sich selbst zu verzehren. Als Dank für diese innere geistige Kraft, die ihr unaufhaltsam zuströmte, stellte sie jeden Sonntagabend eine Kerze im Oratorium auf. Diese liturgische Geste wurde in Markyate für alle Frauen zu einem festen Ritual, doch kannte niemand von ihnen den tieferen Grund.
Es geschah an einem Sonnabend. Widergöttliche, zerstörerische Kräfte waren durch Christinas Geradlinigkeit, durch ihre lichter-

füllte Seele und ihre Ausstrahlung derart in Aufruhr versetzt, daß sie nach Wegen suchten, diese erleuchtete Frau wenigstens von außen zu irritieren. In der Nacht zum Sonntag, als sich alle zur ersten Gebetsstunde rüsteten, sah Christina eine dunkle Gestalt vor der Tür des Oratoriums sitzen. Sie traute ihren Augen nicht. Weder bei ihrem Näherkommen noch bei ihrem Anruf entschwand dieser mißgestaltete Körper - er reagierte nicht einmal. Die Mitschwestern, die sich nach und nach um ihre Meisterin versammelten, spürten diese unheimliche und angstmachende Atmosphäre. Sie sahen zwar nicht, was Christina wahrnahm, doch bemächtigte sich ihrer eine derartige Angst, daß eine Frau völlig erstarrte, eine andere sich unter ihrem Schleier verbarg, wieder andere wichen angsterfüllt zurück, versteckten sich und hatten derartiges Herzklopfen, daß sie glaubten, ihrer Todesstunde nahe zu sein.
Inmitten dieses Aufruhrs und der Angst gab es nur ein Entkommen, und das spürten alle: so nahe bei Christina zu sein, wie es nur eben möglich war. Daher hielten sie sich an ihr fest und klammerten sich an sie in der Gewißheit, daß von Christina eine gute Gegenkraft und Hilfe ausgehen würde. Doch beim Anblick dieser monströsen Gestalt wurde auch Christina von einer gewissen Furcht ergriffen. Sie nahm all ihren Mut zusammen und blieb standhaft. In einem inständigen Gebet bat sie darum, diese so grausame Phantomgestalt möge schwinden. Doch sie überkam eine noch größere Furcht, der sie sich nicht erwehren konnte. Je stärker diese zerreißenden Kräfte wurden, um so mehr gelang es Christina, alles loslassend sich Dem anzuvertrauen, der Sieger über die Dunkelheit und heller als alles Licht ist. Ganz allmählich stabilisierten sich in ihr innere Ruhe und die vertraute Gewißheit, daß unter dem Schutz des Höchsten niemand ihr und ihrem Konvent etwas anhaben könne.
Zusehends machte die Dunkelheit dem Licht Platz. Als der Morgen dämmerte, standen die Türen ungehindert offen, die Angst war bei allen geschwunden, und Licht durchflutete nicht nur die Gebäude von Markyate, sondern auch die Herzen.
Nach diesem herausragenden Erlebnis versenkte sich Christina - als sie wieder allein war - in die Miniaturen des Albani-Psalters. Obwohl kein Bild einen sichtbaren Schatten hat, dachte sie, so

weist doch jedes unsichtbar eine dunkle Seite auf. Alles in der Welt ist aus mehreren geistigen Komponenten zusammengesetzt und hat seine entsprechende Ausstrahlung. Nach dem Gesetz, daß Gleiches Gleiches anzieht, kommt es erheblich darauf an, mit welcher Einstellung und in welcher inneren Verfassung ich auf eine Miniatur zugehe. Es ist daher ratsam, wenn nicht gar notwendig, vor dem Betrachten und Versenken in den Bildinhalt zunächst zu meditieren.

Nach dem Erlebnis der vergangenen Nacht wurde Christina durch und durch bewußt, daß dem sich Nähern des Lichtes und der eigentlichen Wahrheit eine Bereitung vorausgehen müßte. Hierzu war es notwendig, alles loszulassen und ein Empfangender zu werden.

Keine Maßstäbe für dieses oder jenes dürfen mehr angelegt werden, dachte sie weiter, und alle Vorurteile haben dem Kommenden gegenüber keine Berechtigung mehr. Das sich Leermachen und einfach Dasein vor dem Wesentlichen ist das Entscheidende, sowohl in der Schweige-Meditation als auch beim Betrachten und Verinnerlichen der Albani-Miniaturen.

Christina überlegte, inwieweit sie - ohne eigenes Eingreifen - in der Lage sei, ausschließlich zu empfangen, um den kraftvollen Energiestrom einer Miniatur zu erfahren. Ihr wurde bewußt, wie gefährlich es ist, sich in einer nicht guten und von dunklen Kräften aufgeladenen Gesinnung dem Psalter und seinen Bildern zu nähern. Daher bedurfte es einer guten Bereitung, um Schauen zu können und Einblick in verborgene Geheimnisse zu nehmen.

Es ist somit von unbedingter Wichtigkeit, überlegte Christina, daß jeder, der schauen und Einblick nehmen möchte, eine Anleitung zum Schauen erhält, damit er nicht das Wesentliche verpaßt - die Lichtausstrahlung und das Gewahrwerden der Siegermacht über die Dunkelheit. Nur in einer unbedarften, offenen Haltung, ohne eigenes Wollen, Vorstellungen und Wünsche kann der Lichtkraft Raum zur Entfaltung und Ausstrahlung gewährt werden. Sie muß im Inneren des Betrachters ankommen und von ihm bejahend aufgenommen werden, damit er aus dieser geistigen Kraft das Leben für sich und andere zum Besseren gestalten kann.

Der Schatten des mißgestalteten Phantoms, den Christina an diesem frühen Sonntagmorgen voll Schrecken erblickt und der vorübergehend die Atmosphäre in Markyate verdunkelt hatte, schien ihr jetzt nichts anderes zu sein als die Abwesenheit des Lichtes. Eine wichtige Erfahrung auf ihrem geistigen Entwicklungsweg wurde Christina an diesem Tag geschenkt, an dem sie - wie immer - gegen Abend eine Kerze im Oratorium entzündete.

Erste Anzeichen des Abschieds

Ermutigt durch die Einsichten, die sich Christina an diesem Sonntag schenkten, und gleichzeitig erfreut über die damit verbundene Lebenssicherheit, gewann sie noch mehr Zutrauen zu den Eingebungen ihres Herzens und den Intuitionen, die aus der Tiefe ihres Bewußtseins ihr Leben mit Licht erfüllen wollten. Auf diesem Weg eines zunehmenden inneren Wachstums stellte sich Christina die Frage, ob sie bereit sei - wie einst Abraham seinen Sohn Isaac - im Gebet der Hingabe und darüber hinaus in dieser Welt und Zeit denjenigen loszulassen, den sie am meisten liebte: Geoffrey.
Christina spürte, daß sie eine derartige vollkommene Hingabe nicht oder noch nicht vollziehen konnte; sie wußte aber, wenn sie in der Meditation nicht bereits ein Loslassen übte, daß Geoffrey ihr in nicht allzu ferner Zukunft gewaltsam unter größten Schmerzen entrissen würde. Ihre gemeinsame Liebe, die schon längst nicht mehr an den Ich-Kern Geoffreys und Christinas gebunden war, hatte sich zu einer Weite entwickelt, in der der Himmel die Erde und die Erde den Himmel berührt. Zu dieser kosmischen Weite ihrer Liebe kam die Tragfähigkeit hinzu, die Veränderungen in dieser Welt und letztlich den körperlichen Tod auszuhalten.
Daher wagte es Christina nach langen Meditationen, in denen sie belastende und festhaltende Gefühle abbauen konnte, mit Geoffrey offen über ein Loslassen und Neuempfangen zu sprechen sowie über den Tod und das Leben danach. Geoffrey, der sich auf seine Weise und infolge seines Alters selbst mit möglichen Veränderungen ihrer gelebten Liebe beschäftigt hatte, war auf dieses Gespräch, das Christina mit ihm führen wollte, vorbereitet.

Eines Tages kam ein unbekannter Pilger nach Markyate, um Christina zu besuchen. Sie hieß diesen Mann, dessen ehrfurchtsvoller Gesichtsausdruck ihr besonders auffiel, freundlich willkommen und bot ihm, wie sie es bei allen gewohnt war, ihre Gastfreundschaft an. Weder fragte Christina ihn, wer er sei, noch erzählte zu dieser Zeit der Pilger etwas von sich selbst. Nach einem kurzen Aufenthalt in Markyate zog er seiner Wege, doch hatte er bei Christina einen tiefen Eindruck hinterlassen. Nach einiger Zeit kam er ein zweites Mal nach Markyate. Bei seinem ersten Besuch hatte sich der unbekannte Pilger fast schweigend verhalten und ausschließlich meditiert; zu Christinas Freude suchte er nun das Gespräch mit ihr.

Während sie miteinander sprachen, fühlte Christina eine derart begeisternde und leidenschaftliche Spiritualität, die von dem Pilger ausging, wie sie sie vorher noch bei keinem Menschen erlebt hatte. Höchst erfreut darüber und selbst begeistert von der lichten Ausstrahlung des Fremden, hätte Christina beinahe vergessen, wie es die Gastfreundschaft gebot, dem Pilger etwas zu essen und zu trinken anzubieten. Als sie mit ihrer Schwester Margaret ein Mahl bereitete, setzte er sich zu ihnen. Doch weilte Christinas Aufmerksamkeit mehr bei dem, was der Fremde sagte, als bei der Zubereitung der Speisen. Daher nahm Margaret alles Notwendige in die Hand und deckte den Tisch.

Nachdem der Pilger Platz genommen hatte, nahm er behutsam das Brot und führte es zum Mund. Es schien, als äße er, doch in Wirklichkeit nahm er nur einen kleinen Bissen, um zumindest aus Höflichkeit zu kosten. Als Margaret ihn bat, von dem Fisch zu probieren, der ihm gereicht wurde, dankte er mit den Worten, er wolle nicht mehr zu sich nehmen, als notwendig sei, um Körper und Seele zusammenzuhalten.

Das Verhalten des Fremden berührte beide Schwestern sehr. Aus einer guten Distanz sahen sie ihn nun in einem anderen Licht: seine wohlgeformten Gesichtszüge, den gepflegten Bart, sein außergewöhnliches Auftreten und seine noble Erscheinung. Vor allem aber lösten die wohlausgewogenen und feinen Worte des Pilgers bei Christina und Margaret eine derart große geistige Freude aus, daß sie glaubten, eher einen Engel vor sich zu sehen als einen ein-

fachen Pilger. Hätte es ihnen das Gelübde der Armut, Keuschheit und des Gehorsams erlaubt, das sie im benediktinischen Sinn abgelegt hatten, würden beide Schwestern nicht zögern, den Pilger zu bitten, bei ihnen in Markyate zu bleiben.
Nach ihrem Gespräch erhob sich der Fremde und verabschiedete sich mit segensreichen Worten von Christina und Margaret. Als er sich aufmachte, seinen Weg weiterzugehen, verloren sie ihn zwar aus den Augen, aber nicht aus dem Herzen. Der Eindruck, den der unbekannte Pilger in ihnen hinterlassen hatte, war so erfüllend und tiefgreifend, daß sie sich oft an ihn erinnerten und über die inspirierende Begegnung sprachen. „Wie wunderbar wäre es, wenn unser Pilger noch einmal zurückkehren würde! Wir erfreuten uns nicht nur seiner Gegenwart, sondern würden bestimmt auch viel von ihm erfahren und lernen können."

Weihnachten 1142 - oder: Der unbekannte Pilger

Christina war voll damit beschäftigt, sich auf das kommende Weihnachtsfest vorzubereiten. Doch am Tag vor der Vigil des Festes wurde sie krank und mußte das Bett hüten. Der Schwächeanfall, der mit ihrer Krankheit zusammenhing, war so stark, daß sie nicht einmal mehr in die Kirche gehen konnte. Zwei Mönche, die auf dem Wege waren, hörten von Christinas Krankheit und beschlossen, sie zu besuchen. Zur Freude für Christina und zu ihrer Genesung sangen sie in gregorianischer Weise das Stundengebet. Infolge ihrer Krankheit war Christina kaum in der Lage, aufmerksam zuzuhören; doch ein Vers hatte sie besonders berührt und ging ihr nicht mehr aus dem Sinn: „Heute sei euch gesagt, daß der Herr kommen wird, und morgen werdet ihr Seine Herrlichkeit sehen." Sie dachte über die Bedeutung dieser Botschaft nach und stellte sich vor, auf welche Weise sie Wirklichkeit werden würde. Von großer Freude auf das kommende Weihnachtsfest bewegt, gingen Christina an diesem Tag wie auch während der darauffolgenden Nacht viele Fragen durch den Kopf: Auf welche Weise wird Er sichtbar, und wer wird Ihn wirklich sehen, wenn Er kommt? Auf welche Weise wird Er sich in unserer Welt offenbaren?

Dadurch daß Christina ihren fragenden Geist auf ein höheres Ziel ausrichtete, wurde ihr Bewußtsein nicht durch die schwere Krankheit getrübt, die ihr Körper zu ertragen hatte. Als Christina vom Bett aus - man hatte ihre Zellentür und die des Oratoriums geöffnet - die feierlich gesungene Hymne zum Weihnachtsfest hörte: „Christ ist geboren", spürte sie, daß auch sie eingeladen war, am Fest des Lichtes und der Freude teilzunehmen. Nur allein im Dasein und Zuhören schenkte sich ihr tiefe geistige Erfüllung, die nicht nur Freudentränen auslöste, sondern auch ihrem kranken und geschwächten Körper heilende Lebensenergien zuströmen ließ. Christina fühlte sich durch den geistlichen Gesang ihrer Mitschwestern, die innige Atmosphäre, die von ihnen ausging, und durch die sich spürbar ausbreitende Liebe in die Kathedrale von St. Albans versetzt. Sie schloß die Augen und gab dem Bild, das in ihr Gestalt und Licht annahm, Raum, sich zu entfalten.
Sie sah sich zu Füßen des Lesepultes stehen, von dem aus die Frohe Botschaft verkündet wurde. Als Christina ihren Blick schweifen ließ, bemerkte sie inmitten des Mönchs-Chores eine Gestalt, die wohlwollend und gütig auf die ehrfürchtig singenden Mönche blickte. Seine Ausstrahlung war unbeschreiblich und unfaßbar; eine lichtvolle Aura umgab ihn. Beim Anblick dieser Erscheinung fühlte sich Christina in eine andere Welt versetzt. Durch die Vision empfing sie nicht nur stärkende Kräfte für ihre Seele, sondern gleichzeitig für ihren Körper, so daß sie schnell von ihrer Krankheit befreit wurde.
Am Morgen des Weihnachtstages wurde Christina die Nachricht überbracht, der von ihr hochgeschätzte Pilger sei in Markyate angekommen. In diesem Augenblick wurde sie von großer Freude erfüllt und konnte dieses Glück kaum fassen. Sie bat, man möge ihn einlassen und die Türen hinter ihm schließen. Durch die Gegenwart des Pilgers, der ihr nun keineswegs mehr unbekannt erschien, und durch das damit verbundene Glücksgefühl erfuhr Christina unaussprechbare Antworten auf viele ihrer Fragen.
Als der Konvent von Markyate - Christina durfte wieder inmitten ihrer Schwestern sein - zur Weihnachtsliturgie in das Oratorium einzog, war auch der Pilger anwesend. Allen fiel seine Bescheidenheit auf, seine Zurückhaltung beim Betreten des sakralen

Raumes, sein ernster Ausdruck und die Vornehmheit seiner Erscheinung. In dieser Haltung, ohne sich hervorzutun, nahm der Pilger an den liturgischen Feierlichkeiten des hohen Weihnachtstages teil. Das Ende der Liturgie wurde von Christina selbst vollzogen. Beim Auszug schritt sie allen voran, verließ als erste das Oratorium, um dem Pilger und ihren Mitschwestern persönlich gesegnete Weihnachten zu wünschen. Da keine andere Tür aus dem Oratorium führte als die, an der Christina stand, war sie sicher, auch den Pilger herzlich begrüßen zu dürfen.

Alle Schwestern hatten die Kirche verlassen. Christina wartete noch eine Zeit ungeduldig auf den Pilger. Auf ihre Frage, wo der Pilger sei, erhielt sie zur Antwort, er halte sich noch in der Kirche auf und bete. Da alle gemeinsam das Festmahl einnehmen wollten, bat Christina eine Mitschwester, den Pilger zu rufen und ihn hierzu einzuladen. Diese kam nach kurzer Zeit zurück und berichtete, sie habe ihn nicht angetroffen. Höchst überrascht und erstaunt fragte Christina, ob während des Gottesdienstes wirklich die Tür verschlossen gewesen sei. „Hier ist der Schlüssel, und von dem Augenblick an, als wir alle eingezogen waren, bis zu dem Moment, als ich vor Euch die Tür wieder öffnete, war sie fest verschlossen, so daß niemand das Oratorium verlassen konnte. Aber auch jetzt hat niemand den Pilger aus der Kirchentür kommen sehen", antwortete die Türhüterin, während sie in ihrer Verlegenheit Christina noch einmal den Schlüssel zeigte.

Christina, die es gewohnt war, mit Unerklärbarem und mit Geheimnissen zu leben, wußte, daß das Wesentliche im Innerpersönlichen und nicht sichtbar geschah; sie wußte um die Notwendigkeit des Einübens der Geduld, bis sich nacheinander und von selbst die geheimnisvollen Zeichen offenbarten. Sie nahm daher alles momentan nicht Faßbare in diesem Sinne an, ohne Aufhebens darum zu machen. Wenn Christina in das gewohnte und ihr liebgewordene Schweigen ging, trennte sie sich bewußt von allem, was sie an diesem Tag erfahren hatte, von dem, was ihr gelungen war, wie auch von dem, was ihr nicht gelungen war. Sie legte ihr Wissen und alles, was ihr Bewußtsein füllte, ungelöste Fragen und auch das Nichtwissen in die Hände Gottes. Aus Ihrer Erfahrung war ihr vertraut, und aus dieser Gewißheit gestaltete sie ihr Leben,

daß zur rechten Zeit das Rechte zur Verfügung stand - sei es eine Ahnung, ein Gefühl oder ein Gedanke; sei es ein Staunen, ein Schweigen oder ein sich Zurücknehmen.
Durch ihre Meditationen der Hingabe und die sich daraus ergebende Haltung und Lebenseinstellung wurde es ihr geschenkt, vielen Geheimnissen auf die Spur zu kommen, verborgene Weisheiten einzusehen und verworren scheinende Situationen und Schicksale geistig zu durchdringen. Das Erscheinen des „unbekannten Pilgers", den sie nicht nur mehrere Male in der Wirklichkeit wahrgenommen hatte, sondern auch in der Vision während ihrer Krankheit, als er sich im Chor unter den Mönchen von St. Albans offenbarte, hatte Christina auf ihrem geistig-geistlichen Weg in Bewußtseins- und Glaubenstiefen geführt, die nicht mehr in Worte zu fassen waren.
Erst nach langem Fragen erfuhr Geoffrey einiges, worüber Christina von sich aus niemals gesprochen hätte. In der Biographie über sie versuchte er, dem Leser zumindest eine Ahnung von den außergewöhnlichen Fähigkeiten Christinas zu vermitteln. Die Lebensgeschichte der Frau von Markyate, die Abt Geoffrey bis kurz vor seinem Tod weiterschrieb, sollte dem Frauenkonvent und nachfolgenden Generationen Mut geben, auf dem geistigen Entwicklungsweg Fortschritte zu machen, und von der begnadeten Sendung ihrer Gründerin Kunde geben.
Eine von Christinas Mitschwestern, die im Nebenhaus wohnte, war im Begriff, etwas heimlich zu tun, das ihr Schaden zufügen würde. Christina, die diese unguten Schwingungen in ihrem Herzen spürte, griff ein, um sie vor einem großen Fehler zu bewahren. Da sie noch nicht hellhörig und sensibel genug war, Christinas Gedankenkraft zu empfinden, ging Christina zu ihr und flüsterte ihr auf eindeutig verstehbare Weise das zu, woran sie sie hindern wollte und mußte. Erstaunt und ein wenig beschämt bat sie ihre Priorin, niemandem etwas über das Vorhaben zu sagen. Es dauerte Christina, sie verstehen lassen zu müssen, daß dies selbstverständlich sei.
Als Abt Geoffrey in Markyate war und mit Christina zu Tisch saß, wurde er Zeuge einer Situation, die ebenso von der hohen Sensibilität und geistigen Entwicklung Christinas sprach: Godit, ein

junges Mädchen, trug das Essen auf, das sie für den Gast bereitet hatte. Plötzlich erhob Christina ihre Hand und hinderte Geoffrey daran, von der Speise zu nehmen. Ruhig und freundlich rief sie Godit und fragte, ohne sie durch scharfe Worte bloßzustellen, ob sie den Salat mit Zutaten bereitet habe, die sie zu verwenden untersagt habe. Christina hatte nämlich nachdrücklich der Küche Anweisung gegeben, nichts aus dem Nachbargarten zu nehmen, da der Besitzer ihr aus Geiz einen Kerbel-Zweig abschlug, um den sie ihn vor kurzem gebeten hatte. Als Godit beteuerte, in dem Salat seien keine Zutaten aus dem Nachbargarten, forderte Christina Geoffrey auf zu essen - doch selbst nahm sie nichts von dem Salat. Später, nachdem Christina erfahren hatte, daß Godit im Garten des Nachbarn gesehen worden sei, gestand diese, den Salat mit Kräutern aus eben dem Garten bereitet zu haben.

Geoffrey wußte, daß er selbst die hohe Sensibilität, über die Christina verfügte, und den entsprechenden Durchblick, der ihr eigen war, niemals erreichen würde.

Einer der in Markyate beschäftigten Helfer wurde von Christina auf den Weg nach St. Albans geschickt, um Abt Geoffrey eine für ihn sehr wichtige Botschaft zu überbringen. Der Mann hatte jedoch unterwegs einiges von dem vergessen, was Christina ihm aufgetragen hatte. Hinzu kam, daß er das, woran er sich noch erinnern konnte, zu seinem eigenen Vorteil auslegte. Als Christina diese verkehrte Situation vor ihren geistigen Augen wahrnahm, gelang es ihr, den Boten mit dem Irrtum zu konfrontieren, ihn auszuschelten und die richtige Botschaft in sein Bewußtsein zu pflanzen.

Daß Christina geistigen Kontakt zu bestimmten Personen herstellen konnte, beweist eine Begebenheit, die sich im Haus ihrer verheirateten Schwester Matilda in Huntingdon zutrug. Von ihrer Zelle in Markyate aus konnte sie infolge ihrer geistigen Hellhörigkeit eine wichtige Unterredung wahrnehmen, die Matilda mit ihrem Mann führte. Als das Ehepaar später zu einem Besuch bei Christina weilte, war sie in der Lage, ein Gespräch zu führen, welches das Wissen um die Ereignisse in Huntingdon voraussetzte.

Später erfuhr Geoffrey, der Christinas Leben auch tiefer erforschen wollte, um darüber zu schreiben, von dem Ehepaar aus Huntingdon, daß Christina von all dem, worüber sie zu Hause gesprochen hatten, nichts wissen konnte. Dies war für Geoffrey ein weiterer Beweis für die Fähigkeit Christinas, intuitiv wahrzunehmen. Von allem, was Christina auf dieser Erde wichtig war, bildete Abt Geoffrey den Mittelpunkt. Ihre Gedanken und ihre Aufmerksamkeit bezogen sich vornehmlich auf ihn, ihren treuen Freund. Sie war ihm nahe und wußte, wie sehr er ihrer bedurfte - ihrer geistigen Kraft, ihrer Zuwendung, der Geborgenheit in Markyate wie auch noch ihrer persönlichen Gegenwart.

Bereitung zur großen Reise

*I*n den wenigen Jahren, die Abt Geoffrey de Gorham in dieser Welt noch zur Verfügung standen, versuchte er - getragen durch Christina - begonnene Aufgaben abzuschließen und, soweit es ihm möglich war, vorausschauend auf die Zukunft wichtige Entscheidungen zu treffen.
Einigen seiner Mönche mag es übertrieben gewesen sein, doch Abt Geoffrey legte größten Wert darauf, daß in der Sakristei von St. Albans genügend und vor allem schöne Chormäntel für den liturgischen Gottesdienst zur Verfügung standen. Er verwandte besondere Sorgfalt auf das Auswählen und scheute weder Kosten noch Mühe, wertvolle Roben zu erwerben. Wer allerdings nicht um die bedrängende innere Not wußte, in der Geoffrey während der Brandnacht von Dunstable und der Zeit danach gesteckt hatte, als die aus St. Albans geliehenen kostbaren Chormäntel verbrannt waren, konnte die übermäßige Anschaffung dieser liturgischen Kleidung nicht verstehen.
Als nach 1142 im Priorat von Markyate die Kirche und einige sie umgebende Gebäude abbrannten, erlebte er noch einmal - doch nun zusammen mit Christina - das Gefühl, ohnmächtig und hilflos vor dieser zerstörerischen Naturgewalt zu stehen. Doch dieses Mal gelang es Geoffrey, an der Seite der tatkräftigen und unerschütterlichen Frau aus Markyate, sich nicht durch die Brandkatastrophe entmutigen zu lassen. Innerhalb kurzer Zeit konnte er mit hilfreicher Unterstützung vieler Menschen, die zum Freundeskreis von

Markyate gehörten, und mit finanziellen Mitteln aus den Pachteinnahmen der Landgüter Caysum und Watford die zerstörte Kirche und die Gebäude wieder aufbauen.
Durch Christina von Markyate, die über Abt Geoffrey zur geheimen und indirekten Ratgeberin im Kirchenkampf mit König Stephan von Blois geworden war, hatte Geoffrey einen Bekanntheitsgrad, der über England und Frankreich hinaus bis nach Rom reichte. Neben den einflußreichen Kontakten zum Königshaus unterhielt Geoffrey zu vielen englischen und französischen Bischöfen persönliche und kirchenpolitische Beziehungen, insbesondere zu benediktinischen Prioraten, Klöstern und Abteien. Abt Geoffrey war es sogar gelungen, zu Osbert von Clare, dem redegewandten und vielgefürchteten Prior von Westminster, eine über Jahrzehnte lebendige und ungetrübte Verbindung aufrechtzuerhalten. Ein Verwandter Geoffreys, Walter von Lucy, war Mönch in St. Albans, bis er im Jahre 1139 Abt des Benediktiner-Klosters Battle wurde.
Durch unlautere Machenschaften, mangelnde Disziplin und Mißachtung der Benedikt-Regel war die Abtei Croyland in eine fragwürdige Existenz geraten und dem Ruin nahe. Um sie zu retten und zu neuem Ansehen zu bringen, war es notwendig, mehrere Mönche auszutauschen. Abt Geoffrey de Gorham, an den die Bitte zur Erneuerung und geistig-geistlichen Wiederbelebung dieses Klosters herangetragen wurde, da man sich von ihm als einzigem wirksame Hilfe versprach, nahm sich der Abtei Croyland an. Er sandte zehn seiner besten Mönche, die über Disziplin und gutes Durchsetzungsvermögen verfügten, in diese Abtei mit der Aufgabe, angerichteten Schaden wiedergutzumachen und die geistliche und administrative Leitung zu übernehmen. Godfrey, einer dieser Mönche aus St. Albans, wurde 1143 zum Prior von Croyland gewählt. Er stand nach der Art Geoffreys diesem Kloster mit großem Erfolg vor. So ließ er sogar - in Anlehnung an St. Albans - dort einen kostbaren Reliquienschrein fertigen.
Die Wirren unter der Regierung des Königs Stephan von Blois brachten es mit sich, daß auch über die Stadt und das Kloster St. Albans eine schlimme Notlage hereinbrach. Da St. Albans sich gegen eine Vereinnahmung wehrte, beschloß man heimlich, Feuer

anzulegen, um die Stadt niederzubrennen. Abt Geoffrey de Gorham erfuhr rechtzeitig von diesem hinterhältigen Plan und konnte die gräflichen Invasoren, die sich aus Machthunger verselbständigt hatten, mit einem kostbaren Geschenk und verbindenden Worten besänftigen. Er ließ noch in der Nacht alles Gold, das in der Abtei zur Verfügung stand, zu einer ungeformten Masse einschmelzen, um es am nächsten Morgen zur Versöhnung zu überreichen an Graf von Warenne, William von Ypre, Graf von Arundel und William Martel. Es schmerzte Abt Geoffrey sehr, daß durch die Unfähigkeit der Königsherrschaft Barone und Grafen sich aus Macht- und Besitzhunger selbständig machten und sich Besitz aneigneten, der ihnen nicht zustand.
Wegen der Zurückhaltung und Bescheidenheit Christinas war es Abt Geoffrey bisher nicht gelungen, trotz der Profeß, die Christina im benediktinischen Sinne in St. Albans abgelegt hatte, die Kommunität von Markyate auf eine kanonische Grundlage zu stellen. Man bezeichnete Markyate zwar seit langem als Priorat von St. Albans und Christina als Priorin, doch mußten zu diesem Status bestimmte kirchenrechtliche Bedingungen vollzogen und eingehalten werden, die aber noch nicht erfolgt waren. Dazu gehörte die rechtliche Übertragung von Ländereien, die den Domherren von St. Pauls gehörten, die feierliche Einweihung der Prioratskirche und die Beurkundung des gesamten Priorats von Markyate.
Abt Geoffrey, der fühlte, daß seine Zeit gekommen war, setzte in diesem Jahr 1145 alles daran, Christina und das Priorat auf die Zukunft hin abzusichern und so selbständig wie möglich zu machen. Zwischen ihm und den Domherren von St. Pauls kam ein Vertrag zustande über den Standort und das Grundstück, auf dem das Priorat von Markyate nun seine offizielle Bestätigung fand. Damit waren die Besitzverhältnisse endgültig geklärt. Die Urkunde wurde am selben Tag erstellt und von den anwesenden Zeugen unterschrieben, an dem Bischof Alexander von Lincoln die Prioratskirche feierlich im Beisein vieler Gäste einweihte. Sie erhielt den Namen „Kirche der Heiligen Dreifaltigkeit".
Die Liste der Gäste und Zeugen, die die Gründungsurkunde unterschrieben, zeigte die enge Beziehung Christinas zur kirchlichen Obrigkeit. Viele Verbindungen, die sie schon während ihrer Zeit

in Huntingdon hatte, überdauerten selbst die Zeit ihrer Flucht und ihres verborgenen Aufenthaltes in der Einsiedelei. An dieser Stelle sei besonders Robert, der Prior von Merton, erwähnt, der vormals Kanoniker in Huntingdon war.
An den Einweihungsfeierlichkeiten von Markyate nahmen nicht nur Mitglieder der Mönchsgemeinschaft von St. Albans teil, sondern auch Vertreter anderer Klöster, Augustiner-Chorherren und Laien:
Abt Geoffrey de Gorham und fünf Mönche des Klosters St. Albans; Germanus, der Prior von Belvoir, einem St. Albans zugehörigen Priorat, das zwischen 1076 und 1088 von Robert de Todeni neben seinem Schloß in Lincolnshire gegründet worden war; Gervase, ein Mönch aus dem Cluny-Priorat Bermondsey; Hugo, Abt von Colchester; Norman, Prior des Klosters Heilige Dreifaltigkeit in Aldgate; Thomas, Prior von St. Bartholomew in Smithfield; John, Prior von St. Julian und St. Botolph in Colchester.
Nur ein Laie unterzeichnete die Gründungsurkunde von Markyate mit: Simon, der Bruder Christinas, Bürger von Huntingdon. Die Unterschrift des Dekans von St. Pauls war stellvertretend für alle anwesenden Domherren. Es folgten die Unterschriften des Archediakons William aus London, des Archediakons Alwaldus aus Colchester, des Stiftsherrn Odo von Caddington Minor und verschiedener anderer.
Christina, die an diesem ehrwürdigen Tag als Gründerin des Priorats von Markyate im Mittelpunkt stand, gedachte in ihrer Rede in besonderer und dankbarer Weise Rogers, der als erster Einsiedler in Markyate gelebt und den eigentlich geistigen Grundstein gelegt hatte.
Am späten Abend, nachdem alle Gäste das Priorat verlassen hatten und durch Christina und ihre Schwestern das Notwendige für den Alltag wieder hergerichtet war, ging Christina in ihre Zelle und nahm den Albani-Psalter zur Hand. Auf diese ihr liebgewordene Gewohnheit verzichtete sie nicht einmal an Tagen, die sie besonders und bis zur Erschöpfung geistig und körperlich forderten. Während der erhebenden Einweihungsfeierlichkeiten fühlte sich Christina ihrem ersten geistlichen Meister, Roger, dem Einsiedlermönch, besonders nahe. Sie schlug das Septemberblatt des Ka-

lenders im Albani-Psalter auf und betrachtete lange ihre Eintragung unter dem 12. des Monats. Dann stand sie auf, holte Tinte und Feder und fügte der Eintragung „Der 12. September, Todestag des Einsiedlers Roger, Mönch von St. Albans" hinzu:

In wessen Händen sich auch immer dieser Psalter befindet, der möge seiner (Rogers) gedenken, besonders an diesem Tage.

Der Ritt nach Markyate - oder: Die große Reise

Seit Wochen lag eine klirrende Kälte über dem Land. Schnee und Schneeverwehungen ließen nicht einmal mehr den Verlauf der Straßen erkennen. Der eisige Nordwind, der auch nachts nicht aufhörte zu heulen, brachte jegliches Leben zum Erstarren. So wagte es kaum jemand, sich für längere Zeit im Freien aufzuhalten. Doch an diesem 25. Februar 1146 machte sich Andrew vom Kloster St. Albans auf den Weg nach Markyate.

Er wußte, daß der Ritt etwa drei Stunden dauern würde. Heute, mit der Botschaft des Todes von Geoffrey - über vereiste Schneefelder und ab und an auf freigewehten Straßen, die ihre Richtung schnell wieder verloren - gab es jedoch nur ein unendlich mühsames Fortkommen.

Andrew sah, wie durch das Fell am Hals des Pferdes Schweiß ausbrach. Er verlangsamte den Schritt. Der süße und warme Geruch gegen den kalten Wind erfüllte ihn mit einem sicheren Gefühl von Vertrautheit und gleichzeitig Geborgenheit. Wie oft hatte er bei den Pferden die Nächte verbracht - wohlig in ihrer Nähe und Wärme. Immer wenn die Enge seiner Klosterzelle ihn bedrückte und er vom weiten Land und der Ferne zu träumen begann, schlich er sich heimlich aus der Klausur und ging zu den Pferden. Geoffrey wußte davon, hatte sich aber niemals etwas anmerken lassen, denn nur allzu gut konnte er diese Unruhe und Sehnsucht nachempfinden.

Abt Geoffrey hatte ihn in all den Jahren immer wieder ausgewählt, wenn es darum ging, eine besondere Botschaft sofort und gewissenhaft zu überbringen. Einige Tage vor seinem Tod hatte er An-

drew zu sich kommen lassen. Er bat ihn, Christina von Markyate so schnell wie möglich die Nachricht von seinem Tod zu übermitteln, sobald das Unabänderliche eingetreten sei.
In den frühen Morgenstunden dieses kalten Februartages war es geschehen, ganz sanft und in großem Vertrauen, daß Geoffrey de Gorham nach 76 Jahren die Gabe seines Lebens an den Ursprung zurückgegeben hatte. Als die anwesenden Mönche mit dem Totenoffizium begannen, hatte Andrew bereits das Pferd gesattelt, um nach Markyate zu reiten. Dankbar dem Verstorbenen gegenüber, war er sich dieser ganz besonderen vertrauensvollen Aufgabe bewußt.
Trotz der gebotenen Eile stieg er vom Pferd, um es vorübergehend auf dieser unwegsamen Strecke seiner zu entlasten. Geoffrey war tot, und nun stand er hier, mitten im hohen Schnee in der klirrenden Kälte, und atmete die Wärme seines Pferdes. Ihm war wohl dabei; konnte er doch die Todesbotschaft noch ein wenig hinauszögern. Und als er auf den Hals des Tieres klopfte und es liebevoll streichelte, spürte er, daß er in dieser kalten, erstarrten Welt nicht allein war.
Am frühen Nachmittag schließlich, der scharfe Ostwind hatte sich ein wenig gelegt, kam er in Markyate an. Als Andrew der Priorin gegenüberstand, wußte Christina, was sie gefühlt und in der letzten Nacht wahrgenommen hatte: Geoffrey, der Abt von St. Albans, hatte die große Reise angetreten. Geoffrey würde nun nicht mehr nach Markyate kommen - zu ihr, in das von ihm gegründete Priorat.
„Es war noch finstere Nacht, als es geschah, und wir waren bei ihm", sagte Andrew leise. Die Gewißheit traf sie zutiefst. Mit dem Anflug eines Lächelns fragte sie: „Ist für das Pferd gesorgt? Und Sie bleiben ohne Widerrede in dieser Nacht hier, selbst wenn Sie es nur des Tieres zuliebe tun; eine Höllenqual bei diesem Wetter. Kommt, wir werden alles Notwendige richten. Später frage ich nach Einzelheiten; erholt Euch erst einmal."
Christina gab Eile vor, um endlich mit sich und dem unsagbaren Schmerz allein zu sein. Als sie den Riegel der Zellentür hinter sich geschlossen hatte, flüsterte sie leise: „Ihr werdet es gut haben, Ihr werdet es jetzt sehr gut haben." Dann nahm sie „das Buch" fest

und liebevoll in ihre Hände, streichelte es, preßte es an sich, als wolle sie es bis in alle Ewigkeiten nicht mehr loslassen: das Buch, ein „Ring ohne einen Anfang und ohne ein Ende", das sie mit dem Himmel, mit Geoffrey verband; das Kostbarste, das es je für sie gegeben hatte: der Albani-Psalter.

Durch Geoffreys Worte und durch sein liebevolles Verhalten zu Christina hatte sich der Aufbruch zur großen Reise angekündigt, auf die er nun gegangen war. Christina verstand lange vor Geoffrey die Zeichen, die sich offenbarten, und versuchte behutsam, sie auch ihn verstehen zu lassen. In ihren Meditationen, die sie Geoffrey schenkte, damit ihm Gnade zur Reise zuteil werde, hatte sie tiefen Frieden und die Gewißheit erfahren, daß er dorthin aufbrechen würde, wo es keine Nacht mehr gibt und weder Trauer noch Tod.

Doch nun war Christinas Schmerz tief wie das weite und wogende Meer - nicht zu fassen in der Begrenzung der Worte oder der Sätze. An diesem 25. Februar 1146 verließ Christina erst spät in der Nacht das Oratorium, ihren geliebten Ort des Schweigens, in dem sie sich Geoffrey und dem Ziel allen Lebens besonders verbunden fühlte. Doch bedurfte es vieler Stunden, um die aufgebrachten Gedanken und Fragen zur Ruhe kommen zu lassen:

Meine Gedanken eilen mir davon; ich kann sie nicht halten. Wenn ich die Psalmen bete, schweifen sie ab; sie benehmen sich schlecht und kreisen um mein trauriges Herz. Sie irren durch Wälder der Erinnerung an gemeinsame Stunden - schneller als der Wind. Ohne Schiff gleiten sie über jegliches Meer; heimlich springen sie von der Erde zum Himmel. Dann wieder kehren sie ein im eigenen Haus. Sie bleiben zerfahren und unstet und wollen nicht zur Ruhe kommen ...

Mein Freund, ich sehne mich nach dem fernen Land, in das du gegangen bist. Möge die Gabe, die ich erbitte, mir nicht verweigert werden. Möge ich die Straße finden, die zum Tor führt, durch das du geschritten bist. Möge ich Ruhe finden und nicht traurig mehr sein.

Ich bin durch die Liebe verwundet. Meine Seele sucht den Brunnen und trinkt, doch beim Trinken ist sie immer noch durstig, denn auch mächtige Wasser können die Liebe nicht löschen. Die Liebe

- sie wurde uns geschenkt auf begnadete Weise - haben wir gelebt von Augenblick zu Augenblick, vom Augenblick zur Stunde, von Stunden zu Tagen, bis der Tod sie uns in dieser Welt entrissen hat. Nun wirst du, was für mich hier noch unmöglich ist, sie in Wahrheit sehen und alles zugleich in einem ...
Erst allmählich und nach vielen Gedanken und schmerzhaften Gefühlen des von der Liebe Getrenntseins, tauchte Christina in ihrer Meditation in das Schweigen ein und in die Dunkelheit, die heller als alles Licht ist.

Nach-Ruf

An der Totenliturgie, die in der Kathedrale von St. Albans für Abt Geoffrey de Gorham feierlich begangen wurde, nahmen auch Christina, Priorin von Markyate, und ihre Mitschwestern teil. Geoffrey, der sechsundzwanzig Jahre und einige Monate als 16. Abt und 3. normannischer Abt das größte Kloster Englands leitete, wurde - wie seine Vorgänger - in der Abtei-Kirche beigesetzt. Christina, die indirekt Einfluß auf seine Grabinschrift nehmen konnte, war über den Mut erstaunt, den das Kapitel aufbrachte, als es die Inschrift festlegte. Auf Geoffreys Gruft, die sie im ersten Jahr nach seinem Tod häufig besuchte, las sie schon bald nach der Beisetzung die in die Bodenplatte gemeißelten Worte:

Abbas Galfridus, papa cui fuit ipse molestus,
Hic jacet innocuus, prudens, pius, atque modestus.
(Abt Geoffrey ruht hier. Der Papst selbst machte ihm Ärger.
Rechtschaffen, maßvoll, fromm und voll Klugheit war er.)

Während seiner Amtszeit hatte Abt Geoffrey einen hochbegabten jungen Mann aus Le Mans, Ralph de Gubion, in den Mönchskonvent von St. Albans aufgenommen. Vor seinem Eintritt ins Kloster arbeitete dieser bereits als angesehener Wissenschafter in der Normandie. Auf Bitten Ralph de Gubions, der seine Studien fortsetzen wollte, hatte Abt Geoffrey ihm gegen die Regel und die Gewohnheit in St. Albans erlaubt, als Benediktiner-Mönch in den

Dienst des Bischofs Alexander von Lincoln zu treten, dort in der Gerichtsbarkeit tätig zu sein und gleichzeitig bei dem italienischen Lehrmeister Wodo zu studieren. Durch seine hervorragende Bibelkunde war Wodo über alle Grenzen hinaus bekannt. Ralph de Gubion zeichnete sich nicht allein durch seine hohe Bildung und menschliche Reife aus, sondern er war zudem ein großer Liebhaber von Büchern, was Abt Geoffrey besonders zu schätzen wußte.
Als Ralph de Gubion noch im selben Jahr, in dem Abt Geoffrey de Gorham starb, zu seinem Nachfolger gewählt wurde, war auch Christina von Markyate anwesend. Er hatte sie nicht nur als Priorin gebeten, an den Feierlichkeiten teilzunehmen, sondern auch als Besitzerin des Albani-Psalters, den er aus seinen langjährigen Besuchen im Scriptorium von St. Albans als das schönste Buch seines Lebens liebgewonnen hatte. Bei Eidesleistungen hoher Würdenträger symbolisierte die Anwesenheit eines Pracht-Kodexes die Gegenwart Christi. Bei dieser hohen Ehre, die dem Albani-Psalter zuteil wurde, konnte Christina den Wunsch nicht ausschlagen und brachte den Kodex mit nach St. Albans zur Abt-Weihe Ralph de Gubions.
Während seiner Amtszeit, die nur sehr kurz war, förderte er im Sinne Geoffrey de Gorhams vor allem die Bibliothek und das Scriptorium von St. Albans. Er legte größten Wert darauf, Schäden an den Gebäuden sofort zu beheben und die Abtei von jeglicher Schuldenlast zu befreien, sei es finanzieller, materieller oder immaterieller Art.
Im Jahr 1150 überfiel Abt Ralph de Gubion eine schwere unheilbare Krankheit. Infolge dieser Umstände und auf seinen eigenen Wunsch zog er sich als residierender Abt von St. Albans zurück, um einem anderen, einem Jüngeren Platz zu machen. Mit Erlaubnis König Stephans, der im Jahr 1151 die Abtei von St. Albans besuchte, machten die Mönche Gebrauch von ihrem Recht, einen neuen Abt zu nominieren. Einstimmig wurde Robert de Gorham, ein Neffe Geoffreys, gewählt. Er wurde in Caen geboren; Roberts Mutter war eine Schwester von Abt Geoffrey. Als er in jungen Jahren von den Erfolgen seines Verwandten, des Abtes in England, hörte, hatte er den Wunsch, Mönch von St. Albans zu werden. Nachdem Robert die Kloster-Schule in der Normandie mit besten

Noten abgeschlossen hatte, siedelte er nach England über und trat in das Benediktiner-Kloster St. Albans ein. Schon nach sehr kurzer Zeit übernahm er eine wichtige Position, in der er für die Pflege und Reparaturen aller Gebäude verantwortlich war. In dieser Funktion erneuerte er das Kapitelhaus von Grund auf und ließ einen großen Teil der Klostergebäude neu eindecken. Im Jahr 1149 wurde er Prior der Abtei.
Neunzehn Tage vor dem Tod des Alt-Abtes Ralph de Gubion, am 5. Juli 1151, empfing Robert de Gorham die Weihe zum Abt.

Andrews Anliegen

Die Persönlichkeit des Abtes Geoffrey de Gorham und die Erfolge in seiner Amtszeit, die über ein Vierteljahrhundert währte, wirkten lange nach und bestimmten den Führungsstil seiner Nachfolger. Im Leben der Christina von Markyate konnte nach dem unwiderruflichen Abschied Geoffreys nichts den schmerzlichen Verlust ersetzen. Doch blieb Geoffrey, ihr Beloved, in ihrem Bewußtsein und in ihrem Herzen lebendig, und sie spürte und war davon überzeugt, daß sie ihm bis in die Ewigkeit nahe sein würde.
Andrew dagegen, der seinen verehrten Abt Geoffrey im Herzen immer noch festhielt und den Tod und das Hinübergehen in eine andere Welt nicht wahrhaben wollte, erlebte eine Vereinsamung. Der Mensch, dem er all seine Probleme und intimsten Verhaltensweisen anvertrauen konnte, weilte nicht mehr auf dieser Erde. Die gute Entwicklung, die Andrew an der Seite Geoffreys genommen hatte, kam vorübergehend zum Stillstand, sie war sogar in einigen Aspekten seines Lebens rückläufig. Da sie noch keine bleibende Stärke erlangt hatte, vermochte es seine Persönlichkeit nicht, auf eigenen Füßen zu stehen. Zeitweilig fiel Andrew daher in sich und frühere Gewohnheiten zurück, denn sein Wunsch, etwas für andere zu tun und Anerkennung zu erhalten, wurde nicht erfüllt. Das Anliegen, bei einem Menschen zu sein, wie er es in der langen Zeit mit Abt Geoffrey erfahren durfte, wurde zu seiner Sehnsucht; Vorstellungen von Menschen, denen Andrew auch körperlich ganz nahe sein konnte, wurden zu Wunschträumen.

Nächtliche Träume, die häufiger als sonst einen Erguß auslösten, stiegen in ihm auf, und dieses Thema füllte auch während des Tages sein Bewußtsein. Durch Geoffreys hervorragende Menschenkenntnis und Liebe zu den Menschen, durch seine reife Lebenserfahrung und seine lebensnahen Antworten auf Andrews Fragen, mit denen dieser etwas anfangen konnte, wurde Andrew getragen und geführt. Weil aber nun niemand mehr da war, der ihm hätte Wegweisung geben und Erleichterung verschaffen können, klammerte sich Andrew in seiner Einsamkeit an gewohnte frühere Verhaltensweisen.

Andrew, dem die Aufgabe zufiel, Briefwünsche Geoffreys über dessen Tod hinaus zu erfüllen, der aber sehr langsam im Schreiben war, saß häufig viele Stunden am Tisch. Die Arbeit strengte ihn zwar an, doch hatte er seinem Abt versprochen, sie gewissenhaft auszuführen. Zwischenzeitlich schien ihm das viele Schreiben sinnlos zu sein, daher legte er eine Pause ein und ließ die Gedanken und Wünsche zu, die in ihm aufstiegen. Andrew überfiel das Gefühl, alles Blut seines Körpers und seine gesamte Manneskraft ziehe sich an einem Punkt zusammen. Durch entsprechende Vorstellungsbilder unterstützte er die wachsende Bewegung. Da er sich jedoch nicht auf das Begehren seines Körpers einlassen wollte, nahm er sich zusammen und schrieb weiter an seinem Text, den er an diesem Abend fertigzustellen gedachte. Mehrere Male führte Andrew ganz unbewußt seine Knie gegeneinander und erhöhte damit die Spannung und auffällige Zustandsveränderung seines Körpers.

In seinem Klosterleben hatte er zwar gelernt, seine Sexualität zu steuern, und versucht, ihre Wildheit zu kultivieren, doch niemals hatte er daran gedacht, bis zur Vernichtung gegen sie anzukämpfen. Die großen Abhandlungen über den geistlichen Kampf gegen die Laster waren ihm bekannt, doch spürte er jetzt - in der Isolation seines Ichs - ihre Wirkung nicht. Im Gegenteil: Wenn sich längere Zeit seine überstark werdende Männlichkeit über Nacht nicht von selbst befreite, sammelten sich am Tage die Kräfte im Beckenraum zu einer mächtigen Vulkanenergie und besetzten sein Bewußtsein.

Andrew legte die Feder zur Seite und ließ seine Hand unter den

Tisch gleiten, um sich selbst zu berühren. Außer den Pferden gab es für ihn keine Freunde, zu denen er hätte gehen und mit denen er hätte sprechen können; es waren keine erfüllenden Aufgaben da, um ihm Freude und Lust am Dasein zu schenken. Wie gern würde Andrew mit einem vertrauten Menschen über das sprechen, was ihn bewegte. Nach diesem Innehalten griff er wieder zur Feder und versuchte weiterzuschreiben, um Begonnenes - wie er es unter Abt Geoffrey gewohnt war - zu beenden. Gedanken an Geoffrey, ihm über den Tod hinaus eventuell noch eine kleine Hilfe sein zu dürfen, fielen ihm ein und erfüllten seinen Geist. Dabei zog sich ganz allmählich, unmerklich und wie von selbst die aufbegehrende Kraft seiner Männlichkeit zurück.

Spät am Abend legte Andrew seine Schreibarbeit nieder - sichtlich mit dem Text und sich selbst zufrieden. In langen guten Gedanken ließ er die vergangenen Stunden an sich vorüberziehen, seine Arbeit, seine Gefühle und seine Absicht. Erst als die Kerzen verlöschen wollten und vorher durch das auslaufende Wachs ein strahlend heller Lichtschein den Raum erleuchtete, beendete er seinen Tag.

In der Nacht wurde Andrew wach und spürte wieder die aufbegehrende Kraft. Als er sich berührte, regte sich seine Männlichkeit auf. Andrew lag so, daß er das unebene Profil der Strohmatte als Widerstand unter sich spürte. Armut, Keuschheit und Gehorsam gab es für ihn in diesem Augenblick nicht. Andrew war ganz bei sich und in seinem Körper, wie in einer bleibenden Unendlichkeit. Er bejahte die Lebenskraft, die ihn wohlig durchströmte, und spürte eine vibrierende Verbindung, die vom Beckenraum über die Wirbelsäule bis in seinen Kopf reichte. Das kleine mit Stroh gefüllte Kopfkissen schob er unter seine Brust und legte seine Arme darum, um es fest an sich zu drücken. Gleichzeitig - und das beruhigte ihn, weil seine Hände frei blieben - preßte er seinen Leib auf die ihm nun wunderbar rauh vorkommende Strohmatratze. Er spürte das Klopfen gewaltiger innerer Lebenskräfte in seinem Körper.

Nachdem Andrew einige Zeit in dieser Stellung verbracht hatte, setzte er sich auf den Bettrand und betrachtete das große entfaltete Leben. Das, was ihm von innen her noch größere Lust bereiten wollte, hielt er vorerst zurück, um den Augenblick länger auszukosten. Doch plötzlich waren die Hochspannung und das damit verbundene Gefühl nicht länger zu halten, und Leben, das zu neuem Leben hätte werden können, spendete sich in nicht enden wollender Fülle.

Unter neuer Herrschaft

Seit dem Jahr 1148 lebte Kaiserin Mathilde, die sich geschlagen geben mußte, mit ihrer Familie wieder in der Normandie. Ihrem Ehemann Gottfried von Anjou war es in der Zwischenzeit mit brutaler Härte gelungen, den widerspenstigen Adel zu unterwerfen. Ihr ältester Sohn Heinrich - 1133 geboren - wurde 1149 durch König David I. von Schottland zum Ritter geschlagen. Als er 1150 das normannische Herzogtum übernahm und als Herzog der Normandie vom französischen König Ludwig VII. anerkannt wurde, fühlte sich Heinrich als wahrer Erbe der englischen Krone.
Durch den plötzlichen Tod seines Vaters Gottfried von Anjou im Jahr 1151 und durch eine glänzende Heirat mit Eleonora, Herzogin von Aquitanien, konnte Heinrich - nun auch Graf von Anjou - seinen schon bisher ansehnlichen Territorialbesitz verdoppeln. Widerstrebend hatte der Papst die Ehe des französischen Königs und seiner jungen, lebenslustigen Gattin Eleonora wegen zu naher Verwandtschaft für nichtig erklärt. Unmittelbar darauf hatte Herzog Heinrich, der reichste Mann Frankreichs und mächtigste Vasall der französischen Krone, sich mit Herzogin Eleonora vermählt. Im Jahr 1153 landete Heinrich mit einem stattlichen Heer in England, um seine Ansprüche auf den englischen Thron durchzusetzen. Schon nach kurzer Zeit gab König Stephan den anfänglichen Widerstand auf und war zu Verhandlungen bereit. Im Friedensvertrag von Winchester erkannte auf der einen Seite Heinrich die Königsherrschaft Stephans während dessen Lebenszeit an, dafür wurde er andererseits von König Stephan von Blois als Adoptivsohn angenommen und als rechtmäßiger Thronerbe eingesetzt.
Als der König am 25. Oktober 1154 nach neunzehnjährigen, letzt-

lich gescheiterten Versuchen, England wirklich zu regieren, starb, konnte Heinrich, Graf von Anjou und Herzog der Normandie, ohne Widerspruch die Nachfolge antreten. Am 19. Dezember 1154 wurde er als Heinrich II. zum König von England gekrönt. Schon bald gelang es ihm, die königliche und herzögliche Autorität in England und der Normandie wieder herzustellen. Er führte seine neue Herrschaft zwar wohlmeinend aus, doch mit starker Hand, selbstbewußt und streng. Die nach langer Anarchie allgemeine Sehnsucht der Bevölkerung nach Ordnung und innerem Frieden kam ihm entgegen. Er zerstörte die Raubschlösser, trieb die wilden Söldnerscharen auseinander und eroberte mit eigener Hand die durch seinen Vorgänger verschenkten oder verpfändeten Domänen.

König Heinrich II. drängte den ehr- und landbegierigen Bischof von Winchester, Heinrich von Blois, dem er jeden Lohn für seine Judasdienste versagte, zur heimlichen Flucht aus England. Bischof Heinrich fand Aufnahme in der Abtei Cluny, von der sich der König für den Bischof stille Einkehr und Besinnung erhoffte.

König Heinrich II. nahm schon gleich nach seiner Krönung enge Beziehungen auf zur Abtei St. Albans, dem größten Kloster Englands. Im ersten Jahr seiner Regierung sandte er Abt Robert de Gorham nach Rom und erwies der Priorin Christina von Markyate durch eine große Zuwendung seine Anerkennung.

Trotz seiner mittleren Statur war König Heinrich II. der geborene Herrscher. Die majestätische Nase verlieh seinem Antlitz Würde, aber auch Strenge. Sein schlichtes blondes Haar wurde frühzeitig grau und so dünn, daß er es durch künstliches ersetzte. Seine Hände, meist unbekleidet, zeigten die Spuren täglicher Arbeit; sein Gang verriet, daß er am liebsten zu Pferde saß. Wilde Rosse zu bändigen war ihm eine Lust. Die Neigung zur Korpulenz bekämpfte er durch regelmäßiges Fasten und unermüdliche Bewegung. In der Kirche und bei Verhandlungen stand er stundenlang, ohne zu ermüden oder sich niederzusetzen. Streitfragen der Zeit, besonders theologisch-philosophische, erörterte er reiflich in Gesellschaft von Gelehrten. Widerstand war ihm unerträglich, nachgeben und verzeihen konnte er nicht. Seine südfranzösische Natur ging in ihrer Lebhaftigkeit von Schmeicheleien und Ver-

sprechungen schnell zu Drohungen und Zornausbrüchen über. Seinem Ehrgeiz war die Welt zu klein.
Abt Robert de Gorham stand ganz in der Tradition seines Verwandten, Abt Geoffrey de Gorham. Auch Robert förderte das Priorat von Markyate so gut er es konnte und holte sich in entscheidenden Fragen Rat bei Christina. Robert de Gorham war ein kluger, vor allem politisch geschickter Abt, der seine ganzen Fähigkeiten unermüdlich einsetzte, um die Mönche spirituell anzuleiten und zu führen, aber auch bestrebt war, die Abtei von St. Albans zu erweitern.
Der Abt mußte einen langandauernden Streit mit Graf Arundel aushalten, der Ansprüche erhob, die ungerecht waren. Robert ließ die Angelegenheit prüfen und konnte daraufhin belegen, daß die Rechte, die der Graf der Abtei gegenüber geltend machte, unbegründet und falsch waren. Jedoch gelang es Abt Robert de Gorham nicht, in Auseinandersetzungen mit Laurence, dem Abt von Westminster, der vormals Mönch in St. Albans war, Einigung zu erzielen. Da jeder von ihnen nur an die Vorteile des eigenen Hauses dachte, blieben sie Gegner. Von allen Kämpfen, die Robert während seiner Amtszeit als Abt führen mußte, war der mit dem Bischof von Lincoln der unvergleichbar größte und wichtigste.
Nach dem Tod des dritten Bischofs von Lincoln, Alexander, folgte ihm noch im selben Jahr 1148 Robert de Chesney, der bis 1167 vierter Bischof von Lincoln blieb. In bestimmten kirchenrechtlichen Angelegenheiten unterstand die Abtei St. Albans dem Bischof von Lincoln, der - dafür zuständig - einiges festsetzte, das nicht den Vorstellungen des Abtes und der Mönchsgemeinschaft entsprach. Daher war es einsehbar, daß Abt Robert de Gorham alles daransetzte, die völlige Unabhängigkeit der Abtei St. Albans zu erreichen. Als er 1155 im Auftrag des Königs Heinrich II. nach Rom zu Papst Hadrian IV. gesandt wurde, nutzte Abt Robert diese günstige Gelegenheit, um vom Papst eine Unabhängigkeitserklärung für St. Albans zu erbitten.
Als Christina von Markyate von der Entsendung Roberts nach Rom hörte, bat sie ihn vor dem Antritt der langen Reise zu einem Besuch nach Markyate. Sie, die die abenteuerliche Lebensgeschichte des ersten englischen Papstes, Hadrian IV., durch seinen

Vater und durch Abt Geoffrey kannte, beabsichtigte, Abt Robert nicht nur von der gestörten Beziehung des Papstes zu St. Albans zu berichten, sondern ihm auch einen Rat mit auf den Weg nach Rom zu geben und selbstgefertigte Geschenke, um Hadrian wieder mit St. Albans zu versöhnen.

Nicholas Breakspear - Papst Hadrian IV.

Um seiner ärmlichen Familie Breakspear Ehre zu erweisen und ihrer immer eingedenk zu sein, nahm Papst Hadrian IV. das Bild eines gebrochenen Speeres in sein Papstwappen. Vielleicht dachte er dabei auch an die große, einschneidende Enttäuschung, die die Erwartung, die er an sein Leben gestellt, jäh zerbrochen hatte. Um das Jahr 1100 wurde auf dem Weiler Bedmond, in der Nähe von Abbots Langley, Nicholas Breakspear geboren. Seine Familie lebte in äußerster Bescheidenheit; der Vater war auf dem Hof angestellt, und da er nur das Notwendigste erhielt, um seine Familie zu ernähren, konnte er kaum den Pachtzins für seine Unterkunft aufbringen. Nach dem frühen Tod seiner Frau hatte Nicholas' Vater den großen und einzigen Wunsch, Mönch in der nahegelegenen Abtei St. Albans zu werden. Als er Abt Richard d'Albani glaubhaft machen konnte, daß dieser Entschluß gereift und keine Flucht vor dem Leben war, daß er keine Sorge mehr für seine Familie zu tragen habe und beabsichtige, seinen Sohn Nicholas auf die Kloster-Schule von St. Albans zu schicken, wurde er in die Mönchsgemeinschaft aufgenommen. Die Abtei sorgte so lange für den Unterhalt seines Sohnes, bis dieser zur Aufnahmeprüfung zugelassen wurde.
Als die Zeit gekommen war, legte Nicholas Breakspear sein Examen ab - bestand es aber nicht. Seine schulischen Leistungen waren ungenügend und entsprachen nicht dem gewünschten Standard; so wurde Nicholas wegen zu geringen Grundwissens abgewiesen. Als er daraufhin den Wunsch äußerte, wie sein Vater später als Mönch in das Kloster einzutreten, nahm sich der Abt seiner an und prüfte ihn erneut. Abt Richard d'Albani war zwar von den guten menschlichen Eigenschaften des Sohnes seines Mönches

Breakspear überzeugt, doch schien auch ihm der zu geringe Bildungsgrad für ein Studium nicht geeignet zu sein. Um beides in Ruhe abwägen zu können und die Verantwortung nach allen Seiten zu prüfen, bat sich der Abt Bedenkzeit aus.
Nicholas jedoch, der sich stark getroffen fühlte und außerordentlich enttäuscht war, faßte die Bedenk- und Wartezeit als Ablehnung auf. Heimlich machte er sich auf den Weg, erreichte den nächsten Hafen und ein Schiff, das ihn als blinden Passagier über den Kanal nach Frankreich brachte. Nicholas hatte nur eines im Sinn: so schnell wie möglich England zu verlassen. Daher nahm er sich nicht die Zeit, das Geld für die Überfahrt zu erarbeiten. Als armer Scholar, ganz sich selbst überlassen, durchwanderte er Frankreich, kam nach Paris und lebte eine Zeit lang in der Region Languedoc. Er verdiente sich seinen Lebensunterhalt, doch der Wunsch nach höherem und theologischem Wissen drängte ihn in eine Stadt, in der er sich weiterbilden konnte. Sein gutes Aussehen, sein Benehmen und sein aufgeweckter Geist öffneten Nicholas viele Türen bis hin zur Möglichkeit, in Arles zu studieren. Nach der Ausbildung dort wurde Nicholas Breakspear Kanoniker des Augustiner-Chorherrenklosters St. Rufus bei Avignon. Infolge seiner hervorragenden Menschenkenntnis, seiner Religiösität und seiner Fähigkeit, Menschen anzuleiten und zu führen, wurde er zunächst zum Prior und 1137 zum Abt von St. Rufus gewählt.
Sein Reformeifer rief jedoch bald Widerstände und Mißhelligkeiten hervor, die dadurch verschärft wurden, daß er Ausländer war. Ein Streit mit den Kanonikern seines eigenen Hauses war nicht mehr zu vermeiden. Es kam zu Klagen beim Papst, und Nicholas Breakspear wurde nach Rom zitiert. Papst Eugen III. hatte 1145 den Thron bestiegen. Dem Papst - selbst Mönch, Zisterzienser und einstiger Novize bei Bernhard von Clairvaux - waren die Tüchtigkeit und der Reformeifer des Abtes von St. Rufus nicht unbekannt geblieben. Durch die herausragende Rechtfertigung seines Verhaltens und Gespräche, die er mit Nicholas Breakspear führte, erkannte er dessen Talente und befreite ihn aus seiner unhaltbar gewordenen Lage, indem er ihn 1149 zum Kardinalbischof von Albano berief. Wie sehr Papst Eugen III. Nicholas Breakspear schätzte, läßt sich daraus entnehmen, daß er ihn im Jahr 1150 mit

einer wichtigen Legation für die nordischen Reiche betraute. Am erfolgreichsten war sein Wirken in Norwegen; dort verhalf er der Kirche schon bald zur Selbständigkeit. In Schweden jedoch gelang ihm die Einigung zwischen den Nordländern und Goten vorerst nicht.

Als Nicholas von dieser nordischen Mission zurückkam, lebte Papst Eugen III. nicht mehr. Er war kurz zuvor, am 8. Juli 1153, zu Tivoli gestorben. In dem hochbetagten Kardinalbischof Konrad, einem Römer von Geburt, gaben die Kardinäle Eugen III. einen Nachfolger, der sich Anastasius IV. nannte. Ihm war nur ein Pontifikat von kaum einundeinhalb Jahren beschieden. Schon am Tage nach dem Tod des greisen Anastasius IV. erfolgte die Neuwahl. Sie fiel auf den Kardinalbischof von Albano, Nicholas Breakspear. Die Kardinäle, die ihn am 4. Dezember 1154 als Papst Hadrian IV. einsetzten, waren von seiner willensstarken, zielbewußten Persönlichkeit überzeugt, die zu entschiedenem Vorgehen geneigt und entschlossen war, das Ansehen und die Macht des päpstlichen Stuhles zu wahren und zu mehren.

So kam es für Hadrian IV. nicht in Betracht, die für ihn, den Bischof von Rom, unwürdige und unhaltbare Lage, wie sie in den letzten Jahren bestanden hatte, zu dulden. Es regierte immer noch der Senat, und der Papst hatte nicht einmal vom Lateran Besitz nehmen können. Diese und verschiedene andere Umstände veranlaßten Hadrian IV., über die Ewige Stadt das Interdikt zu verhängen. Mit dieser und anderen Maßnahmen, die geistliche und weltliche Macht des Papsttums willensstark zu festigen und auszubauen, hatte der Papst zunächst Erfolg. Die Haltung und Vorgehensweise Hadrians hatte den Widerstand der selbstbewußten römischen Stadtregierung zur Folge und stand im Gegensatz zur Politik Friedrichs I. Barbarossa und seiner Auffassung vom Kaisertum.

Bevor Papst Hadrian IV. im Jahr 1155 sich eine längere Zeit in Benevent aufhalten mußte, führte er ein Gespräch mit seinem unverblümt sprechenden Landsmann Johannes von Salisbury. „Was", flüsterte der Papst, „denken die Leute wirklich vom Papst und von der Kirche?" Johannes antwortete offen: „Die Leute sagen, daß die Kirche mehr wie eine Stiefmutter handelt als wie eine Mutter, daß sie einen fatalen Zug zur Habgier hat, daß Schriftgelehrte und Pharisäer den Menschen schlimme Lasten auferlegen, kostbares Gerät anhäufen und überaus begehrlich sind. Und", fügte Johannes von Salisbury hinzu, „daß der Heilige Vater selbst eine Last und kaum zu ertragen ist."

Der kraftvolle Engländer und die Unabhängigkeit

In mehreren Gesprächen, die Christina von Markyate als äußerst notwendig erachtete, gab sie fast alles, was ihr von Nicholas Breakspear bekannt war, an Abt Robert de Gorham weiter. So war er mehr als gut ausgerüstet für seine bevorstehende Italienreise. Christina hatte in weiser Voraussicht für einen versöhnenden Gruß von St. Albans gesorgt, den Robert in Form kostbarer Geschenke Papst Hadrian persönlich überreichen sollte. In kunstvoller mühseliger Nadelarbeit hatte Christina drei Mitren - Kopfbedeckungen und Würdezeichen der Bischöfe - und ein paar Sandalen gefertigt und kostbar bestickt. Die Mitren, die sie zu Prunkstücken der Pontifikalbekleidung ausgestattet hatte, und die erlesenen, mit Geschicklichkeit verzierten Sandalen sollte Abt Robert de Gorham dem Papst als besondere Gabe der Versöhnung von der Abtei St. Albans überreichen.

Robert de Gorham war jedoch nicht nur bestrebt, Papst Hadrian wieder mit St. Albans zu versöhnen, sondern sein Hauptanliegen bestand darin, eine Erklärung zu erwirken, die die Abtei St. Albans vom Bischof von Lincoln und jedem anderen Bistum unabhängig machte. Christinas Segenswünsche, ihre Gebete und Meditationen begleiteten ihn.

Zur Abfahrt waren die Pferde gerüstet und das Geld sowie die sonstigen Mittel bereit gestellt. In Begleitung von drei Bischöfen bestieg Robert de Gorham das Schiff zur Überfahrt nach Frankreich. Unterwegs erhob sich ein gewaltiger Sturm, das Schiff drohte zu kentern, und große Angst überfiel die Reisenden und, als die See reißender wurde, auch die Schiffsleute. In seiner Bedrängnis gedachte Robert des fürbittenden Gebetes von Christina und flehte selbst den heiligen Alban um Rettung an. Mit knapper Not entka-

men sie einem Schiffbruch; die See beruhigte sich, sie konnten wohlbehalten in der Normandie landen und ihre Reise an Land ungehindert fortsetzen.
Als sie wohlbehalten in Italien und dann in Rom angekommen waren, mußte die englische Delegation mit Abt Robert de Gorham in das südlich von Rom gelegene Benevent weiterreisen, wo sich Papst Hadrian IV. aufhielt. Auf dem Weg freute sich Robert besonders darüber und sah darin ein gutes Vorzeichen, daß man den Papst als „kraftvollen Engländer" bezeichnete. Als sich endlich der „kraftvolle Engländer" und Abt Robert de Gorham, ein Mann von kühnem Unternehmungsgeist, gegenüberstanden, umgab beide Männer eine herzlich-freundliche Atmosphäre. Der Abt war glücklich darüber, daß er zunächst die ihm von König Heinrich II. anvertraute Botschaft übermitteln und mit dem Papst über diese Angelegenheit verhandeln konnte, bevor er das Gespräch auf die Abtei St. Albans brachte.
Als er ihm die Segenswünsche und die kostbaren Geschenke von der Priorin Christina von Markyate, die würdevollen Kopfbedeckungen und die Sandalen, überreichte, war der Papst hoch erfreut. Während Papst Hadrian IV. diese Geschenke für seinen persönlichen Gebrauch dankbar annahm, bat er Abt Robert de Gorham, die weiteren Geschenke aus England unter den Kardinälen zu verteilen. Zu Beginn des nun folgenden Gespräches stellte Abt Robert zu seiner großen Freude fest, daß der Papst ohne Vorbehalte gegen die Abtei St. Albans war. Im Gegenteil: Papst Hadrian IV., der St. Albans längst verziehen hatte, schien offensichtlich eine besondere Liebe in seinem Herzen für dieses Kloster zu hegen. Und zum größten Erstaunen des Abtes griff der Papst die Erfahrungen, die er in seiner Jugend in St. Albans gemacht hatte, scherzhaft auf und sprach sogar über die Zurückweisung, die er auch dann erfahren habe, als er als Nicholas Breakspear erklärte, Mönch von St. Albans werden zu wollen.
Diese glücklichen Umstände, die Abt Robert nicht erwartet hatte, und vor allem die Hoch- und Wertschätzung der Abtei durch den Papst schafften gute Voraussetzungen, die erhoffte Unabhängigkeitserklärung anzusprechen. So gelang es Abt Robert de Gorham ohne weiteres und leicht, eine Verbindung zu seinem lang geheg-

ten großen Vorhaben herzustellen. Als er zu reden begann, spürte er bereits das Wohlwollen des Papstes, und daß die Rechte des Bischofs von Lincoln in bezug auf St. Albans umgangen oder gar aufgehoben werden könnten.
„Nur allzu oft haben wir mit einem Eingreifen des Bischofs von Lincoln zu tun", berichtete Abt Robert. „Meist geschieht das unter heftigen Auseinandersetzungen, bei denen Wutausbrüche unter Tränen keine Seltenheit sind. Durch die Abhängigkeit unseres Klosters vom Bistum Lincoln werden wir auf vielfältige Weise unterdrückt; Verschwörungen und Intrigen sind an der Tagesordnung. Manchmal kommt es sogar zu Gewalttätigkeiten; die Fragen, die uns gestellt werden, sind durchweg anmaßend, und die Art, in der nachgefragt wird, ist herrisch und gebieterisch. Auf unfreundliche, ja, ruinöse Weise werden Gesuche zurückgewiesen. Zu all dem, was die Person des Bischofs betrifft, kommt noch der intolerante Hochmut seiner Mitarbeiter, die ebenso unentschieden wie der Bischof sind."
Der Papst bedauerte außerordentlich, daß es zu diesen vielfältigen Beschwerden kommen mußte, und kündigte seine Absicht an, der geschätzten Abtei St. Albans außergewöhnliche Privilegien zu verleihen. Papst Hadrian IV. stand zu seinem Wort und stellte die folgende Bulle für St. Albans aus:

Wir erlassen: Alle, die der Mönchsgemeinschaft des Klosters St. Albans angehören, wie auch all diejenigen Männer und Frauen, die in den von St. Albans abhängigen Häusern und Prioraten leben, sowie alle Mitarbeiter, die unter das Klosterrecht fallen, sollen in keiner Abhängigkeit von Bischöfen mehr stehen. Auch in Zukunft sollen sie keinen Bischof mehr über sich haben, ausgenommen den Papst als Bischof in Rom.

Darüber hinaus gewährte Papst Hadrian IV. der Abtei St. Albans weitere äußerst großzügige Sonderregelungen. Zu ihnen gehörte, daß der Abt von St. Albans in den Bischofsstand erhoben wurde und daß die Abtei St. Albans in der benediktinischen Hierarchie den Vorrang besaß:

Da der Heilige Alban eindeutig der erste Märtyrer der englischen Nation war, soll der Abt dieses Klosters zu allen Zeiten gegenüber anderen englischen Äbten besondere Anerkennung und Würdigung erfahren und die Abtei St. Albans als erstes und Hauptkloster der englischen Nation gelten.

Die Begeisterung und Freude, mit der Abt Robert de Gorham von dem Papstbesuch in Benevent zurück nach England kam, war kaum zu beschreiben. Als erstes berichtete er im Kapitelhaus von St. Albans seinen Mönchen von den Privilegien, die Papst Hadrian IV. urkundlich der Abtei und dem jeweiligen Abt eingeräumt hatte. Dieses Jahr 1155 ging in besonderer Weise in die „Gesta Abbatum" und in die Geschichte von St. Albans ein.
Um die päpstliche Urkunde und die besondere Verbundenheit des Papstes mit England allen in der Kirche Verantwortlichen kundzutun, berief Abt Robert de Gorham in Absprache mit den Bischöfen eine Synode nach London ein. Bischof Robert de Chesney von Lincoln, der bereits ahnte und befürchtete, was auf ihn zukam, war nicht persönlich anwesend, sondern ließ sich vertreten. Der Abt verlas ein päpstliches Schreiben, das bestimmte, der Gedenktag und das damit verbundene Fest des heiligen Alban sei von allen Kirchen Englands zu begehen. Es wurde keine Gegenstimme laut. Auch die rechtlichen Einbußen, die das Bistum Lincoln zugunsten der Abtei St. Albans hinnehmen mußte, wurden anerkannt.
Robert de Chesney, Bischof von Lincoln, der über alle Maßen entsetzt war, legte zwar Berufung gegen diese Entscheidung ein, hatte jedoch keinen Erfolg. Der Streit, den der Bischof von Lincoln anschließend entfachte und der auch die Krone nicht unbehelligt ließ, führte zum Eingreifen König Heinrichs II. Seine wohlüberlegten, klugen Entscheidungen beruhigten einerseits Bischof Robert de Chesney, andererseits verletzten sie nicht die Entscheidungen des Papstes und griffen somit auch nicht in die Rechte der Abtei St. Albans ein.
König Heinrich II., der die Priorin Christina von Markyate in besonderer Weise verehrte und wertschätzte, blieb nicht verborgen, daß viele entscheidende Geschicke, die das Kloster St. Albans - aber auch die gesamte Kirche Englands - betrafen, von dieser her-

ausragenden Frau mitbestimmt wurden. Christina hielt sich zwar in der Öffentlichkeit zurück, doch empfing sie zu Gesprächen in Markyate bekannte und einflußreiche Persönlichkeiten, die sowohl in der Kirche als auch in der Politik Englands eine große Rolle spielten.

Christina stand somit mit beiden Füßen in dieser Welt und lebte gleichzeitig aus einer den meisten Menschen verborgenen Welt, aus der sie ihr geistiges Leben, ihre Einsichten und Lebensweisheiten empfing. Zu den Quellen, aus denen sie schöpfte, über die sie jedoch niemals sprach, gehörte ihre Liebe zu Geoffrey - die auch über seinen Tod hinaus währte - und das aus dieser Liebe entstandene, die jenseitige Welt berührende Buch: der Albani-Psalter. Um ihnen Kraft zu geben, ließ Christina ihre Besucher oft in dieses Buch des weltlichen und zugleich des ewigen Lebens schauen, um über Gesehenes und Gelesenes mit ihnen zu sprechen.

Das Licht, das den Einsiedlermönch Roger nach Markyate geführt hatte und das durch Christina bis in die Herzen und Taten vieler Menschen leuchtete, konnte nicht verborgen bleiben. Neben vielen Anerkennungen, die Christina bescheiden und klug dahin lenkte, wo sie am notwendigsten gebraucht wurden, empfing sie eine außerordentliche Gabe aus den Händen des Königs: Im Jahre 1156 erhielt sie für das Priorat von Markyate eine königliche Zuwendung von fünfzig Shilling.

Bis zu ihrem Tod bestand Christinas große Aufgabe darin, Menschen hilfreich Wege zu einem erfüllten Leben zu weisen, wobei ihr besonders die Menschen sehr nahe standen, die durch die Macht anderer unterdrückt und verletzt wurden. Unermüdlich setzte sich Christina von Markyate für die Würde der Frau, ihre Förderung und ihre Weiterbildung ein sowie für diejenigen, die durch kirchliche Macht und Gesetze zu etwas gezwungen wurden, was weder ihrer Natur noch dem göttlichen Gesetz entsprach.

In welchem Jahr Christina von Markyate diese Welt verlassen hat, ist nicht bekannt. Die Anerkennung des Königs Heinrich II. empfing sie im Jahr 1156 noch aus seinen Händen. Ob jedoch Abt Robert de Gorham seine überaus große Freude, die er von dem Konzil von Tours im Jahr 1163 mit nach England brachte, noch mit Christina teilen konnte, ist ungewiß.

Auf diesem Konzil wurde St. Albans weltweit als erste und richtungweisende Abtei Englands bestätigt. Abt Robert de Gorham wurde daher zum Repräsentanten aller englischen Äbte ernannt und konnte somit auf das Konzilsgeschehen großen Einfluß nehmen. Nach England zurückgekehrt, nahm er vom König persönlich eine Urkunde in Empfang, die dokumentierte, daß auch von königlicher Seite umfassende Freiheiten der Benediktiner-Abtei St. Albans gewährt wurden.
Als Abt Robert de Gorham im Oktober des Jahres 1166 starb, lebte die Priorin Christina von Markyate nicht mehr.

Zwei Bücher überleben und tragen

„Das Leben der Christina von Markyate", aufgeschrieben von Abt Geoffrey de Gorham, wie auch das wunderbare Geschenk an die Priorin von Markyate, der Albani-Psalter, überdauerten die Zeiten.
Nach dem Tod Christinas blieb bis zur Auflösung des Priorates der Albani-Kodex zur geistlichen Erbauung der Benediktinerinnen in Markyate. Im Kalender des Psalters entdeckten die Schwestern viele Einzelheiten, die ihnen das Leben ihrer Gründerin näherbrachten und es erhellten.
Die Aufzeichnungen über Christina beendete Abt Geoffrey im Jahr 1142; so konnte der Konvent von Markyate über diese Zeit hinaus durch die Kalendereintragungen im Albani-Psalter Ereignisse im Leben ihrer Priorin weiter verfolgen. Neben vielen persönlichen Vermerken trug Christina unter dem 11. Januar den Sterbetag ihres Vaters Autti und unter dem 7. Juni den Sterbetag ihrer Mutter Beatrice ein. Es ist anzunehmen, daß sich Christina nach den nicht einfachen Auseinandersetzungen mit ihren Eltern in späterer Zeit wieder mit ihnen versöhnte.
Die Biographie der Christina von Markyate wurde in den Folgejahren mehrere Male im Scriptorium von St. Albans abgeschrieben. Eine Abschrift befand sich im Benediktinerinnen-Priorat von Markyate, eine andere gehörte zum festen Bestandteil der Bibliothek von St. Albans und war unter dem Titel zu finden: „Das Le-

ben der Christina von Markyate. Geschrieben von einem Mönch aus St. Albans."

Aus dem 14. Jahrhundert ist bekannt, daß Abt Thomas de la Mare seinen Mönchen nahelegte, die Biographie über die Einsiedlerin von Markyate zu lesen. Bevor im Jahr 1349 Thomas de la Mare zum Abt von St. Albans gewählt wurde, war er ab 1341 Prior von Tynemouth. Dieses Priorat in Northumberland wurde im Jahr 1093 von Graf Robert de Mowbray gegründet, der später als Mönch in das Kloster St. Albans eintrat. Der Prior Thomas de la Mare war sich der geschichtlichen Tradition von Tynemouth bewußt und bestrebt, mit seinen Mönchen eine hohe geistliche Kultur nach benediktinischen Vorbildern zu leben, zu denen auch Christina von Markyate gehörte.

Als Abt von St. Albans fand er größere Möglichkeiten, „Das Leben der Christina von Markyate" zu verbreiten. In den Zeiten der Pest hatte Abt Robert de la Mare das zur Abtei gehörende Haus in Redbourn als Erholungsstätte für kranke Mönche bestimmt. So gab er zum Beispiel sechzehn Mönchen, die er nach Redbourn schickte, unter anderen Büchern auch die Biographie von Christina mit auf den Weg.

Wahrscheinlich handelt es sich um dieses Exemplar, das heute zu den wertvollen Handschriften - durch einen Brand leider stark angesengt - des Britischen Museums in London gehört. Dort ist „Das Leben der Christina von Markyate. Geschrieben von einem Mönch aus St. Albans" einsehbar unter „Cotton Tiberius E 1".

Der historische Bericht „Albani" über das Leben Christinas, über ihre einschneidende Begegnung mit Abt Geoffrey und über das Schreiben und Illuminieren des Albani-Psalters, der Ausdruck ihrer gemeinsamen Liebe ist, umfaßt einen Zeitraum von hundert Jahren.

Der Bericht beginnt - wenn man die chronologische Folge betrachtet - mit einem geschichtlichen Rückblick auf die Schlacht bei Hastings im Jahre 1066, den Autti seiner Tochter Christina gibt, um ihr die politische Situation in England vor ihrer Geburt nahezubringen. Er endet mit dem Tod von Abt Robert de Gorham im Jahre 1166, dem Jahr, von dem als sicher anzunehmen ist, daß die Priorin Christina von Markyate nicht mehr lebte.

Im folgenden soll der abenteuerliche Weg aufgezeigt werden, den der „Psalter der Christina von Markyate", der auch „Albani-Psalter" genannt wird, von der Auflösung des Klosters St. Albans im Jahr 1539 bis in die heutige Zeit vermutlich genommen hat.

West-Ansicht der Abtei-Kirche St. Albans
von G. Shepard

IV. TEIL

Abenteuerliche Reise

Hinter dem Visier: der König

Der Bruch König Heinrichs VIII. mit Rom wurde durch sein Verlangen an Papst Clemens VII. vorbereitet, dieser solle die Ehe mit Katharina von Aragon für ungültig erklären und so den Weg für eine Heirat mit Anne Boleyn freimachen. Auf die päpstliche Weigerung reagierte der König 1532 mit der Ernennung des evangelischen Theologen Thomas Cranmer zum Erzbischof von Canterbury, der zusammen mit einem geistlichen Tribunal im Jahre 1533 die Ehe mit Katharina für nichtig und die bereits mit Anne geschlossene für gültig erklärte.
Im Januar 1535 ernannte König Heinrich VIII. Thomas Cromwell zu seinem Generalvikar und Stellvertreter in allen kirchlichen Angelegenheiten und räumte ihm damit den Vorrang vor den Erzbischöfen und allen Bischöfen ein.
Unmittelbar an die Kathedrale von St. Albans grenzte eine Gemeindekirche: die St.-Andrew-Kapelle. In den dreißiger Jahren des 16. Jahrhunderts versah Sir Thomas King das Amt des Vikars. Ebenso wie große Teile der Bevölkerung, war er mit der neuen Entwicklung unter König Heinrich VIII. ganz und gar nicht einverstanden. Hätte er gewußt, daß noch im selben Jahr 1535 vier Mönche und zwei Priester wegen Majestätsbeleidigung hingerichtet wurden, hätte er geschwiegen.
Vikar Sir Thomas King aus St. Albans wurde vor Gericht gestellt,
- da er geäußert hatte, die Heirat König Heinrichs VIII. mit Anne Boleyn sei nichtig und seine erste Frau, Katharina von Aragon, sei die wahre Königin;
- da er einem Priester namens Walter ein Buch, das die 1533 heimlich geschlossene Ehe mit Anne Boleyn verteidigt, aus der Hand genommen und dies als Ketzerei bezeichnet hatte;

- da er dem Volk suggeriert hatte, es sei bei der Strafe der Verdammung verpflichtet, dem Papst zu gehorchen.
Ende April, nachdem Heinrich die Verhaftung aller verfügt hatte, die an Rom und dem Papst festhielten, wurden die ersten Opfer des neuen Gesetzes vom Tower zu ihrem Prozeß vor das Oberhofgericht nach Westminster gebracht.
Unter den Verhafteten befanden sich der junge Priester Robert Feron und der Vikar John Hale. Sie wurden wegen der folgenden Äußerungen angeklagt:
„Seit das englische Reich besteht, hat man von einem so großen Räuber und Plünderer unseres Reiches, wie es unser König ist, weder gelesen noch gehört. Und nicht nur wir, die wir von der Geistlichkeit sind, werden durch seine Untaten unterdrückt und unserer Habe beraubt, als wären wir seine schlimmsten Feinde, sondern auch Unschuldige sowie hochgelehrte Männer behandelt er so übel; denn er beraubt sie nicht nur ihrer Habe und zerstört ihre Güter, sondern wirft sie auch für immer ins Gefängnis.
Und er tut das, als ob er dadurch seine eigenen Ungerechtigkeiten und die Ungerechtigkeiten namens des christlichen Glaubens rächen wollte. Und dabei brüstet er sich in außerordentlicher Weise, er übertreffe im christlichen Glauben alle übrigen christlichen Könige und Fürsten, und ist dabei aufgebläht von Eitelkeit, Ruhmsucht und Stolz, während er doch in Wahrheit der grausamste, schlimmste Ketzer ist, ein Verfälscher und Zerstörer Christi und seiner Kirche.
Und wenn Ihr tief in sein Leben schauen wollt, dann werdet Ihr finden, daß es fauler und stinkender als das einer Sau ist, die sich in jedem Dreck suhlt und beschmutzt, denn wie groß er auch immer ist, so ist er doch seiner üblen Fleischeslust und jeder anderen Wollust anheimgefallen. Und schaut Euch nur um, wie viele Damen am Hof sind oder verheiratet worden sind; die hat er fast alle geschändet und ist damit der Pflicht gegenüber seiner Frau nicht nachgekommen. Und jetzt hat er zu seinem Hurenweib dieses Frauenzimmer Anne genommen, was nicht nur ihm zur höchsten Schande und zum Verderben gereicht, sondern auch dem ganzen Königreich."
Neben diesen beiden Priestern ließ Cromwell vier widerspenstige

Mönche verhaften, die sich weigerten, den Eid auf König Heinrich VIII. als oberstes Haupt der Kirche von England abzulegen. John Houghton war Prior des Kartäuser-Klosters von Middlesex zu London. Er stammte aus einer angesehenen Familie in Essex; von Gestalt war er klein, doch würdevoll. Der Prior war bei allen beliebt, hoch geachtet und verfügte über die seltene Gabe, seine Fehler einzugestehen. Vor den Herren, die im Auftrag des Königs das Kartäuser-Kloster in London visitierten, weigerte sich Prior John Houghton, den Thronfolge-Eid zu unterzeichnen, da es nicht in seinem Beruf liege, sich mit den Angelegenheiten des Königs zu befassen. Zu den königlichen Visitatoren sagte der Prior ferner, er könne nicht begreifen, wie es möglich sei, eine vor der Kirche gültige und so lange für unzweifelhaft gültig angesehene Ehe aufzulösen. Daraufhin wurde Prior John Houghton in den Tower überführt.

Das gleiche Schicksal traf Augustin Webster, Prior des Kartäuser-Klosters zu Axholm in Lincolnshire, und den Prior Robert Lawrence von der Kartause zu Beauvale in Nottinghamshire. Kurz vor ihrer Gefangennahme hatten sie sich mit John Houghton in London beraten. Diesen drei Kartäuser-Mönchen wurde im Tower Pater Richard Reynolds, ein Brigittiner-Mönch von Sion, beigesellt. Alle erklärten, sie könnten unter keinen Umständen den König als Oberhaupt der Kirche von England anerkennen.

Am Mittwoch, den 28. April 1535, trat das Gericht zusammen. Cromwell selbst hatte zwei Tage vorher die Gefangenen im Tower verhört. Unverzüglich nach dem Ausspruch „schuldig" wurde über alle vier - wie über die beiden Priester vor ihnen - das bei Hochverrat übliche Todesurteil verhängt.

Die Art und Weise dieser Exekution war jedoch schlimmer als gewöhnlich und barbarischer als bei sonstigen Hinrichtungen von Hochverrätern. Die drei Kartäuser-Prioren Houghton, Webster und Lawrence, der Brigittiner-Pater Reynolds und seine Zellennachbarn John Hale, Vikar von Isleworth, und der Priester Robert Feron wurden am 4. Mai 1535 nach Tyburn gebracht. Der Umstand, daß die Verurteilten in ihren Priester- und Ordensgewändern zur Richtstätte geschleppt wurden, machte großen Eindruck auf alle, die diesem entsetzlichen Schauspiel beiwohnten. Man wollte hierdurch den Geistlichen und Ordensleuten von ganz England ein abschreckendes Beispiel von der Macht des Königs geben.

Es war etwas ganz Neues, daß Herzöge, Grafen, Lords und Höflinge bei der Hinrichtung zugegen waren, ganz nahe den Verurteilten. Die Leute sagten, daß der König selbst gern diese greuliche Schlächterei gesehen hätte, was sehr wohl möglich war, da fast der ganze Hof, sogar die persönlichen Räte anwesend waren. Der Hauptkämmerer Norris rückte mit vierzig Pferden an, und man glaubte, der König befände sich unter den fünfen, deren Aufmachung und Monturen wie die der Grenzwächter aussahen. Sie hatten sich, heimlich bewaffnet und mit Visieren vor den Gesichtern, auf dem Richtplatz eingefunden.

Einem jeden der sechs zum Tode verurteilten Priester wurde, bevor sie das Schafott bestiegen, Straffreiheit angeboten, falls sie sich dem König unterwerfen würden. Alle jedoch wiesen das Anerbieten ab, da sie ihr Leben nicht um den Preis eines schuldigen Gewissens erkaufen wollten.

Als ersten schleifte man John Houghton unter den Galgen, dann die anderen. Man ließ die Verurteilten auf einen Karren steigen. Das Seil, das man ihnen um den Hals legte, war dick und steif, damit sie nach dem Erhängen nicht erstickten, bevor das übrige der barbarischen Schlächterei vollbracht werden konnte. Nur schwer läßt sich die diabolische Grausamkeit begreifen, die hier - aller Wahrscheinlichkeit nach in Gegenwart des Königs - verübt wurde. Mehrere Henkersknechte zogen die Karren fort, so daß die Verurteilten hingen. Sodann wurde der Strick durchschnitten, man stellte sie an einer dafür hergerichteten Stelle auf, um ihnen stehend die Schamteile abzuschneiden, die ins Feuer geworfen wurden. Einem jeden wurde, während er noch lebte, unter den Augen aller der Leib aufgeschnitten. Man riß ihnen die Eingeweide heraus - zuerst das Herz, mit dem man Mund und Gesicht der zu Tode Gequälten einrieb. Das schauerliche Werk endete mit der Vierteilung ihrer Leiber.

Arme, Beine und Schenkel wurden mit Stricken umschnürt, die an Pferden befestigt waren. Diese Präparation dauerte lange. Die angepeitschten Pferde dehnten die Glieder der bereits toten Körper

zu einer unglaublichen Länge, aber sie rissen nicht. Es war ein Schauspiel, das jeder sehen sollte, zur Abschreckung und zur Warnung. Nach dem Befehl, mit scharfem Stahl die Amputation zu erleichtern, zerschnitt man die Sehnen der Körper unter den Armen und an den Hüften. Man spannte erneut die Pferde an ...
Ein Arm des Priors John Houghton wurde als blutige Trophäe über dem Eingang des Kartäuser-Klosters in London aufgehängt. Man wollte alle mit Schrecken erfüllen und diejenigen, die sich noch nicht unterworfen hatten, unter den Willen des Königs zwingen.

Ein Akt des Parlamentes

Seit der Hinrichtung der Kartäuser hatte es ständig geregnet, was viele als Zeichen des göttlichen Zornes über die grausamen Handlungen des Königs auslegten. Überall herrschten Krankheiten. Das Volk war arm, die königlichen Kassen leer. Die unglückliche Ex-Königin Katharina blieb völlig ohne Mittel. König Heinrich VIII. suchte nach Geld und hatte dabei die reichen Güter der Kirche im Auge, die er im stillen bereits als sein Eigentum betrachtete. Die Klöster mußten der nationalen Einheit und zugleich der königlichen Habgier geopfert werden. Durch brutale Ansammlung von Macht und Reichtum strebte Heinrich VIII. danach, den anderen europäischen Königen ebenbürtig zu sein und ihnen nicht nachzustehen.
Als Heinrich VIII. im Jahr 1509 den Thron bestieg, hatte sich das Land noch keineswegs von der furchtbaren Geißel des „Schwarzen Todes" erholt. In den Jahren 1348 und 1349 hatte die Pest die Hälfte der Bevölkerung Englands dahingerafft. Auch nach hundertfünfzig Jahren waren die Folgen noch überall zu spüren. Das Volk verhielt sich unter der Regierung König Heinrichs VIII. geduldig und nachgiebig, denn nach einer langen Zeit entsetzlicher Kriege wollte es sich lieber den Befehlen, Launen und Wünschen des Königs fügen, als durch Widerstand den Frieden gefährden. Im November 1534 besiegelte ein Parlamentsgesetz die Loslösung der englischen Kirche von Rom. Es bestätigte gleichzeitig in der sogenannten Suprematsakte den König als irdisches Oberhaupt

der Kirche von England. Seit diesem Beschluß besaß Heinrich VIII. die Gewalt, alle Klöster zu visitieren; ihm war die kirchliche Gerichtsbarkeit unterstellt, und ihm oblag die letzte Entscheidung in Glaubensfragen. Mit diesen Vollmachten in Händen, ging der König nunmehr an die Aufhebung der Klöster, wobei sein Sekretär Thomas Cromwell die Seele des Unternehmens war. Cromwell erklärte, Heinrich zum reichsten Herrscher der Christenheit machen zu wollen.

Es steht außer Zweifel, daß im 16. Jahrhundert - während der Regierungszeit König Heinrichs VIII. - das Mönchtum viel von seinem Einfluß und von seiner Vergeistigung verloren hat. Viele Klöster hielten sich nicht mehr wie in früheren Zeiten an die drei evangelischen Räte „Armut, Keuschheit und Gehorsam" und befanden sich in einem schlechten Zustand. Religionsfreiheit und praktische Häresie hatten Überhand genommen. Einige wenige Bischöfe setzten sich zwar dafür ein, den Klerikern und Mönchen weltliche Geschäfte zu verbieten - doch ohne Erfolg. Auch Bischöfen wurde vorgeworfen, nicht in ihren Diözesen zu residieren und ihr hohes Einkommen für Festgelage und Bankette zu verwenden, anstatt das zu tun, was der Kirche und den Armen nützlich sei. Die klösterliche Disziplin war gelockert, und jener Geist der Unruhe war entstanden, der dem Wesen des monastischen Lebens zuwiderläuft. Da, wo die Disziplin nicht mehr eingehalten wurde, herrschte das Streben, die Last des heutigen Tages auf den morgigen zu wälzen. Die Mönche und Nonnen hatten mit manchen Schwierigkeiten zu kämpfen, die ihr zeitliches und geistliches Wohl in gleicher Weise gefährdeten. Daher geschah es immer wieder, daß ernste Vergehen auftauchten und in einigen Häusern sogar an der Tagesordnung waren.

Das Parlament beschloß im Jahr 1536 die Aufhebung aller kleineren Klöster und Priorate, die ein jährliches Einkommen hatten, das unter zweihundert Pfund lag. Diese Häuser sollten dem König zur Deckung seiner Auslagen ausgehändigt werden. Man begann schrittweise mit der Einziehung der Klöster, da es im neuen System keinen Raum mehr für das Ordensleben gab. Alle Mönche oder Klosterfrauen unter vierundzwanzig Jahren und diejenigen, die noch keine zwanzig Jahre alt waren, als sie ihre Gelübde ablegten, mußten sofort aus den Ordenshäusern entlassen werden. Von diesen und den weiteren Maßnahmen war auch das Priorat in Markyate betroffen. Die entlassenen Nonnen erhielten einen Anzug nach der Mode weltlicher Frauen und waren dann frei, zu gehen, wohin sie wollten. Man gab ihnen eine einmalige Abfindung von vierzig Shilling mit auf den Weg.

Die langsame Einziehung der kleineren Klöster, die jetzt begann, geschah einzig aufgrund der königlichen „Deklaration", daß in ihnen das Laster herrsche und man nicht nur gegen den Gehorsam verstoße, sondern vor allem auch gegen die Keuschheit. Indem König Heinrich VIII. die Klöster des Lasters und der Immoralität beschuldigte, fügte er ihnen ein größeres Unrecht zu als durch den Raub der klösterlichen Güter. Er ließ diese Anschuldigungen auf die Berichte seiner Visitatoren setzen und stützte sich damit nur auf das, was er ihnen selbst zu berichten aufgetragen hatte. Der größte Teil der Anklagen lautete auf geheimes, persönliches Laster, das aber nicht leicht Gegenstand einer Untersuchung sein konnte. Trunkenheit, Diebstahl und Unenthaltsamkeit waren leichter zu ermitteln.

Daß das Leben der Ordensleute in den Briefen und Berichten der auserlesenen Visitatoren Layton, Legh und Ap Rice ein schlimmes Zeugnis erhielt, ließ sich nicht leugnen. Doch ist der Verdacht begründet, daß Laster vorgegeben oder übertrieben dargestellt wurden, wenn man in der Bestrafung einen Gewinn zu erwarten hatte. Richard Layton schrieb an Cromwell:

Benediktiner-Priorat Bath in Somerset: Wir haben Bath besichtigt. Ich fand, der Prior war ein sehr tugendhafter Mann, aber seine Mönche waren verdorbener als irgendwelche anderen in Unzucht mit beiden Geschlechtern; einige haben zehn Frauen, andere acht; das Haus ist gut im Stande, hat aber 400 Pfund Schulden. In Farley hatte der Prior acht Huren, die Mönche weniger. Der Ort ist geradezu ein Bordell, und sowohl dort wie in Lewes gibt es widernatürliche Verbrechen; besonders der Subprior ... Ich habe genügend Material, um den Prior von Lewes in große Gefahr zu bringen.

Ich schicke Euch 'Ketten von St. Petrus', die sich Frauen umlegen,

wenn sie gebären. Diese werden als große Reliquie betrachtet. Es ist ein Schwindel und ein großer Mißbrauch. Ich schicke Euch einen Kamm, genannt 'Maria Magdalenas Kamm', und ein Buch über die 'Wunder Unserer Frau', das man den Canterbury Tales an die Seite stellen kann; ich habe es in der Bibliothek gefunden.
Augustiner-Priorat Repton in Derby: Thomas Rede, Subprior, und drei andere, als Sodomiten per voluntarias pollutiones bezeichnet. Aberglaube: Es wird eine Pilgerreise nach St. Guthlac und seiner Glocke gemacht, die sie auf die Köpfe der Leute legen, um Kopfschmerzen zu lindern.
Zisterzienser-Abtei Garadon in Leicester: Fünf Namen, als Sodomiten bekannt, einer mit zehn Knaben. Drei Mönche ersuchen um Freilassung.
Prämonstratenser-Abtei Dale in Derby: John Staunton, Abt, treibt Unkeuschheit mit einer unverheirateten und einer verheirateten Frau; W. Bramstone mit fünf verheirateten Frauen. Sie verehren einen Teil des Gürtels der heiligen Maria und das Rad der heiligen Katharina in Silber.
Zisterzienser-Abtei Holm Cultram in Cumberland: Fünf Sodomiten. Unkeuschheit: Will Watson mit zwei alleinstehenden Frauen und einer verheirateten Frau; Thomas Carter, der Abt, mit drei Frauen; sechs andere! Aberglaube: ein Halsband, Agnus Dei genannt, das Frauen im Kindbett helfen soll.
Benediktiner-Abtei Bury St. Edmunds in Suffolk: John Melford, der Abt, findet großes Vergnügen an der Gesellschaft von Frauen und an großen Banketten; er hat Spaß am Karten- und Würfelspiel; weilt häufig auf seinen Bauernhöfen und predigt nicht. Thomas Ringstede, der Prior, und acht andere sind der Unkeuschheit mit Frauen überführt. Sinnlose und fiktive Reliquien: das Hemd von St. Edmund, der Stein, mit dem St. Stephan gesteinigt wurde. Wenn Regen gewünscht wird, so ist es Sitte, den Schrein mit den Gebeinen des St. Botulph in einer Prozession herumzutragen, in der Hoffnung, daß dann eher Regen kommt.

Die Visitatoren begrüßten jede Spur von Bösem und lachten laut über Obszönitäten, die sie angeblich ausfindig gemacht hatten. Briefe von Layton zeigten, daß dieser sich an Unanständigkeiten

geradezu ergötzte. Obwohl sich viele Anklagen nur auf böswilliges Gerede stützten, machten die Berichte auf den König großen Eindruck. Sie waren ihm geradezu willkommen. Diese und viele andere Berichte wurden vor dem Parlament verlesen, das daraufhin ungefähr vierhundert Klöster mit einem Jahreseinkommen bis zu zweihundert Pfund aufhob und in die Hände des Königs überführte. Im Parlament hieß es nach der Aufhebung der kleineren Klöster und Priorate, dieses seien nur die Dornen, die großen Äbte aber, die alten faulen Eichen, kämen auch bald an die Reihe.
Die Aufzeichnungen über das Benediktinerinnen-Priorat in Markyate wurden, da man nichts Anstößiges gefunden hatte, nicht vor das Parlament gebracht. Es steht darin:

Es ist keine einzige Nonne an diesem Ort, die nicht geübt und erfahren wäre im Sticken, im Schönschreiben von Büchern, im Fertigen von Kleidern, im Holzschnitzen, Malen und Gravieren. Das Haus übt große Gastfreundschaft aus; viele arme Leute aus der Umgebung empfangen dort Unterstützung und Hilfe.

Vor der Visitation in Markyate hatten die Schwestern davon gehört, daß in Klöstern, bei denen auch nur der leiseste Verdacht bestehe, sie seien der neuen Ordnung nicht zugetan, die Bibliotheken auf das genaueste untersucht würden. Alle Bücher wurden ausgeforscht, um daraus Beweise zu schöpfen, daß die Ordensleute dem Glauben und den religiösen Übungen ihrer Väter anhingen. Man achtete besonders darauf, ob in den religiösen Büchern das Wort „papa" („Papst") auch wirklich ausradiert war. War es jedoch unversehrt stehengeblieben, wurde das Buch - selbst wenn es alt und kostbar war - entfernt und vernichtet.
In weiser Voraussicht und Klugheit - wissend, daß unweigerlich die Auflösung auf sie zukam - hatten die Schwestern von Markyate nach geheimer Absprache mit dem Bibliothekar von St. Albans den ihnen so wertvollen und liebgewordenen Psalter der Christina von Markyate in die Bibliothek der Abtei gebracht. Dieses war unauffällig geschehen und in der Hoffnung, daß das größte Kloster Englands überleben würde und der Albani-Psalter hier sicher aufgehoben sei.

Das Licht über und in Markyate war erloschen - das Licht, das den Mönch Roger in die Einsamkeit geführt und das durch Christina an diesem Ort weiter geleuchtet und gestrahlt hatte. Trotz der dunklen Zeit und der Auflösung des Priorates leuchtete es jedoch noch viele Jahre in den Herzen der Schwestern, die von Markyate vertrieben wurden. Es leuchtete verborgen weiter im Psalter der Christina von Markyate, in welchen infolge der Wirren niemand mehr hineinsah und der verborgen in der St. Albans-Bibliothek unter anderen Büchern auf eine neue Bestimmung wartete.
Nach der Auflösung des Benediktinerinnen-Priorates von Markyate ging das Anwesen in die Hände des Königs über. Er verpachtete die Ländereien, die Gebäude sowie die dazugehörige Kirche an Humphrey Bourchier, der nach aufwendigen Umbauarbeiten mit seiner Familie und seiner Dienerschaft hier einzog. Selbst die Kirche nahm er für seine persönlichen Zwecke in Anspruch, so daß die Gemeinde von Markyate ungefähr vierhundert Meter vom alten Priorat entfernt, auf eigenem Grund eine neue bauen mußte. Nach 1540 nutzte Bourchier die Möglichkeit, diesen herrschaftlichen Besitz von König Heinrich käuflich zu erwerben.

„Ein beklagenswerter Anblick"

Es ist ein beklagenswerter Anblick, Legionen von Mönchen und Nonnen zu sehen, die aus ihren Klöstern vertrieben worden sind und hilflos umherziehen und nach Möglichkeiten suchen, ihr Leben zu bestreiten. Mehrere ehrenwerte Männer haben mir berichtet, daß es über zwanzigtausend Mönche, Nonnen und Personen gibt, die von den aufgehobenen Klöstern abhängen; sie alle wissen nicht, wie sie leben sollen.

Diese Worte schrieb ein Beobachter in England am 8. Juli 1536 an seinen Auftraggeber in Frankreich.
König Heinrich VIII., der bereits einen bedeutenden Teil des Kirchenvermögens eingezogen hatte, beschäftigte sich mit dem Plan, weitere Klöster einzuziehen. Niemand war in der Lage, den König davon abzubringen, denn seine Habsucht hatte sich infolge des

Gewinnes, den die Kirchengüter abwarfen, noch gesteigert. So setzte er, ungeachtet vieler Mahnungen, seine Feindseligkeiten gegen den apostolischen Stuhl und die englischen Klöster fort. Thomas Cromwell sandte Prediger aus, die die Ordensleute zu verhöhnen hatten als Heuchler, Hexenmeister, Krummhälse, faule Bäuche, träge Drohnen, Gewächse, die der himmlische Vater nie gepflanzt, nächtliche Lobhudler und Kreaturen, die der Papst geschaffen habe. In diesen Predigten wurde dem Volk zudem kundgetan, der König werde die kirchlichen Einkünfte jetzt für Spitäler, Kollegien und wohltätige Stiftungen verwenden, anstatt faule, nutzlose Mönche und Nonnen zu ernähren.
Die Aufhebung der größeren Klöster und die damit verbundenen Plünderungen begannen im Jahre 1538 und dauerten bis weit in das nächste Jahr. Die vollständige Unterdrückung war bereits beschlossen. Am 30. Juli 1538 wurde die berühmte Benediktiner-Abtei St. Augustinus von Canterbury aufgelöst:

Übergabe des Klosters und aller seiner Besitzungen in den Grafschaften Kent und Surry, den Städten London und Canterbury und sonstwo in England und Wales und den Grenzgebieten. 30. Juli in der Regierungszeit von Heinrich VIII. Unterzeichnet von John Essex, Abt - John Dygun, Prior - Thos. Barham, Infirmarius - John Langfort, Schatzmeister.

Anfang September besuchten König Heinrich und Cromwell Canterbury. Alle religiösen Häuser waren hier bereits geschlossen. Bruder Bartley, der nach der Schließung des Franziskanerklosters noch immer seine Mönchskutte mit Kapuze trug, wurde von Cromwell im Laden des französischen Buchhändlers Rheines angesprochen: „He, willst du deine Kapuze immer noch nicht ablegen? Wenn ich bis ein Uhr nicht gehört habe, daß du die Kleidung gewechselt hast, dann wirst du sofort aufgehängt - als Warnung für die anderen." Und so legte Bruder Bartley seine Kapuze ab und wagte sie nie wieder zu tragen.
In einem Brief an Cromwell schrieb der königliche Visitator Richard Layton, wie geschickt er den Abt der Prämonstratenser-Abtei von Langdon in Kent in die Falle gelockt habe:

Mir ist es gelungen, diesen gefährlichen, desparaten und verwegenen Schurken Abt William von Dare zu überführen. Bartelot und andere Diener bewachten die Ausgänge der Abtei, während ich mich an die Tür der Abtswohnung stellte. Als ich auf mein Klopfen keine Antwort erhielt, nur der Hund des Abtes bellte wütend hinter den fest verschlossenen Türen, verschaffte ich mir gewaltsam Zutritt, indem ich die Tür mit der Axt zerschlug. Bartelot, der die Ausgänge bewachte, fing eine Frau auf, die davoneilen wollte, und brachte sie zu mir. Ich verhörte sie und schickte sie anschließend in Begleitung von Bartelot nach Dover. Im Schrank des Abtes befand sich ein Frauenkleid und ein Habit für sie, denn man hatte vor, sie darin für einen jungen Bruder auszugeben und sie somit unauffällig entkommen zu lassen. Ich brachte den Vater Abt nach Canterbury, und hier will ich ihn im Gefängnis lassen.

Bevor die Benediktiner-Abtei St. Albans in den Mittelpunkt gestellt wird, soll ein gewisser William Thomas, Sekretär des königlichen Rates, zu Wort kommen. In einem geschichtlichen Bericht über die Regierung Heinrichs VIII. schrieb er unter dem Titel „Der Pilger":

Darum komme ich jetzt auf die von Seiner Majestät aufgehobenen Klöster zu sprechen. Hatte schon der König den Trug dieser Taschenspieler herausgefunden, so kam die Sache durch seine Commissäre noch mehr ans Tageslicht. Als dieselben nämlich die Untersuchung begannen und diese Friar, Mönche und Nonnen unter einem Eid auf die Evangelisten der Reihe nach examinierten, kamen Heuchelei, Mord, Abgötterei, falsche Wunder, Sodomie, Selbstbefleckung, Ehebruch, Fornikation, Stolz, Neid und nicht bloß sieben, sondern mehr als siebenhunderttausend Todsünden zum Vorschein. Merke dir diese wenigen Worte wohl. Unter den Eremiten war einer, der sich unter dem Deckmantel der Beichte an mehr als zwei- oder dreihundert Damen und Frauen von gutem Ruf fleischlich vergangen hat. Als man den Eremiten befahl, die Namen derselben niederzuschrieben und sie den Commissären zu zeigen, fanden die letzteren unter den angegebenen Namen ihre eigenen Frauen verzeichnet.

Der Fall: St. Albans

Die Zerstörung von über achthundert englischen und walisischen Klöstern in nur vier Jahren zwischen 1536 und 1540 gehört zu den dramatischen Ereignissen in der Geschichte Englands. Vornehmlich waren es die Mönche, die die Kultur auf die Insel brachten, sie christianisierten und der Kirche zu hohem Ansehen verhalfen. Ordensleute nahmen oft eine große und auch ausgleichende Rolle im Staatswesen ein: Dunstan, Lanfranc, Anselm von Canterbury und - wenn auch indirekt - Christina von Markyate. Die Geschichte der Äbte von St. Albans spricht die gleiche Sprache hoher Kultur. Sie setzten sich für Kunst und Wissenschaft ein, ließen Armenhäuser und Hospitäler errichten, erbauten die Bibliothek und erweiterten sie ständig, beschäftigten im Scriptorium Schreiber und Illuminatoren, pflegten die Gregorianische Musik und ließen bedeutende Geschichtswerke verfassen. Zu den bekanntesten Chronisten und Illustratoren von St. Albans gehörte der Mönch Matthew Paris, der im 13. Jahrhundert lebte.

Durch die radikale Auflösung aller von Rom abhängigen Klöster hatte König Heinrich VIII. Tausenden den Beruf genommen und zerstört. Eine unausbleibliche Folge dieses Vorgehens war die Schließung der klösterlichen Armenhäuser, der Hospitäler und Klosterschulen. Das erste Waisenhaus, das von Nonnen gegründet und geleitet worden war, fiel auch unter diese unvorstellbare Maßnahme.

Im Jahre 1531 wurde Robert Catton, ein begeisterter Anhänger Cromwells, zum vorletzten Abt von St. Albans bestellt. Im Kloster lebten zu dieser Zeit nicht mehr als vierzig Mönche; in „goldenen" Tagen, wie sie unter Abt Geoffrey de Gorham geherrscht hatten, waren es über hundert Mönche, die die Abtei mit Leben füllten. Nach allgemeiner Ansicht leitete Abt Catton das Kloster unzulänglich. Mißstände und Uneinigkeiten hatten überhand genommen und zu Spaltungen geführt. Da der Abt für ein Gespräch über notwendige und dringende Veränderungen nicht zugänglich war, sondern diejenigen, die ihn kritisierten, sogar bestrafte, überlegte der Prior mit einigen mutigen Mönchen, was zu tun sei. Sie

fühlten sich in der Abtei nicht mehr wohl, denn sie wurde zu einem Ort schlechter Schwingungen, zu einem Ort, der von Splittergruppen beherrscht wurde, die sich untereinander bekriegten. Der Prior und mit ihm siebzehn Mönche von St. Albans entschlossen sich daraufhin, im Herbst 1535 einen Beschwerdebrief an den königlichen Minister Sir Francis Brain zu richten.
In diesem Schreiben beschuldigten sie Abt Robert Catton der Verschwendung, durch die die Schulden ständig größer würden; er sei in unlautere Machenschaften und Finanzaffären verwickelt und führe zudem die Abtei in äußerst schlechter Weise. Die Mönche beendeten den Brief mit dem Hinweis, die Abtei St. Albans benötige dringend und so schnell wie möglich einen anderen Verantwortlichen, der aufbaue und nicht zerstöre. Als Abt Catton von diesem Schriftstück erfuhr und ihm die Namen der Unterzeichner bekannt wurden, stellte er ihnen nach und behandelte sie so lange auf häßliche Weise, bis der königliche Minister Brain einschritt.
Als im Oktober 1535 der von Cromwell beauftragte Visitator Ap Rice nach St. Albans kam, versuchte dieser auf vielfältigste Weise, moralische Mißstände zu entdecken. Nach etlichen Verhören schrieb er am Ende seiner Visitation, er habe nichts gefunden, obgleich vieles in dieser Abtei zu finden gewesen wäre. Doch klagte Ap Rice die Mönche dahingehend an, daß sie sich untereinander verschworen hätten, um böse Taten zu verheimlichen. Immer wenn er nichts ausmachen konnte, galt ihm dies als ein sicheres Zeichen der Verschwörung.
Die kämpferische Mehrheit der Mönche in St. Albans war sich darüber einig, daß etwas Drastisches und Radikales geschehen müsse, wenn die Abtei überleben sollte. Entscheidungen zu treffen war äußerst schwierig, denn das Kloster wie auch die Stadt St. Albans hatten sich zu einem Zentrum konservativ eingestellter Katholiken entwickelt. Die Priester, die den Gemeindedienst versahen und wie der Vikar Sir Thomas King zur St. Andrew-Kapelle gehörten, stellten sich offensichtlich gegen die zweite Heirat des Königs mit Anne Boleyn, sprachen zugunsten der Königin Katharina von Aragon und von Verdammung, sollten die Gläubigen dem Papst nicht gehorchen. Die Priester mit dieser radikalen Ansicht und Haltung wurden von vielen Bürgern der Stadt begeistert

unterstützt. Auf der anderen Seite standen der Cromwell-treue Abt Robert Catton und Thomas Boleyn, der Vater von Königin Anne. Dieser hatte die begehrenswerte und hochdotierte Stelle als Verwalter der Abtei St. Albans inne.
Im Kloster lebte ein Mönch namens Dan William Ashwell, der Cromwell einen Häretiker nannte, der ketzerische Lehren verbreite und erneuerungssüchtig sei. Ashwell ging sogar so weit, daß er das Verhalten des Königs gegenüber der Religion als das Gegenteil des göttlichen und menschlichen Gesetzes bezeichnete. Diese Äußerungen tat Dan Ashwell bewußt zu der Zeit, als die ersten Klöster aufgelöst wurden. Er sagte voraus, König Heinrich werde nicht nur die kleineren Klöster aufheben, sondern sehr bald auch die großen. Abt Catton hatte daraufhin nichts Eiligeres zu tun, als seinen Mönch Ashwell bei Cromwell zu denunzieren. Umgehend wurden Nachforschungen angestellt. Da der Mönch jedoch alles leugnete, was man als Anklage gegen ihn vorbrachte, entzog sich Dan William Ashwell geschickt der Verhaftung und rettete somit seinen Kopf.
Wenn auch dieses Verfahren schneller zu Ende ging, als man geglaubt hatte, so wurde doch die Beschwerde gegen Abt Catton, die einige Monate vorher erfolgt war, aufgegriffen und weiter verfolgt. Catton war eingesetzt worden, um das Kloster so bald wie möglich in die Hände des Königs zu übergeben. König Heinrich konnte sich keinen besseren Kandidaten zur Herbeiführung der Kapitulation wünschen als Abt Catton, Abt eines Klosters, das in sich gespalten war, voll Schulden, schlecht geführt und einer latenten Papisterie verdächtig.
Im Herbst 1537, als die zweite Phase der Klosteraufhebung begann und Abt Richard Catton seine Aufgabe immer noch nicht erfüllt hatte, ließ Cromwell ihn fallen. Das Protokoll über den Abt von St. Albans fiel äußerst ungünstig aus, doch glaubte Catton immer noch, Cromwell sei ihm gewogen und die Gunst des Ministers Brain sei auf seiner Seite. Obgleich im Januar 1538 die Abtei bereits auf der Liste der zu schließenden Häuser stand, verzögerte sich die Auflösung noch um dreiundzwanzig Monate. Da sich Catton sehr geschickt fügte, war es schwer, ihn des Verrates zu überführen, um ihn hinrichten zu lassen. Die Äbte von Glastonbury,

Reading und Colchester, die sich bis zuletzt gegen eine Schließung wehrten, hatte man am Eingangstor ihres eigenen Klosters erhängt. Dieser drastische Schritt war jedoch für Catton nicht notwendig, um ihn seines Amtes zu entheben. Auf das Angebot einer ansehnlichen Jahresrente ging Robert Catton ein und verließ noch im Winter 1537 die Abtei.

Der letzte Abt

Trotz höchster Jahresabgaben, die von St. Albans an die Krone zu zahlen waren, war es noch immer nicht zur Kapitulation gekommen, wozu auch die starken Widerstandskräfte innerhalb des Klosters beitrugen. Daher bestimmte Cromwell nach der Absetzung Cattons vorerst einen neuen Prior: Richard Boreman, genannt Stevenage. Nachdem am 31. Januar 1538 festgelegt worden war, die Wahl des Abtes der Krone zu überlassen, wurde einige Wochen später Richard Stevenage zum Abt von St. Albans nominiert. Da niemand wegen der großen Schulden das Amt des Abtes hätte übernehmen wollen, war es offensichtlich, daß der neue Abt so schnell wie möglich das Kloster an den König auszuliefern hatte. Obgleich somit der Boden für eine Kapitulation geschaffen war, herrschte unter den Mönchen noch erhebliche Widerstandskraft. Sie wollten nicht anerkennen und zulassen, daß der König sich auf diese Weise in religiöse Angelegenheiten mischte, und zwangen Stevenage, das Kloster bis zum äußersten weiterzuführen. Da St. Albans für das Jahr 1538 die vom König erhobenen Beiträge nicht zahlen konnte, aber auch nicht zur Kapitulation bereit war, wurde Abt Stevenage wegen mangelnder Durchsetzungskraft ins Gefängnis gebracht. Entsetzt schrieb er auf dem Wege dorthin an Cromwell:

Ein Mann namens Gostwick hat mich der Freiheit beraubt und hält mich innerhalb seiner Tore. Ich kann ihn nicht dazu bestimmen, sich in freundlicher Weise für meine Freilassung zu verwenden, obwohl ich ihm dreihundert Pfund bar angeboten habe - alles, was ich besitze, um Freunde zu machen. Er verlangt nämlich in dieser kurzen Zeit nicht bloß weitere große Summen, sondern auch die erste Zahlung der Erstlingsfrüchte, was ich ganz unmöglich leisten kann. Heute abend werde ich nun zu meiner größten Schmach und Schande wahrscheinlich ins Gefängnis abgeführt.

Nach seiner Entlassung gelang es Abt Richard Stevenage mit tatkräftiger Unterstützung der Mönche, die notwendige Summe zu übergeben. 1539 beschloß das Parlament jedoch, den letzten großen Abteien so hohe Abgaben aufzuerlegen, daß sie nicht zu leisten waren. Auf diese Weise zwang man die Klöster, aufzugeben. Die letzten Rechnungen und Eintragungen von St. Albans zeigten keine Besonderheiten. Es wurde noch einmal Holzkohle gekauft, um die Schlafräume zu heizen, man ließ die Orgel reparieren, und Maulwürfe wurden gefangen. Dann geschah das Unvermeidliche: Richard Stevenage tat am 5. Dezember 1539 das, was man schon lange von ihm erwartet hatte: Er übergab die Benediktiner-Abtei St. Albans den königlichen Agenten und damit der Krone. Von den neununddreißig Unterschriften auf der Übergabe-Urkunde sind viele in derselben Handschrift, was auf Fälschung schließen läßt. Abt Stenevage besiegelte diese Urkunde mit dem alten Kloster-Siegel, das damit zum letzten Mal benutzt wurde. Das ovale Elfenbeinsiegel von St. Albans zeigt den ersten Märtyrer Englands. Sitzend hält Alban in der rechten Hand ein Kreuz und in der linken eine Weltkugel mit einem Palmenzweig. Zusammen mit der Urkunde händigte Richard Boreman, genannt Stevenage, bei der Übergabe auch dieses Siegel an die Kronbeamten aus. Den achtunddreißig Mönchen, die an diesem Tage entlassen und fortgeschickt wurden, räumte man eine äußerst kleine Jahresrente zur Abfindung ein oder bezahlte ein Ausreisegeld. Die Pension, die der letzte Abt von St. Albans, Richard Stevenage, erhielt, war dagegen beträchtlich: sie betrug 226 Pfund.
Bevor von Plünderung und Abbruch der Abtei die Rede sein wird, die zwölf Tage nach der Übergabe stattfand, soll von dem königlichen Bibliothekar und Antiquar, John Leland, berichtet werden, dem es zu verdanken ist, daß der Psalter der Christina von Markyate rechtzeitig aus St. Albans gerettet wurde und seine abenteuerliche Reise antreten konnte.

John Leland, Bibliothekar des Königs

John Leland war ein großer Bücherfreund und sehr darauf versessen, wertvolle Manuskripte und Bücher bereits vor der Aufhebung der Klöster sicherzustellen. Er mußte jedoch den bedauerlichen Verlust vieler kostbarer Schätze der Klosterbibliotheken mit ansehen, die in dem allgemeinen Umbruch spurlos verschwanden oder verschleudert wurden. Die Käufer der Klostergebäude benutzten die Manuskripte für jedes niedrige und gemeine Bedürfnis. Krämer und Seifenhändler kauften sie als Wickelpapier; ganze Schiffe voll wanderten in die Buchbindereien des Auslands. Ein Kaufmann erwarb den Inhalt zweier Bibliotheken für vierzig Shilling und gebrauchte diesen Stoff als Packpapier.
John Leland, mit dem die weite und lange Reise des Albani-Psalters begann, war der Bibliothekar König Heinrichs VIII. Bei Nacht und in aller Heimlichkeit hatten die Schwestern kurz vor der Aufhebung ihres Priorates in Markyate das wertvolle Buch ihrer Gründerin Christina in die Klosterbibliothek von St. Albans gebracht. Der königliche Bibliothekar und Tudor-Antiquar - wie er sich nannte - hatte den kostbaren Kodex dort entdeckt.
John Leland wurde im Jahr 1506 in London geboren. Als hervorragender Student absolvierte er seine Studien in Cambridge, Oxford und Paris. Er schrieb brillante Gedichte in lateinischer Sprache. Im Jahr 1525 wurde John Leland protestantischer Geistlicher und mußte von einem sehr geringen Einkommen leben, das ihm König Heinrich VIII. zahlte. Infolge seiner hohen Qualifikation berief ihn Heinrich im Jahr 1530 zum königlichen Bibliothekar und gleichzeitig zu seinem persönlichen Kaplan. Drei Jahre später wurde Leland zusätzlich zum königlichen Antiquar bestimmt, einem einmaligen Amt, das neu eingerichtet, doch nach Lelands Tod im Jahr 1552 nicht wieder besetzt wurde.
Schon in der Zeit als königlicher Bibliothekar erhielt er vom König die geheime Aufgabe, alle wertvollen Bibliotheken in ganz England zu visitieren und eine Liste der kostbarsten und ältesten Bücher anzufertigen. Da ihm sehr daran gelegen war, hatte Heinrich VIII. seinen Bibliothekar ausdrücklich gebeten, auch in die

Bibliotheken aller Kathedralen, Abteien, Priorate und Kollegien zu gehen. Nicht nur durch den königlichen Auftrag, sondern auch durch eigenes Interesse angeregt, fand John Leland schnell heraus, an welchen Orten und Plätzen sich alte Handschriften, wertvolle Bücher und sogar geheime Schriften befanden.
Es war daher nicht verwunderlich, daß der königliche Antiquar bereits im Jahre 1530 die Abtei St. Albans, die dortige Bibliothek und das Scriptorium sowie die umliegenden Priorate besuchte. John Leland, großer Kenner antiquarischer Bücher, erstellte äußerst sorgfältig seine Bücherlisten. Die kostbare Handschrift „Psalter der Christina von Markyate" wird ihm dabei nicht entgangen sein. Es ist anzunehmen, daß Leland, der als königlicher Kaplan das Vertrauen des Königs genoß, bereits in die Pläne und zukünftigen Machenschaften des Herrschers eingeweiht war.
Als der Tudor-Antiquar John Leland 1530 im Auftrag des Königs in St. Albans weilte, wurden ihm die Schätze der Klosterbibliothek, die wertvollen Manuskripte und alle Bücher gezeigt. Da er sehr viel Zeit für seine entsprechenden Aufzeichnungen benötigte, führte und begleitete Leland in diesen Tagen in St. Albans ständig ein junger hochbegabter Mönch, Thomas Kingsbery, der sein Examen in Oxford abgelegt hatte. Von der Abtei aus besuchten sie gemeinsam das Priorat in Markyate. In die vielen Listen, Aufzeichnungen und Berichte, die John Leland in St. Albans anfertigte, hatte niemand Einblick. Später jedoch, als Gespräche über die Auflösung von St. Albans nicht mehr geheim blieben und Cromwell krampfhaft nach Gründen für eine Schließung suchte, kam ein Bericht Lelands ans Tageslicht. Darin heißt es, die Abtei St. Albans verfüge über eine hohe geistige Kultur, die Mönche - trotz Verfalls in anderen Klöstern - verwirklichten hier noch monastische Ideale, und ihre Geistlichkeit sei hoch anzuerkennen. Auch habe man ihm mit bewundernswertem Stolz die einzigartige Bibliothek der Abtei gezeigt.
Um den königlichen Auftrag in vollem Umfang auszuführen, benötigte der Antiquar ungefähr sechs Jahre, in denen er nahezu alle Bibliotheken Englands besuchte. In diese Zeit fiel die Auflösung der meisten Klöster, zu denen am Ende auch die Benediktiner-Abtei St. Albans gehörte.

Obwohl John Leland ein überzeugter Protestant war, erschütterten ihn die Aufhebungen, Zerstörungen und Verwüstungen der Klöster und der damit verbundenen monastischen Kultur. In diesen Zeiten, die bis zum Ende des Jahres 1539 währten, war er damit betraut, alle wertvollen Handschriften aus den Klosterbibliotheken zu entfernen und sie in der königlichen Bibliothek aufzustellen.

Da viele alte geistliche Schriftsteller geahndet wurden und es zudem ab August 1537 eine neue englische autorisierte Bibelübersetzung gab, flossen John Leland für die Bibliothek in London viele alte Bücher zu. Im Herbst 1536 hatten Cromwell und Cranmer König Heinrich davon überzeugt, die Erlaubnis zur Veröffentlichung einer englischen Bibelübersetzung zu geben und alle Kirchen mit einer solchen Bibel auszustatten. Die neue englische Bibel übernahm das Neue und Alte Testament in der ehedem so angefeindeten Übersetzung William Tyndales, allerdings ohne dessen Randglossen.

In einem dringenden Brief an Thomas Cromwell schrieb John Leland, er fühle sich verantwortlich für die wertvollen in England gefertigten Manuskripte und Bücher, die zum Kulturgut der englischen Nation gehörten. Er benötige dringend Hilfe, um die Bücher einzusammeln und in die königliche Bibliothek nach London zu bringen, da sich kaum jemand um diese kostbaren Schätze kümmere, und bereits Deutsche und Franzosen die einheimischen Bibliotheken plünderten und ausbeuteten, dann in ihr Land zurückkehrten und die wertvollen alten Bücher teuer verkauften.

Cromwell gewährte John Leland auf diesen dringenden Anruf schnelle Hilfe, und sie begannen mit vereinten Kräften, die besten und ältesten Manuskripte zunächst aus Canterbury in die königliche Bibliothek nach London zu schaffen; anschließend aus anderen großen Klosterbibliotheken, zu denen auch die von St. Albans gehörte. Auf diese Weise gelangte rechtzeitig der „Psalter der Christina von Markyate" in die Bibliothek König Heinrichs VIII. Als am Tage der großen Plünderung der Abtei St. Albans, am 17. Dezember 1539 der Antiquar Leland das Scriptorium und die Bibliothek betrat, waren dort nur noch wenige unbedeutende Bücher vorhanden. John Leland stand weinend in den leeren, nackten

Räumen der Klosterbibliothek - der einstmals größten Klosterbibliothek von ganz England, die Werke besaß von Hieronymus, Theodoret, Beda Venerabilis, Alcuin; Schriften alter Geschichte von Josefus Flavius, Eusebius und Philo, dem Hebräer; Texte der wichtigsten Klosterregeln von Pachomius, Basilius, Augustinus, Isidor von Sevilla und Benedikt; Sammlungen lateinischer Texte, die in die klassische Zeit zurückreichen: Cicero, Sallust, Sueton, Titus Livius, Seneca, Plinius, Juvenal, Lucian, Vergil und Horaz, sogar die „Ars Amandi" des Ovid hatte hier gestanden. Die mystischen Werke des Dionysius, denen Abt Geoffrey de Gorham so sehr zugetan war, und alle patristischen Werke bildeten einst den Hauptbestandteil dieser großen Bibliothek: Gregor der Große, der im zweiten Buch der Dialoge das Leben Benedikts beschreibt, und seine „Moralia über Hiob"; Johannes Cassians „Unterredungen mit den Vätern"; die Auslegung der dreizehn Paulusbriefe von Pelagius; Gregor von Nyssa; der umstrittene Origenes; Cyprian; Johannes Chrysostomus; Ambrosius; Tertullian und viele, viele andere ...

John Leland hatte nicht nur neun Jahre zuvor die Bibliothek von St. Albans eingehend in sich aufgenommen und Listen erstellt, sondern er verfügte auch über einen Bücherkatalog, der im 12. Jahrhundert von Walter, dem Kantor, erstellt worden war. Der Bibliothekar dachte an den ersten normannischen Abt Paul de Caen, der im Jahre 1077 diese einmalige Bibliothek gegründet hatte, an die vielen wertvollen Bücher, die hier geschrieben worden waren, an den Alexis-Meister und Abt Geoffrey de Gorham, der zusammen mit seinem Neffen Abt Robert und dem Abt Thomas de la Mare zu den größten Bücherfreunden in der Geschichte dieser Abtei gehörte.

Nun war ihr Untergang besiegelt, die Bücher, die John Leland nicht mehr aufgreifen konnte, die Fülle an Büchern war überall hin zerstreut, kein Buch blieb in der Abtei, die Zerstörung der Gebäude war in vollem Gange. Einige angekettete äußerst wertvolle Bücher, die Leland in der Eile nicht mehr aus ihrer Verankerung lösen konnte, waren brutal ausgerissen und spurlos verschwunden. Von Umstehenden erfuhr der Antiquar an diesem Tag, daß viele Bücher, deren Inhalt man - aus religiöser Intoleranz, so dachte er

bei sich - für abergläubisch hielt, sofort verbrannt oder entstellt worden waren. Hinzu kam eine bodenlose Mißachtung den scholastischen Autoren gegenüber, deren Schriften allgemein als überholt und nutzlos angesehen wurden.
Für die ihm noch verbleibende Zeit seines Lebens war John Leland damit beschäftigt, die königliche Bibliothek auf- und auszubauen. Im Jahr 1532 wurde dem König in London ein Hospital für leprakranke Frauen übereignet, das Hospital „St. James in den Feldern". Auf der anderen Seite dieses großen wunderschön gelegenen Grundstücks ließ Heinrich VIII. für sich selbst ein feudales, mächtiges Herrenhaus erbauen. Dieser königliche Besitz wurde später St. James-Palast genannt, umgeben vom St. James-Park, dem ältesten königlichen Park in London. Hier im St. James-Palast war die große königliche Bibliothek untergebracht; hier zwischen Tausenden wertvoller Bücher führte im Auftrag des Königs der Tudor-Antiquar John Leland fortan sein zurückgezogenes Leben.
König Heinrich VIII. setzte alles daran, diese prachtvolle Bibliothek, in der sich auch der Albani-Psalter befand, einmal seinem Sohn, Prinz Edward, noch prachtvoller übergeben zu können. Endlich, in dritter Ehe mit Jane Seymour, wurde Heinrich im Jahr 1537 ein Sohn geboren. Zwölf Tage nach der schweren Geburt starb Königin Jane jedoch an Blutvergiftung oder an Kindbettfieber. Heinrich tröstete sich damit, daß das Kind gesund war, und tat alles für seinen Sohn, den späteren König Edward VI. Die Übergabe der Bibliothek an den erst neunjährigen Edward VI. durfte John Leland noch erleben.
Doch dann überfiel den so umsichtigen, klugen und verantwortungsvollen Antiquar im Jahr 1550 eine Geisteskrankheit, von der er sich nicht mehr erholte. Zwei Jahre später starb John Leland in geistiger Umnachtung. Es ist aller Wahrscheinlichkeit nach auf seine Treue zum Protestantismus und zur Kirche Englands zurückzuführen, daß im Albani-Psalter das Wort „papa" („Papst") sorgfältig ausradiert wurde. Seine wertvolle persönliche Sammlung von Manuskripten hatte er rechtzeitig vor seinem Tod in die königliche Bibliothek im St. James-Palast eingebracht und sie damit König Edward VI. vererbt.

Stein für Stein

Zwölf Tage nach der Übergabe der Abtei St. Albans, am 17. Dezember 1539, wurde das Kloster völlig ausgeräumt und all seiner Werte beraubt. Fahrzeuge fuhren vor und luden die Schätze von St. Albans auf, um sie in die königlichen Schatzkammern zu bringen: kostbare sakrale Gefäße aus Gold und Silber, 122 Unzen aus reinem Gold, 2.990 Unzen vergoldetes und 1.144 Unzen halbvergoldetes und reines Silber sowie 3.000 Teile Silbergeschirr und -besteck. Auch wurde der Reliquienschrein des heiligen Alban all seiner wertvollen Verzierungen beraubt, aufgebrochen und zerschlagen. Heinrich VIII. legte größten Wert darauf, den gesamten Schatz von St. Albans selbst in Besitz und Gebrauch zu nehmen. Unter den wertvollen Juwelen, Edelsteinen, Achaten, Cameen und rohen Perlen befand sich auch der kostbare Sardonyx, den Abt Geoffrey de Gorham einst wiederentdeckt hatte.

Wegen seiner außergewöhnlichen Größe und Schönheit hatte der Abt den weiß- und rotbraungestreiften Sardonyx mit in das Kapitel genommen, um ihn seinen Mönchen zu zeigen und nach einem eventuell neuen Verwendungszweck zu fragen. Von zwei älteren Mönchen erfuhr er, daß dieser Stein ein königliches Geschenk aus früheren Jahren an das Kloster war und somit zum Kostbarsten des Klosterschatzes gehörte. König Ethelred II., der England von 978 bis 1016 regierte, hatte St. Albans besucht und - nachdem sich alle Mönche im Kapitelsaal versammelt hatten - dem Abt den besagten Stein in einer freundlichen, feierlichen und liebevollen Geste überreicht. Alle Mönche bewunderten den wertvollen Sardonyx, der so groß war, daß man ihn nicht einmal mit beiden Händen umfassen konnte, und dankten dem König für diese reiche Gabe. König Ethelred, der mit den besonderen Heilkräften dieses Halbedelsteines vertraut war, berichtete den Mönchen von St. Albans von den Eigenschaften des Sardonyx. Danach bat er eindringlich den Abt und den Konvent, sie sollten die Exkommunikation gegen alle diejenigen aussprechen, die je dieses sein Geschenk fortnehmen würden.

Hundertdreißig Jahre später trug Abt Geoffrey diesen kostbaren

Stein von besonderer Größe und Schönheit in seiner Satteltasche auf dem Weg nach Markyate, um ihn Christina zu zeigen.
Jetzt, vierhundert Jahre später, geschah genau das mit dem kostbaren Sardonyx, was sowohl König Ethelred bei der Übergabe des Steines wie auch Christina und Geoffrey verhindern wollten: er wurde Teil des Raubgutes und gelangte nach London in die Schatz- und Juwelen-Kammer König Heinrichs VIII. Welche Wirkungen und Spuren der Stein nach diesem 17. Dezember 1539 hinterlassen hat, bleibt offen.
Nach dem Tod seiner dritten Ehefrau Jane Seymour schloß König Heinrich VIII. am 6. Oktober 1539 den Heiratsvertrag mit der vierundzwanzigjährigen deutschen Prinzessin Anna von Kleve, die er dann am Dreikönigstag des darauffolgenden Jahres heiratete. Ihr überschrieb er große Teile der Ländereien, die vor der Enteignung zum Klosterbesitz von St. Albans gehörten.
Neben den genannten Schätzen, Gold, Silber und kostbaren Steinen, wurden an diesem Tag der Plünderung auch Kerzenleuchter, Kreuze, Gemälde, wertvolle Chorkleidung, Satin und Seide verpackt und ins königliche Schatzhaus gebracht. Glocken wurden abgefahren, um eingeschmolzen zu werden. Man zerstörte Altäre, Wandmalereien und wertvolle Glasfenster. Als im nächsten Schritt die Klostergebäude der Abtei St. Albans niedergerissen wurden, ging endgültig das wichtigste geistliche Zentrum und die größte kulturelle Einrichtung Englands zugrunde.
König Heinrich VIII. hatte einem Freund, dem Militär-Ingenieur Sir Richard Lee, die Zerstörung der Klostergebäude übertragen. Das Material verkaufte dieser mit hohem Gewinn. Am meisten brachte das Blei ein, mit dem die Abtei gedeckt war. Ohne Zögern wurde es von den Dächern gerissen und über einem Feuer, zu dem das Holz der Stallungen, des Getäfels oder Gitterwerkes diente, geschmolzen. Die Steine der abgebrochenen Klostergebäude wurden zum Straßen- und Hausbau verwandt. Es besteht kein Zweifel, daß viele neue Häuser in St. Albans und der Nachbarschaft aus Steinen, Holz und anderen Baumaterialien der zerstörten Abtei errichtet wurden.
Am Ende dieser Vernichtungsaktion blieben von der gesamten Klosteranlage nur die Kathedrale und das große Torhaus.

Man fragt sich, was wohl die vielen Zuschauer dachten, als sie sahen, wie die ihnen vertrauten Gebäude auf grausame Weise zerstört wurden. Kein Chronist berichtet über irgendeinen Protest. Im Jahre 1553 wurde die große Abtei-Kirche von St. Albans von den Bürgern der Stadt zu einem Preis von vierhundert Pfund erworben. Mit den beschränkten Mitteln, die der kleinen Stadt zur Verfügung standen, konnte der riesige Kathedralbau nicht unterhalten werden, und so begann der allmähliche Verfall.
Zu den wenigen Abtei-Kirchen, die wie die Kathedrale von St. Albans die Auflösung und Zerstörung der Klöster unter Heinrich VIII. überlebten, gehören Westminster, Gloucester und Peterborough.

Die königliche Bibliothek in der Erbfolge der Tudors

In seinem Palast in Whitehall lag König Heinrich VIII., 56 Jahre alt, im Sterben. Er befand sich im 38. Jahr seiner Regentschaft. Am 30. Dezember 1546 machte der König sein Testament. Er bereue seine Sünden, vertraue seine Seele Gott an und schrieb die Thronfolge fest: 1. Prinz Edward und dessen Nachkommen, 2. Prinzessin Maria und deren Nachkommen und 3. Prinzessin Elisabeth und deren Nachkommen.
Seit dem Fest des heiligen Stephanus war der König bettlägerig. Sein Gesundheitszustand versprach keine Aussicht auf Besserung; das Herz begann zu versagen, dann schlug es wieder wild und unregelmäßig. Gleichzeitig konnte sein Körper sich nicht mehr des Wassers entledigen. Die Ärzte nahmen ihm täglich gewaltsam den Urin ab, doch in der Behandlung waren sie hilflos. Die Wassersucht, die ihn wie einen Ballon aufschwellen ließ, machte ihm jede normale Bewegung unmöglich. Das Wasser und die Schwellungen, die seinen ganzen Körper unter Druck setzten, ließen ihn unberechenbar, jähzornig und mißtrauisch werden. Zwischendurch war er verwirrt und oft bewußtlos, so daß ihm ein langes Warten auf den Tod erspart blieb.
Als sich die Dunkelheit über den König senkte und seine Ärzte die Hoffnung aufgaben, baten sie diejenigen, die um den König wa-

ren, ihn an seinen sterblichen Zustand und an seine unheilbare Krankheit zu erinnern. Anthony Denny, der ihn pflegte, vermittelte ihm, in welchem Zustand er war. Nach menschlichem Ermessen habe es nicht den Anschein, daß er noch länger leben könne. Man schickte auf Wunsch des Königs zu Erzbischof Cranmer, der sich in Croydon aufhielt - eine Stunde weit südlich von London. Bevor dieser eintraf, hatte der König die Sprache verloren und war zeitweilig ohne Bewußtsein. Als er die Anwesenheit Cranmers bemerkte, streckte er ihm die Hand entgegen und hielt sie fest, ohne ihm ein Wort sagen oder ein Zeichen geben zu können.

Es war eine bitterkalte Nacht, alle Flüsse waren zugefroren und die Straßen vereist. In dieser Nacht vom 27. auf den 28. Januar 1547 gegen zwei Uhr morgens starb König Heinrich VIII. Erst am 31. Januar wurde der Tod des Königs offiziell bekanntgegeben und sein Sohn Edward als Edward VI. zum König ausgerufen. Der Leichnam des verstorbenen Herrschers wurde am 13. Februar nach Windsor überführt und, wie der König in seinem Testament bestimmt hatte, in einem Grab zwischen dem Chorgestühl und dem Hochaltar beigesetzt, in dem bereits zehn Jahre zuvor Jane Seymour ihre letzte Ruhestätte gefunden hatte.

Jahrzehnte später machte immer wieder das Gerücht die Runde, die sterblichen Überreste König Heinrichs VIII. hätten keine dauerhafte Ruhe an der Seite seiner dritten Frau und Mutter des Thronerben Edward gefunden. In der Regierungszeit seiner Tochter Maria, also zwischen 1553 und 1558, der Zeit der katholischen Restauration in England, soll Heinrichs Grab von Kardinal Reginald Pole geöffnet und der Leichnam des unbelehrbaren Kirchenspalters verbrannt worden sein.

Mit dem Tod Heinrichs VIII. war auch seine große Bibliothek im St. James-Palast an seinen Sohn, den jungen neuen König Edward VI. übergegangen. Mit erst neun Jahren trat er die Regentschaft an, regierte jedoch zunächst durch seinen Oheim Edward Seymour, Herzog von Somerset, dem es gelang, die entschieden protestantische Minderheit an die Macht kommen zu lassen. Demzufolge wurde auch der junge König Edward im protestantischen Glauben und in heftigen antipäpstlichen Ansichten erzogen. Edward war ein geistig frühreifes Kind, das schon mit sechs Jahren begonnen

hatte, Latein zu lernen. Mit zehn Jahren beherrschte er bereits die französische Sprache. So jung der von Natur aus eher kühle und reservierte König sein mochte, sein ernster, frühgereifter Sinn und seine ehrliche evangelische Überzeugung hielten am Protestantismus fest. So konnte Erzbischof Cranmer im Auftrag des Königs und des Staatsrates das neue wesentlich lutherische Glaubensbekenntnis der zweiundvierzig Artikel einführen.
Das wichtigste Ereignis der Regierungszeit Edwards VI. war 1549 die gesetzliche Verankerung der Reformation durch die Uniformitätsakte, durch die das „Common Prayer Book", die Regelung der anglikanischen Liturgie, verbindlich gemacht wurde. Doch alles, was bisher erreicht worden war, konnte zusammenbrechen, wenn die schwache Gesundheit des Königs ihm ein frühes Ende setzen und seine Stiefschwester Maria ihm folgen sollte, die Tochter der Katharina von Aragon. Maria, ganz katholisch und ganz spanisch gesinnt, hatte zu dem Land ihrer Geburt keine große Beziehung. Am 6. Juli 1553 trat genau das ein, was allgemein befürchtet worden war: Der junge König Edward VI. schied aus dem Leben, und mit ihm erlosch das Haus Tudor in männlicher Linie. Volk und Adel erkannten Maria Tudor als Königin an, die am 1. Oktober desselben Jahres als Königin Maria I. gekrönt wurde. Gleich nach ihrer Thronbesteigung wurde durch Parlamentsbeschluß die öffentliche Meßfeier wieder erlaubt und ein Jahr später die antipäpstliche Gesetzgebung aufgehoben. Am 18. November 1554 traf Kardinal Reginald Pole, Marias Vetter, in London ein und nahm die englische Nation wieder feierlich in die katholische Kirche auf. Im Februar des nächsten Jahres begann dann eine blutige Verfolgung der Protestanten, die 273 Opfer forderte.
Der Erzbischof von Canterbury und Reformator Thomas Cranmer, der König Heinrich im Tod hilfreich beigestanden hatte, wurde am 21. März 1556 in Oxford als Häretiker verbrannt. Bereits einen Tag später empfing Kardinal Pole die Weihe zum Erzbischof von Canterbury. Im Sommer 1555 erwiesen sich die Mutterhoffnungen von Maria I. als klägliche Täuschung; sie waren die Anzeichen einer gefährlichen, lebensbedrohenden Erkrankung. Die Thronfolge Elisabeths konnte jetzt nicht mehr zweifelhaft sein. Von ihrem Volk als „Bloody Mary" („Maria die Blutige") verabscheut, von

ihrem Gemahl Philipp II. von Spanien gleichgültig verlassen, beendete Maria ihr freudloses Leben am 17. November 1558, während in ihrem Zimmer im St. James-Palast die Messe gelesen wurde. In der nächsten Nacht starb Erzbischof Reginald Pole an einem umgehenden Wechselfieber. Beide verließen England, ohne die Kirche auf Dauer reorganisiert zu haben.
Als die Nachricht vom Tod der Königin im Parlament eintraf, atmete England auf - wie von einer furchtbaren Last befreit. Elisabeth war in Hatfield, als die Kunde sie erreichte, sie sei Königin von England. Sie äußerte weder Betrübnis noch Freude, sondern zog sich in ruhiger Verfassung zum Gebet zurück.
In der Regierungszeit Heinrichs VIII. wurden - mit brutalen und unmoralischen Mitteln - die politischen Voraussetzungen geschaffen, die es seiner Tochter Elisabeth I. ermöglichten, England für Jahrzehnte in Sicherheit und Wohlstand zu regieren. Elisabeth fand in den meisten von ihrem Vater nicht mehr gelösten Fragen vernünftige Kompromisse. Die religiösen Spannungen legte sie durch einen gemäßigten Reformkurs weitgehend bei.

Der vielsagende Blick

Es hatte lang anhaltend geregnet. Königin Elisabeth I. war in ihrer Kutsche vorgefahren, die Wagentür wurde geöffnet. Ihre Majestät wollte aussteigen, als sich folgende Begebenheit ereignete: Aus der Schar der Umstehenden, die die Königin empfingen, sprang ein vornehm gekleideter junger Mann auf die Kutsche zu, streifte seinen kostbaren - aber geliehenen - Samtmantel ab und legte ihn zuvorkommend und galant über eine Pfütze, so daß die Königin trockenen Fußes hinüberschreiten konnte. Von dieser charmanten Geste äußerst angetan, schenkte sie beim Übergehen des Mantels dem jungen Herrn einen vielsagenden Blick.
Schon immer hatte sie eine tiefe Sehnsucht nach ganz persönlichen Huldigungen und war auch jetzt im fortschreitenden Alter noch immer empfänglich für ein jugendlich schönes, stattliches Äußeres. Ihre Jahre wünschte sie nicht bemerkt zu sehen. Sie konnte auffahren, wenn von der Vergänglichkeit alles Irdischen

die Rede war, und liebte es, sich jugendlich zu kleiden. Elisabeth I. hatte, wie alle stolzen Tudors, einen hohen Begriff von ihrer Würde und dem Gehorsam, den man ihr schuldete.
Wer war dieser junge noble Herr, der auf so eindrucksvolle Weise der Königin den Hof machte? Wer war der gerade dreißig Jahre zählende stattliche Herr, der es geschafft hatte, das Auge der Königin auf sich zu lenken? Der mittellose Sohn eines kleinen Adeligen, der vertraut war mit schöner Literatur und die Fähigkeit besaß, Verse zu schreiben, sollte schon sehr bald als Günstling von Elisabeth I. den kostbaren Albani-Psalter besitzen.
Der Ruhm gewisser Taten war Walter Raleigh vorausgeeilt, so daß es für seinen Gönner, Graf von Leicester, ein leichtes war, Raleigh nach diesem persönlichen Vorspiel bei Hof einzuführen.
Auf einer Farm namens Hayes, die sein Vater gepachtet hatte, wurde Walter Raleigh 1552 geboren. Er war der vierte und jüngste Sohn des Gutsbesitzers von Fardell in Devonshire. Schon sehr früh erkannte man die angeborenen geistigen Fähigkeiten des Jungen, und seine Eltern schickten ihn mit sechzehn Jahren auf das Oriel-Kolleg der Universität Oxford. Hier studierte der junge Raleigh Philosophie und Redekunst, doch blieb er nicht lange auf der Hofschule, sondern schloß sich einer auf Königin Elisabeths Anregung gebildeten freiwilligen Truppe an, die den verfolgten Protestanten in Frankreich Hilfsdienste leisten sollte. Mit Begeisterung nahm er an dieser Kampagne für Glaubensfreiheit teil. Nach einem Aufenthalt von sechs Jahren kehrte Raleigh 1575 nach England zurück. In London widmete er sich ernsten Studien und lernte unter anderem Spanisch, um sich Einsicht in die Berichte der spanischen Historiker über Amerika zu verschaffen. Raleigh gönnte sich wenig Schlaf und nahm freiwillig an den Pflichten eines einfachen Soldaten und Seemanns teil. Seine unendliche und große Liebe galt der Literatur. Er kannte den Antiquar und Gelehrten Thomas Bodley, der mit Leidenschaft Bücher kaufte und später in Oxford eine Bibliothek stiftete.
Raleigh besuchte oft den Antiquar und tauschte Bücher aus. Dabei erfuhr er, daß Thomas Bodley auch Werke und wertvolle Manuskripte aus der aufgelösten Klosterbibliothek von St. Albans erworben hatte. Auf seinen späteren Seefahrten hatte Walter Raleigh

stets eine Kiste mit Büchern dabei, die er während mehrerer Stunden des Tages studierte.
Seine ersten überseeischen Expeditionserfahrungen machte Raleigh auf einer Forschungsreise, die er mit seinem Halbbruder, Sir Humphrey Gilbert, 1579 nach Nordamerika unternahm. Nach mancherlei Mißgeschick kehrten sie bald zurück. Raleigh war in große Lebensgefahr geraten, als eines der Schiffe in einem Gefecht mit den Spaniern unterging. Doch bot im darauffolgenden Jahr die Rebellion in Irland für Walter Raleigh eine neue Gelegenheit, sich im Kampf zu bewähren. Obwohl die Dichtung nur einen begrenzten Teil seiner ungeheueren Energien in Anspruch nahm, pflegte er sie täglich.
Mit dem Dichter Edmund Spenser verband Raleigh eine langjährige Freundschaft. Sie waren gleichen Alters. Spenser stand zunächst im Dienst von Robert Dudley, Graf von Leicester, den er sehr verehrte und durch den Raleigh an den königlichen Hof kam. In dem an Walter Raleigh gerichteten Einführungsbrief sagte Spenser, er habe sein Werk „The Faerie Queene" („Die Feenkönigin") in das Gewand einer historischen Fiktion gekleidet. In der Gestalt des Königs Arthur verherrliche er den Grafen von Leicester, die Feenkönigin Gloriana sei Sinnbild des Ruhmes und eine symbolische Verklärung der höchst ausgezeichneten Königin Elisabeth.
Da durch die Galanterie Raleighs, die er durch seine Geste mit dem Samtmantel der Königin gegenüber zum Ausdruck brachte, ihr Interesse an diesem gutaussehenden Mann geweckt war, bot sich für Raleigh bald eine Gelegenheit, der Königin einen Beweis auch seiner geistigen Fähigkeiten zu liefern. „Ich weiß nicht", schrieb ein zeitgenössischer Chronist, „worin die Überlegenheit der Ansichten Raleighs in dieser Kontroverse bestand; aber er brachte seine Argumente wesentlich besser vor und machte auf Ihre Majestät und die Lords einen nachhaltigen Eindruck. Im Handumdrehen hatte er die Königin für sich eingenommen."
Raleigh, der von Natur aus mit vielen Vorzügen bedacht war, verfügte über eine Reihe von hervorragenden Eigenschaften, vor allem Intelligenz und Schlagfertigkeit, die zu seinem schnellen Aufstieg in der Gunst Königin Elisabeths wesentlich beitrugen.

Der Günstling der Königin: Walter Raleigh

Raleigh war kaum dreißig Jahre alt und Elisabeth hatte fünfzig Jahre überschritten, als sie ihn zu ihrem Günstling machte. Er trat in den Kreis derer, die „Gloriana" in Gedichten huldigten, aber er war mehr als das: ein Dichter, ein Intellektueller und zugleich ein grandioser, rastloser, vielgeliebter und vielgehaßter Abenteurer, Kolonisator und Naturforscher. Raleigh ragte heraus durch Geist, Phantasie, genialen Schwung und Tatkraft, allerdings auch durch maßlosen Ehrgeiz und oft unerträgliche Hoffart. Er war sich seiner Anziehungskraft bewußt und nutzte sie geschickt und manchmal rücksichtslos aus, um die Gunst der Herrscherin zu erringen, Amt, Würden, Macht und Geld.

Stärkstes Gewicht in Raleighs Leben hatte die Beziehung zur Königin und durch sie zur Welt. Man bezeichnete ihn zwar als einen typischen Höfling - unter der Herrschaft einer autokratischen Königin mußte er jedoch auch diese Rolle einnehmen, um im öffentlichen und beruflichen Leben die höchsten Stufen zu erreichen, und nicht zuletzt, um für kostspielige Entdeckungsfahrten Geld vom Staat und aus dem persönlichen Fonds der Königin zu erhalten. Raleigh, dessen eigene Mittel beschränkt waren, benötigte Elisabeths Gunst, und er verfehlte nie, seinen großen Charme sowie seine untadeligen Manieren entsprechend einzusetzen.

Für Königin Elisabeth I., die sich ihrer welthistorischen Stellung voll bewußt war, bedeutete Walter Raleigh sehr viel. Sie gestattete ihm mehr Einfluß und gewährte ihm mehr Zuwendung, als es anderen Würdenträgern bei Hofe recht war. Wenige Jahre nach seiner Einführung am Hof erhielt Raleigh den Ritterschlag; er wurde zum Hauptmann der Leibgarde und 1587 zum Generalleutnant der Grafschaft Cornwall ernannt. Überdies wurde ihm eine Schenkung von zwölftausend Morgen des beschlagnahmten Grundbesitzes des irischen Grafen Desmond zuteil, und er bekam den einträglichen Posten des Lizenzgebers für die Weinhändler im gesamten Königreich.

Königin Elisabeth war sich der Persönlichkeit Raleighs voll bewußt: intellektuell von überragendem Niveau, ein unabhängiger

Denker, begabt als Dichter, gläubig, warmherzig, witzig, charmant und großzügig. Sein Weitblick und seine Vorstellungskraft kannten keine Grenzen. Obwohl sie ihn mit vielem überhäufte, gebot sie ihm in manchem Einhalt, denn zuviel durfte sich Raleigh nicht erlauben. Und als sie ihm als Königin einmal bedeutete, nur eine Herrin gäbe es am Hofe, jedoch keinen Herrn, wußte Raleigh einfür allemal Bescheid.

Beim Studium spanischer Dokumente über die Eroberungen in der Neuen Welt entdeckte Raleigh, daß die Spanier nicht nordwärts über den Golf von Mexiko hinaus vorgedrungen waren. Dieses Gebiet erschien ihm geeignet zur Kolonisierung. Königin Elisabeth stellte am 25. März 1584 Walter Raleigh einen Freibrief aus, „diejenigen fernen, heidnischen und barbarischen Gebiete, Ländereien und Territorien zu entdecken, aufzusuchen, zu finden und zu besichtigen, die gegenwärtig nicht im Besitz eines christlichen Herrschers sind und auch nicht von Christen bewohnt werden".

Die ersten Versuche, eine britische Kolonie in Amerika zu gründen und eine dauerhafte Siedlung in „Virginia" zur Ehre der jungfräulichen Königin zu schaffen, mißglückten. Doch indem Raleigh die öffentliche Aufmerksamkeit auf den neuen Erdteil lenkte, legte er den Grundstein für eine spätere Besiedlung und Plantagengründung. Bei der Rückkehr eines Schiffes von Raleigh wurde zum ersten Mal Tabak nach England gebracht, und Raleigh selbst propagierte die Sitte des Rauchens. Elisabeth, die dem Rauchen nicht abgeneigt war, geruhte Raleighs Tabak zu genießen. Als die Vorstellung von der pfeiferauchenden englischen Königin europaweit die Runde machte, hielten viele sie wegen dieses „widernatürlichen" Verhaltens nicht mehr für eine Frau.

Aber von noch weit größerer Bedeutung als der Tabak war die Anpflanzung der Kartoffel in Europa. Auch das gehörte zu den Errungenschaften Raleighs, der sie auf seinem Gut Youghal bei Cork in Irland zum ersten Mal anbaute. Als die Kartoffel zunächst als Delikatesse für die Tische der Reichen eingeführt wurde, Königin Elisabeth war wenig von ihr begeistert, ahnte man nicht, daß sie zu einem lebenswichtigen Nahrungsmittel werden würde.

Raleighs Ruhm erstreckte sich über England hinaus; er war nicht nur als Organisator überseeischer Entdeckungsfahrten und als

Sir Walter Raleigh und sein Sohn Wat

Gründer von Kolonien bekannt, sondern auch als Förderer der Wissenschaften. Im ereignisreichen Jahr 1588, als Philipp mit Spaniens Armada - gewaltig und auf dem Meer unschlagbar - Englands Macht zu vernichten drohte, nahm Sir Walter Raleigh aktiv an mehreren erfolgreichen Seegefechten teil, die zur Vernichtung der spanischen Armada beitrugen. In ihrer großen Freude über Raleigh fühlte sich die Königin veranlaßt, ihm ihre Anerkennung durch Ernennung zum „Gentleman des Geheimen Kronrats" zu erweisen. Nach einer weiteren Expedition zur Unterstützung des Königs von Portugal, an der Sir Walter Raleigh zusammen mit Sir Francis Drake teilnahm, ehrte man die Kommandeure durch die Verleihung einer Goldkette.
Doch Raleigh sollte nach seinen glänzenden Errungenschaften von Königin Elisabeth noch eine weitere kostbare persönliche Gabe erhalten. Schon in sehr jungen Jahren hatte Elisabeth ihre Liebe zu Sprachen und Büchern entdeckt. Sie lernte im Alter von zehn Jahren Italienisch und Französisch. Aus dem Werk von Marguerite de Navarre hatte sie einige Novellen übersetzt, einen kunstvollen Einband gestickt und ihr „Buch" voll Stolz an Königin Katharina Parr gesandt, die sechste und letzte Frau ihres Vaters, König Heinrichs VIII. Da Königin Elisabeth um die gleiche Liebe zu Büchern bei Raleigh wußte, beschloß sie, ihm ein kostbares Manuskript aus ihrer königlichen Bibliothek im St. James-Palast zu übereignen: sie wählte den Albani-Psalter oder „Psalter der Christina von Markyate" und überreichte ihn in einer feierlichen Geste Sir Walter Raleigh. Vorher hatte sie das Buch durchgeschaut und peinlichst genau darauf geachtet, daß an keiner Stelle das Wort „Papa" („Papst") erschien.
Als Papst Paul IV. zu Beginn ihrer Regentschaft sich weigerte, ihr Recht auf den Thron anzuerkennen und die Unterwerfung unter seine Entscheidung forderte, vollzog Königin Elisabeth I. in ihrem Herzen wie auch äußerlich den Bruch mit Rom. Sir Walter Raleigh unterstützte seine Königin beim Aufbau der anglikanischen Hochkirche, indem er sich schon als junger Mann im Namen der Königin für die Glaubensfreiheit in Frankreich einsetzte, wie auch später in England, um die Landeskirche zu einen und sie unter die Leitung der Monarchin zu führen. Da der Königin die Psalmen des

Alten Testamentes in besonderer Weise lieb und vertraut waren und sie trotz des protestantischen Gottesdienstes und Glaubensbekennntnisses in ihrer Hierarchie und in ihrem Herzen dem Katholizismus nahestand, war sie sicher, im Albani-Psalter das rechte Buch für Raleigh gefunden zu haben.
Er hielt den „Psalter der Christina von Markyate" ehrenvoll in Händen und dankte Ihrer Majestät herzlich in aller Höflichkeit.

Eine heimliche Ehe

Auf dem Gebiet des kirchlichen Lebens behauptete Königin Elisabeth I. die Alleinherrschaft der anglikanischen Staatskirche. Doch auch innerhalb dieser Kirche erhoben sich Streit und mannigfache Schwierigkeiten. Es entstand eine Richtung, die die königliche Kirchenherrschaft verwarf, sich auf die Gemeinde gründete und den Gottesdienst von manchen katholischen Eigentümlichkeiten reinigen wollte. Daher gerieten die „Puritaner" in heftigen Streit mit der herrschenden Partei, sonderten sich von der Staatskirche ab, gestalteten ihren Gottesdienst nach calvinistischer Art und standen durch finstere Sittenstrenge im Gegensatz zu den natürlichen Freuden des Lebens.
Die Freuden des Lebens hatten aber auch am elisabethanischen Hof ihre Grenzen. Die Sittlichkeit und Keuschheit wurden von der Königin hoch geachtet. Zuchtlosigkeit auf sexuellem Gebiet konnte sie nicht verzeihen. Raleighs Rivalen und Neider hatten 1592 am Hof allerhand Gerüchte über sein Privatleben verbreitet, unter anderem, daß er eine geplante Expedition nur antreten wolle, um einer Heirat zu entgehen. Am 6. Mai 1592 stach Sir Walter Raleigh mit seiner Flotte in See, wurde jedoch bald von Briefen der Königin eingeholt, die ihn zurückbeorderten. Obgleich er sich entschloß, dem Befehl der Königin Folge zu leisten, nutzte seine Expedition noch die Möglichkeit, die „Madre de Dios" zu kapern - eines der größten Schiffe Portugals und zugleich das wertvollste je nach England eingebrachte Schiff. Als sie am 7. September in Darthmouth eintraf, büßte Sir Walter bereits im Tower seine Liebesintrigen ab. Was war geschehen?

Eine der Hofdamen der Königin hatte solch einen Eindruck auf Sir Walter Raleigh gemacht, daß dadurch die glühende Verehrung, die er für Königin Elisabeth hegte, ein wenig abgekühlt war. Die Ehrendame, auf die Sir Walters Blick gefallen war, hieß Elisabeth Throckmorton - er nannte sie „Bess". Diese schöne junge Frau mit blauen Augen und blonden Haaren war die Tochter des Sir Nicholas Throckmorton, des königlichen Botschafters in Paris. Königin Elisabeth dagegen trug Perücken. Eine dunkelhaarige befand sich neben zahlreichen roten in ihrem Nachlaß, doch trat sie mit keiner anderen Haarfarbe als Rot in der Öffentlichkeit auf.
Obwohl Sir Walter und Bess heiraten wollten, konnten sie die Zeit nicht erwarten, so daß auch Königin Elisabeth die Folge der Liebschaft nicht verborgen blieb. Sie empfand Raleighs Verhalten als persönliche Beleidigung, weil er das große Vertrauen, das sie in ihn setzte, gebrochen hatte. Aber auch politisch war sie von ihm enttäuscht, da es sich um eine Beeinträchtigung des Privilegs handelte, demzufolge die Zustimmung der Königin zur Heirat einer ihrer Hofdamen erforderlich war. Elisabeth vertrat Elternstelle bei ihren jungen Ehrendamen, und wer von ihnen nicht auf die jungfräuliche Ehre achtete, kam einer Priesterin der Vesta gleich, die das Gelübde der Keuschheit gebrochen hatte.
Elisabeth Throckmorton genoß wie die anderen Hofdamen eine viel beneidete Stellung. Da sie täglich mit der Königin zusammen war und zudem ein freundliches und liebevolles Wesen besaß, gehörte sie zu den bevorzugten Damen und genoß in besonderer Weise die Freundschaft der Königin. Elisabeth I. übernahm nicht nur für die Lebensführung und die Moral ihrer Hofdamen die Verantwortung, sondern auch für ihre Heirat. Wer allerdings verantwortungslos und pflichtvergessen handelte, beleidigte damit zutiefst die Herrscherin. Daher ist es verständlich, daß die Königin ein Verhalten wie das der Elisabeth Throckmorton und Raleighs nicht durchgehen lassen wollte. Das schuldige Paar mußte für sein Vergehen büßen, nicht weil Elisabeth eifersüchtig auf die beiden Verliebten war, sondern da solche Vorkommnisse dem Ansehen der Königin und dem ihres Hofes großen Schaden zufügten.
Gleich nach Raleighs Rückkehr wurden er und seine Geliebte in den Tower gesperrt. Alle Ämter, die ihm freien Zugang zur Köni-

Sherborne, Landsitz von Walter Raleigh
Zeichnung von James Gibb

gin gewährten, wurden ihm sofort genommen. Doch einige Wochen später, Ende September 1592, wurde Raleigh die Freiheit wiedergeschenkt. Seine Bess, die er heimlich geheiratet hatte, konnte bereits vor ihm den Tower verlassen. Königin Elisabeth war gnädig. Sie ließ Walter Raleigh das Gut in Sherborne, das sie ihm in glücklicheren Jahren geschenkt hatte, damit er dort seine Familie gründen konnte. Doch der Zutritt bei Hof war ihm vorerst nicht gestattet.

Die Zurückgezogenheit mit seiner Frau Bess auf dem Landgut - in Erwartung eines Kindes - bedeutete besonders für Sir Walter einen neuen und wesentlichen Schritt in seinem Leben. Er pflanzte in seinem Park eigenhändig Blumen, Bäume und Büsche und erfreute sich besonders an Pflanzen, die ihm Seeleute aus Übersee mitbrachten. Diese kannten Raleighs Vorliebe für exotische Flora und Fauna. In den Wintermonaten hielt sich Raleigh viel in seiner Bibliothek auf, in der sich auch das kostbare Geschenk der Königin befand: der Albani-Psalter. Besonders Bess betrachtete mit großer Aufmerksamkeit und Ergriffenheit die Miniaturen des Alexis-Meisters.

In freudiger Erwartung sahen Walter und Bess der Geburt ihres Kindes entgegen. Im Frühjahr 1593 kam ihr Sohn zur Welt, der am Allerheiligentag in der Kirche von Lillington bei Sherborne auf den Namen seines Vaters Walter getauft wurde. Doch nannte man ihn Zeit seines leider nur kurzen Lebens „Wat".

Sir Walter Raleigh, der nun als Gutsherr auf Sherborne lebte, Landwirtschaft betrieb, viele Besucher aus aller Welt empfing und auch in seiner näheren Umgebung durch seine Hilfsbereitschaft Anerkennung erntete, war es noch immer nicht vergönnt, sich dem Hof zu nähern. Er widmete sich neben den notwendigen Aufgaben auf dem Gut sehr liebevoll seiner Familie und schrieb in stillen Stunden Gedichte, die er Königin Elisabeth widmete. Allmählich schien jedoch das königliche Mißfallen gegen Raleigh zu verebben. Er kam wieder in Gnade, nachdem er im Parlament in einer Frage der Subvention für die Privatkasse der Königin energisch Elisabeths Interessen vertreten hatte - doch das alte, enge Band zwischen Sir Walter Raleigh und Königin Elisabeth I. war zerrissen.

Der Traum von El Dorado

Obwohl Walter Raleigh sehr glücklich mit Bess und seinem Sohn Wat auf Sherborne lebte, überfiel ihn Melancholie, die ihn von großen weiten Reisen träumen ließ. In ihm reifte ein Projekt, mit dem er sich fortan beschäftigte. Seine Augen und Gedanken waren auf nichts anderes gerichtet als Guyana, und die Gerüchte vom Gold und El Dorado ließen die Abenteuerlust in Raleigh wieder erwachen. Raleigh, der erkannt hatte, daß die Gunst der Königin im Abnehmen war, erhoffte sich durch die Entdeckung eines Inka-Reiches nicht nur Ruhm, sondern auch die erneute Anerkennung des Hofes. Würde es ihm gelingen, die Truhen der Königin mit den Schätzen von El Dorado zu füllen? Er träumte davon, sich die Gunst Elisabeths auf diese Weise erkaufen zu können. Daher unternahm er selbst die spektakuläre Reise, die er nach seiner Rückkehr in einem Buch ausführlich beschrieb. Raleigh hatte in einem Bericht von Pater Gumilla gelesen, auf dem Weg nach Bogotá gäbe es ein goldreiches Land, dessen Herrscher sich bei öffentlichen Feiern über und über mit Goldstaub bedecke. So wurde er „El dorado" genannt, Spanisch für „der Vergoldete", ein Begriff, der schließlich auf die gesamte Gegend übertragen wurde.
Als Walter Raleigh sich 1595 auf seine erste Guyana-Reise begab, wußte er sehr wohl, daß El Dorado von manchen Leuten als Phantom bezeichnet wurde, als List des Satans, um die Menschen ins Verderben zu locken. Andere wiederum unterstützten ihn in der Annahme, er wolle den christlichen Glauben verbreiten und allgemeines geographisches Wissen erweitern.
Sir Walter Raleigh unternahm die abenteuerliche Fahrt nach dem für goldreich gehaltenen Guyana, plünderte auf der Insel Trinidad und fuhr dann in Booten sechshundert Kilometer den Orinoko hinauf, trotz reißender Strömungen, tückischer Untiefen, brennender Sonnenhitze und strömender Regengüsse, bis ihn Erschöpfung und Mangel an Nahrung zur Umkehr zwangen.
So erstaunlich und überraschend die Ereignisse und Errungenschaften im Leben Walter Raleighs auch waren - seine „Entdeckung von Guyana" darf als Höhepunkt bezeichnet werden.

Diese Reise und der Bericht brachten ihm einerseits großen Ruhm, andererseits - das erhoffte Gold hatte er nicht mitbringen können - ließen Raleighs Behauptungen berechtigte Zweifel an seiner Wahrheitsliebe aufkommen. Ein weiterer Punkt war die Kritik, Raleigh habe übertriebene Aussagen von den Mineralschätzen Guyanas gemacht. Wenngleich sich auch viele durch Raleighs Buch „Entdeckung von Guyana" zur Kritik herausgefordert sahen, fand sein Werk - in einem klaren und einfühlsamen Stil geschrieben - großen Anklang und nachhaltige Verbreitung. Es erregte nach seinem Erscheinen in England so viel Aufsehen, daß es in die wichtigsten europäischen Sprachen übersetzt wurde. 1599 veröffentlichte der bekannte Geograph Levinus Hulsius in Nürnberg auf eigene Kosten eine deutsche Ausgabe.
Trotz seiner Lobeshymnen auf El Dorado und Manoa, das Raleigh nie erreicht hatte, war Königin Elisabeth ihm nicht sonderlich zugetan. Die Geschenke, die er Ihrer Majestät zu Füßen legte, waren gering, sein Reden dafür gewaltig. In einem Brief an seinen Freund Sir Robert Cecil schrieb Walter Raleigh: „Es grämt mich, welche Schwierigkeiten und Qualen ich in Kauf nehmen muß, um auch nur die kleinste Gunstbezeugung zu erlangen. Und doch weiß Ihre Majestät, daß ich bereit bin, Ihr alles, was ich habe, zu opfern und eines Tages mein Leben für Sie hinzugeben."
Die Distanz zur Königin währte jedoch nicht sehr lange. Schon ein Jahr nach seiner Rückkehr aus Guyana nahm Raleigh an einer militärischen Expedition gegen die Spanier in Cádiz teil, die Graf Essex, der neuerliche Günstling der Königin, leitete. Der segensreiche Ausgang brachte Walter Raleigh der Königin wieder nahe.
In den kommenden Jahren, als Raleigh viel in London und am königlichen Hof weilte, widmete er sich erneut der Literatur, der Poesie und der Schauspielkunst. Im Jahr 1576 wurde auf Veranlassung des Grafen von Leicester und der von ihm und der Königin besoldeten Schauspieler das erste feste Theatergebäude errichtet. Es entstand außerhalb der Stadt in einem Freibezirk eines früheren Dominikanerklosters und erhielt daher auch seinen Namen als „Theater bei den schwarzen Brüdern" („Blackfriars"). Gespielt wurde nachmittags bei Tageslicht. Die Bühne war beschränkt, da die Vornehmen das Privileg besitzen wollten, rechts

und links auf ihr selbst Platz zu nehmen. Sollte ein Schauplatz wechseln, so wurde auf einer Tafel der neue angeschrieben; außerdem verrieten schwarze Teppiche, daß ein Trauerspiel, hellfarbige, daß ein Lustspiel zur Aufführung kam. Alle Darstellungsmittel waren einfach, nur in der Kleidung wurde ein gewisser Luxus sichtbar. Es war nicht die Ausstattung, sondern die Dichtung, die die Zuschauer packte und anzog.
Hier in der Truppe der Schauspieler des Grafen von Leicester sah Walter Raleigh zum ersten Mal William Shakespeare. Dieser hatte in Stratford nicht die Möglichkeit, seine anwachsende Familie angemessen zu ernähren, und sich daher entschlossen, in London am Blackfriars-Theater zu arbeiten. Wegen seiner würdigen und stattlichen Gestalt übernahm er meist Königsrollen, begann jedoch sehr bald damit, seine dichterischen Anlagen zu entfalten.
Als Walter Raleigh 1595 aus Guyana zurückkam, hatte Shakespeare das Globe-Theater in Bankside rechts der Themse als Sommertheater eröffnet, während im Blackfriars-Theater im Winter gespielt wurde.
Die „Mermaid" („Seejungfrau") in Southwark an der Themse war eine Schenke, in der sich viele Schriftsteller trafen. Hier kam Raleigh sehr häufig mit William Shakespeare zusammen, der sich durch den Umgang mit geistvollen Männern neue Anregungen für sein Schaffen versprach. Bekanntschaften schloß Raleigh ebenfalls mit John Donne, dem metaphysischen Poeten, Ben Jonson, der wegen Tötung eines Schauspielers im Duell eine Gefängnisstrafe abbüßen mußte, und dem jungen Fletcher, der später zusammen mit Francis Beaumont viele Dramen schrieb.
Auch Königin Elisabeth I. schätzte William Shakespeare als Schauspieler und Dichter. In der Komödie „Verlorene Liebesmüh", die Weihnachten 1597 vor der Königin uraufgeführt wurde, nimmt sich Shakespeare in einer Karikatur die Persönlichkeit Sir Walter Raleighs vor. In diesem Stück, das vor allem Sprache und Sprachwitz zum zentralen Gegenstand des komischen Geschehens macht, ist Walter Raleigh in dem spanischen Don Adriano de Armado wiederzuerkennen. Mit bombastischem Redeschwulst wirbt Don Armado um ein einfaches Bauernmädchen.

Prozeß wegen Hochverrats

Für Sir Walter Raleigh begann das letzte Kapitel seines Lebens - und damit auch ein neues in der Geschichte des Albani-Psalters - mit dem Tod Königin Elisabeths.

Im Februar des Jahres 1603 starb zum größten Leidwesen der Königin die Gräfin von Nottingham. Sie war eine Cousine Elisabeths, ihre frühere Hofdame, vor allem aber ihre Freundin. Der Schmerz über diesen Verlust brachte die Niedergeschlagenheit zurück, unter der die Königin bereits in früherer Zeit gelitten hatte. In diesem Winter mußte sich Elisabeth den Krönungsring, den sie mit fast abergläubischer Liebe nie vom Finger gezogen hatte, abnehmen lassen, da er eingewachsen war. Viele mutmaßten, das Ablegen dieses Ringes, der durchgefeilt werden mußte, symbolisiere das Ende ihrer Ehe mit dem Staat. Anfang März wurde die Königin von heftigen Fieberschüben ergriffen; sie irrte ruhelos in ihren Gemächern umher, fand nachts keinen Schlaf, und ihre Kräfte nahmen zusehends ab. Um die Mitte des Monats weigerte sie sich, irgend etwas zu sich zu nehmen; auch die Medikamente ihrer Ärzte schlug sie aus. Obwohl Elisabeth bis auf die Haut und Knochen abgemagert war und ständig fieberte, hörte sie weder auf die besorgten Proteste ihrer Hofdamen noch auf die Ratschläge der Ärzte. Sie weigerte sich, ins Bett zu gehen, da sie wußte, sie würde dann nicht mehr aufstehen. Elisabeth legte sich auf Kissen, die sie auf dem Boden ausgebreitet hatte, und dämmerte vor sich hin - stundenlang, gequält von einem unsäglichen Kummer, der sie vom Schlaf abhielt. Irgendwann in diesen Märztagen trug man sie in ihr Bett, als sie schon die meiste Zeit bewußtlos war. Sie wollte sterben. Der letzte Dienst, den sie allen Umstehenden erwies, war ein schneller Tod. Nach einem klaren Gespräch mit Erzbischof Whitgift kehrte sie das Gesicht zur Wand und verschied, ohne Todeskampf, ganz ruhig, zwischen zwei und drei Uhr morgens.

Fünfundvierzig Jahre regierte Königin Elisabeth I., als sie am 24. März 1603 im Alter von siebzig Jahren im Richmond-Palast starb. Einen Tag zuvor hatte sie zugestanden, daß James VI. von Schottland ihr Nachfolger werden sollte - der Mann, ein Stuart und kein

Tudor, den sie sich am wenigsten gewünscht hatte. Gestützt auf eine solide Finanzpolitik war es ihr vergönnt, eine starke Krongewalt herzustellen. Hauptgegner war Spanien, dessen König Philipp II. zu Beginn der Herrschaft Elisabeths vergeblich eine Heirat mit ihr angestrebt hatte. An der Macht, die sie geschaffen hatte, war das spanisch-katholische Weltreich zerschellt.

Maria Stuarts einziger Sohn, König James VI. von Schottland, zog, ohne auf viel Widerstand zu stoßen, als König James I. in London ein. Die Schotten machten sich jedoch bei den Adeligen und dem englischen Volk recht unbeliebt. Die Persönlichkeit von James I. war mehr dazu angetan, den Widerspruch herauszufordern als zu entwaffnen, und der König begann, überall Feinde und Verschwörer zu wittern. Sir Walter Raleigh gegenüber war er sehr voreingenommen, denn vor James' Thronbesteigung in England hatte er bereits Gerüchte vernommen, Raleigh plane eine Verschwörung. Doch konnte er Raleigh vorerst nichts nachweisen. Dem mißtrauischen, unansehnlichen neuen Herrscher war der stattliche, elegante, selbstsichere Raleigh ein Dorn im Auge. Hinzu kam, daß Sir Walter Raleigh bei den Frauen besonders angesehen war und sie liebte, König James I. sich jedoch mehr zu Männern hingezogen fühlte. Obwohl es dem neuen Stuart auf dem englischen Thron nicht an natürlichem Scharfblick fehlte, denn er hatte ein vortreffliches Gedächtnis und verfügte über eine hohe theologische Bildung, stand er allein schon wegen seiner presbyterianischen Erziehung bei den Anglikanern in keinem großen Ansehen. Seine wenig höfischen Manieren und sein Aussehen selbst trugen zu seiner Unbeliebtheit bei. Er war mittelgroß und bewegte sich schwerfällig auf unsicher schreitenden rachitischen Beinen. Nur zu Pferde nahm er sich besser aus. Wenn König James I. in seinem schottischen Dialekt sprach, schien seine Zunge zu groß für den Mund zu sein. Trank er zuviel Whiskey, so sah es aus, als müsse er das Getränk kauen. Man sagt, er sei wasserscheu gewesen und habe nur sehr unregelmäßig seine Kleidung gewechselt.

Sir Walter Raleigh war ein Mann des genauen Gegenteils. Daß er das Rauchen in England eingeführt hatte, nahm James I. ihm von vornherein sehr übel. Der König selbst verfaßte einen scharfen Gegenangriff auf den Tabak, den er sogar drucken ließ:

Das Rauchen ist Sünde und wie die Trunkenheit Quelle aller Laster. Rauchen ist nicht nur ein Ausdruck der Eitelkeit, sondern auch eine Verachtung der natürlichen Gaben Gottes. Das Angenehme des menschlichen Atems wird vorsätzlich durch stinkenden Rauch verdorben. Es ist für mich unfaßbar, wie ein Brauch, der aus einem so widerlichen Land stammt und von einem so verhaßten Kerl eingeführt wurde, derart willkommen geheißen werden kann.

Sir Walter Raleigh hatte schon nach kurzer Zeit den Stolz von König James durchschaut, der zwar hochmütig auf sein Königsrecht pochte, im Grunde jedoch von einigen unwürdigen Günstlingen abhängig war, die er mit verschwenderischer Freigiebigkeit ausstattete. Zu seinen engsten Freunden gehörte der geschmeidige und einnehmende George Villiers, Herzog von Buckingham. Ihn liebte der König, nannte ihn seinen „süßen, teuren Steny" und überhäufte ihn mit Ämtern und Einkünften.
Sir Walter Raleigh dagegen war verständlicherweise König James nicht genehm. Bereits einige Monate nach dem Tod von Elisabeth I. entfernte der König den „gefährlichen Kerl" aus seiner Nähe, indem er ihn von seinem Offiziersposten als Hauptmann der Leibgarde entließ und ihm damit den Zutritt zum Palast verwehrte. Allein neue Gerüchte über ein Komplott Raleighs - er wolle Lady Arabella Stuart, die Cousine des Königs, auf den Thron bringen - reichten König James für einen Hochverratsprozeß.
Selbstverständlich war Raleigh mit der auswärtigen Politik Englands, besonders der gegenüber Spanien, nicht einverstanden. Obgleich Spanien, an der Spitze der katholischen Welt, Vorbereitungen zum Kampf gegen den Protestantismus traf, versuchte König James I. mit diesem Land in freundschaftlichstem Einvernehmen zu leben. Er war nur allzugern bereit, den Mann zu opfern, in dem das Bewußtsein des unversöhnlichen Gegensatzes beider Mächte am lebendingsten war: Walter Raleigh.
Bereits ein halbes Jahr nach dem Regierungsantritt König James' saß Raleigh als Gefangener im Tower und wartete auf seinen Prozeß, dessen Ausgang vorher feststand. Die Anklage lautete auf Hochverrat. „Ich werde Euch beweisen", schrie ihn der General-

staatsanwalt nach Verlesung der Anklageschrift an, „daß Ihr der schlimmste Verräter seid, der je auf der Anklagebank saß!" Sir Walter Raleigh bewahrte seine Haltung. Es war das letzte Mal in der Geschichte des englischen Gerichtshofes, daß die traditionellen Urteilsworte für Hochverrat verlesen wurden:

Da Ihr dieser schrecklichen Verschwörungstaten für schuldig befunden worden seid, sollt Ihr im Tower bis zum Tag der Hinrichtung gefangengehalten werden. Dann sollt Ihr auf dem Henkerskarren durch die öffentlichen Straßen zum Richtplatz gefahren werden, um dort gehängt, aber noch lebend abgeschnitten zu werden. Euer Leib soll aufgeschlitzt, Euer Herz und Eure Gedärme herausgerissen, Eure Geschlechtsteile abgeschnitten und vor Euren Augen verbrannt werden. Dann soll Euer Kopf abgehackt und Euer Leib gevierteilt werden. Und möge sich Gott Eurer Seele erbarmen.

Der Tag der Hinrichtung wurde festgesetzt: 10. Dezember 1603. Bischöfe, Kronräte, Adelige wie auch das Volk setzten sich durch Proteste und Gnadengesuche beim König für Raleigh ein: mit Erfolg. Wie lange er aber als Gefangener des Königs im Tower bleiben sollte, stand nicht fest - vielleicht Jahre oder ein Leben lang?

„Geschichte der Welt"

Der Verwalter des Tower, Sir George Harvey, der schon seit langem ein Verehrer Raleighs war, verschaffte ihm - gegenüber den anderen Gefangenen - viele Annehmlichkeiten. Sie speisten allabendlich an Sir Georges Tisch ...

Raleigh, der niemals untätig sein konnte, wandte sich wieder seiner literarischen Arbeit zu. Er verfaßte zwar zwischenzeitlich viele Petitionen, doch blieben diese zunächst erfolglos. Das Werk, das sich Raleigh vorgenommen hatte, war gewaltig. Er schrieb eine neue Weltgeschichte, die der Erziehung Heinrichs gewidmet sein sollte. Heinrich war der hochbegabte junge Sohn von König James I. und seiner Frau Anne von Dänemark, der im Jahre 1612 acht-

zehnjährig an Typhus starb. Die „Geschichte der Welt" sollte sich von der Erschaffung des Menschen über den Aufstieg und Verfall der europäischen Zivilisation bis in Raleighs Gegenwart erstrecken. In gefälligem Prosastil versuchte er, wie er im Vorwort schreibt, Gottes Gericht über die Bösen dieser Welt darzustellen. Sieben Jahre benötigte Walter Raleigh, um den ersten - und einzigen - Band seiner Universalgeschichte zu verfassen, der 1614 gedruckt und herausgegeben wurde. Ausführlich geht er darin auf die Geschichte, Religion und Wissenschaft der Juden ein sowie auf die Geschichte und Mythologie Griechenlands und Roms. Der erste Band, der eine reichhaltige Mythen- und Legendensammlung enthält, endet mit dem Beginn des römischen Imperiums.
Obwohl König James dazu bemerkte, Raleigh ginge allzu frech mit den Fürsten um, fand das Buch nicht nur in königlichen Kreisen, sondern auch beim Volk sofort großen Widerhall.
Sir Walter Raleigh, der die Vergünstigung besaß, im Tower die Verbindung zur Außenwelt aufrechtzuerhalten, bediente sich beim Schreiben der Mitarbeit einiger seiner gelehrten Freunde. Nach dem Tod seines jungen Freundes jedoch, des Prinzen Heinrich, schwand Raleighs Interesse an dem monumentalen Plan, und er nahm die Arbeit daran nicht wieder auf.
Sir Walter Raleigh saß bereits über zehn Jahre als Gefangener des Königs im Tower. Wiederholt hatte er König James I. und dem Kronrat Memoranden unterbreitet über die Vorteile einer neuen englischen Expedition nach Guyana und die Suche nach El Dorado. Vor seinem Lebensende würde er gern dem Königshaus einen Dienst erweisen, wie er selten geleistet wurde. Die lange Fahrt über den Atlantik sei schlimmer als die Gefangenschaft im Tower. Das gesamte Risiko wolle er selbst auf sich nehmen und die Kosten tragen ... Vorerst jedoch erhielt Raleigh keine Antwort.
Hoffnung erweckend und ein großer Trost war der Besuch seines heranwachsenden Sohnes Wat im Tower. Bei ihm, der einen Sinn dafür hatte, konnte Raleigh über seine vergangenen Expeditionen sprechen und von den zukünftigen träumen. In Wat und dessen Freund Robert Meering, den er zu seinem Vater mit in den Tower bringen durfte, entstand durch die Erzählungen von Guyana eine geheime Sehnsucht nach diesem Land. Die Jungen hingen an Ra-

leighs Mund, wenn er von El Dorado zu reden begann, und sie wünschten sich nichts sehnlicher, als selbst einmal eine solche Expedition begleiten zu dürfen:

„Wäre Kapitän Preston zu uns gestoßen, und wären wir nur zehn Tage früher eingetroffen, ehe die Flüsse über ihre Ufer traten, hätten wir es gewagt, zu der großen Stadt Manoa vorzudringen oder zumindest so viele andere Städte auf dem Weg einzunehmen, daß wir eine königliche Beute mit nach England hätten bringen können.

Aber es hat Gott nicht gefallen, mir damals so viel Gunst zu erweisen. Sollte es mir beschieden sein, dieses Ziel weiter zu verfolgen, so will ich gern den Rest meines Lebens darauf verwenden; und wenn es euch gelänge, diese Eroberungen zu vollbringen, so versichere ich euch, daß ihr damit mehr erreichen werdet als je Cortez in Mexiko oder Pizarro in Peru. Der eine eroberte das Reich des Montezuma, der andere das von Guascar und Atabalipa, und wer auch immer El Dorado beherrschen mag, er wird Machthaber sein über mehr Gold, über ein schöneres Reich und über mehr Städte und Menschen als der König von Spanien."

Oft gesellte sich Sir George Harvey, der Verwalter des Tower, zu Raleigh und seinen jungen Besuchern, um die abenteuerlichen Berichte und Erzählungen zu hören. Im Beisein von Wat und Robert erzählte dieser, daß sich eine neue Gruppe antispanisch-gesinnter Männer um König James geschart habe, die einen großen Einfluß ausübten. Da England tief verschuldet sei, suche man händeringend nach neuen Einnahmen. Vielleicht, so sagte Sir George Harvey, bevor er die beiden Jungen aus dem Tower führte, bestehe gerade jetzt eine Möglichkeit, die neuen Expeditionspläne für Guyana dem Kronrat vorzulegen.

In dieser Nacht erwachte nicht nur in Sir Walter Raleigh eine neue Hoffnung, daß der Traum von El Dorado Wirklichkeit werden könne, sondern auch Wat und Robert Meering konnten es nicht mehr erwarten, bis sie das nächste Mal zu einem Besuch im Tower zugelassen wurden.

Tatsächlich begann ab 1614, der Veröffentlichung des ersten Bandes seiner „Weltgeschichte", die Situation für Sir Walter Raleigh eine wesentlich bessere zu werden. Bevor jedoch diese Veränderung eintrat, verging weit über ein Jahr. Wat, der nun einundzwanzig Jahre zählte, kam regelmäßig mit seinem um ein Jahr älteren Freund Robert Meering in den Tower. Durch die spannenden und abenteuerlichen Erzählungen von Wats Vater, der kein Detail ausließ, wenn er nach seinen Reiseerlebnissen und neuen Plänen gefragt wurde, waren die beiden jungen Männer derart begeistert, daß sie sich in Gedanken auf eine Expedition vorbereiteten, an der sie selbst teilnehmen wollten.

„Die Amazonen leben an der Südseite des Flusses im Gebiet von Topago. Ihre Hauptwohnstätte und ihr Zufluchtsort liegt auf der Südseite der Mündung eines Stromes auf den Inseln, etwa 60 Meilen landeinwärts von der Mündung. Die Erinnerungen an jene Frauen sind sehr alt, sowohl in Afrika als auch in Asien. In Afrika gab es die, deren Königin Medusa war. Andere wohnten in Skythien, an den Flüssen Tanais und Thermadon. Man hörte auch, daß Lampedo und Marthesia Königinnen der Amazonen waren. Viele Überlieferungen bestätigen ihre Existenz, zu verschiedenen Zeiten und in verschiedenen Gegenden. Doch jene, die nicht weit von Guyana wohnen, paaren sich mit Männern einmal im Jahr und nur einen Monat lang. Alle Könige der Nachbarländer versammeln sich zu dieser Zeit bei den Königinnen der Amazonen. Nachdem die Amazonen ihre Wahl getroffen haben, losen die übrigen um ihre Liebhaber. Sie feiern und tanzen und trinken Wein in Hülle und Fülle, dann kehren sie in ihre Wohnbereiche zurück. Haben die Amazonen empfangen und gebären einen Sohn, schicken sie diesen zu seinem Vater. Ist es eine Tochter, so nähren und behalten sie diese. Alle, die Töchter gebären, schicken den Erzeugern ein Geschenk, denn sie begehren, ihr Frauengeschlecht und ihren Stamm zu vermehren; aber ich habe es nicht bestätigt gefunden, daß sie sich die rechte Brust abschneiden.

Weiter hat man mir erzählt, daß sie, wenn sie Kriegsgefangene nehmen, sich jederzeit mit ihnen paaren, sie jedoch am Ende töten. Man sagt ihnen nach, sie seien sehr grausam und blutrünstig, besonders denen gegenüber, die in ihr Land einzudringen drohen. Die Amazonen besitzen große Schätze an Gold, das sie im Austausch gegen eine Art grüner Steine erwerben, die von den Spaniern Piedras Hiiadas genannt werden."

Poesievoll zu erzählen und zu schreiben, andere mitzureißen und zu begeistern war Teil des Lebens wie auch der Karriere Sir Walter Raleighs. Obwohl er die Wechselhaftigkeit irdischer Verhältnisse und Gefühle, Urteile von Freunden, Hohn und Schadenfreude von Feinden zur Genüge erfahren hatte, jubelte sein Herz, wenn die jungen Leute ihm aufmerksam und hingebungsvoll zuhörten.

„Je weiter wir kamen, desto schwächer wurden wir, denn wir mußten mit immer weniger Nahrung auskommen und mit einer Luft, die uns sehr ermattete. Als wir Stärke und Geschwindigkeit am nötigsten gebraucht hätten, wurde die Gegenströmung im Fluß stündlich reißender. Die Barkasse, Jollen und Beiboote der Kapitäne Gifford und Calfield hatten bereits ihren gesamten Proviant verbraucht. Wir wären in Verzweiflung und Unsicherheit verblieben, hätten wir nicht der Schiffsmannschaft weismachen müssen, es erfordere nur noch einen einzigen Tag, um das Land zu erreichen, in dem wir alles, was uns fehlte, bekämen. Würden wir umkehren, müßten wir nicht nur unterwegs verhungern, sondern man würde uns auch noch verspotten.

An den Ufern der Flüsse fanden wir verschiedene köstliche Arten von Obst und genug Blumen und Bäume, um zehn Bände eines Herbariums zu füllen. Wir labten uns an den Früchten und des öfteren auch an Geflügel und Fischen. Wir sahen Vögel in allen Farben - manche rosa, andere tief rot, orangefarben, purpurn, grün und alle möglichen anderen Arten, sowohl einfarbig als auch bunt. Es war ein recht guter Zeitvertreib, sie zu beobachten. Wir empfanden es auch als Wohltat, mit unseren Vogelflinten eine Anzahl von ihnen zu erlegen. Da wir wenig oder manches Mal überhaupt kein Brot und außer dem dicken und trüben Flußwasser nichts zu trinken hatten, wären wir ohne diese Vögel in einer sehr schlimmen Lage gewesen.

Guyana ist ein Land, das seine Jungfräulichkeit bewahrt hat. Nie wurde es ausgeplündert noch verändert oder einem Umsturz unterworfen. Der Boden wurde nie ausgeraubt, die Unberührtheit seiner Erde nie durch Dünger verletzt, die Gräber nie auf der Suche nach Gold geschändet, die Standbilder in den Tempeln wurden nie angetastet. Kein Heer marschierte jemals von irgendeiner Seite ein, und kein christlicher Fürst eroberte je das Land und nahm es in Besitz. Das Land ist so leicht zu verteidigen, daß in den Provinzen, die ich sah, zwei Festungen genügen würden. Dort, wo die Flut so nahe an das Ufer tritt, könnte kein Schiff selbst in weiterer Entfernung als einer Pikenlänge an den Kanonen erst der einen und dann der anderen Festung vorbeifahren. Zwei Forts wären ausreichend Schutz nicht nur für das Reich des Inka, sondern auch für hundert andere Königreiche, die an diesem Fluß liegen, selbst für die Stadt Quito in Peru.

Es besteht daher ein großer Unterschied zwischen der Leichtigkeit, mit der Guyana erobert werden kann, und seiner Verteidigung gegen die Eroberung durch spätere Feinde aus West- und Ostindien. Guyana hat nur einen einzigen Zugang vom Meer für Frachtschiffe, so daß - wer immer zuerst davon Besitz ergreift - finden wird, daß es für jeden unzugänglich ist. Möglich wäre es nur dann, wenn er mit Jollen, Barkassen, Kanus oder anderen Booten mit flachem Kiel ankäme. Selbst falls er versuchen sollte, auf diese Weise zu landen, käme er nicht weit, denn die Wälder stehen über eine Strecke von zweihundert Meilen so dicht an den Flüssen, daß keine Maus in solch einem Boot sitzen könnte, ohne vom Ufer aus getroffen zu werden."

Der junge, vollblutige Wat Raleigh konnte es nicht abwarten, ein Abenteuer einzugehen, um sich selbst zu beweisen. Mit seinem Freund Robert Meering besuchte er die Universität in Oxford. Hier verwundete im April 1615 der hitzköpfige Wat in einem Duell seinen Gegner so stark, daß er England vorübergehend verlassen und sein Studium unterbrechen mußte. Nach einiger Zeit jedoch konnte er unbemerkt zurückkehren und seinem Vater zur Seite stehen.

Ein Traum wird zum Alptraum

Da König James I. dringend finanzielle Mittel benötigte, schien ihm und dem Kronrat das von Raleigh vorgeschlagene Projekt geeignet zu sein. Am 19. März 1616 unterschrieb der König die Urkunde, mit der Walter Raleigh aus dem Tower entlassen wurde, die ihn jedoch nicht begnadigte. Den Vorbereitungen für eine neue Expedition nach Guyana stand nun nichts mehr im Wege. Wat und

Robert Meering halfen nach besten Kräften. Bess, Raleighs Frau, trug durch den Verkauf eines Landbesitzes dazu bei, daß der Schiffbauer des Königs beauftragt werden konnte, die „Destiny" („Schicksal"), ein fünfhundert Tonnen schweres Kriegsschiff, zu bauen. Sir Walter Raleigh erhielt einen Freibrief von der Krone, mit der ausdrücklichen Beschränkung, kein spanisches Gebiet anzulaufen. Er mußte dem König versprechen, sich auf kein Gefecht mit den Spaniern einzulassen - es sei denn, sie würden angreifen. Der erste Startversuch von Plymouth am 12. Juni 1617, mit mehr als 10 Schiffen und einigen hundert Mann an Bord, scheiterte wegen schlechten Wetters und ungünstiger Winde. Einige Zeit später jedoch wurden die Anker endgültig gelichtet.
Voll Begeisterung führte Robert Meering Tagebuch und stellte Berichte der Fahrt zusammen, die er nach England sandte und als „Neuigkeiten von Sir Walter Raleigh" drucken ließ:

Wir gerieten in einen großen Sturm bei Irland und kamen nur sehr langsam voran. Von den Kanaren hätten wir bei günstigem Wind in zwei Wochen in Guyana sein können. Doch infolge der Stürme, die die bereits geschwächte Mannschaft zu überstehen hatte, benötigten wir fast sechs Wochen, bis wir endlich am 11. November 1617 das Festland von Südamerika erreichten.

Von der Epidemie an Bord, die durch eine Lebensmittelvergiftung ausgebrochen war und das Leben von mehr als vierzig Männern forderte, berichtete er nicht. Auch Walter Raleigh erkrankte, und hohes Fieber zwang ihn zur Untätigkeit. Man bangte um sein Leben. Doch mit großem Enthusiasmus schrieb Robert Meering dann über das Land seiner Träume:

Wir befinden uns in einer Landschaft von vollendeter Schönheit, wie sie kein Künstler - auch nur annähernd - darstellen könnte. Ich traue meinen Augen nicht, aber es ist Wirklichkeit, in einem Land zu sein, das mir als Paradies auf Erden erscheint. Daher bin ich zweifelsohne davon überzeugt, daß alle Versprechungen in Erfüllung gehen und wir ehrenvoll und mit großen Belohnungen zurückkehren werden.

Nicht allein die große Verspätung der Expedition und die Krankheiten machten Walter Raleigh Sorgen, sondern vor allem eine Nachricht, die ihm von einem Schiff aus England gebracht wurde. König James I. hatte Raleigh schändlich hintergangen. Er hatte die Expeditionspläne den Spaniern verraten, um sich beliebt zu machen. Der treue Kommandeur Lawrence Keymis, der nicht von Raleighs Seite wich, berichtete in einem Brief nach England, daß der große Mann von seiner Krankheit und allem so mitgenommen sei, daß er die Expedition auf der Suche nach El Dorado nicht leiten könne und sie von ihm - Keymis - geführt würde.
Im Dezember 1617 schickte dann Raleigh eine Landungstruppe unter dem Befehl von Keymis den Orinoko hinauf bis zur spanischen Siedlung San Thomé, um eine Goldmine zu suchen, die Raleigh hier vermutete. Wat und Robert nahmen selbstverständlich an diesem Unternehmen teil. Es stellte sich jedoch die große Frage, ob man überhaupt eine Goldmine erreichen könnte, ohne mit den Spaniern in Berührung zu kommen.
Am 2. Januar 1618 erreichten sie San Thomé, lagerten aber, um kein Risiko einer Konfrontation mit den Spaniern einzugehen, einige Meilen von der Stadt entfernt. Hier hatte Keymis weder mit den Spaniern noch mit dem brennenden Enthusiasmus des jungen Wat Raleigh gerechnet: Als sich ungefähr zwölf spanische Soldaten um Mitternacht dem Lager der Engländer von einer Seite her näherten und „Perros Ingleses" („Englische Hunde") schrien, alarmierte Wat schnell einige bewaffnete Männer, um die Spanier zurückzuschlagen. Wat allerdings gab sich mit der Flucht der Spanier nicht zufrieden, sondern verfolgte sie bis zu den Toren von San Thomé. Als seine Kameraden, die ihm mit Piken gefolgt waren, angesichts der Zitadelle zögerten, schrie er, indem er weiter vorstürmte: „Come on, my hearts! Dies ist die Goldmine, die wir erwartet haben!"
Im selben Augenblick stieß Wat sein Schwert in die Luft und griff an. Er wurde durch einen Musketenschuß niedergestreckt und tödlich verwundet. Durch Wats Euphorie und sein heldenhaftes Vorgehen angefeuert, setzten seine Kameraden den Angriff fort, brachen in San Thomé ein, stürmten die Zitadelle und töteten den Gouverneur sowie vier weitere spanische Offiziere.

Als Keymis kurz darauf sah, was seine Leute angerichtet hatten, war er wie gelähmt. Wat lag erschossen am Boden. Als Held der Stunde wurde der junge Wat mit allen Ehren beerdigt, obwohl er allein für diesen Angriff gegen die Spanier verantwortlich war und sein Vorgehen aller Wahrscheinlichkeit nach seinem Vater einen Prozeß einbringen würde.
Keymis brach sofort die Expedition ab und kehrte mit leeren Händen - außer zwei erbeuteten Goldbarren und einigen Ballen Tabak - nach langer Fahrt über den Orinoko zu Walter Raleigh zurück. Obwohl Keymis jemanden hätte vorausschicken können, um Raleigh die Nachricht vom Tode seines Sohnes zu übermitteln, brachte er dies nicht über sich. Durch das völlige Mißlingen der Expedition und durch ihr dramatisches Ende - über zweihundert Tote und die spanische Siedlung San Thomé in Schutt und Asche - hatte Keymis erkannt, daß Raleighs Glaube an das Gold von Guyana nichts anderes war als eine Illusion. Vor Walter Raleigh war es ihm nicht möglich, sachlich über den Fehlschlag der Expedition zu sprechen.
Als Raleigh die Nachricht vom Tode seines Sohnes erhielt, brach er zusammen. Keymis, den die Worte Raleighs hart getroffen hatten, zog sich in seine Kabine zurück, und bald darauf hörte man einen Schuß. Man eilte zu ihm, klopfte an die Tür und fragte, wer geschossen habe. Keymis antwortete, beim Reinigen seiner Waffe sei ein Schuß losgegangen. Ungefähr eine halbe Stunde später kam der Diener des Kommandeurs in die Kabine und sah Blut auf dem Boden. Keymis hatte versucht, sich zu erschießen, die Kugel war jedoch an einer Rippe abgeprallt. Allerdings fand er genügend Kraft, zu seinem Dolch zu greifen.

Endgültiger Abschied

Von dem fürchterlichen Schlag, der Walter Raleigh sowohl persönlich als auch politisch traf, konnte er sich nur schwerlich erholen. Der Tod seines Jungen hatte ihn in einen Abgrund gestürzt und sein Selbstbewußtsein völlig zerbrochen. Raleighs Geisteskraft, der weder Elisabeth noch James in ihren schlimmsten Zeiten et-

was anhaben konnten, war durch den Verlust seines Sohnes nahezu geschwunden. Durch dieses schreckliche Ereignis wurde er zu einem gebrochenen Mann. Bis zu seinem eigenen Tod erholte er sich nicht mehr von dem Schock, den Wats plötzlicher Tod ausgelöst hatte.
Wat wurde zu der Zeit geboren, als sein Vater sich für die erste Fahrt nach Guyana vorbereitete. Wat und Guyana wurden Raleigh zur Leidenschaft; Wat und Guyana halfen ihm, die langen Jahre im Tower durchzustehen - und nun, gleichzeitig, wurde ihm Wat genommen und die Guyana-Expedition brach erfolglos zusammen. Wats Zukunft sowie die Expedition nach Guyana sollten ihm, davon träumte Raleigh, zum triumphalen Höhepunkt seines Lebens gereichen. Nichts gab es jetzt mehr für ihn in der Welt, wofür er leben konnte. Mit der Rückkehr seines Kommandanten Lawrence Keymis und der schicksalsschweren Nachricht, die er überbrachte, hatte Raleigh die Feder aus der Hand gelegt, mit der er so fleißig die Chronik der Verwirklichung seiner höchsten Ziele in sein Tagebuch geschrieben hatte. An den Endpunkt gelangt und tief traurig, dachte er an seine geliebte und treue Bess. Und als ein wenig Lebensmut zu ihm zurückkam, griff er noch einmal zur Feder, um ihr aus seiner Verzweiflung heraus einen Brief zu schreiben:

Äußerst ungern schreibe ich, denn ich weiß nicht, wie ich Dich trösten kann. Und Gott weiß, daß ich bis heute nicht begriff, was Leiden bedeutet. Ich kann Dir nur sagen, daß Du Dich dem Willen und der Vorsehung Gottes fügen mußt. Und erinnere Dich an die gefaßte und großherzige Haltung der Königin beim Tod des Prinzen Heinrich. Möge es Deinem Herzen Trost geben, liebste Bess, ich leide für uns beide. Aber ich werde weniger leiden als Du, denn ich leide nicht lange, da ich nicht mehr lange zu leben habe ... Der Herr segne und tröste Dich, auf daß Du den Tod Deines tapferen Sohnes mit Fassung ertragen kannst.

Die „Destiny" und die anderen Schiffe lichteten die Anker und drehten nach Norden, nach Neufundland. Mit letzter Kraftanstrengung konnte Walter Raleigh einer Verschwörung der Besat-

zung und einer geplanten Meuterei entgegentreten. Er versprach den Rebellen, sie an einem Piratenstützpunkt von Bord gehen zu lassen, und sicherte ihnen Straffreiheit zu. Nach und nach desertierten viele Besatzungsmitglieder und sämtliche Kapitäne - bis auf den Raleigh-treuen Samuel King. Zusammen mit Cuthbert Spark und Robert Meering tat er alles, was Walter Raleigh half und ihm Linderung seiner seelischen Schmerzen verschaffte. Wats Freund, Robert Meering, der längst seine Berichte über die Neuigkeiten der Reise aufgegeben hatte, war durch den Tod seines Freundes wie paralysiert.
Erst langsam, nachdem Walter Raleigh ihn auf der Rückfahrt mehrere Male zu sich in die Kabine gebeten hatte, kam Robert wieder zu sich. In langen, liebevollen Gesprächen konnte Raleigh ihm vermitteln, daß sein ganzes Leben noch vor ihm läge, mit der Verpflichtung, etwas Sinnvolles daraus zu machen. Da Raleigh spürte, wie äußerst kurz seine Lebenszeit noch bemessen sein würde, überlegte er, was er nun Robert - anstatt seines Sohnes - mit auf den Weg geben könnte. Er dachte sofort an den Albani-Psalter, den Robert Meering aus der Bibliothek der Raleighs in Sherborne kannte und in ganz besonderer Weise liebgewonnen hatte. Noch an Bord der „Destiny", auf der Rückfahrt nach England, versprach Walter Raleigh nach einer herzlichen Umarmung dem Freund seines verstorbenen Sohnes, ihm den wunderbaren „Psalter der Christina von Markyate" zu schenken.
Sobald sich die Möglichkeit ergäbe, sagte Raleigh zu Robert, würden er oder seine Frau Bess ihm das Buch überreichen, das ein Geschenk Königin Elisabeths war und den ersten Platz in der Bibliothek von Sherborne einnahm. Gerade dieses Buch mit seinen Psalmen und vor allem den richtungweisenden Miniaturen - so legte es Raleigh dem treuen Robert Meering besonders ans Herz - möge Roberts Leben begleiten und ihm in allen Situationen Schutz gewähren.
Als Graf Gondomar, der spanische Gesandte am englischen Hof, die Nachricht aus Madrid erhielt, San Thomé sei niedergebrannt, versuchte er, unverzüglich bei König James I. vorzusprechen. Zehn Tage, bevor Sir Walter Raleigh den Hafen von Plymouth erreichte, ließ der König eine Proklamation verbreiten. Sir Walter

Raleigh wurde öffentlich angeklagt, eine „feindliche Invasion in die Stadt San Thomé" geschickt zu haben, die „vorsätzlich den Frieden gebrochen und gegen die Freundschaft zwischen England und unserem geehrten Bruder, dem König von Spanien, verstoßen hat". Es wurde überall Anweisung erteilt, Sir Walter Raleigh nach seiner Ankunft unter Arrest zu stellen.

Am 21. Juni 1618 legte die arg ramponierte „Destiny" nach langer Fahrt in Plymouth an. Es wurde Raleigh und seinen wenigen getreuen Anhängern erlaubt, unter Aufsicht zunächst einige Wochen im Hafen von Plymouth relativ frei zu leben. Das Schiff wurde beschlagnahmt.

In der einberufenen Versammlung des Kronrates erklärte König James, Raleigh müsse entweder gehängt oder den Spaniern ausgeliefert werden, die ihn in Madrid wegen seines Überfalls auf San Thomé als Seeräuber öffentlich hinrichten würden. Der spanische Botschafter, Graf Gondomar, intervenierte und verlangte von König James I. im Interesse der spanienfreundlichen Politik, Raleigh möglichst schnell in England hinrichten zu lassen. Noch bestand die Möglichkeit - und wahrscheinlich hatte sie der König Raleigh gegenüber noch bewußt offengelassen - einer Flucht ins Ausland. Bess bestärkte ihn zu fliehen und nicht die Rolle eines vermeintlichen Helden einzunehmen. Ohne Raleighs Wissen setzte sie sich mit Kapitän Samuel King, Cuthbert Spark und Robert Meering zusammen, um die Flucht über den Kanal mit einem französischen Schiff vorzubereiten.

Raleigh, der hohes Fieber hatte, stimmte dem Fluchtplan seiner Frau zu. Bess litt entsetzlich unter dem Schock, den die Nachricht vom Tode ihres Sohnes Wat ausgelöst hatte. Sie nahm jedoch all ihre Kräfte zusammen, um in dieser Juli-Nacht von Plymouth aus auf einem französischen Schiff mit ihrem Mann und seinen letzten Getreuen zu entkommen. Der französische Kapitän hatte sein Schiff so nahe wie möglich an die Küste gebracht, und Kapitän King ruderte in der Dunkelheit mit der kleinen Mannschaft auf das Schiff zu. Als sie jedoch nur wenige Yards vor dem Fluchtschiff waren, schwenkte Sir Walter Raleigh um und sagte, er sei kein Mann, der es nötig habe, zu fliehen; er wolle dem Schicksal und England die Stirn bieten, dem Kommenden offen ins Gesicht se-

hen und die Konsequenzen seiner Handlungen auf sich nehmen. Dann bat er Kapitän Samuel King, unverzüglich zum Ufer zurückzurudern.
Graf Gondomar hatte sich noch einmal vom König versichern lassen, daß England Raleigh und seine Freunde nicht vom Galgen verschonen würde. Der Vize-Admiral von Devon, Sir Lewis Stukeley, erhielt den Auftrag, die Gefangenen nach London zu bringen. Dies geschah am 25. Juli 1618. Ein französischer Arzt namens Manourie wurde von Stukeley hinzugezogen, um Raleigh zu begleiten, denn seine Gesundheit war auf das äußerste gefährdet. Leider hatte Walter Raleigh den dubiosen Charakter des Arztes nicht erkannt - er zog ihn ganz in sein Vertrauen. Da Raleigh Zeit benötigte, um seine Verteidigung genügend auszuarbeiten, bat er Dr. Manourie, ihn dadurch zu unterstützen, daß er ihn krankschrieb. Der unberechenbare Manourie kam ihm zwar entgegen, fiel ihm aber gleichzeitig in den Rücken, als Walter Raleigh ihm von einer geplanten Flucht nach Frankreich berichtete. Der französische Arzt hatte nichts Eiligeres zu tun, als alle Neuigkeiten, die Raleigh ihm anvertraute, an Sir Lewis Stukeley weiterzuleiten. Im späteren Prozeß gegen Sir Walter Raleigh wurde auf Robert Meerings Aussage über Dr. Manourie großen Wert gelegt.
Am 10. August 1618 öffneten sich für Sir Walter Raleigh die Tore des Tower in London zum dritten und letzten Mal. Er trug einen diamantenen Ring bei sich, den ihm einst Königin Elisabeth I. geschenkt hatte. Der untergeordnete Gefängniswärter Eduard Wilson schmuggelte Briefe an Bess aus dem Tower und Nachrichten von ihr zu Raleigh.

Robert Meering vor dem Geheimen Staatsrat

Im September 1618 begab sich eine Kommission des Geheimen Staatsrates an die Arbeit, um beweiskräftige Argumente für den Prozeß gegen Sir Walter Raleigh zu sammeln. Am 4. September wurde Robert Meering im Tower verhört, der zusammen mit Samuel King und Cuthbert Spark ebenfalls seit Raleighs Verhaftung gefangengehalten wurde.

Da aus dem Leben Robert Meerings, dem neuen Besitzer des Albani-Psalters, über 39 Jahre - also bis 1657 - so gut wie nichts bekannt ist, soll das genaue Protokoll seines Verhöres vor der Kommission des Geheimen Staatsrates wiedergegeben werden:

Der zum Verhör geladene Robert Meering sagte, daß am selben Morgen, an dem Sir Walter Raleigh in den Tower gebracht wurde, dieser im Speiseraum des Leutnants auf- und abgegangen sei. Sir Walter sagte dann zu Meering: 'Ich dachte, der französische Arzt sei ein Verbündeter; aber jetzt sehe ich, daß er Sir Lewis Stukeley gegen mich aufhetzt. Alles, was der Arzt mir von Sir Lewis Stukeley erzählt hat, hat er in einer Weise Sir Lewis Stukeley wiederberichtet, als ob ich es gegen ihn gesagt hätte.'
Robert Meering gab weiter darüber Auskunft, daß Sir Walter Raleigh gehört habe, wie Sir Lewis Stukeley den Arzt gebeten hat, dem König persönlich Bericht zu erstatten.
Als er (Meering) danach gefragt wurde, ob der französische Arzt auf dem Weg nach London in irgendeiner Weise angegriffen worden sei, gab er zur Antwort, daß ihm nichts darüber bekannt sei. Zu weiteren Fragen dieser Art konnte er keine Stellung nehmen, da er - wie er sagte - ja am selben Tag wie Sir Walter Raleigh in den Tower gebracht worden sei.
Er sagte, er erinnere sich daran, daß der Inder, Cristoval de Riga, zum ersten Mal in Trinidad zu Sir Walter Raleigh gebracht worden sei und daß auf dem offenen Deck des Schiffes das erste Gespräch stattfand, bei dem viele zuhörten. Sir Walter Raleigh habe dann anschließend in seiner Kabine und auch anderswo weitere Gespräche mit dem Inder geführt. Weiter sagte er, daß der Inder Sir Walter Raleigh Genaueres über die Mine angegeben hätte und daß Sir Walter Raleigh das Verhalten von Keymis und seinen Leuten mißbilligte, da sie den Inder nicht nach der Mine befragt hätten. Wenn sie schon selbst - so Sir Walter Raleigh - die Mine nicht finden könnten, wären ja auch Spanier da gewesen, die man hätte fragen können, zumindest aber den Inder. Es hätte zwei Möglichkeiten gegeben, die Information von ihm zu erhalten: entweder hätte man gut mit ihm umgehen können oder ein wenig mühevoller; aber weder das eine noch das andere hätten sie versucht.

Robert Meering berichtete außerdem, daß Sir Walter Raleigh den Inder in Trinidad gefragt habe, warum er nicht eher genauere Angaben über die Mine gemacht habe. Der Inder habe daraufhin geantwortet, dazu sei kein Grund vorhanden gewesen, denn man hätte seinen Herrn und seine Freunde getötet, ihn selbst als Sklaven behandelt, ihn gezwungen, Korn zu mahlen, ihm seine Kleider weggenommen und ihn schonungslos behandelt.
Als Robert Meering danach gefragt wurde, wieso er all das wissen könne, da er doch die Sprache nicht verstehe, antwortete er, daß Sir Walter Raleigh während des Gespräches mit dem Inder den Umstehenden zwischendurch den Inhalt übersetzt habe.

Das Urteil und seine Vollstreckung

Die Kommission des Geheimen Staatsrates klagte Sir Walter Raleigh wegen Piraterie auf dem Atlantik an, wegen verbotenen Betretens von Guyana, wegen seiner Fluchtversuche und der Intrigen mit den Franzosen. Am 22. Oktober 1618 wurde Sir Walter Raleigh die Möglichkeit gegeben, sich vor seinen Anklägern zu verteidigen, obwohl das Urteil bereits feststand. Der Justizminister, Sir Henry Yelverton, zählte einzeln die Straftaten auf, derer Raleigh angeklagt wurde, und gliederte sie in schuldhaftes Verhalten vor seiner letzten Reise, während der Reise und nachher.
Nachdem Sir Walter Raleigh gesprochen hatte, verkündete der gerade in sein Amt eingeführte Lordkanzler und Baron von Verulam, Sir Francis Bacon, das Todesurteil. Entscheidend dabei war, daß das Todesurteil, das bereits 1603 gegen Sir Walter Raleigh ergangen war, nur als ausgesetzt, jedoch nicht als aufgehoben galt.
Die anstrengenden Verhöre der letzten Zeit hatten Raleighs Kraft endgültig gebrochen, so daß er sich nicht einmal mehr die Mühe machte, sein lockiges weißes Haar zu kämmen, das nun zottig und ungepflegt aussah. Justizminister Yelverton erklärte: „Sir Walter Raleigh war ein wegen seiner Fähigkeiten hoch geachteter Staatsmann - doch nun ist er bemitleidenswert. Er war ein Stern, auf den die Welt geblickt hat. Aber Sterne können, ja, sie müssen sogar fallen, wenn sie die Sphäre stören, in der sie verbleiben wollen."

Am 28. Oktober wurde Sir Walter Raleigh im Westminster-Palast ein letztes Mal verhört. Er vernahm erneut das Todesurteil, das in den frühen Morgenstunden des nächsten Tages vollstreckt werden sollte. Der Eile wegen brachte man ihn nicht in den Tower zurück. Seine letzte Nacht verbrachte Sir Walter Raleigh im Torhaus der Westminster-Abtei, während das Schafott für ihn aufgebaut wurde. In den letzten vierundzwanzig Stunden vor seinem Tod erwachte in Raleigh noch einmal der alte „Sir Walter": vornehm, stolz, mutig und in geistiger Klarheit seinen Tod vor Augen. Das Schwerste jedoch war für ihn der Abschied von seiner lieben und getreuen Bess.
Der Staatsrat hatte ihr versprochen, den toten Körper ihres Mannes nicht öffentlich zur Schau zu stellen, sondern daß sie ihn beerdigen dürfe. Dies war für Bess jedoch nur ein geringer Trost in den letzten Stunden, in denen sie mit Walter zusammensein durfte. Tränenüberströmt mußte sie kurz nach Mitternacht das Torhaus in Westminster verlassen. Treue Freunde aus Beddington, ihr Onkel Sir Nicholas Carew und seine Frau, die vor dem Torhaus gewartet hatten, brachten sie nach Hause. In der Aufregung und der Verwirrung ihrer Gefühle schrieb Bess ihnen in dieser Nacht noch einen Brief und fragte, ob sie Walter in ihrer Gruft in Beddington beerdigen dürfe.
Auch Sir Walter setzte sich in dieser Nacht noch einmal hin, um zu schreiben. Er nahm Abschied von seiner geliebten Bess und bat sie, Sorge für zwei Witwen zu tragen, deren Männer ihm treu gedient hatten. Sir Lewis Stukeley solle zur Zahlung des Tabaks herangezogen werden, den er nach der Rückkehr aus Guyana im Hafen von Plymouth von der „Destiny" aus direkt verkauft hatte. Besonders legte er ihr Robert Meering mit der Bitte ans Herz, ihn auf seinem Lebensweg zu unterstützen.
In den letzten Stunden seines Lebens wichen alle Zweifel an seinem christlichen Glauben, mit dem sich Raleigh immer wieder auseinandergesetzt hatte. Sein unruhiger, suchender Geist war zur Ruhe gekommen, gefaßt und auf das Kommende vorbereitet. Raleigh war bereit, seinem Schöpfer vor die Augen zu treten. Dr. Robert Tounson, der Dekan von Westminster, reichte ihm das letzte Abendmahl. Danach fühlte sich Walter Raleigh von allen Bela-

stungen befreit und so glücklich, daß er den Umstehenden sagen konnte, er werde unschuldig sterben. Sollte ihn Todesangst befallen haben, dann zeigte er sie nicht. Es schien, als ob rein gar nichts die Heiterkeit seiner letzten Stunden stören konnte. Während Raleigh sich an diesem Morgen auf seine letzten Worte vorbereitete, nahm er ein Frühstück zu sich und rauchte anschließend eine Pfeife mit gutem Tabak. Dann pflegte er sich so, daß er tadellos von Kopf bis Fuß aussah.

In der kalten Morgenluft fröstelte es die Umstehenden. Der Sheriff ließ ein Feuer anzünden und bat auch Sir Walter Raleigh, sich daran zu wärmen. Raleigh lehnte ab. Während er zum Schafott hinaufgeführt wurde, sagte er: „Ich danke Gott für Seine unendliche Güte, daß Er mich angesichts einer so ehrenwerten Versammlung in den Tod schickt und nicht in Dunkelheit." Raleigh blickte auf das Beil, das der Scharfrichter in Händen hielt, und meinte: „Das ist eine bittere Medizin, aber sie hilft garantiert gegen alle Krankheiten!" Der Scharfrichter nahm seinen Mantel ab und legte ihn Raleigh zu Füßen, damit er darauf knien solle. Die Älteren, die es sahen, erinnerten sich an die Geste, mit der Raleigh einst Königin Elisabeth seine Ehrerbietung erwies.

Als Sir Walter Raleigh sich niederkniete, wurde er gefragt, ob er seinen Kopf nicht lieber nach Osten legen wolle, dem gelobten Land entgegen. „Wenn nur das Herz auf dem rechten Fleck sitzt", gab er zur Antwort, „dann ist es gleichgültig, wie herum der Kopf liegt." Eine Augenbinde wies er zurück. „Glaubt Ihr, ich fürchte den Schatten des Beiles, wenn ich das Beil selbst nicht fürchte?" Sein starker Glaube und ein unendliches Vertrauen begleitete Sir Walter Raleigh bis zum Schluß. Er betete, der Scharfrichter zögerte. Raleigh streckte seine Hände aus, und noch immer währte diese quälende Verzögerung. Dann fiel das Beil, und ein Mann aus der Gruppe der Zuschauer rief: „So einen Kopf gibt's in ganz England nicht mehr!"

Eine Woche später, am 8. November 1618, empfing Sir Alan Apsley, der Leutnant des Tower, folgende Zeilen: „In Anbetracht dessen, daß Seine Majestät gnädig eingestellt ist, soll Samuel King, Cuthbert Spark und Robert Meering, Gefangene im Tower, die Freiheit geschenkt werden." Unterzeichnet wurde dieses Doku-

ment von Lord Erzbischof, Lordkanzler Francis Bacon, dem Präsidenten des Reichsarchivs und von Sir Edward Coke als Justizminister.
Lady Bess Raleigh, die das Landgut in Sherborne auf königlichen Befehl an den Schotten Robert Carr hatte abgeben müssen, durfte ihren persönlichen Besitz behalten. Als große Schulden sie drückten, war sie geneigt, den kostbaren Albani-Psalter an Sir Robert Cotton, einen Antiquar in London, zu verkaufen. Doch konnte sie es nicht über ihr Herz bringen, ihn Robert Meering vorzuenthalten. Gemäß der Weisung ihres Mannes Walter händigte Lady Raleigh das wertvolle Buch an Robert Meering aus, kurz nachdem er aus dem Tower entlassen wurde. In den widerwärtigen Situationen, die ihr nach dem Tod von Sir Walter Raleigh nicht erspart blieben, bat sie Gott darum, Er möge ihr helfen, nicht den Verstand zu verlieren. Ihr sehnlichster Wunsch wurde erfüllt, und Lady Bess Raleigh durfte in guter, klarer geistiger Verfassung 1648 im Alter von zweiundachtzig Jahren sterben.

Vierzig verborgene Jahre

Als Robert Meering aus dem Tower entlassen wurde, war er sechsundzwanzig Jahre alt. Wohin ihn seine Wege bis zur Ankunft in Deutschland im Jahr 1657 führten, ist unbekannt. Als er hier nach den Tätigkeiten gefragt wurde, die er in England ausgeübt hatte, antwortete er, er habe Sir Walter Raleigh bis zu seinem Tod begleitet und verfüge über Kenntnisse in der Chirurgie und Heilkunde. Da Robert Meering in seinem Verhör im Tower am 4. September 1618 in erster Linie Aussagen über den französischen Arzt Dr. Manourie machen sollte, darf man annehmen, daß dies gerade wegen seiner medizinischen Kenntnisse geschah.
Hat Robert Meering aktiv an der politischen Entwicklung in England teilgenommen? Bildete er sich medizinisch weiter und übte einen Arztberuf aus? Ist er noch einmal in ein überseeisches Land aufgebrochen - vielleicht mit dem Auswandererschiff „Mayflower" am 16. Septemer 1620 nach Neu-England in Nordamerika? Eine Wende in der englischen Politik war unvermeidlich. König

James I. und selbst George Villiers, Herzog von Buckingham, traten jetzt entschieden für eine protestantische Erneuerung ein. Aber immer noch kam es dem König persönlich mehr darauf an, seine vermittelnde Stellung zu behaupten, als in den großen Kampf der kirchlichen Parteien einzutreten. 1623 duldete er sogar die Ankunft des ersten englischen katholischen Bischofs seit der Reformation, William Bishops. Noch kurz vor seinem Tod betrieb König James die schon früher geplante Vermählung seines Sohnes Charles mit der französischen Prinzessin Henriette Maria, der Schwester Ludwigs XIII.

Als König James I. am 27. März 1625 starb, hinterließ er seinem Sohn Charles I. ein schweres Erbe. Im Land herrschte tiefe Verstimmung über die äußere und innere Politik der Krone. Der junge König jedoch, dessen stattliche, liebenswürdige, gewinnende Erscheinung im Gegensatz zu seinem Vater stand, wurde begeistert empfangen. Obwohl er am leichtfertigen und verschwenderischen Hof von James I. aufgewachsen war, hatte er keinen Schaden genommen. Trotz seiner streng hochkirchlichen und absolutistischen Überzeugung setzte König Charles I. die Toleranzpolitik fort und gestattete sogar die Anwesenheit eines päpstlichen Gesandten am Hof, der formell bei seiner katholischen Gemahlin Henriette Maria akkreditiert war.

Wie bereits bei König James I. hatte George Villiers, Herzog von Buckingham, großen Einfluß auf Charles. Das Parlament jedoch war unzufrieden mit der Verwaltung Buckinghams, der als Marineminister nicht einmal die englischen Gewässer vor Piraten zu schützen wußte; und der von ihm mit stolzen Hoffnungen begonnene Seefeldzug gegen Cádiz scheiterte im Herbst 1625 kläglich. Das Unterhaus beschloß zwar am 8. Mai 1626 mit großer Mehrheit die Anklage Buckinghams vor den Lords, doch blieben alle Klagen über seine Verwaltung ungehört, da der König es für seine persönliche Ehrensache hielt, den Vertrauten und früheren Freund seines Vaters zu schützen. Als der Herzog von Buckingham am Morgen des 23. August durch die Halle seines Hauses ging, wurde er durch die Waffe John Feltons, eines fanatischen Puritaners, tödlich getroffen. Felton, der bei der Beförderung durch den Herzog übergangen worden war, glaubte mit dieser Mordtat dem Land einen Dienst zu erweisen. Er hatte recht: Die Nachricht vom Tod George Villiers', Herzog von Buckingham, wurde vom Volk mit Jubel begrüßt.

Die wachsende Schärfe gegen den Puritanismus und die presbyterianische Kirche Schottlands wurde zur Wurzel des Verfassungskonfliktes, der sich 1642 in einem offenen Bürgerkrieg entlud. Die Puritanische Revolution war ausgebrochen. Bisher hatte es noch katholische Oasen gegeben, die durch die allgemeine Achtung vor Rang und Eigentum wie auch durch Toleranz geschützt waren, doch jetzt lebte die Verfolgung wieder auf. In fünf Jahren wurden mehr als zwanzig Priester hingerichtet. Da er seine Religion in England nicht ungehindert leben konnte, waren diese Verfolgungen wahrscheinlich der Grund für Robert Meering, nach Deutschland auszuwandern, um im Benediktiner-Kloster von Lamspringe bei Hildesheim sein Leben zu beschließen.

Auf der einen Seite gab es in England noch Ben Jonson, der dichtete und das Theater zum Blühen brachte, Anton von Dyck arbeitete als bevorzugter Maler des Hofes und der englischen Aristokratie, Wenzel Hollar vergegenwärtigte in zahllosen Kupferstichen Menschen und Ereignisse seiner Zeit, Inigo Jones baute für König Charles I. den gewaltigen Palast von Whitehall ... Auf der anderen Seite setzte sich der 1599 in Huntingdon geborene Oliver Cromwell gegen den König und die anglikanische Kirche durch. Cromwell hatte sich früh zum strengen Puritaner entwickelt und kämpfte gegen den Absolutismus von Charles I. Es gelang ihm, das königliche Heer nordwestlich von York mit seiner eisernen Truppe zu schlagen. König Charles' Niederlage bedeutete zugleich das vorläufige Ende der anglikanischen Bischofskirche und den Sieg des Presbyterianismus. Nach der Flucht des Königs nach Schottland und dessen Verbündung mit den Schotten gab Cromwell die Absicht auf, Charles I. zu schonen. Er besiegte die Schotten 1648 bei Preston und verlangte die Auslieferung des englischen Königs. Das von Oliver Cromwell eingesetzte „Rumpfparlament" mit seinen sechzig radikalen Mitgliedern ließ durch ein Gericht König Charles I. zum Tode verurteilen.

Am Vormittag des 30. Januar 1649 wurde der König vom St. James-Palast zu dem von ihm gebauten Whitehall-Palast geführt.

Man hieß ihn, vom ersten Stockwerk aus über eine Brücke das schwarz verhangene Gerüst zu betreten. In seinen letzten Worten lehnte Charles I. noch einmal die Verantwortung für den Bürgerkrieg ab. Dann gab er selbst das Zeichen ...
Das im Mai 1657 wegen des Krieges mit Spanien aus Geldnot einberufene Parlament machte Oliver Cromwell zum Lord-Protector auf Lebenszeit, mit dem Recht, seinen Nachfolger zu bestimmen. Als Cromwell am 3. September 1658 in London starb und sein Sohn Richard Lord-Protector wurde, befand sich Robert Meering bereits zehn Monate im Kloster Lamspringe, das von englischen Benediktinern wiederbelebt worden war.

Ankunft im Herbst

*D*er Herbst des Jahres 1657 trat im Norden Deutschlands früher als erwartet ein. Die ersten kräftigen Stürme waren bereits über das Leine-Bergland hinweggefegt, und noch immer wehte vom Söderberg ein kalter Nordostwind. Am Fuße dieses dreihundert Meter hohen Berges liegt Lamspringe, eine kleine Ortschaft südlich von Hildesheim. Zunächst wurde das Kloster erbaut, um das sich nach und nach die Häuser scharten.
Der Fremde, der an diesem Herbstnachmittag zum ersten Mal nach Lamspringe kam, hatte Mühe, diese Ortschaft zu finden. Eingeschlossen zwischen Höhenzügen - der Heber im Süden, der Hopfenberg im Westen - und von Fichten- und Laubwäldern umgeben, liegt Lamspringe wie eine verborgene Perle. Nach dem warmen Sommer, die Ernte war wider Erwarten gut ausgefallen, hatte die Laubfärbung sehr früh eingesetzt. Der heftige Wind vermochte es jedoch noch nicht, die braunen, gelben und roten Blätter zu pflücken, um sie in den Tod zu reißen.
Robert Meering hatte nach langer Reise zum Kloster der englischen Benediktiner in Lamspringe gefunden. An der Klosterpforte bat er um Einlaß und um die Möglichkeit, an diesem oder dem nächsten Tag mit dem Abt zu sprechen. Erschöpft und müde streckte sich der Pilger auf der Pritsche im Gastzimmer aus, welches eher einer spartanischen Mönchszelle glich. Beim Einschla-

fen zogen Reisebilder der anstrengenden letzten Tage an ihm vorüber, aber auch Bilder aus dem feudalen England, das seine Heimat gewesen war. Auf der Suche nach einem geistigen Zuhause hatte Robert Meering sein Gepäck abgestellt, mit dem großen Wunsch, endlich und vielleicht einmal ganz zur Ruhe zu kommen. Man sagt, was man in der ersten Nacht in einem fremden Haus träumt, gehe in Erfüllung. Als Robert am nächsten Morgen schon sehr früh von der Klosterglocke geweckt wurde, konnte er sich an kein Traumbild mehr erinnern, obwohl er glaubte, intensiv geträumt zu haben.

Bereits beim ersten Anblick des Fremden spürte Abt Placidus Gascoigne, wen er vor sich hatte: einen vom Leben hin- und hergeworfenen Mann, gereift an Jahren. „Ich bin fest davon überzeugt, daß es kein Zufall war, der mich zu Euch nach Lamspringe führte", sagte Robert Meering, indem er sich gleichzeitig vorstellte. Der Abt war ihm vom ersten Augenblick an sympathisch: seine aristokratische Ausstrahlung, das schmale, feine Gesicht, die hervorragende Nase und vor allem die klaren, wissenden und gütigen Augen. Bevor Robert Meering sein Anliegen in Worte faßte, fragte er den Abt, ob es ihm gelegen sei, jetzt ein längeres Gespräch zu führen. Mit Selbstverständlichkeit und Vertrauen dem Gast gegenüber sprach Abt Placidus von seinem leiblichen Bruder Michael, der ebenfalls Mönch war und zu den Benediktinern gehörte. Voll Traurigkeit, die sich besonders in seinen Augen widerspiegelte, sagte der Abt, Michael sei vor einigen Tagen mit dreiundfünfzig Jahren verstorben. Er dankte Robert Meering für dessen feines Gespür und die gestellte Frage und bat ihn um sein Verständnis, das Gespräch auf den übernächsten Tag zu verschieben. Niemand hatte bei Meerings Ankunft im Kloster Lamspringe - trotz seines wenigen Gepäcks - bemerkt, mit welcher Behutsamkeit der Gast ein mit Sackleinen verpacktes und sorgsam verschnürtes Bündel behandelte. In seinem Zimmer hatte er es dann geschickt versteckt. Robert wollte es erst dann öffnen und allen ansichtig werden lassen, wenn sein Wunsch, in Lamspringe zu verbleiben, in Erfüllung gegangen war. In den Tagen bis zu dem Gespräch mit dem Abt hatte er genügend Zeit, sich in aller Ruhe das ehemalige Benediktinerinnen-Kloster anzuschauen, das ab

Closter und Flecken Lampspring. Im Stift Hildesheim.
Merianstich, 2. Hälfte des 17. Jahrhunderts

1643 von den englischen Benediktinern übernommen worden war. Sich mit der Geschichte dieses Ortes zu beschäftigen war ihm vorerst zu anstrengend, da er noch durch die Geschichte seines eigenen Lebens und die Englands zu sehr erfüllt war.
Die Persönlichkeit des Abtes John Placidus Gascoigne faszinierte Robert Meering jedoch so stark, daß er bei allen Mönchen, mit denen er zusammenkam und sprechen konnte, durchblicken ließ, wie viel ihm daran gelegen sei, etwas aus der Lebensgeschichte des Abtes Placidus zu erfahren. Robert war glücklich darüber, diese Insel der Ruhe, des Friedens und der heimatlichen Sprache in Deutschland gefunden zu haben.
Das sorgfältig verschnürte Bündel wollte er erst dann öffnen und dem Abt den Albani-Psalter überreichen, wenn er die Gewißheit erhielt, in diese Gemeinschaft aufgenommen zu werden und bis zu seinem Lebensende bleiben zu dürfen. Seine Aufmerksamkeit dem Abt gegenüber war daher besonders groß, und es verlangte ihn danach, zu wissen, wer dieser Mann sei und ob er Sinn und Gespür für bibliophile Schriften habe, um das über vierhundert Jahre alte Manuskript aus St. Albans wertschätzen zu können.
Als Robert Meering die Bibliothek von Lamspringe betrat, hatte er das sichere Gefühl, hier würde der Psalter in nicht allzu ferner Zeit das Buch aller Bücher sein. Er setzte sich an den langen Tisch, und als er die vielen Werke um sich herum wahrnahm, mußte er an Sir Walter Raleighs große Bibliothek in Sherborne denken, in der ihm als junger Mann der Albani-Psalter zum ersten Mal begegnet war. Als der Bibliothekar, ein Mönch von ausgezeichneter Bildung, zu ihm kam, fragte Robert Meering, da er fast nur Bücher jüngeren Datums sah, wo sich die alte Klosterbibliothek der Benediktinerinnen befände. Durch die Antwort des Bibliothekars wurde er stärker mit der deutschen Glaubensgeschichte konfrontiert, als ihm augenblicklich lieb war:
„Das letzte vorreformatorische Jahrhundert in der Geschichte des Nonnenklosters Lamspringe verzeichnet zahlreiche Stiftungen, die auch in großem Umfang der Bibliothek zugute kamen. Doch bereits 1542 versuchte man, den Konvent aufzuheben oder ihn doch wenigstens der lutherischen Lehre zuzuführen." Der Bibliothekar hatte gleich ein Buch zur Hand, blätterte darin und las sei-

nem Zuhörer daraus vor. Robert verstand kein Wort, die breite, fremde Sprache entlockte ihm jedoch ein Schmunzeln:

Es sollen die Jungfrawen im Closter und ire geistlichen zerstundt abthun alle Beptistische (päpstliche) Ceremonien, mißbreuch mit singen, lesen, vigilien, seel und anderen messen. Sie sollen zerstundt ire kronen ablegen und dann iren nonnischen habit innerhalb sechs Wochen die nechsten, und sich mit anderen ziemlichen kleidungen und trachten bekleiden; auch hinfurder keine Personen in das Closter und ihren Orden einnemen oder inkleiden, sondern den Orden gantz verlassen.

Der Bibliothekar, der sich in seiner Vorleserrolle, die er außerordentlich gut beherrschte, selbst gefiel und sah, daß der Text dem Besucher auch Freude bereitete, setzte seine Lesung fort:

Diese junckfrauwen haben sich gar nichts der Reformation untergeben, halten alle noch ire Supersticiones (Aberglauben) papisticas, one das sie einen evangelischen prediger haben, achten aber seiner nichts, sagen, das sie jnen nicht wol verstehen konnen.

Robert freute sich, als der Bibliothekar ihm den Text ins Englische übersetzte, war allerdings entsetzt, als er hörte, wie im Krieg von 1552/53 Lamspringe besonders heimgesucht wurde. Graf Vorald von Mansfeld überfiel das Kloster, da sich die Nonnen immer noch widersetzten, den lutherischen Glauben anzunehmen, und ließ von seinen Männern viele Nonnen schänden. 1568 führte Herzog Julius von Braunschweig den lutherischen Glauben dann für sein Herzogtum verbindlich ein. Obwohl Lamspringe zu dieser Zeit zu Braunschweig gehörte, wurde das Kloster erst 1573 von Lutheranern besetzt, die die Reformation endgültig einführten.
„Ihr habt nach der alten Bibliothek gefragt", sagte der Bibliothekar, der sich entschuldigte, daß er so weit ausgeholt hatte. „Fast die gesamte Bibliothek mit ihren alten und wertvollen Büchern wurde anläßlich der 'Inventur' des Klosters durch Herzog Julius von Braunschweig-Lüneburg-Wolfenbüttel noch im selben Jahr 1573 nach Wolfenbüttel gebracht. In den Kisten, die am 27. März dort

eintrafen, befanden sich Schriften des Augustinus, Gregors des Großen, von Beda Venerabilis, Hieronymus, Clemens Romanus, Johannes Chrysostomos, Hugo von St. Victor. 'Etliche bücher, sei folligendts gegen Wolfenbüttel auff anstiften etzlich leut gefordert und wegkgenohmen.' Auch einige kostbare Handschriften", Robert Meering horchte bei diesen Worten des Bibliothekars besonders auf, „aus dem Scriptorium von Lamspringe sind mit abtransportiert worden. Um das Jahr 1200 hat hier die Benediktinerin Ermengarde die Predigten des Augustinus abgeschrieben und zu Beginn des Textes ein Bild von ihm in die Initiale gemalt.
Unter dem Propst Gerhard entstanden hier zwischen 1178 und 1205 viele weitere Sammelhandschriften mit Miniaturen und zwei große Psalter. Nur noch von einem Manuskript aus dieser Zeit weiß ich Genaueres. Es ist der Kodex mit dem Papst Clemens zugeschriebenen Apostelroman sowie Heiligenpassionen und -viten, der in der Lamspringer Werkstatt geschrieben wurde."

Armut, Keuschheit und Gehorsam

*D*urch gutes Einvernehmen mit dem Mönch der Bibliothek erfuhr Robert Meering in diesen zwei Herbsttagen des Jahres 1657 mehr von der Geschichte, den Büchern, vor allem aber von Abt Placidus Gascoigne. Der Bibliothekar, den die Bücherliebe wie auch die Entschiedenheit Meerings außerordentlich stark beeindruckten, spürte seinen Wunsch, in Lamspringe zu bleiben. Die vielen Fragen Robert Meerings zur Lebensgeschichte des Abtes deuteten in diese Richtung. Er versuchte nicht nur, sie zu beantworten, sondern gab Meering auch Gascoigne-Urkunden zur Einsicht und eine kurze Lebensbeschreibung des Abtes.
Für Robert Meering waren alle Einzelheiten von großer Wichtigkeit, denn er wollte diesem Mann bis zu seinem Lebensende Gehorsam leisten - falls er als Mönch in die Gemeinschaft aufgenommen würde - und ihm den Albani-Psalter übereignen, der einst den Raleighs, Königin Elisabeth I., ihrem Vater Heinrich VIII., der Abtei St. Albans und Christina von Markyate gehört hatte.
Abt John Placidus Gascoigne stammte aus einer alten Adelsfami-

lie in Yorkshire. Er wurde am 31. Oktober 1599 in Barnbow geboren - somit war er lediglich sieben Jahre jünger als Robert Meering. Für ihn war dies berechtigter Anlaß zur Hoffnung, Abt Placidus würde Verständnis für sein nicht alltägliches Anliegen haben, ihn trotz seines Alters noch in den Konvent aufzunehmen.
Die Gascoigne-Familie hatte zehn Kinder, und John Placid wurde drei Jahre nach seinem Bruder Thomas als zweites Kind geboren. Der Vater, Sir John Gascoigne von Lasingcroft, Parlington und Barnbow, hatte 1591 in London Anne Ingleby von Lawkland Hall geheiratet. Die Gascoignes waren zur unreformierten, ursprünglichen Religion zurückgekehrt. In einer 1604 erstellten Liste von Dissidenten hieß es, John Gascoigne, seine Frau, seine Mutter und einige seiner Bediensteten hätten den römisch-katholischen Glauben angenommen. König Charles I. ernannte im Jahr 1635 John Gascoigne zum Baron von Nova-Scotia (Neuschottland), einer englischen Provinz im Osten Kanadas. Sir John Gascoigne, der Vater des Abtes, starb am 3. Mai 1637. Einen Monat später folgte ihm seine Frau Anne.
Mit fünfzehn Jahren trat John Placid Gascoigne 1615 in das lothringische Benediktiner-Kloster Dieulouard ein und legte noch vor dem vollendeten sechzehnten Lebensjahr die Ordensgelübde ab, da man irrtümlich glaubte, er habe das erforderliche Alter. Nach der Verordnung des Tridentinischen Konzils jedoch waren seine Gelübde ungültig. Bevor er zum Abt ernannt wurde, mußte er sie erneuern. John Placid Gascoigne studierte in Paris und wohnte im dortigen englischen Benediktiner-Priorat St. Edmund. 1623 erhielt er die Würde eines „Doctoris Laureati" und wurde zum Lehramt zugelassen. Im Priorat St. Edmund in Paris bekleidete er von 1629 bis 1633 den Posten des Priors. Für sechzehn Jahre ging Placid Gascoigne dann als Missionar nach England, wo er vornehmlich in Yorkshire arbeitete.
Nach dem Tode des ersten Abtes von Lamspringe, Clemens Reyner, wurde John Placidus Gascoigne am 15. Oktober 1651 von Papst Innozenz X. zum Abt ernannt. Dem Konvent blieb jedoch das Recht der Zustimmung oder Ablehnung der päpstlichen Ernennungsbulle. Abt Gascoigne, der ab 1649 Präsident der Englischen Benediktiner-Kongregation war, wurde von den Mönchen

in Lamspringe einstimmig gewählt. Am 13. Mai 1652 führte der Prior von Corvey, Johannes Baptist, Abt John Placidus Gascoigne in sein neues Amt ein.
Diesem Mann, Abt Gascoigne, saß Robert Meering am dritten Tag nach seiner Ankunft in Lamspringe gegenüber. Ohne Umschweife - beide hatten sich in der Zwischenzeit miteinander beschäftigt - brachte Robert Meering sein Anliegen vor und bat den Abt, als Mönch in den Konvent aufgenommen zu werden. Nachdem er die Beweggründe Meerings erfahren hatte, stimmte Abt Placidus zu, behielt sich aber vor, zunächst das Kapitel zu befragen.
„Werdet Ihr, nach dem Leben in Freiheit, das Ihr führtet, Euch umstellen und einer Gemeinschaft fügen können? Es ist schon etwas Außergewöhnliches", fuhr der Abt fort, ohne die Antwort abzuwarten, „daß jemand in Eurem Alter diesen Schritt wagt."
„Die Ereignisse und Erfahrungen meines Lebens sind es, die mich fast gewaltsam zu einer Gemeinschaft drängen, die konsequent geistlich lebt", antwortete Robert Meering. „Ich habe Euch von meinen Reisen mit Walter Raleigh berichtet wie auch von den späteren, deren Abenteuer mich zwar vorübergehend befriedigten, doch nicht dauerhaft erfüllten. Meine chirurgischen und heilkundlichen Kenntnisse und Fähigkeiten haben mir zwar einen tieferen Lebenssinn erschlossen und viel Anerkennung eingebracht, doch bin ich immer noch auf der Suche nach meinem geistigen Ort. Nachdem ich den Tod meines Freundes Wat, Sohn der Raleighs, mit ansehen mußte, brach eine religiöse Sehnsucht in mir auf, die ich bis heute nicht stillen konnte. Im letzten Jahr seines Lebens legte Sir Walter Raleigh einen festen Grundstein in mich. Ich bin ganz sicher, daß das, was er und seine wunderbare Frau Bess mir mit auf den Weg gaben, mich zu Euch nach Lamspringe führte."
Robert Meering mußte sich an dieser Stelle sehr zurücknehmen, um nicht voreilig über den Albani-Psalter und seine heilenden und führenden Kräfte zu sprechen.
„Habt Ihr Euch schon Gedanken darüber gemacht", fragte der Abt nach einer Pause, „ob Ihr die Gelübde der Armut, der Keuschheit und des Gehorsams überhaupt annehmen könnt, wenn Ihr Benediktinermönch werdet?"
„Wißt Ihr, Vater Abt", antwortete Robert mit einem Lächeln, das

aus intensiv gelebtem Leben zu kommen schien, „durch die vielen Abenteuer, nach denen es mich verlangte und die ich auch ausgekostet habe, verlor ich nicht nur einmal mein ganzes Hab und Gut. Etwas muß ich allerdings ausschließen; ich habe es wie meinen Augapfel gehütet, doch davon möchte ich Euch später erzählen. Und wenn Ihr mich nach meinem sexuellen Leben fragt, könnte ich Euch ebenso von großen und schönen wie auch verwirrenden Abenteuern berichten. Aber gerade diese Erfahrungen haben mich in gewisser Weise reif und ruhig werden lassen, nun den mönchischen Weg zu gehen. Gern will ich Euch kundtun, wie ich mit meiner Sexualität und der anderer Menschen umgegangen bin."

Der Abt winkte ab, denn so viel Offenheit und Bereitschaft zu sprechen war ihm selten begegnet. „Was nehmt Ihr Euch für die Zukunft vor, und könnt Ihr es lassen, bei den anderen Mönchen allzu frei von Eurer Vergangenheit zu sprechen?"

„Ich weiß", fiel ihm Robert Meering ins Wort, „was Ihr damit sagen wollt. Ich habe Euch verstanden und verspreche Euch, so gut es geht zu schweigen. Ich habe für dunkle Tage meine eigenen Erinnerungen. Nach neuen Erlebnissen - und schon gar mit Männern - verlange ich nicht. Zwar kann ich mich nicht als keusch bezeichnen, doch will ich nach besten Kräften versuchen, die Keuschheit zu leben. Ich meine fast, daß es mir in meinem Alter nicht mehr schwerfallen wird. Gerade weil ich als Mönch dem Abt Gehorsam schulde, bin ich sehr dankbar, daß ich Euch begegnen durfte. Ich spüre, ich kann und darf Euch in allem vertrauen. So wird es mir gewiß nicht schwerfallen, Eure Anweisungen anzunehmen und zu verwirklichen; weiß ich doch, wie sie gemeint sind. Daß ich als alter Seefahrer manchmal etwas hartnäckig bin, müßt Ihr mir allerdings zugute halten."

Nachdem Robert Meering in seiner heiteren, aber tiefgründigen Art viele weitere Fragen des Abtes beantwortet hatte, fragte dieser, ob er sich einige notwendige Angaben aufschreiben dürfe, um sie den anderen Mönchen vorzulegen. Abt Gascoigne nahm das Merkbuch, das er immer unter seiner Kutte bei sich trug, holte schwarze Tinte und eine Feder aus dem Schrank und begann in feiner, nicht sehr großer Schrift die Daten aus Meerings Leben niederzuschreiben, die ihm wichtig erschienen:

Robert Meering wurde 1592 in Tardebigge in Worcestershire als viertes Kind von Jarvice Meering und seiner Frau Elisabeth Bywater geboren. Die Taufe Roberts fand am 28. Februar desselben Jahres in Pontefract, Yorkshire, statt. Hier waren seine Eltern am 23. August 1585 getraut worden.
Robert Meering erwarb schon in jungen Jahren Kenntnisse in der Chirurgie und Heilkunde. Am 12. Juni 1617 begleitete er Sir Walter Raleigh auf seine Expedition nach Guyana. Unter König James I. wurde er zusammen mit Raleigh am 10. August 1618 gefangengenommen, in den Tower gesperrt und dort am 4. September 1618 vom Geheimen Staatsrat verhört; dann - nach der Hinrichtung Raleighs - am 8. November 1618 begnadigt und aus dem Tower entlassen. Nach bewegtem Leben bittet Robert Meering im Alter von fünfundsechzig Jahren nun, im Herbst 1657, um Aufnahme in unser Benediktiner-Kloster in Lamspringe.

Frater Benedict

Schnell hatte es sich herumgesprochen, daß Robert Meering als Mönch in Lamspringe bleiben wollte. Einige bewunderten seinen Entschluß, andere scherzten und meinten, er müsse nach ausschweifendem Leben am Ende Buße tun; doch niemand war gegen ihn. Robert, der die glückliche Gabe besaß, auch über sich selbst zu lachen, hatte Verständnis für gewisse Äußerungen über ihn, die ihn eher erfreuten als kränkten. Im Kapitel, an dem er bereits teilnehmen durfte, erfuhr er von Abt Placidus Gascoigne, alle Mönche seien bereit, ihn als ihren Bruder im Geiste Benedikts aufzunehmen. Wegen seines fortgeschrittenen Alters wurde Robert Meering die Vergünstigung erteilt, schon nach einem Jahr die Profeß abzulegen - gemeinsam mit George Boys, der die vorgeschriebenen Probezeit, das Postulat, bereits absolviert hatte.
Der Tag der feierlichen Übergabe des Ordenskleides und damit der offiziellen Aufnahme in den Benediktinerorden rückte näher. Leider erkrankte George Boys so schwer, daß er am Gottesdienst, in dem die Aufnahme erfolgen sollte, nicht teilnehmen konnte. So stand am 22. November 1657, dem ersehnten Tag, Robert Meering

allein vor Abt Placidus Gascoigne und seinen Mönchen. Nach dem Evangelium und einigen einführenden Worten des Abtes stellte dieser vor allen Anwesenden die Freiheit und Lauterkeit der Berufswahl Robert Meerings fest. Dann überreichte er ihm feierlich das Ordensgewand und gab Robert Meering einen neuen Namen: Frater Benedict.
„Siehe das Gesetz, unter dem du, Frater Benedict, dienen willst; wenn du es beobachten kannst, tritt ein, wenn du es aber nicht kannst, geh' in Freiheit fort."
Robert Meering antwortete, er habe es sich reiflich überlegt, in das Kloster einzutreten, und versprach, alles zu beachten und sich an alles zu halten, was ihm aufgetragen würde. Er versprach in Gegenwart aller Beständigkeit, klösterlichen Lebenswandel und Gehorsam. Abt Placidus überreichte ihm eine Urkunde, die Meering - nun als Frater Benedict - unterzeichnete und auf den Altar legte.
„Nimm mich auf, Herr, nach deinem Wort, und ich werde leben; laß mich in meiner Hoffnung nicht scheitern." Diesen Vers wiederholte dann die Gemeinschaft drei Mal. Frater Benedict verneigte sich vor jedem und bat, für ihn zu beten. Von dieser Stunde an wurde er zur Mönchsgemeinschaft der englischen Benediktiner des Klosters Lamspringe gerechnet. Seine Urkunde, die der Abt am Ende der Feierlichkeit vom Altar genommen hatte, wurde dem Bibliothekar überreicht, der sie ins Klosterarchiv brachte.
Nach dem gemeinschaftlichen Mahl im Refektorium bedankte sich Frater Benedict bei Abt Placidus und den Mönchen, die nun seine Mitbrüder waren. Anschließend besuchte er den kranken George Boys und gab ihm Ratschläge zur Gesundung, um bald das Ordensgewand anlegen zu können.
Am Abend, nach der Vesper - Frater Benedict hatte zum ersten Mal als Mönch mit den anderen Mönchen im Chorgestühl gesessen und gebetet - ging er in die ihm zugewiesene Zelle, öffnete das fest und sorgsam verschnürte Gepäckstück und nahm den Albani-Psalter liebevoll in seine Hände. Er dankte dem Buch und Ihm, daß er hierher geführt und brüderlich aufgenommen worden war. Im Glauben und in der Gewißheit, bis an sein Lebensende in dieser Gemeinschaft bleiben zu dürfen, wollte Frater Benedict seinen Entschluß wahrmachen, den Albani-Psalter in die Hände des Ab-

tes zu legen und damit in den Besitz des Klosters. Er wollte auf eine gute Gelegenheit am nächsten Tag warten, um mit Abt Placidus zu sprechen.

Frater Benedict, welch ein ehrenwerter Name! Der Name des Gründers der Benediktiner für jemanden, der bisher alles andere als ein benediktinisches Leben geführt hat, dachte Robert Meering, der sich noch nicht als Frater Benedict fühlte. In dieser Nacht fand er keinen Schlaf. Seine Gedanken waren bei den Raleighs, in der Bibliothek von Sherborne, beim Albani-Psalter. Er erinnerte sich an den Gedanken, das Buch zu einem guten Preis an Sir Robert Cotton in London zu verkaufen, um ein sorgenfreies, angenehmes und wohlhabendes Leben führen zu können.

Um wenigstens für einen Augenblick mit in die abenteuerliche Geschichte des Albani-Psalters einzugehen, entschloß er sich, den wertvollen „Psalter der Christina von Markyate" mit eigener Hand zu signieren - jedoch so dezent, daß dies wohl kaum jemand erkennen würde. Kurz entschlossen zündete er das Licht in seiner Zelle an, nahm schwarze Tinte und eine besonders feine Feder zur Hand und zeichnete ganz unten links an den Rand des Vorsatzblattes die Worte: „Fr. Ben". Wohlweislich schrieb er nicht „Frater Benedict" aus, sondern nur diese Abkürzung, die auch heißen könnte: „Fratres Benedictini" („Die Brüder Benedikts"). Mit dieser doppeldeutigen Signatur war er sichtlich zufrieden und wartete auf den nächsten Tag.

Frater Benedict hatte die Trennung vom Albani-Psalter gedanklich bereits des öfteren vollzogen, doch nun war ihm sonderbar zumute. Die Gewißheit, jederzeit in der Bibliothek das Buch einsehen zu können, um sich Kraft zu holen, tröstete ihn.

Die Übergabe erfolgte feierlich, und Abt Placidus zeigte sich unendlich dankbar. Daß er eine solche Freude nicht nur bei dem Abt, sondern auch bei dem Bibliothekar und Joseph Sherwood, einem großen Liebhaber der Bücher, auslösen würde, damit hatte Frater Benedict nicht gerechnet. Sie strahlte auf ihn zurück. Da wußte er, und diese Gewißheit verließ ihn bis zu seinem Lebensende nicht mehr, daß er richtig gehandelt hatte. Auf diese Weise machte er für immer den „Psalter der Christina von Markyate" für alle einsehbar.

Die wenigen glücklichen Jahre, die Frater Benedict noch im Kloster Lamspringe vergönnt waren, nutzte er, um notleidenden Menschen - ob im Kloster oder außerhalb - medizinisch zu helfen, um sich geschichtlich weiterzubilden, und vor allem, um Frieden für seine Seele zu finden.

... im Kloster von Lamspringe

Von besonderer Anziehung blieb für Frater Benedict die Bibliothek wie auch die Person und Persönlichkeit des Bibliothekars. Mit allergrößter Aufmerksamkeit und Liebe hatte dieser den Albani-Psalter in seine Obhut genommen. Das Buch wurde als Krönung der ständig anwachsenden Bibliothek von Lamspringe wertgeschätzt. Auf dem Vorsatzblatt, das versteckt den Namenszug Frater Benedicts trägt, stand jetzt oben in kleiner Schrift:

L(iber) Monasterii-Lambspring 1657
(Buch des Klosters Lamspringe 1657).

Viele Bücher der Bibliothek waren ein Geschenk des Bruders von Abt Placidus, Sir Thomas Gascoigne, der das Kloster häufig besuchte und später viele Jahre als politisch Verfolgter in Lamspringe lebte. Keines dieser Bücher wie auch der der anderen Donatoren kam der Schönheit und auch dem Alter des Albani-Kodex' gleich. Große Förderer der Klosterbibliothek waren Leopold von Schorer, Bischof von Würzburg; Hermann Werner, Bischof von Paderborn und Henry Mordaunt, Graf von Peterborough, dessen Neffe George Mordaunt später Mönch in Lamspringe wurde, doch das Kloster wieder verließ, um zu heiraten.
In der Noviziatszeit, von der Einkleidung bis zur Profeß, die für Frater Benedict ein Jahr später erfolgen sollte, bemühte er sich neben seinen heilkundlichen Aufgaben besonders darum, mehr über die Geschichte des Klosters Lamspringe zu erfahren. Im Bibliothekar hatte er nicht nur einen Freund gefunden, sondern auch einen Wissenden, der sogar die alte deutsche Sprache verstand. An ihn hielt sich Benedict und erfuhr die lange und bewegende Ge-

schichte des „Fleckens Lamspringe". Einiges davon, was ihm wichtig erschien, schrieb Frater Benedict in sein Tagebuch, das nun nicht mehr den euphorischen Charakter aufwies wie seine ersten Aufzeichnungen in Guyana.
Graf Ricdag gründete im Jahr 873 zusammen mit seiner Frau Imhilda das Kanonissenstift von Lamspringe. Der hochbetagte Graf Ricdag erhielt die notwendige kirchliche Unterstützung durch einen Verwandten, den Bischof Altfried von Hildesheim. Der Graf hatte das Stift für seine einzige Tochter Ricburga erbauen lassen - sie war die erste Äbtissin in Lamspringe. Die Mitglieder des Stiftes brauchten als Kanonissen nicht die Gelübde der Armut, der Keuschheit und des Gehorsams abzulegen. Sie behielten auch ihr Vermögen und konnten das Stift wieder verlassen.
Voll Stolz und behutsam zeigte der Bibliothekar Frater Benedict eine päpstliche Urkunde. Papst Innozenz II. hatte am 14. November 1138 im Lateran ein Schutzprivileg für das Kloster Lamspringe erstellt. Er nahm das stark verblichene Pergament in seine Hände und bewunderte die Bleibulle, die an grünen, roten und gelben Seidenfäden hängt: auf der Vorderseite weist sie den Papstnamen und auf der Rückseite die Apostelnamen Pa(ulus) und Pe(trus) auf. Der Papst nimmt in der Urkunde das Kloster und dessen Besitzungen in seinen Schutz und bestätigt, daß die Nonnen nach der Regel Benedikts leben.
Anfang des 14. Jahrhunderts beherbergte das Kloster hundertachtzig Nonnen und war gleichzeitig Hospiz für die Armen. Während Frater Benedict diese Worte in sein Tagebuch schrieb, freute er sich besonders darüber, die Hospiz-Tradition in Lamspringe fortzusetzen zu können.
Dem ruhigen und beschaulichen Leben der Nonnen, die am Ende des 15. Jahrhunderts in Lamspringe lebten, folgten Jahre, in denen das Kloster fast ständig in Kriege zwischen den Herzögen von Braunschweig - den katholischen wie den protestantischen - und den Bischöfen von Hildesheim verwickelt war. Es folgten die lang anhaltenden religiösen Streitigkeiten nach der Reformation.
Nach der Wiederbelebung des Klosters durch die englischen Benediktiner im Jahr 1643 wurde Robert Meering als Frater Benedict am 28. Dezember 1658 aufgerufen, seine Profeß abzulegen. In An-

wesenheit des Abtes John Placidus Gascoigne und des Priors Joseph Sherwood schlug die Mönchsversammlung vor, daß Frater Benedict Meering am 30. Dezember seine feierlichen Ordensgelübde ablegen könne. Frater Benedict stimmte zu und feierte an diesem Tag seine ewige Profeß.

Infolge seiner Kenntnisse auf medizinischem Gebiet beschloß der allgemeine Rat des Klosters Lamspringe am 3. Mai 1659, Frater Benedict Meering nach England zu entsenden, um dort in einem noch größeren Rahmen caritativ zu arbeiten. Auf seinen Wunsch, wegen seines Alters und aufgrund der Fürsprache des Abtes wurde Frater Benedict allerdings von dieser Aufgabe entbunden. Dafür konnte er bei der großen Hungersnot im Jahre 1662, die durch Mißernten ausgelöst wurde, sowohl seinen Mitbrüdern als auch vielen Notleidenden in Deutschland eine große Hilfe sein. Abt Gascoigne, der gern zurückgezogen mit seinen Büchern lebte, setzte sich in dieser Notsituation auf besondere Weise ein: er ließ das im Klostergut vorrätige Korn verteilen und überzeugte sich eigens davon, daß auch kein Vorrat für das Kloster selbst zurückbehalten wurde. Soweit ihm Geldmittel zur Verfügung standen, kaufte er trotz der großen Teuerung fremdes Korn zu einem hohen Preis, um es auszugeben.

In großem Frieden mit sich, seinen Mitbrüdern und allen, die er in dieser Welt zurücklassen mußte, starb Robert Meering als Frater Benedict am 11. Dezember 1664 im Kloster Lamspringe. Ihm war es beschieden, sich mit allen und allem vorher zu versöhnen und sich auf diese unabänderliche letzte Reise vorzubereiten. Er wurde zweiundsiebzig Jahre alt; sieben Jahre davon lebte er als Mönch in Deutschland. In den letzten Stunden schenkte sich seiner Seele tiefe Ruhe und Hingabebereitschaft.

Frater Benedict starb mit der Bitte um Vergebung dessen, was nicht gut in seinem Leben war, und gleichzeitig im Vertrauen darauf, als Mönch den rechten Weg gegangen zu sein. Das Wohlwollen, der Dank und die Gebete seiner Mitbrüder begleiteten ihn noch über die Zeit hinaus, als er längst diese Welt verlassen hatte. Im Totengedenkbuch der englischen Benediktiner ist unter dem 11. Dezember 1664 zu lesen:

D. (Robert) Benedict Meering. Geboren in Tardebigge, Worcestershire, 1592. Begleitete Sir Walter Raleigh auf seinen Reisen. Legte am 30. Dezember 1658 in Lamspringe die Profeß ab, als er schon über sechzig Jahre alt war, und starb dort.

Flucht auf den Kontinent

Im fortschreitenden Alter hatte Abt Placidus das Bedürfnis, sich mehr zurückzuziehen. Trotzdem entschloß er sich zum Abriß der mittelalterlichen Kirche in Lamspringe, da das alte Gotteshaus wegen Einsturzgefahr des Turmes und der südlichen Außenwand nicht mehr zu erhalten war. Die Grundsteinlegung für die neue Kirche erfolgte am 26. Mai 1670, am Fest des heiligen Augustinus von Canterbury. Die Planung der Baumaßnahmen übertrug der Abt hauptsächlich seinem Prior Joseph Sherwood, der später sein Nachfolger wurde.

Da Lamspringe über wissenschaftlich ausgebildete Mönche verfügte und zudem zwischen Hildesheim und Göttingen günstig gelegen war, hätten die Nachbarklöster - einschließlich des Klosters St. Godehard in Hildesheim - gern die Errichtung eines Seminars für theologische Studien im Kloster Lamspringe gesehen. Abt Gascoigne fehlte es jedoch an Kraft, solche Pläne noch zu verwirklichen. Schon seit langem hatte er alle außerhalb des Klosters zu erledigenden Aufgaben wie auch die gesamte Ökonomie dem Prior Joseph Sherwood übertragen.

Als der Abt fünfundsiebzig Jahre alt war, fühlte er sich dem auf Lebenszeit übernommenen Amt nicht mehr gewachsen und bat, daß ihm ein Koadjutor mit dem Recht der Nachfolge zur Seite gestellt werde. Der Konvent wählte am 23. Juni 1674 den Prior Joseph Sherwood zum Abt-Koadjutor. Dieser machte sich vor allem um die Rückgewinnung alter Rechte des Klosters verdient und konnte nunmehr seine Fähigkeiten in Verwaltungsangelegenheiten noch weiter entfalten. Er förderte die Bildung der Kleriker durch Bücherkäufe und schickte die begabteren unter ihnen zum Studium nach Trier.

Zusammen mit seinem Koadjutor kaufte Abt Placidus im Jahr

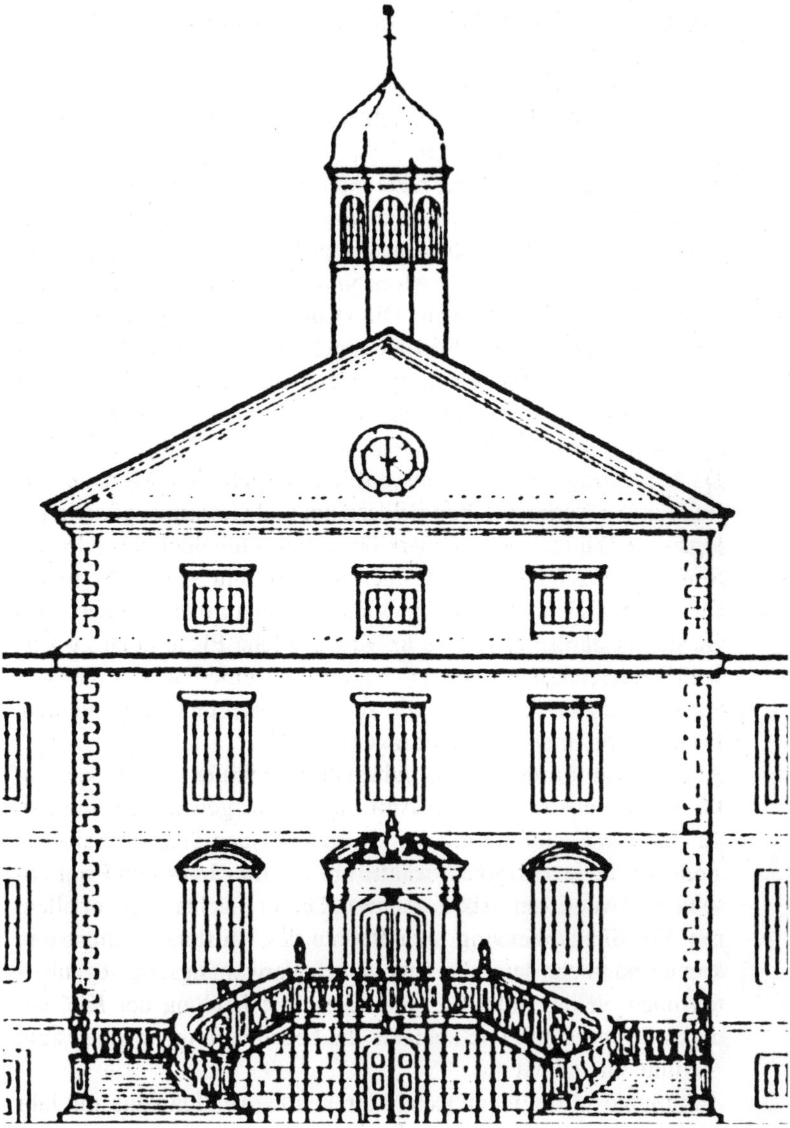

Ost-Ansicht der Benediktiner-Abtei Lampspringe

1676 vom Kloster St. Godehard in Hildesheim auf hundert Jahre ein Haus, das dicht bei der Pfarrkirche St. Nikolaus lag. Dieses Haus, das „Lamspringer Hof" genannt wurde, sollte den englischen Mönchen nicht nur die Möglichkeit geben, in der Residenz des Fürstbistums sichtbar gegenwärtig zu sein, sondern es sollte auch in Notzeiten den Klosterangehörigen Zuflucht in den sicheren Mauern bieten.

In der Amtszeit dieses Abtes legten sechsunddreißig Mönche die feierlichen Klostergelübde ab. Ihnen und den jüngeren Männern seines Konventes - noch waren es ausschließlich Engländer - mußte der Alt-Abt immer wieder von den englischen Anfängen in Lamspringe berichten. Die Mönche wollten in Deutschland Wurzeln schlagen, im Gegensatz zu fast allen anderen englischen Benediktiner-Klöstern auf dem Kontinent, die sich als nur vorübergehende Zentren zur Mission verstanden. Weil in England seit 1539, der Auflösung aller Klöster, die Mönche und Nonnen heimatlos geworden waren, suchten sie nach Klöstern auf dem Kontinent.

Im Jahr 1617 gründete Papst Paul V. die so grausam zerschlagene englische Benediktiner-Kongregation neu und half bei der Suche nach geeigneten Orten der Stille. Nach den Wirren der Reformation und den vielen Konfessionskriegen fiel das enteignete Nonnenkloster Lamspringe am 27. April 1643 an den Bischof von Hildesheim zurück.

Nachdem die englischen Benediktiner das Kloster mit allen Rechten und Pflichten übernommen hatten, kamen bereits am 2. Oktober 1643 die ersten sechs englischen Mönche in Lamspringe an. Mit ihnen zusammen zogen zwei deutsche Patres aus der Abtei Marienmünster in das neu gegründete englische Kloster ein, um die Eingewöhnung in Deutschland zu erleichtern und die Sprachschwierigkeiten überbrücken zu helfen.

Die Gemeinde-Seelsorge in Lamspringe wurde stets von einem deutschen Benediktiner versehen, der vom Kloster St. Godehard in Hildesheim bestellt wurde. Die Schulden, mit denen das Kloster belastet war, konnten schon bald durch den Fleiß und die Umsicht der Englänger getilgt und die verfallenen Gebäude wieder hergestellt werden. Die Mönche bemühten sich mit Zähigkeit und Geduld, jene Rechte und Besitzungen wiederzubekommen, die das frühere Nonnenkloster besessen hatte. Zur Wiedererlangung der alten Rechte erforschten sie mit großer Sorgfalt die Vergangenheit des Klosters.

Die Einwohner Lamspringes jedoch waren mit der Belebung des Klosters durchaus nicht einverstanden. Sie leisteten den englischen Mönchen sogar hartnäckigen Widerstand, da sie die „Klosterherrschaft" als einen Rückfall in die ehemaligen feudalen Herrschaftsstrukturen ansahen. Hinzu kam, daß die Einwohner Lamspringes zum lutherischen Glauben übergetreten waren. Die Mönche wiederum wollten den Status, den das Kloster vor der Reformation besessen hatte, wiederherstellen. In einem hart umstrittenen Punkt entschied das Gericht zugunsten des Klosters: Holz aus Gemeindebesitz durfte in großen Mengen gefällt werden, wenn die Baumaßnahmen dies erforderlich machten, obwohl die Einwohner von Lamspringe gerade in diesen Bereichen Eichen anpflanzten, um mit den Eicheln den Bedarf an Schweinefutter sicherzustellen.

Den englischen Mönchen fiel es am Anfang äußerst schwer, ein Gefühl zu entwickeln, das ihnen sagte, wie weit sie gehen durften und wo deutsche und reformatorische Verhältnisse besonders berücksichtigt werden mußten. Im Oktober 1645 kamen aus dem Kloster St. Gregor zu Douai weitere Mönche nach Lamspringe. Sie alle brachten für das Kloster große Opfer. Nach acht Jahren harter Aufbauarbeit gab der erste Abt von Lamspringe, Clemens Reyner, sein Leben in die Hände des Schöpfers zurück. Nach einer Fußwanderung zum Michaelis-Kloster in Hildesheim im Frühjahr 1651 erkrankte und starb er.

John Placidus Gascoigne war dreißig Jahre Abt des Klosters Lamspringe, als er am 24. Juli 1681 mit einundachtzig Jahren an Altersschwäche starb. Er wurde in der neuen Kirche St. Hadrian und Dionysius vor der Chortreppe beigesetzt, in einer neuen Gruft, die für zwei Särge vorgesehen war. Alle im Kloster warteten auf die Zeit, die sich bald erfüllen sollte, in der der zweite Sarg neben den des Abtes Placidus gesenkt würde.

Sir Thomas Gascoigne

Durch ihre Herkunft und die familiären Bindungen hatten die meisten Mönche von Lamspringe lebhaften Kontakt nach England. Für Abt Gascoigne war Zeit seines Lebens sein Bruder Thomas wichtige Stütze und Freund.

Nach dem Tod des Vaters 1637 übernahm Thomas das Gut und die Baronswürde. Als angesehener und wohltätiger Gutsbesitzer verwaltete er erfolgreich das Erbe, zu dem auch eine Zeche gehörte. Im März 1665 erschien sein Name auf einer Liste von Dissidenten. Robert Bolson, der als Leiter des Bergbaus bei den Gascoignes beschäftigt war, mußte wegen Unterschlagung entlassen werden. Daraufhin legte er in London vor dem Grafen von Shaftesbury eine eidliche Zeugenaussage ab, er sei überredet und verführt worden, dem katholischen Glauben beizutreten. Sir Thomas Gascoigne habe ihm eine hohe Geldsumme geboten, wenn er - wie viele Mitglieder der Familie und manche Nachbarn - einer Verschwörung beiträte, die sich die Ermordung von König Charles II. zum Ziel gesetzt hätte.

So wurden auf ungenügende Angaben hin viele Katholiken, zu denen auch Sir Thomas Gascoigne gehörte, zur Untersuchung gezogen und von den geschworenen Gerichten, die unter dem Einfluß der Volksstimmung standen, verurteilt, hingerichtet oder gefangengehalten. Sir Thomas Gascoigne, mehr als achtzig Jahre alt, wurde am 7. Juli 1679 auf seinem Gut in Barnbow verhaftet und in den Tower gebracht. Nach sechs Monaten Haft fand sein Prozeß vor dem königlichen Gericht in Westminster statt. Er wurde als nicht schuldig befunden. Trotzdem verließ Sir Thomas Gascoigne nach seiner Entlassung England, da es ihm nicht möglich war, als bekennender Katholik in seiner Heimat zu leben. Man unterstellte ihm weiterhin, er wäre der Initiator der sogenannten Barnbow-Verschwörung.

Die einzige Rettung und Ruhe war für ihn sein Bruder John Placid im Kloster Lamspringe. Durch eifrigen Briefwechsel standen die Brüder in gutem Kontakt. Nachdem Sir Thomas in kurzer Zeit alle notwendigen Vorbereitungen getroffen hatte, machte er sich trotz

Abt Gascoigne und sein Bruder Sir Thomas
Leeds Museums and Galleries

seines hohen Alters auf den Weg nach Deutschland ins Kloster Lamspringe. Herzlich wurde er von den Mönchen aufgenommen, besonders von seinem Bruder, Abt John Placidus, der sich allerdings nicht mehr bei guter Gesundheit befand. In seinem Gepäck befanden sich, da er ein leidenschaftlicher Bücherliebhaber war, viele wertvolle Manuskripte und Bücher, die er der Klosterbibliothek übereignen wollte. Aus diesem Grund waren einige spätere Äbte und Mönche der irrtümlichen Ansicht, der „Psalter der Christina von Markyate" sei ein Geschenk von Sir Thomas Gascoigne an die Klosterbibliothek.
Da es beiden Gascoignes bis in das hohe Alter vergönnt war, lesen zu können, hielten sie sich sehr viel in der Bibliothek auf. Doch ihre gemeinsame Zeit wurde nach nicht einmal zwei Jahren durch den Tod des Abtes jäh unterbrochen. Nach der Beerdigung seines Bruders empfing Sir Thomas Gascoigne in Lamspringe seinen Landsmann William Carr, Konsul in Amsterdam. Dieser schrieb nach seinem Besuch über Sir Thomas die Worte: „Mir begegnete ein gütiger, argloser, nobler Herr, dessen Persönlichkeit große Redlichkeit ausstrahlt und Ehrfurcht erweckt; er ist alles andere als schuldbeladen, wie die Schurken annahmen, die in den Zeiten der Verschwörung falsche Aussagen gegen ihn machten."
Sir Thomas Gascoigne überlebte seinen Bruder um fünf Jahre. Er starb im Alter von dreiundneunzig Jahren am 3. Mai 1686 und wurde in der Gruft neben seinem Bruder, Abt John Placidus Gascoigne, beigesetzt. Eine Inschrift wurde in beider Grab gesenkt:

Sicut dilexerunt se in vita, ita in morte non sunt separati.
(Wie sie im Leben einander zugetan waren,
so sind sie auch im Tode nicht getrennt.)

Das letzte Werk

Schöne Handschriften wurden schon seit Jahrhunderten nicht mehr in Lamspringe gefertigt. Wertvolle Manuskripte, alte Bücher und Urkunden der Klosterbibliothek hatte der Herzog von Braunschweig konfisziert und nach Wolfenbüttel bringen lassen, so daß die englischen Benediktiner nach ihrem Eintreffen 1643 eine neue Bibliothek aufbauen mußten. Bis zum Ende des Jahrhunderts war die Zahl der Bücher dank großartiger Spenden bereits zu einem beträchtlichen Umfang angewachsen, und Lamspringe verfügte wieder über einen ansehnlichen Bücherbestand. Die kostbarste Handschrift - der Stolz und die Freude der Klosterbibliothek - war und blieb der Albani-Psalter.

Im Jahre 1681 wurde der Prior und Abt-Koadjutor Joseph Sherwood Nachfolger von Abt Gascoigne. Der neue Abt führte die gute Tradition fort, durch Bücherkäufe die Lamspringer Klosterbibliothek zu erweitern. 1682 setzte er den Mönch John Townson als Präfekt der Klosterschule ein. Infolge seiner hohen Bildung und seines unermüdlichen Fleißes hatte Abt Sherwood Pater Townson damit beauftragt, eine Geschichte von Lamspringe zu schreiben.

Wenn auch die Bibliothek in Lamspringe bei der Übernahme durch die englischen Benediktiner fast ganz ausgeräumt war, so enthielt das Klosterarchiv immerhin noch eine Sammlung von mehr als zweihundert Dokumenten, auf die sich Townson stützen konnte. Aber sehr viele Register, Protokolle und Kopialbücher waren verschwunden. Abt Sherwood hatte in Harbarnsen bei Alfeld im Hause des Sohnes von Jakob Buxtorf eine Truhe voll von Registern und anderen wichtigen Dokumenten aus Lamspringe entdeckt. Doch Buxtorf wollte sie nicht herausgeben, und bei seinem Tod wußten die Erben nichts mehr von ihr.

Das in Lamspringe vorhandene Material war jedoch so reichhaltig, daß Pater Townson sein Werk „Geschichte des Klosters Lamspringe von 847 bis 1692" lückenlos schreiben konnte. Eines der Kapitel in der Geschichte Townsons enthält ein Glossar der alten Ausdrücke aus der deutschen Rechtssprache, das seinen Mitbrüdern, die das rechtliche und soziale System in Deutschland nicht kannten, nützlich sein sollte.

John Townson war ein Mann, der auf akademische Errungenschaften größten Wert legte. Hinter seinen Autorennamen schrieb er daher den Nachsatz: „Doktor der Theologie und Mitglied des Klosters Lamspringe". In seinen Schriften betont er den Wert einer gleichnishaften Erklärung unter Einbeziehung des neuplatonischen Symbolismus. Das letzte Werk, das im Scriptorium des Klosters Lamspringe entstand, stammt aus der Feder von John Townson. Er vertritt eine strenge Moraltheologie und verurteilt den Probabilismus - eine Richtung in der Sittenlehre, nach der in Zweifelsfällen eine Handlung erlaubt ist, wenn gute Gründe dafür sprechen.

Schaut man allerdings auf das Leben Townsons, muß man feststellen, daß er selbst diesen moralischen Vorgaben nicht entsprach:

Townson erhob gegen Maurus Knightly, der von 1697 bis 1708 Abt von Lamspringe war, in zweiundsiebzig Artikeln Klage über dessen Verschwendungssucht, schwenkte jedoch aus unverständlichen Gründen um und sympathisierte mit dem Abt. Ein Teil der Mönche setzte die Klage durch - die klösterliche Ordnung unter Abt Knightly hatte fast aufgehört - und bat um eine dringend notwendige Reform des Klosters, um den bereits deutlich spürbaren Verfall aufzuhalten. Es kam zu einem Vergleich. Der vorübergehend seines Amtes enthobene Abt Maurus Knightly wurde zum Bedauern seiner Gegner erneut eingesetzt; doch machten diese ihm bis zu seinem Tode das Leben schwer. Wenn der Abt den Gottesdienst halten wollte, verließen seine Gegner die Kirche, trugen bei Prozessionen das Exkommunikationsdekret vor dem Abt her und ließen es öffentlich anschlagen. Sie verweigerten ihm den Gehorsam und hinderten ihn am Gebrauch der verschiedensten Einrichtungen im Kloster.

Die undurchschaubare, dubiose Rolle, die Pater John Townson bei all diesen Vorgängen spielte, nahmen ihm die Mönche sichtlich übel. Er bekam ähnliches Verhalten zu spüren wie Abt Knightly: Bei der Zelebration wurden ihm sogar die Kerzen vom Altar genommen.

Das Ende dieses Kapitels in der Geschichte von Lamspringe überrascht nicht: Abt Maurus Knightly starb unerwartet und unter mysteriösen Umständen am 28. April 1708. Als offizielle Todesursache wurde der Genuß von Wein genannt - Wein aus einem Faß, das er erst zu Anfang des Jahres gekauft hatte ...

Begräbnis für einen Scheintoten

Man versuchte, alles Unstimmige und Dubiose nicht an die Öffentlichkeit dringen zu lassen, sondern klosterintern durchsichtig zu machen und zu bereinigen, was unklar war und zu Spaltungen geführt hatte. Es sollte zum Ausdruck kommen, daß in Lamspringe ein erneutes Klosterleben zu beginnen habe. Der klugen und bedächtigen Amtsführung des neuen Abtes war es zu verdanken, daß im Kloster die Jahre friedlich verliefen und die Zahl der Mönche vorerst gehalten werden konnte.
Doch ganz allmählich erlebte man einen Rückgang, der wohl auf die sich immer weiter ausbreitenden Gedanken der Aufklärung zurückzuführen war. In Lamspringe waren bisher nur englische Mönche. Man hatte allen deutschen Bewerbern eine Absage erteilt, da man befürchtete, Lamspringe könne seinen Charakter als englisches Kloster verlieren. Erst in der Mitte des 18. Jahrhunderts wurde der erste Deutsche zugelassen. Der aus Hildesheim stammende Laurentius Türk bat um Aufnahme. Erst nach mehrmaligen vergeblichen Versuchen hatte der Präsident der englischen Benediktiner-Kongregation, dem das Gesuch zur Entscheidung vorgelegt wurde, die Erlaubnis erteilt, den Deutschen Laurentius Türk eintreten zu lassen. Später wurden noch mehrere Deutsche in das Kloster aufgenommen.
Am 10. Januar 1751 legte Laurentius Türk die Gelübde ab. Das Kloster hatte eine ruhige Zeit; es gab weder interne noch externe Schwierigkeiten - aber auch nichts, was den Konvent hätte herausfordern können. Die Großzügigkeit des Abtes ging in Verschwendung und Prunksucht über; Gastfreundschaft, Güte und Freundlichkeit uferten aus in Nachgiebigkeit und Nachlässigkeit. Durch viele Faktoren bedingt, nicht zuletzt auch als Folge der großzügigen Leitung durch den Abt, stellte sich allmählich ein Nachlassen der Disziplin ein. Die Mönche waren unpünktlich, kamen ihren Pflichten nicht nach oder verrichteten sie nachlässig. Man sagt, daß die Bibliothek zu dieser Zeit fast gar nicht mehr genutzt wurde und die Mönche nur noch Bücher ungeziemenden Inhalts lasen. Nicht wenige Mönche waren der Trunksucht verfallen.

Im Gegensatz zu früher, hatten nun alle freien Zugang zum Keller. Der Cellerar, der Keller- und Küchenmeister, war seiner Aufgabe aus jenen Gründen nicht mehr gewachsen; daher hatte er viele seiner Pflichten anderen übertragen und damit die Übersicht verloren. Er wurde abberufen, und man bestellte einen neuen Cellerar. Die Wahl fiel auf Pater Laurentius Türk. Mit ihm geschah etwas Merkwürdiges, das in die Geschichte des Klosters eingehen sollte:

Der neue Cellerar versuchte auf seine Weise und in großer Verantwortung, alles Ungeordnete wieder ins Lot zu bringen. Seiner großen Aufgabe war er jedoch nicht gewachsen, so daß er sehr schwer erkrankte. Das Fieber stieg und wollte nicht weichen. Nach einigen Tagen verlor Pater Türk das Bewußtsein. Alle vom Arzt verordneten und angewandten Mittel blieben ohne Erfolg. Das starke Fieber wurde für ihn zu einem tödlichen Fieber, und Laurentius Türk starb in der Nacht. Der bei anbrechendem Morgen herbeigerufene Arzt beugte sich über ihn, öffnete behutsam die Augenlider und sah die weit geöffneten Pupillen. Er stellte den Tod fest. Sein Körper war eiskalt, alle Muskeln waren bereits gelähmt; Puls, Herzschlag und Atmung waren erloschen, die Augen gebrochen, die Hornhaut trübe. Der Arzt schloß die Augen des Verstorbenen wieder, drückte die herabgesunkene Kinnlade fest an, so daß der Mund sich schloß, und stellte den Totenschein aus. Nach einigen Stunden wurde Laurentius Türk von seinen Mitbrüdern gewaschen, angezogen und hergerichtet und schließlich auf ein Brett gelegt. Alle Mönche kamen nacheinander an den Ort der Trauer; einige sprachen Gebete und besprengten ihn mit Weihwasser; andere verhielten sich schweigend. Der Tischler nahm Maß für den Sarg, der am nächsten Tag fertiggestellt war und in den Kapitelsaal gebracht wurde. Hier bahrte man Laurentius Türk auf. Obwohl sich auf seinen Wangen leichte Totenflecken zeigten, erste Zeichen der Verwesung, ließ man sein Angesicht unbedeckt. Die Mönche schlossen die Fensterläden des Kapitelsaales und sorgten für einen kühlen Raum. Neben dem Toten brannten Kerzen, und es wurde gebetet. Die für die Beerdigung notwendigen Vorbereitungen waren getroffen, die Zeit war anberaumt und nicht mehr fern.

Einige Stunden vor der Beisetzung bat ein Verwandter darum, Laurentius Türk noch einmal sehen zu dürfen. Er wurde in den Kapitelsaal zu dem Verstorbenen geführt, dessen Sarg noch nicht verschlossen war. Ergriffen streichelte er die Hände des Entschlafenen und setzte sich dann still neben den Sarg. Dankbar, daß er noch einmal bei seinem Angehörigen sein durfte, schaute er ihn lange an - erschüttert über seinen so frühen und schnellen Tod.
Um dem Toten einen letzten Dienst zu erweisen, blieb der Verwandte lange in der dunklen Stille bei ihm. Als er plötzlich eine leichte Bewegung auf der rechten Halsseite Türks zu sehen glaubte, traute er seinen Augen nicht. Erschreckt und gebannt blickte er weiter auf den Hals des Toten, in der Erwartung, diese Stelle würde sich noch einmal heben und senken. Es geschah nichts, die Zeit verging, doch eine tiefe Unruhe ergriff ihn mit der bangen Frage, ob wirklich noch Leben, flackerndes Leben in dem Toten sei. So verunsichert wie niemals in seinem Leben, stand der Verwandte auf, eilte zur Tür und rief über den Korridor, daß der für tot erklärte Laurentius lebe. Sein Schrei verbreitete sich wie ein Lauffeuer und löste rasendes Entsetzen aus. Die Gerufenen scharten sich um den Sarg und schauten gebannt auf den Toten, doch niemand entdeckte irgendein Lebenszeichen an ihm. Der Verwandte Türks trat zurück, denn er fühlte sich in die größte Verlegenheit versetzt. Ein mit der Krankenpflege vertrauter Mönch sagte, daß die Bewegungen, die man beobachtet habe, postmortale Zuckungen seien, die es des öfteren gäbe. Sie hätten nichts zu bedeuten, denn die Steifheit der Glieder, die Kälte, die Blässe und die Leichenflecken seien ein sicheres Zeichen des Todes.
Die Stunde der Beerdigung rückte näher, und man beriet, was zu tun sei. Ein älterer erfahrener Mönch, der darum bat, nach dem Arzt zu schicken, begründete seinen Wunsch mit den Worten: „Besteht nicht die Möglichkeit, daß Laurentius in eine Ohnmacht höchsten Grades gefallen ist und die Symptome dieselben wie die des Todes sind? Es gibt einen solchen Zustand, der der Totenstarre sehr ähnlich ist und doch nur in einer Erstarrung bei lebendigem Leib besteht. Der Erstarrte ist bewegungsunfähig und kann kein Zeichen von sich geben, daß noch Leben in ihm ist."
Der Prior ließ den Arzt rufen. Die Beisetzung wurde auf unbe-

stimmte Zeit verschoben. Gerüchte und Schauermärchen kamen auf und wurden außerhalb des Klosters schnell weitergetragen. Der Arzt, gewissenhafter als je zuvor, untersuchte Laurentius Türk eingehend; doch hatte er, da er ein Brenneisen und Nadeln anwandte, die Anwesenden aus dem Kapitelsaal geschickt. Tatsächlich glaubte er nach einiger Zeit, in der Herzgrube eine geringe Wärme zu spüren. Die Hereingerufenen waren außer sich, als sie an ihrem totgeglaubten Mitbruder plötzlich ein schwaches Zucken des Mundes bemerkten. Ohne in Ratlosigkeit zu fallen, ordnete der Arzt an, den gesamten Körper mit geistigen Mitteln kräftig einzureiben, den Kopf mit Essig zu waschen und Laurentius Türk ein gut geheiztes Krankenzimmer zu bereiten. Während dieser Zeit machte er sich in der Küche zu schaffen und gab etliche Anweisungen, die umgehend befolgt wurden.
Als er kurz darauf ins Krankenzimmer kam, trat er an das Bett, beugte sich über den Scheintoten und begann erneut mit Wiederbelebungsversuchen. Die Mund-zu-Mund-Beatmung unterbrach der Arzt nur für kurze Augenblicke, um selbst Luft zu holen und dem Schwindel zu entgehen. Einige Mönche, bereit zu helfen, schauten diesem Geschehen bewegungs- und fassungslos zu. Einer von ihnen mußte an Elischa denken, von dem im Zweiten Buch der Könige berichtet wird, wie er in die Kammer des toten Kindes tritt, seinen Mund auf dessen Mund legt und dadurch wieder Wärme und Leben in das Kind kommt.
Doch Laurentius Türk war noch immer nicht in der Lage, ein Zeichen des vielleicht noch in ihm flackernden Lebens zu geben. Der Arzt hielt ihm Salmiakgeist unter die Nase und tröpfelte ihm einige Tropfen Melissengeist in den Mund. Dann wurde der Rücken mit essiggetränkten Tüchern kräftig abgerieben. Aus der Küche brachte man nun erwärmte Senfteige, die Laurentius auf die Brust und die Extremitäten gelegt wurden, gleichzeitig preßte man aufgeheizte Ziegelsteine gegen seine Fußsohlen. Aber auch das Reinigen und Reizen des Schlundes mit einer Feder zeigte keine besondere Wirkung.
Als jedoch der künstlich erwärmte Körper mit kaltem Wasser besprengt wurde, gab Laurentius sichtbare Zeichen des wiederkehrenden Lebens von sich. Es traten kleine Zusammenziehungen und

Zuckungen der Muskeln auf, besonders des Mundes, der Augenlider und des Gesichtes. Die bleichen Lippen erhielten nach und nach eine leichte Färbung, und ein schwaches Atmen kam durch. Es schien, als ob der Schlafende allmählich aufwache: die Muskeln verloren ihre gläserne Zerbrechlichkeit, der Körper wurde wärmer und die Erstarrung schwand. Als nach einigen Stunden Laurentius Türk es noch immer nicht vermochte, die Augen zu öffnen oder sich sonstwie zu bewegen, entschloß sich der Arzt, Schröpfköpfe zu setzen. Er ließ die Glasschalen anwärmen, und nachdem er viele Einstiche auf der Brust, zwischen den Schulterblättern und auf den Schenkeln vorgenommen hatte, setzte er die Schröpfköpfe zum Absaugen des Blutes darüber. Diese Methode hatte er bei einem französischen Professor als äußerst wirksam kennengelernt.

Nach den anstrengenden Rettungsversuchen der letzten Stunden lehnte er sich auf seinem Stuhl zurück und wartete, bis der Körper größere Blutmengen abgab. Dabei wurde ihm bewußt, wie verschwommen und unbestimmt die Grenzlinien sind, die das Leben vom Tode trennen.

Als Laurentius Türk noch am selben Tag wieder die Augen öffnete, klagte er über eine beschwerliche Kälte, dann schloß er wieder die Augen und versank in einen tiefen, heilsamen Schlaf. Unter der guten Pflege seiner Mitbrüder erholte er sich schnell wieder, und schon nach einigen Tagen stand er auf und verrichtete mäßige Geschäfte.

Laurentius Türk erzählte später: „Durch das tagelange hohe Fieber verlor ich stufenweise meine Kräfte. Kein Glied vermochte ich mehr zu bewegen. Die Zunge versagte mir ihre Dienste. Meine Augen sahen immer trüber, doch meine Ohren hörten. Ich fühlte und war mir meines Selbst bewußt, doch war es mir nicht möglich, irgendein Lebenszeichen von mir zu geben. Ich litt unaussprechliche seelische Qualen, als ich den Arzt sagen hörte, daß er mich für tot hielt. Ich war nicht ohne Bewußtsein. Ich lebte innerlich. Nur konnte ich nicht sprechen und mich bewegen. Ein unsagbares Gefühl von Enge, Angst und Bedrückung überfiel mich, als der Arzt den Totenschein unterschrieb und ich das Rascheln des unterzeichneten Erlaubnisscheines zum Begräbnis vernahm."

Erschöpft von der Anstrengung des Sprechens, konnte Laurentius immer nur kurz Auskunft geben über das, was er während der Zeit des Scheintodes erfahren hatte. Er hatte sogar mitbekommen, wie der Tischler Maß für seinen Sarg nahm.

„Sehr große Schmerzen verursachte mir jemand, der gewaltsam meinen Mund schloß und dabei brutal die Kinnlade nach oben drückte. Das laute Beten und Singen meiner Mitbrüder war ebenso schmerzhaft und wie ein rollender Donner für meine Ohren. Als man mich aus dem Bett hob, hatte ich das Gefühl, gebrochen zu werden. Dann verlor ich wohl das Bewußtsein und fiel in einen tiefen Schlaf. Ich fand mich in einem kalten Raum wieder und fror entsetzlich. Die geschlossenen Augen zu öffnen gelang mir nicht, aber mein Ohr hörte und führte die Eindrücke zu meiner Seele. Ein Tropfen Hilfe wäre für mich in meiner Situation besser gewesen als ein ganzer Ozean von Sympathie.

Sehr peinlich war mir der Zuspruch des Geistlichen, der den Totendienst versah. Er redete so eifrig und laut, daß mir jede Silbe wie ein Dolch in die Ohren und die Seele drang. Dieser sicher wohlgemeinte Zuspruch vermehrte in mir nur die Todesangst und bedeutete eine unbeschreibliche Qual. Auch das Besprengen des Gesichtes und der Hände mit dem eiskalten Weihwasser erschütterte mich bis ins Innerste."

Als sich seine Seele von den einschneidenden Erlebnissen erholt hatte und Pater Türk auch körperlich gesundete, führte er ein Leben, das noch ernster und erhabener war als zuvor. Er sprach nur selten von dem, was er in jenen unvergeßlichen drei Tagen auf der Schwelle zwischen Tod und Leben gedacht und empfunden hatte. Seit seiner Wiederbelebung machte ihm nichts mehr Angst als der Gedanke des Eingesperrtseins in einen engen, dunklen Raum. Daher bekam er vom Abt eine größere Zelle mit zwei Fenstern, die am Hauptgang und an der Treppe lag, so daß Pater Türk in den Zeiten der allgemeinen Bewegung immer Geräusche wahrnehmen konnte. Im Traum kamen oft panische Todesängste, lebendig begraben zu sein; dann schrie er laut und schlug um sich. Er fühlte sich im Traum unabwendbar eingeschlossen in eine enge Behausung und bekam keine Luft. Schweißgebadet und mit Fieber erwachte er dann. Nachdem seine Seele sich beruhigt hatte, norma-

lisierte sich sein körperlicher Zustand ebenfalls, so daß er an den folgenden Tagen seinen notwendigen Dienst verrichten konnte.
Als Mönch und Cellerar des Benediktiner-Klosters Lamspringe erlebte er noch etliche erfüllte und glückliche Jahre. Der Gedanke jedoch an ein Begräbnis vor dem Tod löste in ihm äußerste seelische Qualen aus, die oft auch den Körper ergriffen. Obwohl sich dieses Erlebnis tief in seine Seele einbrannte und ihn Zeit seines Lebens nicht mehr losließ, sprach er, nachdem er alles einmal ausgesprochen hatte, niemals mehr darüber. Pater Laurentius Türk war es vergönnt, noch sieben Jahre zu leben.

Gärende Unruhe

Seit der Geschichtsschreibung John Townsons, bei der er weltpolitische Ereignisse mit denen des Klosters Lamspringe in Zusammenhang gebracht hatte, waren die nach ihm kommenden Geschichtsschreiber äußerst zurückhaltend. Sie fürchteten, seinem umfassenden Stil nicht gerecht zu werden; vor allem aber fühlten sie sich der von Townson eingeführten sinnbildlichen Darstellung nicht gewachsen. Alle Texte wurden daraufhin gelesen und betrachtet, ob sie einen verhüllten, tieferen geistigen Sinn beinhalteten. Daher widmete man dem Ereignis des Scheintodes von Pater Laurentius Türk in der offiziellen Chronik nur einen kargen Bericht. Man befürchtete vielleicht nicht zu unrecht, daß spätere Leser eine zu breite Ausführung des Todeskampfes als Sinnbild des Zustandes im Kloster Lamspringe auslegen würden oder gar als Bild für den gesamten katholischen Glauben.
Überall war Angst verbreitet, und das Fundament, auf dem sich neben dem englischen Benediktiner-Kloster in Lamspringe viele andere Klöster befanden, war recht dünn geworden. Im Sinne der Geschichtsschreibung von John Townson soll als letztes Schicksal vor der endgültigen Auflösung des Klosters Lamspringe im Jahr 1803 das eines Mönches beschrieben werden, das die allgemein gärende Unruhe und den Zerfall vieler Klöster widerspiegelt:
Nicht nur, um seine sexuellen Begierden zu befriedigen, sondern auch des Verbotenen wegen, und um sich der Überstrenge seines

Abtes zu entziehen, schlich sich der junge Pater Maurus Chaplin wöchentlich und öfter aus dem Kloster. Er besuchte eine verheiratete Frau in Lamspringe, zu der er seit geraumer Zeit intime Beziehungen unterhielt. Für ihn gab es schon seit langem unter einem so untragbaren Abt wie Maurus Heatley kein Motiv mehr, zumindest das zweite Gelübde, die Keuschheit, zu wahren. Einige Nachbarn der Frau hatten zwar - immer wenn deren Mann nicht zu Hause war - den nächtlichen Besuch aus dem Kloster bemerkt, doch hielten sie sich vorerst zurück, machten jedoch ihre Witze hinter verschlossenen Türen.
Maurus Chaplin, der alles, was er tat, aufs Ganze anlegte, konnte sich in diesen nächtlichen Stunden voll als Mann fühlen und sich als ein solcher beweisen. Endlich kam für ihn das ins Leben, was im Kloster verboten war und was sich in ihm, so glaubte er, ungut und krankmachend aufgestaut hatte. Unter seinem Habit trug Pater Maurus, wie alle jüngeren Mönche im Kloster, lederne Beinkleider und Hemden. Die Frau, die dies bei jedem seiner Besuche erfuhr, war stets erneut entsetzt über den schmutzigen und zerrissenen Zustand dieser harten Bekleidung, die sich zudem wegen ihres langjährigen Gebrauches nur schwer öffnen ließ.
„Aus bereits zum Himmel stinkendem Geiz entzieht uns der Abt die notwendige Kleidung", gab Maurus zur Antwort. „Nach der Ordensregel hätten wir ein Recht darauf, wenigstens saubere Wäsche zu erhalten. Nur, weil dieser Tyrann sich in den Kopf gesetzt hat, die Schulden, die er von seinem Vorgänger übernehmen mußte, möglichst schnell abzutragen, spüren wir seinen Geiz bis in unsere Intimsphäre. Wir müssen uns mit dieser Lederkleidung, die die Älteren abgelegt oder die Verstorbenen hinterlassen haben, tagaus - tagein begnügen. Ich hasse diesen Mann, dessen filzige Sparsucht und Knauserei ich bis in meine Hose hinein ertragen muß."
Doch dann, nachdem Maurus dieses einmal deftig ausgesprochen hatte, war es geboten, die kurze und davoneilende Zeit mit schöneren Dingen zu nutzen.
Einige der freien Angestellten des Klosters, für die das Gelübde der Keuschheit sowieso eine unfaßbare Angelegenheit war, beobachteten ihre Mönche und lauerten ihnen auf, um sich an verbor-

genen Liebesabenteuern zu berauschen. Das Verbotene hat gerade auch für die, denen es nicht verboten ist, einen eigentümlichen Reiz, wenn sie es schauen oder zumindest darüber reden können. In einem so kleinen Flecken wie Lamspringe blieben daher die nächtlichen Besuche des Pater Maurus bei seiner Geliebten weder den Einwohnern noch dem Abt des Klosters verborgen.

Gleich zu Beginn der Amtszeit von Abt Heatley hatte Maurus Chaplin am 18. September 1763 die Klostergelübde abgelegt. Doch schon bald zeigte sich, daß der Abt von einer Herrschsucht besessen war, die besonders die jüngeren Mönche von Grund auf ablehnten. Als sie dann seine Sparsucht, die in Geiz ausuferte, am eigenen Leib zu spüren bekamen, verließen einige Novizen das Kloster, andere, die ihre theologische Ausbildung hinter sich hatten, zu ihnen gehörte auch Pater Maurus, traten gegen den Abt in einen langjährigen Machtkampf. Maurus Chaplin hätte gern das Kloster verlassen und ein gelübdefreies Leben geführt, doch war es ihm infolge der Sprache, der fehlenden Mittel und Ausbildung nicht möglich, diesen Schritt zu tun. Um seinen aufgestauten Gefühlen Luft zu machen, hatte er den Weg der Provokation entdeckt und ging ihn, wo er nur konnte, um Abt Heatley bis zur Weißglut zu reizen.

Harte Strenge, überzogene Disziplin und Machtausübung waren die Charakteristika, die den Abt nicht nur bei seinen eigenen Mönchen unbeliebt machten, sondern auch bei der Englischen Benediktiner-Kongregation, der er sich eigentlich zu fügen hatte. In Abt Heatley spiegelte sich ein ungutes „fürstbischöfliches" Verhalten wider, indem er seine politische und kirchliche Macht bis zum äußersten und rigoros entfaltete. Er nutzte alle Rechte, selbst die Gerichtsbarkeit, die ihm als Abt in Deutschland gegeben war, übergebührend und zu noch größerer Machtentfaltung für sich selbst und auf Kosten anderer aus. Es war nur allzu gut verständlich, daß Abt Heatley in einer zunehmend größer werdenden Distanz zu seiner eigenen Kommunität lebte. Er darf und muß dafür verantwortlich gemacht werden, daß fast alle Novizen wegen seiner eigenmächtigen Handlungsweise das Kloster wieder verließen. Sie wären sonst dazu verurteilt gewesen, wie einige von ihnen später in einem Bericht schrieben, „in Anbetracht der über-

triebenen Sparsamkeit und Strenge des Abtes als 'Hunde' zu leben". Da Abt Heatley die volle Unterstützung einiger deutscher Äbte und Fürstbischöfe genoß, hatte selbst der Präsident der Englischen Benediktiner-Kongregation, Beda Brewer, keine Handhabe, ihn seines Amtes zu entheben. Außerdem war der Präsident durch die Revolution in Frankreich und die damit verbundene Säkularisation in eine äußerst verzweifelte Lage geraten. Nur wenige, sehr weitsichtige Köpfe ahnten, daß Frankreich sehr bald schon Deutschland im Reichsdeputations-Hauptschluß von 1803 diktieren würde, alle geistlichen Fürstentümer aufzuheben und die Klöster zu enteignen. Viele Stimmen, die vorher zu einer lediglich politischen Entmachtung der katholischen Kirche laut wurden, blieben ungehört.
Zu ihnen gehörte im Fall von Lamspringe der englische Provinzial Warmoll, der 1792 Abt Heatley mit den folgenden Worten beschrieb und verurteilte: „Seine Mitra macht Heatley zu einem großen Mann; vielleicht läßt ihn seine eigene Hochachtung vor sich selbst vergessen, daß er einen Vorgesetzten hat. Mit seinen Vorgängern war bestimmt kein leichtes Umgehen, aber ich denke, dieser Herr maßt es sich an, noch eine Stufe höher zu stehen. Ich fürchte, eine Verbindung besteht nicht mehr zwischen uns. Umsichtigkeit und Vorsicht scheinen mir äußerst notwendig zu sein, oder wir werden eine vom Parteigeist ruinierte Körperschaft sein." Abt Heatley hielt jedoch an seiner eigenen Unabhängigkeit und der Lamspringes bis zu seinem Ende fest. Die Chronik sagt: „Bei diesem Charakter Heatleys war es ein Unglück für ihn und für seine Geistlichen, daß er so lange lebte. Der Widerwille gegen ihn, besonders im Konvent, wurde immer stärker." Im Fall von Pater Maurus Chaplin behielt der Abt - wie in allem - die Oberhand und bestrafte ihn für sein sexuelles Verhalten, indem er ihn aus dem Kloster Lamspringe entfernte und zur Mission nach England schickte. Obwohl sich Pater Chaplin hier anfangs mehr oder weniger verdient machte, fühlte er sich doch schicksalsmäßig weiter mit Lamspringe verbunden, so daß er darauf sann, an Abt Heatley Rache zu üben.

Zeugen der Anklage

Pater Maurus Chaplin ging im Jahr 1776 nach England, um zunächst in Whitehaven an der Westküste missionarisch zu arbeiten. Eine besondere Wohltat bedeutete es für ihn, das Ordensgewand ablegen zu können, denn alle Missionare trugen zivile Kleidung. Die verhältnismäßig große Freiheit, die er als Mönch in England genoß, nutzte er reichlich aus. Kleinere Schulden, die er nicht zurückzahlen konnte, wurden zunächst durch den Orden gedeckt. Als Pater Maurus jedoch bei seinem Einsatz in Lawkland weit über die Stränge schlug, mußte er die Konsequenzen tragen, die er bewußt heraufbeschworen hatte. Es war in den achtziger Jahren in England allgemein üblich geworden, daß Missionare Kapellen bauten. Ohne Zustimmung der Ordensoberen und ohne angemessene materielle Grundlage war Maurus Chaplin in Eigeninitiative damit beschäftigt, eine solche Kapelle zu errichten. Der Provinzial erhielt davon Kenntnis und schickte Pater Maurus zurück nach Deutschland in das Kloster Lamspringe.
Im Juli 1788 mußte er dann gezwungenermaßen und fluchtartig England verlassen, da ihn die wütenden Bauarbeiter verfolgten, denen er keinen Lohn mehr auszahlen konnte. Pater Maurus Chaplin - so hieß es in einem Protokoll - war „unbrauchbar" für die Mission geworden. Als er am 25. Juli in Lamspringe mit gespaltenem Sinn ankam, gab er als Grund seiner Rückkehr Augenschwäche vor. Bei Abt Heatley jedoch, der um den wahren Sachverhalt wußte, war er in eine noch größere Ungnade gefallen.
Maurus Chaplins ganze Absicht bestand nun darin, diesen Mann „außer Gefecht zu setzen". Als er hörte, daß der Abt sehr kostenaufwendig und mit allen Mitteln versuchte, die Schafzucht des Klosters wiederzubeleben, machte er sofort zweideutige Bemerkungen. Abt Heatley widersprach daraufhin der angeblichen Augenschwäche und lud damit neue Aggressionen auf sich. Um sich den Unruhestifter noch eine Weile vom Leibe zu halten, bewilligte er Pater Maurus die ungewöhnliche Vergünstigung, noch einen ganzen Monat außerhalb des Klosters leben zu können, obwohl die Regel jedem ankommenden Mönch dieses nur für drei Tage er-

laubt. Als am 25. August Maurus Chaplin dann endgültig wieder in Lamspringe eintrat, benahm er sich bewußt unangepaßt und störrisch. Aller Wahrscheinlichkeit nach trug zu seinem Verhalten erheblich bei, daß seine alte Liebe erloschen war. Unregelmäßig oder gar nicht nahm er an den vorgeschriebenen Tagzeiten teil und erfüllte die ihm aufgetragenen Arbeiten nicht zufriedenstellend. Maurus Chaplin war häufig betrunken. Wiederholt versuchte er dann in der Nacht, die Türen des Schlafsaales aufzubrechen, in dem die jüngeren Mönche schliefen, um sie zu erschrecken und sie gegen das „Scheusal Abt" aufzuhetzen. Um den Schaden zu begrenzen, untersagte der Abt jeglichen Umgang mit Pater Maurus, der jedoch durch diese Maßnahme um so aufgebrachter wurde und noch mehr Zorn und Bitterkeit an den Tag legte.
Abt Heatley war es bisher gelungen, durch Strenge und Gewalt Ordnung im Kloster zu halten. Aus Gründen der Sparsamkeit, und um den Mönchen den Genuß von Alkohol und köstlichen Speisen zu versagen, versah er selbst das Amt des Cellerars. Von seinem Vorgänger hatte er Schulden in Höhe von 34.000 Reichstalern übernommen, die er zwar durch eiserne Maßnahmen bis 1793 abtragen konnte, doch wurden die internen und menschlichen Spannungen im Kloster dafür immer größer.
Daß es eine Bibliothek mit wertvollsten Büchern im Kloster gab, Bücher mit Regeln und Anweisungen für das geistige Leben, hatten fast alle vergessen. Daß einmal der strahlende Albani-Psalter Stolz und Freude der Klosterbibliothek war, wußte niemand mehr. Gefesselt durch negative Kräfte, warteten alle gebannt wie in einer Arena auf den nächsten Kampf zwischen Pater Maurus und Abt Heatley, so daß fast alle zum Untergang des Klosters direkt oder indirekt beitrugen.
Am 24. Oktober hielt der Abt im Konvent vor allen Mönchen Pater Maurus sein unmoralisches Betragen vor und ermahnte ihn, endlich seinen verkehrten Wandel zu ändern. Gleichzeitig versicherte er ihm, er werde, falls keine freiwillige Besserung erfolge, alle ihm als Abt zustehenden Rechte und Mittel gebrauchen, die erforderliche Veränderung zu erzwingen. Es kam die Sprache auf die von Maurus aus England mitgebrachten weltlichen Kleidungsstücke, die er nicht nur aus provokatorischen, sondern auch

aus hygienischen Gründen trug. In einer kaum zu beschreibenden Schärfe sagte der Abt: „Es ist bereits eine geraume Zeit seit Ihrer Rückkehr ins Kloster verflossen, und Sie haben mir über Ihre aus England mitgebrachte Ober- und Unterkleidung noch keine Anzeige gemacht - wie es die Ordensregel fordert. Ich schickte neulich den Lehrburschen unseres Tischler-Bruders Franz mit dem Ansuchen zu Ihnen, ihm Ihren weltlichen Rock zu schenken, dessen Sie jetzt nicht mehr bedürfen."

Bei diesen Worten fuhr Pater Maurus auf: „Der Rock gehört mir und nicht Ihnen. Und hinzu kommt ..." Der Abt unterbrach ironisch: „Mir ist nicht bekannt, daß ein Mönch etwas besitzen darf, das er sein eigen nennen kann. Unsere Regel besagt, ohne Wissen und Erlaubnis seines Oberen darf niemand auch nur das Geringste besitzen. So habe ich als Abt das Recht, alles zu wissen und zu untersuchen, was jeder meiner Geistlichen tut und hat."

„Sie werden sich unterstehen", wandte Maurus Chaplin energisch ein, „das Meinige zu untersuchen. Ich verbiete Ihnen, meine Zelle zu visitieren!"

„Ich habe das Recht dazu", sagte der Abt, verließ schweigend das Refektorium und eilte die Treppe hinauf. Pater Maurus aber kam ihm zuvor und stellte sich vor die Tür seiner Zelle. Als er durch eine drohende Gebärde Abt Heatley nicht davon abhalten konnte einzutreten, griff Maurus zu seinem Cricketschläger und ging auf ihn los.

„Um Gottes Willen, Pater Maurus, was haben Sie im Sinn?" schrie der Abt mit zitternder Stimme. Maurus Chaplin wich zurück und schloß sich in seiner Zelle ein. Seit diesem Vorfall bemerkte man an Chaplin eine auffallende Veränderung: er wirkte in sich gekehrt, verhielt sich schweigsam, und seine Gesichtszüge waren finster wie die eines Menschen, der etwas Unheilvolles ausbrütet. Fünf Tage vergingen; es war der 29. Oktober, als sich Pater Maurus unauffällig ein scharfes Messer besorgte, um es gegen den Abt zu gebrauchen. Er schlich sich in den allgemeinen Schlafsaal - niemand war anwesend - und stand vor dem großen Ölgemälde, das Abt Heatley in jungen Jahren stolz und in voller Würde mit den Insignien eines Abtes darstellte. Voll Bitterkeit und Zorn stach er mit dem Messer in die Leinwand und schnitt den Kopf und den rech-

ten Arm des Abtes aus dem Portrait. Als Pater Maurus zur Rede gestellt wurde, schwieg er. Dunkle Schatten hatten sich auf seine Seele gelegt, und etwas Angstmachendes und Unberechenbares ging von ihm aus. Durch unkluges Fragen und Anschuldigungen erneut unter Druck gesetzt, gab Maurus zur Antwort, daß er als nächstes den Abt sowie den Prior umbringen und das Kloster in Brand setzen werde. Daraufhin entschloß sich Abt Heatley mit Rücksicht auf die Sicherheit des Klosters und seiner Bewohner, Pater Maurus Chaplin gewaltsam in Arrest zu nehmen.
Nach einem genau festgelegten Plan wurde er am nächsten Tag auf dem Weg von der Kirche zum Speisesaal durch den Klosterförster Hoffmann, den Arzt Hagemann und zwei Mönche überwältigt, gefangengenommen und in eine Zelle gesperrt. Als Inhaber der Gerichtsbarkeit und in seiner vollen Abtswürde eröffnete Heatley am 6. November 1788 formell den Prozeß gegen Pater Maurus Chaplin. Der Abt beauftragte die ehrenwerten Personen Professor Placidus Harsnep, den Präfekten der Studenten Pater Dionysius Allerton und den Cellerar Pater Augustin Hatton, den Fall näher zu untersuchen, Zeugen zu befragen und sie unter Eid aussagen zu lassen. Bei der Gerichtsverhandlung vom 15. November wurden neben dem Förster Leopold Hoffmann, dem Arzt Edmund Hagemann, einem Burschen aus Lamspringe namens Karl Schmidt auch vier Patres und der Prior Gregorius Ballyman als Zeugen gehört. Nach kurzer Beratung - Abt Heatley vermied es, auch nur den leisesten Fehler zu machen - wurde dann in Gegenwart des Abtes und der Beisitzer des Gerichtes folgendes Urteil verkündet:

Maurus Chaplin steht gerichtlich angeklagt und überwiesen: eines ärgerlichen und unordentlichen Lebenswandels; der Verführung anderer durch Wort und Tat; schändlicher Lügen; Verleumdungen und Ehrabschneidungen; der gänzlichen Verachtung und des offenbaren Ungehorsams gegen seinen Abt und andere Obere; der Ausschneidung des Kopfes aus dem Portrait des Abtes; der Drohung, den Abt und den Prior zu ermorden, das Haus zu berauben und dann in Brand zu stecken und zu entfliehen.
Als da dieses aber durch die Vorsicht entdeckt ward, so wurde er den 30ten Oktober festgenommen, mit tödlichen Waffen in der

Hand und Tasche sowie mit einer gefährlichen brennbaren Materie zur Anzündung des Hauses. Wegen dieser und vieler anderer aufrührerischer Vergehungen wird besagter Maurus Chaplin zur festen Verwahrung in einem Gefängnis verurteilt, um die drohende Gefahr von Mord und Brandstiftung abzuwehren.

Lamspringe, den 15. November 1788

M. Heatley, Abt - mit vorhergehender Beratung seines Conciliums. Verlesen in Concilio in Gegenwart des Maurus Chaplin.

Pater Prior Gregor Ballyman, Secret. des Concil.

Als hierauf der Abt den Angeklagten zweimal fragte, ob er gegen seine Anklage nichts einzuwenden habe, gab dieser keine Antwort. Ein drittes Mal nach den angeführten Beschuldigungen gefragt, sagte Pater Maurus, er wäre nicht willens gewesen, das, was man ihm vorwerfe, wirklich zu tun. Der somit zur Haft auf unbestimmte Zeit Verurteilte wurde in Sicherheitsverwahrung genommen und in eine besonders befestigte Zelle gesperrt, die am Ende des Schlafhauses direkt an den Abtritten gelegen war. Der enge Raum hatte keinen Ofen, der untere Teil des Fensters war vermauert, der obere so klein, daß man kaum hindurchreichen konnte; das Bett aus Stroh hatte auch im Winter nur eine Decke, die sogenannten Möbel bestanden aus Klötzen, auf denen ein geistliches Buch lag. Zweimal in der Woche erhielt Maurus Chaplin nur Wasser und Brot, an den übrigen Tagen warme Speisen.
Drei Jahre vergingen in Demütigung und Resignation, ehe Pater Maurus der Versuch auszubrechen wirklich gelang.

Folter für Leib und Seele

Alle Mönche aus Lamspringe, die als Missionare in England tätig waren, sahen sich wegen der unerbittlichen Härte des Abtes davon abgehalten, ins Kloster nach Lamspringe zurückzukehren. Sie waren wie viele andere Mönche und auch Laien außerhalb des Klosters der festen Überzeugung, Heatley könne niemals jemandem vergeben, über den er einmal ein Urteil gefällt habe.
Der zur Lamspringer Mönchsgemeinschaft gehörende Basil Ken-

nedy wurde wegen eines sexuellen Skandals, in den er in England verwickelt war, nach Lamspringe zurückbeordert. Strikt weigerte er sich, noch einmal unter Abt Heatley Mönch zu sein. „Ein weiterer Einwand, nicht nach Lamspringe zurückzukehren, ist die unverbesserliche Bosheit, die der Abt gegen mich hegt. Sie selbst haben mir gesagt, daß er mich inhaftieren wird, falls ich zurückkomme. Das Beispiel von Pater Chaplin erschreckt mich aufs äußerste. Selbst wenn ich ihn wegen versuchter Brandstiftung für schuldig erachten würde, so bin ich fest davon überzeugt, daß die Mißhandlung durch den Abt ihn zu diesem verzweifelten Schritt getrieben hat. Außer mir können die Mißhandlungen bezeugen: die Herren Strut, Davis und Hardisty. In keinem Armenhaus von England würde man ein so fürchterliches Leben führen."

Am 27. November 1791, nachdem Pater Maurus drei Jahre in Haft war, gelang es ihm nach langen unermüdlichen Vorarbeiten, während des Hochamtes am ersten Adventssonntag eine Wand seines Gefängnisses zu durchbrechen. Aus dem Speisesaal holte er sich ein großes Messer und zerschnitt alle Bilder, auf denen Heatley so selbstherrlich dargestellt war. Dann riß er in Eile alle Laken von den Tischen, knotete sie aneinander, ließ sich durch ein Fenster an der Südwand des Klosters auf die Straße hinab und flüchtete in das Gebiet des Herzogtums Braunschweig. Hier glaubte er, sicher zu sein. Im Nachbardorf Gehrenrode wurde er jedoch aufgegriffen und auf Ersuchen des Klosters diesem ausgeliefert.

Erneut traf Pater Maurus eine äußerst demütigende und harte Bestrafung. Entsprechend den Bestimmungen, die die Ordensregel für flüchtige Mönche vorsah, wurde er im Kapitelsaal von einem „Bruder" körperlich gezüchtigt, indem er mit einem Strick Hiebe auf den bloßen Rücken erhielt. Was Pater Maurus, der zu allem schwieg, jedoch weitaus mehr wehtat und schmerzlich in seine Seele drang: Zur selben Zeit sangen die versammelten Mönche - bei weitem waren nicht alle gekommen - den 51. Psalm:

Mach mich rein von meiner Sünde!
Denn ich erkenne meine bösen Taten,
meine Sünde steht mir immer vor Augen ...
Jubeln sollen die Glieder, die du zerschlagen hast ...

Die ganze Perversion eines falschen Betens überkam ihn - ihn, der einst in lauterer Absicht in diesem Orden und bei diesen Menschen sein Heil gesucht hatte. Dabei heißt es in der so gütig ausgewogenen Benedikt-Regel, der Abt habe wie ein weiser Arzt zu handeln und letztlich, falls sich auch nicht durch Beten sichtbarer Erfolg einstellen sollte, den „Unverbesserlichen" zu entlassen.
Doch hatte auch am Beginn des 19. Jahrhunderts diese seelische Grausamkeit innerhalb der katholischen Kirche immer noch kein Ende. Eine bestimmte Zeit lang hatte sich Pater Maurus Chaplin an jedem Sonn- und Feiertag gegen Ende des Hochamtes gezwungenermaßen vor die unterste Stufe der Chortreppe zu legen, so daß die Mönche beim Verlassen der Kirche über ihn hinwegschreiten mußten. Die Haft wurde verschärft, da Pater Maurus auch in der Folge - so glaubte man, es beurteilen zu können - keine Reue zeigte. Bei mehreren Besuchen des Abtes Heatley, der ihn sogar auf den Knien gebeten haben soll, nur ein einziges Wort oder Zeichen der Reue von sich zu geben, würdigte ihn Pater Maurus Chaplin weder eines Wortes noch eines Blickes.
Der Fall Maurus Chaplin bildete den Hauptpunkt in der Klageschrift gegen den Abt, die leider erst sehr spät an den Präsidenten in England gerichtet wurde. Dreizehn Jahre blieb der sogenannte Verbrecher im Gefängnis, bis sich der Ordenspräsident Beda Brewer endlich gegen Abt Heatley durchsetzen konnte und am 9. September 1801 Pater Maurus Chaplin aus seinem Kerker in Lamspringe befreite und mit nach England nahm. Zuvor hatte es bei der ersten Begegnung zwischen Präsident Brewer und Abt Heatley in Lamspringe einen unerquicklichen Streit um den ersten Platz im Chorgestühl der Kirche gegeben.
Einige Anklagepunkte gegen den Abt waren unwiderlegbar:

1. Er verhalte sich gegen die Mönche parteiisch. Einige von ihnen begünstige er, andere aber würden hart behandelt.
2. Er versage aus Geiz den Mönchen die ihnen nach den Statuten zustehende Kleidung und Wäsche. Vor allem die Jüngeren müßten die abgelegten Sachen der Älteren und von Verstorbenen auftragen.
3. Er verschwende und veruntreue das Klostervermögen zugunsten seiner Verwandten. Am Wohnort seiner Angehörigen habe es

Aufsehen erregt, wie diese so überaus schnell zu Wohlstand gelangt seien.
4. Der Abt habe Pater Maurus Chaplin überaus hart behandelt und ihn dreizehn Jahre in einer kleinen Zelle gefangengehalten.

Abt Heatley gab vorübergehend während der Anwesenheit Brewers nach und stimmte der Freilassung von Pater Maurus zu. Doch sofort nach der Abreise des Visitators ließ er das Protokoll aus den Klosterakten entfernen und begann, bei den deutschen Bischöfen zu intervenieren. Bei einer zweiten Visitation im Frühjahr 1802 plante der Präsident die Amtsenthebung des greisen Abtes Heatley und die Abschaffung der Wahl auf Lebenszeit. Der Fürstbischof von Hildesheim und die benachbarten Äbte jedoch unterstützten den Abt von Lamspringe gegenüber dem Präsidenten Beda Brewer, der Heatley inzwischen von seinem Amt suspendiert hatte.

Die vom Fürstbischof ernannten Kommissare, Sufraganbischof von Wendt, der Abt von St. Godehard und der Abt von St. Michael kamen zur Untersuchung nach Lamspringe, und Abt Heatley, der die Gründe seiner Absetzung einsah, erklärte endlich, daß er sich dem vom Ordenspräsidenten gefällten Urteil unterwerfe.

Abt Heatley erlebte das Ende des Klosters und den Zerfall seines Konventes nicht mehr. Einige Tage nach der militärischen Besetzung der Stadt Hildesheim durch preußische Truppen machte er wie gewöhnlich nachmittags einen Spaziergang. Beim Überschreiten der Lamme trat ein alter Bruch aus, unter dem er schon viele Jahre litt. Starke Schmerzen ließen ihn sofort ins Kloster zurückkehren. Bezeichnend für den Charakter des Abtes war, daß er niemandem etwas von diesem Vorfall erzählte. Erst als am Morgen des folgenden Tages die Schmerzen unerträglich wurden, weckte er einen Laienbruder und bat, den Arzt zu holen. Es war zu spät; der Bruch hatte sich bereits entzündet. Abt Heatley starb in der Frühe des 15. August 1802 im Alter von fünfundachtzig Jahren.

Eine neue Abtwahl untersagte die preußische Regierung und erklärte am 3. Februar 1803 das Kloster für aufgehoben. Nach wenig rühmlichem Verlauf des Koalitionskrieges gegen das revolutionäre Frankreich hatte sich Preußen unter Überlassung des linken Rheinufers an die Franzosen im Basler Frieden von 1795 vorzeitig zurückgezogen. Zur Entschädigung der weltlichen Fürsten, die ihr Land an Frankreich abtreten mußten, setzte der Reichstag eine Reichsfriedensdeputation ein, die fast alle geistlichen Fürstentümer aufhob und die Säkularisation des Kirchengutes gestattete. Durch den Reichsdeputations-Hauptschluß vom 25. Februar 1803 kam es zur größten politischen und territorialen Umwälzung in Deutschland und damit auch zur politischen Entmachtung der katholischen Kirche. Auch der Klosterbesitz wurde der „Disposition der Landesherren" überlassen, was Aufhebung und Enteignung bedeutete.

Bei der Aufhebung des Klosters Lamspringe entdeckten die preußischen Soldaten, versteckt in einer Truhe in den Gemächern des verstorbenen Abtes Heatley, mehr als 30.000 Reichstaler. Selbstverständlich fiel diese erhebliche Summe dem preußischen Staat zu. Dies bestätigte zusätzlich die berechtigte Annahme, Lamspringe sei das reichste Kloster des Fürstbistums.

Mit der Durchführung der Aufhebung und Enteignung wurde Carl August Malchus beauftragt. An dem besagten 3. Februar 1803 gab Malchus im Refektorium des Klosters den Mönchen das königliche Dekret bekannt. Das Kloster wurde aufgehoben und die religiöse Gemeinschaft für beendet erklärt. Eigentum und Rechte fielen dem Staat zu; dafür wurde aber den Mönchen, zu denen auch Pater Maurus Chaplin zählte, eine Leibrente auf Lebenszeit bewilligt. Obwohl den Mönchen gestattet wurde, ihre Zellen vorerst weiter zu bewohnen, löste sich der Konvent schnell auf. Nur wenige kehrten nach England zurück, um dort in ihrem geistlichen Beruf weiter zu wirken. Die meisten Mönche blieben in Deutschland und lebten als Privatleute von der Pension.

Nach der Aufhebung des Klosters kam Pater Maurus Chaplin nach Lamspringe zurück. Ein Grund seiner Rückkehr an den Ort, an dem er dreizehn Jahre gefangengehalten worden war, bestand sicherlich darin, seine Rente in Empfang zu nehmen. Warum er jedoch in Lamspringe bis zu seinem Lebensende wohnte, ist nicht bekannt. Vielleicht mußte er gerade an diesem Ort bleiben, um sein Leben bewältigen und klären zu können? Vielleicht aber gab es in Lamspringe für ihn auch liebe Menschen, die auf ihn warte-

ten? Seiner Natur entsprechend, weckte die Entmachtung der Kirche durchaus gute und lebensunterstützende Kräfte in Maurus Chaplin. Er sah, daß auch bei vielen anderen unterdrückten Menschen das Leben, insbesondere das religiöse Leben erstarkte.
Durch das Ende der Reichskirche offenbarten sich nun viele innerkirchliche Fehlerquellen, die behoben werden konnten. Doch eine sich bereits abzeichnende Entwicklung, die nicht immer glücklich verlief, war für Maurus Chaplin ein Dorn im Auge: Durch die Entmachtung der geistlichen Fürstentümer und damit auch der gesamten katholischen Kirche wurde die Person des Papstes als moralische Autorität stärker in den Mittelpunkt gerückt. Aus der Erfahrung seines eigenen Klosterlebens befürchtete er ein Anwachsen des römischen Zentralismus, gegen den er sich entschieden wehrte.
Maurus Chaplin, der aus Norwich stammte und lange suchen mußte, bis er seine Heimat in Deutschland fand, starb am 22. April 1808 in Lamspringe.

Ein Verstecken beginnt ...

Kriege, Enteignungen und persönliche Schicksale hatten die Existenz der wertvollen und reichen Klosterbibliothek in Lamspringe ganz aus dem Bewußtsein derer gedrängt, für die sie offenstand. Die verborgenen Quellen geistigen Lebens waren zwar nicht versiegt, doch so verborgen und verschlossen, daß diejenigen, die neues Leben daraus hätten schöpfen können, keinen Zugang fanden.
Mit der Auflösung des Klosters war auch die Bibliothek in preußischen Besitz übergegangen. Im Gegensatz zu anderen Klöstern, in denen bereits vor der Säkularisierung „Büchermarder" die Bestände geplündert hatten, blieb die Bibliothek in Lamspringe vorerst in ihrem ganzen Umfang erhalten, und die Mönche, die noch in der Umgebung lebten, durften sie benutzen.
Seit der Gründung des englischen Benediktiner-Klosters bestand zwischen Lamspringe und dem Godehardikloster in Hildesheim eine sehr herzliche und enge Beziehung. Die Äbte halfen einander

aus und unterstützten sich gegenseitig. Das südlich des Hildesheimer Domes gelegene Benediktiner-Kloster St. Godehard wurde 1133 erbaut. Das Scriptorium und die Bibliothek, die ständig an Größe und Bedeutung zunahmen, gehen auf diese Zeit zurück.
Am Ende des 15. Jahrhunderts veräußerte Abt Bertram, der vieles mit eigener Hand schrieb, wertvolle silberne Gefäße, um von dem Erlös Bücher zu kaufen. Viele Werke wurden als Geschenke in die Godehardibibliothek aufgenommen.
Der allgemeinen Aufhebung der Klöster zu Beginn des 19. Jahrhunderts gingen politische Wirren und innerkirchliche Streitigkeiten voraus. Hiervon war auch das Godehardikloster in Hildesheim betroffen. Infolge der in Deutschland zu erwartenden Säkularisierung waren die klösterlichen Besitzer sich des Wertes ihrer großen und bedeutenden Bibliotheken nicht mehr bewußt.
So hatte ein „Büchermarder", der sich unter vernünftig erscheinendem Vorwand in das Kloster St. Godehard einschlich, überaus leicht Zugang zur Bibliothek. Der Benediktiner-Pater Paul Maugérard hatte das Kloster St. Arnulf zu Metz verlassen, um in frühmittelalterlichen Büchersammlungen Rarissima auszumachen, sie den Mönchen zu entlocken und an interessierte, gut zahlende Sammler zu verkaufen. Bevor man Maugérard, der den bürgerlichen Vornamen Jean-Baptiste trug, auf die Spur kam, hatte er bereits Hildesheim mit seinen kostbaren „Erwerbungen" wieder verlassen und die Handschriften an Herzog Ernst von Sachsen-Gotha verkauft. Seit dieser Zeit stehen die dem Godehardikloster entwendeten Bücher in der Schloßbibliothek in Gotha. Da Jean-Baptiste Maugérard wegen der engen Verbindung zwischen dem Godehardikloster und dem Kloster Lamspringe sich nicht mehr in die Klosterbibliothek nach Lamspringe traute, hatte er nur indirekt Einfluß auf das Schicksal des Albani-Psalters.
Das Auftreten und Verschwinden Maugérards, der dann von 1802 bis 1805 französischer Bibliotheks- und Kunstkommissar in den Rheinlanden war, hatte in Hildesheim große Empörung ausgelöst, gleichzeitig aber auch zu erhöhten Sicherheitsvorkehrungen geführt. Durch Maugérard gewarnt und in Vorahnung der drohenden Säkularisation, übernahmen mehrere Patres von St. Godehard wertvolle Bücher aus der Klosterbibliothek in ihre Privatbücherei.

Zu ihnen gehörte Pater Gottfried Hermann Held, der nach der Auflösung des Godehardiklosters im Februar 1803 Pfarrer der Gemeinde St. Godehard wurde. Viele seiner Mitbrüder setzte der Diözesanbischof in anderen Pfarreien ein.
Pater Antonius Meyer, der 1790 als Benediktiner seine Gelübde ablegte, übernahm die Pfarrseelsorge in Lamspringe. Durch eine Verordnung vom 3. Februar 1803 erhielt er offiziell die Aufgabe, für die Königlichen Preußischen Entschädigungs-Provinzen die Kirchenbücher von Lamspringe zu führen und die jährlichen Populationslisten anzufertigen. Die preußische Regierung hatte die Klosterkirche der Lamspringer Gemeinde als Pfarrkirche überlassen. Zur Vorbereitung seiner Predigten ging er gern in die alte Klosterbibliothek, die ihm als Benediktiner-Pater und gleichzeitig Pastor jederzeit offenstand. Da niemand außer ihm die Bücher nutzte, genoß er die Stille dieses Raumes mit Ausblick auf das bewaldete Bergland. Aus Sicherheitsgründen ließ er ein neues Schloß an der Bibliothekstür anbringen. Obwohl er wußte, daß der Bestand an Büchern, der den englischen Benediktinern gehört hatte, nun Eigentum des preußischen Staates war, fühlte er sich als Benediktiner-Mönch gerade zwischen diesen Büchern derart zu Hause, daß er das Gefühl hatte, selbst der Besitzer zu sein.
Die größte Freude bedeutete es ihm, in den Albani-Psalter zu schauen, den er immer wieder sorgfältig hinter anderen Büchern versteckte. Erst allmählich und besonders, wenn er an den berüchtigten Jean-Baptiste Maugérard dachte, ging Pater Meyer der unschätzbare Wert dieses Buches auf. Bewußt hatte er einige Bücher anders eingeordnet, um festzustellen, ob jemand diese falsche Handhabung bemerken würde. Da über eine lange Zeit kein weiterer Bibliotheksbenutzer auftauchte, konnte auch kein Einspruch erhoben werden. So faßte Pater Meyer nach anfänglichem Zögern endlich den Mut, den Albani-Psalter immer tiefer zu verstecken, um ihn vor Entwendung oder einem eventuellen Mißbrauch zu schützen.
Je mehr er sich in stillen Stunden in die romanischen Miniaturen vertiefte, desto mehr spirituelle Kraft und Entschiedenheit flossen ihm zu; gleichzeitig spürte er eine größer werdende Verantwortung, die er für diesen wertvollen Kodex übernommen hatte. Ge-

nauso unauffällig, in Leinentücher verpackt und mit Sackleinen fest umschnürt, wie der Albani-Psalter durch Robert Meering im Jahre 1657 nach Lamspringe gekommen war, verließ er im Gepäck von Pater Antonius Meyer wieder das Kloster.
Durch die politischen wie auch religiösen Wirren, die nach der Säkularisierung kein Ende nahmen, hatte sich Pater Meyer entschlossen, den „Psalter der Christina von Markyate" zu „entwenden" und ihn heimlich nach Hildesheim in Sicherheit zu bringen. Wie und wo oder bei wem er ihn versteckte, bleibt Geheimnis.
In einer Beurteilung durch das Bischöfliche Vikariat in Hildesheim aus dem Jahre 1804 heißt es: „Pater Antonius Meyer, Benediktiner, Profeß zu St. Godehard in Hildesheim, Pastor zu Lamspringe, ist ein hervorragender, guter und für sein Amt fähiger Mann. Es wird von allen Seiten nur Gutes von ihm berichtet." Ob Pastor Meyer, der mit größter Gewissenhaftigkeit seinen priesterlichen Dienst versah, Maurus Chaplin in seinen letzten Jahren betreute und ihn Ende April des Jahres 1808 beerdigte, ist unbekannt. Noch im selben Jahr wurde Pater Meyer wegen eines Stimmbänder-Risses von der pastoralen Arbeit freigestellt. Sein Nachfolger wurde Johannes Garbrecht, ein Augustiner vom Chorherrenstift St. Bartholomäus zur Sülte in Hildesheim.
Da die Englische Benediktiner-Kongregation in den Jahren zwischen 1814 und 1817 großes Interesse daran hatte, das Kloster zurückzugewinnen, schickte man Unterhändler zur Regierung nach Hannover, die über die Rückgabe des Klosters Lamspringe verhandeln sollten. Die Bemühungen blieben erfolglos. 1821 beauftragte die Kongregation einen früheren Mönch aus Lamspringe, Pater Adrian Towers, der jetzt in England lebte, erneut mit der hannoverschen Regierung zu verhandeln, um den Klosterfonds wiederzuerlangen. Trotz großer Anstrengung zeigte auch dieses Bemühen keinen Erfolg. Pater Towers wollte jedoch nicht mit leeren Händen zurück nach England kommen, sondern wenigstens einen Beweis für seine Bemühungen liefern. Da er in Lamspringe Zugang zur Bibliothek hatte, kam ihm die Idee, die wertvollen Bücher heimlich nach England zu schicken. Eigenmächtig ließ er den größten Teil der Werke sorgfältig in Kisten verpacken und brachte sie auf den Weg. Der Transport wurde jedoch von den

Hamburger Zollbehörden abgefangen und beschlagnahmt. Die Zahl der Bücher belief sich auf über Tausendeinhundert. Towers wurde von den hannoverschen Behörden mit dem Verlust seiner Rente und den Kosten für den Transport der Bücher bestraft.
Die Bücherkisten wurden nicht in das Kloster Lamspringe zurückgebracht, sondern von der Regierung an die Bibliothek des Gymnasiums Andreanum in Hildesheim übergeben. Das Gymnasium behielt jene Bücher, für die es Verwendung hatte, und gab die anderen - besonders ältere Werke - an die Dombibliothek in Hildesheim weiter. Nach eingehender Prüfung der Bestände stellte man hier wie dort jedoch fest: Der kostbare Albani-Psalter befand sich nicht unter den beschlagnahmten und zurückgebrachten Büchern.
Pater Antonius Meyer, der nach seiner Pensionierung in Hildesheim lebte, pflegte besonders engen Kontakt zu einigen seiner früheren Mitbrüder aus dem Godehardikloster. Zu ihnen gehörte auch Pater Gottfried Hermann Held, jetzt Pfarrer von St. Godehard. Als Pater Meyer hörte, sein Mitbruder wolle zusammen mit zwei anderen Geistlichen eine neue Bibliothek einrichten, übergab er ihm den so sorgfältig gehüteten „Psalter der Christina von Markyate". Die Gründungsurkunde der neuen Pfarrbibliothek von St. Godehard wurde am 10. März 1827 ausgestellt. Im Bibliothekskatalog von 1831, der 639 Nummern aufweist, findet sich der Albani-Psalter als Nr. 1 mit folgender Beschreibung:

Ein prachtvolles Manuskript auf Pergament mit vielen illuminierten Bildern versehen, enthaltend Psalmen und cantica, ohne Jahreszahl.

Die letzte Reise, die der „Psalter der Christina von Markyate" antrat, war und ist nicht weniger abenteuerlich als die, die er bereits seit dem 12. Jahrhundert bestanden hatte.

„C" wie „Christina"

„Sie sagen, daß Sie die 'Geschichte der Christina von Markyate' gelesen haben und nun den Albani-Psalter einsehen möchten.

C-Initiale *Christina von Markyate mit Mönchen von St. Albans* aus dem *Psalter der Christina von Markyate* (Albani-Kodex, 1123-1135)

Alle, die Einblick in dieses Buch nehmen, finden einfach kein Ende - selbst wenn die Öffnungszeiten der Bibliothek längst überschritten sind. Da ich schon seit Jahren für die Handschriften zuständig bin, kann ich sagen, daß der Albani-Psalter bei fast allen Besuchern einen ganz besonderen Eindruck hinterläßt. Vielleicht machen Sie auch eine derartige Erfahrung. Ich lasse Sie mit dem Psalter allein, doch bitte ich Sie, sich nur Notizen mit dem Bleistift zu machen und die Seiten so wenig wie möglich zu berühren."
„Ich bin vor allem wegen der Miniaturen gekommen. Können Sie mir einen 'Schlüssel' zum Einstieg geben, damit ich das, was die Bilder aussagen, besser verstehen kann?"
„Sehr gern eröffne ich Ihnen einen möglichen Zugang zu den Miniaturen - er ist natürlich subjektiv und entbehrt der Wissenschaftlichkeit: Eine später in die Seite eingefügte Initiale spricht nach meiner Meinung ganz deutlich die Absicht des Malers aus, die er letztlich allen Bildern zugrundelegt. In der nur acht Zentimeter großen C-Initiale auf der Seite 285 sehen Sie Christina in ihrer Mittlerrolle zwischen Himmel und Erde. Obwohl sie ihrem geliebten Geoffrey de Gorham strengstens untersagte, im Buch abgebildet zu werden, hat sie der Maler doch in dieser relativ kleinen Initiale so großartig dargestellt. Das C, in dem Christina erscheint, ist der Anfangsbuchstabe von Psalm 105 - 'Confitemini Domino' - und steht gleichzeitig verborgen für das C in Christinas Namen. Der Alexis-Meister, der Maler des Psalters für Christina, versteckte die Priorin so geschickt, daß kaum ein Leser sie bemerkt. Sie wollte in Zurückgezogenheit und im Hintergrund leben, doch hier wird sie förmlich von den hinter ihr Stehenden in den Vordergrund gedrängt. Christinas Wesenszüge, nicht hervortreten und auffallen zu wollen, werden durch die sanfte mittelgrüne Farbe des Hintergrundes symbolisiert, von dem sich ihr gleichfarbiges Obergewand kaum abhebt. Ihr Leben, das trotz größter Schwierigkeiten immer neu von Hoffnung getragen war, bestand darin, für andere dazusein. Ihr spirituelles Leben - lebendig, glühend, liebend - spiegelt das rotfarbene Untergewand wider. Beide Hände hält Christina, ohne sich umzuschauen, geöffnet für das ihr Entgegenkommende. Sie ist bereit zu empfangen, was auch immer ihr vom Schicksal ausgehändigt wird.

Abt Geoffrey und drei Mönche aus dem Benediktiner-Kloster von St. Albans geben ihr Rückhalt. Als Abt unterscheidet Geoffrey sich von den anderen Mönchen durch den braunen Saum an den Ärmeln und der Kapuze seines schwarzen Habits. Geoffrey weiß um das auf sie Zukommende. In ihrem Glauben ist es der kommende Christus, auf den der Abt seine geliebte Christina eindeutig durch die Geste seiner rechten Hand aufmerksam macht. Zudem ermutigt er sie zum nächsten Schritt, indem seine linke Hand dem Gehen Nachdruck verleiht.
Alle stehen mit wachen und großen Augen staunend vor dem Unnennbaren. Sie spüren die Gegenwart der göttlichen Liebe in ihrem Herzen, doch für ihre Augen ist sie verborgen. Die weiße Trennlinie zwischen den vier Menschen und dem, der aus dem überhellen Licht des blauen Firmamentes auf sie zukommt, drückt die Begrenztheit der sinnlichen Wahrnehmung und des menschlichen Fassungsvermögens aus. Die nach rechts offene C-Initiale läßt den Himmel grenzenlos erscheinen, den Himmel, der sich in diesem Augenblick der Erde zuneigt, um sie aus der Dunkelheit ins Licht zu führen und ihr inmitten der Begrenzungen das Unbegrenzte bewußt zu machen.
Hier, in dieser Begegnung zweier Welten, finden Sie den Schlüssel zu allen Bildern des Alexis-Meister. Wenn der Mensch es versteht, sich diesem liebenden Entgegenkommen zu öffnen, wird ihm Transzendenzerfahrung geschenkt, die in Gotteserfahrung übergeht. Christina gehört als Mystikerin zu diesen begnadeten Menschen, zu denen wir, unserer eigentlichen Natur entsprechend, alle gehören. Wie hätte der Maler die Bewegung der menschlichen Seele schöner darstellen können als durch die offenen, erhobenen und empfangsbereiten Hände? Wenn Sie noch einmal auf das Bild schauen, erleben Sie eine grenzüberschreitende Handbewegung Christinas. Ihre rechte Hand reicht über die weiße Trennlinie hinaus in die unendliche Sphäre des Firmamentes. Dieser bescheidenen Frau schenkt sich eine wesentliche Begegnung.
Weil der Betrachter der Albani-Bilder, die für ihn Wegweisung zum Leben sein wollen, keine Angst vor dem Überschreiten der Grenzen haben soll, kommt ihm, im Bild als Christus, die Liebe des Schöpfers entgegen. Christina von Markyate konnte in ihrer

Zeit diese mystische Erfahrung an geliebte und ihr nahestehende Menschen weitergeben. Der Albani-Psalter ist daher ein Buch, das nichts von seiner Aktualität verloren hat, denn so lange wir in dieser Welt stehen, wird uns immer neu eine Sehnsucht nach einem verborgenen Geheimnis der Liebe erfüllen.
Für mich ist das besonders Ergreifende an dieser Initiale, daß die schöpferische Kraft keine Grenzen kennt und auf der anderen Seite der Mensch fähig ist, auf das ihm Entgegenkommende hin selbst Grenzen zu überschreiten. Christina von Markyate gehörte zu diesen Menschen, die aus eigener Lebens- und Liebeserfahrung anderen den Weg weisen können. Die Initiale legt den Betrachter nicht fest; sie führt in eine Weite. Der kräftige Wuchs der Akanthusblätter, die zwar zueinanderstreben, gleichzeitig aber alles für alle offenlassen, unterstreicht diese ungeahnte Weite.
Nun möchte ich Sie mit diesem wunderbaren Erlebnis des Schauens allein auf die Reise schicken ..."

Der Psalter gibt und läßt keine Ruhe ...

Zu Beginn des 20. Jahrhunderts stellte Konrad Ernst, für den alte Handschriften und Inkunabeln zum Lebensinhalt wurden, fest, daß die Pfarrbibliothek von St. Godehard nicht mehr benutzt würde und ihre wertvollen Bestände weder vor Diebstahl noch vor Feuchtigkeit sicher wären. Als international anerkannter Inkunabeln-Forscher und Direktor des Bischöflichen Gymnasiums hatte Konrad Ernst mit seiner Bitte an Bischof Adolf Bertram, die Pfarrbibliothek von St. Godehard zu retten, Erfolg. Da der Bischof selbst Dombibliothekar war und um den unschätzbaren Wert dieser Werke wußte, leitete er die entsprechenden Schritte ein.
Im April 1908 beschloß der Kirchenvorstand auf Wunsch des Bischofs, den Besitz an wertvollen Drucken und Handschriften - hierzu gehörte auch der Albani-Psalter - an die Dombibliothek Hildesheim für 1.000 Mark abzugeben. Um sicher zu sein und einem Eigentumsverlust der Kirche vorzubeugen, beließ Bischof Bertram der Pfarrei St. Godehard das Eigentum - denn der Bischof

wußte, daß die Dombibliothek nach der Säkularisierung nur mit knapper Not der Verstaatlichung entgangen war.
Aus England wurde 1937 bei der Dombibliothek angefragt, ob der „Psalter der Christina von Markyate" zurückzuerwerben sei. Die Engländer hegten diese Hoffnung, weil der Kodex ja erst zu Beginn des 19. Jahrhunderts nach Hildesheim und damit in deutsche Hände gelangt war. Man wies darauf hin, daß der Albani-Psalter für England ein unschätzbares und einmaliges Kunstwerk von nationaler Bedeutung darstelle. Die kirchliche Behörde in Hildesheim antwortete, sie sei zur Zeit nicht geneigt, den Psalter zu veräußern, da sie ihn als deutschen Besitz für die Zukunft retten wolle.
1939, zwei Tage nach dem deutschen Überfall auf Polen, erließ das Reichsministerium für Wissenschaft, Erziehung und Volksbildung einen Erlaß, wertvolle Handschriften und Inkunabeln in Luftschutzräumen aufzubewahren. Doch erst im Jahre 1942 - nachdem bereits die bedeutenden Bibliotheken in Kiel, Kassel und Karlsruhe den Bomben zum Opfer gefallen waren - konkretisierte das Reichsministerium die Richtlinien zur Durchführung des Luftschutzes in Bibliotheken und machte eine vollständige Bestandsauslagerung möglich. Zu dieser Zeit waren jedoch die wertvollen Bestände der Dombibliothek an verschiedenen Stellen inner- und außerhalb Hildesheims untergebracht. Der Albani-Psalter hatte einen vorerst sicheren Platz im Tresor der ehemaligen Pistorius-Bank im Haus Domhof 15 gefunden. Aber nach einem schweren Angriff auf Hildesheim am 22. März 1945 brannte auch das Haus Domhof 15 und drohte einzustürzen. Da bereits Monate zuvor ein „Schlupfloch" gebrochen war, das vom Keller des Nebenhauses zum Vorraum führte, konnte man noch im letzten Augenblick trotz des brennenden und teilweise eingestürzten Hauses bis zur Panzertür der ehemaligen Pistorius-Bank vorstoßen. Noch war es möglich, die Tresortür zu öffnen, weil das Schloß sich zum Glück bisher nicht infolge der großen Hitze verzogen hatte. Die Kerzen jedoch, mit denen Domdechant Stolte den Kellerraum erleuchtete, krümmten sich bereits. Ohne die mutige Rettungsaktion des Domvogts Volkmann und des Domdechanten Clemens Stolte wäre der Nachwelt der achthundert Jahre alte kostbare Albani-Psalter nicht erhalten geblieben.

Nach dem Zweiten Weltkrieg befand sich der Kodex zunächst in einem Versteck in der Wohnung von Prof. Konrad Algermissen in Hildesheim. Als dieser am 22. Oktober 1964 starb, fand der Psalter seinen Weg zurück in die Dombibliothek. Anläßlich der Vollendung der Restaurierungsarbeiten veranstaltete 1969 die Gemeinde St. Godehard eine Ausstellung, auf der auch der Albani-Psalter gezeigt wurde. Hermann Engfer, seit 1958 Leiter der Dombibliothek, hatte für diese Ausstellung den Psalter an den Pastor von St. Godehard, Johannes Bank, übergeben. Da die Dombibliothek seinerzeit über kein Personal verfügte und zudem Pfarrer Engfer und Pastor Bank ein tiefes freundschaftliches Verhältnis verband, blieb der Kodex nach der Ausstellung „vorerst“ in St. Godehard. Hinzu kam, daß Pastor Bank mit der Aufbewahrung zugleich der Dombibliothek die Belastungen abnahm, die mit der Vorlage des Albani-Psalters an Benutzer entstanden.
Dombibliothekar Engfer wurde durch einen plötzlichen Unfall 1975 aus dem Leben gerissen, und einige Jahre später starb auch Pastor Bank. Die persönliche Absprache zwischen Pfarrer Engfer und Pastor Bank, den Kodex vorübergehend in der St. Godehard-Gemeinde statt in der Dombibliothek aufzubewahren, bestimmte das weitere Schicksal des „Psalters der Christina von Markyate”. Er verblieb bis heute in der Gemeinde St. Godehard.
Auf der Grundlage persönlicher Freundschaft und großen Vertrauens war es möglich, höchste Werte bedenkenlos auszutauschen - wertvolles Kulturgut wurde einsehbar und erfahrbar. Ob es indes mit der 1908 getroffenen Absprache eines „Depositum” in der Dombibliothek vereinbar und in der Sache zu begrüßen ist, daß der wertvolle Psalter heute immer noch von der Gemeinde St. Godehard verwahrt wird, obwohl er ihr 1969 nur vorübergehend für die Ausstellung überlassen wurde, sei an dieser Stelle nur als Frage aufgeworfen.
Die abenteuerliche Reise des „Psalters der Christina von Markyate” ist möglicherweise immer noch nicht beendet ...

ANHANG

HISTORISCHE DATEN

Die Geschichte Englands
&
*Die Geschichte St. Albans und des Psalters**

208 *Alban wird in Verulamium (heute St. Albans) hingerichtet*

1066 Tod von König Edward der Bekenner *** Schlacht bei Hastings: Herzog Wilhelm von der Normandie erobert England *** Krönung Wilhelms I. in der Westminster-Abtei

1070 Lanfranc von Bec wird Erzbischof von Canterbury
Geoffrey de Gorham wird in La Tanière, Frankreich, geboren

1077 *Paul de Caen übernimmt als erster normannischer Abt die Abtei von St. Albans *** Erzbischof Lanfranc von Bec schenkt der Bibliothek von St. Albans eine größere Anzahl wertvoller Bücher*

1080 Abt Hugo von Cluny gründet das Frauenkloster Marcigny

1086 - 1092 Gründung des Augustiner-Chorherren-Priorates in Huntingdon

1087 König Wilhelm I., der Eroberer, stirbt - Wilhelm II., Rufus, wird englischer König

1093 Anselm wird zum Erzbischof von Canterbury berufen
Tod von Paul de Caen, Abt von St. Albans

1097 Gegenpapst Clemens III. flieht aus Rom, um Papst Urban II. Platz zu machen *** Erzbischof Anselm von Canterbury verläßt England *** Erster Kreuzzug
*Christina wird als Tochter von Autti und Beatrice in Huntingdon geboren *** Richard d'Albani wird zum Abt von St. Albans gewählt*

* *kursiv*

1099 *Rannulph Flambard wird zum Bischof von Durham ernannt*

1100 König Wilhelm II., Rufus, stirbt bei einem Jagdunfall *** Heinrich I., Bouclerc, wird zum König von England ernannt *** Das Frauenkloster Fontevrault wird von Robert d'Arbissel gegründet

1103 König Heinrich I. legt das Maß der Elle nach der Länge seines Vorderarmes fest

1107 *Gründung der Schule St. Katharina durch das Augustiner-Priorat in Dunstable, eine Stiftung König Heinrichs I.*

1108 Londoner Synode unter Anselm von Canterbury zur Zölibatsfrage

1112 *Erster Besuch Christinas im Kloster von St. Albans*

1114 Ralph d'Escures wird Erzbischof von Canterbury
Bischof Rannulph Flambard begegnet Christina in Huntingdon

1115 *Christina wird zur Ehe mit dem Adeligen Burthred gezwungen *** Einweihungsfeierlichkeiten der neuen Abtei-Kirche von St. Albans in Anwesenheit König Heinrichs I.*

1116 *Eadwin, der Einsiedler, schildert dem Erzbischof von Canterbury Christinas Zwangslage *** Christina gelingt die Flucht von Huntingdon nach Flamstead*

1118 Königin Matilda, Gemahlin von König Heinrich I., stirbt
Christina übersiedelt nach dem Tod der Einsiedlerin Alfwen von Flamstead zu Roger nach Markyate

1119 Thurstan, 1114 zum Erzbischof von York gewählt, wird geweiht *** Tod des Thronfolgers William durch den Untergang des „Weißen Schiffes"

*Tod von Abt Richard d'Albani *** Prior Geoffrey de Gorham wird als 16. Abt von St. Albans und als 3. Normannischer Abt gewählt*

1120 Adela, Schwester König Heinrichs und Gräfin von Blois, tritt in das Kloster Marcigny ein - begleitet von Erzbischof Thurstan von York

1122 Ralph d'Escures, Erzbischof von Canterbury, stirbt
*Erzbischof Thurstan von York trifft Christina in Redbourn und verspricht, ihre Ehe zu annullieren *** Tod von Roger, Einsiedlermönch aus Markyate *** Christina muß Markyate verlassen und findet bei einem Freund des Erzbischofs von York Zuflucht*

1123 Bischof Robert Bloet von Lincoln wird während einer Jagd in Woodstock tödlich getroffen *** Alexander wird zum Bischof von Lincoln geweiht
*Christina kehrt nach Markyate zurück *** Der Alexis-Meister beginnt im Scriptorium seine Arbeit am Albani-Psalter*

1124 - 1125 *Christina von Markyate begegnet erstmals dem Abt von St. Albans, Geoffrey de Gorham *** Abt Geoffrey de Gorham spendet die am Schrein von Alban angebrachten Kostbarkeiten während einer Hungersnot für die Armen *** Gründung des St. Julian-Hospitals für Leprakranke durch Abt Geoffrey*

1128 Bischof Rannulph Flambard von Durham stirbt *** Heinrich I. vermählt seine zur Nachfolgerin bestimmte Tochter Mathilde mit Graf Gottfried von Anjou aus dem Hause Plantagenet

1129 Heinrich von Blois, Neffe von König Heinrich I., wird Bischof von Winchester
Die Reliquien des heiligen Alban werden in einen neuen Schrein gebettet

1130 *Erzbischof Thurstan von York bietet Christina die Leitung des neu gegründeten Nonnen-Konventes St. Clement in York an - wahlweise die Leitung der Klöster Fontevrault und Marcigny*

1131 *Christina legt vor Bischof Alexander von Lincoln in der Klosterkirche von St. Albans ihre Profeß ab*

1134 *Tod von Hildebert von Lavardin, Lehrer Geoffreys*

1135 König Heinrich I. verstirbt auf Schloß Lions bei Rouen *** Stephan von Blois, Neffe König Heinrichs I., wird zum neuen König Englands gewählt
Der Alexis-Meister beendet seine Arbeit am Albani-Psalter

1136 *Abt Geoffrey de Gorham erhält den Auftrag, in Rom die Wahl Stephans von Blois zum König bestätigen zu lassen*

1139 Bischof Alexander von Lincoln wird von König Stephan von Blois gefangen genommen *** Papst Innozenz II. erklärt die Klerikerweihe zu einem trennenden Ehehindernis (Zölibat)
Christina spielt als geistliche Ratgeberin indirekt eine große Rolle im Kirchenkampf mit König Stephan, der bis 1141 ausgetragen wird

1140 Tod von Thurstan, Erzbischof von York
Abt Geoffrey de Gorham gründet das Nonnenkloster Sopwell

1141 König Stephan von Blois wird in der Schlacht bei Lincoln gefangengenommen
Kaiserin Mathilde, Tochter von Heinrich I., weilt während des Kampfes von Lincoln in der Abtei St. Albans

1142 *Die von Abt Geoffrey verfaßte Biographie der Christina von Markyate endet*

1143 *Abt Geoffrey entsendet Mönche aus St. Albans zur Existenzsicherung in die Abtei Croyland*

1145 *Abt Geoffrey richtet in Markyate das Priorat der Benediktinerinnen ein. Christina wird Priorin. Einweihung durch Bischof Alexander von Lincoln*

1146 *Abt Geoffrey de Gorham stirbt in St. Albans *** Ralph de Gubion wird zum 17. Abt von St. Albans gewählt*

1148 Tod von Bischof Alexander von Lincoln

1149 *Robert de Gorham, ein Neffe Geoffreys, wird Prior von St. Albans*

1151 *Robert de Gorham wird 18. Abt von St. Albans *** Tod des Alt-Abtes Ralph de Gubion*

1153 König Stephan erkennt den Sohn Heinrich von Kaiserin Mathilde und Gottfried von Anjou als Thronfolger an

1154 König Stephan von Blois stirbt *** Nicholas Breakspear wird zum Papst gewählt und nimmt den Namen Hadrian IV. an *** Heinrich II. wird zum König von England gekrönt

1155 *König Heinrich II. delegiert Abt Robert de Gorham mit einer Mission zu Papst Hadrian IV. *** Christina von Markyate gibt Abt Robert wertvolle selbstgefertigte Geschenke zur Versöhnung des Papstes mit auf die Reise *** Papst Hadrian IV. gewährt Abt Robert de Gorham die Unabhängigkeit von St. Albans*

1156 *König Heinrich II. zeigt seine besondere Anerkennung der Priorin Christina durch eine Zuwendung von 50 Shilling für ihr Priorat*

Zwischen 1156 und 1165 *Tod der Priorin Christina von Markyate*

1159 Tod Papst Hadrians IV., Nicholas Breakspear, in Anagni

1166 *Abt Robert de Gorham stirbt in St. Albans*

1167 Kaiserin Mathilde stirbt in Rouen oder Rennes

1257 Papst Alexander IV. droht König Heinrich III. mit der Exkommunikation
Heinrich III. unternimmt eine Pilgerreise zum Grab Rogers in St. Albans

1491 Geburt Heinrichs als zweiter Sohn von König Heinrich VII. und seiner Frau Elisabeth von York

1509 Heinrich VIII. wird zum König von England gekrönt

1516 Geburt Marias (spätere Königin Maria I.), Tochter von Heinrich und Katharina von Aragon

1521 Heinrich erhält vom Papst den Titel „Defensor Fidei" - „Verteidiger des Glaubens"

1527 König Heinrich VIII. leitet das Scheidungsverfahren gegen Katharina von Aragon ein

1530 *John Leland, königlicher Bibliothekar, besucht St. Albans*

1532 König Heinrich VIII. ernennt den evangelischen Theologen Thomas Cranmer zum Erzbischof von Canterbury

1533 Erzbischof Cranmer erklärt die Ehe mit Katharina von Aragon für ungültig, die Ehe mit Anne Boleyn für gültig *** Geburt Elisabeths, der Tochter Heinrichs und Anne Boleyns; spätere Königin Elisabeth I.

1534 Ein Parlamentsgesetz (Suprematsakte) bestätigt die Loslösung von Rom und den König als Oberhaupt der Kirche Englands

1535 Vier Mönche und zwei Priester lehnen sich gegen Heinrich VIII. auf und werden hingerichtet
*Der Prior und 17 Mönche schreiben einen Beschwerdebrief über Abt Robert Catton an den könglichen Minister, Sir Francis Brain *** Sir Thomas King, Vikar der St. Andrew-Kapelle, verantwor-*

*tet sich wegen Majestätsbeleidigung *** Der königliche Visitator Ap Rice besucht St. Albans*

1536 Anne Boleyn wird hingerichtet

1537 Geburt von Prinz Edward, Sohn Heinrichs VIII. und Jane Seymours; Jane Seymour stirbt im Kindbett

1537 - 1539 „Freiwillige" Übergabe und Auflösung der großen Klöster

1539 *Der letzte Abt, Richard Boreman, kapituliert und übergibt die Abtei der Krone*

1540 Heinrich VIII. heiratet Anna von Kleve

1547 Heinrich VIII. stirbt mit 56 im 38. Jahr seiner Regentschaft

1552 Walter Raleigh wird in Hayes Baston, Devonshire, geboren *** John Leland, königlicher Antiquar, stirbt an Geisteskrankheit

1553 Tod des jungen Königs Edward VI.; Ende des Hauses Tudor in männlicher Linie *** Maria I. wird Königin von England
Die Kathedrale St. Albans wird von den Bürgern der Stadt für 400 Pfund erworben

1556 Kardinal Reginald Pole erhält die Weihe zum Erzbischof von Canterbury

1558 Tod von Königin Maria I. („die Katholische") *** Tod von Reginald Pole, Erzbischof von Canterbury

1559 Elisabeth I. wird Königin

1566 Geburt von James, Sohn der Maria Stuart

1570 Der Papst exkommuniziert Königin Elisabeth

1584 Walter Raleigh wird zum Ritter geschlagen

1585 Jarvise Meering, der Jüngere, heiratet in Pontefract Elisabeth Bywater

1585/86 Sir Walter Raleigh unternimmt den Versuch, eine englische Kolonie in Nordamerika (Virginia) zu gründen

1588 Raleigh nimmt an Seegefechten gegen die spanische Armada teil *** Tod von Robert Dudley, Graf von Leicester

1592 Robert Meering wird in Tardebigge, Worcestershire, geboren

1593 Geburt von Wat, Sohn Raleighs und seiner Frau Elisabeth (Bess) Throckmorton

1595 Raleighs erste Reise nach Guyana

1596 Der Bericht „Die Entdeckung von Guyana" wird veröffentlicht *** Raleigh führt ein Geschwader der englischen Flotte nach Cádiz

1599 Geburt von John Placid Gascoigne, dem späteren Abt von Lamspringe in Deutschland

1600 Ernennung Raleighs zum Gouverneur von Jersey *** Geburt von Charles I., Sohn König James' VI. von Schottland und seiner Frau, Anne von Dänemark

1603 Tod der Königin Elisabeth I. *** König James VI. von Schottland wird als James I. englischer König

1603 - 1616 Gefangenschaft Raleighs im Tower

1614 Raleigh veröffentlicht vom Tower aus den ersten Band seiner „Geschichte der Welt"

1616 Raleigh wird nach 12jähriger Haft aus dem Tower entlassen - jedoch nicht begnadigt

1617 Raleigh startet von Plymouth zu seiner letzten Fahrt nach Guyana

1618 Die „Destiny" kehrt in den Hafen nach Plymouth zurück *** Raleigh wird zusammen mit Samuel King, Cuthbert Spark und Robert Meering in den Tower gebracht *** Der Philosoph Francis Bacon wird Lordkanzler und Baron von Verulam *** Verhör von Robert Meering im Tower *** Lordkanzler Sir Francis Bacon verhängt das Todesurteil über Sir Walter Raleigh *** Vollstreckung des Todesurteils an Raleigh *** Meering wird begnadigt

1620 Die „Mayflower" segelt nach Neu-England

1625 James I. stirbt; sein Sohn Charles I. wird König

1628 Ermordung des George Villiers, Herzog von Buckingham

1642 - 1646 Erster Bürgerkrieg; Puritanische Revolution

1644 Oliver Cromwell schlägt das königliche Heer

1648 Lady Bess Raleigh stirbt mit 82 Jahren *** Zweiter Bürgerkrieg; Siege Cromwells; Rumpfparlament mit 60 radikalen Mitgliedern

1649 Hinrichtung Charles I. im Whitehall-Palast

1657 Oliver Cromwell lehnt den angebotenen Königstitel ab

1658 Tod Oliver Cromwells

Die Geschichte Deutschlands
&
*Die Geschichte des Albani-Psalters**

873 Gründung des Klosters Lamspringe durch Graf Ricdag und seine Frau Imhilda

1138 Papst Innozenz II. bestätigt das Benediktinerinnen-Kloster in Lamspringe

1568 Herzog Julius von Braunschweig führt in Lamspringe den lutherischen Glauben ein

1573 Die Bibliothek von Lamspringe wird von Wolfenbüttel übernommen

1617 Papst Paul V. errichtet die englische Benediktiner-Kongregation

1629 Kaiser Ferdinand II. erläßt ein Restitutionsedikt zur Rückgabe der ehemaligen katholischen Besitztümer

1643 Der Hildesheimer Fürstbischof Ferdinand, zugleich Erzbischof und Kurfürst von Köln, erhält Lamspringe zurück *** Das Kloster geht rechtsgültig in den Besitz englischer Benediktiner über; erster Abt wird Clemens Reyner

1645 Vertrag zwischen der Bursfelder Union und der Englischen Benediktiner-Kongregation

1651 Tod von Abt Clemens Reyner *** John Placidus Gascoigne wird von Papst Innozenz X. zum Abt von Lamspringe ernannt

1652 Abt Gascoigne wird durch den Prior von Corvey, Johannes Baptist, eingeführt

* *kursiv*

1657 Robert Meering tritt in das Kloster ein; Klostername: Frater Benedict
Frater Benedict übereignet den Psalter dem Kloster Lamspringe

1658 Abt Gascoigne nimmt Frater Benedict offiziell in die Mönchsgemeinschaft auf *** Frater Benedict legt die Profeß ab

1659 Der allgemeine Rat des Klosters beschließt, Frater Benedict nach England zu entsenden

1664 Robert Meering (Frater Benedict) stirbt mit 72 Jahren im Kloster Lamspringe

1670 Abriß der mittelalterlichen und Grundsteinlegung der neuen Klosterkirche Lamspringe

1674 Prior Joseph Sherwood wird Abt-Koadjutor

1676 Abt Gascoigne erwirbt den „Lamspringer Hof" in Hildesheim

1681 Tod von Abt Gascoigne

1681 - 1690 Joseph Sherwood - Amtszeit als Abt

1686 Tod von Sir Thomas Gascoigne, Bruder des Abtes

1688 - 1692 John Townson schreibt die „Geschichte des Klosters Lamspringe von 847 - 1692"

1691 Einweihung der Kirche St. Hadrian und Dionysius durch den Hildesheimer Fürstbischof Jobst Edmund von Brabeck

1708 Abt Maurus Knightly wird vergiftet

1751 Laurentius Türk legt als erster Deutscher im Kloster Lamspringe die Profeß ab

1762 Maurus Heatley wird Abt von Lamspringe

1763 Maurus Chaplin legt die Klostergelübde ab

1788 Pater Maurus Chaplin kehrt von seiner englischen Mission nach Lamspringe zurück

1790 Antonius Meyer legt Profeß im Benediktiner-Kloster St. Godehard in Hildesheim ab

1793 Joseph Dannhausen wird 41. und letzter Abt des Godehardiklosters in Hildesheim

1802 Tod von Maurus Heatly, dem letzten Abt des Klosters Lamspringe

1803 Kloster Lamspringe wird aufgrund des Reichsdeputations-Hauptschlusses verstaatlicht und Preußen zugewiesen *** Pater Antonius Meyer übernimmt als Pastor die Pfarrgemeinde von Lamspringe *** Aufhebung des Godehardiklosters

Zwischen 1803 und 1808 *Pater Antonius Meyer nimmt den Albani-Psalter in Besitz und bringt ihn nach Hildesheim*

1808 Maurus Chaplin stirbt in Lamspringe *** Pater Antonius Meyer muß aus gesundheitlichen Gründen die Stelle in Lamspringe aufgeben

1821 Vergeblicher Versuch von Pater Towers, die Bibliothek von Lamspringe heimlich nach England zu schaffen

Vor 1827 *Pater Meyer übergibt den Psalter seinem Mitbruder, Pater Gottfried Hermann Held, Pfarrer von St. Godehard*

1827 Pater Held richtet eine Pfarrbibliothek ein:
Aufnahme des Albani-Psalters

1907 Initiative von Konrad Ernst: Übernahme der Pfarrbibliothek St. Godehard in die Dombibliothek

1908 Bischof Adolf Bertram bittet St. Godehard um Prüfung dieses Ansinnens *** Beschluß des Kirchenvorstands, sämtliche Handschriften und Drucke gegen 1.000 Mark an die Dombibliothek abzugeben *** Bischof Bertram bestätigt den Beschluß *** Übernahme der Pfarrbibliothek durch die Dombibliothek:
Zu den übernommenen Werken gehört auch der Albani-Psalter

1937 *Bitte aus England um Rückgabe des Kodex' als altes englisches Kulturgut *** Absage der kirchlichen Behörde Hildesheim*

1939 Erlaß des Reichsministeriums, wertvolle Handschriften, Inkunabeln und Bücher in Luftschutzräumen zu sichern
Erneuerung von Einband und Schuber des Psalters

Vor 1942 *Auslagerung des Albani-Psalters in den Tresor der Pistorius-Bank in Hildesheim, Domhof 15*

1945 Schwerer Luftangriff auf Hildesheim:
Rettung des Kodex' aus dem brennenden Haus

1964 *Der Psalter befindet sich in der Wohnung von Prof. Konrad Algermissen, Hildesheim*

1969 Ausstellung der Kirchenschätze von St. Godehard:
Hier wird auch der Albani-Psalter gezeigt; nach der Ausstellung verbleibt dieser in St. Godehard

1975 Plötzlicher Tod des Dombibliothekars Pfarrer Engfer

1982 Tod von Pastor Johannes Bank, St. Godehard

1998 *Der Albani-Psalter befindet sich noch immer in der Pfarrgemeinde St. Godehard, Hildesheim*

(Der im Buch beschriebene Weg des Albani-Psalters von 1539 bis 1657 ist in dieser geschichtlichen Übersicht nicht enthalten, da er nicht lückenlos belegbar ist.)

KLEINES ALBANI-LEXIKON

Abt, von der Gemeinschaft eines selbständigen Klosters frei gewählter geistlicher Vater

Abtei, Haus einer selbständigen Gemeinschaft von Mönchen oder Nonnen

Abtritt, Abort

Akanthus, Pflanze des Mittelmeergebietes mit großlappigen Blättern, die stilisiert als Ornament Verwendung finden

Allegorisch, sinnbildlich, gleichnishaft

Antagonismus, Gegnerschaft, Widerstand

Armarius, Bibliothekar

Askese, entsagende freiwillige Lebensweise zur Verwirklichung religiöser Ideale

Aspirant, Bewerber, Anwärter

Assonanz, Gleichklang nur der Selbstlaute am Versende; Halbreim

Cellerar, Keller- und Küchemeister

Chor, Raum innerhalb einer Kirche für das Chorgebet

Codex, Mittelalterliche Handschrift in Buchform

Dekokt, Abkochung von Pflanzen zu Arzneizwecken

Dialektisch, in Gegensätzen denkend

Disputation, Streitgespräch von Gelehrten

Dormitorium, Schlafsaal

Dotation, Aussattung mit Vermögenswerten

Evangeliar, liturgisches Buch, das den vollständigen Text der vier Evangelien enthält

Fithele, Fidel

Foliant, Bezeichnung für ein großformatiges umfangreiches Buch

Fornikation, Hurerei, Unzucht

Gebetshore, Stundengebet

Gesta Abbatum, Aufzeichnungen über die Amtszeit der Äbte

Gilde, Handwerkszunft

Gral, geheimnisvolle, heilige Schale, die irdisches und himmlisches Glück verleiht

Gregorianischer Gesang, einstimmiger, rhythmisch freier, unbegleiteter liturgischer Gesang

Habit, Ordenskleidung

Hagiographie, Beschreibung des Lebens von Heiligen

Harpsichord, Cembalo

Hesychasmus, Zustand der Ruhe, der Stille und des Schweigens

Hoketus, Kompositionsart, bei der die Melodie auf verschiedene Stimmen verteilt ist

Hospitaliter, für die Gästebetreuung verantwortlicher Mönch

Illuminator, Buchmaler

Indult, Befreiung von einer kirchenrechtlichen Verpflichtung

Infirmarius, Krankenmeister

Infirmerie, Kloster-Krankenhaus

Initiale, ausgezeichneter Anfangsbuchstabe eines Textabschnittes

Inkarnat, Fleischton in der Malerei

Inkunabel, Wiegendruck, Frühdruck; alle seit der Erfindung Gutenbergs bis zum Jahre 1500 mit beweglichen Lettern gedruckten Bücher

Justitiar, Gerichtsherr

Kalligraph, Schönschreiber

Kanon, eucharistisches Hochgebet

Kanoniker, Chorherr

Kapitel, Beratungs- und Versammlungsraum

Karpie, Heringspastete

Kolophon, Impressum

Kontemplation, schauende Versunkenheit in Werk und Wort Gottes

Konvent, Gesamtheit der Mitglieder eines Klosters

Kopialbücher, Sammlung von Urkunden-Abschriften

Kukulle, Mönchsgewand

Kutteln, gebrühter Vormagen der Wiederkäuer

Lavatorium, Waschraum

Lettner, Trennwand zwischen Chor und Mittelschiff im Dom

Ligatur, Buchstabenverbindung

Majuskel, Großbuchstabe

Mandorla, mandelförmige, die ganze Figur umfassende Aureole

Mandragora, Arzneimittel, das aus der Wurzel der Giftpflanze Alraune gewonnen wird

Matutin, morgendliche Gebetsstunde

Metaphorisch, bildlich

Mile (englisch), 1,6 Kilometer

Minstrels, Stücke der Unterhaltungsmusik

Minuskel, Kleinschrift

Moecon, Schlafmohn

Muskete, schwere Handfeuerwaffe

Mystik, Erfahrung einer übernatürlichen Wirklichkeit

Neumen, Notenzeichen des Mittelalters oder Tonschriftzeichen der frühmittelalterlichen Musik

Novize, Neuling im Orden

Noviziat, Probezeit für Neulinge im Orden

Offizium, liturgischer Gottesdienst

Oratorium, Raum des Gebetes

Paralyse, Bewegungslähmung

Patrozinium, Schirmherrschaft eines Heiligen über eine Kirche

Pike, im 16. und 17. Jahrhundert verwendete Stangenwaffe, bestehend aus Schaft und rautenförmigem Stoßblatt

Prior, zweiter Oberer einer Abtei und Stellvertreter des Abtes

Probabilität, Wahrscheinlichkeit

Prophetie, Weissagung

Psalter, Buch der Psalmen

Refektorium, Speisesaal

Rekreation, Erholung

Requiem, Totenmesse

Responsorium, kirchlicher Wechselgesang

Säkularisation, Aufhebung von Klöstern, Ausscheiden aus dem Ordensstand

Sakristan, Küster

Scholastikus, Schulleiter

Scriptorium, Schreibraum

Seneschall, Hausmeister, „Majordomus"

Sodomie, die königlichen Visitatoren des 16. Jahrhunderts verstanden darunter Selbstbefleckung oder Selbstbefriedigung

Syllogismus, aus zwei Urteilen wird ein drittes abgeleitet

Theriak, opiumhaltiges Allheilmittel

Tropus, melodische Ausschmückung von Texten im Gregorianischen Choral

Vesper, Abend-Gottesdienst

Vestalin, Priesterin der Vesta; eine Verletzung der Keuschheit wurde mit Begraben bei lebendigem Leib bestraft

Yard, angelsächsisches Längenmaß (1 Yd = 0,914 Meter)

Zitadelle, Festung am Rande einer Stadt

Zölibat, Ehelosigkeit aus religiösen Gründen und geschlechtliche Enthaltsamkeit

LITERATURVERZEICHNIS

Acts of the Privy Council of England. Vol. 36, 1617 - 1619. Published by Her Majesty`s Stationery Office 1929. In the reign of James I, 1618, 8th November, a letter to the Lieutenant of the Tower.

Albani-Psalter. Dombibliothek Hildesheim. HS St. God. 1. (Eigentum der Pfarrgemeinde St. Godehard).

Christina of Markyate: The Manuscript of her Life by a monk of St. Albans. M S. Cotton Tiberius E.1, Vol. 2. British Museum, London.

Peter Dyckhoff: Himmlische Gedanken. Die Kraft mystischer Weisheit. Mit Abbildungen aus dem Albani-Psalter. München 1996.

Albert Helmes: Die englische Benediktiner-Congregation in Deutschland, insbesondere Lamspringe bei Hildesheim. In: Theologische Monatsschrift 2, 1851, Seite 395 - 409.

Robert Lacey: Sir Walter Ralegh. Worcester and London 1973.

The Life of Christina of Markyate. A Twelfth Century Recluse. Latin-English. Edited and translated by C.H. Talbot. Oxford 1959.

Otto Pächt, C. R. Dodwell, F. Wormald: The St. Albans Psalter (Albani-Psalter). Studies of the Warburg Institute. Edited by G. Bing. Vol. 25. University of London. London 1960.

Der Schatz von St. Godehard. Ausstellung des Diözesan-Museums Hildesheim. Hrsg. M. Brandt. Hildesheim 1988².

John Townson (Dr. theol. u. Mitglied des Klosters Lammspringe): Geschichte des Klosters Lammspringe von 847 bis 1692. Deutsche Übersetzung von Dudger und J.G. Gruber. Beverinsche Bibliothek in Hildesheim. H S 532a, Dombibliothek Hildesheim.

Gesta Abbatum Monasterii Sancti Albani a Thomas Walsingham. Edited by Henry Thomas Riley. Vol. I. A.D. 793 - 1290. London 1867.

(Eine Liste der umfangreichen Sekundärliteratur ist auf Wunsch beim Steinkopf Verlag - Postfach 3169, 24030 Kiel - erhältlich.)

DANK

... an alle, die Einsicht in die historischen Quellen gewährt oder an der Erstellung des Buches mitgearbeitet haben:

Dr. Maria Antonietta De Angelis, Assistente per l'Archivio Storico dei Musei Vaticani, Rom

Jean-Yves Babin, Le Délégué à l'état civil, Mayenne

Ernst Bachies, Fotograf, Lamspringe

Janet M. Backhouse, Curator of Illuminated Manuscripts, The British Library, London

Karl-Heinz Bajorath, Bistums-Archiv Hildesheim

Jochen Bepler, Direktor der Dombibliothek Hildesheim

Pfarrer Karl-Ernst Bock, Lamspringe

Karin Bury-Grimm, Dombibliothek Hildesheim

Rt. Rev. Mgr. Philip Carroll, General Secretary, Catholic Bishops' Conference of England and Wales

Debbie Coutavas, The Pierpont Morgan Library, New York

Paul Cox, National Portrait Gallery, London

Father Anselm Cramer OSB, Ampleforth Abbey, York

Rev. Michael J. Crow, The Vicarage, Markyate

Jacqueline Dordron, Attaché territorial, Caen

Helen Fordham, The Hudson Memorial Library, St. Albans

Dr. Bernhard Gallistl, Dombibliothek Hildesheim

Johannes Gassmann, Domglöckner, Hildesheim

Rudolf Geburzi, Studiendirektor i.R., Höxter

Frédérique Hamm, Conservateur du Patrimoine, Le Mans

Adrian Henstock, Principal Archivist, Nottingham

Dr. Huiskes, Historisches Archiv, Köln

A. J. Jamieson, Archivist, Leeds

Angelika Kachel, Universitäts- und Landesbibliothek Münster

Dr. David Kelsall, Archivist of St. Albans Cathedral, St. Albans

Dr. Jane Kelsall, Art Historian, St. Albans

Dr. med. Ursula-Pia Lachenicht, Bielefeld

Pater Odo Lang OSB, Stiftsbibliothekar, Einsiedeln

Prof. David Loades, Director of The British Academy, Joh. Foxe Project, Oxfordshire
Christina Mackwell, Senior Assistant Librarian, Lambeth Palace Library, London
Gisela Maerz, Haus Cassian, Rohdental
Sylvie L. Merian, Reference Librarian, Morgan Library, New York
Direktor em. Pfarrer Wilfried A. Meyer, Hildesheim
Dr. Christian Moßig, Niedersächsisches Staatsarchiv, Hannover
Roger C. Norris, Deputy Chaper Librarian, The College, Durham
Elisabeth Petersen, Buchgestaltung / Graphic-Design, München
S. De Poorter, Directeur Conseil Général, Le Mans
Colin Price, Local and Family History Library, Leeds
Vivienne Prowse, City Library, St. Albans
Eberhard Ratzke, Bistums-Archiv Hildesheim
Dom Daniel Rees OSB, Downside Abbey, Bath
Rosemarie Reul, Buchhändlerin, Kevelaer
Jeannette Roylance-Court, Genealogist, Atlow
Father Geoffrey Scott OSB, Abbot of Douai-Abbey, Reading
Bert Siegmund, Musikwissenschaftler, Kloster Michaelstein, Blankenburg
Gerlint Simonetti, Übersetzungen, Bruneck / Italien
Horst Skopek, Genealogie-Forschungsstelle, Dortmund
Gertrud Teiser, Benediktiner-Oblatin, Bremerhaven
A. M. Wherry, County Archivist, Worcester
Adam White, Curator, Lotherton Hall, Leeds
Anne Wilksen, Studienrätin i. R. , Ibbenbüren
Sarah Winbush, Courtauld Institute of Art, London
Prof. Dr. V. Zimmermann, Institut für Ethik und Geschichte der Medizin, Universität Göttingen